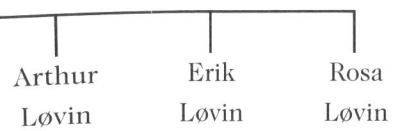

Arthur
Løvin

Erik
Løvin

Rosa
Løvin

Katzes Familie

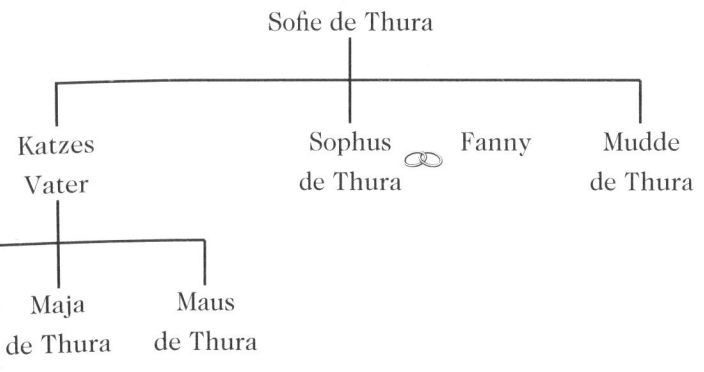

Sofie de Thura

Katzes
Vater

Sophus
de Thura ∞ Fanny

Mudde
de Thura

Maja
de Thura

Maus
de Thura

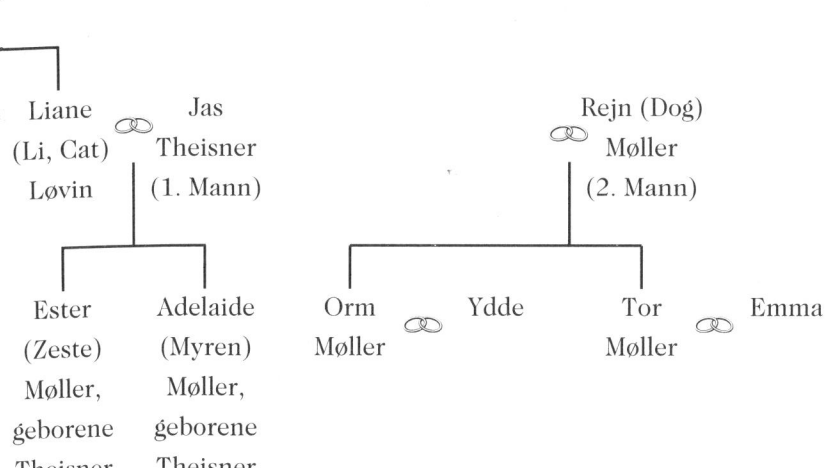

Liane
(Li, Cat)
Løvin ∞ Jas
Theisner
(1. Mann)

Rejn (Dog)
∞ Møller
(2. Mann)

Ester
(Zeste)
Møller,
geborene
Theisner

Adelaide
(Myren)
Møller,
geborene
Theisner

Orm
Møller ∞ Ydde

Tor
Møller ∞ Emma

Suzanne Brøgger

Die Jadekatze

Suzanne Brøgger

Die Jadekatze

Eine Familiensaga

Aus dem Dänischen von
Gisela Kosubek

Gustav Kiepenheuer Verlag

Die Übersetzung entstand
mit freundlicher Unterstützung
des Dänischen Literaturinformationszentrums,
Kopenhagen

Katzes Buch

1. Das Mezzanin

Tobias war der Mann von Welt und Otto der Familienmann. So hatte Otto selbst es stets empfunden, und daran dachte er auch jetzt, ein knappes halbes Jahrhundert nach seiner Geburt, als am Silvesterabend 1940 der Tisch in Gammel Mønt 14 mit den Goldrandtellern gedeckt war. Marie, kurzbeinig und vollbusig, die der Familie von Rosenvænget nach Gammel Mønt, wo die nächste Generation wohnte, gefolgt war, zeichnete wie üblich für alle Vorkehrungen verantwortlich. Für fast alle. Kopfschüttelnd hatte sie den Direktor betrachtet, der in der Küche sitzen und die Mayonnaise für den Hummer selbst anrühren wollte, das Bein auf einen Schemel gelegt – schließlich litt er an Blutgerinnseln. Marie hatte den Direktor schon als Jungen gekannt, damals in Rosenvænget, als sie noch ein blutjunges Ding gewesen war.

Zu Tobias' und Katzes Neujahrsfest erschien man im Frack. Nur bei Kleinbürgern hieß es Frack *und Binde*. Smoking trug man lediglich bei gewöhnlichen Feiern. Um es gleich vorwegzunehmen, nicht Tobias legte so großen Wert auf Dinge, die »man« sagte und tat. Ihm war es vollkommen egal, und er machte ohnehin nur, was ihm paßte. Er trug seinen inneren Smoking mit Nonchalance. Katze hingegen, die in die Familie Løvin eingeheiratet hatte, achtete auf äußere Formen. Sie litt zwar unter diesen, überwachte jedoch penibel die Sprache.

Tobias war – *wie jeder von den Løvins* – ein geborener Redner, nur daß er alle anderen an Witz noch übertraf. In der Familie, die ihn umgab, herrschte unausgesprochen die Ansicht, Løvin mit ø sei ein besonders vornehmer Name, ging er doch auf die französische Aussprache des Buchstaben »e« zurück, und darum waren die Løvins vornehmer als gewöhnliche Levins. Niemanden konnte es überraschen, daß alle Løvins geborene Redner waren, denn mit diesem Löwen-Namen war es schließlich keine Kunst, gut zu brüllen. Bei Tisch waren lautstarke Diskussionen an der Tagesordnung. Über Politik und allgemeine Gesellschaftsfragen, Geschäfte und Klatsch. Die Familie Løvin verscheuchte jeden »kemur«, und gewöhnliche weiße Menschen kriegten vor Schreck den Mund nicht auf.

Für Außenstehende hatte die Familie etwas Bedrohliches, ja geradezu Unheimliches, wie sie da alle laut durcheinanderschrien, so als wollten sie ein schreckliches Geheimnis verbergen, das sich nur flüsternd mitteilen ließ. Katze hatte dieses Brüllen und Schreien jedenfalls immer als unkultiviert und vulgär empfunden. Die Løvins waren sich ihres Redetalents wohl bewußt, obgleich Tobias die Gabe als ganz selbstverständlich hinnahm. Es war keine solche Familie, in der man Manuskripte aus der Tasche zog und verwirrt mit schweißtreibenden Ausführungen, voller Klischees zu lesen begann. Hier ging es um Improvisation, Leichtigkeit und Esprit. Und all das besaß Tobias, der den »Can Can« liebte und später, als dieser Film kam, auch »Annie Get Your Gun«. Und das wird bald der Fall sein!

Die Familie Løvin war so angepaßt und anti-ghetto, wie man sich überhaupt nur vorstellen kann. Ghetto-Juden hielten die Løvins für demütig auf die *falsche* Weise. Ghetto-Juden waren Menschen, die still sagten: »Dagegen kann man nichts tun.« Aber man *konnte* immer etwas dagegen tun, und die Løvins fanden stets heraus, was getan werden mußte, wie Li, die älteste Tochter des Hauses, es ausdrückte. Sie selbst fand nie auch nur das Geringste heraus. Doch wie alle Familienmitglieder im Chor versicherten, und zwar bis zu ihrem Tod, war es völlig undenkbar, daß ein Løvin ins Konzentrationslager verschleppt oder auch nur im mindesten verunglimpft werden könnte. Ein Løvin im gestreiften Sträflingsanzug war ebenso absurd wie ein Tiger im Pyjama. Ein Løvin würde sich eher selbst umbringen – nachdem er erst einen Deutschen erschossen hatte! erklärten Tobias' Töchter, Li und Rebekka, wie aus einem Mund. Doch noch sagen sie es nicht, sie müssen erst die Geschichte abwarten.

Am erwähnten Silvesterabend 1940 erhob sich Tobias, nachdem er mit einem diskreten Klopfen an eines der handgeschliffenen russischen Gläser die Aufmerksamkeit der Gäste erbeten hatte. Um das Tischdecken hatte er sich selbst gekümmert, denn Tobias wußte den Dingen den rechten festlichen Glanz zu verleihen. Am frühen Abend, etwa gegen acht, hatte der Fliegeralarm über Kopenhagen mit Macht eingesetzt. Die alte Uhr am Rathausturm schlug soeben zum zwölften Mal; in der Hand hielt Tobias seine goldene, an einer Kette hängende Taschenuhr, die er von Papa geerbt hatte, doch nun legte er sie auf den Tisch, um einen ganzen Stapel Schellack-Platten aufzunehmen. Die Gäste glaubten, es handle sich um Evergreens, die sie im Laufe der Nacht hören sollten, und daß das Ganze eine Bedeutung habe, die Tobias ihnen jetzt – auf seine ironische Art – erklären würde. Aber zur Verblüffung aller ließ Tobias mit einer graziösen Handbewegung den Plattenstapel zu Boden krachen. Sinn der Sache war, daß die Gäste die Stücke aufsammeln sollten, und zwar so, daß sie in der Hand eines anderen die Plattenscherbe fanden, die zum eigenen Stück paßte. Somit wäre dann derjenige ermittelt, den man ins neue Jahr küssen sollte. Sehr witzig und sehr elegant. Typisch Tobias!

Unterdessen saß Katze in ihrem langen senffarbenen Crêpe-de-Chine-Kleid am Tisch und kochte vor Wut. Zwar rauchte sie viel zu viele Craven A, doch hatte sie immer gute Zähne und schöne Beine besessen. *Sie* hatte Sex-Appeal gehabt, im Gegensatz zu dieser Kuh und Küchengans Frau Fonnesbeck, die Tobias jetzt garantiert gleich küssen würde. Glenda Fonnesbeck war eine füllige Weibsperson mit heller Haut und Sommersprossen, »starrer« Frisur und Pferdegebiß. Sie »spülte« das Haar kupferfarben, das war vornehmer, als es zu färben. Verheiratet war sie mit Buller, einem kleinen beleibten Kerl mit Glatze, der nur Kohlen- und Kokspreise im Kopf hatte und an den Eskapaden seiner Ehefrau völlig uninteressiert war. Tobias gegenüber machte Katze häufig spitze Bemerkungen: Ob sie es sich nicht ersparen könnten, diese gewöhnlichen Leute einzuladen. Doch Tobias, der seinen Posten als Direktor von Vacuum Oil in den baltischen Ländern hatte verlassen müssen, als die Russen kamen, wollte hier von Gammel Mønt aus schließlich neu beginnen. Vielleicht würde er eine Agentur eröffnen, das Briefpapier hatte er schon drucken lassen. Vulkan AG. Und vielleicht konnte Buller mit seiner Kenntnis des dänischen Marktes von großer Hilfe sein. Wenn der Krieg eines schönen Tages Folgen hätte, würde zweifellos eine Nachfrage nach Brennstoff entstehen. Er hatte bereits eine Anzeige entworfen: »Frieren Sie etwa? …« Außerdem war Glenda doch Katzes beste Freundin!

Katze sprach das l in Glenda stets höhnisch aus, so daß jedermann hören konnte, welche Talfahrt es war, diese Frau zu kennen. Obgleich sich die beiden nach mehr als zwanzigjähriger Freundschaft natürlich beim Vornamen nannten, war Katze in ihrem Innersten überhaupt nicht per du mit dieser Person, die immer geprahlt hatte, so unglaublich »sinnlich veranlagt« zu sein. Gott bewahre, sie war einfach nur liederlich, diese Glllenda. Eine Hintergassenschickse. Das war Katze nie gewesen. Sie kam aus anständigem Hause, in dem man sie Katarina getauft hatte – »wie die russische Zarin, wenn ich bitten darf«. Aber es schien, als würde niemand es richtig schätzen, und sie selbst tat es übrigens auch nicht.

Katze betrachtete die Gäste mit hochmütigem, kaltem Blick. Ihre blauen Augen waren klar und kein bißchen gerötet. Noch hatte sie nicht zuviel getrunken. Ganz kühle Blondine lächelte sie an diesem Abend allen zu, ihr Parfüm war das neue Mitsouko von Guerlain, und auf den Lippen glänzte Helena Rubinsteins zinnoberrote Dark Diva, die im Aschenbecher auf allen Mundstücken der Craven A blutrote Spuren hinterlassen hatte. Als sie bemerkte, daß Glenda in ihrer Perlentasche nach einer Zigarette fischte, bot sie ihr eine der eigenen Craven A an, die in einem Silberbecher auf dem Tisch standen.

Dort vorn suchte jetzt Otto, der Döskopp, nach einem Stück Melodie. Er war eigentlich sehr lieb, war *derjenige* der Familie Løvin, der sie am besten aufgenommen hatte. Immer hatte er *ihr* gegen Tobias beigestanden. Otto hatte Katze in ihrem Recht unterstützt, Geschirrtücher zu kaufen, entgegen Tobias' Hang, nur in Hummer und Garnelen zu investieren. Nicht daß Katze sich sonderlich für *Geschirrtücher* interessierte, doch wenn es darum ging, Gammel Mønt 14 in wechselvollen Zeiten zu erhalten, war sie sich ihrer Verantwortung bewußt. Denn konnte sie eigentlich auf Tobias zählen? Was war er denn wert, wenn es darauf ankam? Was war er wert, wenn der Buick auf einem Kiesweg in Litauen liegenblieb? Was war er dann wert mit seinen langen, manikürten Fingern, die gerade mal eine Havanna-Zigarre oder ein Pik-As zu halten vermochten. Was er sonst noch zu halten beliebte, darüber mochte Katze nicht näher nachdenken.

Ottos Frau Titta, geborene Monies – und das heißt Geld, Geld und nochmals Geld –, suchte zwischen den Stücken auf dem Boden wohlerzogen nach einer Melodie. Sie war keine Spielverderberin. Immer mit Krägelchen und Puffärmeln. Hübsche schwarze Löckchen, die sie beim Friseur für ein Vermögen glätten ließ. Elfenbeinprofil und lange rote Nägel wie Klauen, uuh, sie war gerade erst von Fanny Falkner, der letzten Frau Strindbergs, en miniature gemalt worden. Wie viele Jahre hatte Titta darauf verwandt, Otto einzufangen, und die Götter mögen wissen warum, denn ihm war die Sache schließlich völlig egal. Ja, Frauen! Titta mit dem zuckersüßen Lächeln und dem vielen Geld hatte eine Kunstschule in der Schweiz besucht und einen Schönheitswettbewerb in Hornbæck gewonnen, wo sie die Nummer eins im Tennis war, wie langweilig, wie voraussagbar das alles!

Von früher Jugend an verkehrte Titta in Rosenvænget, wo sie sich den bequemen Otto ausgeguckt hatte. Aber da er sich keinen Ruck geben konnte, drohte sie, einen anderen zu heiraten. Und das tat sie auch! Doch Ottochen war es egal, er war nur mit Kartenspiel und Zigarren beschäftigt. Und dann interessierte er sich für »Annoncen«, mit denen er an Papas Blatt arbeitete, nachdem er in Amerika zu rein gar nichts ausgebildet worden war. Die Mädchen bekam er in Rosenvænget auf seinem Diwan serviert, wenn er um Aufwartung in den eigenen Zimmern bat. Also Otto hatte keinen Grund, von daheim wegzuziehen, obgleich er seit langem erwachsen war, wenn man es so nennen durfte. Dennoch erreichte Titta mit ihrem reizenden Wesen und ihrer jahrelangen Beharrlichkeit, daß Otto vor der Ehe kapitulierte und aus der Junggesellenbude auszog.

Tittas erste Ehe, die allerdings Frucht getragen hatte in Form des Sohnes Ib, war schließlich nur ein Mißverständnis gewesen. Und sie rannte denn auch Ib und der ganzen Wirtschaft im selben Moment davon, in dem Otto mürbe geworden war. Titta liebte Ib innig, doch war sie gezwungen, das, was sie liebte, zu opfern, um Otto heiraten zu können, der keine Konkurrenz in Form von Kindern ertrug. Obgleich sie nun Ottos Frau war, blieb er derselbe, der er immer gewesen war. Er äußerte sich nur in kurzen Anzeigetexten. Punkt 1. Whisky mit oder ohne Eis? Punkt 2. Werden wir bombardiert oder werden wir es nicht? Punkt 3. Spielen wir Sechsundsechzig oder Doppelkopf? Zu Katze aber war Otto immer reizend gewesen, und sie fragte sich, was es wohl für ein Gefühl sei, den Mann bekommen zu haben, den man liebte. Sie persönlich hatte das zwar irgendwie auch. Aber dennoch.

Mama, die alte Sara, Papas Witwe, saß da und schüttelte den Kopf, den sie stets ein wenig schräg hielt, ein Netz über dem schütteren blaugetönten Haar. Alle hatten befürchtet, daß sie in schlimmster Schulfräuleinmanier – denn Ende vorigen Jahrhunderts war sie zur Privatlehrerin ausgebildet worden – das Wort ergreifen würde, um Papa zu huldigen. Sie war erst das zweite Jahr Witwe und eine unermüdliche Rednerin, ausgestattet mit kleinen Merkzetteln – eine Ausnahme in der Familie –, und einfach nicht zu bremsen. Die Gefahr war groß, daß sie aufstand und ein ellenlanges Heine-Gedicht aus dem Gedächtnis rezitierte. Doch jetzt saß die alte Sara ganz still da. Sie erinnerte sich der Nekrologe auf ihren Mann, den »Mitmenschen und Dänen«, die auch auf sie abfärbten: »Nirgendwo in Kopenhagen wurde das christliche Weihnachtsfest mit größerem Glanz und tieferer Liebe gefeiert als in diesem jüdischen Heim.« Auch Tobias' Grabrede kannte sie auswendig:

»Zuletzt konnte dein gutes Herz nicht mehr. Still bist du in dem alten Zuhause eingeschlafen, das wir alle liebten. Es fällt schwer zu begreifen, daß wir dich nie mehr wiedersehen werden. Alles an dir war Güte. Nie hast du mehr Freude empfunden, als wenn du anderen Freude bereiten konntest, und du tatest es in reichem Maße.«

War der Tobias, der dort vorn alles kaputtschlug, derselbe Mann, der diese liebevollen Worte gesagt hatte? Mama beobachtete mit grauem Star und durch ihre dicken Brillengläser, wie die Gäste hilflos zwischen den Stücken umherstapften. Sie konnte ihre Rede vor lauter Nervosität und vor Angst, aus dem Konzept zu geraten, einfach nicht halten. Nicht daß sie zimperlich gewesen wäre. Georg Brandes, der ihr Elternhaus und später auch Rosenvænget häufig besucht hatte, war für seine Zeit auch ziemlich provozierend gewesen. Aber wie Nathansen in seinem Buch über ihn schrieb, galt Brandes' leidenschaftliche Wahrheitsliebe und Kompromißlosigkeit vor allem seiner flammenden Forderung nach Freiheit des Gedankens. Er war nicht destruktiv. Robert Storm Petersen war ebenfalls bei Papas Begräbnis zugegen gewesen, und auch er war nicht gerade ein Langweiler. Doch das hier …

Marie kam herein und flüsterte der gnädigen Frau ins Ohr, ob sie den Kaffee servieren solle. »Machen Sie, wie Sie wollen, Marie«, sagte Katze zerstreut. Sie und Marie waren gleichaltrig, beide im Jahr 1900 geboren. Sie kannten einander seit zwanzig Jahren.

Skeptisch, aber beeindruckt schaute Katze zu Palle Gaustrup hinüber – genannt Gaus –, dem jungen Finanzgenie, das Papa seinerzeit unter seine Fittiche genommen und an die Familie gebunden hatte. Otto, der ihn in den USA kennengelernt hatte, war von seinen Fähigkeiten beeindruckt, und Papa hatte ihn dann wie einen Sohn in Tobias' alten Zimmern in Rosenvænget installiert. Obwohl Gaus einen Frack trug und *keine* Augenklappe, hatte er dennoch etwas von einem Seeräuber an sich. Er war eigentlich nur ein Schuhmachersohn aus Horsens, doch hatte er in viel norwegisches Geld eingeheiratet. Seine Frau Aud, die mit den Jahren erblindet war, wurde von allen geliebt, Gaustrup ausgenommen, der es mit der Haushälterin trieb, und das vor aller Augen. Nur nicht vor Auds. Die Natur hatte gnädig den grünen Star über diese armen Pupillen gesenkt. Doch soll man nicht schlecht von Gaus reden, er wird der Familie im Krieg behilflich sein.

Katze betrachtete ihre Kinder mit merkwürdiger Furcht. Als seien sie ihr fremd. Balder, Liane und Rebekka. Auf wessen Seite standen sie eigentlich, auf ihrer oder der von Tobias? Und wie sollten sie in Dänemark zurechtkommen mit ihren in Riga erworbenen deutschen Schulkenntnissen? Li mit ihren bernsteingelben Augen und den trägen, weißen Gliedmaßen war in den Augen der Männer die anziehendste. Alle waren sich einig, daß sie Greta Garbo glich. Li war Tobias' Augapfel, obwohl er zuweilen die Wände hochging über die Art, wie sie all und jedes mit ihrer Verdrießlichkeit zugrunde richtete. Tobias war nicht religiös, er hatte nur eine Religion und die hieß, man *habe* fröhlich und positiv eingestellt zu sein. Gemaule, Klagen und Jammern konnte er nicht ertragen. Katzes Spezialität. Und Li hätte, wenn ihr nur das Geringste zuwiderlief, die ganze Welt kaputtschlagen können – zumindest sprach sie vierzehn Tage lang mit keinem auch nur ein Wort.

Rebekka, die Jüngste, war die Hübscheste, falls man einen Sinn für klassische jüdische Schönheit hatte. Die beiden Schwestern sprachen noch immer deutsch miteinander, und Balder, der an einer dänischen Internatsschule gerade mit dem Abitur fertig geworden war, hatte ihnen erfolglos zu erklären versucht, daß sie jetzt nicht mehr in Riga, sondern in Dänemark lebten, und in Dänemark spreche man also dänisch. Doch Balder ist ein Waschlappen, dachte Katze betrübt. Genau wie ihr eigener Vater. Wer oder was hatte Balder erdrückt?

Seine männliche Schwäche erfüllte sie mit Trauer und Scham. Warum war er so geworden?

War es vielleicht, weil Tobias ins »Tivoli« gegangen war, um

13

sich mit dieser Schlampe Baby Zornig zu amüsieren, gleich nachdem ich ihn geboren hatte und noch immer in der Klinik lag? fragte sie sich.

Ihr Erstgeborener, Balder, war ansonsten der hübscheste und reizendste Junge. »Den hübschen Løvin« hatten sie ihn in der Klinik beim Vorzeigen genannt. Alle hatten hin gewollt, um den »hübschen Løvin« zu sehen, der im Zeichen des Löwen geboren war. Ansonsten aber hatte er nicht viel von einem »Löwen« an sich.

Später, als sie nach Riga gezogen waren, weil Tobias den Posten als Generaldirektor für Vacuum Oil im Baltikum erhalten hatte, waren sie schließlich gezwungen gewesen, Balder wegen des Schulbesuchs und um seiner Zukunft willen nach Dänemark zu schicken. Sie waren dazu gezwungen gewesen, obwohl Katze dagegen gewesen war. Ihr konnten noch immer Tränen in die Augen steigen, wenn sie daran dachte, daß sie einen so kleinen Burschen hatte wegschicken müssen. War es die Atmosphäre in Rosenvænget gewesen, die ihn als Kind erdrückt hatte? Waren es Mamas Strenge und Papas weiches Gemüt gewesen, die Balder die Flügel gestutzt hatten? Oder hatte man ihn in der Schule zuviel gehänselt wegen seiner roten Haare und der großen Nase? Humor besaß er schließlich, doch glaubte er nicht ein bißchen an sich selbst. Und das war irgendwie furchtbar. Daß eine Frau nicht an sich glaubte, war klar, so abhängig, wie sie nun einmal vom Blick des Mannes war. Aber ein Mann, der nicht an sich glaubte? Da hörte sich doch alles auf.

Und Li, warum war sie so geworden? Etwa, weil sie auf der Flucht in einem Bordell übernachtet hatten? Auf der ganzen Autofahrt durch Deutschland hatten sie schließlich kein einziges Hotel finden können, denn überall hatten Schilder gestanden mit der Aufschrift »Juden nicht erwünscht«. Und man kann es ja wahrhaftig verstehen, wenn man sie kennt. Tobias' angeborene Arroganz und ewige Poussiererei. Er hatte 1937 seinen blauen Buick durch Nazi-Deutschland gefahren, mit dänischer Flagge und einer dicken Zigarre im Mundwinkel. Ohne ein Wort zu sagen. Sie hatten im Auto gesessen, und die Familie mit der genialen Redebegabung hatte nicht ein Wort von sich gegeben. Li und Rebekka hatten gewußt, daß die Schilder auf den Vater gemünzt waren. Er war es, der unerwünscht war, doch war er ihr Vater, und ihnen war er erwünscht, und sie liebten ihn.

Katzes Gedanken kreisten ständig um das Bordell. War Li dort verpfuscht worden? Weil sie kein ordentliches Hotel hatten finden können? Li hatte Sex-Appeal, wie Katze auch, das war von Anfang an klar. Li konnte jeden beliebigen Mann dazu bringen, Berge zu versetzen, ohne daß sie ihn darum bitten mußte. Die Kraft besaß sie einfach. Aber wozu würde Li sie benutzen? Und was wollte sie selbst eigentlich? Katze wußte sehr wohl, daß eine solche Frage sinnlos war, wenn es um das Leben einer Frau ging. Dennoch erhielt man auf genau diese Frage eine Antwort, wenn man Rebekka ansah. Fräulein Besserwisser. Sie war sicher die Intelligenteste von den dreien. Sie würde es am weitesten bringen. Doch zugleich fürchtete Katze, daß Bekka ihre Fähigkeiten gegen sich selbst richten könnte.

»Li ist bezaubernd«, sagte Glenda über den Tisch hinweg, um ihre Freundin zu erfreuen.

»Ich mach mir Sorgen um Bekka«, entfuhr es Katze.

»Warum denn das? Sie ist doch tüchtig in der Schule, so fleißig und klug!«

»Aber was nützt das, wenn man keinen Mann verführen kann!« sagte Katze lachend, mit einem verschwörerischen Blick zu Glenda.

»Es gibt doch wohl noch andere Dinge im Leben«, erwiderte Glenda, ohne es zu glauben.

»Und das sagst *du*!«

Glenda zog es vor, Katzes spitze Bemerkung als Kompliment aufzufassen.

»Eine Frau, die keinen Mann verführen kann, macht mir Angst«, flüsterte Katze.

»Und weshalb sollte Rebekka keinen Mann verführen können, wenn ich fragen darf, sie hat doch ein hübsches Gesicht.«

»Man verführt nicht mit einem hübschen Gesicht«, erwiderte Katze düster.

»Sie kann ja noch abnehmen.«

»Was weißt denn du davon?« Katze maß Glendas üppige Formen mit einem Blick.

»Man hat nicht das Recht, seine eigene Tochter so negativ zu sehen«, sagte Glenda erneut und fügte hinzu: »Außerdem gibt es ja noch so etwas wie *Geist*!«

»Was weißt denn du davon?« Katze lachte und tat, als suche sie nach einem Stück der Melodie.

Unterdessen hatten Gaus und Li sie gefunden. Die Melodie. Doch was für eine? Katze sah sehr wohl, wie Palle Gaustrup Li mit sich zog, am Altarleuchter vorbei und in den Salon hinein. Doch da sie in Gedanken ständig bei Tobias und Glenda war und sich fragte, was ihnen wohl jetzt einfallen würde, während sie gleichzeitig über ihre Kinder nachdachte, bemerkte sie nicht, daß Gaus ihre Tochter immer weiter von der Gesellschaft wegführte.

Gaus küßte die Tochter des Hauses lange und ausgiebig im Salon und zog sie dann auf die Treppe hinaus. Er faßte sie bei der Hand und eilte mit ihr hinunter zum zweiten Stock und weiter zum Mezzanin. Li konnte den Taftunterrock zwischen den Schenkeln rascheln hören. Hier blieb er stehen. Es zeigte sich, daß er die Schlüssel zum Bankbüro bei sich hatte. Er sagte, dort könne er sie viel besser küssen, denn er bekäme einfach nicht genug von ihr. Und das faßte sie als Kompliment auf. Drinnen auf dem Schreibtisch machte er es dann. Mitten in einem Berg von Wechseln und Obligationen. Und Li, die es noch nie zuvor ausprobiert hatte, war sehr geschmeichelt. Sie wußte sehr wohl, daß sie Sex-Appeal hatte. Doch erst jetzt brachte es ihr etwas.

»Glaubst du, deine Frau hat was gemerkt?« fragte sie, ängstlich, doch auch hoffnungsvoll.

»Aud ist blind wie ein Maulwurf, das weißt du ja.«

»Blinde fühlen mehr als andere Menschen, Beethoven …«

»Über ihn wollen wir jetzt nicht reden«, flüsterte Gaus.

»Ich bin froh, daß ich keine Jungfrau mehr bin.«

»Darf es noch mehr sein?«

»Mehr gibt es wohl nicht«, antwortete Li rasch.

»Immer zu Diensten«, sagte Gaus und knöpfte die Hose zu.

»Wenn meinem Vater was passiert …«

»Selbstverständlich. Was genau meinst du?«

»Wenn der Krieg …«

»Du kannst immer auf mich zählen.«

Li genoß das wahnsinnig kribbelnde Gefühl, daß niemand wußte, was unten im Mezzanin passiert war. Nicht sie hatte es tun wollen, er war es, der wollte. Aber es machte nichts, daß es so war. Denn später, als all das Schreckliche geschehen ist, hat Li an diesen Silvesterabend auf dem Schreibtisch zurückdenken können. Und daß sie mit einem Mann zusammen war, der als einziger in der Besatzungszeit, wo sich die Leute nicht einmal

Fahrradreifen leisten konnten, mit dem Taxi bis nach Asserbo fuhr. Er war einfach eine *Persönlichkeit*.

Während Li auf dem Schreibtisch des Bankiers lag, hielt Rebekka triumphierend das Stück einer Melodie in der Hand, von der sie sicher war, daß ihr Vater sie ebenfalls besaß. Bekka freute sich über Tobias' Einfall, den ganzen Stapel Grammophonplatten zu Boden fallen zu lassen. Diese Grandiosität erfüllte sie mit Glück: Der Vater hatte in seiner Großzügigkeit dem Gott der Verschwendung geopfert. Bekka kümmerte sich nicht um die Einwände der Frauen, die immer und ewig an Geschirrtücher dachten statt an Hummer und Garnelen. Geiz war ein weiblicher Zug. Es war unmännlich, knausrig zu sein. Die Zählerei war typisch für alte Jungfern, spinsterish … Das Letzte auf dieser Welt, mit dem Bekka konform gehen konnte. Schließlich war es auch unvorstellbar, daß Zeus die Tropfen zählte oder Thor am Blitz sparte … Vanessa, der neue Terrier der Familie, fand Bekka, und sie kraulte das Tier ausgiebig hinter den Ohren, während sie dachte: Das Maskuline muß unbändig und großzügig sein. Frauen halten sich zurück, bei diesem und jenem, während sie die Schlüssel zu Speisekammer und Schleckereien verwahren. Ihr Vater war in all seiner Grenzenlosigkeit der Mann, der ihr Glück brachte.

Erstaunlich, daß Tobias es noch nicht gedeichselt hatte, den Drachen Glenda zu küssen. Statt dessen ging er mit einem Plattenstück auf Katze zu und küßte sie: »Frohes neues Jahr, mein Schatz.« Beide hatten sie dieselbe Melodie gefunden: »I never had a dream come true«.

2. Der Leuchter

Katze mochte die Photographie vom Neujahrsabend 1940 nicht mehr betrachten. Glenda, Gott bewahre. Mit einem lauten Klatschen schlug sie das Album zu: »Männer sind Lumpen und Frauen sind Pack. Menschen sind Lumpenpack.«

Betrat man das Patrizierhaus und nahm den klapprigen Mahagoniaufzug zum dritten Geschoß – einen kleinen Holzkasten mit Klapptüren und Fenstern –, wurde man von einer Eisenkette, die ständig zu bersten drohte, am »Mezzanin« vorbeibugsiert. Dies war in gewisser Weise die aufregendste Etage, denn hier gab es nur ein Eisengitter, und man konnte nicht hinaus. Das »Mezzanin« … schon allein der Name signalisierte etwas Mystisches, daß es eine richtige Etage war und auch wieder nicht, und die Gitterstäbe ließen etwas Suspektes hinter den achtbaren Schildern »Getreidekontor« und »Bankbüro« vermuten. Waren die Firmen echt? Zählte diese Etage überhaupt? Man sehnte sich unwillkürlich danach, in den dritten Stock zu kommen.

Früher einmal hatte die Tür mit dem farbigen Bleiglas mehr geglänzt, damals als jeden Dezember Christusdorn und ein russisches Väterchen Frost sie zierten und das Messingschild mit Direktor Løvins Namen in Schrägschrift noch poliert wurde. Das war lange her. Doch hinter der Tür, im *Entree* – in der Familie Løvin zeugte es von schlechtem Geschmack, »Diele« zu sagen – hingen die Überzieher des Direktors nach wie vor an den Haken – schwarze Ulster nebst Stock und Hüten mit leicht aufwärts gebogener Krempe –, obgleich er seit langem tot war. Der rote Seiden-Domino, sein Karnevalskostüm, hing noch immer im Schrank. Die zurückgelassene Katze konnte den Gedanken nicht ertragen, die Sachen wegzuwerfen, denn schließlich hatte sie ihn trotz allem geliebt. Trotz allem. Sonst gäbe es ja wohl ihre Kinder und Enkelkinder nicht.

Das Fenster des Gäste-WCs nahm Katzes ganze Aufmerksamkeit in Anspruch. In der Familie Løvin zeugte es von ebenso schlechtem Geschmack, »Toilette« zu sagen, insbesondere wenn man das t aspiriert aussprach wie Dienstmädchen und Verkäuferinnen. Es heiße WC, sagte Katze immer – auf englisch: Water closet. Oder »powderroom«, denn so nannte es Debbie, die aus der Gosse in der Borgergade kam und als Lady de Bath endete. Katze stellte ihren Dry Martini ohne jeden Vermouth hinter Tante Muddes handbemalte Blumenlampe. In diesem WC war nicht eben Platz für viele Puderquasten, doch Katze hatte das starke Gefühl, ihr verstorbener Mann habe sich als weiße Taube hinter der Scheibe auf dem Fenstersims niedergelassen.

»Pst, pst«, hatte sie jahrelang nach Tobias' Tod geflüstert und sich auf die obengenannte Lokalität geschlichen, um ihren geliebten Mann zu begrüßen, das Oberhaupt der Familie, verkörpert in einer weißen Taube vom Rådhusplads. Diese hatte zum Sims von Gammel Mønt 14 heimgefunden, so als kenne sie Katzes ewiges Motto: »Die Welt vergeht, aber Gammel Mønt 14 besteht.« Dafür würde sie schon sorgen, so wie sie es immer getan hatte. Sie war es schließlich gewesen, die im Krieg in Dänemark zurückgeblieben war, sich um das Zuhause gekümmert und die Firma weitergeführt hatte. Nicht er, dieser Scheißkerl Tobias, der sich mit eingezogenem Schwanz davongemacht hatte.

Im *Entree* stand eine alte Kommode aus Riga unter einem Kristallspiegel und russischen Miniaturgemälden mit Schnee, Pferdeschlitten und Zobelpelzen. Im Inneren der Kommode roch es nicht nach Mottenkugeln, sondern nach toter Seide. Denn wie ein Perlenkollier kann auch Seide sterben. Es gab aber auch quicklebendige Seide zwischen Katzes alten Roben, unter anderem ein plissiertes tomatenrotes Kleid aus dickem Crêpe de Chine und ein schwarzes von Chanel aus den Dreißigern mit Schlitz bis weit den Schenkel hinauf. Ein taubenblaues chinesisches Tischtuch, mit Drachen bestickt, das Katze einst zu einer Boudoir-Tunika umgenäht hatte, war seitlich zu binden, so daß die nackte Haut hervorschaute. Doch das Gewagteste war – und nur Katze wußte, ob sie es jemals getragen hatte – ein sahnefarbenes durchsichtiges Gewand mit freiem Rücken, langen, flügelähnlichen Ärmeln sowie einem unglaublich raffinierten Dekolleté, bei dem der Stoff an den Brustwarzen senkrecht ausgeschnitten war, so daß jeweils die halbe Brust aus dem Kleid hing oder ragte, je nachdem, wer es gerade trug. Doch niemand wußte, *ob* oder wann es jemals getragen worden war. Oder ob die durchsichtige Seide, die so viele Geheimnisse barg, mehr tot als lebendig war. Katze hätte niemals ein so delikates Kleidungsstück aufbewahrt, wenn es nicht just der schwedischen *Gräfin* Angelika gehört hätte, einer ihrer alten Freundinnen, die in einem Schloß geboren war, Hüte so groß wie Mühlräder trug und fünf Scheidungen hinter sich hatte.

Zwischen Salon und Eßzimmer, die durch eine breite Schiebetür miteinander verbunden waren, stand der russische Altarleuchter, den Katze für einen Pappenstiel bei einem lettischen Juden in Riga gekauft hatte. Vermutlich war er Diebesgut aus einer orthodoxen Kirche, dieser anderthalb Meter hohe Silberleuchter, der beim Antiquitätenhändler gelandet war. Ursprünglich waren es natürlich zwei Leuchter gewesen, doch der andere war, wie es schien, bei einer ungarischen Familie zu einer Lampe mit geblümtem Schirm umgestaltet worden. Katze, die viel auf guten Geschmack hielt, hatte den Kopf geschüttelt, als Rebekka, die Jüngste, eines Tages von einer ungarischen Klassenkameradin heimkam und von der Existenz des Lampenschirms berichtete. Da war Katzes spezieller Gesichtsausdruck erschienen. Winzige Zuckungen um den Mund der Mutter hatten Rebekka unablässig guten Geschmack eingeschärft. Bei Katze trug der Leuchter stets eine vergilbte, staubige Kerze, die nie angezündet wurde. Dennoch hatte er etwas Sakrales. Er stand auf seinem Platz und wahrte … ja was? Den guten Geschmack, weil er nicht zur Lampe mit Schirm geworden war. Wo doch gewisse Menschen zu Lampenschirmen geworden waren, nach Experimenten des Dr. Mengele im KZ.

Im Eßzimmer stand gleich neben dem Samowar das Büfett, voller Goldrandteller und silberner Zwischenteller, die nie mehr benutzt wurden. Darüber hing ein Gemälde aus Lettland, ein fliehender Jude mit einem Sack auf dem Rücken, das Katze irgendwann für wenige Lat in Riga gekauft hatte, nur um dem Maler, diesem armen Schlucker, zu helfen.

Hier im Eßzimmer hing auch ein Porträt des Schwiegervaters oder »Administrators«, genannt Papa. Einer von »Dänemarks großen Söhnen«, wie die Gazetten damals schrieben, als er, der Publizist, »Reklame« nach amerikanischem Vorbild eingeführt und damit Dänemarks größtes Tageblatt zur finanzstärksten Zeitung gemacht hatte. Doch alle diese sogenannten »großen Söhne« – ob sie nun Brauer wurden wie Max in Chicago oder Publizist wie Papa – gingen auf Isidor Løvin zurück, den Gründer der Dänischen Spritfabriken – aqua vitae, Wasser des Lebens.

3. Persönlichkeit

Das, was einem »die Familie« in jungen Jahren so unerträglich macht, ist dasselbe, was sie so anziehend werden läßt, wenn man alt wird: Diese Konzentration von Karma, Erinnerung und Leichen im Keller.

Es ist die primäre Aufgabe der Familie, ihre Mitglieder zu überzeugen, daß sie großartig sind. Einzigartig, wundervoll und etwas ganz Besonderes. Nicht alle Familien bewältigen diese Aufgabe bis ins letzte, denn dafür ist ein göttlicher Ursprung erforderlich. Die Familie sollte möglichst von einem Gott abstammen. Hierin war die Lage der Familie Løvin günstig, denn sie führte ihre eigene Herkunft auf Isidors ältesten Sohn Maximilian zurück.

Auf der ersten Seite der amerikanischen Biographie über Onkel Max wird dieser Jude mit dem Adlerhaken nach Walhall versetzt, von wo aus er auf sein Schöpfungswerk hinabblickt und erklärt: »Es ist sehr gut.« Nicht zufällig »erklärt« er sich, denn das tut man vor der Presse. Und das himmlische Licht ließ sich in Maximilians Fall nicht vom Rampenlicht unterscheiden, es folgte ihm überallhin. Niemals folgte er dem Rampenlicht, so steht es im Buch.

Es ist nicht einfach, einen Gott in der Familie zu haben, so notwendig es auch ist. Man kann zwar mit ihm prahlen, doch kann man nicht ernstlich Nutzen von einer Gottheit haben, die so hautnah existiert. Gottheiten erfordern Tod und Distanz.

Max war grandios. Diese Mischung aus Gottheit, Forscher, Erfinder, Healer und Zelebrität warf einen goldenen Glanz auf den Rest der Familie. Max war Blüte und Frucht der Familie und somit auch der Wurm im Apfel. Und deshalb antwortete er stets, wenn er auf seine alten Tage Komplimente für sein jugendliches Äußeres erhielt: »Ja, außen gleiche ich einem frischen roten Apfel, doch im Innern herrscht Fäulnis.« Man sollte im übrigen nicht vergessen, daß der Abgott der Familie familienfeindlich war: »Gott wählt deine Familie, doch wählst du, Gott sei es gepriesen, deine Freunde selbst«, waren seine Worte. Hingegen brachte er Kreuzottern offenbar Sympathie entgegen. Nicht einmal als er sich versehentlich in ein Nest gelegt hatte, schlug er nach ihnen oder sprach abfällig über die Tiere. Max war in allem die Treue, Ehrlichkeit und Uneigennützigkeit in Person. Nicht religiös, das sind Götter ja nicht, aber das weibliche Geschlecht verehrte er in hohem Maße. Eine neue Religion? Und woher stammte diese Gottheit oder, richtiger gesagt, wie kam er zu diesem Status?

Wie es Götter tun, steigen sie aus den Nebeln der Urzeit zu uns herab – ob nun aus Schenkeln oder der Stirn geboren. Max entstieg als Gott Bacchus den Nebeln des Branntweins, exakt im Jahr 1859. Nicht daß der Gott betrunken oder auf andere Weise unliebsam gewesen wäre, ganz im Gegenteil. Er war von einem Zauberer gezeugt worden, einem Alchimisten, der es verstand, Kartoffeln in Branntwein zu verwandeln. Und so geschah es, daß Max, der Erstgeborene, vom zartesten Alter an berauschende Elixiere, Destillate und Gebräue einatmete. Max hat seine ungewöhnlich robuste Gesundheit später selbst mit dem Umstand erklärt, in den Dämpfen des Aquavits gewiegt worden zu sein.

Vielleicht kein schlechter, aber doch wohl ein schwankender, trunkener Beginn?

Max' Vater, der arme Isidor Løvin, war als junger Bursche von Polen nach Dänemark gewandert, ein Ränzel mit Rädern auf dem Rücken. Als Sohn eines armen Goldspinners & Posamenters – nur wenn Heere durch den Ort zogen und Uniformen brauchten, kam richtiges Essen auf den Tisch – wuchs er mit seinen fünfzehn Geschwistern in einer kleinen Weberhütte auf. Zu Mittag gab es gestampfte Kartoffeln als Vorspeise und Kartoffeln als Nachspeise, Kartoffeln zum Abendessen mit trockenem Brot und – wenn es hoch kam – Schiebehering und Sirup. Stets gab es Prügeleien um eine kalte gekochte Kartoffel, also bestand die Lebensaufgabe ja offenbar in der alchimistischen Frage: Wie lassen sich Kartoffeln in Branntwein verwandeln? Isidor fühlte das Rezept in seinem Kopf gären. Er war mit technischem Verstand begabt, und deshalb war auch nichts dagegen einzuwenden, daß er im Jahr 1838 seine und Kopernikus' Geburtsstadt Thorn verließ, um sich dann – mit persönlicher Erlaubnis des dänischen Königs – in Aalborg niederzulassen. Hier gründete er die Dänischen Spritfabriken, und mit Hilfe neumodischer Technologie, eines avancierten Destillierapparats, nach dem er ganz Europa durchforstet hatte, erfand er den fuselfreien Tafelaquavit. (Die »großen Söhne« waren ziemlich verärgert, daß er »Malteser Aquavit« hieß, wo die Dänen sich doch in alle Ewigkeit mit »einem Løvin« hätten zuprosten sollen!)

Daß der Vorfahr des Geschlechts, Max' und des Branntweins Vater, eine feurige Seele besaß, kann man kaum in Zweifel ziehen, wenn man weiß, daß er beim Abschied vom Vaterland gemeinsam mit seinen Kameraden niederkniete und sagte: »Der erste von uns, der ›treife‹ (nicht-koscher) ißt, der soll ersticken.«

Isidor Løvin lebte sein ganzes Leben lang koscher und hielt den Sabbat aufs strengste ein. Als er mit dem Tod rang, hatte er nur noch einen Wunsch offen: Das Heilige Land zu besuchen. Er mußte sich mit der Schachtel Erde begnügen, die ihm seine Freunde von dort mitbrachten. Seine Ehefrau Emilie Wasserzug – die Katze natürlich den »Sprengwagen« nannte und die sich Isidor von daheim in Thorn geholt hatte, um sich eine richtige Koscher-Braut zu sichern – hatte, allem Koscheren zum Trotz, jedem der großen Söhne einen nordischen Namen gegeben. Isidor und Emilie mußten als Einwanderer mit Akzent gewußt haben, daß dänische Namen besser ankamen: Max, Louis, Erik, Frederik, Arthur, Emil und Rosa. Der »Sprengwagen« hatte ein strenges Aussehen, alle ihre Nachkommen ängstigten sich vor ihren schwarzen Porträts, auf denen der Mund einem Strich glich, und überall, selbst noch im fernsten Kinder- oder Gästezimmer, hing ihr Bild an der Wand und verbreitete – Unbehagen.

Bereits die zweite Generation war vollkommen assimiliert. Max' Bruder Erik ließ sich taufen, wurde Christ, königlich ernannter Konsul und Getreidehändler in Odessa sowie Freimaurer von hohem Rang. Und wie die großen Geschäftsleute jener Zeit, die als Mäzene entweder Kunst oder Wissenschaft förderten, unterstützte Erik Løvin verschiedene Polarexpeditionen und erhielt ein Stück Polareis zwischen dem 86. und 88. Breitengrad nach sich benannt. Das ist Løvin-Land, ganz eindeutig, doch vermutlich ohne Löwen.

Im großen und ganzen waren Isidors Söhne als Brenner und Brauer dem Rausch treu geblieben. Emil, der kleine kugelrunde Gulaschbaron mit Palais in Rungsted, den der Erste Weltkrieg zum Multimillionär gemacht hatte, verkaufte Hopfen und Malz. Arthur, der Lustige, erzog die Bevölkerung Englands zum Trinken von Lagerbier, das er selbst erfunden hatte. Stets trug er ein Thermometer bei sich und war somit bestens ausgestattet, um im Restaurant bei jedem einzelnen Glas Bier die Temperatur zu messen. Im übrigen konnte er auf dem Klavier eine Polka in mehreren Oktaven klimpern, und zwar mit der Nase. Es versteht sich von selbst, daß all die großen Söhne heftige Gegner des VERBOTS waren. Doch war der Kampf gegen das Alkoholverbot ganz gewiß auch das einzige Gebiet der Politik, auf das sich die Söhne jemals einließen. Neben »Dänemarks großen Söhnen« vergißt man leicht Rosa, Schwester von Max und in Stockholm verheiratet, doch wird man sich ihrer noch erinnern.

Sie *wollten* Dänen sein, und sie *wurden* Dänen, egal wo in der Welt sie sich befanden. Doch die lief dann nicht so weiter. Stop, sagte Hitler. Ist man, der man selbst glaubt zu sein, oder jener, von dem andere sagen, man sei es? Sie selbst glaubten nicht, Juden zu sein, bis die Welt stop sagte. Und vielleicht waren sie ja doch Juden, auf ihre eigene Weise. Stets benutzten sie »das Gesetz« unausgesprochen als Maßstab für Erfolg oder Fiasko. Da bisher niemand im Gefängnis gesessen hatte, meinten sie, der Familie sei es gut ergangen.

Max wurde – Aufrührer. Und ein seltenes Beispiel dafür, daß Aufruhr und Erfolg Hand in Hand gehen können. Er verabscheute jenes, was man in den siebziger Jahren des vorigen Jahrhunderts »Affektation« nannte. Das Korsett der unnatürlichen gesellschaftlichen Etikette. Mit echtem Schamgefühl hatte Max begriffen, daß das Samtboudoir seiner armen Mutter Kitsch war, der Versuch des Emporkömmlings, als fein zu gelten. Er schämte sich auch für seinen Vater, Isidor, wenn dieser eine Kiste Havanna-Zigarren öffnete, die Max ihm geschenkt hatte, sie unter den neugierig schnüffelnden Gästen herumgehen ließ, dann den Deckel zuklappte und eine billigere Sorte zum Rauchen anbot. Damit keiner von Isidors Söhnen seine Herkunft vergessen sollte, hatte dieser auf seine alten Tage sechs silberne Zuckerschalen mit Schloß und Schlüssel beim Hofjuwelier Michelsen anfertigen lassen.

Nicht eben verwunderlich, daß Großzügigkeit Max' Kennzeichen wurde. Stets war er derjenige, der einlud und bezahlte. Der für andere Feste organisierte. Man kann vielleicht sagen, er hat sich aus seinem Schamgefühl herausgezahlt. Oder daß er für die Knausrigkeit der Eltern büßen mußte. Doch war er nicht sentimental, er war sarkastisch. Und happy-go-lucky.

In der Domschule von Aalborg befreundete sich Max mit einem Schäfer, einem späteren Arzt, weil er in ihm das Authentische fand, das seine Eltern beim gesellschaftlichen Avancement verloren hatten. Hier lernte Max die ewige Lektion: Es gibt jene, die reich geworden und dennoch arm geblieben sind – und umgekehrt. Max und sein Freund waren Demokraten, sie stießen an auf »Schleswig zurück zu Dänemark«, und sie wollten für eine *poetische* Welt ohne Klassenunterschiede kämpfen.

Doch waren wohl Kummer und Zorn die Triebkräfte seiner Erfolgsgeschichte. Maximilian hatte als ältester Sohn ganz selbstverständlich damit gerechnet, daß er die Fabrik in Aalborg nach seinem Vater übernehmen würde. Mit diesem Ziel vor Augen hatte er tüchtig und brav den Doktorgrad in Chemie an der Universität Marburg erworben. Er hatte Lieder für die Arbeiter der Fabrik geschrieben und Feste für sie veranstaltet. Doch seine Interessen wurden übergangen, als Isidor die Spritfabrik als Aktiengesellschaft verkaufte – eine neue Mode jener Zeit. Er erbaute statt dessen den Gutshof Sohngaardsholm und betrieb auf seine alten Tage Landwirtschaft, was Juden nie gedurft hatten, da es ihnen in Europa verboten gewesen war, Land zu besitzen. Obendrein hatte Max sich in ein Fräulein Heiberg aus intellektueller Familie verliebt. Er konnte sie jedoch nicht bekommen, und da er auch die Fabrik nicht bekommen sollte, fuhr er nach Amerika und wurde Amerikaner. Das allerseits so angebetete Fräulein Heiberg folgte ihm über den Atlantik und wurde seine Frau. In Amerika konnte die Familie sie nicht mehr in Korsetts zwängen. Später, als sie starb, fand man zwischen ihren Papieren eine Liste aller früheren Bewunderer mit dem Zusatz: »Und dann nahm sie den Törichtsten von allen, Max.«

In Chicago gründete Max – nach dem obligatorischen Mißerfolg – das Brauereiinstitut, nach ihm selbst benannt: Lovin' Institute. Und das konnte Gottseidank mißverstanden werden. Hier entstand Amerikas erste reine Gärkultur. Und von hier aus diagnostizierte er die Quelle jener Typhusepidemie, an der die Leute haufenweise krepierten. Ursache waren Verunreinigungen im Wasser, das aus dem Michigan-See entnommen und zum Spülen der Milchflaschen genutzt wurde. Max hatte den Ansteckungsherd, das verseuchte Wasser, lokalisiert, wurde interviewt und erteilte in den Zeitungen Ratschläge zur Hygiene. Vielleicht war es nicht unbedingt eine gewaltige Leistung, schließlich betraf es ja nur das Überleben einer einzigen Stadt, doch hatte es den Anschein, als habe er die ganze Welt gerettet.

Mit der Zeit wurde er als einflußreicher Bürger und Grandseigneur auch das Lieblingsopfer der Karikaturisten. Man kann ihn unter anderem dahinspazieren sehen, den Adlerhaken hocherhoben und eine Fliege an der Leine. Der Text besagt, Max Løvin könne alle und jeden glauben machen, die Fliege sei ein Elefant. Andrerseits war er nicht einmal imstande, auch nur einer Fliege etwas zuleide zu tun. Wo begann das Unheil der Familie? Vielleicht hätte man mehr Fliegen etwas zuleide tun sollen und damit weniger falsche Elefanten gehabt.

Nicht daß Max falsch gewesen wäre. Über dem Eingang zum Hørgdalshaus, das er draußen in der jütländischen Heide anläßlich der Rebild-Feiern, die er selbst ins Leben gerufen hatte, bauen ließ, um eine Brücke zwischen Dänemark und Amerika zu schlagen, stand die Frage ins Holz gebrannt: »Bist du echt?« Hier machte sich sein Abscheu vor jeder Art von Affektiertheit erneut bemerkbar. Echtheit sollte aber nicht als Gegensatz zu Ironie verstanden werden. Schüttete es wie aus Kannen, sagte Max: »Im Hørgdalshaus scheint immer die Sonne.« Atmeten die entzückten Gäste die frische Heideluft in tiefen Zügen ein, schimpfte Max: »Die Luft gehört *mir*!« Gingen die Dinge nicht nach seinem Kopf, resignierte er nie, sondern stellte nur fest: »Nun ja, man kann es nicht immer wie im Garten Eden haben. Selbst dort ging es schief.« Als Gott mußte er es schließlich wissen. Der Nachwelt wird er als alter Adler geschildert, der in Rebild die siegreichen zimbrischen Stämme feierte. Das ist eine Geschichte über Assimilierung und Abkehr vom Judentum. Bist du, der du selbst sagst zu sein, oder jener, von dem andere sagen, du seist es?

Als er die Möglichkeit hatte, Sohngaardsholm, den Hof des Vaters, zurückzukaufen, wurde es ihm zur Herzenssache, die dänisch-amerikanischen Archive einzurichten. Als Huldigung für Abraham Lincoln baute er das Blockhaus, wofür ihm sein guter Freund Knud Rasmussen eine amerikanische Fahne überließ, die diesem von der einheimischen Bevölkerung geschenkt worden war, nachdem er auf seiner allerlängsten Expedition Alaska erreicht hatte. Max unterhielt sich ebenso spontan mit dem amerikanischen Präsidenten, dem dänischen König und Ministerpräsidenten Stauning, wie er auch, Holzpantoffel an den Füßen, mit Bauern oder Holzhackern plauderte. Er schien das Licht anzuziehen, doch war ihm der Schatten ebenso lieb.

Er war gewiß nicht der glänzendste Wissenschaftler, doch verstand er es, ein vorbildliches Labor zu leiten. Im Carlsberg-Laboratorium sagte man: Auch wenn Dr. Løvin alle Geheimnisse des Gärprozesses kannte, war er doch mehr an menschlichen als chemischen Gärprozessen interessiert. Er verstand nichts von Naturgeschichte, doch er kämpfte gegen die Heide-Gesellschaft und rettete die Heide. Er war nicht belesen, doch kämpfte er dafür, den Standard der Public Library in Chicago, in deren Vorstand er saß, zum Frommen der Volksbildung zu heben. Am häufigsten und besten aber trat er in der Rolle des Arrangeurs und Organisators unzähliger Festlichkeiten in Erscheinung: Festivals, Bankette, Kampagnen und Ausstellungen. Der

Mann, der echt sein wollte, blühte im Repräsentativen auf. Mit einer Mischung aus Magie und der Präzision einer Stoppuhr. Dem Geheimnis des Festes.

Vierundneunzigmal bestieg er das Schiff zwischen Dänemark und Amerika und verbrachte auf diese Weise drei Jahre seines Lebens auf dem Atlantik. Es war ein Doppelleben zwischen zwei Ländern und zwei Frauen. Denn Max hatte »als ordentlicher Løvin eine Geliebte nebenbei« – wie es später auf männlicher Seite der Familie hieß. Das so begehrte Fräulein Heiberg war in jenem Augenblick aus dem Leben des Mannes verschwunden, in dem sie hineintrat. Max lebte zu einer Zeit, in der die Frauen nicht dasselbe wollten wie die Männer. Und umgekehrt. Die Biographie behauptet, Max hätte mit seiner enormen Vitalität zehn Leben in einem gelebt, doch alle ohne seine Frau. Max' geheime Religion aber war offenkundig.

Als er in hohem Alter am Star operiert wurde, lud der alte Zauberer, wie man ihn dann nannte, neun Krankenschwestern in den »Strandmøllekrug« ein. Als Greis mit Harem erregte er Aufsehen. Doch nach dem Essen war er so müde, daß er sich ins Krankenhaus bringen ließ, während die Krankenschwestern auf Rechnung des Alten ins »Tivoli« zogen.

Max' Ende war voller Ironie. Der Kosmopolit, der sein Leben in sämtlichen Großstädten der Welt verbracht hatte, ohne sich auch nur einen Kratzer zuzuziehen, segnete das Zeitliche nach einem Verkehrsunfall draußen in der Heide. Zwar brach er sich bei der Kollision mit einem Pferdewagen lediglich den Oberschenkelknochen, doch als der Sohn des Bacchus erst einmal darniederlag und das Feuer, das ihn aufrechterhalten hatte, den gestutzten Adler nicht mehr entflammen konnte – wie es in der Überlieferung heißt –, da verließ ihn der Mut, er bekam eine Lungenentzündung und starb.

In einem Punkt war Maximilian ein eklatanter Versager gewesen. Er kannte keine Durchtriebenheit und war auch nie imstande gewesen, seine Gefühle zu verbergen. Er liebte es zwar, Freunde zu haben, doch die Wahrheit schätzte er höher. Damit war er eine *Persönlichkeit*. Und das war es auch, was der Rest der Familie zu werden versuchte. Der Reihe nach. Oder gleichzeitig. Mit allen Zusammenstößen, die daraus folgen. Denn jeder Gott hinterläßt selbstverständlich ein ungeschriebenes Gesetz. Und das Gesetz nach Max hieß: *Du hast eine Persönlichkeit zu sein.*

Aber worin sollte diese Persönlichkeit bestehen und was sollte sie ausrichten? Das wurde mit der Zeit völlig nebensächlich. Wo gute Christen es bevorzugten, menschlich zu sein, hieß das Codewort für die Løvins – so wie für Brandes – *Aufmerksamkeit*. Während ordentliche Christen demütig beteten: »Unser täglich Brot gib uns heute«, betete man in der Familie Løvin: »Unsere tägliche Dosis Aufmerksamkeit gib uns heute, für das täglich Brot werden wir schon selber sorgen.«

Da Unspektakuläres mit der Zeit als schlimmer angesehen wurde denn Kriminelles, konnte es schließlich nicht verwundern, wenn der eine oder andere in der Familie eines schönen Tages auf die Idee kommen würde, ein Verbrechen zu begehen. Im Dienst einer höheren Sache natürlich: Ganz einfach, um dem Gesetz zu folgen.

»Willst du Lachs oder Krabben?« erinnert sich Katze, daß Max sie im Hotel Phønix gefragt hatte und daß sie lange, ganz benommen, gezögert hatte.

»Dann bekommst du überhaupt nichts«, hatte er gesagt und die Speisekarte zugeschlagen. Und Katze hatte gelacht, völlig hingerissen.

4. Botschaft an García

Eigentlich hatte Papa Løvin, Administrator und Publizist, Mathematik an der Universität studieren wollen, doch der Vater des Aquavits, der in diesem Fall ja auch der leibliche Vater war, verbot dem Sohn derartige Extravaganzen. Statt dessen wurde er zum Apotheker in Randers ausgebildet. Alkohol und Arzneimittel, für die es auch weniger schöne Namen gibt, sind also Ursprung des Geschlechts und insgesamt etwas sehr Gutes. Solange diese Dinge nicht ausarten und alle Schranken niederreißen. Einstweilen wanderte der Administrator, der nicht wußte, daß er es werden würde, nach Amerika aus, in der Hoffnung, dort ebenso erfolgreich zu sein wie sein Bruder Max. Doch hauptsächlich, um vor Sara, seiner Verlobten, zu fliehen. In Chicago, der weißen Stadt, wurde Papa als Bakteriologe im Laboratorium von Bruder Max angestellt. Sein ganzes Leben lang blieb ihm die Weltausstellung von 1893 als höchst wichtiges Ereignis im Gedächtnis. Hier entdeckte er die Macht der Reklame und stieß auf all die großen Neuerungen – die Tabloidpresse –, die er – miserabile dictu – in Dänemark einführte! Selbst die neueste Erfindung bekam er in die Hände: Den Reißverschluß, diesen mysteriösen Gegenstand, den er ebenfalls nach Dänemark zu importieren versuchte. Doch war er zu früh dran. Papa, der Publizist, war seiner Zeit voraus, und das wurde kennzeichnend für die Familie, im Guten wie im Schlechten, hauptsächlich im Schlechten.

Als Papa von seiner Bildungsreise nach Dänemark heimkehrte, da es auf die Dauer unmöglich war, im Schatten des älteren Bruders, der größeren *Persönlichkeit*, zu leben, erhielt er zunächst eine Anstellung bei Gyldendal unter Peter Nansen. Ein merkwürdiger Arbeitsplatz für einen Bakteriologen, könnte man meinen. Doch hier startete er als Publizist ein paar Zeitschriften, für die er die waghalsigsten Artikelschreiber seiner Zeit anheuerte, die aufgrund ihres Berufes Zugang zu dem geheimen Wissen hatten, auf welche Weise man den notwendigen »Virus« am effektivsten verbreitete. Papa fand rasch Geschmack am Import angelsächsischer Bestseller, wie etwa »Pu der Bär«, und ließ einen berühmten kleinen Artikel übersetzen, der in Amerika wie warme Semmeln wegging, in Dänemark verkaufte er ihn als »Präsentbuch« in mehreren hunderttausend Exemplaren.

Das kleine unbedeutende Buch mit der großen Durchschlagskraft hieß »Botschaft an García« und basierte auf einer Anekdote aus dem Spanisch-Amerikanischen Krieg, als revolutionäre Kräfte auf Kuba sich erhoben hatten. Es gilt, eine Botschaft an García, den Führer des Aufstands, zu übermitteln, der sich, keiner weiß wo, tief im Dschungel aufhält. Ein junger einfacher Soldat wird beauftragt, García die Botschaft zu überbringen. Was für eine Botschaft? Wir wissen es nicht. Und die Pointe ist, daß wir auch nicht fragen sollen. Die Geschichte berichtet nichts darüber, wer García war, weshalb er eine Botschaft erhalten sollte und was sie beinhaltete. Und der Held der Erzählung fragt nicht. Er sorgt für das einzig Notwendige: die Botschaft zu García zu bringen. Der Soldat wird als Held gefeiert, nicht so sehr wegen seines physischen Muts und seiner Fähigkeit, den furchterregenden Dschungel zu durchdringen, sondern wegen seiner Moral und Integrität. Er übernahm für die Aufgabe die persönliche Verantwortung, ohne Fragen zu stellen.

Was in jener kleinen Geschichte gelang, der Publikation von

Papa Løvin, die zu Tausenden verbreitet wurde, mißlang im Großen: Dort kam die Botschaft an García niemals an. Nach bolschewistischer Revolution und Reaktion durch den Nationalsozialismus konnte man der Weltordnung unmöglich Vertrauen entgegenbringen; somit konnte es auch kein Mann dem anderen gegenüber. Wurde man später gebeten, ein Päckchen zu überbringen, konnte man niemals sichergehen, ob es nicht eine Bombe enthielt. Nach Eichmann, der im Zweiten Weltkrieg nur dafür gesorgt haben wollte, daß die Züge pünktlich ankamen, ohne zu fragen, was sich *darin* befand, ist niemand mehr in der Lage, die Botschaft abzusenden. Niemand wagt es, Verantwortung für sie zu übernehmen, wenn er nicht vorher untersucht hat, wer der Empfänger ist und was der Inhalt der Botschaft bezweckt, ob es einen Sinn hat, sie abzusenden, oder ob eine bessere Abfassung geraten wäre.

Deshalb begreifen wir heute nicht, wie Papa Løvin 50 000 Sonderdrucke dieser Botschaft in einer Woche verkaufen konnte. Man holte ihn später zur Zeitung »De Berlingske blade«, die er den Rest seines Lebens großzügig verwaltete. Man sagte, nicht er sei der Jude – gut und freigebig wie er war. Er verweigerte niemals eine Gehaltserhöhung, und die Tränen stiegen ihm in die Augen, wenn Mitarbeiter zu ihm kamen und von ihrer kranken Tante erzählten.

Vor dem Weltkrieg kaufte er eine Prachtvilla in Rosenvænget, in der Architekt Helweg Møller die Bibliothek einrichtete. Hier versammelte Papa seine bibliophilen Funde und signierten Erstausgaben. Johannes V. Jensen, der zu seinem Roman »Das Rad« Nachforschungen in Chicago angestellt hatte, war ein gern gesehener Gast im Hause. Neben Marie, der Mamsell und dem Gärtner sowie den gelegentlich Beschäftigten war die Villa ausstaffiert mit Cherubinen aus Marmor und einem Bassin mit Springbrunnen im Garten, der fast ein Park war, denn Rosenvænget lag damals ein Stück außerhalb der Stadt.

Doch der Administrator war kein Gartenmensch. Während seine Frau Sara draußen die Rosen inspizierte, zog er es vor, sich in seiner Bibliothek zu verkriechen, wenn er nicht bei der Zeitung war oder bei seiner Geliebten, die er in einer kleinen Wohnung in der Nähe der Pilestræde untergebracht hatte. Als ordentlicher Løvin.

Nun kann man es dem Administrator und Publizisten nicht

verdenken, daß er sich vor seiner Frau versteckte, denn sie war ziemlich resolut, und er machte sich nicht viel aus ihr. Es war reines Mißgeschick, daß er in diese Heirat eingewilligt hatte. Sara entstammte einer angesehenen Arztfamilie, der die König-Salomon-Apotheke in der Bredgade gehörte, mit den vornehmen Henriques und Fredericia in der Ahnentafel, die allererste Familie, die in Kopenhagen Telefon besaß, das also war es nicht. Ihr Vater hatte sich bei der Bekämpfung der Choleraepidemie Ruhm und Ehre erworben. Das alles war ausgezeichnet. Doch nicht genug damit, daß Sara ein Lehrerinnenexamen abgelegt hatte, obendrein hatte sie ihn, Louis, auch noch hereingelegt. In einem selbstvergessenen Augenblick hatte er sich auf einen kleinen Spaziergang im Garten eingelassen, und hinter der Hecke hatte sie ihm einen Schmatz direkt auf den Mund gedrückt, ihn bei der Hand genommen und zurück in die Wohnstube gezogen. Dort hatte sie dann verkündet, sie hätten ein kleines Geheimnis, in das *er* die Familie bestimmt gern einweihen würde. Damit war er gezwungen gewesen, ihre Verlobung bekanntzugeben, denn schließlich war er ein Gentleman. Doch seitdem machte er sich nichts mehr aus Gärten. Tatsächlich war er bis nach Amerika geflohen, um der Verlobten zu entwischen, doch schon bald kam ein Telegramm von Sara, der verschmähten: Ankunft in Chicago, Kai Nr. soundso plus Datum. Von da an wurden sie Papa und Mama.

In Chicago versuchte Sara Kinder zu gebären. Mit dem ersten, Tobias, gab es keine Probleme. Auch wenn man vielleicht sagen kann, der Junge wurde im Schatten eines Verbrechens geboren. Ein Geschäftsmann mit Namen Philipsen hatte nämlich einen Bankboten in Kopenhagen ermordet, die Leiche in ein Faß gesteckt und sie nach New York geschickt. Aber von dort aus wurde das Faß unglücklicherweise nach Dänemark zurücktransportiert, wo das Verbrechen aufgeklärt wurde, da jemand zufällig an der Ladung schnupperte. Doch Philipsens Verlobte Jenny ging zum König und warf sich auf die Knie, um ihren Geliebten freizubekommen. Er wurde begnadigt; das Paar reiste zusammen nach Amerika und ließ sich in Chicago nieder. Zur gleichen Zeit kam Tobias, ganz Feuer und Flamme, während einer Hitzewelle auf einem Küchentisch zur Welt, geboren vor der Zeit, als hätte er nicht auf das neue Jahrhundert warten können, und schon bald trug er Spitzenkleidchen und Pagenschnitt, wie es die

Mode jener Zeit erforderte. Im ersten Jahr seines Lebens war sein Kosename »Ester«, weil Sara, gegen alle Konvention, sich ein Mädchen gewünscht hatte. Er war ein verhätscheltes Muttersöhnchen, doch zugleich von ganz eigenem feurigem Temperament, nicht eben zufällig, da er trotz allem ein Enkelkind jenes Mannes war, der den dänischen Schnaps erfunden hatte.

Kleiner Kopf, große Ohren und riesiger Adlerhaken – Tobias besaß eine angeborene Arroganz, die Respekt verschaffte, egal ob er Schabernack trieb oder betrog. Er nahm die Regeln nicht sonderlich ernst. Oder er schuf – happy-go-lucky – ganz und gar seine eigenen, und diese Regeln wurden für andere zum Gesetz. Er war, mit anderen Worten, eine *Persönlichkeit*. Und er war – in Übereinstimmung mit der geheimen Bibel der Løvins – grandios. Otto, der kurz darauf geboren wurde, starb auf der Stelle bei der Aussicht, im Schatten von Tobias leben zu müssen. Und so ergab es sich, daß Otto, der Zweite, der überlebte, stets darauf verweisen konnte, daß er in Wahrheit tot war und in Chicago begraben lag.

5. Drachensaat

Katze torkelte durch die Zimmer. Sie trug einen alten Küchenkittel, der an den Nähten aufgeplatzt war und den sie mit Sicherheitsnadeln, Heftpflaster und Wäscheklammern zusammenhielt. Die Füße steckten in roten Plastiklatschen. Sie hatte die Hände unter Brüste und Arme geschoben, um die Gürtelrose im Zaum zu halten, von der man, wenn man allein war, nicht viel Aufhebens machen konnte.

Im Salon standen dänische Empiremöbel, die sie ehemals mit hellgelber Seide hatte beziehen lassen. Ja, dafür hatte *sie* gesorgt, denn schließlich war *sie* es gewesen, die sich stets um Gammel Mønt 14 gekümmert hatte, und so konnten sich all die anderen aus dem Staub machen. Flaschen mit Gin und Vermouth standen auf dem Silbertablett des Zaren. Dieses Tablett hatte natürlich auch Katze, dank ihrer Beziehungen, vom russischen Hof beschafft, während all die anderen wie die Murmeltiere schliefen und nichts anderes im Kopf hatten als das, woran … Juden immerzu denken. Sex, Sex und noch mal Sex. Tobias hätte das infame »Ekstrablad« geliebt, das Katze zu kaufen pflegte. Er selbst hatte damals »Hudibras« abonniert, den reinsten Schund. Und er las Henry Miller, dieses Schwein, der natürlich von einem Juden übersetzt worden war. Und als sei sie eine Idiotin, hatte Tobias die Bücher obendrein vor ihr versteckt!

Katze blieb vor der Lundstrøm-Kanne im Anderthalbliterformat stehen, ja, Lundstrøm *konnte* seine Sache. Übrigens nannte Katze ihn niemals Lundstrøm, sondern *Lunne* – selbstredend trank er, aber das konnten Deppen nicht verstehen. Auf den großen mythologischen Axel-Jørgensen-Gemälden über dem Sofa und den Regalen wimmelte es von nordischen Göttern, die mit dem Rücken zu ihr standen. Katzes Blick verweilte lange auf einem Hinterteil. Es erinnerte sie an den Hintern eines der jungen Rechtsanwaltsgehilfen, der gerade im Büro angestellt worden war. »So einen Po soll ein Mann haben«, sagte Katze laut vor sich hin und breitete diktatorisch die Arme aus, »nicht so ein üppiges Teil!« Katze dachte mit Unbehagen an einige Anwaltshintern im Obersten Gericht, die sich weiblich nach allen Seiten hin ausbreiteten, der Anwalt beim Landgericht hatte das riesige Hinterteil einer alten Vettel.

Unter den göttlich schönen Pobacken standen die Reste der Bibliothek von Rosenvænget. Sie waren nichts wert. »Lesen Sie denn keine *Zeitungen*, Fräulein de Thura!« hatte Papa einst – mit sanftem Vorwurf – zu ihr gesagt, als handele es sich um die Heilige Schrift. Jetzt warf sie einen verächtlichen Blick auf Papas Bibliothek: Thit Jensen, was für eine kleine Idiotin, eine lächerliche Person, mein Gott, wie konnte sie sich einbilden, mit diesen kurzen Beinchen die Männer auch nur das Geringste lehren zu können? Daß die Frauen selbst bestimmen sollten, wie viele Kinder sie gebären wollten! Mein Gott! Katze stellte das Glas weg und streckte die geballten Fäuste zur Stuckdecke empor.

Und Edith Rode, die glaubte so klug zu sein. Katze nahm eines ihrer Bücher aus dem Regal, um zu sehen, wie dumm sie war. »Lebenskunst ohne Philosophie«, du liebe Güte! Auf Seite 88 befand sich ein Schema, aus dem man ersehen konnte, ob die Ehegatten zueinander paßten. 1. Stehen Mann und Frau auf demselben geistigen Niveau? 2. Verbringen sie daheim gern einen stillen Abend zusammen? 3. Mögen sie die Freunde des anderen? usw. Zehn Fragen, und neben jeder hatte Katze mit großen Buchstaben NEIN vermerkt. Als von Schicksalsschlägen die Rede ist, die die junge Liebe treffen könnten, schreibt Edith Rode: Das Herz bricht. Und Katze hatte es zehnmal dick unterstrichen. An anderer Stelle war zu lesen, es gehe wieder vorüber, denn das Buch handelte schließlich vom Glücklichwerden. Doch Katze war erneut mit dem Bleistift zur Stelle. »Gewäsch« und »Stuß« stand quer über den Seiten. Denn Katze *wollte* nicht glücklich sein. Sie hatte es vielleicht früher einmal gewollt, jetzt aber wollte sie *wahrhaftig* sein.

Katze trank einen weiteren Schluck. Sie mischte sich ihren Drink nicht länger aus Gin und Vermouth, sondern trank reinen Malteser Aquavit. Dem Erfinder des Getränks widmete sie nicht *einen* liebevollen Gedanken. Katze hatte keine Lust mehr zu schauspielern. »Und sind Ihnen denn niemals Frauen begegnet, deren Gesichtsausdruck und Stimme sich völlig veränderten, wenn ein Mann ins Zimmer trat?« Glenda! hatte sie notiert. Mit Ausrufezeichen!

Katze trottete zurück ins Schlafzimmer, wo sie sich mit Dostojewski und Tolstoi ihre eigene Welt geschaffen hatte: »Alle glücklichen Familien ähneln einander, alle unglücklichen Familien sind unglücklich auf ihre eigene Weise.« Wie wahr das doch war. Und die Bibel auf dem Nachttisch. Bücher mit Substanz. Dennoch fand Katze, daß die Bibel verboten werden müßte. Das auserwählte Volk! Was bildeten die sich ein? »Es kann ja wohl nicht der Sinn sein, daß man seine Mitmenschen durch die Lektüre dieses Buches haßt!« hatte Katze auf dem Titelblatt notiert und weiter: »Ein Buch, mit Haß und Rachegedanken geschrieben. Es wird auf ewig Antisemitismus erzeugen, solange es erscheinen darf.« Und sicherheitshalber hatte sie hinzugefügt: »240 Millionen Mohammedaner. 2% können lesen und schreiben. Huu!«

Über alle Bücher Mose hatte Katze gekritzelt und gekrakelt: Gewäsch, Stuß, Palaver, Gefasel, Geschwafel, Drumherumgerede, Paragraph 51, Besserwisserei, falsche Propheten. Alle Gesetze über Brandopfer, Ernteopfer und Dankopfer waren ausgestrichen. Das waren die Gesetze Mose, gesehen aus einer Zweieinhalbzimmerwohnung in Frederiksberg. Auch ein Gesichtspunkt.

Alle Textstellen, die sich auf »unreine« Frauen beziehen, wecken in Katze heftigsten Zorn, und sie schreibt, sie müßten unverzüglich gestrichen werden, denn das sei der Bibel nicht würdig. Sie haßt die orientalische Hinterlassenschaft, die es zuläßt, eine Frau in zwölf Stücke zu zerteilen. Sie identifiziert sich zweifellos mit dieser Frau, die den Tod erleiden und gesteinigt werden soll aufgrund der Blutschuld, die auf jedem lastet, der vom Geist der Wahrsagerei und Geisterseherei ergriffen wird. »Die Ärmsten«, notiert Katze.

Jedesmal, wenn geschrieben steht, die Juden sollen vor Freude in die Posaunen stoßen, lautet Katzes Kommentar: »Dummköpfe!« Doch das merkwürdige ist, obwohl Katze die Bibel haßt oder gerade deshalb, ist sie mit ihr völlig im Bunde. Jeden Fluch des Alten Testaments hat sie sorgfältig unterstrichen, Seite für Seite, als seien es ihre eigenen und so als schreibe sie selbst das Buch des Obersten Richters. So gibt es einen Gruß an ihre Schwiegermutter Sara, die mit dem Kamel verglichen wird: »Keine Seele, kein Verständnis für andere Mitgeschöpfe, störrisch über alle Maßen, hinterhältig und bösartig.« Die Freundin Glenda wird mit folgendem zitiert: »Ich bin eine gute Mutter gewesen, obwohl ich Verhältnisse mit anderen Männern hatte.« Katzes Antwort lautet: »Gans! Aber vergiß nicht: Gänse können auch beißen.« Die Bibel sagt, »die Gottlosen sollen zunichte werden in Finsternis«. Doch nach Katzes Erfahrung ist das absolut falsch, den Treulosen geht es unbegreiflich gut. »Was habe ich getan?« wird im Alten Testament gefragt. Katze aber antwortet Tobias: »Du weißt es nicht und willst es nicht wissen.«

Auf dem Weg durchs Eßzimmer stoppt sie der Blick des Administrators vom Gemälde an der Wand: »Wäre es nicht eine gute Idee, Fräulein de Thura, wenn Sie aufs Land ziehen und Ihr Kind dort gebären würden?« äffte sie ihn nach. »Wäre es nicht eine gute Idee?« wiederholte sie, jetzt weinend. Dennoch konnte sie nicht zu jenem Schmerz zurückfinden, nur zu ihrer Wut. Katze hatte natürlich kein Verständnis für die Situation des Administrators. Schließlich wußte er genau, was eine Zwangsheirat für einen Mann bedeutete. Tobias hatte vielleicht eine Dummheit begangen, doch Papa wollte den Sohn ungern zu etwas zwingen, das ihm zuwider war. Aber vielleicht konnte er sich darauf verlassen, daß Tobias am Ende wie ein Gentleman handelte, und Katze war, nun ja, vielleicht nicht gerade die Partie, die man erhofft hatte. Stammte aus einer armen, aber vornehmen Familie in Frederiksberg, pauvre honteux. Doch hübsch, das war sie schließlich.

Katze wußte, daß ihre Tränen nur Schnapstränen des Selbstmitleids waren. Dennoch erleichterten sie. Schließlich war sie selbst auch eine Idiotin gewesen. Oder richtiger: Wie konnte es erlaubt sein, so himmelschreiend unschuldig in der Welt herumzulaufen, wie sie es gewesen war, damals als das Unglück geschah – oder war es das Glück? Sie hätte nicht so dumm und unwissend sein dürfen. Doch wo hätte sie etwas über all diese Dinge erfahren sollen?

Bei den Nonnen in der Schule war sie eine der Tüchtigsten gewesen, und diese hatten ihr immer wieder eingeschärft, daß etwas Großes aus ihr werden würde. Hatte sie eine Zeichnung angefertigt, betrachteten die Nonnen das Blatt andächtig und sagten: »Du mußt später einmal zeichnen.« Schrieb Katze einen Aufsatz, war die Reaktion: »Du mußt später einmal schreiben.« Und sie sahen die Zukunft des Mädchens im Schimmer des Märchens vor sich, wahrscheinlich wegen seiner Schönheit, in die sie sich hineinträumten. Als Katze zu Weihnachten die Heilige Jungfrau spielte, sagten die Nonnen zwar nicht: »Du mußt später einmal in den Himmel«, aber: »Du mußt ans Theater.« Sie sahen offenkundig die Heilige Jungfrau vor sich, so hell, rein und stark. Und verführerisch. Katze jedoch hatte die Heiligkeit der abscheulichen Nonnen längst als Heuchelei und Fassade durchschaut. Sie beteten mit halboffenen Augen, immer auf der Wacht, einen armen Sünder bei dem einen oder anderen winzigen Versäumnis zu ertappen. Die Nonnen der französischen Schule hatten nie Rotz und Wasser heulend auf dem Boden gelegen wie einst Hiob, und hatten nicht Gott verflucht, wie es Katze viele Male in ihrem Leben tun sollte. Das war wohl der Grund, weshalb sie die Bibel umgeschrieben hatte, denn die Bibel war das fürchterlichste Buch, das sie kannte.

Auch das kleine Heft mit den Goldbuchstaben, »Lebensregeln für junge Mädchen«, das Katze zur Konfirmation bekommen hatte, war von ihr zensiert worden. Sie hatte Gottes schöpferische, lenkende und erhaltende Kraft unangetastet stehen lassen, während sie die Dreieinigkeit ins Kreuzfeuer nahm. Der Gedanke von der richtenden Hand Gottes und Jesu Tod am Kreuz um unsretwillen war mit dicken zornigen Strichen attackiert worden. Sie hatte Fragezeichen neben »das Leiden vergeht« gesetzt, so als zweifelte sie daran, während »Seelenfrieden« als das, was sie suchte, zweimal dick unterstrichen war.

Doch hatte sie bei ihrer Lektüre Vorsicht walten lassen und bedacht, daß »schlechte Bücher eine falsche Sicht auf das Leben geben, das Herz verderben und den Willen schwächen können«? War sie umsichtig bei der Wahl ihrer Freundinnen gewesen, und hatte sie darauf geachtet, niemals etwas zu tun, das ihre Mutter nicht sehen durfte, auch wenn die Mutter blind war? Hatte sie sich bemüht, es Jesus Christus und seiner Heiligen Mutter gleichzutun in der Ausübung von Tugenden wie Liebe, Demut und Selbstverleugnung? Hatte sie gelernt, Leiden und Mißgeschicke als von Gott gegeben geduldig anzunehmen? Hatte sie gelernt, ihre Gefallsucht zu bekämpfen, sich ihrem Stand gemäß zu kleiden und auffällige Kleidung zu vermeiden? Reichte sie den Armen stets eine helfende Hand, und war sie der Sonnenschein ihres Daheims? Sprach sie niemals nachteilig über ihre Nächsten, und hatte sie Nachsicht mit den Gebrechen anderer? Nahm sie sich auch in acht vor gefährlichen Vergnügungen, die oft so verlockend erschienen?

Die guten Ratschläge der Nonnen waren teuer, und Katzes Eltern arm. Lumpenbürger. Was nützte es, daß ihre Ahnen Hirschholm und das Eremitage-Schloß erbaut hatten, wenn ihr Vater Verkäufer in der Herrenabteilung des »Magasin du Nord« gewesen und vermutlich an Magenkrebs gestorben war, weil er vor lauter Untertänigkeit ständig alle Bauchmuskeln angespannt hatte und aus Angst vor den vornehmen Kunden niemals einen Wind hatte fahrenlassen. So erzählte man sich flüsternd in der Familie. Und Katzes Mutter hatte ihren schwachen Mann verachtet, der, wenn er aus dem Magasin heimkam, ständig über dem Zählen von Zehnörestücken saß.

Katzes Bornholmer Urahne, eine Kofoed, war einst über das Eis gegangen, um vor den Schweden zu warnen, und die Mutter hatte in jungen Jahren einem Frauenkreis mit Agnes Henningsen und Karin Michaëlis angehört. Dann war sie erblindet, aus Trauer über ihr vergeudetes Leben. Wenn sie in der Küche stand, schüttelte sie unentwegt den Kopf und wiederholte ein Mal ums andere: »Was habe ich nur getan, um ein solches Leben zu verdienen.« Und was man auch zu ihr sagte, sie antwortete unweigerlich, es sei furchtbar, entsetzlich oder traurig. Sie saß am Klavier und spielte Schubert, unerreichbar, unzugänglich und blind.

Sie waren drei Schwestern, Mieze, Maja und Maus. Mieze schaffte den Kosenamen rasch ab und wurde zu Katze. Schließlich war sie Katarina getauft, und sie wollte etwas Eigenes sein.

Maus war blind wie die Mutter und rund wie ein Sahnetörtchen. Aber das hinderte sie nicht, per Annonce zu heiraten. Mit Rendezvous an der Straßenecke und Nelke im Knopfloch. Maus war zwar blind wie ein Maulwurf, doch ihr Mann war Setzer bei der »Berlingske Tidende« und *Kommunist*, also glich sich das wohl aus. Und obwohl er Kommunist war, so war das alles irgendwie ein Wunder. Und Katze überlegte, ob Maus nicht letzten Endes glücklicher war als sie selbst. Freilich hatte Maus nie Kinder bekommen, doch der Mann hatte schließlich ganz Rußland und sie ihre Sahnetörtchen.

An Maja mochte Katze überhaupt nicht denken. Sie war so nett und ordentlich, daß einem speiübel werden konnte. Maja war mit einem Bürovorsteher der »Berlingske Tidende« verheiratet, und das sollte wohl vornehm sein. Jedenfalls prahlte sie ihr ganzes Leben lang damit, daß *sie* immerhin einen treuen Mann bekommen hätte. Na und? Sie ahnte ja nicht einmal, was Liebe ist. Es hatte keinesfalls mit Bürovorstehern und Nettigkeit zu tun.

Katze würde niemals vergessen, wie die Schwestern reagiert hatten, als sie nach Hause gekommen war und erzählt hatte, daß das Unglück passiert sei. Und dann noch mit einem Juden! Vater und Mutter waren verzweifelt wegen der Schande, die Katze über die Familie brachte. Das heißt, der Vater verstand kein Sterbenswörtchen, bis die blinde Mutter eines Tages ihren begriffsstutzigen Mann anschrie: »Verstehst du denn nicht, du Idiot, daß Katze ein Kind kriegt?«

Ein Kind von einem Juden zu bekommen! Schwarze Judenkinder! Das hier war eine Familie, die einst das Eremitage-Schloß gebaut hatte! Die Schande war nicht zu übertreffen. Von da an wurde Katze in der Familie als Aussätzige betrachtet. Und nicht nur im moralischen Sinn. Sie nannten sie »Negermund«. Im *Entree* der kleinen Wohnung in der Dr. Abildgaards Allee quetschten sich alle voll Abscheu an die Wand, schlossen die Augen und wurden eins mit der Tapete, wenn Katze mit dem Juden im Bauch vorbeiging. Wie konnte sie auch so töricht sein, wo sie doch obendrein noch als Hübscheste und Begabteste der drei galt.

Doch alles war eigentlich ganz von selbst passiert. Katze hatte als Vierzehnjährige die Schule verlassen und, um den Eltern nicht zur Last zu fallen, eine Arbeit als Sekretärin bei Rechtsanwalt David im Obersten Gericht angenommen. Vom eigenen Geld konnte sie sich bald ein Fahrrad kaufen, das war während des Weltkriegs, und sie war schlank wie ein Windspiel mit langen eleganten Beinen, kreideweißen Zähnen, blondem Haar und blauen Augen. Wie heißt es doch so schön: »Das dänische Lied ist ein junges blondes Mädchen.« Das Unschuldigste und Nordischste in Kopenhagen. Bildete sie sich selbst ein. Aber *war* sie das denn?

Weshalb hatte sie angefangen, abends in den Studentenverein zu gehen? Was wollte sie dort? Sich nur ein bißchen amüsieren. Nun gut, sagen wir es so. Der Weltkrieg würde ja auch bald zu Ende sein, »die fröhlichen Zwanziger standen vor der Tür«, und alle wollten sich amüsieren. Aber was hatte sie eigentlich im Sinn? Sie mußte schließlich gewußt haben, daß gerade im Studentenverein die Chance bestand, junge Männer aus guten Familien zu treffen? Und hatte sie wirklich geglaubt, daß die jungen Männer – der Michelsen vom Juwelier, der junge Jørgen Birger Christensen vom Pelzhändler, Ole Schou, der Erbe vom »Magasin«, und all die anderen – nur hinkamen, um die Mädchen *anzuschauen?*

Ihr ganzes Leben lang redete Katze ständig von all jenen, die sie hätte *haben* können. Aber weshalb ging sie dann mit Tobias Løvin nach Hause, dem jungen Mephistopheles mit dem kleinen Kopf, den großen Ohren und der riesigen Adlernase? Er war bei weitem nicht der Schönste oder Reichste. Sie, die die ganze Zeit damit geprahlt hatte, niemals auch nur einen Kuß an der Haustür zugelassen und immer Geld für ein Taxi besessen zu haben, so daß sie im Handumdrehen verschwinden konnte, falls sich etwas anbahnte, das schlimmer war als der Tod? Warum war sie mit Tobias mitgegangen?

Die Sache war, wenn sie nun selbst zu Wort kommen durfte, daß sie sich verliebt hatte. Dumm und bis über beide Ohren verliebt. Und in gewisser Weise konnte sie es sich nie verzeihen, daß sie dieses eine Mal die Kontrolle über ihr Leben verloren hatte und im selben Augenblick vom Alten Testament einverleibt worden war. Nicht daß die Familie Løvin gläubig gewesen wäre, doch Katze war es. Freilich glaubte sie nicht an Christus, diesen Idioten, doch führte sie ihr Leben lang einen Kampf mit dem *Schicksal*, das sie in jüngeren Jahren so verzweifelt beweint hatte und dem sie auf ihre alten Tage mit den knochigen Armen drohte. Doch sie weinte auch über ihr Glück. Sie weinte darüber, daß sie Tobias liebte, den treulosen.

6. Der Konsul

Katze bemerkte, daß der chinesische Seidendrachen über dem Sofa, den Onkel Sophus aus Japan mitgebracht hatte, von der Sonne mürbe geworden war.

Alle Männer im Geschlecht der Løvins hatten eine Freundin nebenbei. »In dieser Hinsicht sind wir sehr treu«, wie Onkel Otto stets sagte.

Die Männer der Familie bezeichneten sich selbst nicht als Don Juans, sondern als »Charmebolzen«. Und daß manch einer in der Familie vier-, fünfmal geheiratet hatte, war schließlich kein Verbrechen. Ottos »Spielgefährte« war sein Onkel Emil, der kugelrunde Gulaschbaron, der am Weltkrieg reich geworden war. Emil schloß über alles Wetten ab, das Wetter, Frauen, Korn und Kanonen. Drei-, viermal die Woche ließ er am Telefon einen Pfiff ertönen – seine Frau war taub –, und dann zogen er und Otto zusammen los, gingen Karten spielen und Freundinnen besuchen. Weil so viel Leben in ihnen steckte. Und ihre Frauen protestierten nicht gegen – das Leben. Außerdem ahnten sie davon nichts. Die Frauen der damaligen Zeit wurden alt, wenn sie das Kinderkriegen hinter sich hatten, wie Otto so oft sagte. Und im übrigen betrugen sich die Männer schließlich ordentlich. Erschienen pünktlich zu den Tischzeiten und besuchten Gesellschaften und das Theater mit ihren Frauen. Und ein- oder zweimal im Jahr ließen sie sich in einen Frack zwängen, um jenes »feine« Fest zu geben, auf dem die Frauen bestanden, weil es absolut notwendig sei wegen der guten Beziehungen. Und wenn die Frauen hinterher klagten, die Gäste hätten sich gewiß nicht amüsiert, antworteten die Männer: »Nee, weshalb sollten sie auch?«

In Gerdas Ehe wehte daher ein frischer Wind. Maximilians Tochter Gerda war Opernsängerin geworden und, das erste Mal, verheiratet mit Carlo Edwards, dem Intendanten der Metropolitan Opera in New York. Die Hochzeit wurde bei Onkel Emil in Rungsted gefeiert. Tief in der Nacht wurde die Braut müde und verkündete, sie wolle ins Bett gehen. »In Ordnung«, antwortete der Bräutigam, »ich gehe ins ›Adlon‹.«

»So war Carlo Edwards!« sagte man hinterher in der Familie, nicht ohne Ehrfurcht: Ein Mann, der selbst in der Hochzeitsnacht ausging, um sich zu amüsieren – allein: »Er war Künstler!«

Nur Katze sagte es nicht. Sie sagte überhaupt nichts Ehrfürchtiges. Sie schlappte in ihr Schlafgemach in Gammel Mønt 14 und murmelte: »Männer sind Lumpen, Frauen sind Pack«, um es wie üblich zusammenzufassen: »Menschen sind Lumpenpack.« Ihr kam der Gedanke, diesen Kommentar in die Bibel aufzunehmen, aber sie war zu müde, um einen Bleistift zu halten. Sie hatte den ganzen Tag im Büro verbracht, hielt als Letzte die Stellung. Doch jetzt wollte sie sich bald zum Sterben niederlegen. Sie mochte nicht mehr. Sie wollte auch bald ihr Testament schreiben. Bald.

Aber als sie auf dem Weg ins Schlafzimmer war, klingelte das Telefon. Katze nahm den Hörer in Tobias' Schlafzimmer ab, da sie es nicht bis zurück in die anderen Zimmer schaffte. Und was war da auch zu schaffen, schließlich konnte es egal sein, welcher Idiot nun anrief. Es war Glenda. Natürlich. Sicherheitshalber meldete sich Katze, wie es ihre Art war, wenn sie ans Telefon ging, zunächst äußerst ungehalten. Doch dann wechselte sie plötzlich zu »mein Lämmchen« und zärtlichem Diskant über, nicht umsonst hatten alle in der Familie sie nach den Schauspielerinnen Bodil Ipsen oder Clara Pontoppidan genannt – oder auch »russische Fürstin«, falls man sie nicht gar mit dem Esel in »Pu der Bär« verglich. Glenda ließ sich rasch von Katzes liebenswürdiger Stimme verführen und bot ihr an, mit einem Krabbenbrot vorbeizuschauen, weil sie wußte, wie anstrengend Katzes Tag im Büro gewesen war. Doch Katze wollte ihre Krabben nicht genießen, denn sie ahnte nur zu gut, was dazugehörte: Dasitzen und sich Glendas ewiges Gewäsch anhören, die Klagen über ihren Krebs und all ihre toten Verehrer. Die gehabt zu haben sie sich einbildete.

»O nein, mein Lamm, das sollst du nicht, ich gehe sofort ins Bett, weißt du, ich habe einen wahnsinnig harten Tag hinter mir.«

»Ich begreife nicht, warum du mit dieser Arbeit weitermachst, Katze, du bist über siebzig.«

»Du hast ja auch nie einen Finger gerührt, mein Lamm.«

»Ich sage das doch nur deinetwegen, warum soll man seine letzten Jahre verderben, warum nicht das Beste daraus machen?«

»Das hast du ja schon immer gekonnt.«

»Wenn ich an all die denke, die du hättest haben können: Jørgen, Ole, Michael, Dietlov – und statt dessen hast du nur ge-arbeitet! Was hat dir das eigentlich gebracht?«

»Gürtelrose«, sagte Katze mit einem Lachen.

»Nun ja«, erwiderte Glenda auftrumpfend, »ich habe Lymph-drüsenkrebs. Soll ich nicht trotzdem mit einem Krabbenbrot vorbeikommen?«

Aber Katze machte kurzen Prozeß, bat, in Ruhe gelassen zu werden, und ließ den Hörer mit einem Seufzer der Erleichte-rung auf die Gabel fallen. Obgleich Tobias längst tot war, fühlte sie, daß Glenda den Proviant ausschließlich für *ihn* bereitete. Man stelle sich vor, daß Glenda sie noch immer verfolgte. Das sechzigste Jahr. Glenda wollte sie einfach nicht freigeben. Früher einmal hatten sie konkurriert, wer das meiste Sex-Appeal besaß. Jetzt konkurrierten sie darum, wer am meisten Krebs hat. Glenda mit ihrer Lymphdrüsengeschichte war nahe daran zu ge-winnen, also gab es jetzt wirklich etwas, womit sie prahlen konnte. Glenda, die sich nackt ausgezogen hatte – ab in die Falle, ohne daß jemand sie darum gebeten hatte. So war Katze nie ge-wesen. Nicht umsonst hatten all *ihre* Verehrer in Riga sie »Her-zogin« genannt, denn Katze ließ sich zu nichts verleiten. Wie ihr Bewunderer Kiko Lonnegan zu sagen pflegte: »You can cultivate Katze for years und years and you may never get anything out of it.« Katze erinnerte sich geschmeichelt an die Sätze, die Edith Rode über Katzen geschrieben hatte: »Sie sind schön, elegant und hochvornehm. Die Freundschaft einer Katze ehrt dich. Doch kommt man nie richtig auf du und du mit ihr.« Nein, hatte Katze oft gedacht, deshalb war Englisch auch die beste Sprache; man konnte verliebt sein und auf Distanz bleiben. Schmetter-lingsküsse, bitte, und nicht all dieses klatschnasse Zeug. Katze sah sich selbst am Flügel in der Sechzehnzimmerwohnung am Rigaer Kalpaka Boulevard sitzen, wo sie drei Dienstmädchen ge-habt hatte. Kiko Lonnegan stand leicht über sie gebeugt, wäh-rend sie »A little kiss each night« spielte. Fünf Stücke hatte sie immer beherrscht. Übrigens, wie war es doch anstrengend ge-wesen, ein Leben lang »Herzogin« zu sein.

Katze fluchte und ging in ihr Schlafzimmer zurück, wo sie all ihre Erinnerungen aus Riga aufbewahrte. Und die Kostbarkeiten aus dem Orient, ihr Onkel war schließlich Konsul in Japan ge-wesen. Alben mit Einbänden aus Rosenholz, Porzellan, deko-riert mit vergoldeten heiligen Männern. Im Sekretär mit all sei-nen kleinen Schubladen lagen Briefe, Bilder und Grüße, die sie im Laufe ihres Lebens erhalten und besonders geschätzt hatte.

Eine Karte vom Vetter des Zaren mit einer Krone darauf und ein Gruß vom späteren Botschafter George Kennan, dessen Buch über den kalten Krieg sie als einzige in der Familie gelesen hatte. In derselben Schublade verwahrte Katze auch Bilder von ihrem Vetter Olaf, groß, fesch und maskulin, Faschist, bevor der Faschismus erfunden wurde. Außerdem »fummelte« er an den Mädchen herum, als sie klein waren. Auf die Rückseite eines der Bilder hatte Katze im Dusel gekritzelt: »Eber«. Später, im Laufe des Lebens, bekommt dieser umschwärmte Fummler die Beschriftung: »Kapitän Blut – Sozialdemokrat«. Schlimmer konnte es nicht kommen.

Katze, die den größten Mist aufhob, hatte die Rückseite jeder Photographie beschrieben; es ist klar ersichtlich, welche Kommentare im Rausch zustande gekommen sind. Ihre Schrift, ansonsten zierlich und nett, wird plötzlich wichtigtuerisch und gipfelt in wollüstigen Todesurteilen. Zensuren werden vergeben. Geschlechtskrankheiten großzügig ausgestreut. Alle Familienmitglieder, Freunde und Bekannte werden in Kluge oder Dumme unterteilt. Klug sind sie in der Regel kurz nach der Geburt. »Kluges kleines Mädchen« oder »kluger kleiner Junge« liest man auf den Taufbildern. Doch kaum haben sie ein Weilchen gelebt, da hat Katze ihnen bereits den Darm nach außen verlegt oder ihnen die Syphilis angedichtet. Bald kommen Bitterkeit oder Wirklichkeit ins Spiel – kurz gesagt der Geschlechtstrieb – und was diesen angeht, fällt ein jeder durch – und stirbt. Doch ehe sie soweit sind, hat Katze Zeit gehabt, sich bei den künstlichen Darmöffnungen, den Irrenanstalten voller Geschrei und dem illegitimen Begrapschen aufzuhalten. Um nicht von Syphilis und Homophilie zu reden. Nach Katzes Ansicht lief beides auf dasselbe hinaus. Sie begriff nur nicht, wie sie es anstellten, denn sie hatten doch keinen ... Dort, wo etwas sein sollte, da war nichts! Das hatte sie deutlich gesehen, bei einem in der Wiege, der später so wurde. Gottseidank stürzte er mit dem Flugzeug ab.

Sie blätterte ein Rigaer Album durch und betrachtete all jene, die sie einmal gekannt hatte: »Tot, tot, erschossen, hingerichtet, ermordet, vergast, vergast, vergast, sein eigenes Grab gegraben und erschossen«, murmelte sie mit einer gewissen Befriedigung und klappte das Album zu.

Katze suchte Onkel Sophus' Briefe aus Kyoto hervor. Vergilbte

Päckchen mit zierlicher Schrift und umwickelt mit Seidenband. Wenn der Gedanke an Tobias' Treulosigkeit und die Arroganz der Løvins ihr allen Mut geraubt hatte, konnte sie immer bei Onkel Sophus Zuflucht suchen, dem Bruder ihres Vaters. *Er* war ein Mann von Welt gewesen, bitte sehr. Von Tietgen in den Gründerjahren hinausgeschickt und später dänischer Konsul in Yokohama. *Er* war ein Aladin, aus dem richtigen Holz geschnitzt, ein de Thura und nicht wie diese Løvins, die glaubten, die ganze Welt gehöre ihnen, ohne daß sie etwas besaßen, in das sie sie hineinstecken konnten. Onkel Sophus, der dänische Konsul in Yokohama, besaß einen Turban in passender Größe, und der wog bei weitem alle die ø's auf, mit denen die Løvins ihren feinen Namen schrieben.

Katze war nicht anwesend gewesen, als man Sophus' Briefe 1890 in der Fredericiagade vorgelesen hatte. Doch als sie zehn Jahre später geboren wurde, trug sie bereits das Abenteuer in sich, einen Widerhall jener Briefe, die ihr Mut gemacht hatten, das Leben zu ergreifen und ihm etwas Großes zuzutrauen. Vielleicht war ja auch das der Grund, weshalb sie sich eines Tages in den Studentenverein gewagt hatte!

»Dänemark ist ein kleines Land, und zuzeiten ist es gut, dort zu weilen, aber wie ist es doch unbedeutend im Vergleich zu dem, was man im Ausland sieht«,

schreibt Sophus, und wie recht er doch hatte, seufzte Katze und dachte an all ihre ausländischen Verehrer.

»Was die Lebensart angeht, sind wir daheim entsetzlich rückständig.« – Ja, nickte Katze, die Dänen sind ganz einfach ein kleines Volk, alles ist so klein bei ihnen, daß sie selbst niemals groß werden können, egal wie sehr man an ihnen zieht und zerrt. Die Leidenschaft der Dänen ist der Neid, was sie zum unablässigen Vergleichen untereinander zwingt, etwas, das die Nation zusammenhält. Die Dänen haben ganz einfach nicht die Phantasie, sich vorzustellen, es könnte etwas geben, das sich abhebt und nicht vergleichbar ist. Wenn die Dänen eine Sache nicht von Hause aus kennen, existiert sie nicht! Die Deutschen, dachte Katze, besitzen eine ganz andere Größe, aber das konnte man schließlich nicht laut sagen, auch wenn *sie* die richtigen Deutschen gekannt hatte, die Baltendeutschen, die auf den alten stolzen Ritterorden zurückgingen. Doch die kannten die Dänen schließlich nicht.

Als Onkel Sophus damals mit blondem Bürstenschnitt, kühnblickenden blauen Augen und kurzem Schnurrbart ausgereist war, sah er die ganze Welt im elektrischen Licht erstrahlen. Er sah den Fortschritt! In Marseille lächelten elektrische Augen und Münder in den Gassen, alles war elektrisch und weit entfernt von dem heimatlichen schmutzigen Dämmerlicht. Onkel Sophus hatte Himmel in seinen Briefen beschrieben, die Dänen niemals gesehen hatten. Doch an Bord des Dampfers nach Japan war er noch immer so dänisch, daß er die Speisekarten an die Eltern heimschickte, denn schließlich war ihm bewußt, daß die Dänen das *Essen* stets am höchsten zu schätzen verstanden. Jetzt, wo er in die weite Welt hinausgekommen war und die französische Küche und Lebensweise kennengelernt hatte, verstand er sehr gut, warum er zu Hause so oft den Kopf über die heimischen Mahlzeiten geschüttelt hatte. Er schrieb von malaiischen Garnelen, groß wie Teller, und Farben, die in Dänemark schockieren würden, wo man auf der Straße geneigt war, sich nach einer Dame im roten Hut umzudrehen.

In einem Brief mit der Aufschrift »Heiligabend zu öffnen« hatte Sophus an seine Mutter geschrieben:

»Dieses Mal sitze ich nun nicht im Kontor, sondern schreibe statt dessen im Hotel, wo ich außer von den vielen anderen Krakeelern fernerhin von drei älteren japanischen Ladies aufgemuntert werde, die, ihr Gesprächsthema äußerst lautstark diskutierend, nahezu unter meinen Fenstern Platz genommen haben. Du kannst mir glauben, liebe Mutter, in dieser Hinsicht gibt es wahrhaftig keinen Unterschied zwischen dem schwachen Geschlecht im orientalischen und okzidentalischen Teil der Welt, hier wie dort liebt man, wenn man sich trifft, einen ausgiebigen Plausch. Schade, daß ich noch nicht so viel Japanesisch beherrsche, um verstehen zu können, was sie sagen, doch bin ich mir beinahe sicher, daß es um ihre Dienstmädchen geht, falls sie welche haben. Wenn ich ferner sage, daß sie unter meinen Fenstern Platz genommen haben, so ist das nicht so zu verstehen, als säßen sie auf einer Bank, denn das erschiene ihnen unpraktisch und ungewohnt. Sie hocken sich hin, wie alle Leute im Orient, und diese Stellung erscheint dem europäischen Auge recht merkwürdig. Die einzigen, die ich in Kopenhagen meines Wissens je in dieser Stellung gesehen habe, waren in seltenen Fällen die alten Ladies aus dem Armenhaus, die sie indessen nicht eben zum Plauschen, sondern zu anderem Zwecke nutzten.

Nun, die Japse haben überhaupt viele Eigentümlichkeiten, die mehr oder weniger spaßig auf Dich wirken, wenn Du ihrer Zeuge wirst. Will ein Japs z. B. Ehrerbietung oder Höflichkeit erweisen, so klappt er nicht nur etliche Male vor Dir zusammen, sondern begleitet obendrein seine sonderbaren Worte mit einem Geräusch, ähnlich jenem, das man hervorbringt, wenn man laut schlürft. Ergötzlich, doch nicht sehr angenehm, wenn man in unmittelbarer Nähe sitzt, ist die Art und Weise, wie er europäisch ißt. Es kommen nämlich hin und wieder wohlhabendere Japse ins Hotel, um sich eine europäische Mahlzeit schmecken zu lassen, doch auch wenn dieses Essen in Zubereitung und Anrichtung europäisch wirkt, so ist die Weise, wie ein Japs es zu sich nimmt, dies ganz und gar nicht. Denn außer der komischen Manier, mit der er Messer und Gabel handhabt – ist er doch gewöhnt, mit Stäbchen zu essen – sind fernerhin sein Schlürfen, das An-den-Zähnen-Saugen und laute Rülpsen nach jedem Gericht alles andere als zivilisiert. Man findet, wie gesagt, immer den einen oder anderen tierischen Zug bei diesen Leuten, und deshalb entspricht deren eigene Weise des Essens ihrem ganzen Habitus besser.«

Katze konnte nicht umhin, sich an dem Gedanken zu weiden, welchen Schock Onkel Sophus' Beschreibung in dem sich so vornehm gebenden christlichen Heim ausgelöst haben mußte. Wie hätten sie ihre klaustrophobische Selbstgefälligkeit überhaupt überleben können, wenn sie sich nicht notgedrungen aus Liebe zu Sophus geöffnet hätten oder über die zu nichts verpflichtende Exotik dazu verführt worden wären? All das lag so herrlich weit weg:

»Man ist hier auch nicht zimperlich, und wenn man es ist, gewöhnt man es sich rasch ab, indem man ständig die Japse vor Augen hat. Diese Fellows kennen nämlich nicht das geringste an Zimperlichkeit oder Scham, die Bessergestellten lediglich mit dem leichten Überwurf, genannt Kimono, bekleidet, und Arbeiter, Lastträger etc. in der Regel splitternackt, nur mit einer Art

Riemen um den Leib ausgestattet, der vorn herabhängt und gerade das Allernotwendigste bedeckt, weshalb wir niemals darüber im unklaren sind, wie lange es noch bis zum Sonntag ist. Nun, Ihr braucht jetzt nicht gar zu sehr zu erröten, denn sind die Damen imstande es in natura zu sehen, ertragt Ihr es wohl auch auf dem Papier. Jetzt höre ich Dich, liebe Mutter, jedoch ausrufen: ›Was für Schweinigel, kann man denn so etwas nicht verbieten.‹ Die Japaninnen tragen gleichfalls Kimono, die Brust entblößt, und da, wie ich früher berichtet habe, die Japse eine sehr reinliche Völkerschaft sind, so trifft man sie mindestens einmal, zuweilen sogar zweimal täglich im Bad an. Diese japanischen Badeanstalten mit warmen Bädern, von denen es hier plenty gibt, sind insbesondere ein schlagender Beweis für all die Unkenntnis an Schamhaftigkeit, denn zur Straße hin sind sie nur mit einem Lattengitter verschlossen, und hinter diesen Latten siehst du also mitten auf dem Boden zirka ein Dutzend nackte Frauen sitzen, die mit warmem Wasser begossen und abgerieben werden, und kränkt es *Dein* Schamgefühl nicht, stehenzubleiben und die Operation zu betrachten, so kränkt es ganz sicher nicht das ihre.

Wir haben, was die Europäer anbelangt, ein vollständig französisches Badeleben hier draußen, d. h. in den Badehäusern an Land kleidet man sich in den Schwimmanzug und watet dann über den flachen Strand hinaus, Ladies und Gentlemen in schöner Eintracht. Es ist schließlich recht natürlich, daß sich an einem Ort, wo Vertreter so verschiedener Nationen leben, und wo nichts, jedenfalls die Ausländer betreffend, durch Polizeiverordnungen und ähnliches gehindert wird, ein recht freies Leben entwickelt.«

Sophus heiratete eine reizende Amerikanerin, Tante Fanny, von der wir nichts mehr hören werden. In Skodsborg saß sie auf der Terrasse des Cottage stets mit dem Rücken zum Wasser. Sie hatte in Japan beim Erdbeben die Flutwelle kommen sehen.

Es ist nichts dagegen einzuwenden, daß die alte Jungfer Mudde in Sophus verliebt war. In ihren eigenen Bruder. »Ich verstehe es«, hat Katze auf die Rückseite eines Bildes geschrieben, auf dem sich Mudde, dieses stolze Fräulein, an ihren Bruder schmiegt, mit einem ehrfürchtigen, beinahe schmerzlichen Ausdruck in den traurigen Augen. Die Hände behutsam um seinen Arm gefaltet.

Das Bild ist in einem heiligen Augenblick aufgenommen, bei dem der Japanfahrer und Konsul fröhlich gleichgültig dreinschaut.

Auf ein Familienbild hat Katze geschrieben: »Alle denken.« Zunächst eine merkwürdige Aussage. Doch betrachtet man das Bild genauer, bemerkt man, daß es Katze gelungen ist, das schwarze Loch oder den nicht nennbaren Riß in der Familie aufzuzeigen, in den jeder dann und wann hinabplumpst und wo er völlig allein ist. Auf dem Bild sind alle versammelt – und dennoch ist jeder allein.

*

»Gib acht auf Straßenbahnen und Nähnadeln!« warnte Tante Sofie immer und ewig bei ihrem erfolgreichen Versuch, ein Leben lang über ihre Tochter zu wachen.

»Es ist *zwei* Minuten nach neun, Mudde!«

Katze vernahm noch immer den strengen Ton von Muddes Mutter aus der Fredericiagade 14, wenn Mudde, die ansonsten erwachsen war, abends zwei Minuten nach der Zeit heimkam und sich in ihr Kinderbett legte. Arme Mudde, ihr ganzes Leben lang wurde sie an einem Faden gehalten. Erst von der Mutter, später von der Stickerei. Mudde fertigte Petitpoints für das Magasin du Nord an, für eine Krone und zehn Öre die Stunde. Als man sie nach fünfzig Jahren aufforderte, einen höheren Lohn zu verlangen, sagte Mudde vornehm: »Kommt nicht in Frage.« Auch Altersrente wollte sie nicht beziehen.

Als Katze an all ihre Verehrer dachte und an all die Ausschweifungen, die Mudde *hätte* haben können, fühlte sie sich neben Mudde, die nichts anderes gekannt hatte als eine jährliche Geburtstagsfeier mit Schokolade, bei der sich in ihren zwei kleinen Zimmern lauter Fräuleins mit Gebiß und Perücke drängten, als Femme fatale. Sicher hatte Mudde reiche Freundinnen, die mit ihr jeden Juni im Automobil in die Sommerpension fuhren. Das große Ereignis in ihrem sonst so ereignislosen Leben. Die Freundinnen brauchten fast das ganze Jahr, um die Ferien zu planen und um zu packen. Sie erlebten nie etwas und schrieben eine Menge Postkarten darüber.

Als Mudde über neunzig war und die Treppen in der Fredericiagade nicht mehr bewältigen konnte, war sie gezwungen, in eine Pension für Ältere zu ziehen. Hier wurde ihr eine Kränkung zugefügt, die sie ums Leben brachte. Man hatte ihr zugemutet, mit einem *Postboten* am Tisch zu sitzen. Mudde starb vor Kummer. Und als sie gestorben war, konnte sich niemand entsinnen, je ein Wort von ihr gehört zu haben, das der Erinnerung wert gewesen wäre.

Gottseidank, daß unsereiner ein Leben voller Fehltritte gelebt hatte – oder war es nur einer –, denn sonst hätte man ja keine Kinder und Enkelkinder. Katze mußte weinen, als sie einen Brief von ihrer Cousine Mary fand. Gegenseitige Liebe, ohne Verurteilung, auch nachdem das Unglück geschehen war: 1918, als Katze wenige Monate vor der Entbindung stand, schrieb Mary aus Wedelsborg:

»Ich bin traurig, daß Du bei schlechter Stimmung bist, meine liebe Cousine.«

Um ihr Cousinchen aufzumuntern, malte sie in allen Einzelheiten einen Traum aus, wie sie zusammen um die Welt fahren würden, um den Staub abzuschütteln.

»Wir werden uns wohl keine schwarzen Diener leisten können, aber könntest Du Dir nicht vorstellen, in Ceylon oder Singapur eine Arbeit als Sekretärin anzunehmen? Denn wir werden wohl gezwungen sein, unterwegs zu arbeiten.«

Mary starb im Jahr nach Katzes Heirat an der Spanischen Krankheit, neunzehn Jahre alt.

Marys Mutter, Tante Olga, war die Begabteste in der Familie de Thura. Als Katze heiraten sollte, hatte Tante Olga ihr 500 Kronen geschenkt. Doch Katzes blinde Mutter mischte sich augenblicklich ein: »Willst du wohl sofort das Geld zurückbringen! Du hast es schließlich unter falschen Voraussetzungen erhalten!«

Katze mußte die Straßenbahn zur Blågårdsgade nehmen und das Geld abliefern: »Es war unter falschen Voraussetzungen.«

»Das wußten wir doch«, sagte Tante Olga, die später nach »Sankt Hans« in die Anstalt kam, weil sie zuviel wußte.

Katze stand in Skisocken in ihrem Zimmer und weinte, während sie versuchte, ihre Obligationen zu finden, auch jene, die sie von Mudde geerbt hatte, vielleicht würden sie eines Tages etwas abwerfen. Jetzt mußte ihre Chance bald kommen, noch bevor sie starb.

Das erinnerte sie an die kleine Elle, die sich nie im Traum hätte einfallen lassen, auf irgend etwas zu warten. »Was sitzt du da rum und strickst?« hatte Elle gesagt, als sie Katze in Riga besuchte, während Tobias sich irgendwo amüsierte. »Hier sitzt du, die schönste Frau von ganz Riga, und wartest!« Katze war beeindruckt. Auch wenn Elle in Wirklichkeit Scala-Mädchen gewesen war, eine von denen, die ohne Kleider eine Treppe herunterkamen, nur mit einer Blume genau »dort«, so hatte Katze sie nie eine »Hintergassenschickse« genannt. Denn Elle besaß etwas Unwiderstehliches, sie hatte Sex-Appeal. Sie hatte das, was große Kurtisanen auszeichnete und was man nicht für Geld kaufen kann: Zugang zur Welt der Männer und Macht über sie. Viermal war sie verheiratet gewesen und hatte unter den Allerreichsten frei wählen können. Elle hatte es auch mit Frauen getrieben, davon jedenfalls war Katze felsenfest überzeugt. Und sie war ein wenig stolz, eine Frau wie Elle gekannt zu haben. Damit war sie selbst ein Teilchen des gewagten Abenteuers geworden. »Was sitzt du da rum und wartest?« Gott, wie recht sie hatte!

In Katzes Schrank hingen Glitzerkleider aus Elles Zeit. Durchsichtiger schwarzer Crêpe de Chine mit aufgenähtem Rheinkiesel. Und Pelze haufenweise, vom grauen Persianer bis zum Zobel, doch trug sie keinen von ihnen mehr. Sie bevorzugte einen alten Tweedmantel, Schnürschuhe und Turban. Sie hatte keine Lust, etwas mit ihren Haaren zu machen. Die Schränke waren vollgestopft mit Kaschmir-Cardigans, Nachthemden und Unterwäsche, die Tobias ihr im Laufe der Jahre verehrt hatte, wohl um sie zu erfreuen, doch in erster Linie, weil er es nicht ertragen konnte, sie verkommen zu sehen. Aber Katze hatte ihre eigene Art, die Welt zu strafen. »Gottseidank, daß ich keine Freunde habe«, war ihr Motto.

Sie schielte auf das Buch mit der Ahnentafel der de Thuras, das im Regal stand, Hirschholm und das Eremitage-Schloß, jawohl, Tobias sollte bloß nicht glauben, daß er etwas Besonderes wäre. Er hatte es ja nicht einmal fertiggebracht, sein Examen am Polytechnikum auf ehrliche Weise zu bestehen. Das ganze Arrangement hatte er nur inszeniert, um sich durchzumogeln, und dann war er doch noch durchgefallen, der Idiot! Er hatte mit einem Fräulein Krabbe im Eichhörnchenpelz verabredet, sie solle die Prüfungsresultate in ihrem Goldtäschchen mit einem kleinen Gruß bei der Pförtnersfrau abgeben. Dann würde Tobias zufällig vorbeikommen und das Kuvert abfangen. »Hier muß ein Brief für mich sein.«

Doch ausgerechnet an diesem Tag war die Pförtnersfrau krank! Dieser Trottel Tobias! Die Løvins waren nichts anderes als ein Haufen Liederjans. Dennoch sagte Katze immer, »einer der Unseren«, wenn ein Jude erwähnt wurde.

Sie heirateten 1919, kurz nach dem Versailler Frieden. Sie ahnten nicht, daß ihre Welt zu Ende, die westliche Zivilisation vernichtet war. Sie mußten leben – und sie lebten – wie jede andere Generation, egal ob die Welt beginnt oder endet. Und immer glauben alle, sie beginnt …

Über ihr klopfte es.

7. Mißglückter Mord

Als sie ins Schlafzimmer trat, klopfte es noch immer – über ihrem Bett. Ein Porno-Klub war in den vierten Stock eingezogen, direkt über ihren Kopf und ihre russischen Gläser. Und selbst wenn man es dort oben bestritt und sagte, sie sei verrückt, so wußte Katze genau Bescheid. Jetzt klopfte es wieder. Sie rissen dort oben Wände ein und bauten ein großes Bordell. Dazu hatten sie überhaupt kein Recht. Das hier war einmal ein herrschaftliches Haus gewesen, doch jetzt hatte die Decke Risse, und eines Tages würde das Ganze über ihrem Kopf zusammenstürzen, wenn niemand eingriff. Sie hatte sich die Verbrecher vorgeknöpft und ihre Titel ausgebeten, doch die hatten sich einfach »Photographen« genannt. Photograph, das konnte schließlich jeder Idiot sein, da brauchte man ja nur auf einen Knopf drücken, große Kunst. Die Frau war ganz sicher Kupplerin, mit diesen schwarzen stechenden Judenäuglein. Katze hatte sich auch bei der Verwaltung beschwert, sie war schließlich nicht umsonst seit zig Jahren in einem Rechtsanwaltsbüro angestellt, doch was half das, wenn der Hausmeister sich unschuldig gab und so tat, als wüßte er von nichts. Er war bestimmt selbst Kunde dort oben! Katze war nicht von gestern. Jetzt klopfte es erneut.

Genau so war es an jenem Abend gewesen, als Katze an die Tür des Herrenzimmers in der Niels Brocks Gade geklopft hatte, wo sie und Tobias als Jungverheiratete wohnten. Ja, sie hatte bei Tobias angeklopft, der drinnen in all dem Rauch Hasard mit der Vettel Baby Zornig spielte. Die hatten die beiden auf einem dieser Karnevals kennengelernt, wo die Herren stets DOM Perignon tranken und es für die Damen Johannisbeerlikör gab. All die anderen Frauen hatten sich in ihrem hellblauen Satin und den Puderperücken über die Männer ausgebreitet. Katze aber war als Pierrot gekommen, im engen schwarzen Kleid, ein schwarzes Hütchen auf dem Kopf mit einer ein Meter langen Vogelfeder und mit einem weißen Organzakragen. Sie war recht verdrossen gewesen. Denn Baby Zornig war als Seeräuberin erschienen, den Napoleonhut quer aufgesetzt. Sie und Katze waren die einzigen in Schwarz gewesen. Die schwarzen Bräute. Später dann hatte Katze anklopfen müssen, um die Aufmerksamkeit ihres Mannes zu wecken.

»Ich glaube, das Wasser ist abgegangen«, hatte sie damals recht ruhig gesagt, denn sie sollte wieder gebären. Von Tobias' Verhältnis mit Baby Zornig hatte sie sehr wohl gewußt. Deshalb hatte sie auch keine Lust gehabt, in die Klinik zu gehen, wo sie weit weg von allem gewesen wäre und ihn nicht hätte im Auge behalten können. Und deshalb hatte sie auch das Kind nicht anschauen können, das sie geboren hatte, Liane, ihre erste Tochter. Und deshalb waren ihre Brüste völlig leer gewesen. Aber sie hatte nicht darüber nachgedacht, denn sie hatte nur Baby Zornig im Kopf gehabt, die die kürzesten Fähnchen aus Lamé trug und Perlenfransen und auch ein Goldtäschchen besaß mit eingearbeiteter Puderdose, einem Fach für Rouge und Lippenstift. Katzes eigene Kleider hatten damals, 1921, bis *unter* das Knie gereicht, möchte sein.

In die Entbindungsklinik war neben Otto und den anderen auch Emil Løvins Hugo mit Blumen gekommen. Am nächsten Tag hatte Hugo zu Otto gesagt: »Du kannst mir gern gratulieren.«

Otto: »Aber wozu?«

Hugo: »Ich habe mich verlobt!«

Otto: »Warum hast du das nicht gestern gesagt, als wir uns in der Klinik getroffen haben?«

Hugo: »Gestern hatte ich noch keine Ahnung.«

Katze widerten die großspurigen »Charmebolzen« an, doch nein, nicht alle – Otto mochte sie schließlich. Hugo aber war auch für seine Weibergeschichten bestraft worden. Sie hatten sich allesamt babyblond gefärbt, um seine Aufmerksamkeit zu fesseln, dennoch hatten sie ihm nicht genügt. Frauen! Und die letzte, Schwupp genannt, hatte ihr Abendkleid angezogen mit all ihren Juwelen, ein Glas Pillen geleert und sich auf den Altan zum Sterben gelegt. Katze leerte ihr Glas und stellte es auf den Nachttisch, direkt unter das »Bordell«.

Hitler war gerade Boß der Nazipartei in Deutschland geworden, und Li hatte geweint, als sie zur Welt gekommen war, und war so winzig, nur fünf Pfund. Ja, sie hatte bitterlich geweint und nicht wie andere Säuglinge, sondern mit großen Tränen, als hätte sie sagen wollen: Ich hätte nicht geboren werden sollen. Es ist ein Mißverständnis.

Alle ihre drei Kinder sollten ihr ganzes Leben lang Milch hassen.

Später erzählte Marie, die jetzt die Kinder in der Niels Brocks Gade betreute: Jeden Morgen, wenn Li aufwachte, stimmte sie ein regelrechtes Geheul an. So ein Kind hatte noch keiner erlebt. Alle standen völlig machtlos da. Also bekam sie entweder Prügel, oder sie wurde in einen Schrank gesperrt. Sie wußten absolut nicht, was sie mit ihr sollten.

Eines Morgens wachte Li auf und schrie: »Da steht ein Mann!« Doch Tobias beruhigte sie: »Nein, dort steht kein Mann, dort hängt ein Bademantel.«

Von den drei Kindern war Li mit den gelben Augen das schwierigste und rätselhafteste. Balder, der Älteste, das »Kind der Schande«, lief mit roten Haaren und der großen Nase herum wie eine riesige Entschuldigung seiner selbst und ließ sich von den Mädchen schikanieren. Denn inzwischen war auch noch Rebekka mit den schwarzen Locken geboren worden, sie war die lustigste und tüchtigste von allen und bekam die meiste Aufmerksamkeit, weil soviel mit ihr nicht stimmte. Die Beine mußten mit Schienen gerichtet und die schielenden Augen operiert werden. Und die schiefen Arme kamen in Gips. Das war nur der Anfang, denn alle Kinder wurden nun abwechselnd den Ärzten überantwortet, so als litten sie an einer namenlosen Krankheit, zu deren Heilung sie ratlos und nichtsahnend ins Leben gesetzt worden waren.

Li schrie mit Mittelohrentzündung und bekam ein Honigbrot. Bekka wurde ins Krankenhaus gefahren, doch kam sie zu

Lis Bedauern wieder nach Hause. Li litt unter all der Aufmerksamkeit, die Bekka erhielt. Li war knapp vier und Bekka zwei. Eines Tages trug Katze ein schweres Grammophon durch das Zimmer, in dem Rebekka auf dem Boden saß und spielte.

»Was für ein Glück, daß ich es nicht auf Bekka habe fallen lassen!«

»Wie schade – daß du es nicht gemacht hast!« sagte Li und wurde dafür ausgescholten und bestraft, so sehr, daß sie es nie vergaß. Weil sie etwas, an und für sich, ganz Natürliches gesagt hatte. Nicht zufällig beginnt die Bibel mit einem Totschlag unter Geschwistern.

Li war gemein zu Rebekka, weil Bekka – als einzige unter den Kindern – keine Angst hatte. Sie war aufgeschlossen, fröhlich und energisch, und es wurde viel Wesens um sie gemacht. Die Mädchen lagen auf dem Boden und zeichneten. Li gab Bekka unentwegt Farbstifte ohne Spitze. Bekka machte nie Theater. Später im Leben wurmte es Li, daß sie so bösartig gewesen war. Doch Rebekka ergab sich nicht nur in ihr Schicksal. Ihr Leben lang schenkte sie Li gutangespitzte Farbstifte, die Li mit größter Selbstverständlichkeit entgegennahm.

Li war ein furchtsames Kind. Eines Tages saß Katze am Flügel und spielte »Frühlingsrauschen«, als Li aus Versehen ein Glas Wasser umstieß, das auf dem Tisch gestanden hatte. Sie war vor Schreck wie gelähmt über das, was jetzt wohl geschehen würde. Doch Katze sagte nur: »Warst du das? Ja, mein Gott, du brauchst es doch nur zu *sagen*.«

Aber genau das war Lis Angst: Sie konnte überhaupt *nichts* sagen.

*

Zur gleichen Zeit saß Tobias an Bord eines Luxusdampfers nach Amerika, schrieb von der »kleinen Solveig« und schwor, daß es wegen ihr keinen Grund zur Scheidung gäbe:

»Sie ist 18 Jahre alt. Hübsch und reizend – und unschuldig. Ich habe es nicht untersucht, doch sie ist es! Wir hatten es richtig nett zusammen. Ich will nicht sagen, daß wir geflirtet haben, aber natürlich habe ich ihr auf meine übliche Weise ein bißchen den Hof gemacht, vor allem mit kleinen Neckereien u. dgl. Sicherheitshalber füge ich wohl am besten hinzu, daß ich sie *nicht* geküßt habe (sie mich auch nicht!) und auch sonst niemanden.

Hoffe, Du kannst dasselbe sagen!! Ich hatte nämlich einige *sehr* unangenehme Träume. Besonders in der ersten Nacht. Und es machte die Sache nicht besser, als ich ein paar Tage darauf hörte, was man in der ersten Nacht an einem neuen Ort träumt, das geht in Erfüllung. Ich hoffe es ganz *entschieden* nicht. Denn dann passiert einiges Unglück, wenn ich heimkomme. Und das wollen wir doch nicht, stimmts?«

Tobias war schließlich beim Grundstudium am Polytechnikum durchgefallen, man stelle sich vor, zu betrügen und durchzufallen! Sie sangen so großmäulig: »Kämpf für alles, was du magst, betrüg da, wo es nötig ist!« Danach hatte er ein paar Jahre zusammen mit Glendas Buller an der Börse gehandelt, worauf er Werbechef geworden war. Obwohl er Talent für die Reklame besaß, besonders wenn es galt, für sich selbst zu werben, war er unterwegs nach Amerika wegen einer eventuellen Anstellung bei Vacuum Oil, einer amerikanischen Ölgesellschaft. Als er endlich ankam, erfuhr er, daß die Stelle besetzt war.

»Ist mir egal«, erwiderte er, »ich will sie haben.«

Und also bekam er sie. Ein Mann, der so etwas sagen konnte, war Gold wert.

Wir zählen das Jahr 1927. Während Katze voll und ganz mit Bekkas Augen beschäftigt ist, die operiert werden sollen, und die beiden anderen Kinder eifersüchtig sind, weil sie *nicht* operiert werden, schreibt Tobias Briefe voll von movies, salted peanuts, milkshakes, Eiswasser, Konserven und elektrischen Kochplatten. Er schreibt, da man in Amerika keine Dienstmädchen habe, lebe man viel von Konserven. Die Pensionsmutter sitze am Tisch und backe Waffeln mit einem elektrischen Waffeleisen! Das sei *sehr* smart, aber Katze denkt, jetzt hat sich Tobias wieder beeindrucken lassen, und das liegt wohl eher an der Frau hinter dem Waffeleisen als an dem Eisen selbst.

Während Katze all ihre Zeit beim Orthopäden zubringt, um Bekkas Beine neu schienen zu lassen, zieht Tobias für 75 Cents durch die New Yorker Kinos mit Sinfonieorchester, Chormusik, Roxy-Girls, Ballettanz und Gesang. In einem Nebensatz fragt er nach ihren gemeinsamen »Freunden«, Glenda und Buller, ob sie verheiratet, geschieden, verlobt oder verzogen seien. Katze verabscheut seine Nebensätze, die voll sind von der Leichtigkeit des Seins. Tobias geht in Nachtklubs und zum Tanztee, wo man

Mädchen zum Tanzen mieten kann, und er schreibt, das Publikum in den Nachtklubs sei anständig und manierlich:

»Man ist gänzlich frei von solchen Damen, wie es sie im ›Adlon‹ und ›Valencia‹ gibt. Meist sind es Ehepaare oder vielleicht Verlobte, jedenfalls mehr oder weniger, doch keine einzelnen Damen, also habe ich bisher mit keiner der von Dir so gefürchteten kleinen Misses gesprochen oder getanzt. Und nach allem, was ich bisher gesehen habe, glaube ich auch nicht, daß Du Grund zur Befürchtung hast.«

Ein solcher Satz konnte Katze vollständig wahnsinnig machen vor Wut. Hing denn Tobias' Treue ausschließlich von dem ab, was er gesehen oder nicht gesehen hatte? Und wie konnte sich dieser Mann mit dem kleinen Kopf und den großen Segelohren überhaupt erdreisten, die Welt nach eigenem Geschmack zu messen und zu wiegen! Besaß er denn überhaupt keine Demut? Katze hätte einem solchen Brief am liebsten eine schallende Ohrfeige verpaßt. Sie strich seine Worte aus und schrieb »Idiot« an den Rand.

Von Anfang an hatte sie ihn mit ihrer Eifersucht geplagt, doch war das nicht verständlich, wenn er stets mit dem Gedanken flirtete, mit der ganzen Welt auf du und du zu stehen und herumzuküssen, als sei die Welt schier wundervoll! Diese selbstsichere, schamlose Leichtfertigkeit konnte Katze geradezu verrückt machen. Vor ihrer Heirat (Hals über Kopf – nicht einmal eine Photographie existierte) hatte er all seine kleinen Liebesbilletts auf Restaurantrechnungen vom »Bohème« verfaßt, und sie konnte sehen, daß er nicht eben billig war. Mit so einem feinen Pinkel wollte sie wirklich nichts zu tun haben.

Und als die Sache dann passiert ist, gibt er ihr irgendwelche Tropfen. In seinen Briefen fragt er immer wieder an, ob sie jetzt die Tropfen genommen habe, und ob sie gewirkt hätten? Gewirkt! Der Schafskopf, schließlich war ihr Sohn unterwegs! Katze hätte es sich nicht im Traum einfallen lassen, auch nur einen einzigen Tropfen zu nehmen, der ihrem Erstgeborenen hätte schaden können! »Mein Erstgeborener« hat sie auf das Kuvert mit der Frage nach den Tropfen geschrieben. Katze findet jetzt den Brief, vor ihr so gegraut hatte, geschrieben, nachdem Tobias seinen Vater von der Situation in Kenntnis gesetzt hatte:

»Mein liebes kleines Mädchen! Ja, jetzt ist es also gesagt. Um gleich zum Ergebnis zu kommen, es lief richtig gut. Papa war schrecklich lieb und nett und sagte nicht ein einziges böses oder verletzendes Wort, obgleich er natürlich nicht *maßlos* begeistert war! Wir saßen in aller Ruhe zusammen und redeten über die Dinge, und er stimmte mir zu, daß es das beste sei, wenn wir so bald wie möglich heirateten. Jetzt wollte er ein paar Tage über die Sache nachdenken und auch Mutter noch nichts sagen, und er meinte weiterhin, daß es sich nicht lohne, Deine Eltern einzuweihen, ehe nicht klar wäre, wo wir wohnen sollten. Du kannst mir glauben, ich fühle mich wie ein neuer, besserer Mensch, jetzt wo ich mit ihm habe reden können. Ich finde fast, das Schlimmste ist nun überstanden, und wenn er versprochen hat, mir zu helfen, dann geht auch all das andere in Ordnung, meinst du nicht auch, mein kleines Mädchen?«

Was heißt hier klein, sie war, als Balder 1919 geboren wurde, neunzehn Jahre alt und Tobias in den Zwanzigern. Sie war groß genug, um zu wissen, daß sie ihr Kind haben wollte, darüber sollte niemand anderes bestimmen. Tobias schloß den Brief, indem er ihr seine Liebe erklärte. Aber war sie auch echt?

»Ich glaube, für heute abend habe ich nichts mehr zu berichten. Daß ich Dich liebe, weißt Du ja. Aber falls Du (was ich nicht hoffe) es vergessen haben solltest, werde ich es Dir wohl noch ein paar Millionen Mal sagen, um es in Dein kleines Gehirn einzutrichtern.«

Manche Menschen müssen nur ein einziges Mal gesagt bekommen, daß sie geliebt werden, auch wenn es unendlich lang her ist. Andere müssen es Hunderte Mal am Tag hören und glauben es noch immer nicht.

Katze konnte es nicht glauben. Bald war sie knapp zehn Jahre verheiratet, doch sie fühlte sich seiner nach wie vor nicht sicher. Bisweilen erfolgten seine Versicherungen in den merkwürdigsten Verkleidungen:

»Im übrigen hoffe ich, daß Du mir immer noch treu bist und nicht zuviel Unsinn verzapfst, während Vater fort ist. Ich persönlich bin fast ein Engelchen. Mit Ausnahme eines winzigen

Flirts (falls man die Sache überhaupt so nennen kann) mit einer kleinen ›Tänzerin‹, ja und mit Solveig, die an Bord der ›Baaden‹ war. Aber sie ist ja völlig ungefährlich, da sie daheim in Dänemark – wenn auch nicht offiziell – doch jedenfalls halb oder heimlich verlobt ist.«

Katzes Freundin Elle, die mit der Blume zwischen den Beinen, stachelte sie auf: »Dein Mann ist in Amerika und amüsiert sich, warum sitzt du hier rum und langweilst dich?«

»Woher weißt du, daß Tobias sich dort amüsiert. Hast du was gehört?«

»Hör mal, kein Mann hält sich zurück, wenn es Angebote gibt, und warum solltest du es dann?«

»Du meinst doch nicht, ich sollte auch …?«

»Ja! Natürlich!«

»Aber ich muß doch an meine Kinder denken!«

»Du bist siebenundzwanzig, bald bist du nicht mehr jung, und dann wirst du daran zurückdenken.«

»Man hat mich ja mehrmals ins ›Adlon‹ eingeladen, aber ich habe abgelehnt, weil ich finde, es gehört sich nicht, daß ich ausgehe, während Tobias in Amerika ist. Die Leute reden, weißt du.«

»Pah, sind doch alles Kleinbürger, die sich mit solchem Getratsche abgeben. Die selbst nichts erleben. Dazu bist du zu gut, mein Engel, betrüg dich nicht selbst.«

»O Elle, du läßt mich richtig guter Laune werden, warum soll ich auch zu allem nein sagen?«

»Und wer dankt es dir?«

Sie hatte so recht. Katze holte ihr kurzes schwarzes Abendkleid, das mit den Gagatperlen, aus dem Schrank, denn sie wollte sich nun doch vergnügen. Tobias ermunterte sie:

»Und wie Du Dich verlustiert hast. Wirklich schön. Das einzige, was mir ein bißchen zu schaffen machte, wenn ich ausging, war die Tatsache, daß Du nicht dabei warst und vielleicht daheim saßest, während ich mich amüsierte. Daß Du auch ins ›Adlon‹ gegangen bist, kann ich gut verstehen, und natürlich habe ich nicht das geringste dagegen. Die Frage ist ja nur, *mit wem.* Und da Du glücklicherweise weißt, was und wer mir gefällt, magst Du machen, was Du willst und was Du für richtig hältst. Wenn

Du Dich nur nicht mit zuviel Alkohol zuschüttest, bin ich nicht bange. Küß meine drei süßen Lieblinge auf ihre süßen Äuglein und die allerzärtlichsten Küsse an Dich, Dein Tobias.«

Das Problem war nur, wenn Katze Jørgen Birger Christensen mochte, so war es jedenfalls nicht sicher, daß Tobias denselben Geschmack hatte. Eine Zeitlang hörte Tobias nichts von Katze. Denn BC war im Begriff, Tobias den Kuchen wegzuschnappen, wie Katze es ausdrückte. Sie war nur noch imstande, sich selbst als Gegenstand von Interesse, Schmeichelei und Begehren zu erleben. Und BC war ganz verrückt nach ihr. Doch sie liebte und begehrte nicht selbst. Sie war so jung, und die Kinder hatten aufgehört zu weinen. Sie gingen auf leisen Sohlen in einer sonderbar unwirklichen Welt, die Mutter war so fern, ganz und gar in Anspruch genommen von der Frage, inwieweit sie selbst geliebt wurde. Sie sagte sich immer wieder, daß sie jedenfalls ihre Kinder liebe, und sie hielt sie umfaßt mit ihren leeren Armen und verratenen Augen.

Eines Tages, als sie zu Besuch bei Papa und Mama in Rosenvænget waren, liefen Balder und Rebekka in den Garten und spielten am Bassin mit dem Goldfisch. Balder zog ein kleines Segelschiff an der Leine. Er war acht Jahre alt, Bekka vier. Plötzlich fiel sie ins Becken. Sie lag dort zappelnd im Wasser und war nahe daran zu ertrinken. Doch Balder tat, als sei nichts. Er zog sein Schiff weiter im Kreis, ohne jemanden zu rufen. Katze entdeckte die Katastrophe vom Fenster aus und stürzte hinzu. Und als sie ihn später, völlig in Panik, verhörten, warum er nichts getan hatte, konnte er nicht antworten.

Er wurde jedoch nicht bestraft. Das wurde er erst an jenem Tag, als er mit der Zigarre seines Vaters in der Puderdose seiner Mutter herumrührte.

»Was hat die Zigarre deines Vaters in der Puderdose deiner Mutter zu suchen?« brüllte Tobias, wie wahnsinnig vor Wut.

»Ich weiß nicht«, stotterte Balder.

»Hattest du die Erlaubnis, die Zigarre deines Vaters anzurühren«, brüllte Tobias weiter, »und eine so gute und teure Zigarre zu verderben?«

»Nein.«

»Und warum hast du es dann getan, antworte!«

»Ich weiß es nicht.«

»Hattest du die Erlaubnis, die Puderdose deiner Mutter anzurühren, wenn ich fragen darf?«

»Nein.«

»Was hattest du überhaupt in den Sachen deiner Mutter zu suchen?«

»Nichts.«

»Antworte mir, was wolltest du in den privaten Dingen deiner
Mutter?«

»Ich weiß nicht, ich wollte nur ...«

»›Ich wollte nur‹ gibt es nicht, ist das klar?«

»Ja.«

»Versprichst du also, nie mehr an die Sachen deiner Eltern zu
gehen?«

»Ja.«

»Dann reden wir nicht mehr davon.«

Balder wurde des Tisches verwiesen und bekam nichts zu Mittag. Li beneidete ihn, denn sie mochte nicht essen. Sie und Rebekka besaßen eine Porzellanpuppe mit offenem Mund. Die hatten sie seit längerem gefüttert. Die Puppe hatte großen Appetit.
Nach einiger Zeit bekam die Puppe einen schlechten Atem. Und
dann eines Tages krochen Würmer heraus. Die beiden Mädchen
wurden ausgescholten. Und Li weinte. Sie hatte begriffen, daß
die mütterliche Fürsorge lebensgefährlich und unentbehrlich
war. Das Essen war verdorben, so wie die Brust einst vergiftet
gewesen war, die leere Brust, an die sie sich nicht mehr erinnern
konnte. Li war wählerisch bis zur Hysterie wie ihr Vater. Auch
Balder und Bekka waren wählerisch, es gehörte fast dazu, wenn
man eine *Persönlichkeit* sein wollte. Die Løvins definierten sich
durch das, was sie nicht mochten. Tobias »ertrug« keinen Fisch,
keine Milchspeisen usw. Dennoch mußte jeder aufessen. Lie-
genlassen war nicht erlaubt.

Den Kindern fiel es nicht schwer herauszufinden, was man
durfte und was nicht. Das meiste durfte man nicht. »Children
must be seen, not heard.« Aber es war schwierig, das mit dem
Essen zu begreifen. Wenn die dicke Tante Maus zu Besuch kam,
konnte sie sich einfach nicht von der Speisekammer fernhalten.
Die Kinder verstanden sehr wohl, daß sie von etwas niederer
Klasse war. Sie hatte schließlich per Annonce geheiratet, einen
Kommunisten mit einer Blume im Knopfloch. Und obwohl die
Kinder weder wußten, was eine Heiratsannonce noch was ein

Kommunist war, so ließ sich doch ausrechnen, daß es nichts war, mit dem man Staat machen konnte. Und sie hörten auch, wie sich ihre Mutter beklagte: »Stell dir vor, Tante Maus behauptet, sie habe mit Tobias getanzt, und er habe sie zärtlich an sich gedrückt und ihre Brust befummelt. Wie kann sie nur so etwas sagen! Wie kann sie so gemein sein!«

Ja, Katze sagte all das zwar nicht direkt zu den Kindern, vielmehr sollten sie es gar nicht hören. Aber sie hörten es dennoch. Und konnten es nicht verstehen, denn Tante Maus war schließlich sehr lieb zu ihnen. Obwohl sie beinahe blind war, mochte sie gern mit ihnen spielen, und immer spielte sie, daß alles Erdenkliche »Essen« war. Sie legte ein paar Knöpfe auf den Tisch, und das waren »Steaks«. Sie waren ganz anders und bei weitem nicht so schön wie die Perlenknöpfe an Maries weißer Bluse, die sie anzog, wenn ihr Verlobter zu Besuch kam. Er arbeitete in den Zuckerfabriken. Das waren richtige Perlen, weiß und rund, die hübschesten Knöpfe der Welt.

Unten auf dem Hof liefen ein paar Kinder herum und spielten. Balder, Liane und Rebekka hingen aus dem Fenster, weil sie gern dabei gewesen wären. Aber das durften sie nicht, denn die Kinder auf dem Hof »waren nichts, was man haben mußte«. Eines schönen Tages trugen Balder, Li und Bekka dann all ihr Spielzeug zu einem großen Haufen zusammen. Sie warfen es den anderen Kindern aus dem Fenster zu. Und wurden hart bestraft. Wie in aller Welt konnten sie nur auf die Idee kommen, ihr schönes Spielzeug den entsetzlichen Kindern hinunterzuwerfen? Das war nicht zu begreifen. Doch die Kinder im Hof waren hell begeistert, und von dem Tag an waren Balder, Li und Rebekka unglaublich populär.

In der Schule war Li so ängstlich, daß sie absolut nicht verstand, was die Lehrerin sagte. Sie begriff einfach nicht, was um sie herum vorging. Ein Mädchen mit Namen Vera mußte sich in die Ecke stellen, weil sie zu fest mit dem Bleistift aufgedrückt hatte. Li begriff nicht, daß auch *sie* gemeint war, wenn die Lehrerin zur Klasse sprach. Sie war weder diejenige, die sie glaubte zu sein, noch diejenige, von der die anderen sagten, sie sei es. Sie war überhaupt nichts.

8. Das Ehebett

Am 28. Oktober 1928 fuhr die ganze Familie an Bord der »Nidaros« nach Riga. Tobias, der aus den USA zurückgekehrt war, hatte den Direktorposten von Vacuum Oil in den drei baltischen Ländern mit Hauptsitz in Riga erhalten. Wie sein Großvater seinerzeit mit Branntwein aus dem Osten gekommen war, reiste Tobias nun mit Brennstoff wieder dorthin zurück. Estland, Lettland und Litauen, alles Länder zu Pferde, erfreuten sich der zehnjährigen Unabhängigkeit von der russischen Herrschaft. Die »Povoskas«, Pferdewagen mit Rädern im Sommer und Kufen im Winter, sollten jetzt durch Automobile ersetzt werden. Der Fortschritt konnte nicht schnell genug kommen.

Die Familie hatte alle ihre Möbel an Bord des Schiffes, das am Vormittag in den Rigaer Hafen einlief. Schon beim Zoll gab es Probleme: Für jede Blumenvase, jeden Aschenbecher sollte Zoll bezahlt und jeder einzelne Silberlöffel sollte gewogen werden. Da sagte Tobias zu den Autoritäten: »Selbstverständlich muß das geregelt werden, ich spendiere ein Mittagessen.« Die Zöllner tranken jeder zehn Schnäpse. Danach war kein Zoll mehr nötig.

Riga war eine Stadt mit zwei Gesichtern. Einerseits eine rückständige Bauernkultur, andererseits eine internationale, mondäne Sozietätswelt mit ausländischen Diplomaten, Geschäftsleuten und Spionen, die rasch herausfinden wollten, was in dem neuen Reich im Osten vor sich ging. Die sowjetische Revolution war noch jung, und man fürchtete, sie könnte sich mit all ihrer Kraft und Vitalität wie eine Pest über die ganze Welt ausbreiten. Doch diese geschäftliche Diplomatie ging unter festlichen Formen vonstatten, mit einer Menge Geselligkeiten – bei denen Tobias' roter Seidendomino zur Anwendung kam –, billigem Alkohol und Flirts. Affären waren ein ebenso angenehmer Zeitvertreib wie Golf oder Kartenspiel. Und alle, die aus Westeuropa kamen oder denen man den Lohn in westlicher Valuta auszahlte, waren in Riga automatisch Millionäre und High-Society.

Was die Einheimischen anbelangte, so verkehrte man nur mit den adligen Baltendeutschen. Mit den Familien von Rönne, von Engelbrecht und von Drachenfelz. Mit den Letten kam man überhaupt nicht in Berührung. Das war eine ganz andere Welt mit karierten Kopftüchern, Brot und Spitzendecken. Pferde mit Futtersäcken und Blumenkränzen. Wachstuch, Wollsocken und Ikonen. Schlitten aus Brettern, Läuse und rasierte Köpfe. Wenn und falls die lettischen Frauen zu Bällen gebeten wurden, bei denen die Einladung lautete, man solle in Lang erscheinen, kamen sie in ihren Nachthemden, mit schwarzen Zähnen und Schleifen in den Zöpfen und strahlten Hoffnung und Glauben an eine neue und bessere Welt aus. Als erst kürzlich befreite Leibeigene konnten sie sich nicht mit weniger zufriedengeben als einer motorisierten Zukunft. Und Tobias kam mit dem Treibstoff.

Der große Held des Landes, Präsident Ulmanis, lief mit bloßen Füßen herum. Doch auf den Boulevards sah man lebende Schreckensbilder, vom Präsidenten inszeniert. Halbnackte Deserteure, die Hände auf dem Rücken gefesselt, wurden in Militärkolonnen abgeführt, zum Entsetzen und zur Warnung der Bevölkerung. Nackte Zehen oder nicht, Ulmanis war ein Präsident, auf den man zählen konnte, wenn es um den lettischen Nationalismus und die Unabhängigkeit ging. Und für das Volk verkörperte er eine beruhigende Antwort auf die ewige und wohlbegründete Furcht vor Rußland.

Bis Tobias eine geeignete Wohnung am Kalpaka Boulevard, direkt gegenüber der russisch-orthodoxen Kathedrale, fand, lag Katze mit Migräne im Hotel Metropol und klagte über die Wanzen. Wie konnte man ihr nur zumuten, in einem so primitiven Bauernland zu leben, wo man, sobald der Abend anbrach, nicht Luft holen konnte vor lauter Nachtfaltern.

Gleichzeitig war sie so beschaffen, daß ihr das Herz blutete wegen all der gedemütigten und unterdrückten Seelen. Katze liebte die einfachen Leute, die sich – im Gegensatz zu den Løvins – nicht großtaten, sondern ihr Schicksal mit Würde trugen. Dennoch gab es da etwas in ihr, das ihr verbot, sie voll und ganz zu lieben. Sie nahm ihnen nämlich übel, daß sie so erbärmlich lebten.

Es wurde auch nicht besser, als die Familie endlich in die Sechzehnzimmerwohnung mit Fayencekaminen und – als sie es sich leisten konnten – großen kaukasischen und persischen Teppichen gezogen war. Tobias stellte für die Kinder eine Gouvernante, Ida, an, damit sie Deutsch lernten und Katze entlastet war, die mit einem Tuch auf der Stirn dalag und die Fliegen an der Decke anstarrte.

Die Nürnberger Gesetze von 1935 verboten sexuellen Umgang zwischen Juden und Ariern. »Die Fliegen an der Decke« waren Katzes Umschreibung für das eheliche Zusammenleben geworden. Sie mußte einsehen, daß sie Tobias nicht ändern konnte. Aber sie konnte sich selbst jeden Genuß verwehren und ihm auf diese Weise ihre Verachtung zeigen und damit noch immer eine gewisse Macht über ihn besitzen.

Am Eingang zum Haus stand stets ein »Dwornik«, dem man ein paar *Santim* gab. Im untersten Geschoß lag das »Anatomische Museum«, wo Balder, Li und Rebekka mit aufgerissenen Augen stehenblieben. Sie betrachteten die Kinderköpfe aus Wachs, die in Alkohol liegenden Föten mit verschiedenartigen Ausschlägen und die pockennarbigen Puppen voller Wunden. Sie hatten ihre Mutter flüstern hören, daß es sich um Geschlechtskrankheiten handele. Im zweiten Stock wohnte die jüdische Familie Monastirski, die vom Liefern koscherer Speisen für Feiern und Hochzeiten lebte. Dann stiegen die Kinder die breite, spiralförmige Treppe mit dem gußeisernen Jugendstilgeländer weiter hinauf und waren zu Hause.

Die Welt der Eltern war streng von der der Kinder getrennt. Tobias betreute drei Niederlassungen in Riga, Tallinn, Kaunas und war unablässig auf Reisen. Katze lag mit Unterleibsentzündung oder Kopfschmerzen im Bett, wenn sie beide gerade nicht an Geselligkeiten teilnahmen oder Katze alle Hände voll zu tun hatte, um die Dienstmädchen beim Stehlen von Toilettenseife zu ertappen.

Am 22. März 1938 wurde den deutschen Juden verboten, Gemüse anzubauen.

Die Kinder aßen draußen in der Küche zusammen mit der Köchin Anette und dem Hausmädchen Betty, die einen tiefen Teller mit Butter füllte, die sie pur aßen, übergossen mit saurer Sahne, »Sauerschmant«, in einem Eimer beim Kaufmann geholt. Dort in der Küche herrschte eine besondere Gemütlichkeit, die noch unterstrichen wurde durch die ewige Mahnung der Mädchen im Rigaer Dialekt: »Macht die Tier zu, es zieht.« Als befinde sich ein warmes, weiches Tier im Raum, das keinen Zug vertrug. Und auf dem großen Eisenherd, bei lodernden Flammen und dem Klappern der Herdringe, entstanden sagenhafte Gerichte, namentlich Anettes »Stroganoff«, das die Kinder ihr ganzes Leben lang anführen sollten wie eine Stelle der Heiligen Schrift.

Heutzutage verbinden wir »Dienstboten« ohne weiteres mit einer »niederen« Position. Doch im Zuhause vieler Klassenkameraden herrschte und regierte oft eine uralte, hutzlige *Njanja*, die die Kinder von klein auf betreut hatte und später sorgsam darüber wachte, daß sie nicht den Schulbesuch versäumten oder eine Haarschleife liederlich in die Zöpfe flochten.

An dem Tag, als Anette an Tuberkulose sterben sollte, bat sie die gnädige Frau, sie in dem schwarzen Samtkleid mit der roten Rose zu begraben, und Katze weint, jetzt fünfzig Jahre danach, noch immer über deren armseliges Leben.

Balder, Li und Rebekka lebten in der deutschen Schule ein durchorganisiertes deutsches Dasein, das ihnen nicht allzu viel Spielraum ließ, die Alkoholföten im Erdgeschoß zu studieren. Sie gingen schwimmen – am 22. März wurde den deutschen Juden das Schwimmen verboten –, Schlittschuh und Ski laufen, tanzen, zu Gymnastik und Ballett, zum Englisch- und Klavierunterricht. Und sangen im Pflegeheim »Freude schöner Götterfunken« mit Blumen im Haar. Sollte das Stück einen halben Ton höher liegen, schaute die Lehrerin einfach nur Li an, die mit hoher klarer Stimme einsetzte.

Schon von Kindesbeinen an wurde Li zu ihrer großen Verblüffung vom anderen Geschlecht angebetet. Sie selbst betete ihre Freundin Livia an, die, wie der Name schon sagt, voll von überschäumendem Leben war, jener joie de vivre, die Li fehlte. War sie mit Livia zusammen, entfaltete sich das Leben.

Ein Junge in Balders Klasse hatte angefangen, Briefe an Li zu schreiben. Mit der Zeit wurden die Briefe immer dreister – »Willst du mit mir ficken?« –, obgleich Li nicht verstand, worauf sie hinausliefen. Doch als die Schreiben entdeckt wurden, veranstalteten Katze und Tobias ein Riesentheater. Balders Bett wurde aus dem Zimmer geschafft, in dem er mit seinen Schwestern schlief, ohne daß er selbst richtig verstand, warum. Aber eines war allen Kindern absolut klar: Eine Katastrophe war geschehen. Sie hatten etwas Unverzeihliches getan, ohne zu ahnen, was es war. Und es ließ sich auch nicht wiedergutmachen. Von jetzt an wurde Li von der Schule und vom Schwimmen abgeholt.

Die Kinder hatten keine Zeit zu bemerken, wie unglücklich ihre Mutter war. Dennoch konnten sie es tagtäglich spüren. Die

Tränen hingen schwer in den Gardinen. Jedesmal, wenn ihr Vater auftauchte, zogen wieder Geselligkeit und Freude ins Leben ein. Doch es dauerte nicht lange, da wurde dieser Jubelstimmung mit Vorwürfen, Tränen und Anschuldigungen begegnet. Irgend etwas war nicht in Ordnung.

Schon von klein auf hatten sie ihre Mutter vergöttert. Sie war so schön, so wundervoll und zärtlich. Sie hatten wirklich geglaubt, ihr Vater sei sehr böse zu ihr, die Mutter tat ihnen schrecklich leid. Wenn sie im Sommer auf dem Lande waren und Tobias sich wie gewöhnlich recht ausgiebig mit den englischen Damen amüsierte und Katze wie gewöhnlich mit »Nebenhöhlenentzündung« oder sonst etwas Rätselhaftem darniederlag, mußten sie stets auf Zehenspitzen gehen und leise, ganz leise sein. Der Vater hatte die Mutter ins Bett verfrachtet, und jetzt sollten die Kinder es ausbaden. Als Li heranwuchs, begann sie allmählich zu begreifen, daß Katze sie bewußt gegen den Vater aufbrachte, indem sie sich ins Bett legte und weinte.

Tobias hatte mit Katzes bester Freundin Lilla geflirtet und sie auf die Wange geküßt. Aber Lilla, die von altmodisch norwegischer Art war, sagte: »Wann wollen wir es Katze sagen?« Und Tobias war völlig fassungslos, denn selbst in seiner wildesten Phantasie hatte er sich nicht vorgestellt, daß sie es *derart* ernst nehmen könnte.

»Wann wollen wir es Katze sagen?« schluchzte Katze in ihrem Bett.

Eines Tages, als Li auf dem Heimweg aus der Schule die Elizabete iéla hinunterging, sah sie den blauen Buick ihres Vaters neben dem Bürgersteig halten. Sie wollte ihm gerade entgegenlaufen, stoppte jedoch noch rechtzeitig … Im Auto saß eine feine rothaarige Dame, die sie nicht kannte, und ihr Vater hielt sein Gesicht dicht an dem der Dame. Li ging langsam nach Hause. Sie wußte weder, was sie denken, noch was sie sagen sollte. Lange stand sie vor den pockennarbigen Föten und den abgeschlagenen Kinderköpfen. Sie spürte deutlich, daß das hier etwas war, was sie *nicht* sagen sollte. Sie und ihr Vater hatten etwas gemeinsam, das niemand sonst wissen durfte. Sie fühlte plötzlich heimliche Freude bei dem Gedanken, daß ihr Vater umschwärmt war. Daheim wurde er stets gescholten und mit Vorwürfen überhäuft. Es war nur recht und billig, daß ihr Vater mit Leuten zusammen war, die fröhlich waren. Und schön.

Später, als Li sechzehn war und Katze ständig den gelben Blick ihrer ältesten Tochter spürte, wollte sie sich der Tochter anvertrauen und von der Ursache der ganzen Misere berichten. Von der Empfängnis Balders, die sehr ungelegen gekommen war, von der überstürzten Heirat und all dem. Li starrte sie nur an. Katze sprach, als sei es ein weltgeschichtliches Ereignis, ein grenzenloser Skandal. Doch Li konnte das Problem überhaupt nicht erkennen.

»Und was weiter?« fragte sie nur.

»Und was weiter – fragst du?«

»Ja! Ich meine, warum war das so furchtbar?«

»Ja aber, verstehst du denn nicht, daß ich nur unter der Bedingung heiraten konnte, daß ihr, meine Kinder, getauft wurdet?«

Li starrte ihre Mutter noch immer voller Unverständnis an. Dieser welterschütternde Skandal konnte in ihren Augen nur dem Mangel an Intelligenz und Aufklärung zuzuschreiben sein – und dann diesem sich so vornehm gebenden kleinbürgerlichen Milieu, aus dem die Mutter stammte. Für Li war Katze reinste Vorzeit. Es war ein Unterschied, ob man 1900 geboren war, schließlich noch immer im vorigen Jahrhundert, oder 1921, wo man automatisch die liberalen Zwanziger im Blut hatte.

»Die Sache mit dem Ins-Bett-Gehen hat nie etwas für mich bedeutet, ich habe nie auch nur das Geringste gefühlt«, sagte Katze stolz.

»Kann man darauf wirklich stolz sein?«

»Du gibst also deinem Vater recht?«

»Übrigens, warum gehst du mit einem Mann ins Bett, wenn du nicht das Geringste fühlst?«

»Das verstehst du nicht, er hat es schließlich gewollt. Ich war nur verliebt, das ist etwas ganz anderes.«

»Das ist nichts anderes.«

Katze sah Li an. War *sie* jetzt auch ins Unglück geraten? Sie fegte die eventuelle Katastrophe beiseite und fuhr schwärmerisch fort: »Von eleganten Männern verehrt, gefeiert und bewundert zu werden, das … das ist etwas, wovon eine Frau nie genug bekommen kann.«

In Lis Augen war das eine armselige Belohnung für ein völlig illusorisches Leben. Tatsache aber war, daß Katze nur glücklich sein konnte, wenn sie verehrt wurde.

»Dieses Ins-Bett-Gehen kriegt jeder Trottel fertig«, sagte Katze wieder mit galliger Stimme, um dick zu unterstreichen, daß Sex nicht »fein« sei, weil jeder »Trottel« es könne.

Aber Katze konnte es nicht.

＊

Li hätte jede andere Frau mit Freuden in die Arme ihres Vaters geschubst, nur nicht Kirsten Inger Svendsen, genannt KIS. Sie war die Sekretärin des Vaters, und Li haßte sie. Fräulein Svendsen heftete sich dem Herrn Direktor ständig beflissen an die Fersen, war überaus gewissenhaft in ihrer Arbeit und ansonsten über alle Maßen ergeben. Übrigens konnte sie nicht umhin, dem Direktor dann und wann ein kleines Stuckenberg-Gedicht auf den Schreibtisch zu legen. Für Li war Kirsten Inger Svendsen total lächerlich. Und sie machte kein Hehl daraus.

Einmal in den Ferien, als Tobias und Katze in Dänemark weilten, während die Kinder in Riga geblieben waren, hatte man Frl. Svendsen gebeten, nach ihnen zu schauen. Und ob sie das mußte! Gründlich! Denn die Kinder taten ihr Möglichstes, um sich zu verstecken und ihr richtig Angst einzujagen. Sie gaben vor, gekidnappt worden zu sein, und foppten sie auf jede erdenkliche Weise. Und immer war Li die Anstifterin. Eines Tages, als sie Frl. Svendsens Kaffee in die Untertasse gegossen hatte, wurde es dieser zuviel:

»Würdest du dich augenblicklich vom Tisch entfernen!« sagte KIS streng.

»Nein«, erwiderte Li grinsend.

Noch nie im Leben war Frl. Svendsen ein solcher Ton untergekommen, und sie war nahe daran, in Tränen auszubrechen. Sie schrie, Li solle umgehend ins Badezimmer verschwinden und dort bleiben, bis Frl. Svendsen sie wieder hereinrufen würde.

»Das will ich nicht«, antwortete Li ganz ruhig. Die Kinder, denen in der deutschen Schule Zucht und Ordnung beigebracht worden waren, wußten, was Autorität war. Frl. Svendsen besaß sie nicht. Obendrein hatte Li ein erstaunliches Radarsystem in ihrem Inneren, welches registrierte, daß KIS in jeder Beziehung dünkelhaft war, ein literarischer Snob, und doch glaubte sie, intellektuell zu sein. Aber nichts von all dem, was sie vorgab zu sein, war in ihrer Persönlichkeit verankert. Sie besaß ganz einfach nicht jenes innere Leben, auf das sie ständig hinwies. Alles an ihr war falsch, vielleicht ausgenommen die Liebe zum Herrn Direktor, derentwegen Li sie haßte. So ein minderwertiges Frauenzimmer hatte nicht das Recht, ihren Vater zu lieben. Dann war es schon besser mit der feinen rothaarigen Dame aus dem Auto. Viel besser. Li konnte ein Geheimnis bewahren, wenn es der Treue zu ihrem Vater diente.

Katze spürte, daß Li auf Tobias' Seite übergewechselt war.

»Du hast Vater doch gesehen«, sagte Katze an dem Tag, als Li das Gesicht ihres Vaters neben dem der rothaarigen Dame im Auto bemerkt hatte.

»Ja.«

»Warum hast du es mir nicht erzählt?«

Li gab keine Antwort.

»Vielleicht weil du mich nicht traurig machen wolltest?«

»Ja.«

Tobias hatte es offenbar selbst erzählt. Danach hörte sie es ihn mehrere Male zur Mutter sagen: Daß er zufällig auf Madge gestoßen wäre. Also Madge hieß sie. Später sollte Katze toben und jammern, Madge sei schließlich der Name der Hexe aus den »Sylphiden«. Der Vater war zu jenem Zeitpunkt, als die rothaarige Dame erwähnt wurde, in London. Die Mutter lag nur im Bett und weinte. Doch keines der Kinder hielt mehr zu ihr. Denn Kinder halten immer zum Glück.

Katze mußte in Kopenhagen wegen Darmverschlingung operiert werden und bekam Blumen und Grüße von Kronprinz Frederik in ihr Einzelzimmer gesandt, der zur gleichen Zeit im Krankenhaus lag. Diese königliche Aufmerksamkeit munterte Katze kolossal auf. Sie war im Begriff, ihr ursprüngliches Stehvermögen zurückzuerlangen, ja sie war obendrein imstande, Tobias' flapsige Bemerkung zu ignorieren, die im Hinblick auf ihre Genesung geschrieben worden war: »Be good! Glenda versteht es teuflisch gut, andere aufs Glatteis zu führen.«

Als Katze nach Riga zurückkam, hatte sie wieder neuen Mut zu leben. Sie nutzte ihre Energie, um den Tischler zu bestellen. Und sie befahl ihm, das Ehebett mittendurch zu sägen. Der Tischler starrte sie entgeistert an: »Ach, gnädige Frau, tun Sie es nicht!« jammerte und flehte er. Doch Katze blieb unerbittlich. Sie hatte endlich ihren Willen wiedergefunden. Außerdem zog sie damit wirklich eine Lehre aus Scala-Ellens ewigem Vorwurf: »Was sitzt so eine schöne Frau wie du hier rum und wartet?«

Sie hatte nichts geplant, wollte auch nichts Ernsthaftes, nur eine kleine Sache. Die Kinder wußten nicht, daß ihre Mutter einen Flirt oder eine unschuldige Affäre begonnen hatte, doch eines Tages schenkte sie ihnen plötzlich eine Tafel Schokolade. Sie waren höchst verwundert. Nie zuvor hatten sie von der Mutter Schokolade erhalten. Natürlich freuten sie sich, doch Li spürte zugleich, daß die Schokolade irgendwie auf falsche Weise geschenkt worden war, ohne erklären zu können, warum.

Weil die Erwachsenen so sehr damit beschäftigt waren, ihr Bett zu zersägen und mit all dem übrigen Zeitvertreib, verschwendeten sie keinen Gedanken darauf, daß der Nationalsozialismus sich längst als Bildungsnorm in die deutsche Schule eingeschlichen hatte, die die Kinder besuchten. Und die Baltendeutschen waren besonders nationalistisch und faschistisch. Falls die Kinder jemals gesehen hatten, was Liebe ist, dann durch die Röte, die ihren Lehrerinnen in die Wangen stieg, und den tränenfeuchten Glanz ihrer Augen, wenn sie ihren geliebten Führer zitierten.

Tobias und Katze verstanden nicht, warum Bekka so mürrisch und übellaunig wurde, wenn sie eislaufen gehen sollte. Warum wollte sie plötzlich nicht mehr dorthin? Warum mußte so viel Theater um nichts und wieder nichts gemacht werden? Jetzt aber Kopf hoch! Doch Bekka wagte nichts zu sagen. Sie wagte nicht, vom Judenhaß und all diesen Dingen zu reden, an denen sie selbst teilnehmen mußte, um nicht ausgestoßen zu werden. »Sie stinkt nach Knoblauch, ihr wißt, was ich meine …«, sagten sie voller Eifer – Gisela, Hannelore, Erika und Rosemarie mit den langen blonden Zöpfen – über eine jüdische Klassenkameradin. Das war, bevor alle jüdischen Mädchen der Schule verwiesen wurden und in eine separate Anstalt gehen mußten. Die antisemitischen Bemerkungen wären für Bekka kaum zum ernsten Problem geworden, wenn sie nicht zufällig begriffen hätte, daß ihr Vater Jude war.

In der Familie hatte man über dergleichen nie gesprochen. Es bedeutete schließlich nicht das geringste, bis Lis Zeugnisheft aus Versehen verwechselt wurde und sie ein falsches mit nach Hause brachte, das sie voller Ekel von sich warf. Sie hatte irrtümlicherweise ein Heft berührt, das einem Judenmädchen gehörte. Da nahm ihr Vater sie bestürzt auf den Schoß und sagte, er sei Jude. Da sagte er es.

Zunächst glaubte Li ihm nicht. Das konnte nicht stimmen. Er, den sie über alles auf der Welt liebte. Er sagte auch, in der Familie würde man die Sache nicht besonders wichtig nehmen. Aber wie konnte man das nicht wichtig nehmen? Das Allerschlimmste! Und ausgerechnet ihr Vater! Li war wie gelähmt, fühlte sich ganz unwirklich. Würde sie von jetzt an noch im Fach »Rassenkunde« wegen ihres arischen Profils hervorgehoben werden? Würden Lehrerinnen und Freundinnen – um nicht von ihren Verehrern zu reden – spüren, daß hinter dem Ganzen etwas steckte, das nicht so war, wie es sein sollte? Und wie sollte man es verbergen?

Li und Rebekka beteten, daß ihr Vater sie nicht von der Schule abholen möge. Daß er seinen unverkennbaren Adlerhaken neutralisieren lassen möge, der direkt all den Illustrationen entnommen schien, vor denen die Klassenlehrerin unablässig warnte. Früher einmal waren sie traurig gewesen, daß die Eltern nie erschienen, um sie in einem Krippenspiel oder Chorkonzert zu sehen. Jetzt aber hofften sie nur, daß die Eltern, insbesondere der Vater, weit weg bleiben mochten. So wurden ihre Köpfe und Herzen getrennt.

Eines Tages kam Balder aus der Kommerz-Schule nach Hause, ein beliebtes Nazi-Abzeichen am Kragen, das er eingetauscht hatte. Da beschloß Tobias, den Jungen zurück nach Dänemark zu schicken.

*

Balder sollte in eine dänische Schule gehen und in Rosenvænget bei Papa und Mama wohnen, die ihn streng hielten.

Mamas einziges Vergnügen und ihre größte Leidenschaft waren die morgendlichen Streitereien mit der Mamsell, wo man was *am billigsten* kaufen könne. Und die Spannung dabei, wer wen bei den Preisen unterbot. Mama hatte ihre bestimmte Auffassung davon, wieviel Wasser notwendig sei, um eine Badewanne zu füllen, und hatte daher einen Knoten in die Kette des Stöpsels gemacht. Je mehr Entbehrungen sie sich und anderen auferlegte, desto besser wurde ihre Stimmung. Wenn Balder mit einem Schulkameraden draußen im Garten spielte, machten sie sich unentwegt über Mama lustig: »Wie kannst du nur so verschwenderisch sein, lieber Balder. Was würde wohl dein Vater dazu sagen?« äfften sie Mamas Altkopenhagener Tonfall nach.

Papa, der in der Bibliothek saß, wo er sich immer versteckte, hörte das Ganze und lachte glucksend. Seit sie verheiratet waren, hatte er seine Frau angewiesen, sowenig wie möglich zu sagen. Und er pflegte seine bibliophile Leidenschaft und verbarg seine neuerworbenen Erstausgaben im Mantelfutter vor ihrem gestrengen Blick. Jeden Sommer schickte er sie nach Hornbækhus, damit er das ganze Haus streichen, tapezieren und instand setzen lassen konnte. Mama fand natürlich, es sei Wahnsinn, so viel Geld für dergleichen auszugeben, doch die Enkelkinder liebten den Geruch der frischen Farbe.

Eines Tages, als Balder ins Kino gegangen war, ins »Metropol«, sah er Papa neben einer fremden Dame im Saal sitzen, seinen Kopf ständig dicht an dem ihren. Balder wußte nicht, was er tun sollte. Denn was, wenn Papa ihn nun entdeckte? Dann konnte er nicht mehr verschwinden. Er überlegte, ob er das Kino verlassen sollte, ehe die Vorstellung begann, wollte aber den Film nicht verpassen, nur um seinen Großvater zu schützen. Als der Film zu Ende war, lief er eilig aus dem Kino. Trotzdem konnte er nicht sicher sein, ob Papa ihn nicht doch gesehen hatte. Am Abendbrottisch wußte er nicht, ob er verraten sollte, im Kino gewesen zu sein, als er gefragt wurde, womit er den Tag verbracht hatte. Er war erleichtert, als niemand fragte, was für einen Film er gesehen habe. In der redegewandten Familie Løvin sagte niemand etwas. Doch Mama achtete stets darauf, daß Balder die Hände sauberhielt.

9. Der gelbe Hut

Zum Abschluß des Schwimmunterrichts am Strand von Bulduri mußte man einen Fluß durchschwimmen. Es war nicht gerade die Tiefe des Wassers, die Li und Rebekka erschreckte, sondern der *Boden*, der voller Modder und Schlamm war. Man zählte das Jahr 1939.

Im letzten Sommer, den die Kinder in Riga verbringen sollten, hatte Tobias ein majestätisches Mausoleum, eine weißgekachelte Prachtvilla gemietet. Reines Dreißiger-Jahre-Hollywood. Doch zeigte sich, daß es ein trügerisches Paradies war. Im Schwimmbassin befand sich kein Wasser. Das gigantische Puppenhaus im Kinderzimmer und auch die Fenster der Villa waren vergittert, zur Vorbeugung eines eventuellen Kidnappings, so wie auch Damwild und Kaninchen hinter ansehnlichen Zäunen lebten. Man durfte weder eine Blume pflücken noch durch den Park des Hauses spazieren oder dem Springbrunnen zu nahe kommen; der Gärtner bewachte das Ganze und lag ständig auf der Lauer.

Gewitter lag in der Luft, die Köchin und das Stubenmädchen, Anette und Betty, stritten unablässig und wollten nicht im selben Zimmer schlafen. Li schrie und verlangte, Bekka solle an ihrer Tür *anklopfen* und warten, bis sie »Herein!« sage. Und niemand wollte sich in Balders Nähe aufhalten, der mit einer neuen Überlebensstrategie begonnen hatte: Er lehnte es kategorisch ab, sich zu waschen.

Mama war aus Kopenhagen zu Besuch gekommen, was sie jeden zweiten Sommer zu tun pflegte. Die Kinder kicherten über sie, weil sie wie eine Schildkröte schwamm. Mit einem halbmeterhohen Zeitungsstapel blieb sie für sich, so wie es in der Familie üblich war. Sie saß bei ihrer Handarbeit oder machte lange Fußmärsche im weinroten Bademantel, einen weißen Leinenhut mit Lackband auf dem Kopf und mit Spazierstock, den Katze für reine Ziererei hielt.

Katze ging es niemals gut, doch in Gesellschaft der Schwiegermutter fühlte sie sich besonders miserabel. Mama erinnerte Katze unwillkürlich an den »Fehltritt«, auf dem ihr ganzes restliches Leben basierte. Daß Katze allergnädigst in die Familie Løvin aufgenommen worden war, die ja in Wahrheit aus nichts anderem bestand als einem Haufen Hanswürste und Hottentotten, auch wenn sie sich aufführten, als seien sie allesamt Barone und weltberühmte Propheten. Mama hatte Katze nie vergessen lassen, daß sie, Katze de Thura, vom Wohlwollen der Familie Løvin und dem von Tobias abhing. Wie demütigend, dankbar sein zu müssen. Papa bezahlte jeden Monat die Miete ihrer armen Eltern, und bald würde Papa sterben, und dann würde Tobias für ihre Eltern bezahlen, er, der sich *herabgelassen* hatte, sie zu heiraten, weil sie in unglückliche Umstände geraten war. »Trampel« stand für immer auf Katzes Rücken geschrieben! Die Arroganz der Familie Løvin verpestete die Luft, wo sie sich auch befanden, und Mama höchstpersönlich war die Inkarnation all dessen, mit ihrer scheinbaren Unabhängigkeit von allem und jedem, im Innersten überzeugt, wie sie nun einmal war, daß die ganze Welt sie liebte, wenn sie den Leuten auf dem täglichen Spaziergang nur freundlich zunickte. Ihre Dienstboten daheim in Rosenvænget, Marie und die Mamsell, wußten es besser. Sie wußten, daß sie einsam und ungeliebt war. Deshalb ließ sich die Mamsell jeden Morgen auf die legendäre Streiterei mit der Gnädigen ein, um sie etwas aufzumuntern.

Doch Gottseidank konnte Mama nicht das ganze Sommerhaus ausfüllen, und außerdem half es schließlich, wenn man einen Drink nahm.

Eines frühen Morgens gegen vier kamen Katze und Tobias mit einigen Rigaer Freunden von einem Fest nach Hause. Einer von ihnen, Kiko, war ein bißchen verdreht, seit er einen Kricketschläger an den Kopf bekommen hatte. Mehrere Male im Laufe des Sommers hatte er seinen Hunden, als sie bellten, Stillschweigen befohlen, und jedesmal war sein Ferienhaus von Dieben ausgeräumt worden. Jetzt machten sich alle in der Küche an das Mixen von Drinks, während sie gleichzeitig das Frühstück zubereiteten und im weißen Smoking und Abendkleid miteinander poussierten. Sie hatten beschlossen, die Dienstmädchen nicht zu wecken, als sie plötzlich Betty bemerkten, die sich hellwach im Häubchen der Heilsarmee davonstehlen wollte. Betty starrte voller Entsetzen auf ihre Herrschaft und deren Gäste, die sich morgens um vier auf dem Schoß saßen und Schnaps tranken. Tobias und Katze starrten Betty ebenso verblüfft an, die sich offenbar auf den Weg machte, um die Welt zu erlösen, und als sie verschwunden war, fingen beide an zu kichern und gestanden ihren Freunden, daß sie nicht die geringste Ahnung vom lichtscheuen Häubchenleben ihres Hausmädchens gehabt hatten.

Der Sommer war warm, und es war der letzte Sommer. Am 23. August unterschrieben Ribbentrop und Stalin ihren Nichtangriffspakt. Das Baltikum wurde an die Russen verkauft, und die Deutschen verschafften sich eine Verschnaufpause an der Ostfront. Am 2. September wurde die Mädchenschule geschlossen. Alle Ausländer sollten Lettland verlassen und die Deutschen nach Hause geschickt werden. »Alle Deutschen heim ins Reich«, jubelten die Lehrerinnen. Zwar war die Hitler-Jugend in Lettland verboten, doch entsprechende Jugendorganisationen existierten, und es herrschte Hochstimmung, als es darum ging, zu dem geliebten Führerhund zu fahren. In Null Komma nichts wurden 60 000 Baltendeutsche nach Posen und in andere Teile Deutschlands geschickt und in Wohnungen einquartiert, in denen die Holzscheite im Ofen noch glühten. Die Baltendeutschen kamen als »Winterhilfe« zum Führer. Die Wohnungen und Häuser, in die sie einzogen, gehörten in der Regel Juden, die »abgereist waren«.

Zehn Jahre und zwanzig Jahre nach dem Krieg, dreißig und vierzig Jahre danach, als Gisela, Hannelore, Erika und Rosemarie Rebekka zum Klassentreffen nach Deutschland einluden, rief Bekka stets bei ihnen an und sagte: »Ich kann nicht kommen, bevor ich erfahren habe, was ihr gedacht habt, damals, als ihr in Wohnungen eingezogen seid, wo der Herd noch warm war.« Doch die Klassenkameradinnen hatten nichts gedacht, dachten auch jetzt nichts anderes, als daß Rebekka verrückt geworden sei. Deshalb blieb Bekka, wo sie war, als strenge Buchführerin der Familie. »I have total recall«, sagte sie stets. Während alle anderen vergaßen oder so taten, als sei nichts gewesen – »man soll schließlich nicht in der Vergangenheit leben« –, hatte Rebekka beschlossen, sich zu erinnern und zu gedenken.

Zeitlebens sah Rebekka das Schulkrippenspiel vor sich, wo alle Mädchen mit blonden Zöpfen – Li und Rebekka waren die einzigen Kurzhaarigen – in langer Reihe durch den dunklen Saal zogen, der nur von vier brennenden Kerzen auf dem Adventskranz erleuchtet wurde. Durch die andächtige Schar der Zuschauer zogen sie auf weißen Strümpfen, in Tüllgewändern mit flitterbesetzten Pappflügeln, goldene Stirnbänder um den Kopf, mit Sternen geschmückt. Und man ging vorsichtig und hielt seine Kerze mit großer Sorgfalt, damit der Engel vor einem nicht Feuer fing. Vor der Bühne trennten sich die Mädchen, eine nach rechts, die andere nach links, um einen lebenden Bühnenhintergrund zu bilden wie der Chor in der griechischen Tragödie. In langen Reihen, zwei und zwei – aber wo war Lucie, und war Ira unter ihnen, nein, ihre Familiennamen Aronson und Levin verhinderten es. Doch ihr Leben lang sah Rebekka sie im Traum vor sich in einer anderen Reihe, graue Schatten in Fetzen und Lumpen, ohne Kerzen in den Händen und mit einem anderen Stern. In Eiseskälte ziehen sie in unendlichen Kolonnen zu einer anderen Bühne, wo nur der Tod sie erwartet. Einige nach rechts, zu den Gaskammern, die Alten, die Kranken, die Kinder. Einige nach links, die Arbeitsfähigen, in die Lager.

Und wenn spätere Generationen Rebekka fragten, wie das geschehen konnte, wie so etwas möglich gewesen sei, zitierte sie unweigerlich den alten Juden, der auf die ständige Frage seines Sohnes auf jiddisch antwortete: »Mein Sohn, du bist nicht gepri+ pft.« Es betraf das Baltikum, das »geprüft« werden sollte, und es betraf all das, was der Welt nun widerfahren sollte und das diese nie verwinden würde. Und deshalb betraf es auch Bekkas eigenes Leben. Was hieß das, »geprüft zu werden« ... Jedenfalls war es etwas anderes als der rote Adlerstempel: »Geprüft« – das Zeichen dafür, daß die Behörden begonnen hatten, Briefe zu öffnen und zu zensieren.

Katze betrachtete die Zeitungsausschnitte: Sie, Li und Rebekka bei der Ankunft aus Riga. »Keine Gefahr für die Dänen in Lettland« lautete die Schlagzeile:

»Ich bin nur heimgereist, um meine Töchter in dänischen Schulen unterzubringen. Wenn die Sache geregelt ist, fahre ich zurück nach Riga, wo mein Mann noch immer wohnt«, erklärt Frau Direktor Løvin. »Selbstverständlich muß ich meine Pläne ändern, wenn sich wider Erwarten zeigen sollte, daß die Situation einen Aufenthalt in Lettland plötzlich zum Risiko werden läßt. Doch ich bin überzeugt, daß es nicht dazu kommt.«

Wenn Katze gern nach Lettland zurück wollte, dann wegen eines ganz bestimmten Mannes, und das war nicht Tobias. Sie hatte Dietlof von Sachsensollen kennengelernt. Elegant, dazu all diese Dinge, heimliches Stelldichein in Konditoreien, Schmeicheleien, Evergreens, Schmetterlingsküsse, gestiegenes Selbstwertgefühl, das im Alter von vierzig Jahren auf Null gesunken war. Dietlof von Sachsensollen bedeutete große Autos und schöne Spaziergänge, doch nicht diese ganze Schweinerei. Davon blieb Katze wunderbar verschont, während sie sich zugleich anbeten und verehren ließ. Und Tobias wußte nichts davon, das war vielleicht der größte Kitzel bei der Geschichte. Ein enger Foxtrott und ein extra Glas Champagner, Benommenheit und Schwindel, ein Wirbeln im Walzertakt. Katze aber wollte zurück zu dem Trubel.

Doch der Krieg war ausgebrochen, und so war sie vorläufig gezwungen, ohne eine Krone in der Tasche am Kastelsvej in der Pension Larsen zu sitzen, zu warten und zu träumen. Wenn sie in Lettland war, träumte sie sich stets zurück nach Kopenhagen, denn sie zog das »Nimb« dem »Schwarz« weit vor. Jetzt war sie in Kopenhagen und träumte sich zurück nach Riga. Tobias kam mit seinen üblichen Aufmunterungen:

»Jetzt hat sich Dein Traum erfüllt: Kopenhagen zusammen mit Deinen Kindern. Könntest Du nicht – um Deinetwegen – versuchen, Dich ein wenig mit Kopenhagen und der Familie auszusöhnen? Du weißt, ein freundliches Lächeln – statt verdrossener Kritik (auch berechtigter, was sie ja wohl ist) hat eine verblüffende und verjüngende Wirkung! Und ich freue mich so sehr darauf, meine alte Freundin, ewige Liebe und junge Frau wiederzusehen. Trotz oder vielleicht richtiger wegen der zwanzig Ehejahre liebe ich Dich noch immer und hoffe wirklich, daß Du im Getöse der Großstadt und dem Durcheinander der Pension Deinen alten Mann nicht ganz vergißt.«

Doch blieb es nur Tobias' frommer Wunsch, wenn er glaubte, Katze würde sich mit seiner Familie aussöhnen. Ihr war es leider unmöglich, auch nur ein Fünförestück aufzutreiben, um Mama anzurufen, selbst als Tobias versprach, die Gespräche zu bezahlen. Mit Entsetzen hörte er, daß die Familie – statt sich bei Katzes, Rebekkas und Lis Heimkehr nach Kopenhagen in den Armen zu liegen – obendrein noch handgreiflich wurde. Katze und Mama hatten sich tatsächlich blutig gekratzt, auch wenn Katze später keinen Gedanken daran verschwendete. Es ist ein vergessenes Wissen, daß die ältesten Männer einer Familie Frieden zwischen den Frauen stiften können. Nur Tobias konnte an »den alten Krieger« schreiben:

»Vergiß nicht, daß Ihr, Du wie auch Rebekka, sehr provozierend, irritierend, arrogant, wichtigtuerisch und rechthaberisch wirken könnt.«

Tobias schrieb nicht »besserwisserisch«, wie es auf jiddisch heißt, er sah sich selbst schließlich nicht als Jude.

> Do you wish the world were happy,
> then remember day by day
> just to scatter seeds of kindness
> as you pass along the way.

Alltagspoesie reichte jedoch nicht aus, um Frieden in der Familie zu stiften. Tobias' physische Anwesenheit war vonnöten. Dennoch wagte er es fast nicht, seinen Koffer zu packen, denn wenn die ganze Sippschaft in Kopenhagen, wie er es ausdrückte, sich in den Haaren lag, dann konnte schließlich eine Reservezufluchtsstätte in Riga notwendig sein.

Doch plötzlich gibt es ein telefonisches »Morgen-Interview« mit Direktor Løvin aus Riga, der versucht, einen Dampfer für die Habe aller Dänen zu beschaffen. »Die Dänen wollen heim« lautet die Schlagzeile. Die Bolschewiken kommen. Er persönlich hat die Absicht zu bleiben. »Ich vertraue der Regierung«, erklärt Direktor Løvin, »die lettische Regierung ist stark.« Während die Russen vor den Toren stehen. Legationsrat Treschow, der Botschafter, liegt weinend auf dem Sofa, Tobias übernimmt. Tobias fühlt sich wie ein Fisch im Wasser, ob Fest oder Evakuierung spielt keine Rolle. Genau wie Onkel Max ist Tobias Arrangeur und Regisseur bis in die Fingerspitzen. Alle Dänen werden im letzten Augenblick mit ihrer Habe gerettet. Hinterher gibt es natürlich immer eine Frau Jensen – wie Bekka es ausdrückt –, die sich beschwert, daß eines ihrer Hyazinthengläser beim Transport verlorenging.

Im Zusammenhang mit der Evakuierung wurde ein Däne geisteskrank. Er schrie wie besessen und flüchtete in eine Nervenheilanstalt, wo er kurz darauf verstarb, was all seine Landsleute als großes Glück betrachteten. Tobias verbrachte seine ganze Zeit beim Zoll, denn die persönliche Habe aller Jensens wurde kontrolliert, bis zur letzten Hosentasche. Die neuen Gesetze waren in Kraft getreten, also bestand Ausfuhrverbot für Radios, Grammophone und Autos – all das, was die Russen gern selbst behalten wollten. Würde Tobias gezwungen sein, nach Dänemark zurückzukehren, verlöre er außer dem Hund Karenina sein Radio und seinen Wagen. Es wäre nicht gerade wenig, was er in diesem Jahr einbüßen würde, begriff Tobias plötzlich, und unterschrieb mit »Rigas Don Juan«, während er versuchte, das Geschäft zu retten und … sein Leben.

Er war noch immer voller Unternehmungsgeist. Seit mehreren Jahren hatte er seine Fühler ausgestreckt, um eine bessere Stellung im »zivilisierteren« Teil der Welt zu bekommen – nicht zuletzt aus Rücksicht auf Katze, die sich ständig über die Rückständigkeit des Baltikums beklagte. Unter anderem hatte er – treu seinem Ursprung – die Möglichkeiten erwogen, eine Likörfabrik in Dänemark zu gründen. Doch all das war mißlungen. Geblieben war ihm nur Riga, also war er gezwungen, optimistisch zu sein. Vor allem in Zeiten, wo es galt, die Nase nicht zu weit vorzustrecken, besonders, wenn die Nase Tobias gehörte. Vielleicht hatte er es ja bereits getan. Er versuchte wie immer, ruhig Blut (und das bei seinem feurigen) zu bewahren: Die deutsche Kampagne hatte schließlich nur zum Ziel, die Leute zu erschrecken, damit sie bereit waren auszureisen. Die nicht rein Arischen blieben selbstverständlich. Obendrein aber blieb ein Teil der hundertprozentig Deutschen, na bitte. Es hatte sich schließlich gezeigt, daß der ganze erste Schrecken mit » Die Bolschewiken sind in zwei Wochen hier« und »Lettland soll zu Rußland kommen« nichts anderes war als ein Bluff, vom deutschen Propagandaministerium inszeniert.

Tobias kennt die Absichten der Russen und der Deutschen nicht, auch nicht die von Katze oder deren Verbindung zu Dietlof von Sachsensollen, dem Monokelträger. Noch nicht. Während alle anderen Lettland wie eine heiße Kartoffel fallenlassen, versucht Tobias Zuversicht zu bewahren – weit über jeden Realismus hinaus. Die USA verlangen, daß eine Schiffsladung Brennstoff im voraus bezahlt wird, dabei ist es fast unmöglich, dies zu bewerkstelligen, da im Land keine Valuta mehr vorhanden sind. Dennoch gelingt es Tobias. Doch hat er keine ruhige Minute, bis die Schiffe gut angekommen sind und das Öl für das lettische Heer in den rechten Händen ist.

Katze, deren tiefverwurzelte Eifersucht kein bißchen weniger geworden war, obgleich der Gedanke an Dietlof von Sachsensollen wie eine lindernde Kur wirkte, grübelte, was Tobias in Riga zurückhielt. Madge konnte es nicht sein, denn er schrieb schließlich, daß Madge in dem kleinen Haus wohne, das sie bei ihrer Rückkehr nach London erhalten hatte. Mit ihrem Mann lebte sie nicht mehr zusammen. Sie wollten sich nicht scheiden lassen, doch jeder wollte für sich bleiben, »à la carte«, schrieb Tobias. Das war offenbar modern. Doch besaß Madge immerhin so viel zum Leben, daß sie auch jetzt noch einen Rolls Royce mit Chauffeur und drei Dienstboten halten konnte. Schade, daß sich Katze keinen englischen – oder deutschen – Millionär geangelt hatte, das wäre etwas anderes als die Pension Larsen. Falls das Bankkonto überhaupt 100 Kronen auswies, bestand Tobias darauf, daß Katze 50 davon nahm, um sich zu amüsieren. »So arm sind wir schließlich nicht.« Unglückliche Ehen gebe es genug. Er forderte sie auf, mit den Kindern ins »Palladium« zu gehen und über Blondie und Dagobert zu lachen.

Im November 1939 berichtete Tobias, wie er in eine Bar voller schrecklicher Deutscher geraten sei, die ihr letztes Geld vertranken und verspeisten. Ein Däne hatte ein paar betrunkenen Deutschen »schwarze Schlächterkerle« hinterhergeschrien. Die teilten daraufhin blutige Nasen aus, und alle landeten mit einer Strafe im Kittchen.

Nach dieser Beschreibung zu urteilen, kann sich Katze ausrechnen, daß ihr eleganter Dietlof von Sachsensollen nicht mehr in Riga ist. Nicht in solcher Gesellschaft. Doch wo er ist, weiß sie nicht. Und auch Tobias weiß nichts, bis er plötzlich durch Zufall eine nonchalante Bemerkung in den Resten des Rigaer Sozietätslebens aufschnappt. Das Gerücht, das über die Verbindung zwischen Dietlof von Sachsensollen und seiner Frau kursiert:

»Ich habe immer zwischen Spaß und Ernst unterschieden«, schreibt Tobias, »und gegen den Spaß kann man natürlich Vorwürfe erheben, denn eigentlich ist er ja nicht notwendig. Du kannst deshalb, wenn Du keine Späße treibst oder flirtest, mir mit Recht meinen leichtsinnigen Lebenswandel vorwerfen. Ernst muß man respektieren, und deshalb habe ich Dir nichts vorzuwerfen.«

So beginnt er – nüchtern und besonnen. Tobias hatte zur Kenntnis genommen, daß Katzes alte Schwärme, der Pelztierjäger BC, Michelsen, Jørgen Schou und wie sie alle hießen, ein abgeschlossenes Kapitel waren, denn sie war ihm immer treu geblieben. Nun versucht er sich darauf einzustellen, daß Katze ein ernsthaftes Liebesverhältnis mit einem anderen Mann hat, welches seine Ehe in Gefahr bringen könnte. Katze beruhigt ihn am Telefon, ist jedoch zugleich erfreut, daß sie ihn erschreckt hat.

Jener Tag in der Konditorei, in der sie zusammen mit Dietlof gesessen hatte, und Tobias an ihr, seiner eigenen Frau, vorbeigegangen war, ohne sie zu bemerken, weil er eine andere Verabredung hatte, jener Tag wurde zum Höhepunkt in Katzes Leben.

Bis dahin hatte Tobias geglaubt, er sei der einzige auf der Welt, der Rendezvous habe. Doch als er begriff, daß Katze *ebenfalls* ihr eigenes Leben führte, äußerte er die berühmten Worte: »Ich Idiot!«

»Du bist eine schrecklich gefährliche Frau, wenn Du liebe und zärtliche Worte durch den Äther oder auf dem Briefpapier verschickst. Oder wenn Du ›à la femme‹ Deine wunderbaren blauen Scheinwerferlichter auf einen armen Mann richtest! Es fällt so schwer, zu widerstehen, wenn Du etwas erreichen willst. Und das Schlimmste ist, daß es stets so überzeugend klingt, weil Du in diesem Augenblick selbst daran glaubst. Du bist – um mit der Sprache der Zeit zu sprechen – eine gefährlich magnetische Mine –, und ich kann deshalb gut verstehen, daß der andere ebenfalls aufgelaufen ist, selbst wenn er der totalen Sprengung entgehen konnte. Und das muß für eine Mine natürlich äußerst traurig sein. Auch ich habe ein großes Leck, also verstehst Du sicher, daß man – ich – sehr vorsichtig sein muß beim Navigieren, um in dem verminten Fahrwasser nicht völlig unterzugehen.

Habe ich Dir erzählt, daß man auf einer Vorstandssitzung über die Verhältnisse in Dänemark gesprochen hat und darüber, daß wir uns scheiden lassen würden! Das sagte ein Mann, den ich nicht einmal mit Namen kannte. Weiterhin bekam ich zu hören, daß es mir nicht leid tun solle, Dich loszuwerden. Denn ich stünde ja weit über Dir!!, die schließlich ein früheres Barmädchen sei!!! (Wenn sie wenigstens gesagt hätten, Du seist es jetzt.) Nun, darüber konnte ich ja nur lachen. Aber Du siehst, wie vorsichtig man sein muß. Ich habe mit D und A gesprochen, ob ich die Sache verfolgen sollte, um das ›Barmädchen‹-Gerücht aus der Welt zu schaffen, doch sie meinten, ich solle nichts unternehmen. Deinem zärtlichen Brief zum Trotz fällt mir das Vergessen und Schlafen schwer.«

Tobias schrieb abwechselnd vom Überleben Lettlands und dem seiner Ehe sowie von Karenina, seinem geliebten Foxterrier, der, nachdem er einmal von einem staatlichen Hundefänger im Schmetterlingsnetz gefangen worden war, an einem lebenslangen Trauma litt und furchtbar schlecht lief. Auch mit Tobias' Bein stand es nicht sonderlich gut, er litt an Blutgerinnseln, und die Ärzte hatten ihm geraten, die Zigarren aufzugeben. Doch

Tobias tröstete sich damit, daß diese Ärzte wohl auch nicht besonders alt würden. In manchen Familien sind Krankheiten nur für bestimmte Personen reserviert, während andere gezwungen sind, gesund zu bleiben. Tobias konnte mit seinen Blutgerinnseln nun die ganze Familie schachmatt setzen.

Alle Gesandtschaften wurden aufgefordert, bis spätestens 25. August 1940 ihre Arbeit einzustellen.

»Um zwei, gerade als ich beim Mittagessen saß, rief Tallinn an und teilte mit, daß unser Geschäft dort nationalisiert worden ist. Dann wird es hier in Riga wohl auch nicht mehr lange dauern. Ich glaube leider, daß ich gezwungen sein werde abzureisen; doch kann noch keiner sagen, ob wir für die Liquidation drei Tage oder drei Monate zur Verfügung haben. Persönlich glaube ich letzteres. Aber leider bin ich in meinem früher so großen Optimismus schwer enttäuscht worden, so daß ich auf ganz andere Dinge vorbereitet bin. Am liebsten würde ich hier bleiben. Doch läßt sich das wohl nur machen, wenn man russischer Untertan wird. Soll man? Soll man nicht?

Es geht hier Schlag auf Schlag. Vorhin kam Karsten und erzählte, daß er und ich morgen kein Gehalt bekommen würden. Geld kann nur auf Antrag abgehoben werden, und wenn es sich um Gehälter handelt, muß die Gehaltsliste vom ›Geschäftsverband‹ bestätigt sein. Dessen Leiter meinten, unsere Gehälter seien zu hoch und müßten reduziert werden! Das höchste Gehalt ist von den Russen auf 1200 Lat begrenzt worden. Nun werden wir sehen, was morgen geschieht. Es ist ein Leben voller Spannung.«

Tobias legt einen Merkzettel bei, was Katze bei »Illum« einkaufen solle:

Aqua Velva
Palmolive
2 Pepsodent
Williams Talkum
Feste Brillantine
Grammophonnadeln, die 10–100mal genutzt werden können.

Das Auf und Ab in den Briefen spiegelte Tobias' Glück oder Pech im Spiel wider. Er malte es kaum näher aus, wenn er verlor, denn er wußte, das Kartenspiel ging Katze auf die Nerven. Doch wenn er beim Bridge Geld gewann, konnte er es nicht verschweigen. Dann fühlte er sich als verantwortungsvoller Versorger. Bereits 1936 hatte das World Bridge Olympic, Rockefeller Plaza, N. Y., ihm in einem Brief mitgeteilt, er sei zusammen mit seinem Partner Landesmeister geworden. Je schlechter es ihm erging, desto mehr brauchte er das Spielen. Alle Arten von Hasard.

Katze freute sich, daß sie ihren Mann »lustig und gut« wiedersehen würde, doch am 9. April 1940 schrieb er:

»Danke, daß Du betreffs der Küsse geantwortet hast. Es klingt vielleicht merkwürdig, doch Gewißheit ist für mich – auch wenn es etwas unangenehm ist – besser als jede Unsicherheit. Erinnerst Du Dich, daß Du vor Deiner Abreise gesagt hast, jetzt würde ich wohl so einiges zu hören bekommen. Ich bat Dich deshalb, es mir lieber gleich zu sagen, doch Du hast gezögert, vielleicht weil so noch immer eine Chance bestanden hat, daß mir nichts zu Ohren kommt. Der Unterschied für mich ist der, wenn ich etwas zu hören bekomme, und selbstverständlich habe ich bereits etwas gehört, dann ist die Wirkung ganz anders, wenn ich von der Sache weiß und sagen kann: Das habe ich natürlich gewußt, das hat sie mir selbst erzählt. Zufällige Bemerkungen wie kürzlich, als jemand gesagt hat, meine Frau habe mit ihrem gelben Hütchen so reizend ausgeschaut: ›Ich habe sie vor dem Hotel Rome auf und ab gehen sehen‹, bringen mich vollständig aus der Fassung. Daß es so offiziell gewesen ist und Ihr Euch sogar vor dem Hotel getroffen habt – um danach vielleicht dort hineinzugehen. Oder vielleicht bist Du einfach nur hin und her spaziert, um ihn abzufangen – was weiß ich. Jedenfalls waren der Samstag und Sonntag total verdorben. Vor dem ›Rome‹ auf und ab gehen … auf und ab gehen vor …! Merkst Du, daß ich langsam aber sicher dabei bin, verrückt zu werden? Im übrigen solltest Du mich lieber gleich aufgeben. Du bist noch immer jung, schön und bezaubernd und würdest rasch wieder heiraten oder Dein Glück auf andere Weise finden. Was kann ich Dir anderes bieten als einen knapp bemessenen Unterhalt. Wie Du kurz vor Deiner Abreise gesagt hast, bist Du niemals – nach den ersten Tagen in Hareskov – mit mir glücklich gewesen. Du meinst wahrscheinlich, daß ich das einzige Glück zerstört habe, das Du besessen hast. Und Du hast soweit ja auch recht. Deshalb rate ich Dir, noch einmal zu überlegen, was Du willst, ob Du mich nicht lieber loswerden möchtest. Denn wenn es jetzt geschieht, ist es nicht sicher, daß Du, wie Du vor der Abreise traurig sagtest, uns beide verlierst. Ein Telegramm oder ein Brief würden ihn gewiß rasch nach Kopenhagen bringen, falls er nicht schon dort ist. Kann er Dir das Glück geben, das Du, anderen gleich, verdienst, dann sollst Du es ergreifen (nur nicht als meine Frau). Denn wenn ich Dich früher nicht habe glücklich machen können, dann kann ich es jetzt ganz gewiß nicht. Was von mir übrig ist, taugt nicht mehr viel.

Ich sehne mich leider sehr nach Dir und habe oft gedacht, wenn ich nur meinen Kopf an Deine weiße weiche Brust legen könnte, dann wäre ich sehr glücklich. Von der ich – vielleicht etwas naiv – geglaubt habe, sie gehöre mir.

Nun, mit mehr will ich Dich heute nicht belästigen. Ich weiß nicht, ob Du meine Briefe den Kindern gezeigt hast. Ansonsten finde ich, Du solltest es nicht tun, in aufgewühltem und verwirrtem Gemütszustand geschrieben, wie sie nun einmal sind. Hoffentlich werde ich bald vernünftiger.

Grüße sie alle, Dein T.

PS. Jetzt kam soeben die entsetzliche Mitteilung von Kopenhagens Besetzung durch die Deutschen. Hoffe, Euch geht es allen gut. Ein Kuß an alle meine Lieben.«

10. Öl im Mund

Am 17. Juni hielten die Russen in Riga Einzug, am selben Tag, als Tobias einen amüsanten Film mit Danielle Darrieux und Douglas Fairbanks sah. Er kam aus dem Kino und bemerkte, daß Lettland nicht mehr existierte. Jetzt hieß es Lettische SSR, und es gab nur eine Fahne, die rote. Schon am Tag zuvor hatte man begonnen, die Stadt rot, rot, rot zu schmücken, in der Mitte Stalins Bild. Alle waren äußerst deprimiert, deshalb war er ins Kino gegangen, mehrere seiner Bekannten hatten alles verloren, und man mußte Glück haben, wollte man für fünfhundert Lat im Monat allergnädigst eine Anstellung in der eigenen Fabrik erhalten.

Im Sommer 1940 lebten sowohl Katze als auch Tobias unter einer jeweils eigenen Okkupation. Katze unter den Deutschen, die Dänemark am 9. April besetzt hatten, Tobias unter den Russen, die die Macht in Lettland mit einer Wahlfälschung an sich gerissen hatten, bei der es nur einen Stimmzettel gab, mit Brotkupons gekoppelt. Die Russen hatten dem lettischen Präsidenten, Dr. Ulmanis, versprochen, er könne in die Schweiz gehen. Statt dessen wurde er in einen Zug gesetzt und nach Moskau verfrachtet. Und vermutlich erschossen, falls er nicht unterwegs aus Kummer über das Schicksal seines Landes gestorben ist.

Jetzt war klar, daß Katze nicht nach Lettland zurückkehren konnte, obgleich Tobias noch immer versuchte, mit den Russen ins Geschäft zu kommen. Er hatte ein Visum für die Sowjetunion erhalten und hoffte, dort bei der Nafta, dem Ölsyndikat Moskaus, vorgelassen zu werden. Normalerweise stellten die Behörden kein Visum aus, es sei denn, sie rechneten damit, daß für sie selbst etwas herausspringe, schrieb er. Deshalb war Tobias wieder voller Hoffnung. Stalins Kampagne gegen die Juden begann im selben Jahr.

Katze konnte in der Pension Larsen am Kastelsvej nicht wohnen bleiben. Eine Vermögensteilung lag in der Luft. Aber nicht ein Mal, wenn Tobias anfragte, welche Möbel sie haben wolle, erhielt er eine Antwort. Vielleicht wartete sie noch immer auf Dietlof von Sachsensollen, eine ferne romantische Hoffnung, doch ebenso wahrscheinlich ist, daß sie sich weigerte, die Verantwortung für die Teilung des Besitzes zu übernehmen. Nach echter Frauenart mochte sie nicht sagen, was sie haben wollte, und somit die Möglichkeit verlieren, sich über das, was sie erhalten würde, zu beklagen.

Li war in den Maria-Verein geschickt worden. Da Katze und Tobias die Fähigkeiten Lis mehr auf erotischem Gebiet als auf gemeinnützigem sahen, meinten sie, der Aufenthalt in einer Haushaltsschule könne ihr guttun, damit sie den verschiedenen Ehemännern, die sie zweifelsohne haben würde, wenn nicht gerade Vollkost, so doch zumindest etwas mehr als Spatzenkrümchen kredenzen könnte.

Li war jetzt neunzehn Jahre alt. Sie bemerkte, daß Papa in Rosenvænget ihr plötzlich mit einer ganz neuen Art von Freundlichkeit begegnete. Er führte sie in die Bibliothek, nahm die Erstausgaben aus seinem Regal und legte sie behutsam in ihre

Hände, während er ihren ganzen Liebreiz in sich aufnahm, als gäbe sie ihm durch ihre bloße Anwesenheit etwas, das er nicht besaß.

Alle sagten, sie ähnele Greta Garbo. Die Eltern hatten ihr stets dieses träge »Sex-Appeal«, wie sie es nannten, zugeschrieben, das jedoch in der Angst wurzelte, nicht vorhanden zu sein. Sie hatte nicht das Gefühl, dieses sogenannte »Appeal« habe etwas mit ihr zu tun.

Auch Tobias hatte – auf einer Photographie – gesehen, daß Li zum mannbaren jungen Mädchen erblüht war. Und er wurde so froh, als sei er verliebt. Er wurde froh, indem er sie nur anschaute.

All die anderen Mädchen in der Haushaltsschule in Jægerspris erhielten üppige, imposante Pakete von daheim. Doch Katze – mehr an Straußenfedern und Goldlamé interessiert – war nicht eben der paketschickende Typ. Ein paar Monate lang war indes jedesmal eine kleine braune Papiertüte mit der Wäsche gekommen. Die Tüte enthielt einen Apfel. Li bekam vor Scham einen knallroten Kopf, als ihr klar wurde, daß der Apfel für sie war! Denn als Mama erfahren hatte, daß man Wäschepakete *gratis* zum Maria-Verein senden könne, hielt nichts sie zurück. Jede Woche schickte sie die Mamsell von Rosenvænget mit einem Apfel oder einer Birne zur Kastanjeallé hinaus, von wo der Wäschetransport nach Jægerspris abging. Li konnte absolut nichts »Rührendes« darin sehen, es war einfach nur peinlich. Sparsamkeit und Knausrigkeit waren für Li mit absoluter *Schande* verbunden.

Sie nahm gehörig zu, während sie in der Haushaltsschule weilte. An dem Tage, wenn Tobias sie wiedersah, würde er sagen, daß sie drall geworden sei. Und danach würde Li für den Rest ihres Lebens mit dem Essen aufhören. Das war Katzes Einschätzung.

Nach dem Krieg begriffen die Eltern, daß sie ihr Geld schlecht angelegt hatten. Li hatte in der Haushaltsschule nicht ihr Tagwerk verrichtet, sondern, wie es ihre Gewohnheit war, alle anderen dazu gebracht, fast sämtliche Aufgaben für sie zu übernehmen. Während die anderen Schüler ihre Hacksteaks brieten, ihre Mehlschwitze rührten und ihr Spültuch auswrangen, schrieb sie zum Ausgleich die Deutschaufsätze für sie. Ihr Kochbuch war voll, nicht mit Rezepten, sondern mit Buchtiteln: »Auf der Suche nach der verlorenen Zeit«, »Ulysses« und »Kontrapunkt des Lebens«. Und die ganze Zeit über hatte sie Briefe an ihren Vater in Riga geschrieben.

Seit jenem Tag, an dem sie ihn mit Madge, der rothaarigen Millionärin, glücklich gesehen hatte, existierte eine sichtlich erotisch geladene »Verschwörung« zwischen ihnen. Deshalb konnte Li frei von der Leber weg schreiben, sie habe es Glenda direkt ins Gesicht gesagt, daß sie immer in Tobias verliebt gewesen sei. Und daß absolut jeder davon wisse. Glenda war sehr vor den Kopf gestoßen. »Nun glaubt sie, ich laufe herum und verbreite das Gerücht! Die Wahrheit hört man selten gern.«

Li erhält auch väterliche Ratschläge von Tobias:

»Ich kann sehr wohl verstehen, daß Du den finnischen Freiwilligen an seinem ersten Heimatabend bevorzugt hast, ansonsten aber ist es nicht sehr nett, eine Verabredung zu brechen. Ich hoffe, Du bist vernünftig und verlobst Dich nicht etwa – oder ähnl. –, jedenfalls vorläufig. Zuallererst muß man ganz sicher sein. Sowohl was einen selbst als auch was den anderen angeht, und das ist man nicht, wenn man noch kaum zwanzig Jahre zählt und der Mann nicht viel mehr! Du kannst wirklich überzeugt sein, die ersten drei Male, wenn Du absolut glaubst, es ist ernst, ist das nicht der Fall! Also Schatz, sei vorsichtig und überleg genau. Es ist so entsetzlich unerfreulich, wenn man hinterher entdeckt, daß man sich geirrt hat – und das haben die meisten.

Kuß Vater.«

Die jüngere Rebekka wurde in Zahles Schule geschickt, um das Abitur zu machen wie Balder, der in der Internatsschule kurz vor dem Abschluß stand. Natürlich hielt man Balders Examen für wichtiger als das der kleinen Schwester, da er schließlich eines Tages eine Arbeit haben und eine Familie versorgen sollte. Doch Bekkas Wille, etwas zu lernen und viel zu wissen (möglichst mehr als andere), war unbändig. Sie selbst sah darin ihren »typisch jüdischen Zug«.

Allmählich begriff Katze, daß sie gezwungen war, eine Wohnung zu beschaffen, sonst würde die Familie auseinanderfallen. Und mitten in der ganzen Misere war sie tatsächlich imstande, die Klagen wegzuschieben und Charakterstärke zu zeigen. Katze erwies sich als verblüffend tatkräftig, jetzt, da der Krieg ausgebrochen war und es um ihre Kinder ging. Bald hatte sie eine kleine, behagliche Fünfzimmerwohnung plus Mädchenkammer an der Hand. Gammel Mønt 14. Und Tobias hatte geschrieben: »Richte sie ein, wie Du willst, ganz nach Deinem Geschmack.«

Gammel Mønt 14 war die pied-a-terre für den Direktor von Vacuum Oil in Kopenhagen, der ansonsten sein Zuhause in Schäffergården in Jægersborg hatte. Vielleicht war es ja mit der Behaglichkeit doch nicht weit her, denn die Wohnung war nur frei geworden, weil der Öldirektor und seine Frau sich scheiden lassen wollten. Katze, die mit der Zeit die feste Überzeugung gewinnen würde, daß *Kinder und Enkelkinder* als einziges in ihrem Leben Bedeutung hätten, war verzweifelt beim Gedanken an die Scheidung, als sie zwei kleine Kinderbetten in Gammel Mønt 14 erblickte.

Es hatte etwas Tragisches, in ein Scheidungshaus einzuziehen. Besonders da Katze die Familie stets verehrt und die Worte der Frau Direktor Anne-Lise als reinste Weisheit geschluckt hatte. Hauptsächlich die Erklärungen, wie es ihr gelungen sei, das Jüdische aus ihrem Mann herauszuholen.

Es ist merkwürdig, daß Katze, die ansonsten so alttestamentarisch und abergläubisch war, überhaupt wagte, dort einzuziehen. Doch zog sie nicht allein in jene Wohnung ein, die sie für den Rest ihrer Tage als das Werk ihres eigenen Willens betrachten sollte, sondern der Innenarchitekt in ihr, der schon immer aus einem Fetzen ein Abendkleid zaubern konnte, erlebte goldene Zeiten. Sie schrieb an Tobias, Gammel Mønt sei eine Traumwohnung, und er hoffte, daß sie recht behielte. Es war ja wirklich großartig, daß sie Gardinen für 50 Kronen genäht hatte statt für 350, obgleich es noch immer schrecklich viel Geld war, was sie verbraucht hatte. Gut, daß Katze eine Aufwartefrau gefunden hatte, doch war es natürlich nicht leicht, mit einer Vormittagshilfe auszukommen, wenn man gewöhnt war, zwei Mädchen zu haben. Auch verstand Tobias sehr wohl, daß Katze sich einsam fühlte und ihr ein Mann fehlte, wo sie doch das letzte Jahr zwei gehabt hatte. Selbstverständlich war bei der Steuersache ganz gewaltig gepfuscht worden. Sie hätten natürlich einen Advokaten fragen sollen. Nun würde er jedenfalls ruiniert sein. War es nicht Onkel Max, der immer gesagt hatte: Schwachköpfe!

Tobias war eine Zeichnung von Gammel Mønt 14 gesandt worden, und er hatte auf eigene Initiative das Birkenholzzimmer, das Klavierzimmer, das Eßzimmer und die Kinderzimmer heimgeschickt, ebenso Katzes Bett und Schrank. Er hing nicht in gleicher Weise an den Dingen wie Katze und rechnete damit, die 16-Zimmer-Wohnung aufzugeben und in ein kleines Holzhaus in Valdemara zu ziehen.

Den einen Tag hieß es, Tobias solle heimfahren, am nächsten aber war es unmöglich. An allen Straßenecken standen doppelte Polizeiposten. Mehrere Tage lang hatten versiegelte Züge auf den Bahnsteigen gehalten. Man sagte, es seien »Lebensmittel«, ein Geschenk der Russen an das lettische Volk. Doch tatsächlich waren die Züge voller Waren, die die Russen direkt nach Moskau schafften. Vielleicht auch Menschen. Gerüchte kursierten. Tobias' Lagerverwalter weinte bei dem Gedanken, die Leitung der Firma übernehmen zu müssen. Tobias hörte in den Londoner Rundfunknachrichten, daß Frankreich einen separaten Frieden schließen wolle. Also jetzt hätten sie bald Frieden, aber was für einen, puh. Tobias riet den Freunden, alles zu verkaufen, auch das Tafelsilber, da man nur ein halbes Kilo mit nach draußen nehmen dürfe. Jetzt brauchte man auch eine Erlaubnis, um Kleidung auszuführen. Tobias wollte alle Sachen verkaufen, aber was sollte mit Katzes Kleidern geschehen? Er hatte bereits drei ihrer Pullover gegen eine Daunendecke eingetauscht, doch versprach er, ihre weißen Hüte und die Nähnadeln mit heimzubringen. Ihren schwarzen Unterrock konnte er nirgends finden. Er unterschrieb seine Briefe mit »Towarisch« Tobias und beglückwünschte seinen Sohn Balder, der ein froher und munterer Abiturient sein mußte in diesem schrecklichen Jahr 1940.

Das Hauptkontor in N. Y. war einverstanden, daß Tobias versuchte, eine Handelsverbindung mit den Russen zustande zu bringen, und sich umgehend mit Aloscha als Dolmetscher nach Moskau begab. Er hatte die Zusage für ein Treffen mit Mikojan persönlich erhalten.

Doch am 14. September 1940 mußte er mitteilen, daß sich der »Moskauer Traum« zerschlagen habe. Wie so viele andere war Tobias gescheitert, die Mauern des Kremls waren nicht zu erstürmen. Tobias war wenig erfreut, denn schließlich ist verlieren stets unerfreulich, doch auch weil es ihm gefallen hätte, in

Rußland für Vacuum Oil als einziger ausländischer Firma eine Regelung zu treffen. Andererseits tat es ihm wieder nicht leid, denn Moskau war ein zu unerträglicher Ort, um dort auf Dauer zu wohnen. Man konnte mit den Russen nicht verkehren, weil sie es nicht wollten oder nicht durften. Also blieben nur die Botschaften, und dort war niemand begeistert, trotz all der Rechte und Vorteile, die sie genossen. Tobias fühlte im übrigen, daß sich alle Diplomaten wie »Götter« aufführten, die nichts mit außenstehenden Privatpersonen zu tun haben wollten. Seine Lage wäre eine völlig andere, wenn Katze vor Ort gewesen wäre, denn hier hätte er mit ihren absolut herausragenden Fähigkeiten rechnen können. Tobias tat es auch ein wenig leid, daß sie die Stadt nicht hatte sehen können, denn sie war in vieler Hinsicht ein Erlebnis – wenn auch am besten eins der kurzen Art. Er versicherte ihr, sie würde es *niemals* aushalten, in Moskau zu wohnen, auch Li nicht, doch Balder, Bekka und er, vielleicht. *Niemals* sehe man einen gutgekleideten Menschen. Die Männer gingen meist ohne Kragen, die Frauen ohne Hut, allerhöchstens mit einer kleinen Baskenmütze, und Seidenstrümpfe waren böhmische Dörfer. Es *war* in der Tat das Land des Proletariats. Niemals hatte er so viele arme Menschen auf einem Haufen erblickt. Zehn Tage lang hatte er keinen Kinderwagen gesehen. Die Frauen schleppten ihre Säuglinge mit sich herum und stillten sie mitten auf der Straße, wenn sie schrien. Moskau war so, als nehme man die ärmsten Straßen Kopenhagens – die Ryes-, Rigens-, Isted-, Adels- und Borgergade – zusammen und werfe die ganze Bevölkerung auf eine Straße hinaus, die zehnmal so breit ist. Und dann waren sie auch sehr stolz! Wie einer der politischen Führer erklärte: Früher wohnte die Aristokratie in der Innenstadt und die Arbeiter in den Randbezirken. Jetzt ist die ganze Stadt ein Arbeiterviertel!

Die Schaufenster der Geschäfte waren voller Attrappen, die richtige Ware darstellen sollten. Doch von der Metro, der Oper, dem Ballett – sowie den Fahr- und Eintrittspreisen – sprach er in begeisterten Worten. Und Tiere gab es nicht, abgesehen von Kakerlaken, ein einziger Floh hatte ihn gebissen, der augenblicklich verendete, »vermutlich trank er von meinem schlechten Blut«. Die Russen hatten einen riesigen Kanal von der Wolga bis nach Moskau gebaut, und dort sah Tobias die Ankunftshalle, ein wenig außerhalb der Stadt. Ein richtiger Palast mit Marmorfußböden und Wänden. Großen Spiegeln und Parkett. Ein Spielzimmer für Kinder, falls Mütter mit dem Schiff kamen und die Kleinen nicht mit in die Stadt nehmen konnten. Eine Kinderfrau in Weiß sah nach ihnen, und Besucher mußten weiße, sterile Kittel anziehen, damit ihnen erlaubt wurde, diesen heiligen Raum zu betreten. Unmengen von Spielzeug, als wäre es eine Filiale von Thorngreen, Tiere und Puppen in allen Größen, Spiele, Karussell und Rutschbahn. Blitzsauber und schön. Es war nicht zu erkennen, daß die braven Kinder drei Jahre damit gespielt hatten, aber es konnte doch wohl nicht sein, daß das Ganze nur eine »Show« für ausländische Touristen war?

Nein, das konnte nicht sein. Tobias wollte nur ungern schlecht von der Sowjetunion denken, denn in den Tagen, als er noch immer auf Verhandlungen mit den Russen wartete, sah er in Moskau seine letzte Chance. Katze findet einen später geschriebenen Brief:

»Ich war faktisch zu dem Ergebnis gekommen, daß mir in Dänemark nichts mehr zu hoffen blieb, und somit fest entschlossen, alle Vorschläge zu akzeptieren, die mich von dort weghielten. Die Kinder können mich bestimmt entbehren – und Du ebenfalls – wenn Du nur einen anderen hast. Doch ich gestehe, daß es zuweilen trist ist, allein zu sein. Amüsier Dich, so gut Du kannst. Ich habe Dich nicht vergessen. (Ich hätte fast gesagt, leider.) Im Gegenteil. Es ist oft schwer – und wenn ich auf die letzten Jahre zurückblicke, gehen mir mehr und mehr die Augen darüber auf, was für ein unglaublicher Esel ich gewesen bin. Ich bin wahrhaftig, wie Du zu sagen pflegtest, ›blauäugig‹ gewesen, und recht geben will ich Dir auch in einer anderen Sache: Ein Gott bin ich wirklich nicht. Ich bin voller Egoismus und Selbstmitleid gewesen. Aber schließlich gab es da eine Zeit, in der meine Nerven mit mir durchgingen, und dann schreibt man dumme Sachen, die man im nachhinein mehr oder weniger bereut. Doch jetzt glaube ich, wieder ganz in Ordnung zu sein mit einer kleinen inneren Veränderung, nämlich um eine Illusion ärmer und eine Erfahrung reicher.

Paßt gut auf Euch auf in den Verdunklungszeiten.«

Die Bridgeklubs in Riga sind geschlossen. Tobias ist aus Moskau zurück, ohne Ziel und Zweck. Katze hat sich für ihr gelbes

Hütchen und das rastlose Hin- und Hergehen vor dem Hotel Rome gerechtfertigt. Sie schwört, sie habe Dietlof von Sachsen-sollen weder im Café, in der Konditorei und noch viel weniger auf der Straße geküßt, wütend darüber, für eine Hintergassen-schickse gehalten zu werden. Katze ist bei Gott im Himmel doch nicht Glenda! Aber all das Ableugnen durch die recht-schaffene Katze und die zudringlichen Gerüchte, die weiterhin unter der Oberfläche lauern, lassen Tobias noch wahnwitziger werden:

»Küsse … *nicht* im Café gegeben oder auf der Straße, aber wo dann?? Denn man küßt sich ja wohl, laß uns sagen, einmal in 2 und einem halben Monat. Alles dreht sich vor meinen Augen, dreht sich und scheint einfach hoffnungslos, und in der Nacht geht es weiter. Ich erinnere mich nicht, daß meine Träume je zu-vor eine solch direkte Weiterführung des Tages gewesen wären. Und wenn Betty mich weckt, dann aus einem Gespräch mit Dir. Ein Gespräch ohne Antwort, denn ich verstehe sehr wohl, daß Du nichts von dem sagen wolltest, was Du dachtest, weil es mich nur aufgeregt hätte. Und so beginnt wieder ein langer Tag, an dem ich mir die ganze Zeit sage, daß ich mich zusammen-reißen *muß*. Die Lichtpunkte des Tages sind natürlich Deine lie-ben Briefe, wo ich direkt und indirekt lese, wie gern Du es wie-dergutmachen willst – und in denen Du Mitleid mit mir hast – so wie Du es früher einmal die Woche hattest, wenn Du genug zu trinken bekamst. Ich kann es mir nicht verzeihen, ein solcher Riesentrottel gewesen zu sein und nicht schon lange bemerkt zu haben, daß etwas nicht *stimmte*, wenn Du nicht – wie in alten Tagen – von selbst gekommen bist. Was muß Dich das gequält haben.«

Der Krieg ist anscheinend ein Ausbruch verborgener, dunkler Kräfte, die, keiner weiß wie lange, eingesperrt waren. Tobias kann den Weltkrieg nicht verhindern, und er kann die Zensur nicht abschaffen, doch er versucht, Ehrlichkeit in seine Ehe zu bringen. Er will all die unangenehmen Dinge, die er schreibt und die Katze nicht zu hören wünscht, keinesfalls entschuldigen, er findet, es gibt keinen Grund, die Lebenslüge, man habe es zu-sammen wundervoll, weiter zu nähren:

»Kommt es zu Unstimmigkeiten, großen oder kleinen, glaube ich nicht, daß man sie ausräumen kann, ohne der Sache völlig auf den Grund zu gehen und die Dinge offen auszusprechen. Und auch dann noch ist es oft zweifelhaft, ob sich das Ganze retten läßt. Doch eins ist absolut sicher, nämlich daß die Gewißheit, wie unangenehm und bitter sie auch sein mag, der Ungewißheit und allen Halbwahrheiten vorzuziehen ist. Will man ein halbvermodertes oder wurmstichiges Haus instand setzen, dann *muß* all das Verdorbene weg. Bleiben im Keller ein paar wurmstichige Pfähle stehen, dann kriechen sie, also die Würmer, eines schönen Tages doch heraus. Und dann, glaube ich, wird das Ganze einfach zusammenfallen.«

Vielleicht verwechselt Tobias den Kollaps der Zivilisation mit dem Zusammenbruch seines eigenen Lebens. Er schickt Katze ein Gedicht von Henrik Ibsen, über das sie sich nicht freuen kann.

> Sie saßen, die beiden, im traulichen Haus,
> Sahn Herbst und Winter vergehn.
> Das Haus ist verbrannt. Rings Schutt und Graus.
> Nun gilt's, in die Asche zu spähn.
>
> Denn unter dem Schutt ist ein Kleinod versteckt,
> Das nie geht im Feuer zugrund;
> Und suchen sie emsig, vielleicht daß entdeckt
> Von *ihm* oder *ihr* wird der Fund.
>
> Doch fänden die beiden, verarmt durch den Brand,
> Auch wieder das köstliche Stück –
> *Sie* findet nicht mehr das Vertraun, das entschwand,
> Noch *er* das vernichtete Glück.

Gott bewahre, was für ein hochgestochener Nonsens! Und welch selbstgefälliges Verhalten, mein lieber Tobias! Herr Treulos! Was bildete er sich ein? Wie konnte er sich überhaupt herausnehmen, ihre unschuldigen Stelldicheins mit seinen schmutzigen Phantasien zu besudeln. Wenn jemand sich schämen sollte, dann war *er* es, der ihr vom ersten Augenblick ihrer Ehe an untreu gewesen ist. Aber natürlich, sie *hätte* sich ja mit Dietlof einlassen können. Denn mit ihm war sie auf einer *Wellenlänge*. Mit ihm konnte sie *reden*. Doch das würde Tobias nie verstehen. Für

Tobias galten nur Sex und Prozente. Das war das Jüdische an ihm. Und das Zerstörerische. Tobias hatte zunächst ausgerechnet, daß ihre Liebe zu D keine hundertprozentige Liebe, sondern 75 Prozent Eitelkeit gewesen sei. Später hatte er dann eingeräumt, es sei wohl 75 Prozent Liebe mit Schokolade in Cafés und Küssen in Torwegen gewesen – »Denn Ihr habt ja wohl nicht mitten auf der Straße gestanden, am hellichten Tag?« Wie dumm er doch war! Schließlich gab es eine ganz andere Ebene, die Tobias nie begreifen würde und die nichts mit Prozenten zu tun hatte. Wie blauäugig er doch war. Denn selbstverständlich konnte er sie verlieren. Auf *diese* Weise konnte er sich ihrer ganz und gar nicht sicher sein. Keine Frau wünscht, als selbstverständlich hingenommen zu werden. Es war eigentlich nur das, was er hätte wissen müssen, und all das Geschwätz von Häusern, die in Schutt und Asche lagen, konnte er sich sparen.

Tobias' unverschämter Kräfteüberschuß hinderte sie, mit ihm Mitleid zu haben. Sie hatte lediglich bei seinen Blutgerinnseln Angst gehabt. Ansonsten fehlte dem Mann nie etwas. Er war vollständig durchdrungen von einem Egoismus, der jede Schicklichkeit überstieg. Katze ließ außer acht, daß Tobias wie schon sein Vater Mitarbeitern stets gab, worum sie baten, daß er ein extra Konto eingerichtet hatte, auf dem er einen Teil vom Gewinn des Betriebes für das Personal sparte. Derartiges nannte Katze lediglich Verschwendung. Er tat mit seinen Angestellten schön, um sich beliebt zu machen. Katze ließ es vollständig kalt, daß Tobias zu Weihnachten eigenhändig mit einem Weihnachtskorb zu den Alten und Kranken der Familie fuhr. Allesamt Løvins, Pack. Sie gab auch nicht viel auf seine Hilfsbereitschaft, wenn er bei Schnee oder Regenwetter stets an der Haltestelle der Straßenbahn hielt und sagte: »Ich kann drei Personen mitnehmen.« Eitelkeit das alles. In der Stunde der Gefahr dachte er immer nur an sich selbst:

»Vor kurzem raste die Feuerwehr durch Valdemara. Der Turm vom Gebäude des Kriegsministeriums stand in hellen Flammen. Im Laufe einer halben Stunde ist es anscheinend gelungen, das Feuer auf den Turm zu begrenzen, der jetzt völlig heruntergebrannt ist. Im Februar hatte Jensen ein paar Zigarren für mich auf der Østergade bestellt. Sie sind auch schon bezahlt. Doch wegen des eisigen Winters sind sie nicht abgegangen. Dann kam die Besetzung mit diversen Ausfuhrverboten. Kannst Du vielleicht dort vorbeigehen und nachfragen, ob sich die Ausfuhrgenehmigung für diesen Posten nicht regeln läßt, der vor dem 9. April bestellt und bezahlt worden und nicht zum Weiterverkauf, sondern zum eigenen Verbrauch bestimmt ist?

Lebwohl, mein alter treu-(loser? gebliebener?) Schatz«

11. Der Mann in der Tonne

Katze hatte nichts von ihrem Liebsten gehört, er war spurlos verschwunden. Vielleicht hatte seine Frau die Affäre entdeckt, und er hatte Angst bekommen? Oder war es nur eine vorübergehende Romanze, auf die man nicht allzuviel geben sollte? Katze konnte nicht aufhören zu träumen. Bis ein Brief von Tobias eintraf, der Katzes Gefühl von etwas Übernatürlichem bestätigte. Brütende Hitze hatte geherrscht. Tobias hatte einen Abendspaziergang gemacht, als das Merkwürdige geschah. Katze sah es vor sich. Tobias saß auf einer Bank, Karenina lag erschöpft unter ihm. Plötzlich begann der Hund zu knurren, wie er es immer getan hatte, wenn sich sein Todfeind näherte. Tobias schaute sich um. Kein Hund war zu sehen. Er hieß Karenina schweigen und blickte sie streng an, doch sie hörte nicht auf mit ihrem wütenden Gebell. Da entdeckte Tobias, daß ein sehr elegant gekleideter Herr ihm am Strand entgegenkam. Weiße Hosen und dunkles Jackett, Schlips und Perle. Monokel. Dietlof und seine Frau waren an der Schweizer Grenze zurückgeschickt worden und wohnten zur Zeit in einem Ferienhaus. Tobias saß direkt am Weg, den der Monokelmann einschlagen mußte, doch plötzlich bog er scharf ab und verschwand über die Dünen.

Somit war es, als hätte sich Dietlof von Sachsensollen gleichsam im Sande verloren oder wäre ins Wasser gefallen. Von ihm hören wir so gut wie nichts mehr, obgleich Katze stets behauptete, *sie* täte es.

Für Tobias beginnt es brenzlig zu werden. Die USA haben 1500 Pfund für einen seiner Mitarbeiter bewilligt, damit der nach Palästina ausreisen kann. Doch dieser macht Theater, meint, es sei nicht genug, und fordert 3000.

Am 1. Oktober wird ein Dekret erlassen, das jeder Person nur ein Zimmer zugesteht. In die Wohnung unter Tobias sind zwanzig

Leute einquartiert. Tobias hat deshalb zu Freunden und Bekannten, die alles verloren haben, gesagt, sie könnten gern bei ihm einziehen.

Der Anblick von Kiko und Bunty, den alten Partyfreunden – »A little kiss each night« – war dennoch schwerer zu verkraften, als Tobias erwartet hatte: Kiko taumelte wie betrunken umher und erzählte, er hätte den Verstand verloren. Als Bunty kam, warf er sich vor ihr auf die Knie, weinte und stöhnte: »Was habe ich nur meiner wunderbaren Bunty angetan. Unser ganzes Leben habe ich wegen der anderen Frau zerstört, und jetzt hat sie mich vergiftet, weil ich sie nicht heiraten wollte.« Ihre Villa war soeben konfisziert worden, und Tobias half ihnen. An Li schrieb er, daß Kiko versucht hatte, Selbstmord zu begehen, wie er und Bunty ihn mehrmals mit Macht zu hindern suchten, sich aus dem Fenster zu werfen, und daß sie Betty zu Hilfe rufen mußten, um ihn festzuhalten.

Er lobt Balder, Li und Rebekka wegen ihrer feinfühligen Geradlinigkeit, schreibt aber auch, daß es leider Wunden gibt, die nicht heilen können, wie lieb und zärtlich die Pflege auch sein mag. Die Kinder hatten ihr ganzes Leben mit der stillen Sehnsucht gelebt, das Unvereinbare zu vereinen, und sich kaum zu atmen getraut. Sie waren ständig wie auf rohen Eiern gegangen, hatten die Luft angehalten, ohne etwas zu fühlen. Nun sehnen sie sich zurück nach Riga, um all ihre wundervollen Kindheitssommer, in denen ihr Vater und ihre Mutter etwas weniger unglücklich waren, aufs neue zu erleben. Sie sehnen sich nach einem Glück, das sie nie gekannt haben. Nach einem Ort, wo es zumindest möglich war zu »abstrahieren« – Rebekkas Lieblingsausdruck. Doch Tobias schreibt »forget it«. Es sei Krieg, und außerdem habe er bald kein Auto mehr. Und wie stellten sie sich vor, ohne Wagen nach Jurmala zu kommen! Und im übrigen müsse man vorsichtig sein, man wisse nie, was in diesen Zeiten geschehen könne:

»Bomben *können* sich verirren, Thrombosen *können* schlecht ausgehen. Ich will deshalb lieber heute – als niemals –, obgleich ich hoffe, es noch viele Male wiederholen zu können, Euch allen Dreien für das danken, was Ihr mir gewesen seid, jetzt und das ganze Leben. Ich glaube, normalerweise danken Kinder ihren Eltern, doch bin ich mir selbst im klaren, daß ich Euch mehr zu danken habe – als Ihr mir. In jeder Beziehung seid Ihr alle besser, als ich es jemals gewesen bin. Es müssen die *guten* Eigenschaften Eurer Mutter sein, die Ihr geerbt habt. Nur eine Sache gibt es, um die ich Euch bitten will: Seid gut zueinander. Helft einander, wo Ihr nur könnt. Und helft Eurer Mutter, wo Ihr könnt, und mißbraucht nicht ihre Fähigkeit, nichts ablehnen zu können.«

»Jetzt sind wir unter Dach und Fach«, wie Katze immer sagte. Rebekka besuchte das Zahle-Gymnasium, Li hatte in einem Rechtsanwaltsbüro Arbeit als Sekretärin gefunden, und der Abiturient Balder, der sich noch immer nicht wusch, sich auch weigerte, die Haare zu schneiden, und bis weit in den Vormittag hinein schlief, hatte es noch immer nicht geschafft, eine Arbeit zu finden, weil er so intensiv damit beschäftigt war, eine Gräfin nach der anderen zu küssen und Jazz-Platten zu hören, die er auf einem Grammophon abspielte. Katze hatte Marie wieder ins Haus genommen, obgleich der Herr Direktor nicht da war. Nur eins mußte Katze wirklich sagen, sie konnte diese Negermusik nicht ertragen, die Balder von früh bis spät dudeln ließ.

Katze hatte sich darauf eingestellt, daß Tobias vielleicht auch bald einziehen würde. Es konnte nicht mehr lange dauern, bis er alle Brücken hinter sich abreißen mußte. Und vielleicht freute sie sich auch. Sie fühlte sich einsam ohne Mann, und außerdem liebte sie ihn, diesen Schafskopf. Das hatte sie immer getan.

Der Vorhang zum letzten Akt war aufgezogen, und der Akt wurde nicht lang. Am 28. Oktober 1928 waren sie in Riga angekommen, und 1940, ungefähr zur gleichen Zeit, würde er wieder abfahren. Als er das letzte Mal mit Karenina spazierenging, standen plötzlich Posten vor der Tür des Büros, und unten auf dem Hof bewachten ein paar Herren die Hintertreppe. Tobias war sich völlig im klaren darüber, was hier im Gange war.

Aloscha und er hatten Kaviar und Obst aus Moskau mitgebracht. Doch statt zu teilen, kamen sie überein, ein kleines Fest daheim bei Tobias zu geben. Er lud alle seine Mitarbeiter ein, es war das erste Mal, daß sie zum Essen zu ihm nach Hause kamen, und es wurde zugleich ein Abschiedsfest. Bunty war auch da, ebenso KIS, die beide bei ihm wohnten. Und als andere Bekannte mittendrin anriefen, wurden sie ebenfalls eingeladen. Zwischen Kaviar und Birnen wurde französisches Beefsteak serviert. Es war drei, als man ging.

Im Kontor konnte Tobias nicht mehr wohnen, nachdem es nationalisiert worden war. Er hatte dort nichts mehr zu sagen. Der Kommissar öffnete Briefe und Telegramme und bestimmte über die Geschäfte. Die Firma gehörte nun dem Staat.

Am 20. Oktober schläferte er Karenina ein.

Tobias schaffte es, nach Hause zu kommen, sich einen neuen Terrier, Vanessa, anzuschaffen und den Neujahrsabend in Gammel Mønt zu verbringen. Jenen Abend, an dem er lustig und elegant einen Stapel Grammophonplatten zu Boden fallen ließ und die Gäste bat, die Stücke aufzusammeln und die zueinander passende Melodie finden.

Er selbst tat sich im Augenblick schwer, die seine zu finden. Mit seiner charakteristischen Physiognomie war es ihm neuerdings unmöglich, im »d'Angleterre« oder an anderen öffentlichen Orten zu erscheinen, nachdem er die Titelseite eines nazistischen Blattes als Karikatur eines Ölmagnaten geziert hatte: »dessen Vorväter draußen auf dem Mosaischen Friedhof das dänische Grundwasser verpesten«. Doch niemand rechnete damit, daß den dänischen Juden etwas geschehen könnte.

Zugleich war sonnenklar, daß Tobias nicht auf eine neue Anstellung zu hoffen brauchte. Er hatte zwar nichts Unrechtes getan, doch erhielt er einfach keine Antwort auf seine Anfragen. Man sollte überhaupt nicht fragen, so waren »die Zeiten«.

Doch jemand war froh, den Herrn Direktor wieder daheim zu sehen – Marie. Denn wenn man Marie fragen würde, auch wenn es keiner tat, dann war Gammel Mønt 14 erst wieder ein richtiges Zuhause, seit der Herr Direktor selbst anwesend war, obgleich er lauter Unsinn im Kopf hatte. Aber so war er ja gewesen, seit Marie ihn kannte. Marie hatte ihre eigene fröhliche, ein wenig spitze Art dem Herrn Direktor gegenüber, obwohl er sie sehr wohl mundtot machen konnte. Wie an jenem Tag, als er sie an den Frühstückstisch rief und um eine Leiter bat. Zum Kuckuck, wozu brauchte der Herr Direktor eine Leiter, während er am Tisch saß und aß, das konnte Marie nicht begreifen. Doch wenn der Herr Direktor um eine Leiter bat, dann sollte er seine Leiter bei Gott im Himmel auch haben. Als Marie, rundlich und vollbusig, mit der Leiter hereinkam, bat der Herr Direktor sie freundlich, auf die oberste Stufe zu steigen. Und sie kletterte mit ihren kleinen kurzen Beinen hinauf, worauf der Herr Direk-

tor mit einer ausholenden Handbewegung auf den Frühstückstisch wies: »Können Sie das Tafelsalz sehen, Marie?«

Au, das war peinlich für Marie. Daß sie so dumm sein und das
Salz vergessen konnte, das war ihr noch nie passiert.

»KAFFEE!« brüllte der Herr Direktor kurz darauf, so daß man
nicht im Zweifel gelassen wurde, wer hier der Herr im Hause
war. Heute war es Marie egal, weil sie wegen der Sache mit dem
Salz mit sich selbst zürnte. Andere Male amüsierte es sie. Dann
wirkte das Gebrüll gut und sicher. So wie es sein sollte, wenn
alles in Ordnung war.

Am 15. Mai 1942 wurde den deutschen Juden verboten, Haus-
tiere zu halten.

Jeden Tag, wenn Li in ihrem Rechtsanwaltsbüro in Vimmels-
kaftet die Arbeit beendet hatte und heim wollte, war ein deutscher Soldat galant zur Stelle, um sie nach Hause zu begleiten.
Sie sprach schließlich Deutsch wie ihre Muttersprache, und da
sie in ihrer Kindheit und Pubertät alles Deutsche des anderen
Geschlechts idealisiert hatte und immer verehrt und umschwärmt worden war, fühlte sie sich sehr wohl, wenn sie mit
einem gleichaltrigen Deutschen reden konnte. Sie war völlig
außerstande zu begreifen, daß die Deutschen Feinde waren.
Eines Tages auf dem Rådhusplads, wo die Dänen schweigend gegen die Besetzung demonstrierten, fuhren deutsche Soldaten auf
ihren kreischenden Motorrädern über die Bürgersteige, um die
Leute zu terrorisieren und um ihnen zu zeigen, wer hier das Sagen hatte. Schlammspritzer beschmutzten Lis Seidenstrumpf.
Doch sie verstand nicht, was passiert war. Daß die deutschen
Soldaten sich so ungehobelt betragen konnten!

Sie war in ihrem Element, wenn sie von dem deutschen Soldaten nach der Arbeit begleitet wurde. Dabei spürte sie das, was
Katze immer Sex-Appeal genannt hatte. Sie wurde vertraulich
mit dem Soldaten und erzählte ihm mit Todesverachtung, des
Effektes wegen, daß sie Juden seien, doch ihm war es egal. Sie
sprachen meist über Jazzmusik. Li liebte es, riskante Dinge zu
tun, wenn sie nicht allzu problematisch waren. Als der einzigen
unter den Løvins war Li die Redegabe verwehrt worden. Sie
sprach nicht nur schlecht, sie konnte einfach gar *nichts* sagen.
Deshalb behauptete sie sich, indem sie ihr Gegenüber schok-
kierte.

Und mit Musik. Sie hatte ja immer selbst gespielt, doch der

Swing war etwas anderes. Das war Sex auf ganz ungewohnte Weise. Im »Blue Heaven«, wo Svend Asmussen »Ring them Bells« spielte, hatte sie einen langen Lulatsch, Jas, kennengelernt, der ihr erklärte, *alles in der Welt* laufe auf Swing hinaus. Nicht nur Leo the Lion, Ingelise Rune und Kai Ewans waren es, sondern ihre eigene Art zu gehen und zu lächeln, das alles hatte *Swing*. And it don't mean a thing if it aint't got that swing. Jas war selbst Swing-Dandy mit hohen Schuhen, Hut und Klavier. Happy-go-lucky. Das war *sein* Widerstandskampf. Der Gegensatz zu Stechschritt und kalten Waschungen. Er hatte soeben sein Examen am Konservatorium abgelegt, und es war auch sehr gut gelaufen, abgesehen davon, daß er zufällig danebengegriffen hatte, bei einer entscheidenden Note in der As-Dur-Polonäse. Technisches Pech.

Er besitzt das absolute Gehör. In seinem Eifer kann er nur den passiven Widerstand nicht »hören«, den Li gegen ihn ausübt. Er ist verliebt. Er folgt ihr wie ein junger Hengst mit Scheuklappen und tut sein möglichstes, um auch die kleinste träge Bewegung und jedes Lächeln in den gelben Augen zu deuten. »It's not cause I wouldn't, and not cause I couldn't, it's just because I'm the laziest gal in town.« Sie kann die Augen zusammenkneifen, so daß das Gelbe völlig verschwindet, wenn ihr etwas nicht behagt. Dann werden ihre Augen *weiß*. All seine Verliebtheit irritiert sie, er ist ein klein wenig lächerlich. Das sind schließlich alle verliebten Menschen. Aber dann singt er für sie:

> Mad with joy
> I'm as happy as a babyboy
> with another brand new choo choo toy
> when I marry sweet Liane

und dann lächelt sie mit ihren gelben Augen über seinen Eifer und seine Freude, doch nicht im Traum denkt sie daran, ihn zu heiraten.

Tobias und Katze fanden ehrlich gesagt auch nicht, daß Jas im weitesten Sinne etwas war, das man haben mußte, und im Sommer 1943, als das hoffnungslose Verhältnis zwischen den jungen Leuten anderthalb Jahre gedauert hatte, ohne sich von der Stelle zu rühren, beschlossen sie, den Gegenstand von Jas' Passion samt der ganzen Familie nach Tisvilde zu verfrachten. Doch Jas zog einfach mit und fand eine Arbeit als Klavierspieler im Jazzorchester von Tisvilde, das zum Sommertanz aufspielte. War das Klavier besetzt, nahm er den Baß oder die Gitarre, und nachts schlief er in einer Tonne. In der Nähe des Løvinschen Grundstücks hatte er eine merkwürdige Tonne gefunden, die vielleicht einmal als Hundehütte gedient hatte. Und dort lag Jas und grübelte. Das Geld, das er mit dem Spielen verdiente, wollte er sparen, um sich schicke Klamotten zu kaufen, damit er nach etwas aussah. Jas legte Wert darauf, nach etwas auszusehen.

Nicht nur Li war anziehend, die ganze Familie Løvin war es. Das erste Mal, als Jas Katze gesehen hatte, war in Gammel Mønt 14 gewesen. Nie zuvor hatte er eine solche Wohnung betreten: schweres Silber, Teppiche und Gemälde mit nackten Göttern, orientalische Seidendrachen, und dort, mitten im Salon, stand Katze im tiefroten Kleid mit Diamantbrosche, roten Lippen und einem Drink. Sie war vierzig Jahre alt. Wäre er nicht schon in die Tochter verliebt gewesen, hätte er sich in die Mutter verliebt. Doch hielt er nicht viele Karten in der Hand, die Katzes Interesse hätten wecken können. Genaugenommen hatte er überhaupt keine. Klavierspielen konnte sie selbst, das konnte ihre Mutter, das konnte schließlich jeder Idiot. Er besaß keine seriöse Ausbildung, und das Schlimmste von allem: er hatte keine akzeptable Herkunft.

Wenn er am späten Vormittag in seiner Tonne aufwachte, und Li sich zu ihm gestohlen hatte, denn schließlich war er sehr lustig, fand sie das lange Elend auf der Erde ausgestreckt, den Unterkörper und die langen Beine unter freiem Himmel, und sobald er ihre gelben Augen erblickte, streckte er sich wollüstig im Gras und sang mit belegter Morgenstimme aus der Tonne:

> I want to buy a paperdoll
> that I can call my own …

Und dann lachte Li. Das hier war etwas anderes als eine deutsche Schule. Es war lieb, es war anrührend, es war wie damals, als Karenina Welpen bekam.

Sie erlebte den ersten Schauder ihres Lebens, als Jas sie nach Hause zu seinen Eltern einlud. Nach Amager. Sundholmsvej. Schon beim Namensschild draußen an der Tür spürte Li, daß etwas nicht stimmte. Jas hatte doch erzählt, er heiße mit Nachnamen Theisner, doch auf dem Schild stand das gewöhnliche Theis-Hansen. Li schämte sich. Vor allem weil Jas es wohl tat.

Die Mutter war äußerst herzlich, hatte in der Küche kopf-gestanden und wegen Li viel Aufhebens gemacht, so wie es die Dänen zu tun pflegen, die im Essen den höchsten Sinn des Lebens sehen. Die Mutter *redete* obendrein über die verschiedenen kleinen Gerichte, während Li sie ungläubig anstarrte. Essen war nichts, wovon man *redete*. Nicht auf *diese* Weise. Doch vielleicht tat sie es nur, um all das zu verbergen, was Li nicht bemerken sollte. Daß sie nur zwei Zimmer hatten. Die rote gute Stube mit dem Klavier und dem besten Buch des Hauses, »Hellas«, schräg auf das gehäkelte Zierdeckchen gelegt, und das Eßzimmer, in dem Jas auf der Couch schlief. Li starrte auf die herzliche Dame mit dem mächtigen Busen und dem großen rosafarbenen Mund mit Gebiß, die den italienischen Salat in riesigen wollüstigen Bissen verschlang. Li betrachtete ratlos all diesen *Genuß* und wußte nicht, was sie dazu sagen oder damit anfangen sollte. Jas hielt die Konversation mit einem Witz nach dem anderen in Gang. Der Vater, der Wärter im Asyl von Sundholmen war, kam absolut nicht zu Wort, obwohl seine emblemgeschmückte Dienstmütze im Korridor hing. Vielleicht sollte all das Essen verbergen, daß er niemand war, mit dem man prahlen konnte. Die Mutter, Handwerkertochter aus Hobro, besaß tüchtige Hände, und sie verstand es, zu nähen und Bücher einzubinden. Der Vater verstand nichts anderes, als die Rundfunknachrichten im Lehnstuhl zu hören und »wirklich allerhand« zu sagen.

Nach dem Besuch am Sundholmsvej neigte Li sehr dazu, Jas' unendlichen Schwall von Liebeserklärungen zu überhören. Er nannte sie sein Rassepferd, sein Seidenpüppchen oder kleine Puppenschnuppe. Und Amager war ihr völlig fremd, nicht weil sie ein Snob war, sondern weil sie etwas Starkes brauchte, etwas, vor dem sie sich beugen und das sie respektieren konnte.

Sie dachte an Gaus. Auch er war ein Emporkömmling, doch konnte er mit ihr stets tun, was er wollte. Nach jenem Neujahrsabend, an dem sie im Bankbüro unten im Mezzanin von ihrer Jungfräulichkeit befreit worden war, sah sie Gaus des öfteren. Gaus kaufte ihr Unterwäsche und verlangte, sie solle sie mitten in seinem Büro anziehen, während er hinter dem Schreibtisch saß und sie mit einer Zigarre im Mund betrachtete. Gaus brachte sie dazu, in der neuen Unterwäsche zu ihm zu kommen und sich auf seinen Schoß zu setzen. Mit Gaus war sie befreit von dem Gedanken daran, was sie selbst wollte. Sie war nicht in ihn verliebt, sie war beeindruckt. Und vielleicht auch ein bißchen verliebt in die Wirkung, die sie auf ihn hatte. Daß sie einen Mann, der alles besaß und sogar bis nach Asserbo mit dem Taxi fuhr, dazu bringen konnte, unter Stöhnen und Jammern dazuliegen. Jas hingegen konnte ihr nichts anhaben, er verstärkte nur ihre Ohnmacht.

Doch wenn die Menschen nicht weiter wissen, hilft manchmal die Weltgeschichte. Am 28. August 1943 wurde der militärische Ausnahmezustand verhängt, und im Oktober war klar, daß Juden nicht in Dänemark bleiben konnten. Wie merkwürdig das auch klingen mochte. Tobias hatte sich schließlich nie selbst als Juden betrachtet. Er war freilich nicht getauft, doch das sind viele Dänen nicht. Er war nicht religiös, er aß Hummer, Krabben, Kotelett und Schweinebraten wie jeder andere Däne, er hielt den Sabbat nicht ein und feierte Weihnachten. Er hatte seine Kinder taufen lassen, ohne jede Diskussion. Was wollt ihr mehr? Und plötzlich war er Jude.

Dank der Heirat von Tobias' reizender Cousine Henriette mit einem Deutschen hatten die Løvins gute Verbindungen zur deutschen Botschaft in Kopenhagen. Von dort kam die Warnung, die die dänischen Juden retten sollte. Es war eine geheime Nachricht vom Marineattaché C. F. Duckwitz. Und sie eilte in verschiedenen Varianten wie ein Lauffeuer durch die Stadt, von Familie zu Familie. Zu den Løvins kam die Warnung natürlich per Telefon aus der Direktion von »Politiken«, in Form einer Einladung zum *Bridge*. »Wir könnten Dienstagabend zwei Mann brauchen.« Das bedeutete, auf einem Fischerboot war Platz für zwei Personen beschafft worden. Die »Einladungen« trafen in Abständen ein, immer dann, wenn freie Plätze gefunden worden waren. Im ersten Anruf war nur von einem Platz die Rede. »Den nehme ich!« entfuhr es Tante Titta. Onkel Otto starrte sie an. Alle waren sprachlos. Sie empfanden Tittas Angst als reine Verzogenheit. Doch jetzt war nicht der richtige Zeitpunkt für einen Streit. (Glenda gab viele Jahre lang Tante Tittas berühmten Ausspruch »Den nehme ich!« – nur so aus Spaß – zum besten, und deshalb wollte Titta sie nie mehr sehen.)

Der erste, der fort mußte, war natürlich Tobias. Durch seine bloße Anwesenheit in der Stadt brachte er viele andere in Lebensgefahr. Der Familienrat wurde nach Gammel Mønt einberufen. Sollten sie alle nach Schweden gehen, oder sollte jemand in Dänemark bleiben und die Interessen der Familie wahren sowie Tobias' neuen Hund hüten, der bereits einen der teuren Peter-Sørensen-Schuhe von Li gefressen hatte? Nur eine hatte die Möglichkeit zu bleiben – Katze. Sie wollte auf die Wohnung aufpassen. Gammel Mønt 14 sollten die Deutschen jedenfalls nicht in die Finger kriegen! Katze beschloß, dafür zu sorgen, daß ihre Familie ein *Zuhause* hatte, in das sie zurückkehren konnte, wenn der Krieg vorbei war. Obendrein wollte sie versuchen, die Brennstoffirma weiterzuführen, die Tobias gegründet hatte, damit sie etwas zum Leben hatten, solange der Krieg währte, und hoffentlich auch, wenn er zu Ende wäre. Er konnte sich ja nicht allzu lange hinziehen. Sie würden wohl schon in ein paar Monaten heimkehren, zu Weihnachten vermutlich.

Der Gedanke, daß alle Kinder sie verlassen und mit ihrem Vater gehen würden, förderte Urkräfte in Katze zutage. Sie fühlte sich wie die Löwenmutter, die entdeckt, daß das Männchen ein Junges geschnappt hat, worauf sie ihm ohne Zögern die Zähne ins Nackenfell schlägt und das Junge dahin zurückträgt, wo es hingehört, an *ihre* Seite, bitte sehr. Während sie dem Männchen einen *eiskalten* Blick zuwirft, so wie es in einer Löwen-Reportage zu lesen stand, unter dem Titel: Eine Mutter.

Doch sie war in ihrer Fürsorge zerrissen. Würden denn alle Kinder Tobias vorziehen? Sie starrte ihre Kinder an, als ob sie ihr fremd geworden wären. Würden sie alle ihren Vater wählen? Sie dachte nicht an Hitlers Verordnungen oder daran, daß ihre Kinder als Halbjuden ebenfalls in Lebensgefahr waren. Sie fühlte nur, sie würden sie verlassen, zugunsten von etwas Besserem. Schon war sie eifersüchtig auf die *Flucht*. Wer floh, glaubte, jemand zu sein. Katze sah Li an und bemerkte plötzlich, daß sie weinte.

»Was ist los, meine Kleine?«

Li schluchzte nur.

»Dir, Bekka und Balder passiert doch nichts, sie holen doch keine ›Halben‹.«

»Was weißt denn du davon?« sagte Bekka.

»Das steht im Dekret von Werner Best.«

»Glaubst du wirklich, liebe Mutter, die Gestapo läuft mit einem Dekret unterm Arm herum? Sie nehmen alles von A bis Z, Alte und Säuglinge, Ganze und Halbe, und zwar jetzt, überall in Europa.«

Da war sie wieder, das Fräulein Besserwisser, dachte Katze und fühlte sich besiegt. Bekka stand gänzlich auf seiten ihres Vaters, aber das war ja wohl nur natürlich bei ihrem dunklen Teint und den schwarzen Augen. Mit der hellhäutigen trägen Li stand es anders. Konnte Li sich wirklich zur Flucht aufraffen? Sich in Dunkelheit und Unsicherheit stürzen – um nicht von all den Mühen zu sprechen?

Li lief weinend in die Arme ihrer Mutter.

»Meine geliebte Kleine.« Katze weinte ebenfalls.

Während der ganzen Diskussion hatte Tobias mit der Zigarre im Mund dagesessen und sein Kreuzworträtsel gelöst. Nicht ein Wort hatte er gesagt.

Katze machte ihn erneut darauf aufmerksam, daß der Hund Flöhe hatte und es sehr schwierig sei, unter den gegebenen Umständen einen Staubkamm zu beschaffen, also was sollten sie tun, wie in aller Welt sollte sie die Flöhe fangen?

»Mit dem Lasso«, erwiderte Tobias, ohne aufzuschauen.

*

Es wurde beschlossen, daß Li ihr Haar rotblond tönen und Jas heiraten sollte, der Arier war – und damit eine Art »Lebensversicherung«.

»Aber ich liebe dich nicht«, sagte Li.

»Das macht nichts, ich liebe dich für zwei«, erwiderte Jas.

Li fühlte sich geschmeichelt, kam aber wieder zur Vernunft: »Das kann man nicht.«

»Was kann man nicht?«

»Für zwei lieben.«

»Ich kann es.«

Li schaute ihn an. Sie sah sein gutes Herz. Seine Wärme. Aber sie sah auch, daß er unstet war und vielleicht ein wenig einfältig. Er war ganz einfach zu *leicht* für sie. Sie sollte einen Mann mit mehr Gewicht haben, so einen wie Gaus.

»Mutter, kann man wirklich verheiratet sein, ohne sich zu lieben?« fragte sie eines Tages, als Mutter und Tochter vom jeweiligen Büro nach Hause gekommen waren und jede mit hochgezogenen Beinen in ihrem Lehnstuhl saß, die Fußbank voller Zeitungen. Tobias war zum letzten Mal in den Club gegangen. Li hatte das Bedürfnis, mit ihrer Mutter über die innersten, sonderbaren Gefühle zu sprechen. Doch Li wußte nicht, wie sie fragen, und Katze wußte nicht, was sie antworten sollte. Sie konnte nicht sagen, daß sie Tobias nie geliebt hatte und es noch immer nicht tat, denn dann erschiene ihr ganzes Leben sinnlos. Außerdem stimmte es nicht, sie liebte ihn schließlich, den Schafskopf. Doch konnte sie auch nicht sagen, daß sie einen Mann liebte, der im Begriff stand zu entfliehen. Obwohl Katze kaum an etwas anderes dachte als daran, wer wen liebte und warum und insbesondere wessen Liebe am größten war, konnte sie keine Antwort geben. Und Li erlebte erneut, daß ihre Mutter nicht anwesend war, und wußte, daß sie ihr niemals ernsthaft geantwortet hatte.

Lis unausgesprochene Frage zum erotischen Bereich quälte Katze. Nicht nur weil sie unter einer notorischen Sexphobie litt – was sie für sich behielt, so wie sie stets auf die Form achtete –, sondern auch weil sie zugespitzte emotionale Situationen fürchtete. Sie konnte starke gefühlsmäßige Fragen nicht ertragen, und schon gar nicht, wenn sie von ihren Kindern kamen, weshalb sie sich in solchem Fall unweigerlich um eine Antwort drückte. Hier erlebte Li den größten Verrat, doch ohne ihn zu reflektieren. Sie schluckte die Enttäuschung, ohne etwas anderes zu fühlen als eine Art Betäubung. Sie war gezwungen, ihre Mutter zu lieben, jedenfalls während des Krieges.

»Nimm einen Drink«, sagte Katze, ging zum Silbertablett, nahm die Wermutflasche und schenkte Li ein. »Hier, setz dich bequem hin, meine Kleine, die Beine hoch, so. Willst du eine Decke haben?«

Li schien es, als würde sie von ihrer Mutter warm eingepackt. Vielleicht war sie mit ihrer Mutter mehr verheiratet, als sie es mit Jas je sein würde. Sie konnte nicht aufhören zu weinen.

»Frauen weinen immer vor der Heirat«, bemerkte Katze nur.

»Wirklich?«

»Jetzt sind wir unter Dach und Fach, das ist das Wichtigste. Dann können die anderen verduften.«

Sie sah, daß Li noch immer weinte.

»Gibt es einen anderen?« fragte Katze und versuchte eine unerträgliche Situation in ein romantisches Klischee umzumünzen.

»Wie, einen anderen?«

»Einen, den du liebst?«

»Nein«, antwortete Li.

*

Gaus übernahm es, dafür zu sorgen, daß alle wohlbehalten nach Schweden kamen.

Fürs erste verteilte er die verschiedenen Løvins auf fremde Wohnungen, wo sie »im Untergrund« leben sollten, bis sie fortkonnten. Er selbst hatte in seinem Ferienhaus in Asserbo zwanzig Juden wohnen.

Tobias geht mit seinem Spazierstock neben Titta und Otto durch den Wald bei Vedbæk. Sie haben bis zum Einbruch der Dunkelheit gewartet. Jetzt ist Sperrstunde, Buller hilft Tobias, indem er den kleinen Handkoffer mit Smoking und dem Satz Spielkarten trägt. Vernünftiges Gepäck, wenn man bedenkt, welch lange Wartezeiten ein Flüchtling durchzustehen hat. Flüchtling zu sein heißt, im buchstäblichen Sinne zu warten, sonst nichts. Titta ist so voller Furcht, daß sie unentwegt über Baumwurzeln des Waldes stolpert und riskiert, sie alle durch ihre kurzen unterdrückten Angstschreie zu kompromittieren. Die bezaubernde Titta, Schönheitskönigin von Hornbæk, war nie gezwungen gewesen, sich größeren Unannehmlichkeiten auszusetzen.

Und nun ist ihr Leben plötzlich in Frage gestellt. Sie versteht es nicht und denkt an all das schöne Kompott, das sie gerade eingeweckt hat, an die Gläser, die in Reih und Glied in der Wohnung stehen, die sie Hals über Kopf verlassen mußte. Was würde jetzt aus ihrem Eingemachten werden?

Und jedesmal, wenn sie jammert, packt Otto sie mit hartem Griff. Es ist spätabends, sie hat Angst im Dunkeln. Der Kutter liegt für sie bereit, sie werden ganz nach unten verfrachtet, zusammen mit betäubten Säuglingen und Kleinkindern. Titta hätte auch Pillen gebraucht. Sie wird nicht damit fertig, so gedrängt zu sitzen, erstickt fast vor Klaustrophobie. Die Küstenpolizei ist bestochen. Doch unmittelbar vor der Abfahrt Schritte. Stiefeltritte. Sie sind entdeckt worden. Titta hätte fast geschrien. Doch Otto zerrt ihren Kopf nach unten, während er ihr den Mund zuhält. Sie bekommt keine Luft mehr. Und Tobias denkt, jetzt ist es egal. Jetzt ist alles egal.

An seinem Aufenthaltsort im Untergrund hat er einen Brief an Katze hinterlassen, vielleicht seinen letzten, aber was schreibt man, wenn man sich ziemlich unvorbereitet trennen muß und nicht weiß, ob man sich jemals wiedersieht?

Mein lieber Schatz. Ja, wenn Du diese Zeilen erhältst, so sind
wir vermutlich unterwegs. Mach Dir keine Gedanken um mich,
ich werde es schon schaffen, bis wir uns hoffentlich binnen einem Jahr wiedersehen. Die einzige Sorge, die ich habe, seid Ihr,
glaube aber, mit dem, was wir jetzt besitzen, könnt Ihr jedenfalls ein paar Jahre durchkommen.

Als erstes will ich Dir raten, meinen Pelz (nicht Deine) zu verkaufen und den Teppich. Der Pelz ist an den Ärmeln wohl ein
wenig kaputt. Laß ihn von Bang reparieren und erkundige Dich,
ob er ihn für einen ordentlichen Preis loswerden kann. Du solltest gut und gern 6–7000, auf jeden Fall aber 5000 dafür nehmen. Der Teppich dürfte wohl 7–8000 bringen. Gaus ist eventuell interessiert, also wenn man Dir ein Angebot macht, dann
verkaufe nicht, ehe Du ihn gefragt hast. Kannst Du diese Sachen
absetzen, hast Du 12–13000 Kronen, und damit solltest Du
etwa 14–15 Monate über die Runden kommen. Ich habe Gaus
die Vollmacht erteilt, über meine Konti zu disponieren. Drei der
Sparbücher gehören den Kindern. Balders solltest Du für ihn
verwahren, er muß sich ja bald nach einer Stellung umsehen.
Wenn Li bleibt, kannst Du ihr das ihrige für die Aussteuer aus-
händigen. Rebekkas kannst Du behalten und für ihr Studium benutzen, laß sie aber nicht selbst darüber verfügen, denn das viele
Geld verdreht ihr vielleicht den Kopf und sie gibt Hunderte von
Kronen für Kleidung aus, was sie, wie ich finde, nicht sollte –
unter den gegebenen Umständen. Sie hätte gern eine Hemdbluse. Ich glaube, im linken Schrank liegt ein blaues Hemd von
mir, an Ärmeln und Kragen abgewetzt. Das kann sie haben. Im
rechten liegen ein paar weiße mit doppelten Manschetten, die
auch durchgescheuert sind. Von denen kann sie ebenfalls eins
haben. Aber *keins* von den Smokinghemden mit festem Kragen.
Sondern eins der weichen von Holbeck, für die man Stehkragen
braucht.

Alles Geld, was Du bekommst, solltest Du Gaus geben, der es
mit höherem Zins anlegt, als Du ihn in der Bank erhältst, und
obendrein läufst Du so nicht Gefahr, falls sämtliche Bankkonti
beschlagnahmt werden. Der Zins bei 10–12000 kr beträgt 500
bis 600 kr im Jahr, und das deckt Deinen gesamten Gas- und
Elektrizitätsverbrauch sowie die Telefonkosten, also solltest Du
es unbedingt tun. Im übrigen wäre er vielleicht auch gekränkt,

wenn Du Dich nicht an ihn wendest, jetzt wo ich mit ihm darüber gesprochen habe. Er wird Dich sicher eines Tages mit einem netten Gewinn überraschen. Und hast Du *ihn* auf Deiner Seite, dann weißt Du, daß er *alles* für Dich und die Kinder tun wird. Wenn alles gut geht, will ich natürlich gern ein paar von meinen Sachen nach Schweden haben.

Schließlich ist da noch der Wein. Ich gehe davon aus, daß er 14–1500 kr wert ist. Den solltest Du verkaufen. Es sind 24–25 Flaschen Bourgogne, dafür solltest Du 25 kr nehmen. 5–6 Flaschen einfacher Rotwein – 10 kr, 5 Flaschen Originalabfüllung 30 kr, Whisky 2–3 Flaschen 60–70 kr, Cognac 2–3 Flaschen 60–70 kr, Portwein, zwei Sorten, 15 und 25 kr – der eine ist ein Vintage Wein. Original französischer Vermouth 25 kr, Gin (original englisch) 30–40 kr und oben in Deinem Hutschrank eine große Flasche Cointreau. Ich finde, Du solltest all die originalen Weine verkaufen und für einen Teil des Geldes irgendeinen dänischen Cognac-Whisky-Gin einkaufen, damit Du etwas für Gäste im Haus hast.

Ja, da ist noch eine Sache. Ich habe keinen neuen Hahn für den Heizkörper besorgen können. Kümmere Du Dich darum. Denn ob Du das Zimmer nun behältst oder vermietest, so ist es in jedem Fall angenehm, wenn es dort warm ist. (Mit dem Vermieten würde ich übrigens so lange wie möglich warten.) Sollte das Schlimmste geschehen und Mamas Geld konfisziert werden, hoffe ich, Du nimmst sie auf, bis ich heimkomme. So wie ich auch sicher bin, daß sie Dir helfen wird, falls es notwendig ist. Doch in erster Linie halte Dich an Gaus. Er disponiert sowohl über Mamas und Ottos als auch über mein Geld, und er wird dafür sorgen, daß Ihr nie Not leiden müßt.

Ja, mein lieber Schatz, dann sage ich nur auf Wiedersehen – nicht Lebwohl – denn wir sehen uns bestimmt binnen eines Jahres. Überanstreng Dich nicht, denn Du schaffst es ganz sicher, bis wir uns wiedersehen. Hier – oder dort.

Laß es Dir gut gehen, Liebste, und danke für alles, was Du für mich und die Kinder getan hast.

Dein – und auf immer Dein, Tobias.

12. Rasierklingen

»Ach ja, wie sind die Menschen doch böse und rachsüchtig zueinander, wo das Leben so schön und gut sein könnte«, sagte die alte Sara. Mama war jetzt fünfundsiebzig und verstand von dem Ganzen überhaupt nichts mehr.

Gaus hatte sie unter dem Pseudonym Frau Hansen im Bispebjerg Hospital untergebracht. Krankenhäuser und Widerstandsbewegung arbeiteten zusammen. Wenn die Ärzte auf ihrer Runde bei ihr vorbeikamen und fragten: »Und wie geht es uns heute, Frau Hansen?«, antwortete sie unweigerlich: »Weshalb liege ich eigentlich hier, mir fehlt doch nichts, und ich heiße *nicht* Frau Hansen.« Doch egal, was mit ihr geschah, so fügte sie stets hinzu, was sie seit Papas Tod immer gesagt hatte: »Ich kann mich Gottseidank selbst beschäftigen, ich kann sehen und hören, laufen und schlafen, habe also eine Menge, wofür ich dankbar sein muß.«

Mama hätte bei der Gruppe sein sollen, die von Gilleleje aus hatte fliehen wollen und von den Deutschen auf einem Heuboden gefaßt worden war. Auch sie hatte im Heu gelegen und gewartet, doch bekam sie aus geheimnisvollen Gründen einen Tip von einem Studenten. So gelang es ihr, der Verhaftung zu entgehen, während die anderen – unter ihnen Mamas Verwandte – nach Theresienstadt kamen. Als die Katastrophe sich herumsprach und überall bekannt wurde, daß die Flucht mißlungen war, fand Gaus Mama in Hillerød, wo sie mit einem Persianerpelz über dem Arm verwirrt auf der Straße umherlief. Die Hutschleife, die hinten hätte sitzen sollen, saß über der Stirn.

Balder hatte Widerstandszeitungen verteilt und Rebekka sich die Haare rot gefärbt. Sie mußten draußen bei Dragør gemeinsam in einem Sarglager übernachten, ehe sie hinüber nach Limhamn konnten.

Rebekka hatte wohl insgeheim die Hoffnung genährt, Tobias würde beim Wiedersehen vor Freude weinen: »Gott segne euch, ihr seid lebend herübergekommen.« So wie es in der Forsyte Saga gewesen wäre. Doch als sie Stockholm endlich erreichten, sagte Tobias nur: »Was wollt ihr denn hier?«

In Tante Rosas Stuben und im Eßzimmer standen Sofas und Feldbetten bereit. Tante Rosa war die Schwester von Onkel Max – insofern gehörte sie zu »Dänemarks großen Söhnen«, obwohl sie eine Tochter und deshalb so gut wie vergessen war, bis sie nun als rettender Engel auftauchte. Bei Rosa konnten sie vorläufig wohnen. Rebekka empfand es als ein Wunder, daß die Familie beinahe wieder beisammen war, wenn man all das bedenkt, was hätte schiefgehen können. Es war auch ein kleines Mirakel, daß man tatsächlich überall Familie hatte und einfach einziehen konnte. Alle, die in Schweden Verwandte hatten, wurden rasch wieder aus dem Übernachtungslager entlassen, erhielten Geld für den Zug und ab ging es. Als Bekka die gewohnte Ironie ihres Vaters vernahm – »Was wollt ihr denn hier?« –, fühlte sie sich sofort zu Hause.

Sie wollten Tobias erzählen, wie die Flucht verlaufen war, doch er murmelte nur, ohne die Zigarre aus dem Mund zu nehmen: »War das denn wirklich notwendig«, wobei er versuchte, seine Patience aufgehen zu lassen.

Vierzehn Tage später sollte er seine Mutter auf dem Bahnhof in Stockholm in Empfang nehmen. Als Mama ihren Sohn erblickte, brach sie in Tränen aus und schluchzte, es sei so entsetzlich gewesen. Sie wollte vom Hospital erzählen, von Frau Hansen, dem Heuboden, dem Studenten, dem Fischkutter, der Überfahrt, der Klaustrophobie, von Helsingborg, dem Flüchtlingslager. Doch Tobias unterbrach sie: »Ja, ist ja gut, wir reden später darüber. Dein Hut sitzt schief.«

※

Im Oktober 1943 brach der Krieg zwischen Katze und Glenda aus. Katze verstand eigentlich nicht, wie es soweit hatte kommen können, obgleich sie sich in zunehmendem Maße darüber geärgert hatte, daß Glenda sie wegen der harten Arbeit überhaupt nicht bewunderte, die sie auf sich genommen hatte, um Tobias' Brennstofffirma, Vulkan AG, weiterzuführen.

Katze war mit der Zeit zu einer richtigen »Buchführungs-Furie« geworden, und einen Fehler zu finden war für sie eine Frage auf Leben und Tod. Tagelang konnte sie über langen Zahlenreihen sitzen, bei denen die Herren gepfuscht hatten, und immer war es Katze, die den Fehler entdeckte, sie war es, die das Ganze zusammenhielt, unter dem Motto: Ordnung muß sein.

Doch zu Katzes großem Ärger machte ihre Plackerei nicht den geringsten Eindruck auf Glenda, die sich Liebhaber leistete und zur Ausschabung im »Lukas« lag, im rosafarbenen Chiffonnachthemd mit getuschten Wimpern, Rouge und Lockenwicklern. Ausschabungen, halbe Kinder, Aborte, Bakterien und Entzündungen: das mußte ja so kommen bei dem ausschweifenden Leben, das sie führte, und zur Erholung wollte sie dann immer ins vornehme »Store Kro«.

Glendas Einstellung zu Katzes Rettung, Kreuz und Martyrium – der Arbeit – war lediglich: Wie kann sie nur! Glenda hatte dafür gesorgt, daß sie Buller, einen kleinen, dicken, glatzköpfigen Mann, bekam, der ihr einen Lebensstandard in der Stockholmgade gesichert hatte, als es mit dem Koks gut lief. Buller interessierte sich nur für die Börse, für Kohle und Zigarren, und es war ihm herzlich egal, womit sich die Gattin amüsierte, solange sie ein nobles Haus führte mit großen kalten Büfetts, jeder Menge Kartenspiel, Spaß und Geselligkeit. Und in dieser Hinsicht lag Glenda nie auf der faulen Haut. Sie wußte, wie die einzelnen ihr Roastbeef gebraten mochten, sie wußte, man konnte ordentliches Fleisch in Dronningegården und ordentlichen Kuchen in der Østerbrogade erhalten. Katze nannte sie verächtlich »Küchengans«, und das war das schlimmste Schimpfwort, das Katze kannte. »Essen« gehörte zu einer Region unter der Gürtellinie.

Erst während der Okkupation sollte Katze kochen lernen, obwohl sie Marie dreimal in der Woche hatte, wenn auch nicht ganztags. Marie mußte sich schließlich um ihren Mann in der Zuckerfabrik kümmern, wo beide, der erste und zweite Zuckermeister, sehr streng waren. Katze stellte fest, daß sie selbst in der Küche richtig tüchtig wurde, obwohl sie es als äußerst degradierend empfand, sich an einem solchen Ort aufhalten zu müssen. Wie waren die Frauen doch naiv, wenn sie glaubten, sie würden wegen ihrer Reize begehrt. Nein, dieses Kapitel hatte Katze wirklich längst durchschaut. Und sie wußte sehr wohl, warum Glenda beim anderen Geschlecht so beliebt war: ausschließlich, weil sie eine »Küchengans« und »Hintergassenschickse« war. Sie selbst jedenfalls war das nie gewesen.

In letzter Zeit war Katze, gesellschaftlich gesehen, unzurechnungsfähig geworden. Schlicht und einfach »langweilig«. Denn sie sagte immer, sie müsse am nächsten Morgen zeitig aus dem Bett und ins Büro, wollte deshalb abends nicht ausgehen. Aufgrund der Verdunklung und des Ausgehverbots wäre sie in einem solchen Fall vielleicht gezwungen, bei Glenda zu übernachten, und am nächsten Tag hätte sie Kopfschmerzen, nein, das konnte ja nichts bringen, wenn sie Zahlen addieren und Fehler finden wollte. Doch Glenda hatte einen neuen Liebhaber, der Birger hieß, und sie, die plump war wie eine Kuh, wünschte Katzes Bewunderung für ihre erotische Anziehungskraft! Statt dessen bekam sie Katzes Verachtung: »Weiberpossen!« Katze ihrerseits wollte für ihr ausdauerndes Arbeitsvermögen bewundert werden. Sie war stolz darauf, allein zurechtzukommen und eigenhändig das Geld für die Miete zu verdienen. Doch diese Leistung, bar jeglicher Verführung und erotischer Magie, ließ Glenda kalt. Sie, die stets zu Katze aufgeschaut hatte wegen ihrem Sex-Appeal, sah jetzt auf sie herunter wie auf eine Sklavin. Und eines Tages, als ein paar Bemerkungen fielen, brach der Krieg offen aus. Glenda gelang es nämlich – zwischen zwei Ansagen am Bridgetisch – einzuschieben, daß Katze in Wahrheit eine erbärmliche Mutter sei, worauf sich Katze vom Tisch erhob und ging.

Lange Zeit schrieb Tobias unter Glendas Adresse an Katze, doch aufgrund des Krieges, des einen wie des anderen, wagte Glenda keine Briefe mehr zu empfangen, die Tobias' Absender trugen. Auch für Katze war diese Post aus Schweden problematisch, denn, um die Briefe zu holen, mußten sie stets zu Glenda in die Stockholmsgade, weil diese – laut Katze – nicht bereit war, zehn Öre aufzukleben und die Kuverts in den Briefkasten zu stecken. Kamen Katze oder Li ihre Briefe holen, konnte Glenda sie nie finden. Sie waren in der Regel »verschwunden«.

Doch Katze vermißte Glenda, und das war wohl der Grund, weshalb sie ausgerechnet unter deren Namen an Tobias schrieb. Mit Rücksicht auf die Zensur im besetzten Dänemark war es notwendig geworden, unter anderem Namen zu schreiben. Hin und wieder unterzeichnete sie auch mit Li Theisner, wie die Tochter nach der Heirat hieß. Es wurde schwierig, Mutter und Tochter auseinanderzuhalten. Um das Aufspüren der Familie zu erschweren und den Feind an der Nase herumzuführen, hatten alle ihren Namen geändert. Balder hieß jetzt Peter, Titta hieß Anna, Otto Axel, Rebekka hieß Trille und gab vor, die Frau ihres Vaters Tobias zu sein, der den Namen von Max' Sohn angenommen hatte und sich Henry nannte. Kapitän Henry Wiinblad.

18. 10. 43.

Traf kürzlich Henry Wiinblad, der gern etwas von Dir hören möchte. Schicke ihm bei Gelegenheit einen Gruß. Die Adresse ist die alte: Bellmansgatan 22 B.

Schrecklich gern hätte Kapitän Wiinblad ihren Geburtstag am 30. Oktober mit einer Flasche Sekt und Bourgogne, einer alten Flasche Portwein und Cognac gefeiert, doch schwerlich würde er es zu dem Tag nach Hause schaffen, schrieb er, wie von einer kürzeren Geschäftsreise. Doch er schickte ihr Seidenstrümpfe und Unterwäsche – einfach und elegant, ganz Katzes Geschmack. Die würde sie anziehen, an dem Tag, an dem sie sich wiedersähen ...

Katze machte Kapitän Wiinblad darauf aufmerksam, daß beide, ihr Mann und ihr Sohn, die Hemden mit festem Kragen mitgenommen hatten und sich bei ihr nur noch ein paar mit losem Kragen befanden. Der Krieg raste über die Köpfe all derer hinweg, die darum kämpften, Kopf und Kragen zu retten.

»Das mit Mamas Kusine ist leider richtig« bedeutete: Theresienstadt.

Die meisten Briefe sind mit der diskreten pastellfarbenen Pinsel-Kalligraphie der Zensur markiert, hellblau oder cremefarben, um heimliche Codes mit unsichtbarer Tinte aufzufinden. Auf die Rückseite des Kuverts klebte die Zensurbehörde einen Streifen in deutsch: »Kontrolliert«. Oder es steht tatsächlich auf dänisch – »kontrolleret«. Als wäre das eine Sache, die sich die Dänen selbst ausgedacht hätten.

Die Dänen waren im übrigen gezwungen, sich eine ganze Menge einfallen zu lassen. All diejenigen, die während des Krieges die Identität wechselten, mußten sich fiktive Lebensläufe ausdenken. »Wenn Onkel Lauritz kommt, so sage ihm, er soll warme Sachen mitnehmen, denn es ist viel kälter hier als in Kopenhagen«, schrieb Kapitän Wiinblad. Sie waren in leichter Kleidung geflohen und froren gegen Ende Oktober, es war kalt in Stockholm. Zu allem Glück war Katzes Freundin Elle, die mit der Blume zwischen den Beinen, im Augenblick mit einem richtigen Kapitän verheiratet, der dafür sorgte, die Sachen mit dem Schiff hinüberzuschaffen. Katze packte Koffer für sechs Leute. Tante Tittas Liste wurde berühmt. Außer Skihosen wollte sie noch »die kirschroten Ausgehschuhe« und die dazu passende

Wildledertasche. »Mein Chiaparelli-Abendkleid, das schwarze mit der Stola u. Goldstickerei.« Tobias bat in erster Linie um Rasierklingen, die man in Schweden nicht bekommen konnte, außerdem um vierzehn Schlipse, neunzehn Paar Socken, fünf Seidenpyjamas, zwei Smokinghemden – und den Cut. Aber den verweigerte ihm Katze: »Ich will doch etwas von Dir daheim behalten.« Und das erwies sich als vernünftige Entscheidung, denn entweder schimmelten die Sachen, während sie in feuchten Koffern lagen und auf den Schiffstransport warteten, oder sie wurden gestohlen. Katze war besonders erbost, als zwei Paar von Rebekkas neuen Schuhen, gekauft bei Peter Sørensen, auf rätselhafte Weise verschwanden. Die Menschen waren so unzuverlässig geworden.

Die Zensoren hätten all die Dänen in Schweden entdecken müssen, die im Oktober und November plötzlich nach Wintersachen schrieben! Doch selbige Instanz begnügte sich höflich damit, helle kalligraphische Striche über das Briefpapier zu pinseln. Mit der Zeit entwickelte sich ein völlig ironisches Verhältnis zur Zensur: »Ja, jetzt werde ich wohl lieber schließen, wir wollen die Zensoren nicht zu sehr ermüden«, schreibt Trille. Es entsteht ein ganz bestimmter *Stil*, bei dem sich politische Zensur nicht länger von emotionaler Selbstzensur unterscheiden läßt. Bevormundung von Verdrängung.

Tobias konnte seine Sehnsucht nach Glendas kalten Büfetts nicht verbergen. Um seine Qualen zu verstehen, mußte man sich des ersten Gebots der Løvinschen Bibel erinnern, das hauptsächlich von Beefsteak, Bridge und Bourgogne handelte: 1. Du sollst keine Milch trinken. Der kulinarischen Bibel nach durfte man herzlich gern Sahne in die Sauce tun, je mehr, desto besser, Blut und Milch der Mutter mischen durfte man sehr wohl, solange man nur *Sahne* nahm. Aber hier in Stockholm mußte Tobias Kartoffelkoteletts mit Schnittbohnen in Mehlschwitze erdulden.

Ein Løvin war bescheiden und verlangte nichts anderes, als daß das Essen so war, wie die Mamsell in Rosenvænget es zubereitet hatte. Mama bat um nichts anderes als ein weichgekochtes Ei zum Lunch, denn das hatte sie immer bekommen, und ihr lag so viel an ihrem täglichen Ei, doch nun erhielt sie nur eins im Monat, und das konnte sie nicht verstehen.

Tobias schrieb, daß seine Freunde gerade aus einem Sanatorium heimgekommen seien, wo sie zum Abspecken waren, und das konnte er nicht verstehen, denn er fand, es gehe ganz von selbst. Als Katze hörte, daß Tobias abgenommen hatte und immer dünner wurde, heulte sie und warnte ihn; wenn er nicht esse, werde er krank, und das dürfe er nicht. Katze lebte nur für den Tag, an dem sie beide wieder vereint sein würden. Wenn Tobias nicht mehr lebte, wollte sie es auch nicht.

Gleich am 19. Oktober, kurz nach seiner Ankunft, schickte Tobias ein konstruktives Angebot an die dänische Botschaft. Er schrieb an den Minister, Kammerherrn Kruse, und offerierte seine Arbeitskraft bei der Betreuung dänischer Flüchtlinge. Er machte darauf aufmerksam, daß ihm die Flüchtlingssituation bestens bekannt sei, er selbst habe bei der Evakuierung der Dänen aus Lettland mitgewirkt, mit Behörden verhandelt u. dgl. Falls das Büro jüngere Arbeitskräfte bevorzuge, könne er seinen Sohn und seine Tochter empfehlen – beide mit neusprachlichem Gymnasiumsabschluß.

Doch Tobias erhielt nie eine Antwort. Vorläufig mußte er sich damit begnügen, seiner Frau im Kampf um das Überleben der Brennstoffirma in Kopenhagen beizustehen, was sich schwierig genug gestaltete, da keine Waren mehr zu bekommen waren. Nachfrage und Bestellungen waren gewaltig, die Leute schrien nach Holzkohle, aber Katze konnte nicht beschaffen, wovon sie leben mußten, da die gesamte Holzkohle für 2,50 Kronen das Kilo auf dem Schwarzmarkt verkauft wurde. Und sie konnte keine Inserate aufgeben, mit einer ganzen Familie auf der Flucht war sie zur Zurückhaltung gezwungen.

Katze schreibt stets von der Firma und vor allem über Zahlen, Glenda aber ist in mehreren Briefen über sie hergezogen. Katze antwortet im Oktober 43 unter Glendas Namen:

»Dann zu Glenda. Ja, jetzt hat sie also Gift und Galle bis zu Euch verspritzt. Ich habe sie mehrmals mit Blumen im Lukas besucht, erst küßt sie den einen Mann, und dann erscheint der andere, das reinste Affentheater. Aber ich habe sehr wohl gemerkt, wie unverschämt sie gewesen ist, und ebenso Birger. Doch nun habt Ihr mich unterrichtet, daß ich gemein gewesen sei, also bin ich offenbar gewogen und für zu leicht befunden worden, und nun habe ich keine Lust mehr, bei ihr anzurufen. Meine Neugier ist nicht einmal so groß, daß ich erfahren möchte, worin ich gemein gewesen bin. Wenn Aussage gegen Aussage steht, ist nichts zu machen. Ich ziehe mich zurück. Sie fing an, mich gründlich zu beleidigen, worauf ich gegangen bin. Der Mann war nicht zu Hause, nur der Faulpelz Birger. Nein, Du hast recht, eifersüchtig bin ich ganz sicher nicht. Doch sie hat völlig vergessen, daß sie mich beleidigt hat. Ein kluger General lenkt natürlich den Krieg ins Lager des Feindes, heißt es nicht so? Es tut mir weh, und sie fehlt mir sehr. Aber ich bin nun schon mehrmals zu Kreuze gekrochen, habe mich ganz natürlich verhalten und schon längst einen Schlußstrich unter ihre kränkenden Worte gezogen. Wie im ›Grönland-Tagebuch‹ von Knud Rasmussen steht, können nur große Seelen verzeihen, sie kann mir offenbar nicht vergeben, daß ich Buller meine Meinung über das Dreiecksverhältnis gesagt habe, als er Tabak bei uns holen kam und meine Tochter und mich aushorchte. Denn ein bißchen interessiert es ihn ja doch – obgleich er so abgestumpft ist wie ein gestutzter Hundeschwanz – ob wir glaubten, daß sie mit dem anderen ins Bett gehe oder nicht. Wir sagten, wir würden es nicht glauben, aber wir fänden, er, der Mann, mache sich bei der ganzen Angelegenheit lächerlich. Deswegen ist sie offenbar beleidigt. Ich bin sehr einsam, doch muß ich mich halt fügen, so wie Du es mußt, es ist nur so traurig, daß wir uns beide nicht zusammentun können. Wir haben offenbar eine andere Mentalität durch die vielen Jahre im Ausland und den Umgang mit Ausländern, die Leute hier daheim sind so kleinlich und schnell gekränkt wegen eines offenen Wortes. Den unter mir will ich auch nicht mehr sehen. Als ich ihm die Korrespondenz mit der Hausverwaltung zeigte, murmelte er: ›Damit möchte ich auf keinen Fall etwas zu tun haben‹, also war ich mit ihm fertig, insbesondere nachdem ich begriffen habe, er hat es weitergetratscht, daß der Mann meiner Tochter hier bei uns wohnt. Du kannst nun die Leute verteidigen, soviel Du willst, sie sind doch widerlich, jedenfalls die allermeisten. Jetzt werde ich 120 Anhänger beschriften, schrecklich langweilig.

Mein Liebster, gib auf Dich acht und Gott segne Dich, mein Schatz.

Deine Glenda.«

Li heiratete Jas am 26. Oktober 1943. Sie schrieb an ihren Vater, daß die Hochzeit, dank Gaus, prächtig gewesen sei. Gaus hatte alles organisiert. Die Kirche auf Amager und Taxis für die ganze Gesellschaft. Das Essen war als Mitbringefest in Gammel Mønt geplant gewesen, doch Gaus hatte das Gelage bezahlt. Auch Katze war, völlig untypisch, begeistert von dem großartigen Gaus, der den Teppich für 8000 gekauft, Tobias' Steuer bezahlt und Mamas, Tittas und Ottos Einrichtung eingelagert hatte.

Jas wurde kaum erwähnt, als sei er nur ein unbequemer Nebenumstand bei der Hochzeit gewesen. Ansonsten konnte man glauben, daß es Li nicht rasch genug gehen konnte, verheiratet zu sein, denn als die Orgel mit »Gesegneter Tag« einsetzte, ließ sie ihre Stimme aus voller Lunge ertönen. Die in der Kirche Anwesenden blickten erstaunt zu der eifrigen Braut, die einen knallroten Kopf bekam, als sie begriff, daß es erst das Vorspiel war. »Es war ziemlich peinlich«, schrieb Li an ihren Vater. Im Anschluß aßen sie Lunch am Sundholmsvej. Und dort war es genau so, wie man sich hatte denken können: winzige Wohnung, der Vater recht schlimm, die Mutter besser, die Schwester nicht sonderlich gut, ihr Mann – ein Nyborg – etwas höhere Klasse, berichtete Katze zugeknöpft.

Damit war Jas klassifiziert und im selben Atemzug Lis Ehe. Katze fragte nie nach dieser und interessierte sich nicht dafür, obwohl sie alle drei zusammenwohnten. »Jetzt sind wir unter Dach und Fach. Die Beine hoch. Willst du einen Drink?«

»Liebe kleine Frau, wie ist es, verheiratet zu sein?« fragt Tobias hingegen am 1. November 1943. »Empfindest Du es als schwere Verantwortung, Haus und Heim hüten zu müssen, Jas' Strümpfe zu stopfen und lieb, hübsch und fröhlich zu sein, wenn er nach einem anstrengenden Tag heimkommt? Nun, es wird schon alles gut gehen, und der Anfang ist für Dich – und für Euch – sicher nicht so schwierig wie für andere, denn ich weiß, daß Ihr vorläufig bei Deiner Mutter wohnt, und schließlich werden Miete, Arbeit und andere triste Pflichten leichter, wenn man sie durch drei teilen kann.«

Auch Balder beglückwünschte – und warnte sie, im ersten Monat untreu zu sein.

Katze hatte später ihre liebe Not mit ihren Schwestern, hauptsächlich mit Maus, weil sie nicht zur Hochzeit eingeladen worden waren. Maus, die Dicke, die per Annonce einen Kommunisten geheiratet hatte, beschimpfte sie am Telefon, und Katze bekam den ganzen Müllkübel über sich geleert, angefangen von der Schwängerung durch einen Juden, bei Balder, bis zu ihrer Hitler-Begeisterung. Maus war so gemein, daß Katze es ausnahmsweise vorzog, laut zu lachen statt zu weinen.

13. Träume

Katze kann sich freuen, daß sie nicht in der alten Welt lebt, in der die Brautlaken stets unter die Lupe genommen werden mußten. Katze kann sich hinter dem heiligen Frieden des Privatlebens verstecken – der revolutionären Erfindung des Bürgertums. Hier bleibt ihr das Nachdenken darüber erspart, ob sich Li im Stand der heiligen Ehe wohl fühlt. Und hier kann sie ihren Drink in Ruhe genießen, wenn sie aus dem Büro heimkommt. Man braucht es einfach, für sich zu sein. Und in Frieden zu träumen.

Li geht jeden Abend um acht ins Bett. Die Verdunklung kommt ihr bestens gelegen. Vielleicht ist es ein wenig traurig für den Mann, der drinnen in Tobias' Sessel sitzt, was Katze unbeschreiblich irritiert. Sie muß sich zusammenreißen und sich daran erinnern, daß nur der Name Theisner draußen an der Tür Gammel Mønt 14 rettet.

Doch Katze hatte keine Angst vor den Deutschen. »Ständen sie plötzlich hier mitten im Zimmer«, sagte sie immer, so würde sie den SS-Kerlen gründlich den Kopf waschen, wie es deren Mutter getan hätte. Was in aller Welt bildeten die sich ein, mit ihren dreckigen Stiefeln auf ihren echten Teppichen herumzutrampeln!

So hätte Katze die Deutschen behandelt, erklärte der Familienmythos den folgenden Generationen. Und man sah vor sich, wie das ganze Dritte Reich unter Großmutters drohend erhobenem Schirm gefallen wäre!

Jas absolvierte die Handelsschule Niels Brock und hatte beschlossen, das Examen ein Jahr vor der Zeit abzulegen, um seine Frau versorgen zu können, und das war ja aller Ehren wert. Die Harmonikaschule, die er betrieb, brachte schließlich nur ein Taschengeld. Li hatte eine neue Stellung bei Rechtsanwalt Gamborg im Landgericht bekommen, wo sie 250 Kronen verdiente, wirklich tüchtig, denn es waren 25 Kronen mehr, als Jas nach Hause brachte. Wahrhaftig traurig mit den jungen Männern, daß sie nie ordentlich verdienen konnten.

Li versprach, sie wolle zu Gaus gehen, um zu hören, ob er Jas eine Arbeit beschaffen könne. Gaus, klein und gewitzt, blickte tief in Lis gelbe Augen, streckte die Hände nach ihrem schulterlangen, bernsteinfarbenen Haar aus und sagte, Jas könne ein Radiogeschäft führen, das er in der Ryesgade besaß. Gaus zog Lis Kostümrock im Prince-of-Wales-Karo nach oben, und eines Tages, als Gaus am Radiogeschäft vorbeikam, zog er einen Fünfzigkronenschein aus seiner Brieftasche und gab ihn Jas.

Li ging immer ohne Jas ins Bett, aber das konnte man ihr schließlich nicht vorwerfen. Katze ging das auch gar nichts an. Es war schließlich nicht gerade einfach, in einem frischverheirateten Haushalt das dritte Rad am Wagen zu sein. Auch ihre Ehe war ja nur pro forma gewesen. Drei – ja – glückliche Tage in Hareskoven hatten sie gehabt. Ansonsten nur Schande, Eifersucht, all das Falsche. Wenn sie daran dachte, wieviel Li vor der Hochzeit geweint hatte, konnte sie nicht auch noch die Buchführung bewältigen und um halb acht aufstehen, und schließlich mußte gearbeitet werden. Es nützte nichts, in schweren Zeiten den Nöten der Frauen nachzuhängen.

Es war eiskalt in den Zimmern, weil sie nicht heizen konnten. Li wollte Jas eigentlich gern ein wenig swingen hören; es war so aufmunternd, wenn er wie Teddy Wilson mit rasanten Dezimenketten spielte, dann kam auch das Blut in Wallung, und die Wärme kehrte zurück. Aber kaum hatte er sich an den Flügel gesetzt, da erklang auch schon ein gereiztes Klopfen aus dem zweiten Stock vom Bankier, der mit einer Beschwerde drohte, weil Jas illegal bei Frau Løvin wohnte.

Heiligabend 1943 gedachte Katze – der Abwechslung halber – KIS einzuladen, die sich stets ein Bein für sie ausriß und ihr Leckereien, richtigen Rotwein und Huhn mit Champignons auftischte. Doch gab sie den Gedanken rasch wieder auf, denn sie wußte, wie wütend Li werden würde. Li, die in den Augen ihrer Mutter der sanfteste Mensch auf der Welt war, bescheiden und pflichteifrig bis zur Selbstentäußerung, konnte allein beim Anblick von KIS völlig ausrasten.

Ihr Vater schrieb:

»Genießt die Gans mit einer Flasche Bourgogne, den Apfelkuchen mit einem Vintage Portwein 1906 und danach einen richtigen Cognac, dann macht Ihr Eurem Euch sehr zugetanen Henry eine Freude.«

Li vermißte ihre Geschwister und vor allem ihren Vater und versprach, die Beine ganz bestimmt vom Stuhl zu nehmen und die Jacke auszuziehen, bevor sie in die Küche gehe, wenn sie nur zurückkämen. In Gammel Mønt sei es so kalt und einsam, besonders jetzt zu Weihnachten. Sie träumte von Tobias' geschmückten Weihnachtstafeln. Im letzten Jahr war es ein dunkelblaues Tischtuch gewesen, das sich ausbreitete wie die Weite des Himmels. Obendrauf hatte Tobias goldene Sterne gestreut und Taubenäpfel mit roten Bändern verteilt. Jetzt konnten sie nur Tante Muddes Gesellschaft erwarten – sie, die für eine Krone und zehn Öre die Stunde für das »Magasin« stickte. Sie war vor kurzem zusammen mit KIS zu Besuch gekommen, und Katze war völlig entgeistert. Alte Jungfern waren wahrhaftig eine eigene Sorte: Sie gingen einfach nie nach Hause! Sie liebten es, wenn andere sich ein Bein für sie ausrissen, als schuldete ihnen das Leben etwas, sie saßen da und ließen sich bis weit nach Mitternacht bewirten, blind und taub dem Umstand gegenüber, daß die Kutsche schon längst wieder zum Kürbis geworden war. Sie warteten beharrlich mit starrem Blick und vergaßen völlig, daß Katze den ganzen Tag im Büro geschuftet hatte.

Li hatte ansonsten ihrer Mutter vorgeschlagen, Tante Angelika einzuladen, die schwedische Gräfin mit dem durchsichtigen Seidennachtkleid, den großen Hüten und den fünf Scheidungen. Katze war stets über ihre Freundin entrüstet und zugleich fasziniert von ihr gewesen. Angelika, die früher einmal ihr halbjähriges Kind zugunsten eines Liebhabers mit Syphilis verlassen hatte. Katze fand, dies sei das Schlimmste, was eine Frau tun könne, doch verspürte sie auch einen leichten Kitzel in der Nähe des Kriminellen, und das Schlimmste wurde etwas feiner, wenn eine Gräfin es tat. Ihre Kinder verlassen … Darum fühlte sich Katze seinerzeit von Angelika angezogen, die ihr das berühmte Nachtkleid verehrt hatte. Doch im Augenblick, wo diese einen neuen reichen Ehemann an der Hand hatte, den sechsten, wollte Katze sie am liebsten nicht sehen.

Zwar wurde sie selbst von ihrem Schlachter verehrt, der sich obendrein die Freiheit nahm, sie im Büro anzurufen, um sie zum Hummer einzuladen. Aber alles hatte schließlich seine Grenzen! Katze wollte sich nicht auf dem »Altar des Fleisches« opfern und zog es vor, weiter wie eine Nonne zu leben. Zeitig ins Bett zu gehen, war nach Katzes Auffassung gesund und gut, und außerdem sparte man Geld!

Selbstverständlich konnten Schlafstörungen auftreten, wenn man seine ganze freie Zeit im Bett verbrachte. Katze und Li hatten beide das Problem, nicht schlafen zu können. Die jungen Leute hatten eine von Rebekkas Studienkameradinnen von der medizinischen Fakultät getroffen. Typ Landadel mit blaßgrünem Kostüm und dicken Eulengläsern vor den Augen, die sie Maulwurf nannten. Sie war ganz kollrig, so verliebt war sie in Jas. Katze fand, es gäbe viel zuviel Getue, mit Nachhausebringen und Küssen an der Haustür, doch Li war das vollkommen egal. Solange sie ihre Pillen bekam. Schlaftabletten am Abend, und die neuaufgetauchten für morgens. »Ferientabletten«.

Glich Gammel Mønt 14 während des Krieges fast einem Grab, so herrschte bei den Flüchtlingen jenseits des Sunds ein ganz anderes Leben. Auch wenn sie in Zimmern mit Kochplatten und ohne Küchenbenutzung wohnten, war die Stimmung diszipliniert gut. »You have to make the best out of it«, wie Georg Brandes sagte, und Tobias sagte es ebenfalls. Rebekka, der es nie an Worten fehlte, wenn sie die besondere Lebenskunst der Løvins rühmen wollte, empfand das Flüchtlingsdasein wie eine Szene aus »Französisch ohne Tränen«, in der Tobias alias Henry, Titta alias Anna, Otto alias Axel, Balder alias Peter und Rebekka alias Trille im Pyjama um die Wette liefen, damit sie an die Spitze der Schlange zum Badezimmer kamen.

Sie amüsierten sich mit Kartenspiel, kleinen Diners – und im Kino. Nicht zufällig erlebte Rebekka ihre Familie, als sei sie einer Filmszene entstiegen. Im Schoß der Familie lag Rebekka auf dem Sofa, neben sich Zeitungen, Illustrierte, Bonbons, schwedische Vollmilchschokolade – und träumte. Sie war überzeugt, daß ein Løvin anderen Menschen überlegen war, weil ein Løvin sich selbst genügte und in jeder Situation mit einem Stapel Zeitungen, einem Kreuzworträtsel und hochgelegten Beinen zurechtkam. Dabei am liebsten einen Hund zu Füßen. Ihr waren gerade Gips und Schienen von Armen und Beinen abgenommen worden, denn sie war auf dem spiegelglatten Bürgersteig ausgerutscht, direkt vor dem Kino, wo sie »Die entsetzliche Wahrheit« zum fünften Mal gesehen hatte.

Flüchtlinge gehen oft ins Kino. Im Krieg wird das Kino zu einem ganz besonderen Raum, lockende Dunkelheit, in der Angst und Verzweiflung, Hoffnung und Liebessehnen erlöst werden – in der Phantasie. Doch auch als ein Prickeln, eine Spannung und Entspannung – im Körper. Rebekkas geheime Frage lautet: »Braucht man etwas anderes im Leben als das Kino?« Und sie fügt im stillen hinzu: »Ein Hündchen!« Sie weiß, daß sie diese beiden Leidenschaften mit ihrem Vater teilt. Er hat ihr auch eine Flasche L'Heure bleue verehrt.

Tobias hatte dreimal »Vom Winde verweht« gesehen, und er fühlte, der Film paßte haargenau auf seine eigene Situation, wo einfach alles *verweht* war. Er identifizierte sich mit Clark Gable und sagte wie er: »Schade, daß wir uns immer zum falschen Zeitpunkt geliebt haben.« Doch er erzählte seiner Frau nie, wen er sonst noch geliebt hatte. Er erwähnte nie, wer oder was dem richtigen Zeitpunkt im Wege gestanden hatte.

Bekka war diejenige in der Familie, die alles »trug«. Sie garantierte ihrer Mutter, daß Tobias weder in Kontakt mit Madge, Mausie, Malene oder Maj-Lis gewesen sei, und beteuerte, daß Letztgenannte alles andere als gut aussehe und im übrigen ziemlich langweilig sei. Katze war absolut nicht beruhigt: Weshalb mußte Maj-Lis stets bei allem dabeisein, was er unternahm? Mußte er einfach immer jemanden neben sich haben, der ihn anbetete? Jede Nacht träumte sie von schreckenerregenden Eifersuchtsdramen, und Tobias dankte ihr, weil sie von ihm träumte, wobei er schwor, er gedenke weder Madge noch Mausie, Malene oder Maj-Lis zu heiraten. Er räumt jedoch ein, mit Letztgenannter einen *unschuldigen* Flirt gehabt zu haben, und bedankt sich für die zehn Rasierklingen, die Katze in das Kuvert gelegt hatte.

»Du mit Deiner Melis, sei bloß vorsichtig, denn sie kann einem ja leid tun, da Du vermutlich nicht daran denkst, sie zu heiraten. Das ähnelt der Sache mit KIS, und nett ist das nicht, nur weil Du allein bist und weibliche Gesellschaft brauchst, denn bestimmt macht sie sich mehr vor, als wirklich ist, das tun Frauen fast immer«, schrieb Katze, die im übrigen gern erfahren wollte, mit wem Mausie zusammen war, und Tobias versprach, die Sache zu untersuchen: »Sie hat ja wie die meisten Frauen keine Hemmungen in der Liebe«, fügte er ironisch hinzu, wohl wissend, daß die Bemerkung verletzend war. Katze drängte mehrmals vergeblich darauf, von Tobias zu erfahren, was in ihm *eigentlich* vorging: Und was ist mit der geschiedenen Eugenie?

Tobias antwortete, Katze brauche wegen Eugenie keine Angst zu haben, denn diese sei zwischen sechsunddreißg und siebenunddreißig. Sie sei sehr hübsch, doch absolut nicht schön, und weder sie noch er hätten an ein Verhältnis gedacht. Außerdem brauchte man wohl nicht miteinander ins Bett zu steigen, selbst wenn man an einem Abend zusammen ins Kino ging – was sie auch nicht getan hätten. Katze hätte ja immer betont, daß man wundervoll in Parks und Cafés, ja selbst ins »d'Angleterre« gehen könne, wenn der eigene Mann im Ausland war, ohne daß auch nur das Geringste geschah. Nur weil man A gesagt hatte, mußte man nicht notwendigerweise B sagen. Mitunter war es wahrhaftig schön, sich mit einem kleinen a begnügen zu können, ohne das ganze Alphabet durchgehen zu müssen. »Kein Zusammensein mit Witwen, Geschiedenen oder Jungfrauen kann mich so erfreuen wie ein Brief von Dir. Dein und nur Dein – trotz Melis und Würfelzucker – Henry.«

Katze schreibt an ihre jüngste Tochter: »Das eine Bild von Dir ist reizend, da wo Du stehst …« Gleich muß sich Rebekka fragen: War ich auf dem anderen nicht reizend? Warum bin ich es auf dem einen und nicht auf dem anderen? War es nur ein photographischer Zufall? Oder bin ich ganz einfach nicht reizend?

Während Katze die Magie, die sie Sex-Appeal nannte, ohne die man das Leben nicht meistern konnte, in Li hineinprojiziert hatte, war es ihr nie gelungen, ihren Töchtern, weder der einen noch der anderen, ein Gefühl dafür einzuflößen, was es heißen will, Frau zu sein: Sicher und stark in der Weiblichkeit ruhen und von einem Mann Befriedigung fordern, zu Wasser und zu Lande, im Bett und zu Pferde.

Li hatte die Veranlagung zur Verführerin, sie war eine, die *andere* erfreut – ohne zu wissen warum –, während Rebekka für Bücher schwärmte, für Filme, für Hunde und für Musik. Sie teilte auch die Begeisterung für den anonymen Hauptmann, von dem Li ihrer Schwester schrieb. Der erwähnte Hauptmann, der gerade in »Marienlyst« angekommen war, hatte den Portier gefragt: »Können Sie mir ein großes, schlankes, blondes junges Mädchen beschaffen?« Worauf der Portier geantwortet hatte: »Entschuldigen Sie, aber das hier ist kein Bordell, das ist ein Hotel.« Der Hauptmann hatte darauf mitgeteilt, er benötige 25 Scheiben Roggenbrot, doch sollten sie nicht auf der Rechnung erscheinen, denn sie seien für die Vögel. Er war ganz einfach eine – *Persönlichkeit.*

Lernte Rebekka einen Mann kennen, interessierte sie zuerst sein Stammbaum. *»Sie haben ein van Dyjk dabei«,* schrieb sie an ihre Mutter. Das war ein Code. *»Nett und kultiviert«* war ein anderer Code, der besagte, jener sei nicht wie die anderen »unbeschreiblich schrecklichen Menschen«, auf die man zuweilen trifft und die weder Bücher lesen noch etwas von Musik verstehen. Rebekka verwies unweigerlich auf die Köchin in Riga und ihr Stroganoff-Rezept. Und sie sagte, daß es ihr wie den russischen Aristokraten ergehe, die in Paris Taxi fuhren: »Hat man einmal das ›große‹ Leben gekannt, ist es möglich, wie ein armer Schlucker zu leben. Schlimmer ist es für diejenigen, die so etwas nie erfahren haben.«

Sie war irrsinnig beschäftigt mit Frisuren und Mänteln und wechselte begeistert von einem Vorbild zum anderen. Es gab »richtige« und »falsche« Typen. Oft kopierte sie Filmgestalten, in einem Sommer in den Schären flocht sie z. B. ihr Haar zu zwei kleinen Rattenschwänzen und sah vollkommen schwachsinnig aus, nach eigener Aussage. Aber mit der Zeit lernte sie, sich an die »sicheren« Dinge zu halten, einen »guten« Cardigan, einen »guten« Rock.

Doch all das »Gute« verdeckte eine quälende Verwirrung. Statt sich *etwas* zu wünschen, richtete sie ihr Verlangen in steigendem Maße darauf, *alles zu wissen.* Auf ihre Umgebung wirkte das wie wütende Rechthaberei, die Leute fühlten sich unablässig ermahnt und zurechtgewiesen. Die Blinden sollten sehen, die Tauben hören lernen, und die Lahmen sollten zum Turnen gehen. Es war der »messianische« Einschlag bei Rebekka. Katze befahl sie, »Pansies« von D. H. Lawrence und »Dusty Answers« von Rosamond Lehman zu lesen. Doch es reichte Bekka nicht, daß Katze die Bücher las, sie hatten ihr zu *gefallen.*

Außerdem wurde Katze angewiesen, ein neues, unglaublich nützliches Mittel zu nehmen, das Samarin hieß. Alles war entweder »unbeschreiblich entzückend« oder »unglaublich schrecklich«.

Nur Tobias war imstande, ihren Wortschwall mit seinem trockenen Humor einzudämmen, durch den sie sich sofort so geborgen fühlte, daß sie schwieg.

Aber Katze war eifersüchtig. Das ganze Leben war jetzt auf die andere Seite des Sunds verlagert. Sie räumte ein, daß sie dasselbe eben nicht in sich habe, und es sei sicher nichts, was man lernen könne. Sie wohnte ja weit besser als Tobias in seinem Mietzimmer mit Kochplatte. Ihre Zimmer in Gammel Mønt waren wunderschön, doch sie verstand sich nicht darauf, in ihnen zu *leben*. Und jetzt war das geschehen, was sie lange befürchtet hatte: Sie hatten Ungeziefer bekommen. Eines Nachts um eins kam Li weinend zu ihrer Mutter ins Zimmer und erzählte, daß sie soeben zwei große dicke Wanzen totgeschlagen hätten. Also mußten alle Fenster abgedichtet und die ganze Wohnung desinfiziert werden! Wanzen im königlichen Kopenhagen 1944, das war ja wohl eine schöne Bescherung! Gammel Mønt war ihr Ruheplatz, wo sie nach des Tages Mühen ins Bett gingen, aber das wagten sie kaum noch!

Tobias tat es wirklich leid für »sein armes Ding«, das offenbar überall auf der Welt von Wanzen verfolgt wurde. Er erinnerte sich an eine gewisse junge Dame, die damals, als sie in Riga wohnte, stets sagte: Wer doch jetzt in Kopenhagen sein könnte, wo es solche Bestien nicht gibt. Sie wollte ihrem klugen Mann nicht glauben, als er ihr erzählte, daß solch Ungeziefer auch bei den besten Familien in Dänemark vorkäme. Ach ja, dort wo du nicht bist …

Als Katze und Glenda sich zerstritten, erlosch Katzes letzter Lebensfunken. Denn in Glendas Wohnung in der Stockholmsgade war es schließlich während der gesamten Okkupationszeit *warm*, natürlich war es das, Glenda verstand es einzuheizen! Sie konnte die Verdunklung nur mit *Festen* ertragen. Diese Partytante verstand bloß nicht, daß Katze das Büro nicht vor vier verlassen konnte. Die mit ihrem Spatzenhirn und ihrem schwachen Charakter begriff das Wort Pflicht ganz einfach nicht, verstand nicht, was Ernsthaftigkeit war oder was es hieß, sich für eine Sache einzusetzen. To have a good time, war alles, was diese

Frau Fonnesbeck verstand. Ihr Liebhaber war wütend, weil Katze gesagt hatte, es sei jämmerlich von dem Mann, sich beim Küssen seiner Frau mit einem anderen abzuwechseln. Katze tat es leid, Glenda verloren zu haben, denn die hatte sie schließlich immer aufmuntern können, bevor der jetzige Zustand eingetreten war. Doch wenn sie hier zu dritt am Tisch saßen und sich mit Katze als Anstandsdame anstarrten, dann war die Stimmung miserabel. Katze wollte weder in Glendas Dreiecksgeschichte verwickelt noch gezwungen werden, schlecht zu denken oder zu reden. Die Welt war im Augenblick schlecht genug, also mußte man zuerst das Schlechte aus dem eigenen Herzen kratzen.

Zu ihrem Geburtstag, an dem Glenda beleidigt reagierte, weil Katze nicht in Lang erschien, war sie selbst wie die tragische Liebesgöttin gekleidet, die nicht weiß, wen sie wählen soll – im neuen weißen Kleid wie die Blume der Unschuld. Obendrein hatte Glenda bei ihrem Liebesschwanken zwischen dem einen und dem anderen zehn Pfund abgenommen – in Katzes Augen ein ganz idiotisches Frauenspiel, das Frauen mit sich selbst spielten.

Katze spürte, daß ihre alten Freundinnen während der Okkupation in der Vergangenheit lebten. Sie sprachen von nichts anderem als Kleidung und Dienstboten. Als erwerbstätige Frau dachte Katze nur an die Arbeit – ob sie in Ermangelung von Holzkohle mit dem Verkauf von Tannenzapfen beginnen sollte, an Geld, wann die Bank den Kredit sperren würde, und an Schlaf – einen extra Drink, bitte. Und in ihr wuchs die Gewißheit, daß die Welt nicht den geringsten Respekt vor einer alleinstehenden Frau hatte und daß alle sie nur übers Ohr hauen würden, wenn sie könnten. Ihre männlichen Mitarbeiter erwiesen sich als nutzlos, unzuverlässig und faul. Sie gingen während der Arbeitszeit ins Bad oder zum Zahnarzt und beliehen die Kasse. Katzes Rügen prallten vollständig an ihnen ab. Den normalen Geschäftsablauf bewältigte sie ausgezeichnet allein, doch wenn die Männer gegangen waren und sie nach Jütland telefonieren mußte, um die Lieferungen in Gang zu bringen, geschah einfach – nichts. Sie besaß keine Autorität in der Stimme, als käme diese nicht vom richtigen Ort. Dabei hatte Tobias seit langem vorgeschlagen, daß sie die männlichen Mitarbeiter in einen Nebenraum abschieben und selbst *sein* Büro übernehmen und in *seinem* Stuhl sitzen sollte. Doch was half das, wenn Glenda zu Gaus' Frau gesagt hatte, daß Katze keine Ahnung von der Firma habe und daß diese sehr bald eingehen würde. Das hatte dieser Vampyr gesagt, der nichts anderes im Kopf hatte, als auf dem Sofa zu liegen, sich mit den dicken Seidenbeinen auf dem Schoß des Liebhabers zu rekeln und Likör zu trinken. Nein, die Moral war lax bei jener Familie in der Stockholmsgade. Und dennoch vermißte Katze das Lachen mit ihr.

Tobias versuchte – von der anderen Seite des Sunds – zu vermitteln, ohne Partei zu ergreifen: Glenda war schließlich lustig und gastfreundlich. »Also laß sie falsch und unverschämt sein und eine Liebelei nebenher haben.« Man brauchte ja nicht das Seelenleben aller Menschen zu sezieren, nur weil man mit ihnen verkehrte. Der Liebhaber schien unbestreitbar ein Idiot zu sein, aber es gehe ja sie beide nichts an, mit wem Glenda ins Bett stieg. Natürlich war es unmöglich zu verstehen, daß Frauen, die – mit einem wunderbaren Mann – verheiratet sind, sich in einen anderen verlieben können und dann ins »Schwarz«, »Rome«, »Adlon«, »d'Angleterre« ziehen …

Das war nicht nett gesagt von Tobias, doch gelang es ihm auch nicht zu vermitteln oder Katze zu trösten. In ihren Augen waren alle Dänen einfach niederträchtig, und besonders die dänischen Männer waren so unverschämt ungalant, daß sie sich nicht einmal dazu aufraffen konnten, eine Dame nach dem Abendessen heimzugeleiten. Katze hatte es wahrhaftig satt, in einem Land ohne *Gentlemen* zu leben – da waren die Deutschen trotz allem besser –, und sie hatte es auch über, mit der Straßenbahn fahren zu müssen, das Abendkleid unter dem Pelz hochgesteckt. Tobias machte sich Sorgen um ihren mentalen Zustand und versuchte sein liebes Weib aufzumuntern:

»Du mußt – und sollst – mir einfach alles erzählen, was Du auf dem Herzen hast und was Dich bedrückt. Doch mußt Du auch versuchen, den Ärger wegzuschieben und nicht verbittert zu sein (selbst wenn es mitunter schwerfallen mag). Ich habe kürzlich lange mit Trille darüber gesprochen. Sie wußte ein sehr schönes Wort dafür auf Latein, was ich jetzt natürlich vergessen habe. Es war der Gegensatz zu Jugendirresein, etwas in der Art wie Melancholitis – also das könnte sich zu einem richtigen Nervenleiden entwickeln, um nicht zu sagen zu einer Geisteskrankheit. Wenn man vielleicht Veranlagung zu Melancholie und Pessimismus hat, so sollte man alles tun, um sie zu unterdrücken. Denk an Tante Olga.«

Katze dachte an ihre geliebte Cousine, die an der Spanischen Krankheit gestorben war, und an deren Mutter, Tante Olga, die Katze trotz der Umstände Brautgeld gegeben hatte und die in Sankt Hans gelandet war. Die beiden einzigen Menschen, die sie jemals gern gehabt hatte, abgesehen von ihren Kindern.

»Wir, die Dich gern haben«, fuhr Tobias fort, »und ich, der Dich liebt, wollen Dich ungern gealtert, krank und bitter sehen, wo Du doch in Deinen allerbesten Jahren bist und noch ein langes, glückliches Leben vor Dir haben kannst. Versuch Dir einzubilden, daß Du verliebt bist – eventuell in mich! –, davon wird man, wie Du weißt, fröhlich und schön. Hör auf, x-Mal nein zu sagen zu Per und Poul. Sag JA. Geh und sei heiter. Freu Dich, daß sie Dich sehen wollen – und erfreue sie. Du wirst es sicher bereuen, wenn Du eines Tages nur noch mit Li, Jas, Vanessa und Marie dasitzt. Lade ein paar Leute ein, zünde die Kerzen an – jetzt könnt Ihr ja lange auf sein! Entkorke die Flaschen, laß den Bourgogne fließen und das Lächeln – das wichtige Lächeln – strahlen. Mein liebes Schätzchen, verstehst Du, was ich will? Nicht Deine Kritik kritisieren, doch sie tief in Dir verstecken, unter der Freude über das Gute, das es bei den meisten trotz allem gibt. Ich kenne niemanden, der so hinreißend, nett, charmant und schön sein kann wie Du, wenn Du fröhlich und verliebt bist. (Selbst wenn Du es leider manchmal in andere bist!) Finde Dein fröhliches Lächeln wieder, dann werden auch die dänischen Männer (um Deinen eigenen Ausdruck zu benutzen, den ich wahrhaftig nicht ausstehen kann) Dich heimbegleiten. Doch zuallererst: Hör auf, Abend für Abend mit Li und Jas zu Hause zu hocken. Wie Bekka sagte: Es ist ein Pech, daß die beiden Pessimisten zusammenwohnen und obendrein mit einem Mann, der beide nervt. (Meine ganze Sympathie ist auf Jas' Seite, den ich maßlos bewundere. Keine von Euch Mädels ist schließlich von der leichten Sorte, womit ich meine – sei jetzt nicht beleidigt – aufmunternd, fröhlich und sorglos.)
Geh aus, ins Königl. oder Neue Theater, lade Deine Freunde ein. Zieh die feine Unterwäsche an, ein schönes Kleid zu Dry

Martini, einem gemütlichen kleinen Abendessen mit Bridge oder Tanz. Aber denk daran: Freu Dich auf ihren Besuch und freu Dich, daß sie da sind, dann wirst Du Dich auch allmählich über das Leben freuen – und auf unser Wiedersehen. Und was den Kampf mit dem Drachen Glenda betrifft: Forget it. Ärgere Dich nicht und tue nichts, um mir oder anderen eine Freude zu bereiten, nur das, wozu Du selbst Lust hast. Ich halte zu Dir in dieser Frage. Wenn Du nicht mit ihnen befreundet sein magst, will ich es auch nicht. Punktum. Wenn ich Dich so lange entbehren kann, werde ich wohl auch ohne sie auskommen. Und ich will entschieden davon abraten, daß Du Dich demütigst, indem Du sie auf der Straße fragst, ob sie Dir möglicherweise ein paar Worte gestatte, wie Du schreibst. Ganz sicher haben wir alle unsere Fehler, und Du kannst in Deinen Äußerungen scharf und schroff sein, dennoch bist Du millionenfach mehr wert als sie, also tue so, als sei nichts, wenn Du ihr begegnest. Nimm es mit der Ruhe, mein Schatz, das Leben ist doch schön. Nun muß ich gehen, will bei Mama vorbei mit den Zeitungen. Sie mag Dich so gern und fragt so oft nach dir.

Kuß von Deinem lieben Henry – auch an meine kleine Gazelle.«

Jedesmal wenn Tobias versuchte, Katze aufzumuntern, fand sie einen ökonomischen Vorwand für die Misere. Es war einfach nicht möglich, fröhlich zu sein. Tobias verdiente schließlich nichts, Katze hielt die Familie finanziell über Wasser. Anfangs arbeitete sie nur vormittags im Büro, nach und nach blieb sie bis vier Uhr, jetzt saß sie oft bis spätabends über ihren Zahlen. Ständig mußte er sie ermahnen, die Sache in Ruhe anzugehen, denn sonst wäre nichts von ihr übrig, wenn sie sich wiedersähen. Im Innern ahnte er, daß sie die Unterwäsche, die er für sie gekauft hatte, weiterschenkte, und daß sie sich überanstrengen *wollte*. Aus der Liebeshemmung waren Selbstquälerei und Strafe geworden. Sie wollte sich selbst mit Brennesseln peitschen, bis sie umfiel, und danach würde sie von Gott und der ganzen Welt eine Belohnung fordern, die ihr keiner geben konnte.

Da fielen Tobias ein paar Goldzähne ein, die in seiner Schreibtischschublade in Gammel Mønt lagen. Die mußte Katze verkaufen, und für die Goldzähne sollte sie Karten für die Hornbæk-Revue erstehen, als »geistige Spritze« für sie und die Kinder! Doch Katze machte darauf aufmerksam, daß sie die Goldzähne schon versetzt habe, um Spültücher zu kaufen. Und sie mühte sich verbissen mit den Zahlen der Buchhaltung, als seien es die Truppen in Europa, die sie unter Kontrolle haben wollte. Wenn Katze einem Kroppzeug von Zahl hinterherjagte, ging es um Leben und Tod. Ihr fehlte genau ein Betrag von 675 Kronen, damit die Abrechnung stimmte. Im letzten Monat, als sie den Fehler gefunden hatte – der kleine Buchhalter hatte die Ziffer verkehrt herum eingetragen –, war Katze ganz außer sich vor Entzücken.

Tobias' Haltung war völlig laissez-faire. Was wäre schon, wenn die Firma bankrott ginge. Dann könnte sie einfach zu ihm herüberkommen, und sie würden es richtig schön haben! Wovon sie leben sollten, davon schrieb er natürlich kein Wort.

Wer mit dänischen Kronen nach Schweden gekommen war, kam gut über die Runden, während diejenigen, die englische Pfund oder Dollar mitgenommen hatten, sehr bald gezwungen waren, sich Arbeit zu suchen, denn die Banken weigerten sich, ihr Geld einzuwechseln. Pfund und Dollar waren während des Krieges in Schweden nichts wert, wo man auf ganz andere Valuta gesetzt hatte. Doch es war schwierig, eine Anstellung zu finden, wenn man sich auf kein Handwerk verstand. Eigentlich wurden nur Facharbeiter gebraucht. Nichtsdestotrotz erhielt Tante Titta eine Stelle als Gouvernante bei einer ungarischen Diplomatenfamilie, Onkel Otto bei einer Zeitung, und Balder – mit Pickelrekord, langem Haar und Koteletten, die bis in die Mundwinkel wuchsen – kam bei der Redaktion eines Jazz-Blatts unter. Er hatte im Laufe eines halben Jahres vier, fünf Freundinnen gehabt, trotz des noch immer vorhandenen Widerwillens gegen das Baden, was ja nur seinen unwiderstehlichen Charme bewies. Indes empfand das Publikum in den Kinos eine gewisse Erleichterung, denn als Balder aus der Stadt zog, verschwand eine undefinierbare Quelle der Luftverunreinigung. Doch laut Tobias brachte seine neue Behausung zugleich einen großen Verlust für die Besitzer der Stockholmer Kinos mit sich.

Rebekka wurde in einem Labor eingestellt – leider konnte sie das Stehen nicht vertragen, obgleich ihr Einlagen verordnet worden waren –, und sie freute sich darauf, an die medizinische Fakultät in Uppsala zu kommen. Rebekka hatte beschlossen,

Medizin zu studieren, denn der Arzt stand ganz oben auf der Rangliste in der menschlichen Hierarchie:

Der Arzt kann zum Papst sagen: Du mußt in der nächsten Woche operiert werden. Der Arzt kann zum Bischof sagen: Du mußt die nächsten beiden Wochen im Bett bleiben. Der Arzt kann zum General sagen: Wir werden nicht operieren, bevor du nüchtern bist.

Der einzige, der keine Arbeit bekommen hatte, war Tobias. Er überlegte, ob er mit der Produktion von Harmonikakoffern beginnen sollte, die seit langer Zeit nicht aufzutreiben waren. Er dachte daran, alles mögliche zu verkaufen, angefangen vom Federkasten bis zum Wolkenkratzer, oder Fabrikant eines mysteriösen chemischen Produkts zu werden: »Könntest Du Dir vorstellen, nach dem Krieg in Schweden zu leben?« Katze gab keine Antwort.

Am 13. April 1944 unternimmt er einen letzten Versuch und schreibt an Professor Stephan Hurwitz, den Leiter des Flüchtlingsbüros in Stockholm, da dieser versprochen hatte, ihn im Falle einer evtl. Neueinstellung in freundlicher Erinnerung zu behalten. Tobias dankt für die liebenswürdige Unterredung:

»... Auf dem Heimweg erinnerte ich mich an einen amerikanischen Ausspruch: ›If there isn't any opportunity make it yourself.‹ In dem Zusammenhang überlegte ich, ob Sie, Herr Professor, über so etwas verfügen, was wir in unserer alten Firma einen ›assistant general manager‹ nannten. Für diesen Posten, der, soweit mir bekannt ist, im Flüchtlingsbüro noch nicht existiert, bin ich – verzeihen Sie – so unbescheiden, mich selbst zu empfehlen. Bei unserem Gespräch am gestrigen Tag wurde mir klar, daß Ihnen mein Lebenslauf zum Teil bekannt ist. Dürfte ich dennoch ganz kurz ein paar Hauptlinien aufzeigen?«

Tobias schrieb von seiner internationalen Karriere innerhalb einer weltumspannenden Organisation, die ihn mit finanzieller und administrativer Arbeit voll vertraut gemacht hatte, und davon, wie er in einem äußerst verarmten Land eine profitable Firma aufgebaut habe. Er habe Geschäftsreisen u. a. nach New York, London, Paris, Hamburg und Moskau unternommen.

»Ich bin deshalb überzeugt, daß ich Ihnen als Ihr ›Stellvertreter‹ wirklich von Nutzen sein kann. Falls Ihnen der Plan zusagt, könnte ich vielleicht irgendwann vorbeikommen und näher mit Ihnen über die Sache sprechen.

Hochachtungsvoll
Ihr Tobias Løvin.«

Hurwitz reagierte nicht.

Es war das letzte Mal, daß sich Tobias bewarb. Er hatte keine Arbeit bekommen. Statt dessen bekam er sein viertes Blutgerinnsel. Rebekka folgte ihm solidarisch: Ihre Beine begannen anzuschwellen. Sie mußte, wie ihr Vater, eine widerwärtige Massage erdulden, die irrsinnig weh tat, und dicke Bandagen an beiden Beinen tragen, vom Knöchel bis zum Knie, darauf Mullbinden und zuletzt fünf Meter Elastikbinden von den Zehen bis zum Knie. Auch wenn sie lange Hosen trug, quälte sie der Gedanke, wie sie den Sommer überstehen sollte. Jeden Morgen, wenn sie ein Bad nehmen wollte, mußte sie die Bandagen ab- und wieder draufwickeln und sie ein halbes Jahr lang tragen. Sie würde niemals Marlene Dietrich gleichen.

Tobias mußte außer mit allen Bandagen das Zimmer mit Ib teilen, der zu Besuch gekommen war. Ib war der Sohn Tittas, den sie bekommen hatte, als sie darauf wartete, daß sich Ottochen zusammenreißen und sie heiraten würde. Als er endlich mürbe und ihr wundervolles Zusammenleben Realität war, tauchte Ib auf.

Ib war ein begabter Junge mit Samtaugen, doch da sein Vater nach Amerika ausreiste, gab es keine Seele auf der Welt, die sich seiner annahm, also war es nur natürlich, daß seine Mutter einsprang und den Jungen hereinbat – in ihre neue Ehe. Aber hier kam Ib ungelegen. Es durfte nur ein männliches Wesen im Hause sein. Also tat Otto sein Bestes, um den kleinen Tittus, wie er Tittas Sohn nannte, zum Wahnsinn zu treiben. Unter anderem, indem er Balder unverhohlen verwöhnte. Onkel Otto tat alles, damit das Leben des kleinen Tittus so grauenvoll wie möglich wurde. Otto und Titta lebten schließlich wie lustige Menschen und nicht wie Trauerklöße, also wurde der kleine Tittus jeden Abend zu Gesellschaften mitgeschleppt, wo er seine Hausaufgaben unter einer Flut von Ansagen bei Poker, Bridge und

Lomber machen und in dickem Zigarrenqualm und Cognac-
dunst auf immer anderen Sofas schlafen mußte.

Für Ib war es wahrhaftig eine Befreiung, als er in die Internatsschule nach Sorø geschickt wurde, wo Rauchen verboten
war. Im Oktober 1943, als Tante Titta den ersten freien Platz
über den Sund nahm, vergaß sie ihren Sohn, der deshalb selbst
für seine Flucht sorgen mußte. Der Junge kam bei einer liebevollen schwedischen Familie in Sicherheit. Denn seine Mutter
war schließlich Gouvernante bei einem verwöhnten ungarischen
Diplomatenkind. Nichtsdestotrotz war Titta stets unheimlich
froh, ihren Sohn zu sehen, wenn er nur Otto nicht in die Quere
kam. Tante Titta schrieb an Li, daß sie nicht begreife, wie Ib ein
so vernünftiger Junge hatte werden können, vielleicht weil er in
so manchem allein zurechtkommen mußte. Einer seiner Auf-
sätze, in dem er von einer Skitour um den See mit seiner Mutter
schrieb, war prämiert und laut vorgelesen worden. Er hatte vor
vierzehn Tagen seinen schwedischen Pfadfinder-Eid geleistet,
haßte die Stadt und liebte die Natur.

Für Tobias war es ein etwas fremdartiges Erlebnis, das Zimmer mit einem Pfadfinder zu teilen, während er zugleich die
vierzehn Meter straffe Bandage um beide Beine erdulden mußte.
Tobias hatte zwei Ärzte aufgesucht. Der eine gebot ihm, die Zigarren aufzugeben, Tobias zog den anderen vor. Er war überzeugt, wenn er zu rauchen aufhörte, würde er erst richtig krank
werden. Ansonsten machte er kein Gewese um sein Blutgerinnsel, dafür sorgte schon Katze:

22/3-44

Mein Geliebter, war es das rechte oder linke Bein, und was
wurde aus dem Blutgerinnsel? Ich hatte schon im Gefühl, daß
etwas mit Dir nicht stimmt. O mein Schatz, warum jetzt auch
das noch? Du *mußt* und *wirst* Dich wieder erholen – wenn Du
stirbst, dann will ich nicht mehr leben. Du mußt genau das tun,
was die Ärzte sagen. Ich verstehe sehr wohl, daß es schrecklich
für Dich ist, nicht rauchen zu dürfen, doch hoffentlich kannst
Du es ja später wieder.

Hier ist die große, alles überschattende Neuigkeit – nein, es
ist einfach das Wichtigste –, daß Jas' Frau ein Baby bekommt.
Ich konnte nicht anders, als an der großen Freude und dem Optimismus der Kinder teilzunehmen; es ist jedoch schwierig, denn
wie sich alles lösen soll, weiß ich nicht, doch wenn Du nur ge-

sund wirst, schaffen wir es schon. Und ich glaube an Buntys Worte: »Kommt ein kleines Kind in die Familie, folgt ihm das Glück.«

14. Das Kind

Eines Abends steckte Tobias seine Krawatten-Perle wie gewöhnlich im Deckchen auf dem Nachttisch fest. Am nächsten Tag schüttelte das Mädchen es am Fenster aus, und die Perle war weg. Er suchte überall, Fundbüro, Annonce … weg, weg, weg. Es war furchtbar ärgerlich, denn er hatte sie von Papa bekommen. Statt sich zu entschuldigen oder es zu bedauern, schimpfte das Mädchen, er könne froh sein, daß es nicht schon früher passiert sei. Da sagte Tobias: »Sie haben völlig recht, tausend Dank, daß Sie die Perle nicht schon früher rausgeworfen haben.«

Am 30. März 1944 waren Tobias und Katze fünfundzwanzig Jahre verheiratet. Aus diesem Anlaß drängte Tobias sie, ihn in Stockholm zu besuchen. Er appellierte an ihre Phantasie als Geschäftsfrau, damit sie bei den Behörden die Genehmigung beantrage, um ein Visum zu erhalten. Doch die strengste Gesetzesbehörde war Katze selbst, die *unmöglich* vom Büro freikommen konnte. Selbst wenn sie ein Ausreisevisum erhielte, war es schließlich nicht sicher, daß sie die Erlaubnis bekäme, wieder nach Dänemark zurückzukehren.

Tobias, der nun schon mehrere Jahre ohne seine Frau gelebt hatte, kannte er sie denn noch? Gut genug, um zu wissen, daß sie wie ein Stein war: nicht zu bewegen. Und schon bald fuhren sie mit der Korrespondenz fort, als sei nichts gewesen. Abgesehen von dem Schock, den Tobias erlitt, als er Dietlof von Sachensollen in einem Kino begegnete: Ein langweiliger englischer Gesellschaftsfilm, auf den er leicht hätte verzichten können. Gerade als der Film beginnen sollte, spürte er, daß die Luft schlecht wurde. Er drehte sich um, und direkt in seinem Nacken saß … Katze durfte dreimal raten. Auf Tobias' rechter Seite waren zehn Plätze frei, es war also ein reines Wunder, daß sich der Monokelmann nebst Frau nicht direkt dorthin hatte plumpsen lassen. Jetzt thronten sie ganz allein in der zwanzigsten Reihe. Sprachen nicht ein Wort miteinander während des ganzen Films, bis auf das Hm des Mannes, das die Aufmerksamkeit der Frau darauf lenken sollte, daß Tobias im Saal saß. Nach dem Film verließen er und die beiden das Kino durch einander gegenüber-liegende Türen, ohne einen Gruß zu wechseln. Der Monokel-mann sah sichtlich mitgenommen und trübselig aus. Aber das sei ja wohl keine Neuigkeit für Katze, die ihn sicher regelmäßig treffe, wenn er seine Stippvisiten in Kopenhagen mache. Oder traf sie vielleicht noch immer den Pelztierjäger?

Am Tag der Silbernen Hochzeit zog Tobias den Schluß:

»Wie die Zeit vergeht, und wie bin ich doch treu gewesen! Du verstehst, daß ich meine kleinen unschuldigen Eskapaden absolut nicht mitrechne! Ich glaube, es liegt an dem Lubitsch-Film, den ich gesehen habe, ›Ein himmlischer Sünder‹. Er hat mir gezeigt, was für ein Engel ich bin. Habe ich Dir die Hand-lung erzählt?

Ein Mann stirbt und begibt sich automatisch in die Hölle. Dort wird er jedoch nicht erwartet und muß darum von seinem Leben erzählen. Er meint, das könne er am besten, wenn er von den Frauen spreche, die er gekannt habe. Vom Kindermädchen über diverse andere, bis zur Ehefrau und zur Krankenschwester am Totenbett. Aber da er trotz aller kleinen Techtelmechtel und Irrtümer nur seine Gattin geliebt und keine jener Frauen un-glücklich gemacht hat, mit denen er ein wenig flirtete und der-gleichen, sagt also seine Exzellenz in der Vorhölle, als der Auf-zug kommt, um ihn zu holen: Nach oben! Ein so vortrefflicher Mensch muß natürlich in den Himmel!

Es ist ein so hinreißender Film, den Du bestimmt auch gou-tieren würdest. Alle Männer (besonders sie) mögen ihn, denn sie finden ja alle, er zeige ihr eigenes Leben. Und sie meinen auch alle – wie ich –, daß wir Engel sind! Aber ach, es ist nur ein Film. Die Wirklichkeit ist ganz anders. Da sind wir egoistische Schufte und Ihr die reizenden kleinen Engel! Du bist jedenfalls einer ge-wesen, und ich muß sagen, ich bewundere Dich, daß Du es so lange mit mir ausgehalten hast. Hat das Nimb geschlossen, oder treibt sich Wivex dort herum? Ja, wenn ich jetzt daheim wäre, hätte ich gut Lust auf ein kleines stilles Abendessen, um Dir bei einem Glas Mumm (falls es das noch gibt) Dank für viele gute und glückliche Jahre zu sagen und für die unsagbare Treue uns allen vieren gegenüber. Wie warst Du doch hinreißend, schön, strahlend und glücklich, als wir 1920 dort saßen. Viel hat sich seitdem verändert. Die Welt, die Menschen – und wir mit ihnen.

Aber es kommt der Tag, hoffentlich recht bald, wo wieder Frieden herrscht, und dann werden wir uns wiedersehen, und dann werde ich Dir all das erzählen, was ich Dir jetzt schreiben muß. Ich werde Deine warmen süßen Lippen küssen und Deinen reizenden Jungmädchenkörper, der trotz der Kinder, trotz Krankheiten und der Jahre noch ebenso jugendlich – ebenso frisch – und reizend ist, so daß keine mit dir konkurrieren kann. Bitte ein paar gute Freunde, einige Flaschen Bourgogne zu leeren auf eine glückliche Zukunft für uns beide und unsere drei Kinder.

Dein Dich ewig liebender Henry.«

Welch alter Schwätzer, daß er die Sache mit dem Monokelmann und dem Pelztierjäger wieder aufwärmen mußte. Und wenn Sachensollen trübselig ausgesehen hatte, dann sicher, weil er mit seiner Frau zusammen war und nicht mit seiner derzeitigen Geliebten. Denn wenn etwas bombensicher war, dann dies, daß er in einer ständigen Kavalkade von einer zur anderen zog. Wirklich reizende Typen diese Männer.

Dennoch. Tobias' Worte gingen Katze zu Herzen. Sie war so dankbar, daß ihr geliebter Mann noch immer auf dieser schrecklichen Erde weilte und für die reichen und schönen Jahre, die sie zusammen verlebt hatten.

»Ich warte nur auf Dich, mein alter, ewig Geliebter. Und möge es bald geschehen, daß wir diese Flasche gemeinsam leeren können. Unsere Melodie ist nie verklungen, jedenfalls nicht in meinem Herzen. Daß hin und wieder ein leises Knattern störte, kann in einem langen Leben wohl kaum vermieden werden. Nur bei Leuten, die sich nicht entwickeln, verläuft das ganze Leben nach derselben Melodie, die, so glaube ich, in dem Fall wohl monoton gewesen wäre, doch wir hatten es ja wirklich schön zusammen. Du hast recht, wir werden schon klarkommen, selbst wenn es nur in einem Zimmer sein sollte. Wo Du bist, herrschen Spaß und Freude. Ich lege zehn Rasierklingen bei und hoffe sehr, daß die Zensur sie nicht beschlagnahmt.

Ps. Das Gummiband, das Du geschickt hast, muß verlorengegangen sein, falls nicht die Schachtel G. es eingeheimst hat. Ewig Deine Glenda.«

Aber es war nicht Glenda, die das Gummiband einheimste. Mitunter sahen sich die schwedischen Behörden genötigt, Post zurückzuhalten, die für den Adressaten im besetzten Dänemark riskant sein könnte.

Katze war ansonsten eifrig damit beschäftigt, alte Bettdecken aufzuräufeln, um Windelhöschen für Li zu stricken. Du liebe Zeit, was sie doch werkelten, unsere Ahnmütter! Sie strickten so flink, als wollten sie beweisen, daß die ganze Welt nur an einem Faden hing, verglichen damit, wie *sie* die Dinge im Griff hatten. Hätte die Welt wie das Strickzeug unserer Ahnmütter ausgesehen, wäre nie eine Masche gelaufen. Tobias bot an, Babysachen aus Schweden zu schicken, falls er die Genehmigung erhielte, und er bat um eine detaillierte Liste von Dingen, die man in Gammel Mønt benötigte.

Katze fand ein vergilbtes Photo von Tobias, wie er sich als kleiner Junge in Chicago an seine Mutter lehnte, und stellte es auf Lis Nachttisch. Das Bild solle sie gründlich und genau betrachten, während sie das Kind erwartete, sagte Katze, denn einen solchen kleinen Jungen mit diesem Gesicht wollten sie gern haben.

Li hatte noch kein Leben gespürt, doch jeden Abend, ehe sie schlafen ging, betrachtete sie das Photo ihres geliebten Vaters, und sie beschloß, daß ihr kleiner Junge Michael heißen sollte. Rebekka, die ihrer Schwester mit energischen Worten befahl, ordentlich Lebertran zu trinken, und sich insgesamt nicht mit guten Ratschlägen zurückhielt, verriet, daß *ihr* Sohn – falls sie jemals einen bekäme – auch Michael heißen sollte!

Durch merkwürdigen Zufall war Gaus' blinde Frau zur gleichen Zeit schwanger geworden. Doch Aud gebar ein wenig vor Li, und es wurde ein Mädchen. Katze schrieb triumphierend an Tobias: »Ach ja, höre ich Dich sagen, sie bringen nichts anderes zustande!« Denn jedesmal, wenn Tobias zu Ohren gekommen war, daß diese oder jene mit einer Tochter niedergekommen war, sagte er unweigerlich, es müsse eine ansteckende Krankheit sein – dieses Töchterkriegen.

Jas hingegen war außer sich vor Freude über Lis Zustand – egal, wie das Ergebnis ausfiel. In erster Linie liebte er alles, was klein und niedlich war, er liebte Hundewelpen, Kätzchen und Küchlein so, wie er auch Li liebte und selbstvergessen in Knurren, Miauen oder Killekille verfallen konnte. Er weinte oder lachte schnell. Das war das Kindliche in ihm. Doch dazu kamen Eitelkeit und gesellschaftliche Ambitionen. Li würde sein Kind gebären, und das Kind bemäntelte die Liebesbeziehung, die keine war. Erst mit »dem Erben« hatte Jas allen Ernstes in die Familie der Løvins von Gammel Mønt eingeheiratet, und ob er nun sein Niels-Brock-Examen bestand oder nicht, jetzt fühlte er sich sicher im Sattel, falls er in eine Klemme geriete, würde ihm irgendeiner gewiß helfen, so wie Gaus es getan hatte.

Im Sommer 1944 hatte sich das »Kriegsglück« gewendet. Die Deutschen verloren an der Ostfront, und die Alliierten landeten in der Normandie. Während des ganzen Krieges, schon seit 1938, hatten die Engländer systematisch die Warnungen der deutschen Widerstandsbewegung vor Hitler und der Zerstörung Europas ignoriert. Die Alliierten wünschten nicht, den Krieg zu beenden, lediglich ihn zu gewinnen. Im letzten Jahr des Krieges, vom Sommer 1944 bis 1945 wurden über zwei Millionen Deutsche getötet, während die Ausrottungen in den Lagern weitergingen. In Dänemark brach im Juli der Generalstreik aus. Während der Fötus in Lis Bauch wuchs, wurden die ersten Konzentrationslager befreit, und die Welt erlitt einen Schock. Li machte »dieses Kind enorm zu schaffen«. Ihre Beine schwollen an, und Katze prophezeite: »Damit wird sie wohl den Rest ihres Lebens Probleme haben.« Sie war entschieden kein Brauereipferd, sie ging nach ihrem Vater, der war ein Rassepferd, und die können einfach nicht alles hinnehmen. Im übrigen kamen sie gut zurecht während des Streiks, wo es ansonsten schwer war, etwas Eßbares zu ergattern. Es war unglaublich rührend von Marie, mit fünf frischgebratenen Schweinekoteletts vorbeizuschauen, und als sie hörte, daß Li schrecklich gern Erdbeeren hätte, stand plötzlich ein Körbchen Früchte auf ihrem Nachttisch. Auch KIS war ganz reizend und lief mit ihrem komischen dünnen Spazierstock und neuen Kartoffeln den weiten Weg bis nach Gammel Mønt. Sie war schon ganz in Ordnung, auch wenn sie Li schrecklich auf die Nerven ging. Ansonsten benutzte Katze den Streik, um einige notwendige Näharbeiten zu erledigen. Für Li, die nicht mehr in ihre alten Sachen paßte, nähte sie einen Rock aus Tante Muddes alter Zierdecke.

Was das komische Spazierstöckchen anging, so sollte Katze es näher kennenlernen, als sie eines Tages einwilligte, sich mit KIS in die Natur zu begeben, um das schöne Sommerwetter zu genießen. Doch Katze konnte ganz einfach nicht Schritt halten mit ihr. KIS lief im gestreckten Galopp durch den Skodsborg Hegn, während Katze neidische Blicke auf alle warf, die entlang des Weges im Gras lagen und sich sonnten. Hatte die ganze Bevölkerung Dänemarks die Sonne genossen und ausgespannt, so kam Katze nach dem Sonntagsausflug wie eine Leiche nach Hause, grau im Gesicht vor Überanstrengung und mit schmerzenden Gliedern.

Das überraschte Tobias nicht. Wie sehr es ihr doch ähnlich sah, bis ans Ende der Welt zu laufen, statt auf halbem Weg aufzugeben und erholt, mit frischen Kräften heimzukehren. Im übrigen konnte Tobias jetzt mitteilen, daß KIS in Schweden sei und daß er sie einmal die Woche sah. Weder schrieb er, warum sie nach Schweden geschickt worden war, noch erwähnte er, warum sie so rasch durch den Skodsborg Hegn gelaufen war.

Der Liebhaber hatte vermutlich das Weite gesucht, und Glenda bekam die ersten grauen Haare. Marie, die bei großen Diners auch in der Stockholmsgade servierte, konnte das eine oder andere über die Familie Fonnesbeck berichten. Marie war überzeugt, daß Frau Fonnesbeck die Gnädige sehr vermißte, denn um deren Mund hatte es »gezuckt«, als sie von der Gnädigen sprach. Und während die Gnädige ihre Arbeit hatte, so hatte Frau Fonnesbeck schließlich gar nichts, wenn eine gewisse Person nur noch Legende war. Doch die Gnädige sollte aus diesem Anlaß bloß nichts sagen oder tun, denn wie Marie es ausdrückte, war das Ganze ja nur Küchentratsch. Glenda klammerte sich offenbar noch immer an den Liebhaber und hatte ihn zum Essen eingeladen, doch der hatte genug von ihr und sagte nein. Buller sei seit mehreren Monaten nicht zum Diner daheim gewesen, also hätte es da wohl eine ganze Menge Krach gegeben, aber das war es ja, was Katze immer gesagt hatte: »Es endet bloß mit Geheule – und nur für die Frau.«

Tobias hatte erneut ein Blutgerinnsel gehabt. Er schrieb, er bekomme offenbar Blutgerinnsel wie andere Pickel. Jedoch wollte er nicht ausschließen, daß das Leiden teilweise vom Ärger herrührte. Ärger plus Zigarren. Und da er die Zigarren nicht aufgeben wollte, war er schließlich gezwungen, so viel Ärgernisse, wie er vermochte, aus dem Weg zu schaffen und sich um den Rest nicht zu kümmern. Es ärgerte ihn, daß Glenda geschrieben hatte, wenn sie Katze so lange aus dem Weg gegangen waren, dann nicht, weil sie keine Zeit hatten, sie zu sehen, sondern weil ihnen die *Lust* dazu fehlte. Und es ärgerte ihn, daß Glenda seine Frau *niederträchtig* genannt hatte. Er wußte, daß Katze mit ihrer übertriebenen Wahrheitsliebe irritierend sein konnte, doch niederträchtig war sie nie gewesen. Auch wenn sie es vielleicht noch so sehr genoß, aus dem Kopenhagener Gesellschaftsleben ausgeschlossen zu sein, hatte er doch Mitleid mit ihr.

Als er schließlich spürte, daß die Zeit reif war, um zwischen den beiden Schachteln zu vermitteln, schlug er Katze vor, Glenda anzurufen und sie zu ihrem Geburtstag einzuladen. Denn auf diese Weise könne sie zeigen, daß sie ihr verzeihe und daß es also Glenda gewesen sei, die etwas Unrechtes getan habe und der Verzeihung bedurfte. Somit würde Katze in Zukunft gestärkt dastehen – als die Großmütige. Doch sollte sie sich beeilen, ehe Glenda vielleicht auf dieselbe Idee kommen und hinterher allen erzählen könnte: »Ich war die Großmütige, ich habe sie angerufen, denn sie tat mir leid.« Tobias nannte die beiden Mädels »alte Spinatwachteln«. Und Katze gab ihm vollständig recht. Irgend jemand mußte ihnen helfen, da keine von beiden imstande war, die Hand auszustrecken.

So wurde Marie zur Mittlerin zwischen den Frauen. Sie überbrachte stets Grüße von der Stockholmsgade nach Gammel Mønt und legte vielleicht etwas mehr hinein, als eigentlich gemeint war. Doch ihre Loyalität war eindeutig, die Gnädige sollte sich bloß nicht demütigen, Frau Fonnesbeck würde schon bald mürbe werden. Und im Oktober, schwups, bekam Katze einen großen Geburtstagsstrauß übersandt, mit einem Billett, das unterschrieben war mit: »*Deine alte Glenda*«. Es dauerte nicht lange, bis die zwei Frauenzimmer, beide 44, wieder ein Herz und eine Seele waren, den Strøget Arm in Arm und kichernd hinunterspazierten. Glenda versuchte Katze unentwegt zu überzeugen, daß der Liebhaber sie mit *Haut und Haaren* hatte haben wollen! Doch Katze traute ihr nicht über den Weg. Dennoch war ihr, als hätte sie jetzt wieder Luft zum Atmen bekommen. Zusammen mit Glenda konnte Katze lachen.

Jedenfalls manchmal.

Eines Abends klingelte es an der Tür. Nur Katze und Li waren daheim, Jas war in der Schule. Sie erwarteten niemanden. Mit der flachen Hand wurde gegen die Tür gehämmert und eine lange Litanei auf deutsch heruntergebetet. Es dauerte ein Weilchen, bis Katze begriff, wer es war. Und ehrlich gesagt, es war ein schlechter Scherz in diesen Zeiten. Aber da die Familie Fonnesbeck bei einem besseren Dinner gewesen und glänzender Laune war, mußte man sie so nehmen, wie sie war. Katze hatte bereits ihr Nachthemd an, holte ihnen aber dennoch etwas zu trinken, und es wurde recht vergnüglich.

Am Tag zuvor war sie mit Glenda nachmittags um vier im Kino gewesen. Glenda hatte ihr deshalb unentwegt in den Ohren gelegen, also war Katze aus dem Büro nach Hause gegangen, um die Brille zu holen. Sie hatten den Film »Der Kaiser von Portugalien« nach Selma Lagerlöf angeschaut, und Katze hatte so sehr geheult, daß ihr ganzes Tuch naß war. Wenn sie nun schon einmal in zwei Jahren ins Kino kam und schließlich nur mitging, um sich etwas aufzuheitern, dann war es ja wohl keine gute Idee, sie zu so etwas Tragischem zu schleppen: Hinterher spazierten beide durch die Straßen und alberten herum, wie man es nur mit Glenda konnte. Sie wollte zwei Hummer zum Abendessen mitnehmen. Die konnte sie jedoch nicht bekommen, also aßen sie statt dessen zweimal Lachs und danach Entenbraten im »Kong Frederik« und tranken je ein Glas dünnen Absinth. Das kostete Glenda gepfefferte dreiunddreißig Kronen. Danach liefen sie immer noch albernd zurück zum Kino, wo Glenda natürlich ein Päckchen mit ihren besten Strümpfen vergessen hatte, die gerade beim Maschenaufnehmen gewesen waren. Ein Taxi konnten sie nicht bekommen, obwohl sie eine halbe Stunde auf Rådhuspladsen umherhetzten, Glenda auf der Fahrbahn, Katze auf dem Bürgersteig, einen wärmenden Gedanken an ihr schönes Bett sendend. Endlich gelang es ihnen, mit der Straßenbahn mitzukommen, und gerade waren sie bei Glenda zur Tür herein, als Fliegeralarm einsetzte.

16.30 Uhr, an einem Mittwoch im November, gebar Li ihren kleinen Jungen, der ein Mädchen wurde. Am Abend zuvor waren Katze, Jas, Vanessa und Li zur Klinik in die Bredgade spaziert, nach Abendessen und Abwasch mit Wehen im zehnminütigen Abstand. Li machte sich auf den Weg, als wollte sie zum Ball, so verzückt war sie. Und Katze, die selbst Schmerzen im Unterleib und obendrein Fieber hatte, dachte: Die Ärmste, sie ahnt nicht, was auf sie zukommt. Und es kam schlimm, die Geburt dauerte fast vierundzwanzig Stunden, Li erhielt Lachgas und erbrach die ganze Zeit, und das Kind kam schlafend zur Welt, ohne teilzunehmen oder mitzuhelfen, so wie es sich Li wirklich gewünscht hätte. Denn als Li ihre Tochter gebar, hatte sie endlich jemanden an ihre Seite bekommen, der dem Ehemann entsprach, den sie so lange vermißt hatte, jemanden, der ihr beistehen würde in Freud und Leid.

Li schrieb an ihren Vater am 21. 11. 44:

Lieber Henry!
Ja, nun steht also ein kleiner Korb an meinem Fußende mit einem reizenden kleinen Scheusal von sechs Pfund. Jas telefoniert Freunden und Bekannten, daß er eine Tochter mit langen, dicken Locken, großen blauen Augen, schwarzen Wimpern und griechischem Profil bekommen habe. Ich muß diese Behauptungen leider dementieren. Sie hat drei Haare auf dem Kopf und zwei Schlitze, die eine kleine breite Nase darstellen sollen. Aber sie hat die schönen ovalen, gewölbten Nägel ihres Großvaters, auf die ich sehr stolz bin. Sie hält ihre Hand, wie ihr Großvater seine Zigarre hält. Sie ist natürlich ein ungewöhnlich aufgewecktes und intelligentes Kind und begreift alles, was um sie herum vorgeht. Gestern bekam sie, zwei Tage alt, ihren ersten Klaps, weil sie nicht ordentlich saugen wollte. Auch photographiert wurden wir gestern, ich weiß nicht, wann Ihr die Bilder bekommt, aber untersteht Euch zu sagen, sie sei häßlich, wenn ich nicht da bin, um sie zu verteidigen, und denkt daran, sie ist erst drei Tage alt. Ich höre von Mutter, daß Du Babysachen gekauft hast, das ist wundervoll, ich bin entzückt.
Viele tausend Küsse von Ester und Li.

Als Li in Gammel Mønt im Fahrstuhl stand, war sie kurz davor, ohnmächtig zu werden, und sie mußte das Kind Katze reichen, die es entgegennahm, während sie Li befahl: Einatmen! Ausatmen! – damit sie ihr nicht umfiel. Katze legte das Kind in der Eile auf den Eßtisch, während sie Li ins Bett brachte. Das war der Beginn eines langen Wochenbetts mit starken Blutungen. Li war unglücklich darüber, im Bett liegen zu müssen, während Katze rennen und sich kümmern mußte, und Katze war wütend

auf Jas, weil er zu viel Geld für sich ausgab. Doch Li war so emp-
findlich, daß sie keine Kritik an Jas ertrug und also gezwungen
war, ein paar Tabletten zu schlucken. Und es munterte sie nur
richtig auf, wenn Katze sagte: »Ist das nicht lustig, ich glaube
wirklich, sie kommt nach ihrem Großvater!«

Das Kind hieß Ester, denn so hatte Tobias als Kleinkind ge-
heißen, weil Mama sich ein Mädchen gewünscht hatte. Und die
unwissende und unschuldige Ester würde bald nur noch Zeste genannt werden – als ein Abbild von Tobias, dem alten Lebemann.

Katze und Li, die der wachsenden Gebärmutter ständig das
Bild von Tobias eingepfropft hatten, waren jetzt emsig damit beschäftigt, Beweise zu finden, daß sie Tobias in neugeborener Gestalt zurückerhalten hatten. Der Beweis dafür, daß man ihre
Wünsche erhört hatte, waren die Augen. Würden sie blau bleiben – wie Katzes nun bald tote Fischaugen – oder würden sie
braun werden, funkelnd und lebensfroh wie die von Tobias? Das
war eine Frage auf Leben und Tod. Denn Li fühlte auf unerklär-
liche Weise, wenn das Kind blaue Augen bekäme, wäre es ihr völlig fremd, so wenig ihr selbst und Tobias ähnlich, daß sie keine
Ahnung hätte, was sie mit ihm anfangen sollte. Wie konnte es
dann überleben?

Ganze Tage verbrachte man in Gammel Mønt damit, in alten
Pappkartons zu wühlen, um ein bestimmtes Bild von Tobias zu
finden, auf dem er einen Monat alt war und aussah, als wollte er
fünf Trümpfe ansagen. Die Tage vergingen mit den nötigen Be-
schwörungen, die sichern sollten, daß die Augen sich fügten und
den Wünschen entsprachen: Die Augen des Kindes würden
braun werden. Es wollte leben.

15. Die Befreiung

»Ich hoffe aufrichtig, daß das neue Jahr ein Ende dieser schrecklichen Zeit bringen möge, obgleich wir – denen es gut geht –
natürlich kein Recht zur Klage haben, besonders wenn man
daran denkt, wie viele Millionen in einer so viel schlimmeren
Lage sind«,

schrieb Tobias im Neujahrsbrief 1945 an sein liebes Weib, das
noch immer genauso alt war wie das Jahrhundert.

Katze hatte den ganzen Krieg über nach dreiundzwanzig Kronen in der monatlichen Abrechnung gesucht. Ohne sich dessen bewußt zu sein, war sie wie ihr Vater geworden, den sie verachtet hatte, weil er ständig über dem Haushaltsbuch gesessen und zehn Öre gesucht hatte.

Wenn Tobias nicht Karten spielte oder im Kino war, saß er die ganze Kriegszeit über seinen Zeitungen oder putzte die Schuhe. Er war, vom Reinemachen abgesehen, ohne Dienstboten ausgekommen.

Wenn er dasaß und sechs Paar seiner Schuhe putzte (weil er sich vergangenen Sonntag gedrückt hatte), eine angezündete Zigarre im Mund und ein großes Glas Bier auf dem Tisch, gefiel es ihm außerordentlich, mit seiner jungalten Geliebten in jenem Sonntagsbrief zu schwatzen, den er zu schreiben pflegte.

Während sich Katze verändert hatte und zur aktiven Berufstätigen geworden war, hatte sich Tobias Schritt für Schritt in die Intimsphäre zurückgezogen. Stockholm war als neutrale Hauptstadt ein Weltzentrum geworden, wohin während des Krieges die unterschiedlichsten Menschen kamen. Weshalb konnte also Katze nicht kommen? Tobias hatte bereits diverse Gerüchte gehört, was aus den Leuten geworden war. Von einem Teil sagte man, sie seien »verschwunden«, wie es in freundlicher Umschreibung hieß. Bunty aus Riga, deren Mann aus dem Fenster hatte springen wollen und die früher nicht einen Tag ohne ihren Friseur ausgekommen war, wurde auf dem Weg von Südafrika torpediert, wobei sie alles verlor und vier Tage in einem Rettungsboot sitzen mußte, bis sie aus dem Wasser gefischt wurde. Jetzt arbeitete sie als Haushaltshilfe bei einer reichen Freundin. Kiko, ihr Mann, war seine Geisteskrankheit offenbar losgeworden, oder er war geisteskrank genug, um ohne Angst im Krieg zu kämpfen. Er arbeitete für den Nachrichtendienst in Italien. Bunty hatte unterdessen einen Freund, einen verheirateten Offizier, der sich nicht scheiden lassen konnte, weil seine Frau sich weigerte. Keiner von ihnen hatte sich offenbar seit der Riga-Zeit sonderlich verändert.

Während des ganzen Krieges fehlten Katze Pfeffer und Gewürze, und Tobias versicherte ihr mehrmals, daß Titta jede Menge Pfeffer besitze, Katze könne einfach nehmen, was sie brauche, und dort in Tittas Wohnung stehe auch reihenweise Eingemachtes, das nur schlecht werde, wenn man es nicht bald aufesse. Doch Gaus hatte schließlich Tittas Wohnung vermietet. Würden sie die jemals zurückerhalten? Zu Tante Tittas Geburtstag, schrieb Tobias, gab es Hummernsalat und »Stroganoff« und, so fügte er hinzu, »eine Sensation«: Mamas Verwandte waren »zurückgekommen«, und es ging ihnen gut. »Zurück« bedeutete aus Theresienstadt.

In Gammel Mønt 14 war das Neugeborene unterdes getauft worden, dank Gaus, der dieses Mal als Pate und Wohltäter auftrat. Er bezahlte den ganzen Lunch und die Taxis für alle Gäste zur Kirche und zurück. Mama hatte gerade 100 Kronen für das Bankbuch der Kleinen gesandt. Für ihre »Aussteuer«, wie Tobias schrieb. Er fand natürlich, daß es nicht gerade eine Empfehlung sei, wenn das Kind ihm ähnele, wo es doch eine so entzückende Mutter und Großmutter habe.

Katze plagten noch immer Schmerzen im Unterleib und Fieber, was entweder an Komplikationen in Verbindung mit den Wechseljahren, ihrem unbändigen Engagement bei Schwangerschaft, Entbindung und Kindbett der Tochter oder an dem Umstand lag, daß sie aus Mangel an Heizmaterial fast fünf Jahre in einer eiskalten Wohnung gelebt hatte.

Es spricht sich bis nach Schweden herum, daß es ihr schlecht geht, und Tobias drängt sie auf jede mögliche Weise, augenblicklich zum Arzt zu gehen, die Arbeit an den Nagel zu hängen und zu ihm nach Stockholm zu kommen. Doch Katze, als die unerschütterliche Märtyrerin, die sie nun einmal ist, will nicht kuriert werden und hat jetzt eine weitere Ausrede, weshalb sie nicht nach Schweden fahren kann. Die kleine Zeste könne sie nun wirklich nicht allein lassen. Tobias erinnert sie in einer Nebenbemerkung daran, daß Zeste trotz allem nicht *ihr* Kind sei, also brauche sie es auch nicht zu stillen, baden, pudern und spazierenzufahren oder wie ein Zirkuspferd beim Klang der Trompete herbeizustürzen, wenn das Kind nur den kleinsten Pieps von sich gebe. Li soll ihr Kind wohl auch ein wenig in Ruhe genießen dürfen. Und im übrigen brauche Tobias weit mehr Pflege als das Kind. Er sei bald so alt, daß er sich ein spezielles Stativ für seine Spielkarten bauen lassen müsse, weil seine Hände anfingen zu zittern. Sehr lustig. Aber was soll Katze in Stockholm, sie wohnt schließlich in Gammel Mønt 14 und hat es satt, sich herumkommandieren zu lassen.

Doch Tobias hat vielleicht ein ernsthafteres Anliegen als den

Bedarf an liebevoller Pflege. Vielleicht macht er sich schlicht und einfach Sorgen, ob er die Frau, mit der er verheiratet ist, nach all den Jahren überhaupt noch kennt. Er droht, ihr nie mehr zu schreiben, wenn sie nicht zum Arzt gehe, und er erzählt von einem Traum, den er gehabt hat.

Katze war gerade angerufen und informiert worden, daß Tobias ein Verhältnis mit Eugenie habe. Doch er dementierte. Er habe kein Verhältnis zu irgendwem, doch andrerseits könne es gut sein, daß er sich bald nach einem umschaue, falls Katze nicht umgehend dafür sorge, daß sie gesund würde. Angelika sei in Schweden gewesen und hätte gesagt, daß es Katze dreckig gehe und sie entsetzlich aussehe mit tiefen gelben Ringen unter den Augen. Und Tobias wurde wütend und ärgerte sich über diese Idiotin, die doppelt so alt aussah wie Katze. Sie *müsse* sich behandeln lassen, Unterleibsprobleme würden nicht von selbst vorübergehen, Katze solle nur an Glenda denken. Schließlich könne es ja sein, daß der Krieg eines Tages vorbei wäre und sie sich wiedersähen. Und dann würde sie doch wohl gern gesund sein? Tobias hatte geträumt, er liege in einem großen Bett mit Katze und einer dunklen Schönheit, Rita, von der er nicht wußte, wer sie war, doch die als Reserve diente, weil Katze krank war. »Das willst Du ja wohl nicht? Also rein mit Dir! Versprich es mir, mein Schatz, ja?«

Das Neue an dem alten bürgerlichen Lebensideal war in den Dreißigern, daß verheiratete Frauen sich zu bemühen hatten, ihr Äußeres zu bewahren und jung auszusehen, was mit Hilfe von Puder, Rouge und Lippenstift unterstrichen wurde – etwas, das zuvor nur Kokotten vorbehalten war. Als »Marie-Claire« 1937 dieses neue Jugendideal für verheiratete Frauen lancierte, löste es eine Welle von Protestbriefen aus. Die Frauen waren wirklich nicht imstande, sich die zusätzliche Bürde, jung aussehen zu *müssen*, aufzuladen, wenn sie in Wahrheit alt und müde waren. Doch das Ideal triumphierte. Deshalb gab es auch 1945 – als Katze fünfundvierzig war – keine Entschuldigung dafür, daß sie gelbe Ringe unter den Augen hatte. Es war neben Büroarbeit, Haus, Hund, Kindern und Enkelkind ihre Pflicht, attraktiv zu sein.

Katze freute sich, daß Tobias keinen Unfug trieb:

»Das zu hören, war gut, denn ich habe ansonsten heute nacht so schrecklich von Dir geträumt und wie gewöhnlich geheult. Es wäre wirklich traurig, wenn Du Dich kurz vor Toresschluß noch verlieben würdest, wie es so viele andere in dieser Zeit, in der sie getrennt sind, tun, doch ich hoffe inniglich, daß unsere Liebe auch diese Klippe überwindet. Natürlich fällt es einem Mann viel schwerer als einer Frau – besonders wenn es eine solche ist, wie ich, so kritisch und so altmodisch treu. Laß es Dir gut gehen, wirklich gut und hüte Dich vor Dora, Maj-Lis, Mausie und Madge, denn ich möchte Dich doch so gern auf der gleichen Wellenlänge wiedertreffen.«

Am Abend zuvor, als Tobias nach seiner Abendzeitung ging, wurde er fast »von einer Katze nahestehenden Person« mit Monokel umgerannt, die zur Haustür hereingestürzt kam. Er war ganz grau im Gesicht, aber das war ja verständlich, da die Ereignisse der letzten Zeit an ihm gezehrt haben mußten. Im Haus befanden sich, außer einer Badeanstalt, eine *Konditorei* und ein Massagesalon. Was hatte er wohl im Auge? Einen kleinen Konditoreibesuch? Ein Bad oder ein kleines Nachmittags-Rendezvous?

*

Tobias wurde 50, in dem Jahr, von dem er hoffte, daß es das Jahr der Befreiung würde. In den letzten Tagen des Aprils und den ersten im Mai hing er von früh bis spät am Radio. Während sie auf die Befreiung warteten, begannen Titta und Dot sich zu streiten. Dot war eine der unzähligen Frauen von Onkel Hugo, etwa Nummer fünf. Wir dürfen nicht vergessen, daß es nicht kriminell ist, sechsmal verheiratet zu sein, und daß sie allesamt unechte Blondinen waren und nur eine von ihnen, Schwups, sich im Abendkleid mit allen Juwelen behängt auf den Altan legte und an einer Überdosis starb. Dot war Heereshelferin, in der Frauenabteilung der dänischen Brigade Danmark, und am Nachmittag vor der Befreiung sagte sie zu Titta: »Gott, mit deiner neuen Frisur siehst du aus wie eine Waschfrau!«

Da gab es Krach. Nach dem Abendessen weinte Dot, und Titta mußte sie trösten. Dot war beleidigt: »Ja, ich weiß wohl, daß ich zu ehrlich bin und die Dinge geradeheraus sage, während du hinter dem Rücken der Leute über sie redest.«

Titta: »Ich wünsche eine Erklärung!«

Dot: »Du hast gesagt, Ib ist unzufrieden mit Otto, und Tobias sähe es am liebsten, wenn er das Zimmer nicht mit Ib teilen müßte, und du hast etwas über Katze und Tobias gesagt, das ich nicht einmal über die Lippen bringe.«

Titta: »Das ist gelogen!«

Dot: »Du sagst also, ich lüge? Na dann adieu.«

Titta: »Ich weiß sehr wohl, daß du eifersüchtig auf mich bist, weil mich alle Leute gut leiden können, dich aber nicht.«

Und dann mußte Onkel Otto also Tante Dot trösten und die Sache schlichten, und davon wurde Tante Tittas Stimmung nicht eben besser. Die Zensur hatte den Brief gestempelt, mit Adler und Siegel, mit Farbe und Lack und mit Schnupftabak. Am 5. Mai 1945 brauchten sie keine Rücksicht mehr auf die Zensur zu nehmen und konnten heißen wie in Friedenszeiten:

Meine Allerliebste,
heute morgen um neun bestellte ich einen Anruf bei Dir. Um eins ließ ich ein Eil-Gespräch daraus machen, doch selbst in diesem Augenblick, es ist 14.30 Uhr, bist Du noch nicht in der Leitung. Da wir heute abend ausgehen wollen, will ich nicht riskieren, Dir keinen Gruß geschickt zu haben, falls ich bis um sechs, wo ich annullieren muß, nicht durchgekommen bin. Was ist das doch für ein schöner Tag, und ich kann mir denken, daß die Stadt kopfsteht. Es war das einzig Traurige in all der Freude, daß wir nicht zusammen feiern können, aber jetzt kann es ja Gottseidank nicht mehr lange dauern, bis wir uns wiedersehen. Mama schätzt 10–30 Tage, also um den 1. Juni wird es wohl klappen. Es wird wunderbar, Dich, die Kinder und Zeste, mein ausgesprochenes Ebenbild, zu sehen! Vor ein paar Minuten rief Bekka an, selbstverständlich ebenfalls begeistert, und Balder ist wohl mit der Brigade schon in Kopenhagen. Aus meinen Andeutungen hast Du sicher verstanden, daß er freiwillig beim Polizeikorps ist, das heute mittag um zwölf heimgeschickt wurde – vielleicht hat er ja bereits Verbindung mit Dir aufgenommen. Tausend Friedensküsse an Euch alle, Dein TOBIAS, ehem. Henry.

Damals, am 9. April 1940, als man Tobias in Riga angerufen und von der Besetzung Dänemarks informiert hatte, glaubte keiner, daß fünf Jahre vergehen würden, bis das Ganze zu Ende war. Doch nun waren die Schreckensjahre vorbei, der Champagner wartete auf dem Eis, und man fiel sich vor Freude in die Arme. Kurz vor sieben am nächsten Morgen kam Titta zu Tobias ins Zimmer und weckte ihn, damit sie zusammen die Rede des Königs hören konnten – und die Kirchenglocken.

Die Flüchtlinge waren auf dem Weg nach Hause, und sie rechneten damit, wieder in ihre Wohnungen einziehen zu können, wo sie alles zurückgelassen hatten. Gaus hatte ihnen schließlich so großzügig geholfen, als sie fort mußten, deshalb erwarteten sie nun, daß ihnen bei ihrer Heimkehr in gleicher Weise geholfen würde. All ihre Sparbücher, alles hatten sie schließlich in seiner Obhut zurückgelassen.

Doch unterdessen war Merkwürdiges mit Gaus geschehen. Bereits im November hatte »Politiken« von einer mißlichen Sache geschrieben, bei der Gaus der Drahtzieher war. Auch wenn Tobias sagte, daß der Artikel ja eigentlich kein Angriff auf Gaus persönlich, sondern mehr auf das Gesetz sei, das Aktiengesellschaften mit nur wenigen Millionen Kapital erlaubte, Liegenschaften im Wert von 50 bis 60 Millionen Kronen zu erwerben und zu verwalten. Katze hatte bei sich beschlossen, Gaus nicht gerade zu den besten Gotteskindern zu zählen.

Früher hatte Tobias Katze stets aufgefordert, Gaus besonders zu hätscheln, und er hatte gesagt, Gaus benähme sich nun einmal wie eine Primadonna, und aus dem Grund benötige er etwas zusätzliche Aufmerksamkeit. Gaus hatte Katze mit der Firma geholfen und würde es jetzt nach dem Krieg auch tun, also sollte sie sich bemühen, ihm ein wenig um den Bart zu gehen, es wäre schließlich zu ihrer aller Bestem. Doch Katze war nicht gewillt, irgend jemandem um den Bart zu gehen, am allerwenigsten Gaus. Schon im Oktober '43, als er ihr den Teppich unter den Füßen weggezogen hatte, war sie völlig überrumpelt gewesen. Er hatte ihr nur 8 000 gegeben, und auch wenn Tobias sagte, es sei ein guter Preis, so hätte sie ein halbes Jahr später 14 000 bekommen und bei einer Auktion doppelt soviel. Nein, solche Menschen, die bewunderte sie nicht.

Tobias konnte nicht verstehen, daß alle Wohnungen weg waren. Wie es hieß, war Gaus abgetaucht, und das war er auch, denn er lag im Keller seiner Villa in Ordrup auf den Knien und spielte mit der Modelleisenbahn. Tobias war alarmiert. Weshalb war Gaus plötzlich so merkwürdig geworden? War das Rundfunkgeschäft fehlgeschlagen? Man hatte doch geglaubt, mit Jas als Mitarbeiter läuft es sehr gut! Es war ja schrecklich, wenn mit Gaus etwas nicht stimmte. Wie konnte alles plötzlich so schlecht stehen? Und wie konnte Mamas neue Wohnung am Kastelvej einfach verschwinden, war sie untervermietet oder ganz und gar an andere weitergegeben worden? In dem Fall mußte Gaus schließlich eine neue Behausung für sie finden!

Doch Gaus hatte wirklich genug um die Ohren, und das konnte Li bezeugen, als sie in seinem Büro auf dem Boden lag, in einem Berg von Banknoten, Schwarzgeld, das eines schönen Tages wertlos zu werden drohte. Zusammen wälzten sie sich zwischen wertlosen Aktien, Strumpfbänder und Hosen in den Kniekehlen, und fühlten sich herrlich unmoralisch in dieser moralischen Zeit. Solange Li in diesem Berg unbrauchbarer Banknoten lag, hatten die Løvins nichts zu befürchten. Denn Gaus tat alles, worum sie ihn bat. Und Li hatte keine anderen Wünsche, als daß er ihrem Vater und ihrer Familie half.

Am 20. Mai 1945 verschickte Tobias einen Rundbrief an die gesamte Familie in Schweden – ein gutes Dutzend Abschriften, in dem er sie aufforderte, sich für ein Geschenk an Redakteur Dedichen bei »Politiken« zusammenzutun, dank dem sie den Schrecken entgangen und rechtzeitig nach Schweden entkommen waren. Statt ihm einen silbernen Becher oder eine Porzellanfigur zu verehren, schlug Tobias vor, ihm ein Paket mit rationierten Waren zu überreichen, die sie selbst so lange genossen hatten. Kaffee, Tee, Tabak, Wein, Sardinen, Schokolade. Sie durften zwanzig Kilo pro Person ausführen.

Typisch Tobias, diese Fürsorglichkeit. Er war derjenige, der sich an alle wichtigen Details erinnerte. Dafür konnte der Überblick verlorengehen. Er hatte nicht bedacht, daß er während des Krieges von seinem Erbe gelebt und dieses aufgebraucht hatte, und nicht allein das seine, sondern auch das seines Bruders. Er hatte nicht nur unterlassen, Geld zu verdienen – was Katze allen Mut nehmen sollte –, er hatte auch Schulden angehäuft. Und es war kein Trost, daß er ständig kurz vor dem Gewinn stand, die Stockholmer Einzelturniere jedoch nur selten gewann, weil es stets irgendeinen Idioten gab, der ihn im letzten Augenblick nach unten zog.

Es ist vielleicht nur zu verständlich, daß all die unbewußten und unterdrückten Gefühle und die Frustration, die ein Krieg beim einzelnen hinterläßt, schließlich bei der Frage des Geldes enden. Wie sollen Gefühle sonst übersetzt werden? Die Familie weiß nicht, daß es drei Generationen braucht, einen Krieg zu überwinden. Wer schuldet wem was? Alle schulden irgendwem irgendwie eine Ohrfeige, als der Feind besiegt ist. Aber als Flüchtling ist Otto mit seinem großen Bruder solidarisch. Er ist nach Helsingborg gefahren und hat Mama beim Packen geholfen.

Mama will ständig über Geld reden, weil sie so nervös ist, und Otto kann sich nicht drücken. Ob es stimme, daß Tobias die ganze Kriegszeit über von ihrem Geld gelebt habe?

»Ja, sicher«, antwortete Otto.

»Dann hätte er ja wohl etwas sagen können«, meinte Mama.

»Er hat es doch geschrieben, obwohl du es dir schon vorher hättest ausrechnen können!«

»Ich hatte geglaubt, es sei mehr ein Scherz«, sagte Mama.

»Natürlich war es kein Scherz.«

»Ich hatte gedacht, ich hätte etwas gespart.«

»Es gibt keinen Grund zur Unruhe, du kannst fast so leben wie zuvor.«

»Wie kann ich das, wenn Tobias all mein Geld aufgebraucht hat?«

Doch wenn Tobias geglaubt hatte, Katze wäre bereit, ihr schwer verdientes Geld an ihre Schwiegermutter zu zahlen, dann hatte er sich erneut geirrt. Lange Zeit nach der Befreiung schrieb Katze noch immer unter Glendas oder Lis Namen. Als hätte die Besetzung ihr eigentlich ausgezeichnet gepaßt. Das Wiedersehen zwischen Katze und Tobias wurde für beide schockierend. Neunzehn Monate lang hatte Tobias geschrieben, sie müsse auf sich selbst achten, denn er wolle so gern, daß etwas von ihr, seinem lieben kleinen Schatz, übrig sei, wenn sie sich wiedersähen.

Aber es war nichts übrig. Der liebe kleine Schatz war tot. An seiner Stelle war da eine große, wütende, berufstätige Frau, deren Bitterkeit sich nicht besänftigen ließ, als ihr klar wurde, daß Tobias den gesamten Krieg mit Kartenspiel und Flirten vertan hatte. Ihre Verachtung und ihr Groll gipfelten in einer unheilbaren Gürtelrose, ein Höllenfeuer, das sie bis in alle Ewigkeit peinigen und plagen sollte. Und selbst wenn sie ständig davon sprach zu sterben und sich auch danach sehnte, mußte der Himmel warten. Vorläufig mußte sie damit zurechtkommen, daß es tatsächlich nichts und niemanden auf der Welt gab, der einem für Ordnung und Rechtschaffenheit dankte. Disziplin und Fleiß wurden nicht mehr belohnt als Chaos und Zerstörung, es gab anscheinend keine Moral mehr auf der Welt, alles war gleichgültig. Von diesem Moment an faßte Katze den Entschluß, sich selbst aufzulösen. Die Kröten, die sie hatte schlucken müssen, ließen sich leichter mit Branntwein verdauen.

Alkohol zerstört den Charakter der Leute, Li würde es später zu spüren bekommen. Doch wenn man Geld hatte, geschah es auf diskrete Weise. Katze saß schließlich nicht in der Kneipe. Sie unterließ es nicht, sich zu waschen. Sie trank ganz allein, führte weiter ein respektables Leben und sprach nach wie vor von ihrem »Cocktail«. Li hatte eigentlich nicht bemerkt, wie sehr der Aquavit ihre Mutter in Beschlag genommen hatte. Es war ja nur – zu Beginn –, weil Katze Schwierigkeiten hatte, gegen die unzuverlässige Männerwelt anzukommen, die sie nicht respektierte. »Ich nehme nur vorher einen Drink, dann werde ich den Herren im Vorstand meine Meinung sagen.« Weil sie entdeckte, wie wenig Frauen in der seriösen Finanzwelt für voll genommen wurden. Sie hatte darauf verzichtet, bis in den Vormittag zu schlafen, Maniküre zu nehmen, ihr Nachmittagsbridge zu spielen und sich die Hand küssen zu lassen, alles zugunsten einer unsicheren Zahlungsbilanz und einer generell herablassenden Behandlung. Erst als Li ihre Mutter eines späten Abends eindeutig betrunken sah, dachte sie, irgend etwas laufe total falsch, doch würde es schon wieder in Ordnung kommen, wenn die anderen aus Schweden zurückkehrten.

Nichts kam in Ordnung. Katze war überzeugt gewesen, sie würde vor Freude tot umfallen, wenn sie heimkehrten. Balder und Bekka hatten ihr so wundervolle Briefe zur Silberhochzeit geschrieben und ihre rückhaltlose Liebe erklärt. Trille, die so reizend von Katzes »unglaublich vielen guten Eigenschaften« sprach, der absolut perfekten Ehefrau und Mutter, dankte ihr für die beiden handgestrickten Badeanzüge, die Katze für sie gewerkelt hatte. Bekka hätte furchtbar gern eine solche Mutter, schrieb Trille zu Ehren der Zensur. Und Balder hatte ihr Komplimente gemacht wegen ihrer Jugendlichkeit, ihrer Selbstaufopferung und seiner glücklichen Kindheit. Er würde nie den Abend vergessen, an dem ihm Katze so manches über sich

erzählte, was er nicht gewußt hatte. Und daß sie zu ihm hereinkam, nachdem er ins Bett gegangen war, ihn küßte und fragte,
ob er ihr vergeben könne. *Er ihr* vergeben! Wo sie doch die Güte
und Uneigennützigkeit in Person war. Sie, die immer zuerst an
andere dachte. Sie, die sich mühte und plagte, damit alle anderen
es so gut wie möglich hatten. Und das ihr ganzes Leben lang.

Die ersten Tage waren auch sehr festlich. Als sie am Freihafen
eintrafen, bepackt mit Geschenken und Waren, Mandeln, Kaffee, Marzipan und Schokolade, die man seit fünf Jahren nicht
gesehen, ja von denen man nicht einmal geträumt hatte. Für Li
brachte Tobias eine ganze Hochzeitsausstattung mit, Laken,
Handtücher und was sonst noch dazu gehört, sowie wundervolle Babysachen für Zeste.

Doch dauerte es nicht lange, bis die bitteren Gefühle über-
handnahmen, und weder Katze noch Tobias wußten, wie sie
ihnen Ausdruck verleihen sollten. Sie hatten schließlich für so
vieles dankbar zu sein, sie waren am Leben und nicht tot. Und
dasselbe galt für ihre Kinder, am Leben und nicht tot. Doch
beide fühlten sich verraten. Sie hatte es unterlassen, auf sich
selbst zu achten. Sie hatte ihn nicht in Stockholm besucht, als
er sie brauchte. Und er hatte sich »mit eingezogenem Schwanz«
aus dem Staub gemacht.

16. London

Im Dezember 1945 flog Tobias in einem eiskalten Flugzeug mit
offenem Cockpit nach London. Obgleich er alle seine Sachen in
mehreren Schichten übereinandergezogen hatte und mit einer
Decke um seine Blutgerinnsel-Beine dasaß, erinnerte der Flug an
eine Nordpolexpedition. Es war nicht viel von der ausgebombten
Stadt übrig, die an Mangel und Einschränkungen litt: Man konnte
nur jeweils drei Wochen in einem Hotel logieren. Im Cumber-
land Hotel, Marble Arch, aß Tobias ein mysteriöses Hackfleisch-
Kotelett, das wie vorgekautes Schwarzbrot schmeckte. Das Hotel
war ungeheizt, man konnte froh sein, daß es überhaupt noch ein
Hotel *gab* und nicht nur ein Erdloch.

Tobias jagte die schnee- und eisbedeckten Straßen rauf und
runter, um Waren zu finden. »Waren – nicht Geld – sind heute
von Bedeutung«, schrieb er an Katze. Also war er jetzt nach Lon-

don geflogen, um irgend etwas aufzutreiben, was sich verkaufen ließ. Aber auch, um ein wenig Distanz zu ihr zu bekommen. Bei Dorothy Parker las er von einer trunksüchtigen Mutter, die die Flaschen versteckte, und einem Kind, das lediglich begriff, daß die Mutter manchmal »like that« wurde. Katze war mehr und mehr »like that«. Er dachte auch, wenn er nur etwas finden würde, von dem sie leben könnten, dann wäre es möglich, sie zu entlasten, entweder vom Büro oder vom Haushalt, und dann hörte sie vielleicht damit auf und würde zu ihrem alten sanften Ich zurückfinden. Deshalb hatte Tobias für 50 000 Kronen Pfeifen für die Vulkan AG gekauft, vielleicht konnten sie ja davon leben. Torf war nicht mehr gefragt, jetzt wo es Benzin gab.

Die Greuel und Verluste des Krieges beginnt Tobias allmählich zu begreifen, als er erfährt, was mit seinen jüdischen Bridgepartnern aus Riga geschehen ist. Anfangs benutzt er den Euphemismus »von den Deutschen getötet«, aber als klar wird, daß es ganzen Familien geschehen ist, Kindern und Alten, die überhaupt nicht im Krieg gekämpft hatten, und daß in Lettland an einem einzigen Tag sechzehntausend erschossen worden waren, sagt er es nicht mehr.

Er fährt mit ächzenden Zügen weit aus London hinaus, um Fabriken aufzuspüren und en gros einzukaufen, und er schickt Katze Probebeutel mit Badeschwämmen, Babygummilaken, Windelhöschen, Lätzchen in sieben verschiedenen Größen, Damenschürzen, Regencapes, Fußbälle und Topfkratzer. Er erwägt, mit Tweedjacken, Puderdosen, Kinderbetten und Nüssen zu handeln, und eines schönen Tages erhält Katze zu ihrer ungeheuren Verwunderung einen großen leeren Sack. Das ist Tobias' neue Initiative, sein Angebot, wovon sie in Zukunft leben sollen, Jutesäcke für Sand und Zement, Holzkohle und Zwiebeln. Unterdes lebt er vom Kartenspielen.

Er hielt es nicht geheim vor Katze, sondern erklärte ihr, wie man in England spielte. Daß man sich nicht gegenseitig vorstellte, sondern nur eine Karte zog: How do you play, partner? Two clubs? Blackwood? Strong no trumps? Wenn der Robber beendet war, bezahlte man. »Table up.« Zog erneut. Die beiden Niedrigsten schieden aus, und derselbe Spaß begann von vorn. Beinahe nirgendwo war es möglich, mit festem Partner zu spielen, was dem Zufallsspiel mehr Raum gab. Doch im Augenblick spielte Tobias nicht des Spiels wegen, er spielte, um sich über Wasser zu halten. Der vornehmste Club, in dem er spielte, war der berühmte Crackfords, ein ganzes Haus mit Bar, Restaurant, Lesezimmern, Gästezimmern – und in dem einen Zimmer spielte man nur 2½ Shilling, im anderen 5 Shilling und in dem dritten 10. Die Hälfte der Spieler im 10-Shilling-Zimmer waren Frauen! Mit goldenen Zigarrenetuis und brillantenbesetzten Feuerzeugen aus Gold, im Nerz und Zobel setzten sie, ohne mit der Wimper zu zucken, 70 bis 200 Pfund per Robber um. Zwei Uhr nachts begann Tobias einen neuen Robber mit zwei Damen über 70! Er begriff, warum diese Nation den Krieg gewonnen hatte, denn sie gaben niemals auf! Das Essen war gräßlich, doch niemand klagte.

Tobias wußte sehr wohl, daß er über das Vergnügungsleben schreiben mochte, was er wollte, Katzes Kommentar lautete unweigerlich: »Vergeudete Zeit«, egal wie amüsant es gewesen war – selbst wenn man nur selten einen Whisky trank. Er schrieb mehr darüber, was er an elektrischen Autos, Triebwagen und Motorrädern gesehen hatte. Sollte er sie importieren? Oder beinahe das Beste von allem, ein nagelneues Material: Stanniol! Es konnte für die Verpackung von Käse oder Schokolade, bei Bierflaschen oder als Milchdeckel Verwendung finden. Er kaufte jede Menge Fallschirmseide, von der er hoffte, daß Katze, Li und Rebekka sie zu etwas gebrauchen könnten. Und eine Art »flüssigen Gummi«, von dem er glaubte, er sei zukunftsträchtig, man nannte ihn »plastic«.

Doch das Handelsamt sagte nein zum Import von Plastik und Fahrrädern, und Katze war einfach nicht tüchtig genug, wenn es darum ging, Käufer für Regencapes und Puderdosen zu finden. Sie hätte zweifellos alles im Handumdrehen verkaufen können, so groß war der Warenbedarf nach dem Krieg. Doch Katze hatte ihre eigene Disziplin und Beharrlichkeit bei der Arbeit, die täglichen kleinen Schritte waren ihre Stärke. Dynamische Kraft hatte sie nie besessen, und Motivation hatte sie nicht mehr. Tobias war offenbar eine Mischung aus Straßenhändler und dem Conférencier Professor Tribini geworden: »Und dann habe ich einen Bleistift in *allen* Farben gefunden, der nicht brechen kann und nicht angespitzt werden muß, er ähnelt einem Griffel!« Tobias versuchte auch, Agent für Elisabeth Arden zu werden, doch war es natürlich schwierig, einfach so von der Straße hereinzukommen. Er fragte alle, die er kannte, doch niemand hatte Beziehungen zu der Firma mit Ausnahme von Madge, der rothaarigen Femme fatale aus Riga, die den Schönheitssalon besuchte. Aber auch das führte schließlich zu nichts.

Nee, briiingen könne das nichts, mokierte sich Katze. Sie wußte sehr wohl, warum dieser Vollidiot von Tobias nach London verduftet war, aus keinem anderen Grund nämlich, als um diesem Weib auf den Leib zu rücken.

Bunty war *so* excited gewesen, als sie die Nachricht von Tobias erhalten hatte, er sei in der Stadt, daß sie sofort bei Madge angerufen hatte, um ihr die gute Neuigkeit mitzuteilen. Madge war sehr busy, hatte aber doch Zeit, ihn – zwischen Lunch und Konzert plus Dinner –, zum Tee bei Dochester zu treffen. Sie sah, um ehrlich zu sein, entzückend aus. Fünf Jahre Krieg und der Verlust des Sohnes waren anscheined spurlos an ihr vorübergegangen. Sie sagte, sie hätte eine schreckliche Zeit hinter sich und sei nach dem Tod des Sohnes ein Jahr lang krank gewesen, bat ihn jedoch, nicht davon zu sprechen.

Während des Krieges hatte sie in einer Kantine gearbeitet – in der Küche Kartoffeln geschält und abgewaschen, aber das war immer noch besser, als in einer Fabrik zu schuften. *Alle* zwischen siebzehn und fünfzig mußten arbeiten. Nach der Scheidung von ihrem Mann hatte sie ihr eigenes Haus bekommen – ganz in der Nähe der Park Lane, zwei, drei Etagen hoch, zehn Zimmer –, aber es war zerbombt worden. Sie war jedoch so vorausschauend gewesen, die ganze Einrichtung bei Beginn des Bombardements aufs Land zu schaffen, so daß sie bisher nur das Haus verloren hatte. Die Regierung hatte es für die polnische Botschaft restaurieren lassen. Jetzt wohnte sie in einer möblierten Zweizimmerwohnung mit kleiner Küche, elektrischem Herd und Eisschrank.

Tobias war zu Madge eingeladen gewesen, zusammen mit einem englisch-französischen Ingenieur und dessen Frau. Das waren die Eltern vom besten Freund des Sohnes. Auch er war gefallen. Er war bei der R. A. F. gewesen, hatte 1940/41 mit seiner Spitfire an der Verteidigung Londons teilgenommen, sich '43 für den Osten gemeldet, wurde über Burma von den Japanern abgeschossen, kam verwundet in Gefangenschaft. Ist geflohen. Nach drei Wochen im Dschungel wurde er von den Burmesen gefaßt, die die englischen Gefangenen für zwanzig Pfund das Stück an die Japaner verkauften, die ihn, nachdem er zwei von ihnen erschossen hatte, zu Tode quälten, dreiundzwanzig Jahre alt.

Madge hatte selbst zwei Fasane gebraten, die ihr der Bruder vom Land geschickt hatte. Dazu gab es Bacon, gedünsteten Sellerie, gekochte Kartoffeln und Soße, dünner als Wasser. Nichts zu trinken. Das Dessert bestand aus Toast in einer Mehlschwitze mit Rosinen und fand viel Beifall, da Milch ebenfalls eine Seltenheit war. Zeste hätte es sehr genossen.

Leider hatte Madge keine richtigen Geschäftsverbindungen, die meisten ihrer Bekannten waren Offiziere, reiche Leute, die nie etwas bewerkstelligt hatten, aber nun einberufen worden waren. Elf Uhr vormittags begann Madge ihren Tag bei Dorchester, wo sie Spitzen in einem Basar verkaufte. Danach Bridge und Dinner im »Savoy«. So verlaufe der Tag für eine Society-Lady, erklärte Tobias in seinen Briefen. Madge sei im übrigen sehr erfreut gewesen, Tobias wiederzusehen, besonders da sie ganz sicher damit gerechnet habe, daß er tot sei.

Wenn er es doch wäre! Katze hatte kein nennenswertes anthropologisches Interesse. Was ging es sie an, wie eine Society-Dame in London lebte? Katze waren die Trümmer Europas egal, da Tobias ihr eigenes Leben zertrümmert hatte! Es war nur ein geringer Trost, daß Bunty auch mitgenommen aussah, weil sie in einem großen Kaufhaus – à la Daels Varehus – draußen an den Brücken stand und Mäntel verkaufte. Es stimmte Katze nicht freundlicher, als sich herausstellte, daß Tobias ihre Zukunft doch nicht, wie geplant, in vier Tagen ordnen konnte und seine »Verbindungen« in London ihm deutlich gemacht hatten, es sei notwendig, mindestens ein halbes Jahr dort drüben zu bleiben. Nicht einmal zu Weihnachten kam er heim. Es war das dritte Weihnachten, daß er fern von der Familie war, und dieses Mal aus freien Stücken. Katze war verbittert. Und er rief nicht einmal an, das heißt, er tat es schon, doch aufgrund all der Soldatentelefonate zum Festland kam das Gespräch nicht durch, während es zu Madge offensichtlich glatt durchging.

Und jetzt war Rebekka zu ihrem Vater hinübergefahren, denn sie hielt schließlich zu *ihm*. Sie wohnte bei den Kindern von Onkel Sophus, dem Konsul von Yokohama, und Tante Fanny, die stets mit dem Rücken zum Öresund gesessen hatte, weil sie in Japan die Flutwelle hatte kommen sehen. Bekka schrieb ihrer Mutter unsicher von einem neuen Kostüm, das sie gekauft hatte und das die Mutter ganz bestimmt auch wundervoll finden würde – grün und braun kariert, Plisseerock. Leider hatte es

15 Pfund gekostet, aber alles, was ein bißchen netter aussah, kostete über 20 Pfund, die Zweckkleidung zu 6 Pfund sah nur von weitem hübsch aus.

Rebekka behauptete, sie habe die Augen offengehalten nach allen erdenklichen Anzeichen eines Verhältnisses zwischen Madge und Tobias, schwor aber, daß nichts dafür spreche. Madge sei, wie Katze selbst gesagt habe, wirklich nett, wenn sie jemanden mochte, und sie mochte Rebekka sehr. Madge sei absolut nicht schlank, viel dicker als Katze, versicherte Bekka, dünne kurze Haare und ziemlich ungepflegt, was Bekka ihrem Vater blitzschnell verklickerte! Aber sie war reizend und lustig, und Katzes Eifersucht weitaus eher würdig als die heimische Glenda. Ansonsten gab es keinen Grund, eifersüchtig zu sein. Madge hatte sie zu einer Menge Dinge eingeladen, Theater und so, allerdings stets gemeinsam, und das hätte sie ja nicht zu tun brauchen.

Doch Katzes Wut war so alt wie die der Welt. Und obendrein besaß Tobias die Frechheit, ihr zu Weihnachten eine *Uhr* zu schenken. Longines. Diese habe ganz sicher den großen Vorteil, schrieb er, daß es eine gute Uhr sei und sie deshalb funktionieren würde, doch Katze war das absolut egal. Die Uhr sei eine große Enttäuschung gewesen, schrieb sie an Tobias, der Gaus gebeten hatte, den Kauf zu übernehmen. Gaus hatte bei der Gelegenheit gleich zwei gekauft. Eine Uhr für Katze und eine für seine Frau. Doch Katze war überzeugt, daß Gaus die Uhren vertauscht und ihr die schlechtere gegeben hatte, obwohl es die gleichen waren. Katze ärgerte sich derartig über diese Uhr, und sie haßte Gaus so sehr dafür, daß Tobias sie trösten und bitten mußte, das Geschenk zu verzeihen, und er schwor, wenn er eines Tages reich sei, würde er ihr eine Platinuhr verehren, besetzt mit Brillanten. Doch Katze war nicht leicht zu trösten und ließ selten von sich hören. Als sie sich endlich selbst überwunden hatte und wieder nach London schrieb, begann der Brief: Dear Sir …

Tobias antwortete »*privat* und *nicht* zum Vorlesen gedacht«:

»Mein liebes Mädchen, heute endlich ein Brief von Dir. Herzlichen Dank. Wie Du weißt, bin ich immer sehr interessiert daran, was Du und Ihr so macht – sowohl privat als auch in der Firma, obwohl ich enttäuscht und betrübt bin über Deine Frostigkeit. Ich weiß sehr wohl, es ist lächerlich, nach 25 Jahren Ehe für seine Frau (oder seinen Mann) noch zärtliche Gefühle zu hegen, doch ich bin also (entschuldige) so lächerlich, es zu tun. ›Meine Gefühle sind dieselben, die sie zweiundzwanzig Jahre lang gewesen sind‹, schreibst Du. Ach ja, wenn man fünfundzwanzig Jahre verheiratet ist, kann man sich ausrechnen, wann die liebevollen Gefühle verstummt sind – nach drei Jahren. Seltsam hier 1945 in einem eiskalten Londoner Zimmer zu sitzen und zu begreifen, daß die eigene Ehe nach drei Jahren, 1923, das Zeitliche gesegnet hat. Der ganze Tag ist verdorben, wenn ich einen Brief erhalte, auf den ich mich freue, und er beginnt mit ›dear Sir‹ oder ›lieber Tobias‹, was in Deinen Augen ja dasselbe ist. Warum? Madge? Bridge? Geld? Der verlängerte Aufenthalt? Echte oder geheuchelte Gleichgültigkeit? Laß mich versuchen, es der Reihe nach abzuhandeln und würdige mich dann einer Antwort.«

Tobias erklärte zum hundersten Mal, daß Madge frech, fesch und vergnüglich, doch nie mehr gewesen sei als ein Flirt. Bridge habe er nur – außer Sonnabend, Sonntag – ein-, zweimal die Woche gespielt, was ihm einen netten Gewinn eingebracht, für den er sieben Marlene-Dietrich-Platten gekauft habe. Im übrigen solle sie sich wegen des Geldes nicht beunruhigen, denn er verbrauche unheimlich wenig für sich selbst. Die Nationalbank rechne mit sechs Pfund am Tag, er selbst brauche nur etwa vier bis fünf.

Aber vielleicht war ihre Gleichgültigkeit der Kern der Sache. Oder war das Ganze nur Theater? Er hoffte es. Doch eine Sache beunruhigte ihn: Was meinte sie eigentlich mit »Sie konnten also mit dieser Schwedenreise *auch nicht* fertig werden«. Was bedeutete »auch nicht«? Meinte sie, sie seien damit nicht fertig geworden? In dem Fall müßte es Katze selbst sein, die nicht damit fertig würde. Denn seine Gefühle seien immer dieselben gewesen, bevor er nach Schweden fuhr, während des Aufenthalts dort und nachdem er nach Hause zurückgekehrt war.

»Jetzt plötzlich (entschuldige, manchmal bin ich etwas langsam) wird mir klar, daß Du in Deinem letzten Brief geschrieben hast, ob ich hier drüben nicht etwas finden könne. Sag, hast Du gemeint, daß *ich* allein hier bleiben soll? Du mußt wahnsinnig sein. Das kommt überhaupt nicht in Frage. Wir bleiben zusammen, entweder hier oder dort – wenn *Du* willst. Ist aber gemeint, daß

Du mich wirklich satt hast und mich loswerden willst, dann laß es mich lieber direkt wissen, ohne alle Umschweife. Willst Du nach Stockholm und Liebe und Geld mit dem eventuell neuen schwedischen Staatsbürger teilen, oder – falls das nicht gelingt – ins Internierungslager? Oder bist Du bloß ganz allgemein Deines alten Mannes überdrüssig und wünschst etwas Abwechslung? Ich kann es gut verstehen. Ich hoffe und glaube, daß diese Reise einige Ergebnisse bringt, und dann kann ich Dir versprechen, daß es das letzte Jahr ist, in dem Du arbeitest. Ich würde wünschen, daß wir zu Ostern gemeinsam nach Stockholm fahren könnten, denn nicht wenige der Dinge, an denen ich hier sitze, sind für ganz Skandinavien bestimmt. Ich finde, es wäre wunderschön, mit Dir wieder ein wenig rauszukommen, und wenn es nur ein Weekend in Hedehusene wäre; aber selbstverständlich nur, wenn Du wirklich Lust hast, sowohl auf Hedehusene als auch auf mich. Hast Du? Ja oder nein?«

Myrens Buch

1. Der kleine rote Puppenwagen

Heiligabend 1947 wurde in Gammel Mønt 14 gefeiert, obgleich Li und Jas ausgezogen waren. Aber Heiligabend in Gammel Mønt mit Tobias als Festveranstalter war immer etwas Besonderes. Ein Laken verdeckte das Schlüsselloch, so daß die Kinder nicht sehen konnten, wie der Großvater den Baum putzte, der bis zur Decke hinaufreichte. Man konnte nicht sagen, was spannender war, das weiße Laken, das die ganze Herrlichkeit verdeckte, oder das, was sich dahinter verbarg. Aschenberge und Massengräber. Den ganzen Tag war Tobias mit dem Weihnachtskorb bei Verwandten und Angehörigen vorbeigefahren. Der nervenaufreibendste Besuch hatte in »Sankt Hans« stattgefunden. Tante Bekka, die Tobias begleitet hatte – sie studierte schließlich Medizin und war schon eine halbe Ärztin –, berichtete von dem grauenerregenden Erlebnis. Während sich Katze mit dem Wunsch nach einem extra Drink begnügte. Aber am Heiligabend trank man in Gammel Mønt nur Wein, zu Ehren des Feiertags und um am Neujahrsabend bei den harten Getränken um so heftiger zuschlagen zu können.

Was sie während der Okkupationszeit nicht gewußt hatten, war, daß KIS – Kirsten Inger Svendsen mit den vorstehenden Bette-Davis-Augen – eine eifrige Widerstandskämpferin gewesen war! Diese unterwürfige Frau, die Li über alles haßte, sie, die den Direktor anhimmelte und unentwegt mit einem Stuckenberg-Gedicht angeschlichen kam, dieselbe KIS hatte sich aufgerafft, Widerstandskämpferin zu werden! Man stelle sich vor, daß die Familie so eng mit dem Widerstand verbunden gewesen war, ohne es zu wissen! Es sollte sich zeigen, daß KIS in Wirklichkeit der einzige Freiheitskämpfer war, den sie überhaupt kannten. Auf Glendas Sohn, der am Befreiungstag eine Fahrradlampe gegen eine Freiheitsarmbinde eingetauscht hatte, gab Katze selbstredend nicht das Geringste. Doch jetzt verstanden sie besser, warum KIS während des Krieges so reizend zu ihnen gewesen war und sie mit Hähnchen und neuen Kartoffeln traktiert hatte.

In Gammel Mønt wohnten sie zentral, verglichen mit dem Frauenhotel, das eine Deckadresse und ebenso wie die Entbindungsklinik in der Christian den X's Gade eine Zufluchtsstätte für Widerstandskämpfer war. Mit anderen Worten: sie waren am Freiheitskampf beteiligt gewesen, ohne es zu wissen! Sie fragten sich jetzt, inwieweit Schlächter Arildsen in der St. Kongensgade, Mouvielle, von Fleisch- und Wurstwaren, Hass, der Milchmann von gegenüber, und Frau Bartum, die Gemüsehändlerin in der Pilestræde, insgeheim beteiligt oder dagegen gewesen waren.

Sie hatten nie Anzeichen von Schizophrenie bei KIS bemerkt. Obgleich es Li nicht im geringsten erstaunte, als die Diagnose schließlich gestellt wurde. Nun verstand sie ihre instinktive Aversion besser und weshalb sie einmal mit den Nägeln über KIS hergefallen war und sie beschuldigt hatte, eine Heuchlerin zu sein, die ein doppeltes Spiel spiele und so tue, als wäre sie eine belesene Person, wo sie in Wirklichkeit nur eine große Null sei. Und all ihre hochgestochenen Briefe an die Familie, die nur von Marienkäfern handelten und dem Tannenwald, der in ihrem Balkonkasten wuchs, in Wahrheit aber etwas viel »Größeres« andeuten sollten.

KIS war vielleicht keine »belesene Person«, doch war sie auch kaum eine Null. Sie war unverheiratet und hatte als Freiheitskämpferin ihr Leben eingesetzt – in jedem Fall aber ihren Verstand – aus Liebe zu Tobias. Während der Okkupationszeit hatte KIS den Widerstandskämpfer Geisler in einem Kleiderschrank beherbergt. In Verbindung mit der Kriegsarbeit oder den Wechseljahren oder beidem brach die Geisteskrankheit aus. Lange Zeit nach der Besetzung fühlte sie sich auf der Straße verfolgt, eine Auswirkung der Tage im Untergrund. Und als Ausgleich verfolgte sie in ihrer Verrücktheit selbst einen armen Weinhändler, dessen Leben sie mit Liebesbriefen verpestete, denn sie behauptete und hielt hartnäckig daran fest, daß er sie liebe.

Während des Krieges hatte KIS über die Qualität der verfügbaren Spirituosen geklagt. Der Alkohol oder »Geist«, der sich beschaffen ließ, war schließlich so begrenzt, daß man sich nicht eben »freischwebend auf einer Wolke fühlen konnte, die in den Weltraum hinausglitt«. Alkohol oder nicht, man muß jedenfalls sagen, daß der Geist des Fräulein KIS allmählich ganz von selbst ins Gleiten kam und das Universum geduldig zusehen mußte.

»Sankt Hans« in den vierziger Jahren, vor den Psychopharmaka, war nicht langweilig. Dort gab es große Säle mit schreienden und heulenden Menschen. Mitten in dem gellenden Lärm saß KIS und strahlte. Sie hatte gerade ganz besonderen Kontakt aufgenommen. Aber selbstverständlich erkannte sie Rebekka, Katze und nicht zuletzt den Leitstern ihres Lebens, Tobias, der immer so treu zu ihr gestanden hatte. KIS bat sie indessen, einen Augenblick zu warten, denn sie empfange soeben eine kosmische Botschaft. Tobias sagte: »Wir warten gern.«

Als die geheime Botschaft entgegengenommen war, redeten sie weiter, als sei nichts geschehen. Soweit es ihnen gelang, schreiende Patienten zu ignorieren.

Es dauerte nicht mehr lange, bis ein Sedativum auf den Markt kam und KIS entlassen werden konnte. Tobias beschaffte ihr eine Arbeit als Sekretärin in der Brennstoffirma, in der er selbst als Verkaufschef angestellt war. Diesen Job hatte ihm ein Bridgepartner aus dem Club verehrt, da alles andere, was er nach dem Krieg eingefädelt hatte, fehlgeschlagen war. Es war ihm mißlungen, Puderdosenhändler oder Fallschirmseidendamenschneider zu werden, sein London-Abenteuer war zu Ende. Und da er obendrein den ganzen Profit, den Katze während des Krieges erarbeitet hatte, als letzte grandiose Geste an der Börse investiert und verloren hatte, mußte er jede Arbeit annehmen, die er bekommen konnte. Katze, die immer sagte, sie sei auf englisch, deutsch und französisch verliebt gewesen, und die darauf verzichtet hatte, eine Dame von Welt zu sein, um Bürofräulein zu werden, machte Tobias klar, daß er das, was er bekommen konnte, nehmen und sich obendrein bedanken müsse.

KIS hatte die Stelle unter der Bedingung erhalten, daß sie ihre Arznei nahm. Doch das tat sie nicht. Denn, wie sie sagte, bestehe ja kein Grund für einen gesunden und normalen Menschen, Tabletten zu schlucken. Und im übrigen, wie wolle der Herr Direktor die unsichtbaren Verbindungen im Universum erklären?

»Mit dieser Erklärung will ich mich gar nicht befassen«, sagte Tobias.

»Können Sie vielleicht den drahtlosen Telegrafen oder die unsichtbaren Radioverbindungen erklären?«

»Nein, das kann ich nicht, das ist eine Sache, auf die ich mich nicht verstehe. Aber Sie verstehen sich auch nicht auf Bridge«, fügte Tobias hinzu. »Und deshalb lasse ich mich nicht darauf ein, es Ihnen zu erklären. Ebenso ist es das beste, wenn Sie Ihr Wissen hier in der Firma für sich behalten, denn sonst, fürchte ich, verlieren Sie Ihre Stellung.«

Doch Tobias mußte einsehen, daß er KIS auf die Dauer nicht vor kosmischen Botschaften und der Kündigung durch den Chef beschützen konnte. Sie hatte angefangen, ein Fünforestück mitten auf den Boden zu legen und allen Mitarbeitern unheilverkündende Nachrichten zu senden: Sie möchten der Münze ja nicht zu nahe kommen, da sie lebensgefährliche Strahlen abgebe.

*

Auf dieselbe Weise strahlten auch die Lichter am Weihnachtsbaum an jenem Abend in Gammel Mønt 14. Jahr für Jahr schmückten ihn dieselben russischen Weihnachtsväterchen aus blauglühendem Wachs mit Silberglimmer, und auf dem Weihnachtstisch standen als Kerzenhalter kleine rote Holzstiefel. Doch jedes Jahr kaufte Tobias neuen Schmuck hinzu, und in diesem Jahr war es ein goldenes Engelkarussell, das sich durch die Wärme brennender Kerzen blitzschnell drehte. Lis Augen glänzten vom Amphetamin, das Zeste und Myren mit der Muttermilch aufgenommen hatten. Dank Gaus, der ihnen eine Zweizimmerwohnung in der Hedemannsgade beschafft hatte, in einem Neubauviertel unten an den Seen, besaßen sie ihr eigenes Zuhause. Jas arbeitete noch immer in Gaus' Rundfunkgeschäft in der Ryesgade, und obgleich er zuweilen in Versuchung geriet, neue Herausforderungen anzunehmen, mahnte Tobias, daß er die Beziehung zu Gaus absolut nicht gefährden dürfe, denn sie sei äußerst wertvoll und könne auf die Dauer nur zu Gutem führen.

Obgleich Tobias sich die Mühe mit all dem Putz machte, war er dennoch ein beängstigender Großvater. Die große Nase, sein mephistophelisches Aussehen, das die Kinder mit dem roten Seidendomino verbanden, Tobias' unheimlichem und zugleich wundervollem Karnevalsumhang. Das Schicksal, das für Tobias als Jude reserviert gewesen war, konnte das rote Karnevalskostüm nicht kaschieren. Egal, wie »unvorstellbar« ein Løvin in Sträflingskluft war und wie sicher es auch feststand, daß ein Løvin viel eher »sich selbst umbringen würde, nachdem er zuvor einen Deutschen erschossen hatte« – wie die Løvin-Schwestern pflichtschuldig wiederholten –, die Kinder blieben mißtrauisch.

Tobias gehörte einer schreckenerregenden Welt an. Wenn er gegessen hatte, setzte er sich in seinen Sessel und schrie aus voller Lunge: Kaffee! Die Kinder konnten diesen Schrei nur als Wut und Raserei begreifen, und sie wurden sehr still und ängstlich. Marie tat ihnen leid, die immer parat stand, wenn der Schrei durch die Zimmer gellte, und geschwind mit dem Kaffeetablett auf ihren kurzen Beinen herbeigeeilt kam. Sie wunderten sich, daß sie die Sache so natürlich nehmen konnte. Zu Tobias' schroffer Art kam obendrein noch seine Ironie. Li wies ihn zurecht: »Hör jetzt auf, Vater, Kinder verstehen keine Ironie.« Gaben sich die Mädchen eine Scheibe Brot mit den Fingern, statt die Silberplatte hinüberzureichen, begann Tobias unter ihren betretenen Blicken, mit seinen schlanken manikürten Fingern Erbsen über das Tischtuch zu rollen. »Ich sage nichts weiter«, war alles, was er äußerte, und das war das Schlimmste.

Stets gab er Li das beste Stück Fleisch, und ihre Kinder lud er in den Zirkus ein. In die erste Reihe. Als sie größer wurden, schärfte er ihnen folgenden Lehrsatz ein: Seid anspruchsvoll! Und sie waren total verblüfft. Als er nach dem Krieg sein erstes Enkelkind gesehen hatte, rief er: »Was für ein reizendes Enkelkind ich doch bekommen habe!«, ausnahmsweise ohne Ironie. Doch Zeste war nicht reizend. Myren war reizend. Nur scherte sich niemand um sie, weil sie so ungelegen kam, im Jahr darauf, aus Versehen, als Li nicht mehr recht bei Kräften war. Und obendrein hatte sie *blaue* Augen. Das Mädchen hieß Myren – Jas' Kosename –, weil sie so winzig wie eine Ameise war und zu Beginn in einer Kommodenschublade schlafen konnte. Für eine Wiege reichte das Geld nicht. Als Li und Jas aufgrund des Familienzuwachses in eine größere Wohnung im selben neuen Wohnblock zogen und alle Umzugskisten an Ort und Stelle waren, setzten sie sich hin und fragten sich im Chor: »Haben wir etwas vergessen?« Und da hatten sie Myren vergessen.

Während die Feen um Zestes Wiege im Kreis gestanden hatten, um ihr Tobias' hervorragende Eigenschaften zu sichern, und KIS prophezeit hatte, daß das Kind Tobias' Tüchtigkeit und sein gesundes Urteilsvermögen erben würde, ließ man Myren in Frieden. Als Zeste geboren wurde, hatte Li beschlossen, daß sie ein besonderes Kind sei und deshalb nicht erzogen werden dürfe. Sie sollte sozusagen im höheren Sinne nicht von Menschenhand berührt werden. Denn der Weltkrieg hatte schließlich gezeigt, daß die Menschen irrsinnig waren. »Der neue Mensch« sollte sich erheben, unberührt und unbeeinflußt vom Wahnwitz früherer Zeiten. Die Befreiung sollte nicht nur ein Fest für einen Tag sein. Sie sollte buchstäblich, personifiziert, Wirklichkeit werden. Die Befreiung von der Unterwürfigkeit und dem Autoritätsglauben früherer Zeiten. Nicht Zucht und Zwang. Nicht Angst und Pflicht, nur Lust und Spiel.

Die revolutionierende Auffassung lief darauf hinaus, daß Kinder per definitionem kleine Genies sind, von deren Entwicklung die Erwachsenen die Finger lassen sollten. Rousseau im neuen Gewand. Das Resultat war, paradoxerweise, daß Zeste schon nach neun Monaten sauber war und daß Li alle anderen Kinder, die sich nicht in gleicher Weise entwickelten, als zurückgeblieben ansah. Alles, was Zeste sagte, interpretierte Li als reinsten Shakespeare. Jedesmal wenn Zeste etwas über Leben und Tod von sich gab, sorgte Li dafür, daß es in die Zeitung kam. Balder hatte eine Anstellung bei der »Berlingske Tidende« erhalten. Man rechnete vielleicht nicht unbedingt damit, daß er in Papas Fußstapfen trete, die geschäftlichen Ambitionen besaß er ebenfalls nicht. Doch er wurde es nie leid, kleine Notizen, die Glanz auf ihn und seine Familie werfen konnten, zu verfassen.

Li bekam mit ihren freiheitsuchenden Träumen extrem brave Kinder. Denn sie hatte Augen, die töten konnten. Und keins der Kinder wünschte, das Gelbe in ihnen verschwinden und sie weiß werden zu sehen. In ihrem Blick lag eine Bedrohung, und deshalb war es das beste, sich mit dem Willen der Mutter zu verbünden. Ihr Unbewußtes war allzu gefährlich. Lis Kinder ließen deshalb niemals Lärm und Geschrei hören, nur gereimte Wohllaute und süße Musik.

Um Zeste vor äußerer Einwirkung in Form von kichernden Kindern zu schützen, die nicht imstande waren, sich natürlich zur Sexualität zu verhalten, war sie mehr als zwei Jahre alt, ehe man ihr erlaubte, in den Hof hinunterzugehen und mit den Kindern von der Straße zu spielen. Eines Tages ließ Li das Kind frei, hinein in einen chaotischen Lärm, der an unartikuliertes Affengebrüll erinnerte. Mitten in dieser tobenden Anarchie aus Geschrei war Zeste natürlich hilflos. Deshalb war Li stolz, als sie sah, daß Zeste sich in dem Chaos einfach hinstellte und ein Kindergedicht aufsagte: »Aus dem Brunnen ziehe ich, den Eimer hoch für dich und mich« – um doch ein wenig mitzuspielen.

Die Freundin Sunne bewunderte Li wegen ihrer genialen pädagogischen Fähigkeiten, doch versuchte sie ihr gleichzeitig zu erklären, daß Myren nicht unbedingt zurückgeblieben sein mußte, nur weil sie nicht auf die gleiche Weise reagierte wie die große Schwester. Li war nicht recht überzeugt. Li wünschte sich eine *Persönlichkeit*.

In Wirklichkeit kann eine Mutter ihren Töchtern nur eine einzige Sache beibringen: Wozu man einen Mann braucht. Doch das konnte Li die Mädchen nicht lehren, denn das wußte sie selbst nicht. Sie hatte bei Scott Fitzgerald gelesen, wie er und Zelda der Tochter in der Wiege Perlen um die Nase baumeln ließen, damit sie am Reichtum Geschmack finden und sich bemühen sollte, reich zu heiraten. Aber dieses Ideal fand Li ein wenig billig. Sie las Freud, und sie las Neill, der Summerhill gegründet hatte, eine Alternative zu jener Schule, wie man sie bis dahin kannte. Li studierte alles über den neuen Menschen, um sicher zu sein, daß das Projekt nicht den Bach runterging. Und in der Straßenbahn traf sie den später so berühmten Sexologen S. H., der ihr eine brandneue, kritische Schule mit nur zehn Kindern in der Klasse empfahl, die man nur jeden zweiten Tag besuchte. Eine Schule, in der man nicht büffelte, sondern nach einer Musik tanzte, die man selbst komponiert hatte. Genau wie für Li gemacht.

Geistige Nahrung gab es reichlich, dafür war es um die rein kulinarischen Dinge schlecht bestellt. Lis Aufenthalt im Maria-Verein war zwar ziemlich teuer gewesen, sie konnte aber nur ein Gericht, das sie selbst erfunden hatte und das »Wurstspeise« hieß. Es bestand aus gekochten Kartoffeln und bayrischen Würsten, in kleine Stücke geschnitten. Jas trug es mit Fassung. Er hatte sie nicht wegen des Essens geheiratet.

Li konnte keinen Viertelliter Sahne schlagen, ohne daß entweder Butter daraus wurde oder die ganze Schüssel kaputtging. Und müßte sie es selbst aufwischen, würde sie vergessen, den Lappen auszuspülen, und Modergeruch würde sich im ganzen Haus verbreiten, ohne daß noch jemand wußte, wo er herkam. Li war untauglich zu allem, was mit dem Unterhalt des Lebens zu tun hatte. Wenn man aber etwas schlecht kann, mag man es auch nicht. Zur damaligen Zeit zog man Kinder mit Vitaminol auf, »Sonne in Flaschen«, einem Gemisch aus Lebertran und Mohrrüben, das sie einigermaßen überleben ließ. Doch Jas konnte nicht von Vitaminol leben. So hin und wieder, wenn Gaus ihm Tantieme ausgezahlt hatte und der Hunger schrie, verzichtete er darum auf ein Paar maßgefertigte Schuhe und bestellte statt dessen Frau Jensen, die am Freitag Braten zubereitete, der am Samstag kalt und als Bauernfrühstück die ganze übrige Woche gegessen wurde. Heiligabend war Myren zwei Jahre alt. Während Zeste, die jetzt drei war, langweiliges, struppiges, fahlbraunes Haar hatte, war Myrens hellblond und lockig. Hatte Zeste nicht bei irgendeinem Thema, über das die Erwachsenen sprachen, Feuer gefangen, so daß ihre Augen brannten, war sie ziemlich reizlos und wie nicht vorhanden, während Myren niedlich, fröhlich und kontaktfreudig war. Doch vom Standpunkt der Mutter gesehen, nützte das nicht viel, weil das Kind blaue Augen hatte. Als solches war Myren abgestempelt. Doch selbst wenn sie das Herz ihrer Mutter vielleicht nicht rühren konnte – das im Takt mit der unübertroffenen Wirkung des Phenobarbitals und Amphetamins träge schlug und dann wieder rasch –, konnte sie ihren Vater stets bezaubern und ihn dazu bringen, die Treppe achtmal hoch und runter zu laufen, denn was tat er nicht alles für seine kleine Myren, die im übrigen Adelaide getauft war. Jas war ein liebevoller Vater, der mit komödiantischer Stimmführung Abend für Abend Andersens Märchen vorlas. Wenn Zeste und Myren, jede auf einem Knie des Vaters, mit einer toten Krähe in der Hand und Modder in der Tasche loshumpelten, wollten sie beide den Tölpel-Hans heiraten. Hui, ging es davon, Zeste schwebte und flog direkt hinein in die Ekstase der Bühne. Als Mama ihren Enkelkindern einmal zwei kleine Ostereier zu 25 Öre das Stück schenken wollte, mußte Jas eine Umsteigekarte kaufen, die teurer war als die Ostereier zusammen, und zwei Stunden für die Expedition aufbringen.

Wie die Kinder als Personen tatsächlich waren, hatte keine Bedeutung, es war im voraus festgelegt. Da Zestes Geburt mitten in all den Befreiungstrubel gefallen war, brachte das plötzliche Erscheinen einer weiteren reizenden Kleinen, die ebenfalls Anspruch auf Aufmerksamkeit erhob, natürlich so etwas wie einen Dämpfer mit sich. Doch Li, die ihr ganzes Leben lang den Rummel hatte ausbaden müssen, der um Rebekka gemacht worden war, hatte unumstößlich beschlossen, Zeste nicht derselben Behandlung auszusetzen. Zeste sollte keine Deklassierung im Verhältnis zu dem Neuen und »Faszinierenden« empfinden, das da zur Welt gekommen war. Und Zeste sollte nicht bestraft werden, falls sie aggressive Bemerkungen in dieser Richtung machte, so wie damals, als Katze fast ein Grammophon auf Rebekkas Kopf hatte fallen lassen, es jedoch leider nicht tat. Als Zeste eines Tages äußerte, ob es nicht eine gute Idee wäre, Myren in kleine Stücke zu schneiden und in den Müllschlucker zu stopfen, nickte Li deshalb nur mit hintergründigem Lächeln.

Am Heiligabend, als alle Weihnachtslieder während des Tanzes um den Baum, wozu Tante Bekka aufgespielt hatte, gesungen waren, packten die Kinder die Geschenke aus. Sie bekamen gelbe handgestrickte Pullover von Katze und ein Puppenhaus zum Teilen. O Hilfe! Alles, was geteilt werden muß, ist eine Quelle der Sozialisierung – und Rivalität. Zeste war weniger am Spielen als am Ordnunghalten interessiert, während Myren vor allem spielen und also Unordnung machen wollte. Myren bekam ein rotes Regencape mit weißen Punkten. Zeste erhielt eine Negergummipuppe mit Pimmel von ihrem Vater und von Tobias einen kleinen, mit rotglänzender Ölfarbe gestrichenen Holzpuppenwagen zum Spazierengehen unten an den Seen.

Doch eines Tages war der kleine rote Puppenwagen verschwunden. Li ging auf Jagd in alle Aufgänge und Keller, sie wagte sich hinter die Haustüren der Ryesgade, die mit Saufbolden und Entblößern bevölkert war und die alle Kinder der Straße fürchteten, ausgenommen Zeste, die das zur Zufriedenheit ihrer Mutter ganz natürlich fand. Li betrat einen der Hinterhöfe der Ryesgade, der sich als Vorhof von noch schlimmerem Terrain erwies. Sie ging weiter in die Höfe hinein. Nie im Leben hatte sie sich solch gräßliche Armut vorstellen können, das hier war Dickens für Fortgeschrittene. Was war das für ein Gestank? Noch nie war ihr solch verpestete Luft begegnet. Waren es alte Abfälle, gekochter Kohl oder vermodertes Holz? Solche Armut, soviel trostloses menschliches Elend hatte sie sich nicht vorstellen können. Die Ratten flitzten über die Mülltonnen, und dort, im letzten, dem dritten Hinterhof, stand der kleine rote Puppenwagen und leuchtete in all dem Grau. Und Li brachte es nicht übers Herz, ihn mit nach Hause zu nehmen. Sie spürte, daß die Kinder, die in diesem Dreck lebten, nie zuvor in ihrem Leben eine solche Pracht wie den kleinen roten Puppenwagen gesehen hatten. Sie stellte sich die überwältigende Freude vor, die ein solches Spielzeug in dieser Hoffnungslosigkeit ausgelöst haben mußte. Diese Freude wollte sie ihnen nicht nehmen. Zeste war ihrer Meinung.

Als Li sang:

> Mutter mein, laß mich nicht allein,
> behüt mich, wenn ich schlaf,
> niemals gehst du fort von mir
> ruhig schlaf ich ein bei dir.

von einem kleinen Mädchen, das sterben muß, da weinte Zeste. Sie wußte nicht, ob sie weinte, weil sie oder weil ihre Mutter einst würde sterben müssen, denn das war schließlich ein und dasselbe. Auf einem Bild zu der Geschichte lag ein roter Pullover unter einem kleinen Mädchen, so als sitze es in einer Blutlache, die nie weggewischt werden konnte. Nur eine Sache auf der Welt fürchtete Zeste mehr als diese Illustrationen zu Grimms Märchen: Das kleine Mädchen im Lebensmittelladen, das sie immer scheel anblitzte. Zeste wußte, daß sie ihren kleinen roten Puppenwagen gestohlen hatte. Deshalb wagte sie nicht, in den Laden zu gehen. Schließlich fragte Li das Mädchen, warum in aller Welt sie Zeste immer so anstarre, und das scheel blickende Mädchen antwortete: Sie glaubt, was *Besonderes* zu sein.

*

Vier Jahre lang war Li zielstrebig mit den Kindern durch Østre Anlæg und Kongens Have sogar bis nach Frederiksberg spaziert, Myren längs sitzend und Zeste quer darüber auf einem Brett, in einem vollkommen irrsinnigen modernistischen Kinderwagen, der einem Flugzeug ähnelte und den Tobias aus London importiert hatte, doch an seriöse Menschen nicht verkaufen konnte.

Li und ihre Freundin Sunne gingen mit ihren Kinderwagen auf Langelinie spazieren. Sunne war mit Nølle verheiratet, der stets sagte: »Ich finde dich wundervoll, wie findest du mich?« Nølle und Jas machten an den Abenden oft gemeinsam Musik und verdienten ein paar Kronen extra. Die wurden auch dringend gebraucht. Eines Tages hatte man entdeckt, daß Jas im Rundfunkgeschäft etwas aus der Kasse »entliehen« hatte, und somit hatte dieser Job ein Ende. »Mein Gott«, sagte Jas, »es war doch nur geliehen, ich hätte das Geld ja zurückgezahlt!«

»Sonst sagt er doch immer, es sei hirnrissig, Geld zurückzu-

zahlen, wenn man das Glück gehabt habe, es leihen zu können!«
meinte Sunne.

»Aber so hat er es nicht gemeint, nicht in diesem Fall, außerdem *hat* er es zurückgezahlt.«

»Du kannst dich also nicht richtig auf ihn verlassen?«

»Nein, nicht finanziell.«

»Na ja, es gibt ja auch andere Dinge auf der Welt als das Geld«, sagte Sunne, die reiche Eltern hatte, welche ständig zubutterten, so daß sie sich die lebensnotwendigen Kindermädchen leisten konnte.

»Dann ist da auch noch seine Gesundheit«, sagte Li.

»Was meinst du denn damit? Jas ist doch immer in guter Form und bei bester Stimmung, ihm kann doch nichts fehlen!«

»Er bittet mich ständig, seine Schulter zu massieren, denn er sagt, es strahle in den rechten Arm aus, und das sei, als sterbe die Hand ab, und dann könne er nicht spielen.«

»Hör mal, wenn er dich bittet, ihn zu massieren, glaubst du dann nicht, daß er eigentlich etwas anderes braucht?« fragte Sunne und zwinkerte ihr zu.

Li war ungewöhnlich offenherzig an jenem Tag, es war ganz und gar nicht ihre Art, sich jemandem anzuvertrauen. Doch machte sie sich langsam Sorgen wegen der Zukunft. Lebendige oder abgestorbene Hand. Sie fühlte sich unsicher, weil sie keinen roten Heller besaß und mit einem Gecken verheiratet war, der alles Geld für Seidenhemden und maßgeschneiderte Anzüge aufbrauchte. Li war der Ansicht, sie selbst sollte eine Arbeit aufnehmen, um die Finanzen aufzubessern, aber Jas war absolut dagegen. Seiner Meinung nach war es nicht »fein« für eine Frau zu arbeiten, ausgenommen wenn sie Künstlerin oder Mannequin war. Sogar in seinem eigenen Elternhaus am Sundholmsvej, wo sie ziemlich kurztreten mußten, war klar: Die Mutter brauchte nicht zu arbeiten. Eine berufstätige Frau stellte außerdem eine Bedrohung des Ehelebens dar. Jas wagte überhaupt nicht, daran zu denken, was geschehen würde, wenn er sein Rassepferd und Seidenpüppchen zur Arbeit schickte. Und dann noch Nachtdienst, für den sie plädierte, der Kinder wegen.

Während Li alle ihre Kleider von der fingerfertigen Schwiegermutter auf Amager genäht bekam und deshalb immer nach dem letzten Schrei und the New Look angezogen war, liefen Zeste und Myren in geerbten englischen Sachen herum, die ihnen auf Tobias' Initiative von einer Londoner Familie geschickt wurden. Englische Hüte und Schottenmützen mit Bändern im Nacken, die Kinder auf der Staße lachten darüber. Doch Zeste und Myren scherten sich nicht im geringsten darum. Sie wußten, sie waren gut angezogen mit Hütchen und Mantel aus demselben Stoff und Kleidern mit bestickten Kragen. Die englischen Erfindungen, mit denen Tobias ihre Wohnung ausgestattet hatte, waren nicht eben Kleinigkeiten, Kinderbetten aus Metall und ein Grammophonmöbel, groß wie ein Mensch, das eines Tages dunkelrot gestrichen wurde und aus dem Beethovens Violinenkonzert und Ella Fitzgerald erklangen.

Drei Soldaten gingen auf Tour, hinaus in Gottes freie Natur,
sie gingen durch Feld und Grund, die eine und andre Stund.
Drei Soldaten gingen auf Tour, hinaus in Gottes freie Natur.

In die Kaserne kehrten sie heim, sollten dort geblieben sein.
Als Empfang Salut und Geschrei, erschossen wurden alle drei,
nur weil sie waren auf Tour, draußen in Gottes freier Natur.

Jas karikierte den stumpfen Rhythmus des Stechschritts, ging bei »erschossen« mit Kraft in den Baß hinunter und perlte lyrisch-tragisch hoch in den Diskant: nur weil sie gewesen waren auf Tour, draußen in Gottes freier Natur.

*

Ja, der Krieg war wirklich vorüber, und man feierte. Sie gingen ständig ins Kino, wenn es nichts anders gab, dann wenigstens runter ins Ry Kino, wo sie »Annie Get Your Gun« sahen, einen populären Film, der der Selbständigkeit der Frauen, die sie während des Krieges gewonnen hatten, als so viele Männer eingezogen waren, auf attraktive Weise einen Riegel vorschieben sollte. Doch egal welchen Film sie auch sahen, immer hörte man Jas' Stimme im Saal: »Hoch mit ihr ins Heu!« Und Li war stolz. Sie hatte Spaß daran, Anstoß zu erregen, besonders wenn sie es gratis bekam.

Was die Kinder anbelangte, war sie sorglos wie viele junge Mütter. Wenn sie und Jas ins Kino gingen, ließen sie die Kinder nachts ohne weiteres allein. Sollten sie entgegen aller Erwartungen wach werden, wußten sie, daß sie einfach bei der Nachbarin klingeln konnten. Eines Abends, als Li und Jas spät heimkamen, saßen die Knirpse im Nachthemd, jedes mit einer Apfelsine, hellwach bei der Nachbarin, die zwei schwarze Pudel hatte. Vielleicht war es an der Zeit, sich um einen Babysitter zu kümmern.

Li entschied sich für Mogens Lorentzens Sohn, der allerdings in der psychiatrischen Klinik gelegen hatte. Doch sie meinte, man dürfe Psychiatrie-Patienten nicht diskriminieren. Das wichtigste sei schließlich, daß er Kinder gern habe, sagte Li, die Jacob im Krankenhaus oft mit Zeste besucht hatte. In diesem Verhalten steckte von Lis Seite ein Körnchen Provokation, die sie um so mehr genoß, als Katze die Sache zur Sprache brachte.

»Ich mag diesen Mann nicht«, sagte Katze.

»Warum denn nicht?«

»Bei ihm stimmt etwas nicht.«

Li sah sofort, daß die Mutter bei ihren wieder aufgetauchten Kindheitstraumata und -genüssen, die berühmten »Fummler« betreffend, angelangt war.

»Jacob hat Kinder sehr gern.«

»Das genau ist das Problem«, sagte Katze.

Kurze Zeit später hütete Jacob zwei andere kleine Mädchen, die er erschoß, um sie vor dieser entsetzlichen Welt zu retten, und danach erschoß er sich selbst. Jetzt hatte Li also keinen Babysitter mehr.

Mindestens zwei-, dreimal die Woche fand in der Hedemannsgade eine Bottle-Party statt, laute Jazzmusik wurde die ganze Nacht gespielt, während die Kinder wie die Murmeltiere schliefen. Doch durch den Schlaf hindurch fingen sie einen wichtigen Punkt ihrer Bildung auf: Daß nur Ignoranten sich nach dem Tanz hinsetzten, weil sie glaubten, »In the Mood« sei zu Ende. Die »richtigen« Menschen wußten, daß ein Chorus folgt. Darin bestand der Unterschied zwischen den richtigen und falschen. Die falschen klatschten im Takt, die richtigen zum Afterbeat. Li schrieb ein deutsches Sprichwort in Zestes Poesiealbum: »Wo man singt, da laß Dich ruhig nieder. Böse Menschen haben keine Lieder.« Aber gerade die Faschisten hatten ja Musik und Gesang so gern gehabt. Das mußte die *falsche* Musik gewesen sein.

Sunne heftete schwarze Stoffe um ihren Körper, die zu Abendkleidern wurden, und wenn sie am frühen Morgen ins Bett ging, trennte sie die Heftfäden wieder auf. Oder vielleicht war auch Nølle verrückt danach, dies zu tun, falls er überhaupt noch irgend etwas mitbekam. Es gab feste Normen, wie man sich bei diesen wilden Sausen zu verhalten hatte. Die amerikanischen Filme, an denen man sich während der Okkupationszeit berauscht hatte, befreiten den Kuß von jedem Verbot. Deshalb war es vielleicht auch nicht verwunderlich, daß der Konsens galt, man dürfe so viele Leute küssen, wie man nur wolle, doch *mehr* war nicht erlaubt. Und sie küßten. Und sie tanzten. Und sie küßten. Und sie umarmten sich. Und Gatte und Gattin dirigierten die Augen ständig in Richtung ihrer Angetrauten, die in gutem Glauben andere oder dritte küßten, während der jeweilige Partner mit nach hinten gewandten Stielaugen mit einer vierten oder fünften Person schnäbelte. Es wurde insgeheim Buch geführt, und hin und wieder ging es schief. Irgendeiner konnte nicht im abgesteckten Rahmen bleiben, meist die Männer, doch immer steckten die Frauen die Prügel ein.

Eines frühen Morgens unten auf dem Bürgersteig, schon auf dem Heimweg nach Østerbro, schlug Nølle seine Frau grün und blau, weil sie einen Typen etwas zu innig geküßt und der sie ein wenig zu sehr in Fahrt gebracht hatte. Auf die Dauer konnten sie mit den Regeln des amerikanischen »Petting« nicht leben. Der amerikanische Filmkuß ließ sich im wirklichen Leben nicht praktizieren, er war schlicht und einfach zu kompliziert. Und heuchlerisch. Nach Brandes und Poul Henningsen konnten die Dänen die Doppelmoral nicht goutieren, die darin bestand, sich gegenseitig für nichts und wieder nichts aufzugeilen. Dazu waren die Nordländer zu pragmatisch und – zu heidnisch. Und nach ein, zwei Generationen akzeptierte man auch die Doppelmoral nicht mehr, die darin bestand, ausschließlich den Frauen die Schuld an der schlechten Moral zu geben, während die Männer alle Freiheiten genossen. Die Frauen hatten keine Lust mehr, die »Tugend« zu repräsentieren, obwohl die Rolle vielleicht längst nicht so unerfreulich war, wie man sie darstellte. Eine geheime Führungsrolle – wenn auch nicht in Kronen und Öre bezahlt.

Es war Schluß mit Obstwein und »Schwarzem Samt«, Sekt und Porter, Knaster und anderem Plunder. Jetzt rauchten sie Virginiatabak, Players und Camel, tranken echten Gin und schottischen Whisky. Und viele tranken viel. Denn die Zeit nach dem Krieg kostete Nerven. Einige tranken, um ihre Traumata aus dem Widerstandskampf zu vergessen. Andere tranken aus Scham, weil sie *nicht* daran teilgenommen hatten. Man trank, weil man nicht zur rechten Zeit am rechten Ort erschienen war, um den Denunzianten zu liquidieren, und weil einer der Kameraden umgebracht worden war und nicht man selbst. Man trank aus purem Lebensrausch. Viele Menschen waren gebrochen, und hätte es andere Stoffe auf dem Markt gegeben, hätte man auch sie genommen.

✳

Was die Spirituosen betraf, so waren die Flaschen leichter zugänglich geworden, als ein paar Burschen, die ein Reisebüro für Studenten, das STA, gegründet hatten, auf den Partys in der Hedemannsgade auftauchten. Die Leute waren jetzt schließlich ganz verrückt aufs Reisen, nachdem sie so lange eingesperrt gewesen waren, und das hatten ein paar junge pfiffige Menschen zu organisieren gewußt. Die drei Initiatoren, Skalle, Nagel und Rejn, wurden gleichzeitig Lis Verehrer. Skalle war, wie der Spitzname besagt, ein kleiner runder Glatzkopf, ein Pfarrerssohn mit Schnurrbart, der aufgrund seiner Herkunft frivol und außerordentlich begabt war. Hätte er nicht in viel Geld eingeheiratet, hätte er es wohl selbst verdient. Er wurde später Großindustrieller mit Jagdschloß. Nagel war einer der wenigen deutschen Flüchtlinge, denen Dänemark im Krieg die Barmherzigkeit des Asyls erwiesen hatte. Er endete als gemachter Mann eines jüdischen Familienunternehmens, das Kaffee importierte, in London. Rejn, ein verwahrlostes Kinderheimkind, ähnelte James Dean – und hatte Eisenbahnsabotage in Jütland betrieben, ehe er in den Untergrund ging, das Abitur in Schweden machte und mit der Brigade nach Hause zurückkehrte. Rejn Møller hieß er. Die Burschen machten insgesamt einen starken Eindruck auf die Kinder. Einer von ihnen hatte sich nach der Befreiung durch Fahrlässigkeit die Hand abgeschossen und trug nun über der Holzhand einen schwarzen Lederhandschuh. Ein anderer schwenkte die Kinder großzügig durch die Luft und ging, wenn er betrunken war, bei Dosseringen über das Eis nach Hause.

Li erhielt eine Nachtarbeit bei Rejn. Und Jas behielt mit seiner Prognose recht. Denn eines Tages stellte sich heraus, daß Li Rejn heiraten würde, der sich heftig um sie bemühte, hier in einem Brief aus London, obendrein auf einer Abonnementskarte des BBC Symphony Orchestra geschrieben:

Mein geliebtes Mädchen,
wieder in London ohne Dich. Wenn Du das liest, weißt Du, daß die Verhandlungen rasch und unkompliziert abgeschlossen wurden. Doch in diesem Moment weißt Du nicht, daß ich mit meinem Abendtee in der Halle sitze und mich nach Dir sehne. Du weißt auch nicht, daß ich mich im Flugzeug nach Dir verzehrt habe. Du hoffst es, aber Du wagst es nicht zu glauben. Du hast nicht ganz begriffen, daß meine Sehnsucht nach Dir, wenn wir nicht zusammen sind, und meine Freude, wenn Du mir nahe bist, nicht nur eine Folge biologischer Schwingungen sind. Vielleicht glaubst Du es ja, wenn ich bei Dir bin, aber Du zweifelst in schwachen Augenblicken, und das läßt mich verzweifeln. Meine Beziehung zu Dir ist der wichtigste und beste Inhalt meines Lebens, ich wünsche nichts anderes, als sie für den Rest meiner Tage zu bewahren. Ich will Dich in meiner Nähe haben, so daß wir miteinander sprechen, lachen (das haben wir fast vergessen) und miteinander ins Bett gehen können. Ich will gern alle Erlebnisse mit Dir teilen, Dich trösten, wenn Du aus dem Gleichgewicht bist, und mich freuen, wenn es Dir gut geht. Denn ich liebe Dich unendlich. Und ich will gern Kinder mit Dir bekommen, die wir mit denen aufziehen können, die Du schon hast. Ich glaube, daß Du mich liebst und daß wir glücklich werden können. Ich weiß auch, daß Du jetzt nicht glücklich bist, weil die Scheidung von Jas eine häßliche Geschichte wird. Es muß so sein, damit Du Deine Kinder bekommst, doch willst Du ihn auch nicht zu sehr verletzen. Es zermürbt Dich, daran zu denken, und ich habe keine Ahnung, wie ich Dir helfen kann. Ich mache mir eine Menge Gedanken darüber, aber bisher ist mir noch nichts eingefallen. Es ist auch unerträglich, daß wir nur so selten und so kurz zusammen sein können, daß unsere Biologie die ganze Zeit in Anspruch nimmt (und noch mehr verlangt). Ich weiß, daß wir mehr füreinander sind als nur Bettgenossen (gute Bettgenossen im übrigen). Ich weiß auch, daß wir dafür geschaffen sind, zusammenzuleben. Weißt Du es? Ich würde wünschen, daß Du es tust und in schwachen Augenblicken nicht zweifelst. Ich wäre gern sicher, daß Du ganz und gar an dasselbe glaubst wie ich und daß ich Dich nicht zu etwas überrede, das Du später bereust. Weder kann noch will ich den Entschluß über die Scheidung für Dich fassen. Das mußt Du selbst tun. Aber ich verspreche, alles zu tun, was ich kann, damit Du ihn nie bereust.

PS Könnte ich doch in diesem Augenblick den Platz mit Jas tauschen …, doch das kann ich nicht – nicht jetzt.

Auf Wiedersehen bis Freitag nachmittag.

Der Brief war nicht unterschrieben, denn der Geliebte muß sich nie zu erkennen geben.

Als Li sich endlich ein Herz faßte und die Scheidung beschloß, traf sich die Sache so gut, daß Jas gleichzeitig ein englisches schwarzhaariges Mannequin heiraten wollte, Gwendoline mit Namen, die im Krieg als Rot-Kreuz-Helferin Leichen in Londons Ruinen aufgesammelt hatte. Nach der Befreiung sagte sie immer: »Ich liebe es, einzukaufen, und wenn es nur eine Monatsbinde ist.« So ging die Patience genau auf.

Li sagte zu Zeste: »Komm, laß uns einen Spaziergang machen.« Und dann gingen sie zu den Seen hinunter. Li fragte, ob es nicht vielleicht eine gute Idee wäre, wenn sie sich von Jas scheiden ließe, weil er seine Socken überall herumschmeiße, und Zeste war ihrer Meinung.

Dennoch gab es ein paar überraschende Karten bei dieser Patience. Denn als Jas kam, um Li mitzuteilen, daß er eine andere kennengelernt habe, die er gern heiraten wolle, da war er höchst erbost, als Li antwortete: »Ausgezeichnet, denn ich habe auch einen anderen.«

»Was meinst du damit, bist du völlig wahnsinnig?«

»Rejn war in den letzten zwei Jahren mein Liebhaber, hast du das nicht gewußt?«

Nein, das hatte Jas nicht gewußt. Sein Sinn für Humor wurde damit auf eine ernsthafte Probe gestellt, er war wütend.

»Du bist schließlich mit mir verheiratet! Ich kann einfach nicht ertragen, daß *meine* Frau …«

»Du bist schließlich mit mir verheiratet, ich kann einfach nicht ertragen, daß *mein* Mann …«

»Das ist etwas ganz anderes, begreifst du das nicht.«

»Nein, das begreife ich nicht.«

»Du bist die Mutter meiner Kinder.«

»Du bist der Vater meiner Kinder.«

»Da habe ich hier Karten und Schach mit Skalle, Nagel und Rejn gespielt. Alle haben es gewußt, nur ich nicht.«

»Wir wollten dich schließlich nicht kränken.«

»Ich fühle mich total lächerlich gemacht.«

Doch konnte Jas die Rolle des betrogenen Ehemanns nur wenige Minuten spielen. Es dauerte nicht lange, bevor Komik und Schmunzeln die Überhand gewannen. Ein bißchen Trauer blieb, denn er mochte die unmögliche Li wirklich aufrichtig gern.

»Ich kann einfach das Grinsen nicht lassen«, sagte er also.

»Was ist denn so amüsant daran?«

»Daß du den Verkehrten genommen hast!«

»Wie meinst du das?«

»Da hattest du drei Verehrer. Drei talentierte Verehrer. Und dann nimmst du den langweiligsten!«

»Ich finde Rejn nicht langweilig.«

»Er hat doch überhaupt keinen Humor!«

»Meinst du?«

»Er ist doch nur ein lächerlicher Pfadfinder.«

»Es besteht kein Grund, noch mehr darüber zu reden«, sagte Li. Denn sie wollte Jas nicht kränken, indem sie ihm verriet, daß sie für Rejn eine Leidenschaft empfand, die sie für ihn nie verspürt hatte. Jas aber hatte Mitleid mit ihr, weil sie die falsche Wahl getroffen hatte: »Wenn du mich nur um Rat gefragt hättest, dann hätte ich dir gesagt, du sollst Skalle nehmen, denn in ihm steckt Geld, das kann ich riechen.«

»Ich habe nicht erwogen, dich um Rat zu fragen«, sagte Li.

»Das ist ärgerlich, denn ich finde wirklich, das Seidenpüppchen könnte es gut brauchen, ein wenig auf Händen getragen zu werden nach diesen kümmerlichen Jahren in der Hedemannsgade – auch wenn wir ja viel Spaß hatten, nicht wahr?«

Sie redeten nicht darüber, warum ihre Ehe in die Brüche gegangen war, denn sie war auch nie in Ordnung gewesen. Sie war ganz einfach überhaupt nicht gegangen, wenn man von den erotischen Forderungen ausging, die damals und auch späterhin an ein Paarverhältnis gestellt wurden.

*

Als Li Rejn heiratete, tat sie es als Reaktion auf ihre erste Proforma-Ehe und auf Katzes Not-Eheschließung. Li heiratete dieses Mal aus sexueller *Lust*. Li und Rejn lagen sich – nun ganz offen – ständig in den Armen. Ein heißes Küssen vor aller Augen. Und unzählige »wir wollen nicht gestört werden« hinter dunklen verschlossenen Türen. Bisher war Zeste mit ihrer Mutter verheiratet gewesen. Doch jetzt war ein anderer Mann gekommen und hatte sie ihr genommen. Zeste erlebte dieses Verlassenwerden als etwas Unwirkliches, sie war total preisgegeben, konnte jedoch nichts spüren.

Da Li aus Lust geheiratet, wurde sie nicht gewahr, worin die Lust wurzelte oder wen sie geheirat hatte. Wenn die Situation erforderte, daß sie ihren Kopf benutzte, fühlte sie sich siegesstolz, weil sie mit einem *Akademiker* verbunden war. Einem Mann, der ein *Examen* ablegen konnte. Davon gab es trotz allem nicht sehr viele in der Familie. Als Li Rejn heiratete, heiratete sie nicht nur eine Person. Sie stellte sich vor, in eine intellektuelle Welt hineinzuheiraten, vor der man nur Respekt haben konnte. Auf jeden Fall, wenn es um Zahlen und Statistiken ging, Rejns Spezialgebiet, von dem Li keinen blassen Schimmer hatte. Was die mehr humanistischen Geistesgaben Rejns anbelangte, konnte sie sehr wohl sehen, daß etwas fehlte. Dafür hatte Rejn einen Studienkollegen, Marschall, der alle diese menschlichen Eigenschaften besaß, die man bei Rejn vermißte. Marschall war »einer der großen Söhne Dänemarks« und Rejns Garant. Marschall war eine *Persönlichkeit*.

Rejn war ein guter Kopf, aber er war auch ein armer Student, der nichts anderes in ihren dürftigen Haushalt einbrachte als eine rostige Nagelschere und einen Tupilak. Sonst besaß er nichts, genauso viel wie sein versoffener Vater, der Aushilfsbriefträger war und in Ørslev Hühner hielt, wenn er nicht mit einer Flasche in der Hand umhertorkelte und in Hauseingängen schlief. Er war tatsächlich einmal einem ordentlichen Beruf nachgegangen, als Telegrafist bei der Store Nordiske Telegraf AG. Aber als er und seine schwedische Frau nach Wladiwostok zogen, Rejn war zwei Jahre alt, deponierten die Eltern ihn und seinen Bruder in einem Kinderheim, wo die beiden ein kümmerliches Dasein fristeten mit lauwarmer Wassergrütze und falschem Christentum. Sein ganzes Leben lang fühlte Rejn einen starken Haß auf Jesus und was daraus folgte. Daß eine Person existiert haben sollte mit Namen Messias, von den Toten auferstanden, war nur kleinbürgerlicher Quatsch. Es war auch lächerlich, einem Verräter die Füße zu waschen, wie der sogenannte »Weg Gottes« überhaupt der dümmste war, den man gehen konnte, wenn man eigene Füße hatte zum Gehen. Jeder Idiot konnte sich selbst sagen, daß der Mensch und nichts anderes als der Mensch das Zentrum aller Entscheidungen war, und daher mußten sie rationell getroffen werden. Selbstverständlich hatte man sich ordentlich zu betragen, aber dafür war keine christliche Begründung erforderlich, das war schließlich Logik. Wenn es etwas gab, das sich Rejn gern verbeten haben wollte, dann war es Pathos und metaphysisches Zungenreden.

Darüber hinaus hatte er kein nennenswertes Gefühlsleben entwickelt. Vielleicht erkannte Li ihr eigenes armes Ich in Rejn wieder. Zwei arme Schlucker, die sich fast zwanzig Jahre in Lust und Not aneinander festklammern sollten, in dem hilflosen Versuch, sich gegenseitig totzuschlagen. Am Anfang wälzten sie sich in selbstvergessener Liederlichkeit, die die ganze Welt ausschloß. Die Kinder konnten in der Badewanne ertrinken und die Nachbarn in der Wohnung verbrennen. Es kümmerte sie nicht. Eingeschlossen in der Welt ihrer Lust waren sie vollkommen immun gegenüber den Trivialitäten des Alltags. Endlich war Li glücklich.

Eines Tages fragte Li ihre Eltern, als die beiden sie in der Hedemannsgade absetzten, ob sie nicht mit nach oben kommen und ihren neuen Mann begrüßen wollten.

»Nein, vielen Dank«, sagte Katze, die gerade aus dem Büro kam, »das schaffe ich nicht.« Sie konnte kein Vergnügen darin entdecken, einen »Møller« begrüßen zu müssen.

Und Li verspürte wieder dieses Im-Stich-gelassen-Werden, wie sie es von der treuen Katze immer erlebt hatte.

Doch Tobias, der treulose, sagte fest und bestimmt: »Ja, wir wollen deinen neuen Mann *sehr* gern begrüßen.«

2. Der Sturz

Sie hießen nicht Mutter und Vater oder Li und Rejn. Sie hießen Cat und Dog. Und sie unterschrieben – auf all den liebevollen Notizen, die sie überall füreinander hinterließen – mit kleinen Tierzeichnungen, Katzen und Hunden, oder ganz einfach mit Geschlechtersymbolen, als wären sie nicht länger Personen, sondern nur Männchen und Weibchen in dem uralten Spiel, das Krieg und Liebe heißt.

Sie waren von der Hedemannsgade hinaus in ein nagelneues Reihenhaus gezogen, entworfen von einem Betrüger im Großformat, mit Wohnküche, Garten und Balkon mitten auf einem Feld in Sorgløse, um zu markieren, hier in »Sorgenfrei« sollte das neue Leben beginnen. Sie hatten einen hellgrünen Volkswagen, und Li besaß ein »Sackkleid« in Pink, ein Kleid ohne Taille. Sie waren modern geworden. Beide hatten eine Vollbeschäftigung in Kopenhagens Zentrum, Cat als Arztsekretärin bei Dr. V. in der psychiatrischen Abteilung des Landeskrankenhauses und Dog festangestellt beim STA, von wo aus er Stippvisiten in alle Welt unternahm, um die Reisemöglichkeiten für Studenten zu erweitern. Bald expandierte er mit Vertretungen in ganz Skandinavien, obendrein hatte er sein Examen in Volkswirtschaft abgelegt, er war sehr tüchtig.

Daß Li dennoch schon zu Beginn ihrer neuen Ehe mit dem Auserwählten ihres Lebens zusammenbrach, muß zum Teil mit »dem modernen Leben« erklärt werden, das sie nicht ertragen konnte. In den fünfziger Jahren wurde es möglich, sich jede Menge flotter Dinge zu beschaffen, so all die Apparätchen, die die Rolle der Hausfrau allmählich überflüssig machten. Alles wurde auf Raten gekauft. Der Lebensstandard, wie das genannt wurde, schoß in die Höhe, während Li statt zu stillen auf ihrer Arbeitsstelle die Milch abpumpte. Schließlich mußte der Volkswagen abbezahlt werden. Ihr angeborenes Pflichtbewußtsein kombiniert mit physischer Zerbrechlichkeit brachte die Fuhre rasch zum Kippen. Doch zu Beginn waren beide voller Hoffnung.

Wenn Cat und Dog glücklich waren, beachteten sie nichts um sich herum. Spät am Abend bekam Cat häufig Lust auf Nougat oder Marzipan, und dann wurde Dog auf die Jagd geschickt zu näheren und ferneren Orten. Er kam zwar nicht auf allen vieren nach Hause, mit dem Päckchen im Mund, doch fehlte nicht viel. War er besonders reizend, bekam er gern die Erlaubnis, am Fußende von Cats Sofa zu sitzen und ihr die Beine zu streicheln, auf die richtige Weise, miau, sonst wurde er weggeschickt und getreten. Wau.

So wurde alles zu einem undurchschaubaren Spiel, dem sie beide zum Opfer fielen und aus dem sie nicht herauskamen, weil Li nicht imstande war zu sagen, daß Rejn sie in Wirklichkeit nervte. Dafür gab es keinen bestimmten Grund. Er nervte sie einfach nur. Und darum nahm sie eine Überdosis. Ihr Leben lang hatte sie den Wunsch gehabt, emporgehoben zu werden, doch jetzt war da nur das Gefühl zu sinken. Alles lief schließlich nicht anders ab als morgens aufzustehen, zur Arbeit zu fahren, müde nach Hause zu kommen und ins Bett zu gehen. Sie hatten nicht einmal Zeit, verliebt zu sein. Sollte das immer so weitergehen? Wo war das Wunderbare geblieben?

Zu Weihnachten, irgendwann nach der Befreiung, hatten Katze und Tobias ihr »Marie Grubbe« geschenkt: »Unserer geliebten kleinen Li mit den besten Wünschen und alles Gute.« Das war vielleicht Katzes indirekte Weise, jede nur erdenkliche Verbindung zu segnen, wenn diese eine Frau glücklich machen konnte. Li verstand Marie Grubbe auch wirklich. Doch Rejn war kein Søren Großknecht. Er besaß vielleicht schon dessen Brutalität, aber nicht seinen Reiz. Dogs Briefe nach Hause – denn er reiste ununterbrochen – waren sehr direkt. Er freute sich stets darauf, ihre Hand »auf dem Pimmel« zu spüren. All seine Briefe handelten von »ihrer Möse« und wie er sich darauf freue, »sie an sich zu pressen«. Er konnte es nicht erwarten, heimzukommen, die Schlafzimmertür zuzuziehen und mit ihr »zu buhlen«. Wenn Rejn so ungeniert an seine Frau schrieb, dann weil so etwas dazugehörte, wollte man »modern« sein. Er verkehrte im Studentenmilieu, wo es der gute Ton erforderte, sexuell explizit zu sein. All das Feierliche, Sentimentale gehörte der Vergangenheit an, good by und Dankeschön. Doch selbst wenn Li sich vielleicht überzeugen ließ, daß es lächerlich ist, wenn Mama Heine, Goethe und Schiller rezitierte, ohne auch nur die Hälfte von dem, was sie sagte, zu verstehen, so fühlte sie dennoch, daß das »Akademische«, vor dem sie einen so großen Respekt gehabt hatte, eher studentisch und aufschneiderisch war als wundervoll. Sie hatten Spaß gehabt mit Skalle und Nagel auf den Studentenfesten in Hald. Und sie waren frivol gewesen. Allesamt. Und sie hatte es genossen. Die Ausgelassenheit. Doch wenn sie mit Rejn allein war, fehlte ihr etwas. Während er ihr erklärte, daß es darauf ankam, vorwärtszuschauen und auf seiten des Fortschritts zu sein, mußte Li nach Worten suchen. Rejn sprach so wohlformuliert.

Vielleicht waren ja das Frivole und Pornographische auf seiten des Fortschritts, Li war schließlich nicht zimperlich. Dennoch fühlte sie, daß etwas fehlte. Es war, als wüßte er nicht, wer sie sei. Vielleicht hatte er nicht die Phantasie, es sich vorzustellen. Da war nicht nur seine Verachtung, wenn sie den »Messias« hörte. Als sie den »Ulysses« wiederlas, der so viel beinhaltete, daß man nie damit fertig wurde, zeigte er völliges Unverständnis.

Rejn las Bücher von hinten und begann mit der Schlußfolgerung. Seine Haltung war, wenn ein Autor das, was er sagen wollte, nicht unter 200 Seiten auszudrücken vermochte, dann pfiff er drauf. Rejn war der »Konsument« der Zukunft.

Aber war er ein moderner Søren Großknecht? Li bezweifelte es, so wie sie auch bezweifelte, eine Marie zu sein. Vielleicht hatte sie ja gar nicht die Sinnlichkeit, die erforderlich war, um der ganzen Vergoldung adieu zu sagen. Sie konnte sie wohl zwei Monate, auch zwei Jahre lang spüren. Aber würde sie das ganze Leben anhalten? Sie hörte im Hinterkopf Jas' ewigen Vorwurf der Frigidität. Schließlich aber war das nur bei ihm so. Mit Rejn konnte sie nicht genug bekommen. Denn es war nie genug. Sie nahm eine Überdosis. Ihr kam der sonderbare Gedanke, daß ihr das Ästhetische auf die Dauer vielleicht mehr bedeutete als das Erotische. Und daß Güte vielleicht mehr bedeutete als Verlangen. Und sie schämte sich, weil sie sich vielleicht geirrt und falsch gewählt hatte. Doch wie so viele andere Frauen hatte sie Angst, ihren Entschluß rückgängig zu machen. Sie wußte, was sie hatte, doch nicht, was sie bekommen würde, wenn sie es aufgab.

Im Augenblick fühlte sie nur, daß sie mit jedem Tag tiefer sank. Jedesmal, wenn sie Rejn mit einer Milchflasche ins Zimmer treten sah, die er nach Studentenart direkt auf den Tisch stellte, ohne die Milch vorher in eine Kanne zu gießen, litt der Ästhet in ihr. Sie brauchte nichts zu sagen, sah nur die Milchflasche an, die Flasche traf der *Blick*, und es war, als zersplittere sie in tausend Stücke. Dog sagte »kleine Perle« und »wau, wau«, aber Cat gab kein Miau von sich. Auch als er Kuchen gekauft und das Bäckerpaket, so wie es war, mit Pappe und Papier auf den Tisch gelegt hatte, auch da hatte sie das Gefühl, sie halte das Leben nicht mehr aus. Und das Gelbe in ihren Augen wurde weiß. Sie war in einem Pfadfinderlager gelandet, wo sie mit einem Burschen zusammenleben sollte, der nichts anderes in den Haushalt eingebracht hatte als eine rostige Nagelschere und einen Pimmel. Tagaus, tagein sollte sie auf diese Burschenmanier leben, ohne Eleganz, ohne Humor, kurz gesagt ohne Stil. Sie nahm eine Überdosis. So wie sie als Kind imstande gewesen war, die Welt zu strafen, indem sie sich in sich selbst zurückzog und sich weigerte, auch nur ein Wort zu sagen, zog sie sich jetzt in ihre Betäubungsmittel zurück. Alyprobymal und Phenobarbital waren die heimlichen Codeworte, die flüsternd in den Zimmern umgingen, während die Pillenröhrchen verborgen unter der Unterwäsche lagen, zusammen mit Rejns Liebesbriefen: »Es ist mein größter Wunsch, Dir ein guter Mann zu werden, damit Du glücklich und froh sein und Dich geborgen fühlen kannst.« Jas hatte Rejn einen humorlosen Pfadfinder genannt. Swing besaß er auch nicht. Er hatte etwas hoffnungslos »Wachstuchartiges« an sich. Ja, obendrein hatte er vorgeschlagen, sie sollten ein Stück Wachstuch kaufen statt einer Tischdecke, denn das sei viel praktischer!

»Das kann nicht dein Ernst sein!«

»Aber kleine Perle, das ist doch viel einfacher!«

»Ihr habt vielleicht Wachstuch auf dem Tisch gehabt, dort wo du herkommst.«

»Ich weiß nicht, ob es dir Spaß macht, Tischdecken zu waschen und zu bügeln!«

Dogs Bemerkung wurde einfach ignoriert. Cat reagierte lediglich mit den Augen. Vielleicht wollte sie sterben.

Dog plackte sich ab, saugte Staub und putzte, kaufte ein und kochte Essen. Mehr und mehr Rezepte schnitt er aus Zeitungen aus und klebte sie in das Kochbuch, das Li während ihrer Zeit auf der Haushaltsschule mit Buchtiteln versehen hatte. Unter André Gides »Der Immoralist« setzte Dog das Rezept für »Des Junggesellen Apfelkuchen«. Nicht weil er Junggeselle war, sondern weil sich das Rezept überschauen ließ, er mußte schließlich trotz allem noch seiner Arbeit nachgehen. Lange Zeit fungierte die Verliebtheit als Motor. Doch egal was für leckere Gerichte Dog auf den Tisch brachte, Cat wollte nicht essen. Sie lag oben im Bett, und Myren schlich vorsichtig mit einem Tablett nach dem anderen zu ihr hinauf. Alles wurde abgewiesen. Li war auf dem besten Weg, denen zu gleichen, die man auf den Bildern von Auschwitz gesehen hatte. Die Mädchen gewöhnten sich daran, daß ihre Mutter regelmäßig auf einer Bahre weggetragen wurde – entweder weiß wie eine Leiche oder nicht wiederzuerkennen blau und aufgequollen. Stirbt Mutter jetzt? war die ewige Frage. Aber Dog fragte, wann er wieder mit ihr »buhlen« könne.

Eine Zeitlang stellte er ein junges Mädchen, Marta aus Jütland, im Haus an. Ihr Kalbsfrikassee war Cat bereit zu essen. Doch zeigte sich dann, daß Marta ein Kreuz um den Hals trug, und das konnte Rejn nicht mitansehen. Und er konnte sie auch nicht bitten, es abzunehmen. Eines Tages fand Rejn einen Zettel, auf dem Marta geschrieben hatte: »Wenn ein Reich mit sich selbst uneins wird, kann es nicht bestehen. Und wenn ein Haus mit sich selbst uneins wird, kann es nicht bestehen.« Er dachte, es sei vielleicht Zufall, und wollte es durchgehen lassen. Doch als er an einem anderen Tag eine Mitteilung auf dem Küchentisch fand, die lautete: »Wie kann der Teufel Satan austreiben?« warf er Marta aus dem Haus.

Rejn hatte seine Leidenschaft in die Vorstellung investiert, daß alles hier auf der Welt logisch zu erklären sei, in Zahlen, Formeln, Kurven und Logarithmen. Der Glaube an die Vernunft war seine Rettung. Auf diese Weise konnte er das Gefühl des fundamentalen Mangels, des nicht wiedergutzumachenden Fürsorgemankos abwehren, das seinen Hintergrund bildete. Rejn, der sich in seiner Sexualität wohl fühlte, doch sonst keinen Zugang zu seinen Gefühlen hatte, wurde abhängig von Lis Terrorangriffen auf seine Verschlossenheit und gefühlsmäßige Abgestumpftheit, wie sie es nannte. Er fühlte eine besondere Befriedigung, sie am Rand des Todes zu sehen und sie jedesmal im letzten Augenblick zu retten. Das verlieh ihm den Status eines traurigen Helden, ohne den er nicht zu leben vermochte und von dem er abhängig wurde. Lis Angewohnheit, mit dem eigenen Tod zu spielen, gab Rejn die Möglichkeit, immer aufs neue die Trennung von der Frau in seinem Leben durchzuspielen, die er als Zweijähriger erlebt hatte, damals als seine Mutter nach Wladiwostok gezogen war, *ihn* in einem Kinderheim zurückgelassen hatte, und *er* kurz davor stand zu sterben. Jetzt war *sie* es. Jedesmal.

Aber er vermochte nicht auszurechnen, was ihn diese Vorstellung kostete. Und das war doch sonst sein großer Tick: Alles auszurechnen und in Geld darzustellen. Durch die Magie der Zahlen konnte er die Welt immer wieder in Ordnung bringen, und er würde ja wohl auch Ordnung ins Haus bringen – ohne Marta. An ihrer Statt bestellte er Virums Mittagsküche, die, wenn Zeste und Myren von der Schule kamen, emaillierte Kasernenbehälter mit schwerer klumpiger Soße und kalten Kartoffeln auf den Fußabtreter gestellt hatte. Das jedenfalls wollte Li absolut nicht anrühren. War sie krankgeschrieben und daheim, wollte sie das Essen nicht einmal ins Haus tragen. Bisweilen, in nüchternen Augenblicken, dachte Li, wie merkwürdig es doch sei, daß sich Rejn in die Behandlung fügte, die sie ihm zukommen ließ. Gaus hätte das nie hingenommen, obwohl auch er einer niederen Klasse entstammte. Es war also nicht so sehr eine

Klassenfrage als ... Ja, was war es? Sie war in Gaus nie so verliebt gewesen, wie sie es in Rejn war.

Im übrigen war Gaus verhaftet worden und saß im Gefängnis. Es war eine Riesensache mit Schwarzmarktschmuggel, Mafia und bankrotten Banken. Bestochene Polizei und Korruption. Die Rede war von einem Spinnennetz, das sich kreuz und quer durch das ganze Gemeinwesen spannte, von ganz unten bis an die oberste Spitze. Bestimmte Personen, darunter Palle Gaustrup, hatten es verstanden, Warenmangel und Not während der Okkupationszeit auszunutzen, und offenbar viele andere Menschen mit hineingezogen. Li verstand nichts davon, doch Gaus schmückte ständig die Titelseite der Zeitung, und sie war stolz, ihn gekannt zu haben, auch wenn sie Rejn keine Details verriet. In der Familie Løvin sagte man noch immer, Gaus hätte ihnen im Krieg geholfen, er sei nicht kriminell, sondern nur *tüchtig*. Vielleicht ein wenig zu tüchtig. Und dann habe er eine *Lücke* im Gesetz ausgenutzt. Das konnte man dem Mann, nach Tobias' Ansicht, schließlich nicht vorwerfen.

Ostern 1952 lag Cat im Bett und schrie. Sie rief weinend, die Mädels sollten Jas herbeischaffen, denn ihre derzeitige Ehe sei ein vollständiges Mißverständnis. Die Mädchen wußten nicht, was sie tun sollten. Denn ihre Mutter hatte gerade ein neues Kind geboren, und außerdem war Jas doch mit dem flotten englischen Mannequin verheiratet. Auch er war in der Zeitung gewesen wegen einiger extraordinärer künstlerischer Saufgelage.

Jas' neue Frau Gwendoline, genannt Samtarsch, war künstlerisch veranlagt und hatte eine Kolumne in »Politikens Magazin«, wo sie zeichnete und Frauen Ratschläge erteilte, die ein Chaiselongue besaßen, das sie gern zu einer Ausgehstola umnähen wollten. Jas und Gwendoline hatten bei einem selbstarrangierten festlichen Anlaß ein ganzes Viertel Reihenhäuser in Ørholm, wo sie wohnten, zu einem italienischen Dorf mit Kirchturm verwandelt, auf dem der Glatzkopf Jas saß, verkleidet als Benediktinermönch mit Schnurrbart, er hatte eine Flasche Chianti in der Hand und läutete eine Glocke. Das Fest war in der Zeitung genauestens beschrieben worden, das Ende ausgenommen, als Gwendoline auf einem Baum saß und nicht herunterkommen wollte, während Jas unten stand und rief: »Samtarsch, Samtarsch, komm jetzt runter.« Aber Samtarsch wollte nur dann runterkommen, wenn er ihr einen Leopardenpelz versprach.

Den konnte er ihr ruhig versprechen, denn Jas litt nämlich an einer tödlichen Krankheit, das hatten sie gerade erfahren. Jetzt konnte er besser verstehen, warum er damals danebengegriffen hatte, als er beim Abschlußexamen am Konservatorium die As-Dur-Polonäse spielte, und weshalb er ein so komisches Gefühl im Rücken und der einen Schulter gehabt hatte, als er mit Li zusammenlebte. Und das war also auch die Erklärung dafür, daß seine rechte Hand immer kraftloser wurde und alle Nerven in ihr abstarben. Er konnte nicht mehr Klavier spielen und hatte das Instrument verkauft, weil er es nicht ertragen konnte, wenn es in der Wohnung stand und ihn an all das erinnerte, was er nicht mehr vermochte. Er war 36. Das ganze Jahr über, und besonders im Winter, mußte er die Hand mit einem Wildlederhandschuh warmhalten. Nicht weil er fror, sondern weil er es nicht spürte, wenn er es tat. Die Diagnose war ein besonders hinterlistiges Rückenmarkleiden, genannt Amyotrophische Lateralsklerose (LAS), die unheilbar und angeboren war und die der Arzt einen Teufel nannte, und Jas täte am besten daran, mit ihm gut Freund zu werden. Also wenn der Teufel grinste, grinste Jas zurück und verwandelte ein ganzen Wohnviertel in ein italienisches Dorf. Und er versprach Samtarsch einen Leopardenpelz.

Cat schrie nach Jas, und sie übergab sich, weil sie zu viele Tabletten geschluckt hatte. Und die Mädchen wischten auf, meist Myren, die immer so lieb war. Cat flehte Zeste an, ihr die Rasierklingen zu geben, denn sie wollte sich erneut die Arme aufschneiden, damit alle sehen konnten, wie satt sie alles habe. Aber Zeste reagierte nicht. Sie versuchte statt dessen, das neugeborene Kind neben die Mutter zu legen, aber Li reagierte nicht. Rejn fragte, ob sie seinen Pimmel sehen wolle. Li fürchtete ihr Neugeborenes. Schon im Volkswagen auf dem Weg nach Gentofte ging das Wasser ab, und Li schaffte es gerade noch die Steintreppe hinauf und gebar den Jungen im Freien. Denn das war er, ein Junge. Ihr erster Sohn. Sie warf kurz einen Blick auf ihn und sagte: »Er wird Alkoholiker.« Denn es war offensichtlich, daß sie einen Møller geboren hatte, und das reimt sich auf øller – Biere. Als ihre Umgebung sie zu trösten suchte und sagte »das wird schon alles werden«, wollte sie nichts hören. Sie hatte das Kind *gesehen*, das, wie sie behauptete, Rejns Vater ähnele, dem versoffenen Aushilfsbriefträger, sie hatte *gesehen*, daß das

Neugeborene nach Rejns ganzer Familie kam. In ihm steckte nicht ein Funken Løvin, und sie war auch überzeugt, daß seine Augen *blau* würden.

Li hatte durch ihre verschiedenen Selbstmordversuche, halbherzig oder von ganzem Herzen, den letzten Faden zu dem zerrissen, was wir sonst unter Menschsein verstehen, und war in das Niemandsland geraten, das so wenige zu betreten wagen. Dort draußen hatte sie – als Nicht-Mensch – absolute Macht und war nunmehr zu einem »Prinzip« geworden wie Wasser oder Felsen. Sie hatte einen Sohn geboren, und sie hatte ihn mit dem *Blick* bedacht, bei dem ihre Augen weiß wurden. Sie hatte ihn *gesehen*, und sie nannte ihn Orm – Wurm.

»Blute nur, du liebes Herz«, tönte es aus dem dunkelroten Grammophon.

Der Junge lag stets weinend da, weil Zestes und Myrens Möglichkeiten begrenzt waren, an die Stelle der Mutter zu treten. Schließlich konnten sie ihn nicht stillen. Palmsonntag kroch Li hinaus ins Badezimmer. Nachdem sie dort lange Zeit verbracht hatte und nicht reagierte, als man an die Tür pochte, außerdem hellrotes Wasser in den Korridor zu sickern begann, trat Rejn die Tür ein, und sie fanden sie in einem Blutbad. Sie konnte mit ihrem kleinen Kind nicht fertig werden, hatte aber auch keine Kraft, es in den Wald hinauszulegen.

Während die sechsjährige Myren sich mit der Hausarbeit mühte, dachte die schlaksige Zeste mit den struppigen Haaren nur an Glanz. Und Rehabilitierung. Für die Familie. Etwas Wunderbares, das geschehen, das Unglück aufwiegen und es aus der Welt schaffen würde. Sie sah mit eigenen Augen, wie ein Kind mißhandelt wurde, und gelobte sich selbst, eines Tages auf der Bühne zu stehen und es in alle Welt hinauszuschreien. Daß man nicht das Recht hatte, ein Kind so zu behandeln, nur weil es nicht den Wünschen der Eltern und ihren Phantasien entsprach. Sie war sieben Jahre alt und nicht imstande zu erkennen, daß Li in eine unmögliche Situation geraten war. Daß sie ausgelaugt und von Scham geplagt war, weil sie eine so ungeheuerliche Mutter war. Und daß sie in Wirklichkeit lieber sich selbst totschlagen wollte als das Kind. Sie hatte Rejn geheiratet, um die direkte Linie zu ihrer Mutter zurück zu unterbrechen, die stets jammernd mit einem nassen Lappen auf der Stirn dagelegen hatte, so wie Katzes Mutter vor ihr. Doch ungeachtet wie sehr Li im Netz zappelte, kam sie nicht von der Stelle. Die sexuelle Leidenschaft hatte ihr den sozialen Absturz gebracht, gegen den sie einerseits nicht das Geringste einzuwenden hatte. Es machte ihr nichts aus, in Marie Grubbes Fußspuren zu wandeln. Doch emotional besaß sie nicht die Kraft, sie hatte nicht jenes Gefühl weiblicher Identität und Würde, das ein solcher Untergang erfordert.

Damals gab es nichts, was Kommunale Jugendhilfe hieß, keine zwangsweise Entfernung aus dem Elternhaus, denn in dem Fall hätte die ganze Familie entfernt werden müssen. Damals gab es nichts, was postnatale Psychose hieß. Oder Geburtsdepression. Vielleicht gab es etwas, das zum Himmel schreiender Wahnsinn hieß. Und strafbare Kindesmißhandlung. Aber nicht in einer netten Familie mit Klavier. Oder in einer glücklichen Familie, wo die Ehepartner, Dog und Cat, so verrückt nacheinander waren. Über lange Perioden lagen sie einfach nur hinter abgeschlossenen Schlafzimmertüren. Danach hatte Cat rote Wangen. Vielleicht aß sie sogar an jenem Tag, und die Kinder waren froh. Doch wenn Cat glücklich war, fühlten sie sich beiseite geschoben und zu nichts nutze, denn dann brauchte die Mutter sie nicht mehr. Das war nur der Fall, wenn sie Rejn mit Rezepten zur Apotheke geschickt hatte und die Kinder mit geheimen Expeditionen beauftragte.

Wenn Zestes und Myrens Mutter eine Hexe war, dann deshalb, weil sie verzaubert worden war von dem, was hinter der verschlossenen Schlafzimmertür vorging, die sich abwechselnd zu roten Wangen oder einem aufgebahrten Leichnam öffnete. Was dort vorging, bedrohte das Leben kleiner Kinder. Immer aufs neue wurde die Bahre durch das Haus manövriert. Wenn es Cat wieder gut ging, sollte man so tun, als sei absolut nichts gewesen. Mit keinem Wort durfte die Sache erwähnt werden. Auch nicht, daß sie aus einer Nervenklinik heimkam. Dann sollte man so tun, als sei sie nie weggewesen. Li setzte ihre Ehre darein, alles über psychiatrische Diagnosen zu erfahren, die sie durch ihre Tätigkeit als Sekretärin einer psychiatrischen Abteilung haargenau kannte. Doch schien es lange Zeit undenkbar, daß auch nur das geringste Teilchen einer Diagnose auf sie selbst angewendet werden konnte. Es war Dogs und Cats privater Sport, die dummen Psychiater hinters Licht zu führen, damit sie ihr kleines

Weihnachtsspiel in Ruhe und Frieden betreiben konnten. Das Buhlen und Sterben.

Li brauchte wohl auch kaum eine Diagnose. Sie hatte eher nötig, ihr Leben zu überdenken und Konsequenzen zu ziehen. Doch das wagte sie nicht. Deshalb zog an ihrer Statt das Leben die Konsequenzen.

Durch die Tatsache, daß Li unmöglich etwas fehlen konnte, was Dog nicht in Ordnung bringen – wegbuhlen – konnte, stellten sie sich außerhalb alles Menschlichen, außerhalb jedes normalen Lebens. Die Unwirklichkeit war schlimmer als der Tod durch Ertrinken, die Vergiftung, Blut, das Erbrochene und Orm, das weinende Kind. Deshalb träumte Zeste vom Theater als der wirklichsten aller Welten.

*

Wie drüben bei Tante Bekka, die jetzt nicht weit von ihnen wohnte und wo alles wirklicher war. Tante Bekka war so schön mit ihrem klassischen Profil, olivfarbenem Teint, rabenschwarzem Haar, betörendem briefkastenrotem Mund (Peggy Sage) und ihren makellosen Zähnen. Sie trug weite schwarze Röcke mit breitem Lackgürtel um die schmale Taille und einen Bastkorb über der Schulter. Sie wurde vom anderen Geschlecht zwar ziemlich umschwärmt, doch ihr war das völlig egal, sie war sich selbst genug. Kein Mann in diesem Land konnte jemals an ihren Vater mit den großen Ohren heranreichen.

1950 hatte Tante Bekka den Ärzten geholfen, die »Jutlandia« für Korea abfahrbereit zu machen, und jetzt war sie mit dem Roten Kreuz gerade in Ungarn gewesen, um den von den Kommunisten Unterdrückten zu helfen. Sie hatte in Budapest auch eine Schulfreundin aus der Rigaer Zeit getroffen. Über ihrem Bett hing ein kleines Kruzifix, und in der Speisekammer stand ein grüner Pistazienkuchen mit Schokoladenguß. Tante Bekka war von Gammel Mønt ganz in die Nähe von Myren und Zeste gezogen, weil sie es nicht länger aushalten konnte, zu Hause zu wohnen, mit all den verdeckten Karten und versteckten Flaschen in der explosiven Atmosphäre, die zwischen den Eltern herrschte. Die hatten sich noch immer nicht ausgesprochen, und es war wie im kalten Krieg, als sitze man auf einer Atombombe, die jeden Moment explodieren konnte. Höchste Zeit, von daheim wegzukommen. Ihr Stolz verbot ihr, weitere Demütigungen hinzunehmen.

Tante Bekka war keine Ärztin geworden, weil sie das Physikum nicht geschafft hatte. Der Grund war, daß sie an einem Mittwoch drankam, und alle gesagt hatten, wenn man am Mittwoch geprüft wird, dann gerate man direkt ins »Auge« des Bösen und könne das Examen gleich vergessen. Oder vielleicht hatte sie tatsächlich nicht genug gelernt, sondern mehr Zeit darauf verwendet, sich mit dem später so berühmten Sexologen im Bett zu wälzen, der so viele zeitraubende Probleme gehabt hatte, daß sie nicht zum Lernen kam, obwohl sie das eigentlich gemeinsam vorgehabt hatten. »Und dort hat er gesessen mit seinem großen … Hintern«, rief Katze immer, die Hände zum Himmel erhoben, und zeigte auf einen fast zusammenbrechenden Lehnstuhl als Erklärung für Bekkas Unglück.

Was Rebekka wirklich ins Herz schnitt, war, ihren Vater um Geld für ein Lehrbuch bitten und seine unausbleibliche Antwort hören zu müssen: »Ist das wirklich notwendig?« Ihren Vater so kläglich zu sehen. Dann wollte sie lieber auf die Ausbildung verzichten und allein klarkommen.

Es wurde Bekkas Schicksal, eine »halbe Ärztin« zu sein. Doch in Wirklichkeit ödete sie die Forderung nach konzentriertem Studieren wohl an. Ihr waren als »Frau der Zukunft« die breiteren Fähigkeiten förderlicher, sie war geeigneter, zwischen den Sendern zu zappen, »Aida« in einem Kreuzworträtsel zu erraten und zugleich einem Hund den Bauch zu kraulen, all das während einer längeren religiösen Verteidigung des Judentums, die immer mit den Worten endete: »im übrigen bin ich zu 90 Prozent Katholikin«. Rebekka war halb Ärztin, halb Jüdin, halb Schriftstellerin und halb alles mögliche. Und sie arbeitete als Arztsekretärin wie ihre Schwester. Es dauerte auch nicht sehr lange, bis Balder das Thema Medizin in der »Berlingske Tidende« übernahm.

*

In Gammel Mønt war die Bombe nicht explodiert, es hatte eine Implosion gegeben. Bekka suchte Trost bei den Schwestern eines katholischen Nonnenklosters. Sie würde eines Tages ihre Lebensproblematik in dem Widerspruch sehen, halb Jüdin und halb Katholikin zu sein. Sie verspürte den Wunsch, zum Katholizismus überzutreten, wurde aber vom Judentum zurückgehalten. »Ich fühle mich eingezwängt«, sagte sie immer.

Während Bekka wegen der Debakel in ihrem Leben Trost

suchte bei den Schwestern, suchte Zeste Trost bei Bekka, die sie mütterlich ermahnte – inspiriert von den Arztromanen, die in Heftform auf den Bahnhöfen zu kaufen waren –, ja saubere Unterwäsche anzuziehen. Zeste trug nämlich eine Rolle Schaumgummi um den Leib, die sie mit riesigen unbeholfenen Zwirnstichen um ein elektrisches Kabel genäht hatte. Das war Zestes Variante eines Ballettröckchens, in dem sie sich wie eine, wenn auch etwas schäbige, Königin fühlte.

»Aber stell dir vor, du wirst überfahren«, sagte Tante Bekka.

»Ja«, erwiderte Zeste.

»Und wenn du dann dem Traum deines Lebens begegnest.«

»Ja, was für einem Traum?«

»Dem Oberarzt! Stell dir vor, du mußt operiert werden, und er bekäme deine Unterwäsche zu Gesicht!« Zeste stellte sich vor, wie sie auf dem Operationstisch lag, ohne Arme und Beine, und konnte nicht recht begreifen, wieso da die Unterwäsche zum Problem würde. Doch sie spürte Tante Bekkas nervöse Fürsorge.

Ebenso wie Myren und sie Katzes Fürsorge spürten, wenn sie in Gammel Mønt übernachteten und Katze sagte, was für wundervolle Enkelkinder sie doch habe, und Tobias hektisch hinter der Lampe, unter dem Tisch und der Schüssel mit den Kartoffeln zu suchen begann und feststellte: »Ich kann nirgends wundervolle Enkelkinder finden.«

Aber das allerbeste war, draußen in der Küche bei Marie zu sitzen, während sie ihnen »Schnittchen« zubereitete mit Zunge und Schinken, oder sie sahen ihr zu beim Sandkuchenbacken und dem Wickeln von Kohlrouladen mit Muskat, so wie sie der Herr Direktor (so hieß er noch immer) aus der Rigaer Zeit her liebte, wobei Marie unablässig über Großes und Kleines und dieses und jenes schnatterte. Da war das Leben wirklich.

Obwohl Katze müde war, wenn sie aus dem Büro heimkam, die Beine hochlegte und einen Drink brauchte, so hatte sie stets frisches, weißknisterndes Bettzeug in den großen Mahagonybetten bereit (Stärken und Plätten bei Geismar), und die Mädchen durften sich ein Zuckerei schlagen, von dem Katze behauptete, es heiße auf russisch »Koggelmoggel«. Sie wurden ins Bett gepackt mit einer Geschichte, einem Abendgebet und Katzes süßsaurem Atem, während ihr die Zechtränen die Wangen hinunterliefen, denn sie weinte, weil die Kinder und Enkelkinder ihr als einziges auf der Welt etwas bedeuteten. Wenn sie allein war mit ihrem Gott, wußte sie sehr wohl, daß ihre Kinder nicht die Liebe bekommen hatten, die sie gebraucht hätten. Doch daran war auch Tobias schuld, weil er so voller Lug und Trug war. Er hatte all ihre Kräfte und ihre Konzentration aufgebraucht, die sie für ihre Kinder benötigt hätte. Und weil Katze ihre Niederlage als Mutter so deutlich empfand, überschüttete sie die Enkelkinder mit all ihrer Liebe, um eine gute Großmutter zu sein. Enkel seien das einzige, was auf der Welt etwas bedeutet, sagte sie unter Tränen. Und wenn die Mädchen den klapprigen Aufzug nach unten nahmen, am Mezzanin vorbei, rief sie ihnen hinterher: »Gebt acht auf Nähnadeln und Straßenbahnen!«, und danach hatte sie an die Ecke zu laufen, obwohl sie in die andere Richtung mußten, denn Großmutter stand oben am Fenster und winkte so lange, bis man sie nicht mehr sehen konnte.

Doch zeigte sich, daß auch Tobias ihr etwas bedeutete. Besonders als er weg war. Eines Pfingstmorgens war er einfach verschwunden. Nicht weil er tot war, sondern er war ausgezogen. Katze und Tobias ließen sich nicht in den zwanziger Jahren scheiden, als ihnen aufgegangen war, welch unglückliche Mesalliance ihre Verbindung darstellte. Auch in den Dreißigern ließen sie sich nicht scheiden, als es vor verlockenden Heiratsanträgen im leichtsinnigen Riga nur so wimmelte und der konstante Flirt beider Nachsicht strapazierte. Sie ließen sich nicht in den vierziger Jahren scheiden, als Flucht und Trennung an beider Geduld zehrten. Doch in den Fünfzigern kam es zur Scheidung, ohne eigentliche Ursache.

Dort, wo Tante Bekka gewohnt hatte, zog nun Tobias mit seinen schweren Mahagonimöbeln aus Riga und Rosenvænget ein. Katze blieb weinend zurück und verstand nicht, was passiert war. Sie glaubte, es sei ein Komplott. Der schwache Balder, die verrückte Li und das kleine Fräulein Besserwisser hatten sich zusammengerottet, um ihren vergötterten Vater aus dem häuslichen Jammertal zu erretten. Sie verlor jeden Lebenswillen, konnte nicht einmal die Abschnitte in der Bibel finden, die sie inspiriert hätten, wieder auf die Beine zu kommen.

Li ging es besser. Tobias war der einzige, der sie dazu bringen konnte, aus dem Bett aufzustehen und sich die Haare zu kämmen. Er lud sie zu einer Autofahrt durch Jütland ein, wo sie in Gasthöfen übernachteten, und er sorgte dafür, daß sie etwas zu essen bekam. Wenn Tobias einen Kellner herbeirief und fragte, ob sie frische Garnelen hätten, fühlte Li, daß sie auf einer kleinen rosaroten Wolke schwebte. Wenn der Kellner dann mit getarnten Büchsengarnelen ankam, ging ihm das nicht ungestraft durch. Tobias sagte: »Ich werfe Ihnen nicht vor, daß sie keine frischen Garnelen haben. Ich werfe Ihnen nur vor, daß Sie mir etwas servieren, um das ich nicht gebeten habe.«

Die Kellner dienerten und witterten instinktiv, daß sie hier einen richtigen »Herrn« vor sich hatten. Es war vielleicht nicht gerade ein Ausdruck höchsten »Geistes«, den Unterschied zwischen frischen Garnelen und solchen aus der Büchse zu schmekken. Doch Tobias wehrte sich gegen das umsichgreifende »Wenn es klappt, klappt es«. Es klappte nicht. Und das war etwas anderes als Rejns ohnmächtiges mit der Entwicklung Gehen und Loshetzen – wonach?

Li erholte sich, nachdem die Welt für sie wieder ein Ganzes geworden war mit einem Oben und einem Unten, einem Rechts und einem Links. Sie erkannte, daß sie in Wahrheit an einem unheilbaren Selbsthaß litt, weil sie ganz einfach große Forderungen an das Dasein stellte, Forderungen mit denen sie aufgewachsen war, doch die sie selbst nicht einzulösen vermochte. Wenn alles »unter jedem Niveau« war, wollte sie dem Ganzen lieber ein Ende bereiten. Ihre Angehörigen waren ohne sie auch tatsächlich besser dran. Das war ihre ehrliche Meinung. Doch das Zusammensein mit Tobias hob sie wieder empor, sie erhielt den notwendigen Überblick und die Energie, um weiter zu leben. Wenn nicht aus anderen Gründen, so um ihren Vater zu erfreuen. Damit er wieder stolz auf sie sein konnte.

Auf dieser Jütlandfahrt begriff Li, daß der größte Teil des Elends dieser Welt an Tobias abgeprallt war. All das, was er im Baltikum verloren hatte, kümmerte ihn nicht. Das Schicksal der Juden während des Krieges hatte ihm den Lebensmut ebenfalls nicht geraubt. Was seine Flucht und sein eigenes Leben anging, so war er ein furchtloser Spieler. Nur eine Sache konnte ihn tief in der Seele treffen: Das Unglück seiner Tochter. Er hatte die Evakuierung der Dänen aus Riga bewältigt, als die Russen kamen. Er hatte die Flucht der Familie nach Schweden bewältigt, als die Deutschen kamen. Doch Lis Unglück stand er machtlos gegenüber.

Indessen war Balder in Tobias' Fußstapfen getreten und hatte tüchtig und gewissenhaft ein dänisches Ehepaar aus Lettland gerettet. Herr und Frau Ingenieur Leopold Freydberg waren nach dem Krieg durch ein ungünstiges Schicksal in Riga gelandet und konnten nicht wieder fortkommen, egal wie oft sie die Behörden in Moskau auch aufsuchten. Zu der Rettungsaktion kam es, als Balder auf einer Touristenreise in Riga weilte, um über das Wiedersehen mit der Stadt seiner Kindheit zu schreiben:

»Ich ging durch die Hauptstraße Rigas, als eine mir unbekannte Frau beim Anblick der dänischen Flagge in meinem Knopfloch stehenblieb und mich fragte, ob ich Däne sei. Nach meiner bestätigenden Antwort erzählte sie mir, daß in der Vielandes iela 10 eine gebürtige Dänin wohne, die einen Besuch wohl wert sei. Zweimal während meines Aufenthalts in Riga besuchte ich Herrn und Frau Freydberg, die nur noch zwei Zimmer ihrer ursprünglichen Sechszimmerwohnung zurückbehalten hatten. In den anderen Zimmern wohnten sieben Russen.«

∗

Es war an sich schon ein kleines Kunststück, daß es Balder gelungen war, Dänemark zu verlassen und an einer Touristenreise in die UdSSR teilzunehmen. Denn er hatte in der Zwischenzeit eine sehr strikte Frau geheiratet, die ihrem Mann keine Ausschweifungen erlaubte. Die Frau hieß Schnippe, weil sie als Kind das Wort »Xanthippe« nicht hatte aussprechen können. Denn so wurde sie genannt. Beim Hochzeitsessen stand der Vater der Braut mit Tränen in den Augen auf und wandte sich mit allen Zeichen des Mitleids an den Bräutigam:

»Armer Balder, der jetzt meine Tochter heiratet. Wer aber wirklich froh ist, das ist ihr Vater, der sie nun endlich los wird.«

Die Mutter der Braut saß zuckersüß lächelnd da, ohne ihrem Mann zu widersprechen, als fließe reinster Honig von seinen Lippen. Doch den Hochzeitsgästen verschlug es die Sprache. Einige waren verärgert, daß ein Vater so über seine eigene Tochter sprechen konnte, und sie sagten auch, wenn die Tochter unleidlich sei, dann hätte es sicher seine Gründe. Sie würde schon wieder in Ordnung kommen, sobald sie mit Balder verheiratet sei und eigene Kinder habe. Andere dachten bei sich, daß es eigentlich faszinierend sei, wenn es in Wirklichkeit eine so böse Frau gäbe, und nicht nur im Märchen. Und insbesondere, wenn die Boshaftigkeit verpackt war in gutbürgerliche dunkelblaue Kleider mit weißem Kragen und Manschetten, Perlen, kokettem Pony und Spangenpumps. Schnippe war gelernte Apothekerin, und Li sah sie im Geist vor sich als Giftmischerin, das kokette Stirnhaar verwandelt zu Schlangen, den weißen Kragen und die Manschetten zu Sperma und Schleim. Die reinste Medusa!

Doch bekam man die Boshaftigkeit im Alltag nicht zu Gesicht. Während viele andere Frauen in Schnippes Alter allmählich dazu übergingen, die Mutter- und Hausfrauenrolle zugunsten der eigenen Karriere aufzugeben, kündigte Schnippe augenblicklich ihre Stellung in der Apotheke, um sich dem Wohlbefinden ihres Mannes zu widmen. Ihre Sprache war geprägt vom Essen und der peinlichen Ordnung, die im Haus herrschte. Als die Kinder hinzukamen, sagten sie von ihr: »Mutter war nicht imstande, liebevolle Gefühle zu zeigen, doch wenn sie besonders schlimm gewesen war und uns mit Messern bedroht hatte, dann briet sie hinterher stets Eierkuchen. Das war ihre Art, es wiedergutzumachen.« Doch das sagten die Kinder erst später. Anfangs sagten sie überhaupt nichts, saßen nur artig da, in ihren Mäntelchen mit Samtpaspeln.

Schnippe ließ weder die Kinder noch Balder jemals aus dem Auge. Sie hatte die absolute Kontrolle über alles, was die Kinder und Balder dachten, und sie dachten nichts, was sie verärgern oder irritieren konnte. Schnippe zählte seine Schritte und die Minuten, die er von Dronningens Tværgade bis zu seiner Arbeitsstelle in der Pilestræde brauchte, und sie rief an, um sich zu vergewissern, daß er schnurstracks, ohne irgendwelche Umwege, dorthingelangt war.

Schnippe hatte sich und ihren Mann als Mitglieder bei der *Konservative Folkeparti* eingeschrieben. Als fanatische Antikommunistin war sie bereit, den Kampf gegen jeden sozialdemokratischen Versuch aufzunehmen, eine Revolution in Dänemark auszulösen. Sie war nur deshalb einverstanden, Balder ins Baltikum fahren zu lassen, weil er so den Dänen ausführlich berichten konnte, wie die Bevölkerung der UdSSR hinter den Gittern des kommunistischen Gefängnisses lebte. Und Balder war froh, einmal von daheim fortzukommen. Nach seiner Heimkehr wandte er sich an den Ministerpräsidenten H. C. Hansen, der später, bei einem Staatsbesuch in Moskau, an Bulganin und Chruschtschow appellierte; jene erlaubten mit flotter Handbewegung der dänischen Familie Freydberg, »nach sechzehn harten Jahren« nach Dänemark auszureisen.

Während des kalten Krieges konnte man nicht ohne weiteres über die Verhältnisse in der Sowjetunion schreiben. Es war ein extrem »brenzliges« Land, und jedes Komma war äußerst schwerwiegend. Wenn man die Sowjetunion verteidigte, war man automatisch Kommunist. Bezeichnete man die UdSSR als korruptes Gefängnis, war man ein kapitalistischer Bourgeois.

Daher knöpfte man sich Balder in der kommunistischen »Land og Folk« auch vor und diffamierte ihn gründlich als Repräsentanten einer aussterbenden Klasse. Kein Geringerer als der Autor Hans Kirk ergriff im Feuilleton das Wort:

»Im Jahr 1839 kam das Geschlecht der Løvins nach Dänemark. Ihr Stammvater kam aus Toruń in Polen und ließ sich als armer siebzehnjähriger Bursche, der gewisse Kenntnisse in der Branntwein- und Hefefabrikation besaß, hier nieder. Es lief außerordentlich gut für ihn, und man kann wohl sagen, daß er der Gründer der Dänischen Spritfabriken ist, die uns mit einem Schnaps versorgen, der zwar von keiner besonderen Güte, dafür aber sehr teuer ist. Das Unternehmen blühte und gedieh hier im Land, und die Familie erwarb Besitztümer in anderen Ländern, u. a. ökonomische Interessen in Lettland. Sie gingen verloren, als Lettland beschloß, ein freier Sowjetstaat innerhalb des Gebietes der Sowjetunion zu werden.

Der letzte grüne Sproß am Stamm des Løvinschen Geschlechts heißt Balder, und zu den guten Kindern zählt er keinesfalls. Er hat Industrie und Handel aufgegeben und seine besonderen Fähigkeiten der Journalistik gewidmet, die bekanntermaßen ein Gewerbe ist, das nicht nach Rosen duftet und tatsächlich nicht einmal nach Schnaps. Als Korrespondent der ›Berlingske Tidende‹ hat er an einer Reise nach Riga und Leningrad teilgenommen und hat sie genossen für alles Geld der Zeitung. Seine Reportage ist so offenbar infam, daß selbst treue Leser der ›Berlingske Tidende‹ protestiert haben. Ein jeder hat nämlich die Möglichkeit, ein Handbuch zur Geschichte oder einen Lexikon aufzuschlagen und festzustellen, daß die Behauptungen des guten Balder Løvin völlig unglaubwürdig sind.

Wir würden uns nicht mit den Artikeln des Herrn Løvin beschäftigen, wenn sie nicht von einer gewissen prinzipiellen Bedeutung wären. Denn gekaufte bürgerliche Journalisten schreiben stets nach dem Rezept: *Ich lüge und lüge, ich mache Journalistik.* Im Namen der Journalistik und der Zeitung scheint alles erlaubt.

Nachdem er eine Artikelserie verfaßt hatte, von der man wohl behaupten kann, sie sei in der Geschichte der Presse fast ohne Beispiel, und in der er wiedergibt, was die Leute in Riga und Leningrad ihm heimlich an der Haustür oder in der Kneipe anvertraut hatten, erhielt er den Protestbrief einer Frau, die Lettland wirklich kennt. Sie hatte an derselben Reise teilgenommen wie Herr Løvin, und sie hatte das Leben in Lettland unter der halb- und ganzfaschistischen Diktatur miterlebt. *Als Lettin*, schrieb sie an die ›Berlingske‹, *dürfte ich mindestens ebenso gute Voraussetzungen haben wie Herr Løvin, um mir ein Urteil zu erlauben.*

Die betreffende Dame ist im Land geboren, und sie erzählt, daß sie das Schicksal der lettischen Arbeiterklasse geteilt habe. Als ausgebildete Damenschneiderin mußte sie zehn Stunden am Tag für 20 Lat in der Woche schuften.

Ein Detail nach dem anderen wird in diesem Brief an die ›Berlingske Tidende‹ erzählt, und jedes hat den Charakter des Selbsterlebten. Doch war es der ›Berlingske‹ nicht möglich, diese Zuschrift zu veröffentlichen. Denn Hr. Løvin weiß natürlich viel besser Bescheid. Er hat sogar Post von ein paar Letten erhalten, die aus guten Gründen ausgebürgert sind, und sie stimmen ihm vorbehaltlos zu. Die lettische Arbeiterin darf jedoch nicht zu Wort kommen. Sie, die persönlich im Land gearbeitet hat, gilt als nicht vertrauenswürdig, während Herr Løvin, der sich wohl für einige Kapitalverluste zu rächen hat, vom Leder ziehen darf.

Soll es denn nicht möglich sein, dänische Journalisten auf jene Ehrlichkeit zu verpflichten, von der sie selbst behaupten, sie besäßen sie? Ist es völlig undenkbar, daß ein bürgerliches, sogenanntes demokratisches Land über eine Berichterstattung verfügt, die klaren und ordentlichen Bescheid erteilt? Kann der junge Løvin nicht sein Gebräu herstellen, wie sein Stammvater es tat, ohne daß es allzuviel Fusel und andere stinkende Wässerchen enthält?«

Das Ganze endete mit dem Vorschlag von Hans Kirk, Balder den großen journalistischen Cavling-Preis zu verleihen. Balder, dem

Ironie nicht fremd war, erwiderte, betreffende Damenschneiderin, die genauestens über die Sowjetunion Bescheid wußte, die sie die ganze Fahrt begleitet und später der Zeitung ihre wahnwitzigen Behauptungen aufgetischt habe, sei vom KGB gewesen. Und alle rechtgläubigen Dänen, nicht zuletzt Schnippe, nickten zustimmend über ihrem mit Zichorie gestreckten Kaffee … Doch Hans Kirk und seine Freunde behaupteten, Balder sei ein infamer bourgeoiser Lügner, und niemanden überrasche die Tatsache, da die Bourgeoisie nichts anderes tue, als von morgens bis abends zu lügen.

*

Da sich Li zwischendurch besser fühlte und wieder ihrer Arbeit als gewissenhafte und vielgelobte Sekretärin, die sie immer gewesen war, nachging, war es notwendig, Orm betreuen zu lassen. Rejn hatte eine Familie in den roten Klinkerhäusern aufgetrieben, die sich des Jungen liebevoll annahm. Das Arrangement hatte nur den Haken, daß es in Lis Augen eine proletarische Familie war, in der die Frau des Hauses dem Jungen den Mund mit einem Spüllappen abwischte. (So einen Lappen besaß Li überhaupt nicht.) Sie betrachtete ihren Sohn und sah, daß er proletarische Manieren entwickelte und daß er bestimmte Silben unpassend aussprach. Sie berichtigte ihn, so daß er dem Weinen nahe war. Und wenn er weinte, schlug sie ihn. Und weinte er noch lauter, drohte sie, ihn aus dem fahrenden Auto zu werfen.

Als Orm zwei Jahre alt war, erwog Li, ihn zum Psychiater zu schicken, denn wie sie sagte, sei er total unkreativ. »Er fühlt sich einfach am wohlsten, wenn er irgendwo im Modder spielen kann!« Auch seine Zeichnungen betrachtete sie kritisch, da sie nur irgendwelches Geschmiere auf weißem Papier darstellten. Nirgendwo glühendfarbige Kamele und brennende Sonnen in der Wüste, die Zeste in Orms Alter gemalt hatte. Und wenn sie fragte, was das Gekrakel vorstellen solle, sagte er lediglich »Regenwetter«. Das, erklärte Li, sei ein depressiver Zug, er werde garantiert Alkoholiker.

Während Zeste als Erstgeborene die Aufgabe hatte, die Ehre des verschwundenen Geschlechts nach der geheimen Weisung zu rehabilitieren, die auf Onkel Max zurückging, konnte Myren in dem Punkt lässiger sein. Sie mußte sich statt dessen mit dem Haushalt abschinden, und all die konkreten Angelegenheiten lasteten auf ihren Schultern. Sie war erst neun Jahre alt, und es gab keinerlei Fürsorge für sie. Lediglich den Überlebensmechanismus, der darin bestand, eine große Schwester zu haben, die allein durch ihr höheres Alter bewies, daß es möglich ist weiterzuleben. Denn insofern war Myren mit der großen Schwester als Filter geschützt vor dem tödlichen Blick der Mutter und den lebensgefährlichen Strahlen. Dennoch bewältigte sie das Fehlen der Mutter nicht ohne alarmierende Symptome. Genau dieselben Symptome, die Anna Freud während des Krieges bei elternlosen Kindern im ausgebombten London beschreibt. Dieses autistische Hin- und Herschaukeln, das keine irdische Macht stoppen konnte. Ausgenommen Li, doch gerade sie war nicht zur Stelle. Stundenlang konnte Myren auf ihrem Bett sitzen und mit starren ausdruckslosen Augen hin- und herschaukeln. Zeste wagte es nicht hinzusehen, denn dann würde sie weinen, und sie hatte beschlossen, nie mehr zu weinen, weil sie sonst nicht mehr aufhören könnte.

Obwohl es Myrens Angelegenheit war, die Familie zu bedienen, war sie nicht bloß das Aschenputtel. Man hatte ihr erlaubt, bei einer englischen Dame in Gammel Holte reiten zu gehen. Doch an einem Wintertag, kurz nach Dreikönige, stürzte Myren vom Pferd. Sie ritt in Skistiefeln, und niemand hatte ihr gesagt, wie gefährlich das sei. Als sie herunterfiel, blieb der Skistiefel im Steigbügel hängen, und sie wurde vier Kilometer durch die mehr oder weniger schneebedeckte Landschaft geschleift, ohne daß es jemand bemerkte. Ihr Rücken war eine einzige blutende Wunde, nur die Schneeflecken hier und da hatten ihr das Leben gerettet.

Myren trug den Sturz heroisch. Sie übernahm den Todessturz, den Li für sich gefürchtet hatte, erhobenen Hauptes. Endlich war etwas Wirkliches geschehen. Die ganze Familie stand um das Krankenhausbett versammelt, über dem ein Bügel gespannt war, worauf die Bettdecke ruhte, während die Wunde heilen und Myren einen ganzen Monat auf dem Bauch liegen sollte. Endlich bekam sie die Aufmerksamkeit, die sie seit langem verdient hatte. Doch mußte sie auch fast ihr Leben opfern, um sie zu erhalten. Die ganze Familie stand da und betrachtete intensiv die Wunde, die ihrer aller Wunde war. Sie betrachteten sie mit Entsetzen und mit Trauer, doch auch mit Erleichterung. Denn hier erhielten sie das erste Mal einen sichtbaren Beweis für den Sturz, an dem sie alle teilhatten.

Nur Rejn nicht. Er stürzte nirgendwo. Er klammerte sich an Li, weil sie von Gammel Mønt kam und schön war. Er konnte es nicht ertragen, von ihr fort zu sein, nur ein paar Tage Trennung ließen ihn vor Sehnsucht krank werden. Er verlor sein inneres Gleichgewicht, beschrieb seine Einsamkeit als leer und kalt. Obwohl von Li allmählich nichts anderes übriggeblieben war als Haut und Knochen, war sie doch seine allerherrlichste Herrlichkeit, seines Lebens Licht und Wärme.

»Ich sehe Dich vor mir, wie Du schläfst, so warm und weich. Ich werde jedesmal so froh über Dich, wie über ein Geschenk. Ich glaube nicht, daß es viele so wie wir miteinander haben. Andere Männer, die von ihren Frauen wegfahren, nehmen es so leicht und finden die Abwechslung eigentlich schön. Ich will nur möglichst schnell wieder zu Dir zurück. Ich liebe Dich über alles, und Du bist das Herrlichste, was es gibt. O wie wird es schön, wieder nach Hause zu kommen. Ich denke beinahe, wir sollten, wenn Du es auch meinst, am Sonntag ordentlich buhlen, denn es ist jetzt lange her.«

War Tobias auf seine Weise ebenso abhängig von Katze? Denn er war – wie sich zeigen sollte – nur für kurze Zeit ausgezogen. Tobias wohnte drei Monate in dem modernen Reihenhaus, und es ging ihm vorzüglich ohne Katze. Erleichtert, aus Gammel Mønt mit den versteckten Flaschen und dem ständig stärker werdenden Strom bitterer Bemerkungen entkommen zu sein. Er mochte nicht mehr hören, daß er sie ihr Leben lang betrogen und all ihr hart verdientes Geld durchgebracht hatte. Er konnte es einfach nicht mehr hören. Aber Katze warf sich auf die Knie und bat zu ihrem Gott, daß Tobias zurückkehren möge. Ohne ihn war ihr Leben nichts wert. Und sie bat und sie flehte, sie beschwor ihn und gelobte Besserung. Schließlich mochte er es nicht mehr hören und zog wieder zu Hause ein. Er begründete es so: Wenn sie seit langem im Geiste geschieden waren und keine Gemeinsamkeiten mehr besaßen – vor allem nicht die amerikanischen Filme –, so hatten sie doch ein langes Leben zusammen, das mehr bedeutete als die allein verbrachte Zeit. Zwar konnte man nicht in der Vergangenheit leben, doch da sie über sechzig waren, konnten sie auch nicht auf die Zukunft bauen. Tobias resignierte und hielt sich an die Karten. Er hielt durch, er ertrug den Wortschwall, der von Katze kam und zwischen Zärtlichkeit und Verbitterung wechselte. Vielleicht war es einfach Liebe.

Li wagte nicht einmal daran zu denken, Rejn zu verlassen, denn sie lehnte sich an ihn wie an den Pfeiler, der das ganze Haus trägt. Wenn sie sich nicht gerade betäubt an den Wänden entlangschob oder nach dem Türrahmen tastete, um nicht zu fallen oder falsch zu gehen. Scheidungen waren ansonsten modern geworden, in Zestes Klasse war die Hälfte aller Eltern geschieden, denn es war eine fortschrittliche Schule. Doch Li wagte sich nicht vorzustellen, wie sie als geschiedene Frau mit drei Kindern allein fertig werden sollte. Es wäre zudem eine weitere Deklassierung.

Statt dessen bestand sie ganz plötzlich darauf, Orm taufen zu lassen. Rejn war sehr gegen diesen ganzen Hokuspokus, doch Li hatte sich mehrmals bei den Schwestern in Farumgård aufgehalten, um von diesem oder jenem zu genesen, und sie hatte zu einem gewissen Grad ihr Herz in der sanften mütterlichen Atmosphäre erleichtert und in einem unverstellten Augenblick die Schwestern gefragt, ob Orms Unglück wohl daran liegen könne, daß er ungetauft sei? Wie mit einem Kopf hatten die Schwestern allesamt bestätigend genickt.

Orm, zwei Jahre alt, wurde in der Kirche von Farum getauft. Er erhielt den Namen Aske Johannes, wurde jedoch weiterhin Orm genannt. Er stieg selbst zum Taufbecken hoch, mit einem verdrossenen Ausdruck im Gesicht und einem roten Feuerwehrauto in der Hand.

Rejn hielt sich zurück. Ist doch egal mit diesem Christenscheiß, wenn nur die Finanzen stimmten. Doch reichten sie jedenfalls nicht so weit, daß Li ihre Arbeit aufgeben konnte. Während ihres letzten Erholungsaufenthaltes bei den Nonnen hatte Rejn ihr einen Brief mit einer Rechnungsaufstellung geschickt, die deutlich zeigte, wie groß der Gewinn war, wenn sie ihre Vollbeschäftigung beibehielt, wie er sich halbierte, wenn sie zur Halbtagsarbeit überging, und daß er gleich Null wäre, wenn sie ganz aufhörte. Der Verdienst durch die Arbeit war obendrein höher als der Lohn, da er bei der Steuer schummelte, und wann käme sie übrigens heim, damit sie buhlen könnten?

Natürlich war das Geld nicht alles, schrieb er, doch Li konnte leicht zwei und zwei zusammenzählen. Hörte sie auf, finanziell zum Überleben der Familie beizutragen, stand sie als noch größere Verräterin da, als sie es ohnehin schon war. Sie fand nicht, daß Rejn ihr die Wahl ließ, obwohl sie sich aufgrund der Doppelbelastung so viele Male übernommen hatte. Zwar sah es aus, als ob Rejn das meiste tat. Was das Praktische anging. Doch wenn sie im Krankenhaus war oder zur Erholung, dann merkte man zu Hause sehr wohl, daß etwas fehlte. All jenes, was bewirkte, daß sie nicht in einem Pfadfinderlager lebten. Li war ein ästhetisches Prinzip. Und sie war ihr gemeinsames Gedächtnis, diejenige, die sich für all die anderen erinnerte – an das, was sie nicht zu vergessen wünschte. Li war es, die das ganz normale Dasein in *Leben* verwandelte – selbst wenn sie starb. Sie war das *Niveau* – selbst wenn sie in einer Lache von Erbrochenem lag. Das war das Løvinsche in ihr, trotz allem.

Obgleich Rejn hin und wieder finden mochte, daß es für einen jungen Mann ein ziemlich großer Happen sei, eine geschiedene Frau mit zwei Kindern geheiratet zu haben, dachte er nie daran, sie zu verlassen. Außerdem hatte er Glück mit den Kindern gehabt. Sie waren wohlerzogen und immer fröhlich. Und sie jubelten, wenn er von seinen Reisen mit Geschenken für sie nach Hause kam. Lustige Montenegro-Hüte aus Jugoslawien und Bluejeans aus Amerika. Zu Beginn der fünfziger Jahre hießen sie Texas-Pants und waren absolut nicht modern. Die Verkäuferin bei »Macy« war einer Ohnmacht nahe, als sie hörte, die Hosen seien für zwei *Mädchen* bestimmt!

Die Brüste begannen sich auf dem jadegrünen Angorapullover abzuzeichnen, den er Zeste in Italien gekauft hatte. Wenn Li die fehlende Frau im Hause war, weil sie sich einfach weigerte oder nicht imstande war, ihren Platz auszufüllen, so gab es Gottseidank zwei Mädels, die automatisch an ihre Stelle traten. Myrens Aufgabe war die häusliche und mütterliche Fürsorge, während Zeste ihm Gesellschaft zu leisten und dafür Sorge zu tragen hatte, daß er sich niemals langweilte. Davon hing das Überleben der Familie ab.

Da es sich nun einmal so verhielt, erwies sich Zeste tatsächlich als ein Kind, das geeignet war, den Platz der Frau im Hause zu übernehmen. Denn schließlich war sie nie mit Spielen, sondern vor allem damit beschäftigt, den Erwachsenen zuzuhören und ihre Worte zu entschlüsseln. Sie konnten Leben oder Tod bedeuten. War sie der Sache überdrüssig, nahm sie ein Botanikbuch und ging in den Wald hinaus, um die Blumen zu zählen und sich ihre Namen einzuprägen. Oder sie versteckte sich im Keller, den sie als ihr Hauptquartier in Besitz genommen hatte, oder – zur Erbitterung Rejns – in der Kirche.

Die Rolle der »Frau im Hause« war im höchsten Maße zwiespältig, wenn sie von einem Kind ausgefüllt werden sollte. Nur ein einziges Mal war er gezwungen, Zeste den Hintern zu versohlen, nämlich als sie versucht hatte, ihn und Cat aus dem Haus zu werfen, so als wären sie nur ein paar störende Kinder, während Zeste ausnahmsweise einmal mit ihrer Freundin spielte und das ganze Revier in Beschlag nahm.

Eines Nachmittags während der Suezkrise, als Rejns bester Freund und Studienkamerad Marschall mit der ganzen Familie zu Besuch war, bekniete Zeste die Gäste, ob sie nicht zum Essen bleiben wollten. All das Gelbe verschwand aus Lis Augen, sie mochte keinen Besuch und schon gar nicht mehrere Stunden hintereinander, und nun hatte das Kind Marschalls ganze bucklige Familie zum Essen eingeladen! Ihre angeborene Wohlerzogenheit gebot ihr, eine freundliche Miene zu wahren und an dem Abend jeden Selbstmordversuch zu unterlassen, doch was in aller Welt sollten sie den Gästen servieren, wenn sie kein Essen im Hause hatten? Hinterher wurden Zeste gehörig die Leviten gelesen, sowohl von Rejn als auch von Li, denn was sollte man davon halten, wenn ein *Kind* anfängt, im Namen der Familie die Initiative zu ergreifen! Sie mußte lernen, wer die Erwachsenen in der Familie waren, die die Beschlüsse zu fassen hatten.

Ja, das wollte sie sehr gern.

Deshalb nämlich hatte sie Marschalls Familie zum Bleiben aufgefordert. Weil es eine richtige Familie war. Mit Erwachsenen und Kindern. Und wo man sehen konnte, wer was war. Marschall und seine Familie sollten Zeuge der geheimen Schande sein, die zu offenbaren ihr der Stolz ansonsten verbot, und sie wollte seine Hilfe. Denn Marschall und seine Familie waren ein Lichtstrahl, der Hoffnung verhies. Nicht zuletzt, weil er eine Arbeit bei der UNO bekommen hatte und vermutlich in den Fernen Osten geschickt würde. Solch eine Arbeit wollte er Rejn gern auch beschaffen. Sie war gut bezahlt und hatte zum Ziel, den Armen zu helfen. Zeste begriff: wenn Rejn diese Arbeit erhielt, würde das Li wahrscheinlich aus ihrem sozialen Verfall heraushelfen, der ihr die ganze Zeit das Gefühl des Sinkens gab.

Es war alles andere als sicher, daß Rejn die Stellung bekäme, auch wenn er sich darum bewarb und gute Referenzen hatte. Doch sollte es gelingen, würden Zeste und Myren von Rejn adoptiert werden, denn die UNO bot an, Ausbildung und Reisekosten für die Kinder zu bezahlen, und es war natürlich eine Erleichterung, wenn die Kinder das Familienbudget nicht länger belasteten.

Rejn konnte den Gedanken nicht ertragen, unnötig Geld auszugeben, und Jas war nicht gerade sehr flink mit dem Bezahlen der Alimente. Er hatte ja den Hang zu vergessen, was er anderen schuldete. Ja, sie überhaupt zu vergessen. Als man ihm darum die Frage vorlegte, ob er einverstanden sei, seine Kinder adoptieren zu lassen, war er schnell dabei. Zweifelsohne war das schließlich ein finanzieller Gewinn. Jas hatte es auch satt, ständig die Polizei vor der Tür stehen zu haben. Denn die hetzte ihm Rejn, der ihn wegen der ausbleibenden Zahlungen angezeigt hatte, seit langem auf den Hals.

Li war erschüttert, als sie sah, wen sie geheiratet hatte. Einen Mann, der ohne jede Barmherzigkeit reagierte. Normalerweise war das eine Angelegenheit, die man unter Gentlemen regelte. Sobald die Polizei ins Spiel kam, war man auf das Niveau der Arbeiterklasse gesunken.

Zwei Monate lang war Li in der Nervenklinik, nicht nur in einer gewöhnlichen psychiatrischen Abteilung, sondern in einer regulären Klapsmühle mit hoffnungslosen Fällen. Nur in einer richtigen Klinik könne sie die richtige Behandlung erhalten, sagte man. Nun müsse es ein Ende haben mit all den überstürzten Einweisungen und dem Magenauspumpen, jetzt müsse man ihre Situation ernst nehmen, und sie solle all die Pflege bekommen, die sie brauche. Insbesondere falls sich herausstellen sollte, daß Rejn den Posten erhielt. Das ließ schließlich nicht zu, daß die reiche Frau schlechter dastand als die Armen und Kranken, denen zu helfen man hinfuhr. Li war stolz, daß es *nicht* »Sankt Hans« war, wo KIS gewesen war. Sie wurde während einer Besuchszeit schwanger, und zwei Monate später kehrte eine fremde Dame nach Hause zurück, mit schwarzen Haaren und einem Kind im Bauch. Sie behauptete, die Haarfarbe sei ihre eigene. Das Rotgold aus der Kriegszeit war jetzt ausgewaschen.

Zeste betrachtete die neue Dame und betete, sie möge die Frau im Hause sein.

3. Die Paradiesinsel

Am 26. August 1958 schrieb Li an Katze und Tobias, der erneut ein Blutgerinnsel gehabt hatte:

Lieber Vater und liebe Mutter!
Vielen Dank für Mutters Brief mit dem Taschengeld. Wirklich traurig, daß Ihr so schreckliches Wetter habt, aber Gottseidank ist es in Hornbækhus ja auch im Haus gemütlich. Ich hoffe, Ihr habt nicht zuviel Mühe mit Mama. Sagt ihr, daß ich mich über die Aarestrup-Gedichte sehr gefreut habe, ich *habe* mich bedankt.

Hier läuft alles wie gewöhnlich – während ich jetzt schreibe, steht ein kleiner Kerl mit neugierigen braunen Augen neben mir und versucht, die Schreibmaschine zu erreichen, er sagt jetzt »Mam« und kann ein paar Schritte gehen.

Am letzten Tag von Rejns Urlaub waren wir vormittags in »Louisiana«, es war sehr, sehr schön, das müßt Ihr wirklich sehen, falls Vater so weit fahren kann. Ansonsten hatten wir eine Reihe Gäste, weil so viele Leute Rejns neuen Posten feiern wollten – wenn sie nur nicht immer so spät gegangen wären. Letzten Sonntag waren wir mit einem schwedischen und einem amerikanischen UN-Ehepaar im »Coque d'Or« zum Essen. (Ich soll von Dedichen grüßen, der nach Vater gefragt hat.) Danach waren wir im »New Look« (wo Glenda herumtanzte und ziemlich lächerlich aussah) – Gottseidank haben den Abend nicht wir bezahlt.

Zeste hat den Intensivkurs begonnen – kam mit mehreren Tonnen Büchern heim und hat jeden Tag ungefähr 16 Seiten für 4 bis 5 Fächer zu lernen, aber sie ist begeistert und liest vom Nachhausekommen bis in den späten Abend, und es gefällt ihr. Myren fährt am Donnerstag mit der Klasse nach Bornholm und bleibt etwa zehn Tage weg, wir und die Kleinen werden sie vermissen, sie ist so lieb und hilfsbereit.

Rejn hat mit den Vorbereitungen zur Adoption der Mädchen begonnen, Jas' Einverständnis ist eingeholt, so daß wir sie mit aus dem Land nehmen können.

Jetzt viele liebe Grüße und Küsse und weiterhin gute Besserung für Vater von Li

Anfang des neuen Jahres bestieg Li mit ihren zwei kleinen Jungen den Dampfer und fuhr in den Fernen Osten. Myren begleitete sie als Kindermädchen. Rejn war vorausgeflogen, um seinen UNICEF-Job zu beginnen und eine Wohnung für die Familie in Colombo zu finden, während Zeste in Dänemark geblieben war, um ihre mittlere Reifeprüfung abzulegen. Selbstverständlich hatte Dog sich Sorgen gemacht, ob Cat die lange Seereise allein mit den beiden kleinen Kindern durchstehen würde. Aber sie hatte ja Myren und konnte im übrigen wirklich unglaubliche Kräfte mobilisieren, wenn sie nur wollte.

Rejn hoffte auf eine neue Zukunft für sie beide, da der Anfang in Sorgløse so schwer gewesen war. Bei dem neuen Leben bestand jedenfalls nicht die Gefahr, daß Cat sich überanstrengte. Er konnte ihr eine Existenz bieten mit Stil und einem Diener an jedem Finger. What more could she want?

Die UNO übernahm das Packen für Li, und Rejn schrieb von der Hauptgeschäftsstelle in Delhi nach Hause:

»Ach, meine kleine wundervolle Geliebte, was soll ich denn anderes schreiben, als daß Du mir mit jedem Tag mehr fehlst. Ich bin so allein und habe keinen Kontakt zu irgendeinem Menschen. Ich war auch nicht mit anderen Frauen zusammen, falls Du das glaubst, denn ich fühle mich nur noch einsamer, wenn ich sie ansehe, wie z. B. gestern abend, als Doktor H. und ich hier ›aus‹ waren, d. h. an einem Ort, wo eine Tanzkapelle spielte und man Kaffee und Limonade bekommen konnte und außerdem eine ›floor show‹ gezeigt wurde mit zwei fünfrangigen englischen Mädels.

Also sitze ich hier und betrachte Dein Bild und das der Kinder und sehne mich so nach Euch. Du kannst mir glauben, daß es bestimmt gut werden wird. Ich denke, Dir und den Kindern wird das Leben im Osten gefallen, wenn Ihr Euch erst eingewöhnt habt. Zwar kenne ich mich selbst noch nicht in allem aus, doch sehe ich so vieles, was Du mögen wirst. Und Zeste wird ganz verrückt danach sein, all die Frauen zu malen, die in ihre übliche Schablone passen. Du mußt versuchen, Myren zu erklären, daß die Leute nicht gut zu ihren Tieren sind, weder zu den Hunden (die möglicherweise wild sind und Schakalen gleichen) noch zu den Pferden oder Kühen. Wenn sie nicht vorbereitet ist, bekommt sie einen Schock. Statt dessen behandeln sie ihre Kinder bestens – so wie die Italiener, denen sie in vielem gleichen.

Ich habe die herrlichsten Seidensaris in tollen Farben und mit Goldpaspeln für fast kein Geld gesehen. So einen sollt Ihr beide, Du und Zeste, wahrhaftig haben, damit ihr würdig umherpromenieren könnt, wenn wir Gäste haben.

Für mich habe ich einen Smoking nähen lassen mit weißer Jacke und schwarzen Hosen, alles in Rohseide für 250 Rupien. Ich fragte bei der UNO, und sie sagten, das sei notwendig. Dafür werden alle meine anderen Sachen billig, denn da geht es nur um Leinenhosen und -shorts sowie kurzärmlige Hemden, die nichts kosten.

Ein Glück, daß wir übermorgen nach Colombo fahren, wo wir mit der Arbeit anfangen können und ich mich darum kümmern werde, ein Nest für die Perlmutter und unsere wunderbaren Kinder einzurichten. Ich freue mich wahnsinnig, Dich wiederzusehen und in meine Arme zu nehmen, Dich zu küssen und zu drücken. Paß ordentlich auf Dich auf, damit Du Dich vor der Abreise nicht überanstrengst. Grüß alle Kinder, sei so lieb und schreib, schreib, dann bewegt sich ›Paradise on earth‹ aus dem Palast im roten Fort – erinnerst Du Dich an dem Film – hinunter in meine geringe Behausung.

Dein Einsamer und Dir Ergebener«

Tobias mit Hut und Stock hatte Li zum Hauptbahnhof begleitet, und sie fühlte, daß sie den Segen ihres Vaters hatte, als der Zug nach Genua abfuhr. Dort lag das Schiff und wartete auf sie, zusammen mit einer neuen Zukunft im Unbekannten. Li war guten Mutes. Sie hatte ihre Schulaufgaben gemacht, war gut vorbereitet in bezug auf Ceylons Kultur. Sie würde sich daran gewöhnen, pfundweise Amethyste und Sternsaphire durch die Finger gleiten zu lassen, als seien es Zucker und Mehl. Sie würde auf einer Insel im Indischen Ozean leben, die Sindbad der Seefahrer Paradiesinsel getauft hatte. Viele waren nach ihm dort gewesen, Portugiesen, Holländer und Engländer, doch keiner hatte ihm widersprochen. Sie würde eine Bevölkerung kennenlernen, die aus Singhalesen und Tamilen bestand, zwei Bevölkerungsgruppen, die die Engländer aufeinandergehetzt hatten nach dem klassischen Muster: Teile und herrsche. Ursprünglich waren die Tamilen zum großen Teil Südinder, die die Engländer auf ihre großen Tee- und Kautschukplantagen geholt hatten, weil sie billigere und willigere Arbeitskräfte abgaben. Die Tamilen besaßen ihre eigene Sprache und sahen anders aus, hatten dunklere Haut. Aus dänischer Sicht wohnten die Tamilen damals sehr »weit weg«. Niemand hätte zu jener Zeit geglaubt, daß die Frage ihrer Behandlung eines Tages einen Rechtsstreit am Obersten Gericht Dänemarks auslösen würde. Oder daß die Paradiesinsel eines Tages in einem Blutbad ertrinken würde.

Zum ersten Mal in ihren Leben würde Li hohle Bäume mit Luftwurzeln, Wasserbüffel, Schlankaffen und wilde Elefanten sehen. Zikaden, Palmeirapalmen und Malariamücken. Sie würde lebende junge Schwalben mit frischen Blumenköpfen serviert bekommen und Lotoskerne zum Dessert. Sie würde erleben, wie der Indische Ozean mit Wellen so hoch wie ein mehrstöckiges Haus über den Strand hereinbrach, sich an die Regenzeit Ende April gewöhnen und auf die Monsunwinde freuen. Sie würde mit Yards, Miles, Stones, Gallons und Fahrenheit rechnen und auf der linken Seite der Straße fahren. Würde Pomolos, Mangos und grüne Papaya zum Schrei orangefarbener Papageien essen.

Die Fahrt und die gesamte Situation erinnerten sie an jene Zeit vor dreißig Jahren, als die Familie nach Riga gereist war. Sie spürte, daß sie nicht allein auf ein Abenteuer zufuhr, sondern auch auf ein größeres und würdigeres Leben in Sicherheit, ein Leben, in dem sie ihre Eltern finden konnte. Es war, als werde man auf einer Welle in das Land der Kindheit zurückgetragen. Auch wenn das Schiff sich auf und ab bewegte, fühlte sie dennoch, wie sie *stieg*. Sie wußte, egal wie fremd die Insel auch sein mochte, sie würde Ceylon wiedererkennen.

In Port Saïd ließ sich Li von einem Araber besuchen, sie konnte all die Lederpuffs und Kupferschüsseln kaufen, die sie haben wollte. So viel Geld konnte sie »immer« bezahlen. Nur drei Jahre zuvor, 1956, war die Stadt von Engländern und Franzosen bombardiert worden als Reaktion auf Nassers Nationalisierung des Suezkanals. Im Augenblick hieß die Lösung: die neuen »Blauen Barette« der UNO.

Zunächst mußten sie ein paar Stunden im Hafen liegen, um auf den Konvoi zu warten. Dann fuhren dreizehn Schiffe in langer Reihe gleichzeitig ab. Der Kanal war so schmal, daß kein Überholen möglich war. Zu beiden Seiten sah man Wüste, Palmen, kleine Dörfer mit unglaublich schmutzigen Arabern.

Auf der dreiwöchigen Seereise gewöhnte sie sich allmählich an die Hitze und war darauf vorbereitet, bei der Ankunft in Colombo rasch Strümpfe und grüne Krokodillederschuhe abzustreifen.

Während der ganzen Fahrt mußte Myren den jüngsten, erst ein Jahr alten Winzling mit Vanilleeis füttern, weil er sich glatt weigerte, etwas anderes zu sich zu nehmen. Doch war das eine Art Vornehmheit, die Li von ihrem Vater kannte, und deshalb respektierte sie seine Weigerung. Lehnte hingegen Orm das Essen ab, war es nur Verwöhntheit. Man konnte selbstverständlich nicht alle Kinder gleich erziehen, denn Kinder sind verschieden.

Kein Zweifel, daß Klein-Tor, der Jüngste, etwas ganz Besonderes war. Er war nicht nur in einem Krankenzimmer des Oringe Statshospitals gezeugt worden, er war auch stets so klein gewesen, daß man mitunter seine Existenz tatsächlich bezweifelte. Selbst im neunten Monat hatte man Li die Schwangerschaft nicht angesehen. So dünn war sie gewesen. Doch jetzt ging es aufwärts, dank Rejns neuem Posten. Und der Winzling war ganz sicher ein Überlebenskünstler, denn schließlich hatte er *braune* Augen.

Die UNO, die 1949 ins Leben gerufen worden war, erwies sich nicht nur als Hilfsorganisation für die Armen, sondern in erster Linie für die Reichen. Die Oberschicht, die in den reichen Ländern bedroht oder in Abwicklung begriffen war, erhielt jetzt eine neue Chance, die »Unterentwickelten« mit dem Alibi der Hilfsbereitschaft zu regieren.

Hatte der Kolonialismus alle unterworfenen Kulturen im großen und ganzen intakt gelassen, so trug die Entwicklungshilfe, assistiert von einer wachsenden Marktwirtschaft, dazu bei, alle Reiche und Länder der Welt zu nivellieren und kulturelle Unterschiede auszurotten. Die übriggebliebenen nicht auszurottenden Exotismen sollten danach als Teil einer neuen, umsichgreifenden Globalindustrie weiterexistieren: des Tourismus.

Doch als Dog und Cat nach Ceylon kamen, war das Land erst kürzlich selbständig geworden und noch immer von alten kolonialen Gewohnheiten geprägt. Täglich las man in der Reklame: »Your skin can get the attractive white colour by using ...«

Am 18. Februar 1959 schreibt Li heim nach Gammel Mønt:

»Nun sind wir also hier, und es ist wundervoll.

Die ersten paar Tage wohnen wir im Sea-View-Club, alle Fenster und Türen stehen offen mit vorgezogenen Gardinen, und ich sitze und schreibe neben einem elektrischen Ventilator. Schwarze Diener in schneeweißer Kleidung bewegen sich auf leisen Sohlen und bringen das Zimmer in Ordnung. Man spürt sie einfach nicht, außer wenn man etwas braucht, dann kommen sie lautlos näher. Sehr freundlich und tüchtig, sie lassen sich ganz einfach nicht mit beispielsweise den Indern vergleichen. Und jetzt kommt das Beste vom Ganzen: Ich habe eine Nanny bekommen. Und was für eine! Am ersten Tag hatten wir sie noch nicht. Doch dann erzählte Rejn allen, die er kannte, daß wir ein Kindermädchen brauchten, und gestern, am Dienstag, strömten die Nannies nur so herbei. Alle hatten gute Papiere (wir haben ihre Namen notiert), doch keine so glänzende wie die Nanny, die wir genommen haben. (Sie war mehrere Jahre bei einem Shell-Direktor angestellt.) Sie kümmert sich ohne Ausnahme um die Kinder, wäscht und näht ihre Sachen, bereitet das Essen für unseren Kleinsten und füttert ihn in seinem Zimmer. Myren und Orm essen mit uns, ausgenommen die letzte Mahlzeit 21.30 Uhr.

Bald ziehen wir in eine herrschaftliche Wohnung am Galle Face Court, direkt am Wasser. Ich kann mir nicht vorstellen, daß das ›Waldorf Astoria‹ besser sein könnte. Ein Wohnzimmer so groß, daß man fast das Fernglas braucht, um den anderen sehen zu können. Tiefe weiche Sessel und Sofas in hellen Pastellfarben, Teppiche auf dem Boden, ein Käfig mit kleinen korallenfarbenen stillen Vögeln. Unser Schlafzimmer hat die Größe von Gammel Mønts Salon, Eß- und Schlafzimmer zusammen. Und Badezimmer an allen Schlafzimmern. Wir übernehmen die Diener des Besitzers, denn sie gehören zum Mietvertrag. Der Besitzer – seit drei Generationen haben sie Harrow absolviert – war so vernünftig, ihnen einen Bonus zu versprechen, wenn wir zufrieden mit ihnen sind, damit ihr Eifer nicht nachläßt, wenn er weg ist. Wir bekommen einen Koch und einen 1. Boy zum Säubern der Räume, einen 2. Boy zum Säubern der Fußböden und Badezimmer, jeden Tag reinigt er Rohre und WC, und wir bekommen täglich einen Dhobi, einen Wäschemann. Es ist nicht so schwierig, Anweisungen zu erteilen, wie ich glaubte – die Schwarzen haben einen enormen Respekt vor der Lady, dem Master und den Little Masters. Sie stehen reglos da und erwarten die Befehle, und dann tut man, was von einem erwartet wird. Ansonsten finde ich, es ist ein wenig schwierig herauszufinden, was der eine anfassen darf und der andere nicht. Außerdem ist unsere neue Nanny Singhalesin und Buddhistin. Die anderen Diener sind Tamilen (Hindus), und ich hoffe nur, es gibt keinen Ärger.

Jetzt wollen wir in den europäischen Schwimmclub, in dem zwei Mitglieder die Familie empfehlen müssen, bevor man aufgenommen wird. Das ist in Ordnung gegangen – jetzt. Es gibt auch gemischte Swimming-pools, und viele UNICEF-Leute sagen, als UN-Angestellter solle man dort Mitglied sein, wir aber finden den anderen Club lustiger. Der ist so übertrieben englisch, wie man es sich kaum vorstellen kann. Es ist, als sei man auf einem englischen Landsitz, gewaltige Rasenflächen, riesige Clubräume, Bibliothek, Bar, Restaurant (diskret in der zweiten Etage). Ich war gestern dort und wurde einer Handvoll Damen vorgestellt, die mit ihrem Strickzeug dasaßen und die ganze Zeit von ›going home‹ redeten. Sehr freundlich und hilfsbereit. Merkwürdigerweise treffen Skandinavier immer auf Goodwill, denn die Engländer können die Amerikaner nicht ausstehen und umgekehrt, die Singhalesen können die Engländer nicht leiden und keiner die Deutschen. Später am Nachmittag gehen Frauen und Kinder nach Hause, die Männer kommen, sitzen wie Statuen da, lesen Zeitung und brüllen hin und wieder: ›Boy‹.

Wasser, Gras, Himmel, Sand sind so prächtig, daß man glaubt, man träumt, es ist das erste Mal seit Riga, daß ich das Baden genossen habe.«

*   •

In Gammel Mønt gab es keinen Zweifel, wer Lis Briefe am besten zu deuten verstand. Denn wenn es um Korrespondenzen aus dem Fernen Osten ging, hatte Katze mehr zu bieten als Tobias, was sie ihm gegenüber ständig herausstrich. Hatte *er* denn jemals Onkel Sophus', des Konsuls, Briefe aus Yokohama gelesen?

»Nein!« sagte Tobias, ohne die Zigarre aus dem Mund zu nehmen.

»Du solltest sie lesen, mein Schatz, sie geben einen ausgezeichneten Einblick in den Orient.«

»Li ist in Ceylon, nicht in Japan.«

»Trotzdem ist da eine Sache, die mir nicht gefällt …«

216

»Hm.«

»Sie schreibt nichts über das Wiedersehen mit Rejn.«

»Man bekommt einen großartigen Eindruck davon, wie sie wohnen.«

»Ich fürchte, sie schreibt von Dingen, die wir ihrer Meinung nach gern hören wollen.«

»Das ist ein ausgezeichnet geschriebener Brief.«

»Ich halte die Ehe mit Rejn nicht für glücklich.«

»Du siehst Gespenster, wie üblich.«

»Aber du mußt ja wohl zugeben, es ist auffällig, keinerlei Wiedersehensfreude.«

»Müssen wir uns im voraus den Kopf zerbrechen?«

»Ich mache mir einfach Sorgen.«

»Es würde auch was nicht stimmen. Wenn du es *nicht* tätest.«

Tobias war verärgert. Es wäre falsch zu sagen, er sei wegen Tante Tittas Sohn Ib besorgt, doch war er brüskiert. Wir erinnern uns an den kleinen Ib, der mit Mühe und Not von Onkel Otto, der keine männlichen Rivalen ertrug und schon gar keine Burschen, die jünger waren als er, geduldet worden war und daß Otto den kleinen Jungen fast zu Tode gequält hatte, indem er ihn in Abendgesellschaften mit Zechgelage und Zigarettenrauch zwangsverpflichtet hatte, und wie Ib selbst für seine Flucht nach Schweden hatte sorgen müssen, als es soweit war, und die Eltern ihr Schäfchen ins trockene gebracht hatten. Nun denn, dieser tüchtige Bursche also hatte eine Ausbildung absolviert und war Jurist geworden. Aber nicht genug damit. Er hatte sich nach Israel begeben, wo er eine jüdische Frau aus der Familie Mahler kennengelernt hatte. Das war zwar eine ausgezeichnete Partie, doch sie war eine Orthodoxe, und jetzt war auch Ib Fanatiker geworden: Er war zum Judentum zurückgekehrt! »Zurück« war allerdings das falsche Wort, denn Ib war gerade mal Halbjude, und seine Mutter hatte ihren Fuß kaum mehr als einmal in eine Synagoge gesetzt. Und plötzlich steht dieser Bursche da und ist fromm geworden! Für Tobias war das nicht nur eine Eselei, sondern eine Bankrotterklärung. Es hätte ihm eigentlich egal sein können, wenn Ib nicht beabsichtigt hätte, den Namen zu wechseln. Er hatte sich für den Namen Løvin entschieden! Das war es, was Tobias … rasend machte. Da hatten die Løvins, sein Vater und seine Onkels, dafür gekämpft, den Namen von aller Kalotterei, von schaukelnden Gebetsmänteln und Ohrenlocken zu säubern. Løvin war ein guter dänischer, assimilierter Name geworden, ohne religiösen Beiklang. Und dann kommt das kleine Ibchen daher, stiehlt den Namen und heiratet orthodox! Das hieß, zurück mit den Løvins, direkt ins polnische Ghetto!

Im übrigen hatte Ib überhaupt keinen rechtmäßigen Zugang zum Namen Løvin, da es nur der angeheiratete Name der Mutter Titta war. Und Tobias begriff nicht, daß Otto den Stiefsohn mit diesem Namen herumlaufen ließ, wo er ihn doch sonst aus nichtigeren Gründen zu beleidigen pflegte. Zwar hatte Otto versäumt, seine eigenen biologischen Anlagen weiterzugeben, aber dennoch: Eine orthodoxe Zukunft! Tobias erwog, über einen seiner Bridgepartner, der ihm für eine Flasche Cognac gern helfen wollte, Klage zu erheben, doch Ib war Experte nicht nur im dänischen Recht geworden, sondern auch im Mosaischen Gesetz. Was für eine miserable Geschichte! Tobias mußte die Schande schlucken und die Demütigung hinnehmen, daß es von jetzt an einen frommen Juden mit dem Namen Løvin gab. »Ja aber, meint ihr denn«, fragten die Verwandten einander, »es wäre besser, wenn die Familie ganz ausstürbe?« – »Ja«, lautete die einstimmige Antwort. Doch Tobias dachte: Wenn Ib eines Tages Kinder bekäme, wären es gewiß nur Mädchen!

Ib seinerseits war betrübt über den Defätismus der Familie Løvin. Die Løvins waren offenbar bereit, sich durch Assimilation und Unsichtbarmachen auslöschen zu lassen. Hatte der Krieg nicht gerade bewiesen, daß Assimilation der Weg der Feigheit war? Was half es einem deutschen Juden, im Ersten Weltkrieg für sein deutsches Vaterland gekämpft zu haben, wenn er dennoch im Ofen endete? Nein. Jetzt mußten sie für ihr neues Vaterland, das biblische Land, kämpfen, damit die Vergangenheit sich nie mehr wiederholte. Es verwunderte Ib auch, daß Tobias niemals das Wort Jude benutzte – und schon gar nicht, wenn er von sich sprach. Sie hatten doch in Stockholm ein Zimmer geteilt. Sie waren beide wegen der Judenverfolgung geflohen. Doch niemals hatte Tobias das Wort Jude in den Mund genommen. Und vielleicht war es dieses Stillschweigen, daß Ib letzten Endes zum Zionisten machte. Die Art und Weise, wie Tobias sich selbst verleugnete, erinnerte Ib im übrigen an jene Episode, als Georg Brandes gestikulierend im Zimmer umherrennt und ruft: »Gibt es einen Menschen, der mich gleich meinem hier anwesenden Stammverwandten für einen Juden hielte, wenn er nicht zufällig wüßte, daß ich es bin?«, worauf Henri Nathansen in aller Ruhe antwortet: »Bliebe irgendein Mensch, der Georg Brandes in diesem psychologischen Moment erblickte, wohl im Zweifel darüber, daß er die Stimme Jacobs hörte und Esaus Hände sah?«

Dem Namen mußte offenbar eine Art Mythos anhaften, denn auch Schnippe hatte angefangen, ihn zu mißbrauchen. Balders junge Frau war *stolz*, eine Løvin zu sein. Eigentlich ist das unbegreiflich, denn ein Løvin war schließlich kein Rothschild, ihm gehörte auch nicht Metro-Goldwyn-Mayer. Dennoch war es ein Name, dem man gerecht werden mußte, und sie verstand sich nicht darauf. Sie wusch und putzte, schrubbte und scheuerte, reinigte und bügelte, kochte und briet. Die Kinder Merete und Michael, die in Zahles beziehungsweise Krebs' Schule gingen, waren ebenso weißgescheuert wie der Küchentisch, und aus ihrem Mund kamen bloß persilgewaschene Artigkeiten. Katze und Tobias sahen sich das einfach nur an – total indifferent. So verschieden sie auch waren, so unmöglich war es dennoch, den beiden mit all dem zu imponieren, was Schnippe konnte. Offenbar war anderes und weit mehr notwendig, um eine *Persönlichkeit* zu sein, und sie grübelte, was es sein könnte ...

Wir erinnern uns, wie sie ihren Mann gängelte, daß er weder in *the powderroom* gehen noch die Trommel schlagen konnte, ohne daß sie ihn im Auge behielt. Balder hatte nämlich Schlagzeug gespielt. Doch selbstverständlich hatte er es aufgeben müssen, da Schnippe ein solches Interesse total infantil fand. Der Gipfel aber war, daß Balder seine Jazzplatten nicht mehr im eigenen Hause hören konnte. Denn sie verlangte, die Lautstärke aus Gründen der Anständigkeit dermaßen zu drosseln, daß Balder es ganz aufgab. Durfte man Count Basie, Benny Goodman und Duke Ellington nur als schwachen Hintergrundsound im Stil der Wunschmusiksendung hören, konnte man es auch bleibenlassen. Er dachte daran, wieviel Spaß er vor dem Krieg mit Jas gehabt hatte, wenn sie zusammen Musik machten.

Es ist vielleicht merkwürdig, daß ein Mann wie Balder sich so willig unter den Pantoffel begibt. Doch bietet sich dieser besondere Weg einem Mann an, der aus verschiedenen Gründen hier im Leben Schutz für sich wünscht – z. B. gegen einen dominierenden Vater. Er kann sich von der Mutter auffressen lassen. Er kann eventuell zwischen der bösen und der guten Mutter wählen, *falls* er einen Unterschied erkennt. Doch sie läßt es sich in beiden Fällen bezahlen, und der Preis ist immer derselbe. Nichtsdestotrotz bezahlt Balder willig den Preis, wenn ihm dafür erlaubt wird – sofern sein Talent dazu ausreicht –, seine kreativen Fähigkeiten zu entfalten.

In Balders Fall hieß das, sich in der Zeitung Geltung zu verschaffen. Und er schrieb zu einem Zeitpunkt, als es viel zu schreiben gab. All die neuen medizinischen Entdeckungen – sie kamen aus Amerika und sollten die ganze Welt heilen – verschlang Balder in den populärwissenschaftlichen Illustrierten. Er gab das alles an die dänischen Leser weiter, denen ihr ewiges Leben lieb war. Nach dem Krieg und der Entdeckung des Penizillins befand man sich in einer neuen wissenschaftlichen Epoche, in der sich fast alle Übel durch den technischen Fortschritt der Medizin kurieren ließen. Für jedes Leiden gab es eine neue Maschine. Für einen Mann wie Balder, der sich mit der aufrichtigen Begeisterung des Kindes auf alle neuen technologischen Erfindungen zur Verbesserung des Lebens stürzte, war das ewige Leben nichts weniger als ein Menschenrecht.

Eines Tages saß Schnippe auf ihrem geblümten Sofa in der Kronprinsessegade und blätterte im Telefonbuch. Sie war gerade mit dem Putzen fertig, alles war penibel und pedantisch geordnet und gewienert, auf dem Küchentisch lag nicht ein einziger Krümel, sonst hätte sie nicht auf dem Sofa gesessen und im Telefonbuch geblättert. Da entdeckt sie plötzlich eine Løvin zuviel in den Spalten, eine völlig und absolut unbekannte Løvin. Und sie war nicht einmal Frau, also bestimmt unverheiratet. Sozialarbeiterin! So stand da! Eine Sozialarbeiterin Løvin.

»Balder!« schrie Schnippe.

»Ja, meine Liebe.« Balder, der emsig damit beschäftigt war, seine Schuhe im Schrank in Reih und Glied zu stellen, kam angetrottet.

»Balder, im Telefonbuch steht eine neue Løvin!«

»Ach?«

»Eine Sozialarbeiterin!«

»Ach!«

»Sie ist unverheiratet. Garantiert hat sie den Namen gestohlen.«

»Darüber könnte man vielleicht eine Geschichte schreiben. Wie man Namen stiehlt …«

»Erst müssen wir herausfinden, ob sie rechtmäßig dazu gekommen ist. Wir müssen eine Erklärung verlangen.«

»Ja, das ist klar. Wir müssen eine Erklärung verlangen.«

»Ich rufe sie sofort an. Worauf warten wir.«

»Ja, worauf warten wir.«

Doch als Schnippe am anderen Ende der Leitung eine Frauenstimme mit ziemlich proletarisierter Intonation vernahm, konnte sie sich nicht mehr beherrschen. Sie schrie wie am Spieß, was das hier bedeuten solle, und seit wann es üblich sei, anderer Menschen rechtmäßiges Eigentum zu stehlen. Sie keifte und krähte, so daß es nicht lange dauerte, bis die kein Wort begreifende Sozialarbeiterin den Hörer auf die Gabel knallte. Einen solchen Ton hatte sie wahrhaftig noch nie gehört, dabei war sie einiges gewöhnt. Und sie war dick und rund mit leberpastetenfarbener Dauerwelle, sie war eine alleinstehende Mutter, und sie hieß Else.

»Was für eine Unverschämtheit! Sie hat aufgelegt!«

»Wirklich unverschämt!« sagte Balder.

»Das lassen wir ihr nicht ungestraft durchgehen.«

»Nein.«

»Wir fahren hin! Suchen sie dort auf, wo sie wohnt!«

»Und verlangen eine Erklärung!«

»Dein Schlips sitzt schief, Balder.«

»Das lassen wir ihr nicht ungestraft durchgehen«, sagte Balder und zog den Schlips gerade.

Es war ein furchtbarer Ort, draußen in einer Querstraße von Vesterbro, wohin Schnippe und Balder noch nie im Leben ihren Fuß gesetzt hatten.

»Hier draußen kann kein Løvin wohnen!« sagte Schnippe, die den Wagen gefahren und einen Parkplatz gefunden hatte, obwohl sie es fast nicht wagte, das Auto an einem solchen Ort abzustellen.

Sie mußten eine stinkende Treppe hinauf, und richtig, dort auf dem Namensschild stand es klar und deutlich: Løvin.

»Sie schreckt vor nichts zurück!« sagte Schnippe und preßte den Finger auf die Klingel.

Aber das wird sie, dachte Balder.

Else öffnete, und als ihr klar wurde, daß die verrückte Dame, die sie am Telefon gehabt hatte, vor ihr stand, bat sie das Paar einen Augenblick herein. Durch ihren Beruf wußte sie, daß man ein sich abzeichnendes Problem sofort anpacken mußte, ehe es zur Problematik wurde.

Sie bot ihnen keinen Platz an, und während Schnippe ängstlich nach allen Seiten blickte, wo Pinkeltopf und Spielzeug über dem Boden verteilt standen, neben riesigen Bodenvasen mit Schilfgras und unhygienisch streuselnden Rohrkolben, hörte sie mit halbem Ohr der Geschichte zu, daß Else den Namen Løvin von ihrer Mutter hatte, die wiederum von ihrer Großmutter, die seinerzeit »aufs Land geschickt« worden war, um ihr Kind zu gebären. Während Schnippe ihre Augen starr auf all die gräßlichen Unappetitlichkeiten gerichtet hielt, die sich überall vor ihr auftürmten, folgte ein weitschweifiger Bericht über eine Bildungsreise nach Bremen, eine fatale Liebesbeziehung und eine verliebte Flucht nach Südamerika. Elses Großmutter wurde in Buenos Aires geboren. Aber die Urgroßmutter starb am Gelbfieber. Der Vater reiste mit seiner großen Trauer und dem kleinen Kind nach Europa zurück. Doch in Marseille wurde der Vater von den Gesundheitsbehörden wegen des Gelbfiebers von Bord gerufen. Als er in den Hafen zurückkehrte, war das Schiff abgefahren. Mit seinem kleinen Kind. Elses Großmutter wuchs in Dänemark auf und versorgte sich mit Orgelspiel und durch Fleiß. Sie heiratete den jüngsten von zwölf armen Kleinbauernsöhnen. »Eine Liebesheirat, zum Teufel noch mal«, sagte Else, »und hier stehe ich und heiße Else Løvin nach meiner Mutter, adieu.«

Schnippe und Balder hasteten die stinkende Treppe hinunter. Als sie wieder auf der Straße in – relativ – frischer Luft standen, sagte Schnippe: »Sie lügt wie gedruckt.«

»Ja«, sagte Balder, »sie lügt wie gedruckt.«

*

Am 9. März 1959 schrieb Li nach Gammel Mønt:

»Am Donnerstag fuhren wir nach Ratnapura. Was für ein Erlebnis. Colombo ist ja nach außen hin – d. h. die Hauptstraßen – eine ziemlich saubere und moderne Stadt, man gerät selten in die Slums, und wenn, beeilt man sich, sie wieder zu verlassen; auf der Fahrt aber kam man nicht umhin zu sehen, wie elend der einfache Singhalese lebt. Kleine unglaublich schmutzige Bananenpalmhütten – zur Straße hin offen, so daß man hineinschauen kann. Alte Menschen, zu Skeletten abgemagert, lagen auf dem Erdboden, kleine schmutzige Kinder krochen umher, oft sah man Mütter von 12 bis 14 Jahren mit Säuglingen. Einen einzigen Raum bewohnen Onkels, Tanten, Schwiegermütter – immer die des Mannes. Äußerst wenige arbeiten, die Männer hocken vor den Hütten und kauen Betel, den sie in Abständen mit lautem Klatschen ausspucken. Ab und zu sieht man Frauen in der brütenden Sonne stehen und in einem Schlammpfuhl Wäsche gegen einen Stein schlagen. Die Kulis liegen unter ihren Rikschas, um ein wenig im Schatten zu sein, ein Ochsenkarren kommt mit 100 Gallonen Caltex angezottelt – da denke ich an Euch und finde alles so unwirklich.

Vor dem Basar stehen Abfalltonnen, bis zum Rand gefüllt mit verrottetem Zeug, das in der Hitze wahnsinnig stinkt, kleine Kinder wühlen darin herum, um etwas Gutes zu finden. Doch das Erstaunliche ist, daß alle vollkommen zufrieden und glücklich aussehen, sie haben es nie anders erlebt und glauben, es muß so sein, wünschen keine Veränderung, und im übrigen denken sie ausschließlich an ihr nächstes Leben in einer höheren Kaste. Die sogenannten ›Experten‹, von den Regierungen anderer Länder zum Helfen ausgesandt, sind verzweifelt, besonders die Epidemiologen – man badet, trinkt und wäscht die Kleider im selben kleinen Fluß, in dem auch der Abfall der Kloaken landet. Zwischen den elenden Dörfern folgt dann der gewaltige Kontrast, wenn man die großen Tee- und Kautschukplantagen erreicht, die die Engländer angelegt haben.

Abends kamen wir zu dem englischen Resthouse. Es liegt oben auf einem hohen Berg mit Aussicht auf andere Berge, u. a. den höchsten hier auf der Insel, Adam's Peak mit 8 000 Fuß. Sri Pada auf singhalesisch. Das bedeutet ›Die göttliche Fußspur‹. Der Berg, sagen die Buddhisten, ist heilig, denn dies sei Buddhas Fußspur. Nein, sagen die Hindus, es ist Schiwas. Nein, sagen die Mohammedaner, es ist die Fußspur Adams, des ersten Menschen der Welt, der der Sintflutkatastrophe entging, weil der Berg so hoch in den Himmel ragt. Rejn sagt, das alles sei Blödsinn und die Spur nichts anderes als geologische Ablagerungen.

In der Nähe sahen wir den Ort, wo man kürzlich den Film ›Die Brücke am Kwai‹ mit Alec Guinness gedreht hat. Der Film handelt davon, wie die Japaner mit den Alliierten in der Gefangenschaft umgingen. Der historische Ort, an dem die Gefangenen die berühmte Brücke gebaut haben, liegt zwar in Thailand, doch der Film ist hier entstanden.

Am nächsten Morgen um sechs standen wir auf und fuhren in zwei Jeeps (Rejns Team und ein singhalesisches) zu einer Schule mit 300 Kindern, zum Impfen, Kontrollieren, Messen und Registrieren. Wir fuhren zwei Stunden und kamen zu einem Felsen, an dem die Singhalesen sagten, es sei nur ein paar Stufen hinunter. Der Felsen war fast senkrecht, und der Weg wand sich hinunter und war lang, aber ich kam gut zurecht. Unten im Hof standen all die Kinder totenstill, starrten mit offenem Mund und neugierigen strahlenden Augen. Der Headmaster grüßte feierlich auf buddhistische Art, indem er die Hände aneinanderlegte und sich verneigte. Dann begann das Team mit der Arbeit, und ich saß und betrachtete die Kinder. Man kann sich nicht satt sehen an ihnen, sie haben einen so phantastischen Charme, sind fröhlich und diszipliniert (obwohl zu 300 in einem Raum mit drei Lehrern). Als ich ein Weilchen dagesessen hatte, kam der Headmaster zu mir und sagte, er habe ein Geschenk für mich. Dann erhielt ich auf zeremonielle Weise eine grüne Apfelsine an einem Zweig überreicht. Es war wieder totenstill und alle starrten mich an, also mußte ich so tun, als sei ich die Königin von England und an dergleichen gewöhnt. Als die Arbeit beendet war, sollte Rejn als Leiter des Teams ein paar Worte in ihr Gästebuch schreiben, und danach bekam jeder von uns eine Kokosnuß mit Loch, aus der wir die Milch trinken sollten – im Stehen den Mund zu treffen ist wahrhaftig schwierig.

Als wir heimkamen, war dort alles in Ordnung, fröhliche Kinder, ein sauberes Haus, Abendessen, die Koffer wurden ganz selbstverständlich abgenommen und ausgepackt, und es macht die Sache so angenehm, daß alle so gern dienen und ihnen daran liegt, ›Master und Lady‹ das Leben behaglich zu machen.«

Li und Rejn hatten es aufgegeben, dänisch mit den Jungen zu sprechen. Orm benutzte jetzt einen Mischmasch, er wollte nur seine Colour-Box holen und danach ins Bath. Der Winzling sprach kein einziges dänisches Wort. Als er mit anderthalb Jahren nach Ceylon kam, wo ihn ein ständiges Gemisch aus Dänisch, Englisch, Singhalesisch und Tamilisch umgab, hatte er mit dem Sprechen ganz aufgehört. Erst, als die Familie konsequent zum Englischen überging, war Tor bereit, sich zu äußern. Und hauptsächlich nur zur Nanny. Li, die er Pam nannte, war er gänzlich untreu geworden. Dafür hatte es Nanny geschafft, Little Birdie zum Essen zu bewegen, zu Ei, Haferbrei, Fisch, Obst und Fleisch.

Nanny hatte einen besonderen Geruch. Den hatte die Familie Møller auch. Sie rochen nach Schwein, sagte sie. Nanny roch nach Kokosnußöl, das sie sich ins Haar rieb, und sie hatte rote Zähne, wenn sie draußen im Dienerflügel saß und Betel kaute. Außerdem hatte sie einen enormen weichen Reisbauch unter dem Baumwollsari, in den die Kinder boxen durften. Orm jedoch war nicht der Typ, den die Begeisterung überwältigte, wenn er jemandem in den Bauch boxen durfte. Alles, was mit Spiel und Zärtlichkeit zu tun hatte, überließ er Little Birdie. Orm blickte unwirsch und mürrisch, außer wenn er in der Schule Bibelstunde hatte. Er liebte Jesus, und er liebte ein neues Lied, das er gerade gelernt hatte:

> Yes, Jesus loves me,
> Yes Jesus loves me,
> Yes Jesus loves me,
> the bible tells me so.

Weil Dog und Cat jetzt Dienstboten besaßen, brauchten sie Myren nicht mehr und beschlossen, sie in eine Internatsschule zu schicken. Wie Cat nach Gammel Mønt schrieb, hatten fast alle Europäer ihre Kinder, die älter als zehn waren, weggeschickt. Die wenigen noch in Colombo verbliebenen europäischen Kinder seien wahrhaftig entsetzlich verdorben von den sie vergötternden Dienstboten, die ihnen alles hinterherräumten. Dafür schrien die Kinder sie an und kommandierten sie herum, während ihre Eltern sie machen ließen, was sie wollten, nur um ihre Ruhe zu haben. Die Kinder taten nichts anderes als herumzuhängen, zu meckern und Unfug zu treiben, und niemals sehe man ein Kind spielen oder ein älteres mit irgendeiner Sache beschäftigt. Myren hatte allerdings eine Freundin gefunden – Primela –, deren Chauffeur sie abholte und heimbrachte. Primela aber war farbig und durfte nicht in den Schwimmklub, und da es nichts anderes gab, wo man hingehen konnte, hatten sie darüber nachgedacht, ob es Myren nicht mehr Freude bereitete, in der Internatsschule oben in den Bergen zu sein.

Das merkwürdige war nur, daß Li die Tochter in eine *amerikanische* Internatsschule schickte, wo sie doch eine Idiosynkrasie gegenüber amerikanischen Kindern hatte, denn sie hielt sie für die verwöhntesten Kinder der Welt.

Als sich Myren in ihren Briefen nach Gammel Mønt beklagte, erwiderte Li, man solle das Gejammer nicht ernst nehmen. Denn Myren schreibe nur, wenn sie Sehnsucht habe, unzufrieden oder mißvergnügt sei, sie schreibe niemals, wenn es ihr gut gehe, also darauf könne man nichts geben. Ihre einzige Chance, um überhaupt schreiben zu lernen, sei Englisch zu lernen, denn Dänisch, sagte Li, würde sie nie mehr aufholen. Und selbst wenn Zeste bald nach Colombo komme, Myren tue es nicht gut, den ganzen Tag an Zestes Rockzipfel zu hängen. Myren sei ein Kind, sagte Li, das nicht imstande sei, sich selbst zu beschäftigen. Und das war nicht gut, konnte man deutlich heraushören.

*

Zeste sollte Erster Klasse reisen, das taten damals alle UN-Leute. Die Reise war abenteuerlich, doch das abenteuerlichste war, daß es Cat gut zu gehen schien und sie wohl angefangen hatte zu essen. Sie hatte sogar an Marie geschrieben und um ihre Rezepte für »Stroganoff« (das von Riga) und Apfelkuchen gebeten, damit der Koch die Gerichte zubereiten konnte, er liebte es nämlich, Neues auszuprobieren. Und wie sie schrieb, hatte er sich vorgenommen, Lady vor ihrer Abfahrt dick herauszufüttern. Oder wie er es sonst ausgedrückt hatte. Und Cat aß jetzt geröstetes Brot mit Krabbensalat, sogar zum zweiten Frühstück. Sie lebe ein solches Leben, schrieb sie – während man den Teetisch vor sie rollte und die herausgeputzten Kinder nach Schule und Duschbad sie begrüßen kamen –, von dem man geglaubt habe, so etwas gebe es nur im Film.

Es klang verblüffend, was Cat an Zeste, die in dem halben Jahr bei ihrem Lehrer in Ballerup wohnte, vom gesellschaftlichen Leben schrieb, das die Familie in Colombo mit den verschiedensten Nationalitäten führte. Doch natürlich genoß Cat es, da ihre Verantwortung ausschließlich darin bestand, den Dienstboten mitzuteilen, soundso viele Gäste kämen zu Cocktails oder Diner. Sie sorgte stets dafür, daß die Skandinavier die Singhalesen aufmunterten, die steif vor Schreck, weil sie auf einer Gesellschaft waren, in der obligaten Reihe an der Wand saßen, ohne einen

Tropfen anzurühren. Nur Juice. Und Cat hatte Erfolg, denn die Singhalesen amüsierten sich allem Anschein nach auf ihren Partys.

Doch das unglaublichste war, daß Cat nicht krank war. Zeste hatte fast die ganzen sechs Monate, die sie von Cat getrennt gelebt hatte, an Fieber gelitten und bekam auch deshalb ein miserables Mittlere-Reife-Zeugnis. Doch Schwamm über das Zeugnis, schrieb Cat, wenn Zeste nur nicht vergaß, Schwarzbrot, Dauerwurst und Schnaps in den Koffer nach Ceylon zu packen. Cat war offenbar gesund ... Sie schrieb stolz nach Gammel Mønt, sie habe schon die 38 Kilo erreicht und keine anderen Arzneien zu sich genommen als Eisen und K-Vitamin, und ihre Falten seien verschwunden. Sie warteten auf die Monsunwinde, allein das Atmen sei Schwerstarbeit. Doch Gottseidank hätten die Kinder keinen »prickly heat« bekommen, diesen störenden Hitzeausschlag.

Abgesehen von einem heftigen Dysenterieanfall, der Cat und Dog in Verbindung mit einem Field-trip erwischt hatte, fehlte Cat anscheinend nicht das Geringste. Sicher waren die Tropen, wo alles wieder aus einem herausläuft, nicht gerade der ideale Ort für eine Mastkur. Dennoch hatte sie angefangen zu arbeiten. Zweimal die Woche. Weil sie es auf die Dauer nicht ertrug, umgeben von so großem Leid im Luxus zu leben. Sie arbeitete in einer ambulanten orthopädischen Klinik, wo sie, zusammen mit zwei anderen Damen, Tee kochte und servierte. Es war schwere körperliche Arbeit, treppauf, treppab, und der Schweiß lief in Strömen. Das Rote Kreuz bezahlte den Tee. Doch das schlimmste war, so viele arme, elende und verkrüppelte Menschen zu sehen, die zu Hunderten kamen, immer in ganzen Familien. Und drei Ärzte gab es dort. Nicht allein, daß Cat arbeitete, sie bereitete sich auch darauf vor, unter eigenen Prämissen in die Welt hinauszutreten: Sie hatte begonnen, den Führerschein zu machen!

Als Zeste Cats Bulletins las, fühlte sie sich einfach überzeugt, daß die Lady, die so mobil war – auch die Frau im Hause war.

Doch als Zeste in Colombo eintraf und auf dem Flughafen von Rejn abgeholt wurde, der nicht länger James Dean glich, sondern mehr Alec Guinness mit neuer, tropischer Frisur, einem kurzen Schnitt, und dem charakteristischen steinernen Gesicht, jetzt sonnengebräunt, erzählte er, Cat sei erkrankt. Irgendeine mystische Tropenkrankheit, die niemand kannte und die keiner in den Griff bekam, obendrein hatte sie eine Leberentzündung. Es war alles ganz plötzlich gekommen.

Im Hospital warf Zeste nur einen kurzen Blick ins Krankenzimmer und entdeckte Li leichenblaß und klapperdürr. Sie lag im Halbdunkeln und halluzinierte. Zeste war immer ein Muttertöchterchen gewesen. Doch wenn die Mutter stets krank ist, wird es die Liebe auch. Neben dem Krankenhausbett stand ein riesiger Arzneitisch mit allen möglichen Medikamenten, verordnet von einem deutschen Arzt. Und man befürchtete, ihre Wirkung hebe sich gegenseitig auf.

Dennoch war Li imstande, ihren Vater zu beruhigen, den sie um alles in der Welt nicht erschrecken oder enttäuschen wollte. Tobias hatte nämlich geschrieben, *jetzt* müsse sie zusehen, daß sie nach Hause kommen könnte, um *ordentlich* behandelt zu werden, mit einem Magengeschwür sei nicht zu spaßen. Und wenn sie kein Geld für die Heimreise habe, solle sie nur an »Løvin Vulkan« telegrafieren, und er würde ihr sofort das Ticket schicken und nach London kommen und sie abholen, so daß sie zusammen nach Kopenhagen fahren könnten. Es gebe viele, die sie liebten und für ihr Leben kämpfen würden, doch müßte sie selbst mithelfen.

Sobald Li einen Brief von ihrem Vater bekam, fehlte ihr nichts mehr:

Den 24. 7. 59

Lieber Vater!

Tausend Dank für Deinen lieben Brief, der wohl abgeschickt wurde, ehe Du Rejns Telegramm erhieltst. Mir geht es glänzend, und das finde nicht nur ich, sondern derselben Meinung sind mein Arzt, die Krankenpfleger und die Besucher. Ich bin mit großen Dosen bakterienabtötender Arznei behandelt worden, und die Infektion hat unerwartet positiv reagiert. Die strenge Diät tut das Ihrige, um die Leber wieder ins Lot zu bringen, und der Arzt sagt, ich sei ein richtiges Wunder.

Die Konsulin kam vor einem Weilchen vorbei, völlig beunruhigt, auf Deine Initiative. Äußerst reizend und hilfsbereit nahm sie Zeste zum Lunch mit zu sich heim. Zeste ist, wie erwartet, die große Sensation hier in der Stadt geworden, doch ihr selbst ist nicht klar, wie groß diese ist.

Jetzt habe ich meinen Tee mit geröstetem Toast erhalten, und ich finde, das Leben ist überwältigend reich. Noch vor einer Woche konnte ich nicht einmal ein Glas Wasser mit eingerührtem Reismehl herunterbekommen. Viele 1000 liebe Grüße und Küsse, Li.

Entschuldige die Krakelei – das Bett kann nicht hochgeklappt werden, ich liege also.

Cat selbst wollte es nur sehr ungern, doch wurde beschlossen, sie nach Dänemark zurückzuschicken, um ihr Leben zu retten. Auch wenn die Krankheit dieses Mal ganz »unverschuldet« aussah – eine unbekannte tropische Infektion –, so war da doch noch anderes im Spiele …

Man versteht das Bedürfnis der Kolonialisten nach Luxusleben, Drinks beim Sonnenuntergang und all die anderen Belohnungen, die sie sich selbst genehmigen mußten, besser, wenn man bedenkt, wie hart das Tropenleben auf den europäischen, temperierten Habitus wirkt, insbesondere außerhalb der Städte. Und wenn Li auch nicht gerade angestellt worden war, um Wege durch den Dschungel zu bahnen, so war es doch nicht unbedingt eine gute Idee, mit einem Gewicht von 35 Kilo in den Tropen zu leben. Damals dachte man nicht in Kategorien wie Anorexie oder Immunsystem, doch war es offenbar, daß alle denkbaren und undenkbaren Krankheiten, von denen man nie zuvor gehört hatte, bei *ihr* ganz einfach zuschlugen.

Dog hatte allmählich den Verdacht, daß bei Cat etwas im Wege stand, das sich nicht wegbuhlen ließ. Und da fand er sich in der Welt nicht mehr zurecht. Es war etwas mit ihr, das sich nicht mit Dienstboten, Luxus und Müßiggang kurieren ließ. Selbst wenn man sie auf Schlagsahne und Gänsefedern tragen würde, war da noch immer etwas nicht in Ordnung. Und er konnte es nicht verstehen.

O. k., da war eine konkrete dunkle Wolke am Horizont, die hieß Indonesien. Sie hatten erfahren, daß sie nicht in Ceylon bleiben konnten, sondern weitergeschickt würden, und alle Europäer, mit denen Li gesprochen hatte, waren sich einig, daß jener der schlimmste Platz in ganz Asien sei. Der Gedanke, alle benötigten Dinge in Singapur bestellen zu müssen, von Zahnpasta bis zu Streichhölzern, klang für Li nach lebensbedrohlichem Pfadfinderlager. Überall würden ihr kommunistische Infiltration und antieuropäische Stimmungen begegnen. Man konnte nicht auf die Straße gehen, ohne angestoßen und belästigt zu werden. Es würde völlig unmöglich sein, jemals aus der Stadt zu kommen, weil das Land voll war von organisierten Banden, die nicht die Geduld hatten sich anzuhören, daß man einen UN-Paß besaß. Li nahm sich diese Zukunftsperspektive sehr zu Herzen. Insbesondere konnte sie es nicht ertragen, sich von Nanny zu trennen, als sei die ihr eigenes Kindermädchen. Und Nanny hing tief und innig an Little Birdie. Nanny, die ihre eigene Tochter Sally seinerzeit in einer Klosterschule hatte zurücklassen müssen, um weißen Kindern zu dienen und damit die Zukunft der Tochter zu sichern, flehte nun Abend für Abend zu Buddha, er möge sie nicht auch noch von Little Birdie trennen.

Rejn, der als Zweijähriger selbst von seiner Mutter getrennt und ins Kinderheim geschickt worden war, empfand diese Abschiede und Trennungen einfach als Lauf des Lebens – insbesondere für einen UN-Beamten, der angestellt ist, um ständig guten Tag und adieu zu sagen. Er hatte eine Wurzellosigkeit akzeptiert, die zu seinem rastlosen Temperament paßte. Und wo sonst als bei der UNO konnte man 10 000 Dollar im Monat steuerfrei verdienen, plus Education-grant?

Da Li halluziniert und jene schrecklichsten Dinge gesagt hatte, die man am liebsten vergessen wollte, brauchte sie Hilfe an mehreren Fronten. Doch darüber geriet sie in Wut. Gerade hatte man im Landeskrankenhaus einen besonders bösartigen Typhus diagnostiziert, hatte ihre Amöbeninfektion sowie die Leber- und Blasenentzündung in den Griff bekommen, und somit war alles in Ordnung. Es war doch wirklich nicht loyal von Rejn, sie einfach nach Dänemark zu schicken, direkt in die Hände von all diesen Irrenärzten.

Im anonymen Dänemark eine psychiatrische Diagnose zu erhalten, war schlimm genug. Doch in einer kleinen Stadt wie Colombo, *where world travels fast* in der ausländischen Kolonie, war es, als sei man in einem Dorf erkrankt. Alle wußten alles. Dog konnte ihr Leiden aus ökonomischen Gründen nicht geheimhalten. Die Krankheit mußte einen Namen haben wegen der Reisekosten und Versicherungen. Li schämte sich bei dem Gedanken, zurück zu müssen. Sie hatte Dog das Unmögliche versprochen: 55 Kilo zu wiegen, damit er etwas zum Anfassen hatte und nicht mehr die Knochen klappern hörte.

Mein allerliebstes Mädchen!

Du glaubst, ich mache Dich schlecht oder sei im Hinblick auf Deinen psychischen Zustand nicht loyal. Das ist selbstverständlich Unsinn, obgleich ich nicht glaube, daß Geheimnistuerei die beste Lösung ist. Für alle Bekannten war es schließlich offensichtlich, daß Du in letzter Zeit, ehe Zeste kam und Du nach Nursinghome mußtest, aus dem Gleichgewicht geraten warst. Da wäre es doch albern und suspekt von mir gewesen, nichts zu sagen, als die Rede auf Dich kam und diese Sache mir doch die größten Sorgen bereitete. Hingegen habe ich natürlich auf Nachfragen erzählt, daß Dr. V. das Ganze den Narkotika von Nursinghome zuschreibt, und daß er eine schwere Psychose oder Schizophrenie gänzlich ausschließt. (Das Wort habe ich nur gegenüber Dr. H. und Dr. I. benutzt, die es als theoretische Möglichkeit erwähnten.) Ich habe mit absolut niemandem darüber gesprochen, daß Du »Probleme hast« und daß ich Dich zu überreden versucht habe, V. zu konsultieren. Und ich habe auch niemandem sonst als Dr. H. erzählt, daß Du früher psychische Schwierigkeiten hattest – das war noch während Deiner Behandlung, als H. nach den Narben an Deinen Armen fragte.

Heute waren wir am Mount Lavinia surfen. Zeste hat angefangen, den alten kolonialistischen Slogan zu benutzen, und sagt, sie wolle nie mehr nördlich des Roten Meeres baden! Sie hatte drei Tage von der Schule frei, weil der Premierminister von einem Buddhisten erschossen worden ist. Die ganze Bevölkerung der Stadt wollte hin und die Leiche sehen. Tausende von Menschen standen weinend und jammernd die ganze Nacht Schlange. Zum Lunch hatten wir Isas übliches Sonntags-Curry. Schade, daß Du es nicht magst. Glücklicherweise sind die Kinder ganz verrückt danach. Dem Winzling sind gerade die Haare geschnitten worden, und eben jetzt streichle ich ihm über den Kopf. Er lächelt verlegen, wenn ich Dich erwähne. »Pam«, sagt er. Natürlich erinnert er sich an Dich! Orm ist unten im Park, und da bleibt er eine Ewigkeit, denn er ist gern im Dunkeln draußen und schaut den Autos nach und Leuten, die vorbeigehen. Zeste sitzt am Tisch und malt, sie versucht auch, ihren Namen auf singhalesisch zu schreiben.

Vor einigen Tagen war Marschall zum Essen bei uns. Du weißt, er ist in Hanoi stationiert und kam auf dem Weg vom

Hauptbüro in Delhi hier vorbei. Zeste fungierte als ausgezeichnete Gastgeberin, hörte aufmerksam zu, stellte verständige Fragen und gab kurze Kommentare.

Doch jetzt gute Nacht meine schöne Geliebte, die Du Dich in Gammel Mønt jetzt sicher zum Sonntagsessen setzt, ich vermisse Dich und freue mich wahnsinnig, Dich wiederzusehen – und mit Dir zusammenzuleben und Freuden und Sorgen zu teilen. Ich liebe Dich.

Zeste war in Colombo zurückgelassen worden als »Frau im Hause«. Sie spürte, daß sie die Rolle bestens ausfüllen konnte, während sie sich zugleich ständig beobachtet fühlte. Anfangs glaubte sie, es liege an den schönen Kleidern, die man ihr genäht hatte. Dem kleinen ausgeschnittenen mit Prinzeßärmeln und schmaler Taille, dem rosa Kleid mit langen, enganliegenden Ärmeln bis zum Ellbogen sowie ihren Sariblusen. Oder dem türkisen mit Bindegürtel. Rejn war plötzlich sehr freigebig mit neuen Kleidern für sie, denn er sagte, es sei so billig, sie nähen zu lassen. Doch nicht deshalb guckten sie. Denn sie guckten auch, wenn sie die Kleider ausgezogen hatte. Sie schlich durchs Haus, verfolgt von Blicken. Nirgendwo konnte sie sich verstecken. Rejn folgte ihr beifällig mit den Augen, allzu beifällig, und die Dienstboten schlichen ihr hinterher, wenn sie baden wollte. Sie wußte nicht, wo sie bleiben sollte, und spürte die ganze Zeit die Tropenwärme wie Kleister auf der Haut und Dampf in der Brust, was sie hinderte, frei zu atmen. Von morgens bis abends Gegenstand dieses ewigen Blickes zu sein, löste bei Zeste Scham aus. Doch zugleich verspürte sie einen besonderen Stolz, der nichts mit ihr selbst zu tun hatte. Stünde sie nur auf einer Bühne, dann wäre es ihr Lebenserwerb, und dann machte es vielleicht nicht soviel aus, daß sie guckten.

Eines Morgens erwachte sie davon, daß Rejn auf ihrer Bettkante saß. Sie sah, daß er seine Arme unter ihr Moskitonetz steckte. Sie hatte nur ein Laken über sich, und er konnte deutlich sehen, wie sich ihre Hüften abzeichneten. Mit einem raschen Griff legte er die Hände um ihren Leib und ließ sie an den Seiten ihrer Schenkel hinabgleiten. »Wie eine Vase«, sagte er und ging. So, jetzt bin ich keine Jungfrau mehr, dachte Zeste. Und vermochte nicht zu atmen.

Zeste bekam »prickly heat« und fiel zurück in eine alte Sehnsucht, von der sie sehr wohl wußte, daß sie ihr keine Rettung brachte. Sie sehnte sich nach Myren.

Doch bei einem hinduistischen Ritual sah Zeste eines Sonntags, daß es möglich war, auf glühenden Kohlen zu gehen.

4. Leidenschaft

»Es gibt bestimmte Institutionen, die ein Thai respektiert ... die Religion, den König und die Eltern. Sagst du zu einem Thai, die Politiker seien korrupt, wird er dir beide Wangen küssen. Sagst du, er sei ein Schurke, wird er nicht beleidigt sein. Sagst du, seine Frau sei eine Kuh, wird er dir vollständig zustimmen. Aber was die zuvor genannten drei Institutionen anbelangt, möchte ich Ihnen raten, vorsichtig zu sein, denn laut Polizeistatistik in diesem Land ist die Anzahl *vorsätzlicher* Morde sehr gering«, sagte der Premierminister und Schriftsteller Kukrit in einer Rede zu einigen Ausländern, darunter Li und Rejn, die gerade eingetroffen waren.

Thailand – muang thai – bedeutet »Land der Freien«, und das konnte man spüren, wenn man aus einer früheren Kolonie kam. Abgesehen von der Besetzung durch die Japaner im Zweiten Weltkrieg, welche die Leute hinter den Türen zu alten Gewohnheiten wie heimlichem Betelkauen zurückkehren ließen, war Thailand niemals kolonialisiert gewesen.

Die Spuren dieser Gewohnheit waren noch immer an den feuerroten Mündern mancher alten Frauen zu sehen. Das Leben dieser Alten reichte zurück bis zur Jahrhundertwende, und sie folgten alle derselben Mode, falls man das bei Greisinnen so sagen kann. Zeste starrte fasziniert auf die alten Frauen mit ihrem weißen Bürstenschnitt, den roten Zähnen und dem Sarong, gebunden wie *Hosen*. »Wer sind sie?« fragte sie immer wieder. Doch Cat und Dog sagten, sie seien nichts Besonderes, einfach nur alte Frauen. Aber sie *waren* etwas Besonderes. Sie waren Konkubinen vom Hof des legendären Königs Chulalongkorn. Als er 1910 starb, hinterließ er 77 Kinder und 92 Frauen. Die royale Form der Polygamie bestimmte den Standard in Thailand. Wollte man im Leben vorwärtskommen, war es das beste, ein wenig königliches Blut in den Adern zu haben, doch war das andererseits auch leicht zu bekommen. Die gesamte Oberschicht

Thailands war mehr oder weniger von royaler Geburt. Und die alten kurzgeschorenen Konkubinen mit den roten zahnlosen Betelmündern erinnerten an damals, als der Hof Tausende von Liebhabern und Liebhaberinnen zählte. Später war das zweifellos etwas zurückgegangen.

Die Thais lebten nunmehr ihr eigenes stilles Leben in Häusern auf Pfählen, unter den Tempeldächern bei den »Klongs«. Sie wuschen sich mehrmals am Tag im Wasser aus den Drachenkrügen, mit Schöpfkellen aus ziseliertem Silber wurde es entnommen. Bangkok war als Venedig des Ostens bekannt, und die Leute lächelten und waren freundlich – und brutal, wie man aus dem Nationalsport Thaiboxen, den effektiven politischen Morden und anderen geschäftsmäßigen Transaktionen ersehen konnte. Sie verbeugten sich, knieten nieder, die Stirn auf dem Boden und die Handflächen gefaltet zu *graab* – der Ehrerbietung vor den traditionell Höhergestellten. Und die Thais erhoben sich respektvoll im Filmtheater, wenn das Antlitz des Königs auf der Leinwand erschien und die Nationalhymne gespielt wurde – vor der Reklame. Und dennoch war es – aller Hierarchisierung zum Trotz – ein Volk, das nicht auf die Welt gekommen war, um anderen zu dienen. Oder sein Gesicht zu verlieren. Zwar hatten die reichen Thais mehrere Frauen, »mia jaj« und »mia noj« – große und kleine Frau – plus diverse andere, dazu all die Diener, doch ließ sich nie richtig sagen, wer der »Große« im Vergleich zu den anderen war. Wenn man als Ausländer – *Farang* – von einem Thai bedient wurde, fühlte man sich oft sehr klein. Und ungelenk! – neben dem Liebreiz, den besonders die Thai-Frauen besaßen. »Mai pen rai«, never mind, war das Motto der Thais, eine Mischung aus der Indifferenz dessen, der das Leben genießt, gegenüber Problemen aller Art und buddhistischem Detachement. Langsamkeit und Inaktivität waren das große Privileg ihres Lebens. Sie lebten nur in den Tag hinein und für *sanuk mag* – lots of fun. Ihre Lieblingsbeschäftigung waren Essen und Kinder. Geld und Geschäft überließen sie den Chinesen der Stadt, die Tag und Nacht arbeiteten. Interesse an Geld und materiellem Überfluß kam erst auf, als die Amerikaner landeten, um den Krieg in Vietnam zu unterstützen. Und die Thais gingen in den Tempel und beteten zu Buddha um einen Mercedes-Benz.

1959 lebten nicht sehr viele Leute aus der westlichen Hemisphäre in Bangkok, und Rejn schreibt nach Gammel Mønt:

»Die Kinder erregen Aufsehen, die Mädchen, weil sie so groß und fesch sind, und die Jungen, weil sie blond und von allem möglichen gefesselt sind. Die Mädchen müssen sich daran gewöhnen, von den Thai-Kindern auf dem Markt angehalten zu werden, sie fassen sie an und sagen ›soaj mag‹, das bedeutet ›very pretty‹. Die Thais mögen Kinder sehr, so wie die Italiener – sie selbst haben auch eine ganze Reihe, muß ich schon sagen. Die Kleinsten, bis zu zwei, drei Jahren, sind splitternackt, oder ihre Kleidung reicht jedenfalls nicht weiter als bis zur Hüfte. Doch sobald sie sauber sind, werden sie hübsch angezogen, tragen adrette und gebügelte Sachen, wieder im absoluten Gegensatz zu Ceylon, wo alle Armen in Lumpen herumlaufen.

Freundliche Grüße   Rejn.«

Nanny war mit nach Bangkok gekommen. Vor der Abreise hatte Rejn sie zu einem Intensivkurs mit »individual attention« geschickt, damit sie lesen und schreiben lernte, und darüber grinsten ihre Brüder und Kollegen in jenem Winter ständig. Sie konnte mit Birdie keinen Spaziergang im buddhistischen Klosterpark unternehmen, ohne daß all die anderen Nannies, die weiß Gott selbst nicht viel konnten, kichernd mit dem Finger auf sie zeigten. Doch Nanny hielt durch, und Orm war stolz auf sie. Denn Master hatte schließlich gesagt, wenn sie mit nach Bangkok wolle, wo niemand englisch sprach, konnte es leicht ein wenig einsam für sie werden, zumal wenn sie nicht schreiben und keine Briefe lesen und auf diese Weise den Kontakt zu den Verwandten in Ceylon aufrechterhalten konnte. Und sie saß da, die Zunge im rotgefärbten Mundwinkel, und freute sich glucksend, wenn sie ein Wort auf ein Stück Papier geschrieben hatte.

In der New Road fand sie einen singhalesischen Juwelier, zu dem sie zuweilen hineinging, um zu plaudern, und das war ja nicht weiter verwunderlich. Das Verblüffende war, daß sie vom ersten Augenblick an, als sie den Fuß auf thailändischen Boden gesetzt hatte, mit den Thais fließend singhalesisch sprach. Besonders gern ging sie auf den Markt und unterhielt sich mit den Thais in ihrer Muttersprache, und diese nickten und lächelten, obgleich sie nicht ein Wort von dem verstanden, was sie erzählte. Und wenn Zeste sagte: »Aber Nanny, die Thais verstehen doch überhaupt kein Singhalesisch!«, schaute sie Zeste verständnislos an, als sei diese schwer von Begriff.

Zu sehen, wie Nanny in einem wildfremden Land ihre eigene Sprache sprach, war ein Erlebnis, das Zeste staunen ließ. Sie selbst mußte sich erst daran gewöhnen, daß Sprache und Gewohnheiten den neuen Verhältnissen und Umständen anzupassen waren. Tatsächlich hatte sie in einem Alter von vierzehn Jahren bereits zwei Leben gelebt. Eins in Dänemark und ein anderes in Ceylon. Jetzt sollte sie ein ganz neues, drittes Leben beginnen. In Colombo war sie, gekleidet in eine weiße Schuluniform, in eine englische Schule gegangen, wo man Shakespeare und Coleridge mit tamilischem Akzent lehrte. Jetzt sollten Myren und sie eine internationale Schule besuchen, die mit der Eskalierung in Vietnam Tag für Tag amerikanischer wurde. Sie mußte lernen, in einem militärischen Milieu zu leben. Und sie hatte keine Ahnung, wie sie das anstellen sollte.

Eines Tages, als Li erneut mit dieser oder jener rätselhaften Krankheit in der Paholyotin Road lag, im einzigen Zimmer des Hauses, das eine neumodische Klimaanlage besaß, und Zeste in einem Gemisch aus Kummer und Zorn über Lis ewige Abwesenheit einen großen Bogen darum schlug, sagte Nanny zu Zeste: »Du bist die einzige, die Lady gesund machen kann.«

»Was denn, ich?«

»Ja, denn dich liebt sie.«

»Sie hat doch ihren Mann, das ist doch wohl genug.«

»Das ist nicht dasselbe, nur du kannst es tun.«

»Ja aber, was soll *ich* tun?«

»Geh rein und sag was Liebes zu ihr.«

»Das habe ich doch schon so oft gemacht, es hilft nichts.«

»Geh rein und *rede* mit ihr!«

»Was soll ich denn sagen?«

»Deine Mutter braucht dich, geh jetzt!«

Zeste, die allergisch auf Krankenzimmer und all das Unausgesprochene reagierte, drehte sich der Magen um. Ständig mußte man raten, was los war, denn Worte gab es nicht. Vielleicht war Cat krank, weil sie noch kein Thai konnte und die ganze Stadt so unüberwindlich erschien. Ihr erstes Domizil nach dem Hotel war ein feuchter, dunkler Palastkasten gewesen, der so billig und voll von Moskitos und anderem zwielichtigen Getier war, daß keiner ein Auge zumachte. Am nächsten Morgen zogen sie erneut um – in einen amerikanisch möblierten Bungalow. Vielleicht war sie krank wegen der Hitze, denn die war schlimmer als in Ceylon. Und Li konnte die Wohngegenden des einfachen Volkes absolut nicht ertragen, wie das Chinesenviertel ganz in der Nähe, wo alles Eßbare in der Hitze verdorben roch. Vielleicht war sie krank, weil sie ihre Dienstboten nicht im Griff hatte, und der eine Koch erst im vierten Monat geröstetes Brot – kanom pang ping – zubereiten konnte und der andere unter Opium stand und Schlangenragout servierte, der dritte Einbrüche ins Haus über Diebesbanden organisierte, die mit einer ganzen Hehlerindustrie im Bunde waren – oft konnte man sein Eigentum auf dem »Diebesmarkt« zurückerstehen –, und der vierte insgeheim eine Nähstube für das Geld der Familie einrichtete. »Kamoi«, das hieß Dieb, war das erste Thai-Wort, das sie lernten und brauchten.

Es erforderte offenbar einen ganzen Mann, Dienstboten zu halten, denn im selben Augenblick, in dem man die Zügel lockerte oder auf der faulen Haut lag, übernahmen sie das Kommando und begannen einen zu lenken. Die Wäscherin trank in zwei Tagen eine ganze Flasche vom Whisky der Familie sowie eine Flasche Gin und mußte ins Krankenhaus zum Auspumpen gebracht werden. Li lag vielleicht dort im Zimmer und dachte, wenn sie nur das Geld für einen Gaskocher und eine Waschmaschine hätten, dann könnten sie die Dienstboten loswerden. Ständig waren da ein oder mehrere schwarze Wollköpfe, die einen anstierten, doch im selben Augenblick, in dem man sie brauchte, waren sie wie weggeblasen. Und sie hatten stets zahlreiche Verwandte bei sich wohnen. Li war nicht länger die Frau im Hause. Sie war es wohl auch nie gewesen, doch jetzt hatte sie alles aufgegeben. Vielleicht war sie krank, weil ihr das Schwarzbrot fehlte. Vielleicht war sie krank wegen irgend etwas mit Dog, das nicht ausgesprochen werden konnte. Wau.

»Ich liebe dich«, sagte Zeste aufrichtig, jetzt, wo sie eine wichtige Rolle zu übernehmen hatte. Und Lady richtete sich im Bett auf und wurde gesund.

Es wurde rasch anerkannt, daß Zeste besondere Fähigkeiten besaß, egal worin sie auch bestanden, und an dem Tag, als Zeste fünfzehn wurde, kam sie und sagte, sie wolle nicht mehr, wie all die anderen ausländischen Kinder, in die amerikanische Militärschule gehen. Sie meinte, sie habe nichts mit den infantilen amerikanischen Teenagern gemein, die mit ihren gefechtsbereiten Vätern prahlten.

Zeste glaubte, sie hätte die Möglichkeit, zum buddhistischen Tempeldienst erkoren zu werden, einer Spezialschule für besonders ausgewählte Mädchen. Sie hatte einen französischen Dichterdiplomaten kennengelernt, Serge de Clerval, in den sie sich im Handumdrehen verliebte, weil sie spürte, daß er Verbindungen zum Theater in Paris besaß. Er hatte die Schule in der Projektwoche besucht, und mit seiner Hilfe hatte sie eine Rede im Auditorium der Vereinten Nationen zur Unterstützung der jungen Staaten gehalten, die um die Aufnahme in den Weltbund ansuchten. Die Rede, die in fünf Weltsprachen simultan übersetzt wurde, war ein großer Erfolg. Und als Zeste den Beifall auf sich zuströmen fühlte, verknüpfte sie das nicht mit sich selbst, sondern mit all dem, was sie von Serge de Clerval noch lernen konnte. Das Ereignis wurde in der Presse Bangkoks besprochen, und Li, die als eifrigste Zuhörerin in der ersten Reihe saß, schickte die Ausschnitte an Balder, damit er in den dänischen Zeitungen über das Phänomen Zeste berichten konnte.

Serge de Clerval hatte in Bangkok zweifelsohne ganz besondere Liaisons, auch zu dem erwähnten buddhistischen Tempeldienst – gefährliche Verbindungen, wie er sie selbst mit einem hintergründigen Blitzen seiner Augen bezeichnete –, und er hatte versprochen herauszufinden, ob Zeste eine Chance hätte.

»Chance wofür?« fragte Rejn.

»Chancen für alles Mögliche«, erwiderte Li.

Rejn streckte seine Fühler in der neuen Stadt aus, doch reichten sie einfach nicht bis dort hinaus, wohin Zeste sich zu begeben gedachte. Dennoch brauchte er nur den Namen des sogenannten Buddhistentempels zu erwähnen, da zogen die Leute im Sportklub, wo er und Li jetzt Mitglied waren, auch schon die Augenbrauen in die Höhe und baten um ein Double up. Und sie flüsterten ihm zu, daß der sogenannte buddhistische Tempel in Wirklichkeit ein feineres »Bordell« war, das von einer bekannten thailändischen Dame geleitet wurde, Khun Nui hieß sie wohl, oder war es Khun Nam? Sie hatte ihre Ausbildung offenbar in Frankreich erhalten. Ihr Verdienst war anscheinend, eine Reihe französischer Werke ins Thai übersetzt zu haben, welche, wußte man nicht mehr. Auf jeden Fall stand sie dem Königshaus nahe, das war klar, und ihre Mädchen traten als Mannequins vor der Königin auf. Sie lernten, die Kompositionen des Königs zu singen, und waren überhaupt sehr belesen in klassischer Litera-

tur, das verlangte sie von ihnen. Sie lernten, sich ordentlich auszudrücken, sich zu benehmen und ein Instrument zu spielen.
Eine Madam aber war sie dennoch. Sie hatte diese spezielle
Schule in einem Tempel nach buddhistischer Nonnenordnung
eingerichtet. Doch statt die Mädchen normal zu erziehen,
brachte sie ihnen das bei, was schlimmer war. Die Augenbrauen
hatten nicht wenig zu tun, als die sogenannte »Schule« im Detail
beschrieben wurde, und sie war Gegenstand bester Unterhaltung in der ausländischen Kolonie.

»Weißer Sklavenhandel«, konstatierte Rejn. Und damit war
die Sache aus der Welt. Glaubte er. Eine solche »Schule« komme
überhaupt nicht in Frage. Zeste habe schließlich einen klugen
Kopf, und wenn sie ihre Energie nur zielgerichtet einsetzen und
sich die albernen Theaterträume aus dem Sinn schlagen würde,
könne sie ein Examen ablegen wie er selbst und eine vernünftige
Arbeit finden. Zeste ginge zu keinem »buddhistischen Tempeldienst«, wenn Rejn bestimmen dürfte. Doch das durfte er nicht.
Li spielte ihren Trumpf aus – sie war nach ihrem Vater eine pas-
sable Kartenspielerin geworden.

Als sie entdeckte, daß die Thais zu den fünf weltbesten Mann-
schaften beim Weltturnier gehörten und sowohl die Engländer
und Franzosen als auch die Italiener geschlagen hatten, begann
sie selbst allen Ernstes zu spielen. Und sie schrieb an ihren Vater:
»Bridge ist nicht mehr nur mein Hobby, es ist meine Leidenschaft.«

✳

Li war jetzt vierzig, und nie war es ihr so gut gegangen. Rejn
schrieb nach Gammel Mønt, daß Li besser aussehe und sich besser fühle als je zuvor in ihrer Ehe. Sie schlief wie ein Murmel-
tier, ohne Pillen irgendwelcher Art. Sie war es, die all das Praktische im Haus erledigte, und von früh bis spät war sie bei glänzender Laune.

Wenn es Li nun relativ gut ging, lag das nicht nur an den Karten oder den goldenen Zukunftsaussichten des Asses. Die Menschen, die es Li überhaupt erst möglich machten, sich mit allen
Kräften auf ihre neue Spielleidenschaft zu stürzen, waren In und
Pim Pao. Ein Ehepaar, das aus den Bergen im Norden gekommen war, um eine Anstellung in Bangkok zu suchen. Von dem
Tag an, als In und Pim Pao an die Tür klopften, war Lis Leben
verändert. Sie hatte einen Vater und eine Mutter gefunden.

In und Pim Pao waren loyal, intelligent und selbständig. Li konnte In nie dazu bringen, am Heiligabend Reisbrei zu kochen. Jahr für Jahr war die Speise gleich mißlungen, denn In weigerte sich zu glauben, daß man Reis in Milch kochen könne. Reis war sein Gebiet. Jedes Jahr setzte er wieder das »Damit-will-ich-nichts-zu-tun-haben-Gesicht« auf, und Li mußte resignieren und sagen, daß er den Reis einfach so kochen solle, wie er es gewohnt sei, und hinterher Schlagsahne dazutun könne. In mußte sein Bestes tun, um all die Zeichen von Abscheu zu verbergen. Dafür mußte auch Li zuweilen *ihren* Gesichtsausdruck beherrschen, wie an jenem Tag, als die Familie von einer Reise zurückkam und die Dienstboten den Umzug in ein neues Haus inzwischen hatte erledigen lassen. Die Wiedersehensfreude war wie immer groß, doch ebenso groß war das Entsetzen, als Li sah, wie die beiden – sehr sorgsam – die Möbel gestellt hatten. Es sah aus wie in einem Geschäft, eine Anrichte war wie ein Ladentisch direkt am Eingang plaziert. Obendrauf stand all das, was sie an Silberzeug, Vasen und Nippes besaßen, und alle Bilder waren an den unmöglichsten Stellen aufgehängt. Sonst aber konnte sich Li in allem auf die beiden verlassen, und sie hatten freie Hand, um den Haushalt zu führen. Li blieb nur noch die ästhetische Verantwortung, und damit das Luxusproblem, die schaurige Menge Geschenke zu ertragen, mit denen In und Pim Pao sie überhäuften, wild dekorierte Ziersouvenirs, die Li zunächst auf einen Ehrenplatz im Wohnzimmer stellte, wonach der Gegenstand sich langsam ins Schlafzimmer zurückzog und schließlich diskret in einem Schrank verschwand.

Li genoß das Einrichten. Hätte sie nur mehr Geld besessen. Egal wie hoch Rejns Einkommen auch war, so blieb die Familie doch immer arm. Li nahm eine Menge Halbtagsbeschäftigungen an: Sie arbeitete in der Agence France Presse, eine Stelle, die ihr Serge de Clerval beschafft hatte, unter einer unerträglich schnatternden chinesischen Dame, bei der sie lernte, daß man keine interessanten Neuigkeiten bringen durfte, nur uninteressante, denn sonst gab es Ärger, sie lebten in einer Diktatur. Sie arbeitete in einer Blindenanstalt, lernte Blindenschrift und übersetzte Bücher in die Brailleschrift. Sie manövrierte den kleinen Austin, den Rejn ihr zur Verfügung gestellt hatte, dreist durch das Verkehrschaos von Bangkok und paukte in den langen Autostaus in brütender Hitze Thai-Verben.

Sie lernte Thai sprechen und schreiben (88 Buchstaben oder Zeichen), und sie spielte mit der thailändischen Oberschicht, zu der Ausländer normalerweise keinen Zugang hatten. Denn darin bestand der Unterschied zwischen einer Ex-Kolonie und einem freien Land. In den alten Kolonien existierte stets eine geheime oder offene Verbindung zwischen Kolonialherren und lokaler Oberschicht. In Thailand war die Oberschicht für Ausländer gesperrt.

Zeste war Lis beste Karte, ihr einziges As, und sie hatte vor, es kühn auszuspielen, weil sie hoffte, einen »Riesen-Schlemm« einzuheimsen. Was kümmerte es sie, was die »Leute« sagten. Kleine mißgünstige Menschen, die selbst nie ein interessantes Leben geführt hatten, sondern darauf angewiesen waren, über andere zu reden. Li hatte nicht vor, sich solcher Mittelmäßigkeit unterzuordnen. Im übrigen war es *ihre* Tochter. Und was für Motive hatte Rejn überhaupt, Zestes Zukunft zu sabotieren? Rejn sagte, das Ganze sei dekadent. Nun ja, dekadent. Aber doch wohl besser als amerikanisch und militaristisch!

Li plante, mit ihrem Vater zu konferieren und ihm die Situation zu schildern, jetzt wo sie zum »Home-leave« nach Dänemark fahren sollten. Sie hatten vor, den Urlaub in der Nähe von Baden-Baden zu verbringen, um Bridge spielen und ein wichtiges Weltturnier verfolgen zu können, bei dem Li Thailand anfeuern wollte. Das Verhältnis zwischen Cat und Dog war erträglich, wenn er ordentlich spielte. Sie kommunizierten ausschließlich durch Ansagen und Vorhände: 22 Punkte, 4 Kästchen, 10 Sekunden Ruhe, donnerndes Double. Miau. Wau. Doch wenn Dog eine verkehrte Karte spielte, ging Cat ins Bett und sprach eine Woche lang kein Wort.

Eigentlich konnten sie es sich überhaupt nicht leisten, in Baden-Baden zu wohnen, besonders nicht, nachdem erneut bei ihnen eingebrochen worden war.

Katze und Tobias waren erschüttert über die primitiven, barbarischen Verhältnisse, unter denen Li zu leben hatte. Nicht in ihrer wildesten Phantasie konnten sie sich vorstellen, daß fünfunddreißig Jahre später alle Dänen mit dieser Statistik – ein Einbruch im Jahr – würden klarkommen müssen.

Nach dieser Geschichte sei es doch irrsinnig, nach Baden-Baden zu fahren und im Luxus zu leben, schrieb Tobias. Aber die Karten riefen, und Li war nicht länger empfänglich für Ratschläge, nicht einmal, wenn sie von ihrem Vater kamen.

Tobias kämpfte mit den Schmerzen im Bein, um der Operation zu entgehen. Und diese bedeutete Amputation, doch das
Wort sprach er nicht aus.

*

Henry, der Sohn von Onkel Max, war als Redner zur Rebild-
Feier eingeladen worden. Im Langeliniepavillon hatte Tobias ein
Begrüßungsessen für ihn arrangiert. Zehntausend Leute waren
zu Rebild geladen, nur nicht die Familie Løvin, die man im Laufe
der Zeit ausgestoßen hatte. Tobias behauptete, man möge im
Rebild-Komitee keine Juden. Es war das einzige Mal, daß er das
Wort Jude in den Mund nahm. Er und Rebekka sahen das Re-
bild-Fest im Fernsehen. Doch was sahen sie da? Warum redete
Henry so merkwürdig? »Das ist der glücklichste Tag meines
Lebens …« Er stand in der Heide, dem Lieblingsplatz seines Vaters. Zehntausend Amerika-Dänen waren dort versammelt. Das
Lebenswerk seines Vaters. Doch plötzlich waren seine Worte
kaum zu verstehen. Bekka und Tobias erkannten den Henry
nicht wieder, mit dem sie am Abend zuvor zusammengesessen
hatten. Jetzt nimmt er seinen Ehrenplatz neben der Frau des Bi-
schofs ein, die ihm zuflüstert: »Das war eine schöne Rede.« Darauf fällt Henry tot um. Als sei die Szene von seinem Vater Maximilian inszeniert. Ein Enkelkind von Onkel Max, eine Frau in
Militäruniform mit kurzgeschorenem Haar, spricht ins Mikro-
fon: »Es wäre im Sinne meines Großvaters, mit dem Fest fort-
zufahren.«
Für Tobias blieb, sich um all das Praktische zu kümmern. Zusammen mit Rebekka fuhr er im Auto nach Aalborg. Bekka
hatte ihren Hund dabei, weil sie in so kurzer Zeit niemanden für
ihn hatte finden können.
»Was, du hast den *Hund* mit?« empörten sich die anderen.
»Ja, wir haben den Hund mit«, erwiderte Tobias für Rebekka.
Und sie genoß die Art, wie der Vater in ihrem Leben Verantwortung übernahm und das Liebste beschützte, was sie besaß.
Tobias war ja auch mit dem Auto gekommen, was einige be-
fremdete, denn es kostete schließlich extra. Doch Rebekka
freute sich. Das Auto des Vaters, allein dessen Existenz, erlaubte
ihr, sich gewissermaßen im Leben zurückzulehnen und sich len-
ken zu lassen. Natürlich war es auch Tobias' Idee, das geniale
Telegramm nach Amerika zu schicken: »War Henry Christ?«
Erst als eine positive Antwort eintraf, konnten sie den Pfarrer

ansprechen und sich all der praktischen Dinge annehmen. Auf der Bahre lag ein Kranz vom König. Tobias erhob sich, hinkte zum Sarg vor und sagte: »So nahm die Familie Løvin doch noch an Rebild teil. Auch wenn wir nicht damit gerechnet hatten, daß es auf diese Weise geschehen würde.« Danach besuchte Tobias eine Audienz beim König, um seinen Dank abzustatten. Er setzte den hohen Zylinder auf und band seinen weißen Seidenschal um. Tobias war immer dem Anlaß entsprechend gekleidet, doch mit krankem Bein. – Er hatte nicht mehr lange zu leben.

Er freute sich darauf, die ganze bangkoksche Sippschaft in Kopenhagen zu sehen, und er schrieb nach Soi Ruam Rudi, an ihre neue Adresse:

»Ja, man muß wirklich zugeben, daß Ihr so einiges erlebt, Einbrüche, neue Villa, keine Villa, Reisen, keine Reisen, Pferde, Hunde, Katzen und Auftritte etc. etc., aber solange Ihr alle gesund seid und das Ganze mit Humor nehmt, können wir ja nur froh sein. Und schließlich, mein liebes Mädchen, freue ich mich unsäglich, Dich wiederzusehen, und glücklicherweise ist es bis dahin nicht mehr lange. Gebt acht, daß Ihr unterwegs kein Kind vergeßt. Daß Paß, Ticket und Koffer in den verschiedenen Städten liegen, wo Ihr landet, das wissen wir. Aber schön wäre auch, wenn Ihr alle sechs zusammen in Kastrup ankämt! Auf Wiedersehen! Liebste Grüße an alle. Dein alter Vater.«

Li hätte in diesem Sommer gern mit ihrem Vater in Gammel Mønt gewohnt, doch Tobias wagte nicht, die Familie zu bitten, daß sie dort einziehe. Marie war mit dem Rad in ein Auto gefahren und über die Lenkstange gestürzt. Sie hatte eine schwere Gehirnerschütterung erlitten und bei dem Unfall den Geschmackssinn verloren. Katze, mit ihren 61 Jahren, schuftete noch immer wie ein Pferd im Büro, kam erst halb sechs nach Hause und bestand darauf, in der Küche alles selbst zu machen. Das war Katzes tyrannisches Martyrium. Und ihr großer Auftritt. Jedesmal vor dem Abwasch verbarrikadierte sie sich hinter der Küchentür, die sie sorgfältig abschloß. Das brachte für sie zwei Vorteile. Sie konnte in Ruhe trinken und sich hinterher beklagen, all die Hausarbeit allein erledigen zu müssen.

*

Li wollte Zestes Zukunft mit ihrem Vater gern bei einem Tête-à-tête diskutieren, und er hatte sie deshalb ins »à Porta« bestellt, ein Art-nouveau-Café am Kongens Nytorv, das mit seinem roten Samt und den vergoldeten Amoretten noch immer rechte Gemütlichkeit ausstrahlte. Li trug ihre funkelnagelneue Seide, wenn auch ein wenig zerknittert nach der Reise, jetzt wo sie Pim Pao nicht zum Bügeln hatte. Ihr Haar war zu einem gewaltigen Aufbau hochtoupiert, so wie sie es gewöhnlich für Bridge-Turniere machen ließ, und Tobias sagte: »Ich will keine Tochter mit solchen Haaren haben!« Und Li genoß es. Was die Vergewaltigung des Namens Løvin durch Ib anging, war sie mit Tobias einer Meinung. Und direkt schockiert, als sie hörte, Ib habe jetzt einen alttestamentarischen jüdischen Namen für sein Erstgeborenes gewählt, das *tatsächlich* eine »sie« geworden war. Eindeutig eine anti-dänische Manifestation. Als nächstes käme wohl, daß seine Söhne, falls er jemals welche bekam, Abraham und Moses Løvin hießen.

Sie hatte sich riesig darauf gefreut, den Vater wiederzusehen, war aber dennoch ein wenig enttäuscht, daß ihr Erfolg beim Bridge ihn nicht aus allen Wolken fallen ließ. Seit dem letzten Home-leave hatte sie drei, vier Stunden am Tag alle möglichen Bridge-Bücher studiert, obgleich sie genau wußte, daß er Bücher verachtete. Doch da sie erst so spät im Leben das Faszinierendste im ganzen Universum entdeckt hatte, im übrigen auch kein Genie war, so gab es keinen kürzeren Weg: »Vater, spiel mit mir. Du mußt versprechen, mit mir zu spielen, wenn ich komme.«

Doch er hatte es nicht getan. Ein halbes Jahr lang hatte sie Tobias ihre Ansagen geschickt und berichtet, wie sie die Stiche eingeheimst habe, um Resonanz bei ihm zu finden, doch seine Antwort hatte lediglich gelautet: »So lange Du glücklich bist, mein Mädchen.« Als vertraute er ihren Fähigkeiten nicht recht. Sie konnte ansonsten versichern, daß sie ganz bestimmt kein »Damen-Bridge« spiele. Sie hatte etliche Silberpokale gewonnen, aber das war das Geringste von allem, denn schließlich war sie mit der thailändischen Nationalmannschaft nach Manila und Hongkong gefahren, und die Thais hatten gewonnen! Es war sehr wahrscheinlich, daß sie auch das Weltturnier gewinnen würden. Und jetzt wollte sie gern Zestes Zukunft mit ihm unter vier Augen besprechen. Sie saß da, mit ihrem As im Ärmel, sie tranken Tee im »à Porta«, wo der Kellner – er unterstrich damit Lis Sicherheit – sich tief vor Tobias verbeugte.

Li spielte ihren Trumpf aus: »Zeste hat Kontakt zu einem sehr interessanten Milieu.«

»Ein Kind braucht kein interessantes Milieu, ein Kind soll seine Schule besuchen.«

»Zeste ist kein Kind, sie ist sechzehn.«

»Ein Mädchen von sechzehn ist ein Kind.«

»Aber du kennst doch Zeste, sie ist etwas Besonderes.«

»Um so wichtiger ist es, daß sie ihre Schule gut abschließt, um danach eine gute Ausbildung erhalten zu können.«

»Ja, genau. Das hier wäre eine ganz spezielle Ausbildung.«

»Was heißt speziell?«

Und Li erzählte vom Verhältnis zu dem französischen Dichterdiplomaten, der zwar verheiratet sei, doch so viel Format besitze, daß er zu seiner Familie und zu Zeste ganz reizend sein könne, sie sprach von seiner Belesenheit und seinen Verbindungen und vom Tempeldienst bei Khun Nui. Vom König und der Königin und der thailändischen Oberschicht. Und all das sei ungeheuer interessant.

Tobias starrte sie nur an und fragte, ob sie von Sinnen sei.

»Du willst der Sache also nicht deinen Segen geben?«

»Segen? Wahnsinn!«

Li verließ das Treffen merkwürdig gelähmt. Erstaunlicherweise war sie nicht verzweifelt über den Ausgang. Tobias konnte schließlich nicht alles wissen. Er kannte den Fernen Osten nicht. Für ihn war Thailand, wie überhaupt der ganze Orient, ein unzivilisierter Dschungel, voller Affen. Er wußte es nicht besser. Li mußte einsehen, daß Tobias nicht allwissend war. Sie hatte die Absicht, etwas zu tun, das in den Augen ihres Vaters reiner Wahnsinn war. Wollte einen großen Einsatz riskieren. Er hätte es verstehen müssen. Aber sie mußte auch einräumen, daß Tobias nicht belesen war. Sie mußte zugeben, daß er seine Grenzen hatte. Es war das erste Mal, daß Li gegen ihren Vater revoltierte. Und das war ein ziemlich gutes Gefühl. Sie war eine freie Frau. Doch Tobias begann allen Ernstes um ihren Verstand zu fürchten.

*

Man konnte sich allmählich kaum noch in Zestes Nähe aufhalten, so eingebildet war sie geworden. Li schrieb am 6. Dezember 1960 nach Gammel Mønt:

»Zestes ›social life‹ stellt große Anforderungen an uns. Letzten Samstag, als man sie zum Ausgehen abholen wollte, bestand sie darauf, daß wir alle fein angezogen waren, das Wohnzimmer sollte aufgeräumt und die Kleinen sollten eingeschlossen sein. Wir bekamen Anweisung, daß wir uns vorzustellen und ihm einen Drink anzubieten hatten, worauf sie dann die Treppe herunterkommen wollte.«

Als Zeste allzu unerträglich wurde, mußte Li sie ermahnen: Schönheit und Wissen allein sind nicht genug. Wenn Schönheit nicht Demut einschließt, wirkt sie abstoßend. Man könnte es daran sehen, wie unterschiedlich amerikanische und thailändische Frauen sich verhielten. Erstere wie die Trampel, letztere behutsam auftretend. Sei froh, daß du schön bist, es ist ein Geschenk, und dann denk nicht mehr daran.

Zeste hatte keineswegs das Gefühl, *schön* zu sein. In ihrem Inneren fühlte sie sich arm, ungeschickt und ängstlich. Aber Cat und Dog besaßen offenbar Aktien am Aussehen ihrer Töchter. Sie waren ganz einfach baß erstaunt, zwei so große, sensationelle Damen aufgezogen zu haben, und es gab ihnen einen besonderen Kick, die *beiden* überall vorzuzeigen und begeisterte Komplimente einzuheimsen. Myren nahm das Ganze ziemlich gelassen hin, denn sie investierte ihre Energie in das Wohl und Wehe der Tiere, doch für Zeste bedeutete es mehr. Indem sie sich selbst so gab, wie die beiden es wünschten, konnte sie die Familie vor dem ständig drohenden Bankrott retten.

Dennoch war Zeste nicht länger empfänglich für Ratschläge von ihrer Mutter. Allzu oft war sie enttäuscht worden. »Mutter geht es gut, denn sie hat angefangen, mich zu erziehen.« Diesen Satz hatte sie sich so oft gesagt. Doch der Versuch einer Erziehung oder zu guten Ratschlägen hielt nur eine Woche an, dann erkrankte Cat erneut und meldete sich von der Welt ab. Soweit aus den Aufzeichnungen hervorgeht, versuchte Li aber nur ein einziges Mal einen Selbstmord, während sie In und Pim Pao in ihren Diensten hatte. Und das war damals, als sie eine Weekend-Hütte auf der Insel Ko si Chang gemietet hatten und sich alle auf die Tage freuten. Im letzten Augenblick machte Li einen Rückzieher, weil sie all diesen Sand und das Wasser nicht ertragen konnte. Oder vielleicht war es, weil Rejn vergessen hatte, Schwarzbrot für sie zu kaufen. Trotzdem war er mit den Kindern in den so lange erwarteten Wochenendurlaub gefahren. Später am Tag kam dann aus Bangkok die Nachricht zur Insel: »Lady dead.« Es war Li noch einmal gelungen, ihren Willen mit einer Überdosis durchzusetzen: alle kehrten versteinert vom Strand zurück, im Glauben, sie sei tot.

Zestes neues Leben im Tempeldienst hatte eine effektive Barriere zwischen ihr und der Familie Møller errichtet. Und das war auch beabsichtigt. Schon vom ersten Tag an hängte sie ihr Herz an Khun Nui, die ihr kohlschwarzes Haar der Tradition entsprechend zu einem Knoten aufgesteckt hatte, wobei die unregelmäßigen Haare an Stirn und Schläfen entfernt worden waren, um den Haaransatz harmonisch und perfekt zu gestalten. (Sie gehörte der Generation an, der in der Pubertät alles Haar, in Verbindung mit rituellen Bädern, abgeschnitten worden war.) Ihre Haut war kühl und hell wie Elfenbein, und die schönen Lippen bestrich sie mit Bienenwachs, das sie in einer mit Saphiren geschmückten Dose auf einem kleinen Silbertablett aufbewahrte. Am Finger trug sie einen Goldring in Form einer Schlange. Und sie besaß einen Spiegel mit schwarzem Rahmen und einen silbernen See mit einem Karpfen darin, der zweihundert Jahre alt war.

Khun Nui ließ die Mädchen Montaigne, Rousseau und Voltaire lesen, doch waren es hauptsächlich Racine und Molière, die Zestes Wangen zum Glühen brachten. Sie konnte lange Abschnitte aus dem Gedächtnis vortragen und stand in Gedanken schon auf der Bühne, wo sie sich selbst mit Blumen beworfen sah wie Sarah Bernhardt.

Die Werke der Aufklärungsphilosophen und Enzyklopädisten durften die Mädchen lesen, soviel sie wollten, weil die rationale Erklärung der Welt mit dem buddhistischen Pragmatismus übereinstimmte. Katholische, metaphysische Werke jedoch verabscheute Madame Nui wie die Pest. Leichtigkeit und Klarheit, s'il vous plait. Deshalb galt ihre große Liebe auch den libertinen Autoren des 18. Jahrhunderts. Von ihnen konnte man viel lernen: nämlich die Liebe nicht zu ernst zu nehmen, sondern leicht und unverbindlich. Das Ganze war ja doch *samsara*, much ado about nothing in der Welt der Illusionen.

Zeste hatte aber leider eine Vorliebe für Monsieur de Clerval gefaßt, doch diese Art Präferenzen duldete Madame Nui nicht. Die Liebe und vor allem ihre Handlungen sollten, getragen von

Empathie und Mitgefühl, dem Allgemeinmenschlichen gelten. Einem Herrn Irgendwer und nicht einem Herrn Speziell. Was hatte dieser eine Mann, Serge de Clerval, denn geleistet, daß er Zestes Liebe auf Kosten anderer Menschen der Erde verdiente? Dennoch versuchte Serge, Zeste heimlich zu sehen, und er nahm sie am Ellbogen und führte sie auf romantische Spaziergänge in den lichten Dschungel nahe des Klongs. Und eines Tages kamen sie zu einem sogenannten Wohn-Baum, dem Fruchtbarkeitsbaum eines alten animistischen Kults, behängt mit geschnitzten Phallussymbolen. Auch am Fuße des Baumes stand eine ganze Reihe davon, einer mit angemaltem rotem Kopf, und Serge stahl ihn und gab ihn ihr, und sie verbarg ihn in ihrem Rock, mit geröteten Wangen.

Doch Khun Nui ging mit harter Hand gegen heimliche Treffen vor. Und allmählich begriff Zeste, daß diese neue uralte Liebeslehre, die ihr im Kloster eingeschärft wurde, als effektive Waffe gegen die sogenannte Liebe und Romantik fungierte, mit der sie aufgewachsen war und die Cat und Dog unter der landläufigen Bezeichnung »Leidenschaft« praktizierten. Und die die unglückliche Katze, Zestes Großmutter, vor ihrer Tochter praktiziert hatte. Der Unterschied war nur, daß ihnen nicht bewußt war, irgend etwas zu »praktizieren«, sie erlebten es als leibhaftige Natur. Dieses berauschte Aufgehen in der eigenen Gefühlsduselei war eine der schlimmsten Fallgruben der Illusion. Khun Nui verlangte Freundlichkeit und verurteilte Leidenschaft.

Zeste war keine ungelehrige Schülerin. Sie wollte herzlich gern die Frau von irgendeinem, irgendwo und mit offenen Augen sein, nur um nicht »die Frau im Hause« mit geschlossenen sein zu müssen. Und nach und nach wurde sie von all den Mädchen die Ergebenste und Kompromißloseste in ihrer Berufung. Für Myren war sie eine Fremde geworden, und obwohl sie an den Wochenenden in der Garage, in der sie jetzt mit Cat und Dog und der ganzen verrückten Familie wohnte, noch immer nebeneinander schliefen, war Zeste nicht wiederzuerkennen:

»Ich habe vielen Männern das Arschloch geleckt – es heißt ›feuilles de rose‹ auf französisch.«

»Igitt, wie eklig«, sagte Myren wie auf Kommando und schaute die ungerührte, fremde Zeste in der türkisfarbenen Seide an, die bei sich Colette zitierte: »Manch ehrbare Frau hat das Verderben gesucht, doch nur wenige sind auserwählt.«

Myren wußte nicht, ob sie Neid oder Mitleid empfinden sollte. Zeste wurde mit einem mysteriösen Ausschlag am ganzen Körper ins Nursing Home eingewiesen, und Serge de Clerval erschien mit Blumen und französischem Parfüm.

Marschall war zum Essen vorbeigekommen, auf dem Weg von der Hauptgeschäftsstelle in Delhi zu seinem Domizil in Hanoi. Obwohl er jetzt offiziell in Saigon stationiert war, versuchte er die meiste Zeit in Hanoi zu verbringen. Denn sein Interesse galt dem Unabhängigkeitskampf der Vietnamesen, und die Kommunisten oben im Norden hatten als einzige die Dinge unter Kontrolle. Der Vietkong hatte keinerlei Chance ohne sie. Rejn teilte Marschalls kommunistische Leidenschaft nicht: »Es ist klar, daß die Amerikaner in den letzten Jahren gewaltigen Mist gebaut haben, militärisch und auch sonst, weil sie zugelassen haben, daß sich die Situation jahrelang unkontrolliert entwickeln konnte.«

»Doch ändert das nichts an der Tatsache, daß Nord-Laos jetzt ein gänzlich befreites – oder, wenn du so willst, integriertes – kommunistisches Gebiet ist. Und das Rad der Geschichte läßt sich nicht zurückdrehen«, sagte Marschall.

Zeste sah ihn an. Er war Familienvater, gone native, dunkelbraun im Gesicht. Er trank Whisky zum Essen und glich Marlon Brando in der Rolle des Kurtz; fünfundzwanzig Jahre später sollte die Verfilmung von Joseph Conrads »Herz der Finsternis« auf den Erfahrungen von Vietnam aufbauen.

»Ein Krieg, um das Gebiet von den Kommunisten zurückzuerobern, selbst ein Krieg mit amerikanischer Hilfe, dürfte ungeheuer schwierig zu gewinnen sein«, mußte Rejn einräumen.

»Die Amerikaner müssen Laos aufgeben«, sagte Marschall mit der heiseren Stimme des alten Marlon Brando und leerte noch einen Dreifachen.

»Ich glaube nicht, daß die Amerikaner das restliche Laos aufgeben sollten, doch ist es verdammt noch mal an der Zeit, daß sie andere Saiten aufziehen und dort genauso in den Krieg eingreifen wie in Vietnam. Das Ziel kann nicht sein, Coca-Cola und Cadillacs für die Führung zu importieren, sondern den Lebensstandard und die Möglichkeiten für die einfache Bevölkerung zu verbessern. Wenn die Leute einen realen Fortschritt spüren, denkt niemand an Revolution.«

»Die Amerikaner haben in Südostasien nichts zu suchen.«

Li war Marschalls Ansicht, saß jedoch nur da und hörte zu.

»Der Fortschritt ist der Bevölkerung nicht zugute gekommen, deshalb haben die Leute den Kampf in die eigenen Hände genommen.«

Das waren Marschalls letzte Worte, ehe sie sich vom Tisch erhoben, den Pim Pao so schön mit Jasmin und Lotus gedeckt hatte.

Marschall ließ sich mit seinem gewaltigen Korpus im Korbstuhl nieder, Kaffee und Cognac erwartend. Zeste spürte den Dunst beschützender Männlichkeit. Ein Familienvater. Myren schaute unsicher zu Zeste hinüber und dachte mit Unruhe an all das, was die Schwester in der sogenannten Schule lernte, die zu besuchen sie auserwählt oder verurteilt war. Doch Zeste betrachtete Marschall mit Freude und Erleichterung. Endlich, dachte sie, ist da ein Mann, den ich nicht zu verführen brauche. Das war ein recht verbotenes Gefühl. Und sie wußte, daß Khun Nui sie selbstsüchtig und träge, lieblos und egozentrisch nennen würde. Doch Zeste behielt das Freiheitsgefühl in sich wie ein großes verliebtes Geheimnis.

Zu Loy Kratong, dem Vollmondfest des zwölften Monats, setzte Zeste wie die übrige Bevölkerung ihr eigenes Bananenblattschiff mit Wachslicht und Weihrauch auf das Wasser, um dem Fluß Chao Phraya zu huldigen.

5. Die Jadekatze

Im November 1963 wurde John F. Kennedy erschossen, und später würden sich alle genau erinnern, womit sie in diesem Augenblick beschäftigt waren. Li und Rejn spielten ein Nachmittagsbridge mit Dr. A und seiner amerikanischen Frau. Sie war es, die die Nachricht von einem Thai-Diener erhielt, der leise ins Zimmer trat und die lähmende Neuigkeit verbreitete. Li bestand darauf, zur Botschaft zu fahren, um bei Botschafter Ebbe Munck Schutz zu suchen, vielleicht weil sie es von früher her so gewohnt war. Im Hinterkopf steckte die alte Geschichte, wie Tobias alle Dänen aus dem Baltikum evakuiert hatte. Würde Munck nun im Falle eines Weltkriegs alle Dänen aus Thailand evakuieren? Der Botschafter hatte in hohem Maße dazu beigetragen, daß Li in Thailand heimisch geworden war. Nicht etwa weil ihr sehr viel an den Zusammenkünften in der Botschaft oder den Dänen lag, ganz im Gegenteil. Doch mit Munck hatte es etwas Besonderes auf sich. Er war nicht ein Herr Irgendwer-Botschafter, er war eine *Persönlichkeit*. Alter Freiheitskämpfer, Polarforscher und Journalist. Und gleich vom ersten Tag an – sie hatten sich als Neuangekommene in der Botschaft gemeldet – hatte er ein Auge auf Li geworfen, in dem Sinne, daß er wußte, wer sie war. Sie war eine Løvin. Und er vergaß nie, wie er als junger Bursche bei der »Berlingske Tidende« angestellt gewesen war und Papa ihn über die Köpfe aller andern mit höherem Dienstalter hinweg befördert hatte. Es war auch Ebbe Munck gewesen, der nach Ausbruch des Krieges nach Berlin geschickt worden war, um Katze und die Mädchen am Bahnhof abzuholen, als sie von Riga nach Dänemark gereist waren.

In diesem Augenblick, wo möglicherweise ein neuer Weltkrieg vor der Tür stand, war es daher völlig natürlich, sich bei der dänischen Botschaft zu melden. Andererseits: Waren sie denn noch immer Dänen in der Familie Møller?

Myren verbrachte all ihre Zeit in ihrem Thai-Reitklub, wo sie ihr eigenes weißes Reitpferd hatte, Bukefalos, das Rejn Phallos nannte. In Ermangelung richtiger Eltern war Zeste der Mensch geworden, dem sich Myren am engsten anschloß. Doch war das eine qualvolle Abhängigkeit. Myren wollte Zeste ganz für sich haben und trieb sich selbst in eine hysterische Raserei, weil Zeste jetzt in ein Leben involviert war, welches sie ausschloß. Myren gönnte Zeste all die feinen französischen und falschen Fisimatenten nicht, denn dazu war Zeste, nach Myrens Ansicht, viel zu gut. Und Myren sann auf Rache, während sie sich auf Tiere und Kinder stürzte, die Gottseidank frei von aller Falschheit waren. Indes hing Zeste an Khun Nuis Lippen in jenem Tempel, wo sie zur Thai-Frau mit französischen Ambitionen erzogen wurde.

Nachdem In und Pim Pao das Haus übernommen und Familie Møller somit, rein emotional, unter Vormundschaft gestellt hatten, Nanny außerdem nach Ceylon zurückgekehrt war, glitten Orm und Birdie, der jetzt Kwanki Wanki hieß (weil er einem solch drolligen kleinen Tierchen glich), in einen Leerraum, wo man sie nicht mehr erreichen konnte – vom europäischen Gesichtspunkt gesehen. Die Jungen gingen in die Thai-Schule, sprachen nicht ein Wort Dänisch und nur wenig Pidgin-Englisch, so wie die anderen Thais. Sie spielten fast ausschließlich mit Thai-Kindern, und am meisten mit dem gleichaltrigen Bulød der Dienstboten und der kleinen Aju Pa. Sie aßen selten am Tisch der Eltern, und ihr Leibgericht war »kuay teo«, brühheiße Nudelsuppe, die sie für einen halben Öre beim Straßenhändler kauften, wenn er mit seinem Glöckchen und dem Essen an einer Bambusstange über der Schulter vorbeikam. Die Jungen »wohnten« beinahe im servant's quarter, und hätte Li die Thais in ihrer inneren Hierarchie nicht so hoch eingeschätzt, wäre ihr der Weg ihrer Söhne als gesellschaftlicher Absturz und als Proletarisierung erschienen. Orm und Tor identifizierten sich weder mit ihren Eltern noch begriffen sie sich als Dänen oder Europäer. Eines Tages, als Rejn seinem Sohn Orm Geld für ein Taxi gab, war er baß erstaunt, als dieser sich verbeugte und sagte: »Thank you, sir.« Rejn und Li sahen sich verblüfft an, denn keiner von ihnen hatte die Kinder so zu sprechen gelehrt. Doch so sprachen Thai-Kinder zu ihren Eltern, respektvoll.

Orm konnte nur für den Hausgebrauch Englisch schreiben, während Tor weder in der einen noch in der anderen Sprache zu schreiben vermochte. Es war nicht recht vorstellbar, was Cat und Dog sich eigentlich, die Ausbildung der Jungen betreffend, gedacht hatten. Rejn war denn auch sehr unzufrieden mit Orms Zeugnisheften, die er »grauslich« nannte. Jedesmal hieß es »im Verhältnis zu seiner Intelligenz gering«. – »Kann, wenn er will, ist jedoch albern und unaufmerksam«. Rejn drohte ihm und wusch ihm den Kopf, doch erreichte er nur, daß Orm sich völlig verschloß und unsichtbar machte. Den ganzen Tag lag er mit seinem Transistor bei den Dienern auf der Pritsche. »Dieser Schafskopf!« sagte Rejn und dachte bei sich, daß er selbst in der Schule genauso faul gewesen war, und eines Tages ginge das wohl vorüber … Li schüttelte den Kopf. Keines ihrer Kinder hatte jemals Schulprobleme gehabt, und es war nie notwendig gewesen, sie zu schlagen. Doch Orm war mißraten. Während Tor das gesegnete Kindchen war, mit *braunen Augen* und Zeugnisheften voller Sterne, eine Zierde für die Familie, so war Orm der Mutter stets fremd geblieben. Er hatte keine Interessen. Er interessierte sich nicht für die Welt um ihn herum, so als erwarte er auch nichts von ihr.

Fragte man Orm: »Wie geht's? How's life?«, antwortete er unweigerlich: »Life is life«, als stünde er in der einen oder anderen geheimen religiösen Tradition. Orm wußte, daß die Familie heilig ist, auch wenn sie nicht dieses »yellow on the head« hat, wie er es ausdrückte. Und obwohl er Thai geworden war und Buddha respektierte, so tat er es ausschließlich, weil er an many kinds of Jesus glaubte. Orm war so verschlossen, daß er Li verscheuchte. Sie schätzte schließlich muntere und fröhliche Kinder, die ihr Spontaneität beibringen konnten, die sie selbst nicht besaß. Sie ahnte nicht, in welch hohem Maße sie die Jungen erschreckte, die im Gebüsch zwischen den Schlangen umherschlichen und nur halblaut pfiffen, aus Angst, das Gelbe in ihren Augen könnte weiß werden.

Li würde später sagen, daß sie, was Orm anging, stets böse Ahnungen gehabt habe. Und daß all ihre Anstrengungen, Orm eine glückliche Kindheit und eine ordentliche Erziehung zu geben, vergebens gewesen seien. Doch vorläufig vertraute sie darauf, daß eben sein illusionsloses Weltbild über des Menschen Weg auf Erden, gepaart mit einem innigen religiösen Grundgefühl von ganz anderer Dimension, ihn besonders gewappnet hatten, die rauhen Realitäten des Lebens zu überstehen. Und auch wenn es ausgeschlossen war, daß er mit seinem Vater über dergleichen Dinge redete, da Rejn es schließlich nicht ertrug, den Namen Jesus oder anderes Gefasel im Hause zu hören, so hatte Orm von seinem Vater einen gewissen Sinn für Zahlen und Geld geerbt, der ihm eines Tages vielleicht von Nutzen sein würde. Er sammelte nicht wie andere Kinder Briefmarken nach der Seltenheit der Marken, nach interessanten Ländern oder schönen Bildern, sondern ausschließlich nach der Zahl, die unten in der Ecke stand. Er wußte genau, wieviel Dollar, Cent, Kronen und Öre er in gebrauchten Briefmarken besaß. Im übrigen sah Li nicht viel von ihren Kindern, die im Klong herumschwammen, mit flinken Fischen, glitschigen Aalen und den anderen Thai-Kindern, und viel Klamauk machten. Und im Garten hallte das Wortspiel wider: *Dee dor pa do gai chai.*

Eines Tages, als Li die Jungen mit in den Sportklub genommen hatte und sie selbst Bridge im »Thai Room« spielte, machte Orm an zu flacher Stelle einen Kopfsprung ins Bassin. Er verlor das Bewußtsein beim Aufschlag und brach sich all die neuen Schneidezähne aus. Li wurde hinzugerufen und nahm eine Beruhigungspille. Orm war ein Unglücksrabe. Es war völlig egal, ob man ihn zum Reiten oder zum Tennis brachte, nichts machte ihm Spaß. Und wenn ihm etwas Spaß machte, passierte natürlich ein Unglück. Wie an dem Tag, als er mit den Kindern der Dienstboten herumtobte und der kleinen Aju Pa mit dem Katapult ein Auge ausschoß.

Pim Pao zündete Kerzen und Räucherstäbchen an, die sie auf dem Hausaltar im hinteren Teil des Gartens bei der Dienstbotenwohnung opferte, um die bösen Geister zu besänftigen – *pi* –, damit sie nicht noch mehr Schaden anrichteten, so wie sie Kerzen und Räucherstäbchen angezündet hatte, um dasselbe *pi* bei der Geburt der Tochter Aju Pa zu beruhigen.

Für Rejn war es primär eine Versicherungsfrage. Zu dem Zeitpunkt arbeitete er im Landesinneren an einem integrierten Entwicklungsprojekt, und sein Trostbrief an Orm lautete wie folgt: »Tell In und Pim Pao that I'm so happy that they look so well after Mummy.«

Man kann vielleicht einwenden, daß in der vorliegenden Situation andere eher der Hilfe bedurft hätten – z. B. das Mädchen, das ein Auge verloren hatte, und der Junge, dem die Sache passiert war –, doch Rejn war es im höchsten Maße gewohnt, daß Li jederzeit der Gegenstand seiner Fürsorge zu sein hatte. Denn so war es immer gewesen. Li hatte, ohne es zu wissen, im Haus den Platz des Kindes erobert und beanspruchte seine ganze Kraft. Er begriff eigentlich nie, daß er andere Kinder besaß, z. B. Orm und Tor. Auf den Gedanken kam er einfach nicht. An Cat sandte er Kuß, Klaps und Nasenstüber. An die Jungen höchstens ein bißchen »Senge«. Das war Rejns Art, väterliche Liebe zu zeigen, die er selbst nie erlebt hatte. Es gab nur zwei Dinge, die Rejn ordentlich in Schwung brachten: Geld und Sex. Und da gehörten die Söhne nicht recht dazu.

Seine Leidenschaften bremsten jedoch nicht das Interesse an der Arbeit, im Gegenteil. Beides ließ sich ausgezeichnet verbinden. Im Augenblick arbeitete er im Norden, nicht weit vom Fluß Kwai, wo die Japaner im Krieg ein großes Arbeitslager für Kriegsgefangene geführt hatten, die, unter Einsatz ihres Lebens, gezwungen worden waren, eine Brücke zu bauen. Heroisch hatten sie am Ende ihr eigenes Bauwerk in die Luft gesprengt, als letzte Sabotagehandlung.

*

Nun herrschte wieder Krieg im Gebiet. Kommunistische Infiltration aus Nordosten hieß es, und der Premierminister sagte, daß die Unruhe in diesem Raum der Verarmung der Bevölkerung zuzuschreiben sei. Dies hänge mit den Holz-Konzessionen zusammen, die den Dänen zu Beginn des Jahrhunderts erteilt worden waren. Die festgegründete Überzeugung, daß Thailand als das festgegründete Königreich, das es nun einmal sei, niemals falle, könnte erschüttert werden. Nicht alle Könige waren so intelligent gewesen wie der derzeitige Bhumipol und nicht alle Königinnen so geliebt wie Sirikit. Dennoch konnte sich niemand mehr sicher fühlen in der Sicherheit. Thailand war von Gebieten umzingelt, die von Terror und kommunistischer Propaganda heimgesucht wurden. Tag für Tag mußte die Regierung stillschweigend zusehen, wie sich der Kommunismus konsolidierte. Die Bauern in der nordöstlichen Ecke waren arm und lebten vom Opiumanbau. Man konnte nicht erwarten, daß sie sich zwangsläufig mit einer Königsmacht identifizierten, die verdammt weit im Süden, in einer Stadt, die sie kaum kannten, residierte. Die armen, ungefestigten Seelen waren leicht zu verführen und mit Drohungen zu Aufruhr und Unterwerfung zu bringen. Aber jetzt würde bald Hilfe aus der Hauptstadt heraufkommen. Rejn erwartete jeden Augenblick eine Staffel Hawker Hunter, Vorboten in Form einiger Transportflugzeuge, und ein paar Canberras waren bereits vor Ort. Doch war es notwendig, einen ground control Radar aufzubauen, ehe sie die Jäger von Bangkok heraufsandten. Sonst könnten die bei dieser Wolkendecke leicht übers Ziel hinausschießen – es waren ja nicht mehr als fünf bis zehn Minuten nach China. Man erwartete insgesamt zwei- bis dreihundert Amerikaner, die meisten von ihnen Offiziere oder Unteroffiziere, es würde große Veränderungen geben. So viele *farangs* –– foreigners – auf einmal waren zuvor noch nie im Norden gewesen.

Inzwischen reiste Rejn im Dschungel von Dorf zu Dorf, maß den Leuten die Temperatur und ließ sie in kleine Näpfe spucken. Er unterrichtete die Thais, maß und wog sie, das Ziel war Schulwissen und Gesundheit, doch hatte er immer einen »Counterpart« bei sich, d. h. einen eingeborenen Thai, der für Rejn die Stimmung erkunden konnte, falls sich die Einführung ausländischen Denkens als unzweckmäßig erwies.

Man kann ruhig sagen, daß Rejn damals in den sechziger Jahren mit seinem Computermodell des Wohlstands der Zeit weit voraus war. Der Computer war zu jener Zeit eine Maschine, die ebensoviel Platz wie eine herrschaftliche Villa einnahm, und niemand glaubte, daß eine solche Maschine jemals irgendeinen

Einfluß auf den Gang der Welt haben könnte. Während die älteren Jahrgänge, in Delhi und auch in Genf, sich Rejns Modell gegenüber skeptisch verhielten – man kann nicht alles mit Zahlen lösen –, begriffen nur einige wenige, daß Rejn die revolutionierendste Erfindung in der Forschung gemacht hatte und daß die Zukunft ihm recht geben würde. Er wurde somit in seiner Selbsteinschätzung bestätigt, »eine Arbeitskraft von überlegener Intelligenz und ein herausragender Planer« zu sein.

Die Ärzte waren Rejns Feinde Nr. 1. Denn man hatte sie ausgebildet, in den Kategorien *Mensch*, Symptome und eventuelle Heilung einzelner Individuen zu denken. Rejn waren einzelne Menschen völlig egal. Er dachte in »Tendenzen«, Kurven, Parametern, statistischen, anonymen Bewegungsmustern, die es ihm ermöglichten, Gesundheit, Wasserversorgung, Ausbildung, Familientypen und Arbeitsformen in einem dynamischen Ganzen zu kodieren. Eine solche »Vermengung« von Faktoren war ein gewaltiges Irritationsmoment für Rejns Teamleader in Nakorn Sawan. Ian McLean, ein Schotte, konnte mit Rejns Computermodell im Dschungel absolut nichts anfangen, und er ging Rejn auf die Nerven mit seinen Ein-Mann-Journalen und dem peniblen Betonen, daß der betreffende Patient »die Arznei unbedingt einnehmen müsse«. Rejn versuchte McLean zu erklären, daß das Wort »must« im Thailändischen nicht existiere. Es gäbe nichts, das als unumgängliche Notwendigkeit getan werden müsse. Doch mit Leuten, die das Wort »müssen« — Herrgott nochmal – nicht kannten, wollte der Schotte nichts zu tun haben. Er nannte die Thais »the bastards« und sagte: »Leave them to the communists.«

Ziel des Projekts war es, daß die Thais die Entwicklungsarbeit eines Tages selbst übernähmen und nach eigenen Prämissen weiterführten. Doch wie sollte das Team effektive Spuren hinterlassen, wenn dieser Dorftölpel McLean keinen Schimmer von Treatment-Administration, Kontrollmethoden und Teamwork hatte, nichts von Thailand verstand, zuviel Golf spielte und im übrigen ein schlechter Arzt war. Rejn lebte ziemlich trostlos auf Thai-Art, aß Thai-Speisen (die er im Gegensatz zu Li gut vertrug) und schlief auf thailändische Weise in dürftigen Hotelzimmern ohne Klimaanlage, Butter oder Schwarzbrot. Falls noch Hoffnung bestand, daß Cat eines Tages zu ihm in den Norden käme, wäre sie gezwungen, Ameisenpulver, Mückenrauchtabletten und Picknicktasche für ihre eingepackte Butter mitzubringen. Denn einen Eisschrank könnte er dort oben nicht beschaffen.

Wenn man bedenkt, daß die Ehe der beiden allein auf »dem Buhlen« beruhte, wundert man sich, wie der Trieb mit einem Schlag und problemlos zur Leidenschaft für Bridge und Modelleisenbahn werden konnte. Natürlich konnte er das nicht. Er trieb sein eigenes Spiel mit ihnen und übte sich auf die verschiedenste Weise darin, beide durch Streitereien und Prügeleien zu zerstören. Die Kinder nannten das »Weltkrieg«. Der war es schließlich, den man ständig erwartete, bei der Aufrüstung in Ost und West – und den Stellvertreterkriegen gleich in der Nachbarschaft, wie in Vietnam. Li behauptete, die »Weltkriege« brächen bei weitem nicht so häufig aus, wenn sie und Rejn allein seien. Doch sobald die Mädchen daheim weilten, waren Dog und Cat offenbar so erpicht, sich bei ihnen beliebt zu machen und ihre Aufmerksamkeit zu erringen, daß es zu Machtkampf und Eifersucht kam. Normalerweise pflegen Kinder um die Aufmerksamkeit der Eltern zu kämpfen, doch in dieser Familie war es umgekehrt. Hier erwartete man im übrigen als die natürlichste Sache der Welt ständig die Explosion der Wasserstoffbombe, der allerneuesten Erfindung.

»Liebste Perlmutter«, schrieb Rejn aus Nakorn Sawan, »mehrmals habe ich zu schreiben versucht, aber die Dinge wollten sich nicht klären, und es wurde kein ordentlicher Brief daraus, und da habe ich es aufgegeben. Ich mußte soviel an Dich und uns denken, ohne anscheinend viel klüger geworden zu sein. Ich kann nicht dahinterkommen, was die ganze Zeit so verkehrt läuft, so daß wir uns nur immer wieder streiten und streiten, doch wünschte ich, es hörte einmal auf, ehe wir allzu verschlissen sind. Vielleicht fehlt uns Toleranz, ein Wort ergibt das andere, und wir verwenden alle Zeit darauf, den anderen daran zu erinnern, was ›er das letzte oder überhaupt einmal gesagt hat‹. Ich liebe Dich und vermisse Dich, wenn ich nicht bei Dir bin, und es ist zu dumm, daß wir nicht zusammen leben können sollen, ohne uns gegenseitig in Stücke zu reißen. Wenn ich zurück bin oder Du hierherkommst, versuchen wir es erneut, nicht wahr?«

Er schrieb auch, für ihn sei es *scheißlangweilig* da oben, wo die Krähen und vor allem die Hawker Hunters wendeten. Deshalb freue er sich wie ein ganzes Rudel junger Hunde darauf, von dort fort und zu seiner geliebten Cat nach Bangkok zu kommen. Er zehre ausgiebig von ihren sexuellen Weekend-Orgien, wie er anfangs mitteilte. Doch nach und nach wurde er mit ihr unzufrieden. Er warf ihr jetzt vor, nicht mehr richtig mit von der Partie zu sein, und Li weinte, denn wie in aller Welt konnte er etwas von ihr verlangen, worin er doch auch selbst nicht gerade berühmt war. Und er räumte ein, vielleicht nicht mehr der feurige, passionierte Liebhaber zu sein, von dem Li in ihren Büchern las. Er wurde weniger anspruchsvoll, rein das Buhlen betreffend, auch rücksichtsvoller, und Li schöpfte Verdacht. Nicht nur einmal. Was trieb er dort im Norden eigentlich? Faulenzte er nur herum und genoß ein Lotterleben voll Männerluxus, während sie hier zu Hause die ganze Wirtschaft zusammenhielt? Eigentlich war sie recht zufrieden damit, ihn los zu sein, das Leben war viel leichter ohne ihn, doch diese Haltung war schließlich nicht angebracht, wenn es darum ging, Rejn Schuldgefühle einzuflößen. Er wies ihre Vorwürfe wieder und wieder zurück. Er behauptete, »die kleinen Mädchen« überhaupt nicht beachtet zu haben, versprach und wiederholte ständig, er würde ganz sicher versuchen, sich von ihnen fernzuhalten. Doch was in aller Welt meinte er mit »versuchen sich fernzuhalten«? Was bildete er sich ein? Und dann bat er darum, ihm seine Golfschläger zu schicken als Schutz gegen die Gefahren des sexuellen Lebens.

Rejn lebte eng bei den reizenden Thai-Mäuschen, die sich stets freundlich anboten und die fünfundzwanzig Jahre später eine ganze Industrie auf dem globalen Markt werden sollten. Hierauf hatte Li auch eine Antwort. An einem Wochenende, als Dog in Bangkok war, stürzte Cat im Nachthemd ins Auto, setzte sich ans Steuer, raste durch die nächtliche Dunkelheit der Stadt und fuhr schließlich den Wagen in den Fluß. Dog jagte in einem Taxi mit Polizeieskorte hinterher und rettete ihr Leben noch einmal – aus alter Gewohnheit. Eine Zeitlang ging es ihnen wieder gut, denn so ist es immer, wenn man soeben dem Tod entronnen ist. Doch mit der Zeit brauchte es stärkeren Tobak, um das Buhlen in Gang zu halten, und Rejn machte sich außerdem um seine Modelleisenbahn Sorgen, die das Tropenklima nicht ertrug und deshalb vor sich hin rostete. Und er geriet immer mehr außer sich dort oben im Norden, bei der hoffnungslosen Zusammenarbeit mit dieser schottischen Schlafmütze. Li spielte mit dem Gedanken, nach Dänemark zu reisen, um in der Nähe ihres Vaters zu sein. Rejn war schließlich doch nie zu Hause, und die Jungen kamen wohl allein klar. Nun, wo die Mädels zur Ausbildung weg waren, war das Haus so leer geworden, und die Arbeit im Krankenhaus hatte sie auch gänzlich aufgegeben. Sie vermißte Myrens Betreuung der Jungen, wodurch Li die Kinder wenigstens flüchtig zu sehen bekam, wenn sie sich mit Myren etwas vornahmen. Und das brachte Leben ins Haus. Es war nicht gut vorstellbar, wie sie ohne Myren die Geschichte mit Orms Zähnen – er hatte jetzt schwarze Ersatzzähne aus Metall – und Aju Pas Auge – sie hatte jetzt eins aus Glas – hätten überstehen sollen, auch wenn Li auf Myrens Hysterie gern verzichtete. Und nicht zuletzt fehlte ihr Zeste, der Garant dafür, daß die Stimmung in der Familie hochgehalten wurde, die sonst riskierte, in einen depressiven, suizidalen Zustand abzusinken. Zeste fielen ständig irgendwelche Sketche ein, die sie im Wohnzimmer mit Bravour aufführte, fürchterliche Satiren über Dog und Cat auf einem sinkenden Pott, mit einem ertrinkenden Mann draußen am Horizont. Dog schwamm los (Hundepaddeln), um den ertrinkenden Mann zu retten. Doch Cat in Seide mit hochtoupiertem Haar und langen lackierten Nägeln, die ganze Hand voller Spielkarten und Juwelen, sagte: »Don't bother dear, er doublete meine Pik vier.«

Li mißgönnte ihren Töchtern, daß sie Weihnachten in Gammel Mønt feiern konnten, doch freute sie sich, daß Zeste eine schwarze Spitzenbluse von Rebekka und schwarze Spitzenstrümpfe von Tobias und Katze erhalten hatte. »Aber Bluse und Strümpfe sind ja wohl nicht genug, du mußt auch noch etwas anderes zum Anziehen haben«, hatte Tobias gesagt, und Li genoß es an Zestes Stelle. Zeste war jetzt an der Theaterschule in Paris, wo Serge sie untergebracht hatte. Derselbe Ort, den Sarah Bernhardt besucht hatte. Und es lief für sie – Zeste – so gut, daß alle Erwartungen übertroffen wurden. Doch nicht die von Li. Sie hatte es immer gewußt.

Dafür schien es bedeutend schwieriger, Myren unterzubringen. Rejn war im Zweifel, ob sich für sie eine weitere Ausbildung überhaupt lohne. Nachdem sie von Zeste getrennt worden war, hieß es, sie nehme Pillen und drohe, sterben zu wollen. Li schlug ihr vor, Krankenschwester zu werden, weil sie immer so gut und hilfsbereit sei – und obendrein praktisch veranlagt. Und als Myren erwiderte, das klinge langweilig, erinnerte Li sie daran, daß man überall in der Welt Krankenschwestern brauche und daß sie in den USA genauso hoch entlohnt würden wie Chefärzte. Sie sagte nicht, daß sie selbst stets Bedarf an einer Krankenschwester gehabt hatte. Doch Myren war aufrührerisch geworden. Auch wenn sie sich anfangs ihrer Mutter gefügt hatte aus Angst, das Gelbe in ihren Augen verschwinden zu sehen, so begann sie zunehmend, Widerstand zu üben. Nur in kleinen Dingen. Myren stellte die Frage, ob Cat wirklich eine so gute Mutter gewesen war, wie sie es sich selbst einbildete. Das war nicht gerade eine Korrespondenz, wie Li sie liebte, und sie verschloß ihr rasch den Mund, indem sie die Tochter, weil sie andere verurteilte, hart und intolerant nannte. Und was hieß das übrigens, eine gute Mutter zu sein? Myren würde es jedenfalls niemals werden, davon war Li überzeugt, so wie sie ständig den Kindern hinterherkroch und ihren kleinsten Launen nachgab. Myren würde eine dieser Mütter werden, die ihre Kinder benutzten, um Genugtuung für den Mangel zu erhalten, unter dem sie selbst gelitten hatten.

Myren machte den Versuch, sich in einem Brief an die Mutter auszusprechen, im Glauben oder in der Hoffnung, daß man wenigstens ehrlich zu ihr sein könne:

»Warum verlangst Du, ich solle tolerant sein?« fragte Myren ihre Mutter. Myren fühlte nämlich, daß in der ganzen Familie eben *sie* die Toleranteste war. Myren klagte über das besondere Verhältnis, das stets zwischen Li und Zeste bestanden hatte und an dem sie nie hatte teilhaben können. Vor solcher Plumpheit hatte sie sich immer gescheut, weil sie damit riskierte, Li auf die Nerven zu gehen. Je mehr sie bei ihrem Kontaktversuch danebentraf, desto mehr Vorstöße unternahm sie, und um so ungeschickter fühlte sie sich. Myren beklagte sich auch, daß Li und Zeste sie stets damit aufgezogen hätten, unanständig zu sein. Sie selbst meinte, die am wenigsten Unanständige in der ganzen Familie zu sein. Sie verstand nie, worüber Li und Zeste grinsten, wenn sie behaupteten, Myrens Augen glänzten obszön.

Li legte den Luftpostbrief aus Gammel Mønt mit einem Gefühl der Irritation zur Seite. Wie sollte man seine Kinder auf dieselbe Weise lieben, wenn die eine Tochter ironische, witzige, unterhaltsame Briefe schrieb, die gute Laune hinterließen, und die andere deprimierte, vorwurfsvolle, klammernde Briefe, die einen nur mißmutig machten. Li lenkte ihre Familie mit harter Hand durch Verurteilungen und Projektionen. Zeste war die Unschuldsreine. Selbst wenn man sie in eine Latrine warf, tauchte sie immer wieder auf, nach Veilchen duftend. Myren war die Rolle der unanständigen Florence Nightingale zugefallen, und der konnte sie nicht entkommen, selbst wenn sie versuchte, bei ihrem Vater Schutz zu finden.

Jas war gerade von der Konsumfurie Gwendoline, genannt Samtarsch, geschieden worden, die es fertigbrachte, zwei Staubsauger an einem Tag zu kaufen, nur um Jas zu ärgern. Sie selbst aß Beefsteak mit ihren Kindern, doch Jas servierte sie Wassergrütze, weil sie nicht über genügend Finanzen verfüge, wie sie kundtat. Doch jetzt wäre es genug damit, sagte Jas, nahm seine maßgeschneiderten Anzüge und maßgefertigten Schuhe, seine Melone und seinen Zinnkrug von Amager und zog in eine eigene Wohnung. Myren genoß dieses neue Kapitel in der Geschichte außerordentlich, während Li sich ärgerte und sich Myrens Berichte über Jas' Tun und Lassen ausbat. Sie las, daß Jas eine neue Frau in Elastikhosen und Pullover, beides hellblau, kennengelernt hatte, die eine Freundin in Elastikhosen und Pullover, ebenfalls hellblau, hatte, und beide besaßen sie je einen weißen Pudel, und der eine war läufig, und wenn sie zusammen Gassi gingen, sagte mal die eine, mal die andere Frau: »Na, na Bubbi« und »Na, na Sussi«. Das klang eindeutig so, als sei Jas auf einer falschen Fährte. Daher lief Li dort in Bangkok herum und überlegte, ob Jas nicht in Wirklichkeit der richtige Mann für sie gewesen wäre, und ob sie sich nicht bemühen sollte, ihn zurückzubekommen. Er war jedenfalls amüsant, was man von einer gewissen anderen Person nicht sagen konnte. Deshalb fand Li es nicht im geringsten unterhaltsam, in Myrens Briefen zu lesen, wie sie mit ihrem Vater im Bellevue Badehotel herumtanzte, im »d'Angleterre« mit ihm Hoppelpoppel aß und im »Montmartre« Musik hörte. Li meinte, Myrens Vaterbindung sei völlig unerträglich, es sei krankhaft, den Vater als Ersatz-Boyfriend zu benutzen, und sie maßregelte Myren gehörig wegen ihrer Leidenschaft und Eifersucht, was Jas anbetraf.

✳

Rejn wurde immer unerträglicher, je mehr Zeit verging, und Li hatte darum gefragt, ob sie nicht einfach heimreisen könne, er und die Jungen möchten doch später nachkommen. Er sollte ja auch bald versetzt werden, Indien war im Gespräch, aber Li hatte beschlossen, daß nicht einmal zehn wilde Pferde sie nach Indien bringen würden. Niemals mehr wollte sie in einer Exkolonie voller Sklavenseelen wohnen und wie die Kolonialisten leben, eine Existenzform, die sie verachtete und verabscheute im Gegensatz zu Rejn, der sich bei Klubleben, Whisky und Golf ausgezeichnet fühlte. Die Inder waren demütig und geltungsbedürftig, während die Thais sanft waren, freundlich, würdig, taktvoll und stolz. Wenn sie schon in einem armen Land leben mußte, sollte es an einem Ort sein, wo alle »Lord Buddha's teachings« folgten und wo diese Lehren die ganze Gesellschaft durchdrangen. Nicht nur die religiösen Rituale, sondern auch die Feste des Volkes und die tägliche Praxis. Li wollte nicht zu den servilen Indern, lieber wollte sie heim nach Dänemark. Doch sagte sie ihre Meinung nicht laut, sie spielte ihre Karten im stillen aus. Tobias hatte ihr auf das entschiedenste geraten, mit ihrem Mann nach Indien zu gehen und dort ihr Zuhause einzurichten. Er zog eine Parallele zu Katze, die stets über Riga geklagt, sich jedoch allmählich daran gewöhnt hatte und der es schließlich so wundervoll ergangen war – wenn auch unter ständigem Gejammer –, daß sie später die Zeit in Riga immer als die allerbeste in ihrem Leben bezeichnete. Doch Li mochte nicht mit ihrer Mutter verglichen werden. Das war offenbar eine Sache, die Tobias nicht verstanden hatte, oder sie hatte sich nicht klar genug ausgedrückt.

Rejn war nicht von gestern und sagte nein zu all ihren Reisevorschlägen, denn es ging um sein Geld, und verdient hatte er es, das stimmte. Ihre aufreibenden Diskussionen drehten sich beinahe ausschließlich ums Geld. Immer aufs neue setzte er sie der peinlichen Situation aus, die Miete nicht bezahlen zu können. Es war in der Regel eine chinesische Landlady, die ihren Boten mit der Drohung schickte, Li & Co. auf die Straße zu setzen, wenn das Geld aus der Schweiz nicht auf das Konto eingegangen oder die Post säumig war und Rejn im Norden, weiß der Himmel wo, tief im Dschungel steckte. Li fühlte sich auf schwankendem Grund und vermißte jemanden, den sie um Rat fragen konnte, denn wenn es darauf ankam, hatten sie nichts anderes als Bekannte im gesellschaftlichen Leben, keine richtigen Freunde. Sie vermißte den sonnengebräunten Marschall, seine unangestrengte Autorität und seine heisere Stimme. Er hatte seit Ewigkeiten nicht hereingeschaut. Und sie fühlte, daß sie tiefer und tiefer in die Armut hinabsank, die näher betrachtet eine Form von Erbärmlichkeit und Jämmerlichkeit war. Rejn hatte ausgerechnet, daß es Li zwölf Kronen am Tag kostete, wenn sie eine Tasse Tee mit einem Keks dazu nahm. Solche Rechenexempel waren die Unterhaltung, die er ihr bot.

Geld war nie genug da, und jetzt hatten sie auch noch Rejns knausrigen Ingenieur-Bruder bei sich wohnen, wodurch das zusammenbrechende Budget weiter belastet wurde. Rejns Bruder war Kinderheimkind wie er selbst, und sie hatten immer zusammengehalten. Eins war ihnen nämlich gemeinsam, daß sie physische Schmerzen verspürten, wenn sie Geld für etwas ausgeben sollten, das man mit Schummeln und Tricksen gratis bekommen könnte. Doch wie knausrig sie auch waren, so besaßen sie doch niemals Geld. Es gibt Menschen, um die sich die Scheine von selbst ansammeln, und andere, denen das Geld entflieht – husch, weg ist es. Solche Typen waren Rejn und sein Bruder. Vielleicht waren Jas und Tobias nicht anders, doch hatten sie zumindest ihren Spaß gehabt, wenn sie gerade die Taschen voll hatten. Man konnte wahrhaftig nicht sagen, daß Rejns Bruder amüsant war. Er hatte damit gedroht, zwei Tage bleiben zu wollen. Doch jetzt, wo er Kost und Logi gratis erhielt, bestand die Gefahr, daß er seinen Besuch verlängerte. Das Haus war nicht groß, und Rejn war in Lis Schlafzimmer gezogen, wo er auf einem Feldbett schlief und laut schnarchte wie ein Bierkutscher. Alle Dinge lagen falsch am falschen Platz, und mit Rejn auf dem Feldbett wirkte ihr Zimmer so bevölkert wie ein Bahnhof voller Menschen. Møller mit einem M und zwei øller, also zwei Bieren. Ein »øller« war schon schwer auszuhalten, doch zwei »øller« waren einfach zuviel. »Can not be done«, wie sie an ihren Vater schrieb, wobei sie jedoch einräumte, schwierig zu *sein*.

Eines Tages antwortet Tobias auf einen SOS-Brief von Li:

Mein liebes kleines Mädchen!
Deine beiden Briefe vom 3. und 4. Januar kamen heute morgen zusammen an, bevor Mutter ins Büro ging – und bevor ich aufgestanden war, und sie konnte ja rasch erraten, daß etwas nicht

stimmte, und rief hier zu Hause an, um zu hören, was passiert war, also »etwas« mußte ich ihr schließlich erzählen. Auch wenn ich begreife, daß der eine in tiefer Verzweiflung geschrieben war und der andere ihn zur Hälfte wieder aufheben sollte, so kann ich doch deutlich sehen, daß es zwischen Dir und Rejn nicht eben gut steht. Nach Deinen letzten Briefen kommt das nicht ganz überraschend, und die Chance, daß es sich bessern könnte, ist wohl nur gering.

Aus allen möglichen Büchern wissen wir, daß es Europäern schwerfällt, im Osten ohne Trinken zurechtzukommen. Wessen Schuld es auch sein mag – Du hast vielleicht auch Deinen Anteil daran –, so sieht man immer wieder, daß die Nerven versagen. Die Hitze, der Regen, die Menschen, die Familienverhältnisse usw. tragen ihren Teil dazu bei, und es fällt schwer, hier in Gammel Mønt zu sitzen und Ratschläge zu erteilen – geschweige denn gute, doch laß mich versuchen, sie auf folgende Weise zusammenzufassen: Wäre es nicht vielleicht eine Idee, sich um Arbeit in der dänischen Botschaft zu bemühen? Es gibt sicher nicht viele, die wie Du Dänisch, Englisch und Thailändisch beherrschen. Vielleicht könntest Du einen Halbtagsjob bekommen, und Ebbe Munk, der ja bei der »Berlingske Tidende« gewesen ist und Papa gekannt hat, will und kann Dir bestimmt helfen. Ich finde, Du solltest es mit ihm versuchen – auch deshalb, weil er Dir von Nutzen sein kann, wenn alles schiefläuft und Du heimreisen mußt.

Das Allerbeste wäre meiner Meinung nach, wenn Ihr in ein anderes Land mit zivilisierteren Verhältnissen versetzt werden könntet. Man hat schon früher erlebt, daß es Wunder bei Menschen bewirkte, die die besondere Atmosphäre des Fernen Ostens nicht vertragen haben. Sollte das unmöglich sein, mußt Du versuchen, damit fertigzuwerden, bis Ihr im Sommer zum Home-leave heimkommt. Wenn Ihr nicht versetzt werden könnt, glaube ich, ist die Ehe wohl nur schwer zu retten, und dann solltet Ihr Euch lieber – in aller Konzilianz – scheiden lassen. Als dänische Staatsbürger steht Ihr unter dänischem Gesetz und nach dem ist Rejn verpflichtet, für Dich und die Kinder Unterhalt zu zahlen, doch wenn Du einfach abreist, ist es praktisch hoffnungslos, da Du dann Zeugen für Deine Behauptungen beibringen mußt, und überleg selbst, wie unmöglich das wäre, wenn Du hier bist und Rejn und die Zeugen in Thailand. *Wollt* Ihr

Euch scheiden lassen, dann tue es nach gemeinsamer Absprache, entweder dort drüben oder hier daheim. Es kann schließlich das eine oder andere geben, mit dem Rejn ebenfalls unzufrieden ist, so daß er gern eine ruhige und vernünftige Abwicklung akzeptiert. Hier daheim werden Dir jede Menge Arbeitsplätze offenstehen. Täglich wird nach Arztsekretärinnen inseriert, halb- oder ganztags, und es gibt viele andere gute Angebote, also wird es schon klappen. Rebekka hofft auf eine Stelle im Ausland, also kannst Du evtl. ihre Wohnung übernehmen.

Ich habe jetzt versucht, Dir zu sagen, was meiner Meinung nach getan werden muß, doch würde es mich selbstverständlich nur freuen, wenn sich alles zum Besten wendet. Es ist vielleicht nicht unmöglich, daß Du Rejn ins Gewissen reden und ihn dazu bringen kannst, die Trinkerei einzuschränken oder ganz damit aufzuhören. Die Sache kann ihn ja ziemlich belasten und daher vielleicht abschreckend auf ihn wirken. Ich habe selbst daran gedacht, ihm zu schreiben, will es aber nicht ohne Deine Erlaubnis tun. Leider ist es nicht viel, was wir Dir bieten können. Wie Du weißt, bin ich jetzt Vollzeitrentner, also wenn ich Steuer, Miete, Telefon, Versicherung u. dgl. bezahlt habe, bleiben uns nur 15 000 im Jahr zum Leben, aber selbstverständlich wird für Dich in Gammel Mønt immer Platz sein. Das gilt auch für die Jungen, doch da Rejn die zwei Mädchen adoptiert hat, ist es ja nicht sicher, daß er auf beide Kinder verzichten wird, und wenn Du ihn verläßt, wäre es vielleicht das richtigste, daß Du nur den einen zu umsorgen hast, wenn Du gleichzeitig eine Arbeit annehmen willst.

Ich persönlich hoffe ebenfalls, etwas zu tun zu bekommen, doch ist das ein wenig kompliziert. Nur wenn ich *nichts* verdiene, erhalte ich eine Steuerermäßigung von 20–25 000 Kronen. Und ganz gesund bin ich ja auch nicht. Das Bein wird mit verschiedenen Arzneien in Schach gehalten, aber der rechte Arm und die Hand machen Beschwerden (vermutlich Verkalkung, denn alles ist vergebens durchprobiert). Deshalb schreibe ich auch so schlecht, doch hoffentlich kannst Du mein Gekritzel entziffern! Laß bald wieder etwas von Dir hören, mein liebes Mädchen: Du weißt, wenn ich etwas für Dich tun kann, dann tue ich es, und wenn Du sicher sein willst, daß nur ich den Brief in die Hände bekomme, dann sende ihn an c/o Glenda in der Stockholmsgade.

Ja, mein Schatz, so mag es für dieses Mal genug sein. Laß den Kopf nicht hängen und mach keine Dummheiten, und bist Du wegen irgend etwas betrübt, dann schreib oder komm nach Hause zu

Deinem alten Vater.

*

Doch zwischen den beiden Briefen, die Li an ihren Vater geschrieben hatte, verschwand ihr Scheidungsgrund wie Tau in der Sonne. Nicht weil Rejn mit dem Trinken aufgehört hätte oder sein Bruder wieder gefahren wäre, sondern weil Rejn einen neuen Team-leader bekommen hatte. Es war ein japanischer *Arzt*, und Li schrieb über ihn in begeisterten Worten an ihren Vater. Dr. Y. war klug, tüchtig und äußerst kultiviert, zivilisiert und interessiert an denselben Dingen wie sie selbst, zum Beispiel an Asiens Kultur. Er lehrte sie den Liebreiz zu sehen, den man bei einem Tang-Kamel aus dem Jahr 600 unserer Zeitrechnung finden konnte. Obendrein alles über die kaiserlichen Schätze Ju, die aus dem feinen weißen Ton gebrannt waren, der Spuren von Kupferdioxyd enthielt, wodurch beim Brennen ein schwacher gelblicher Schimmer entstand, laut chinesischen Experten »gekochte Lammleber« genannt. Er zeigte ihr die Zeichen, so daß sie in die Glasur geschriebene Gedichte und Verse des Kaisers selbst entschlüsseln konnte, er lehrte sie, den Unterschied zwischen himmelblau, hellblau und eiblau zu sehen, und sie wurde es nie müde, ihm zuzuhören.

Durch Dr. Yoshi bekam Li Platz für eine weitere Leidenschaft in ihrem Leben: das Song-Porzellan. Das chinesische Porzellan aus der Song-Periode im 13. Jahrhundert war das, was benötigt wurde, um die Risse in ihrer Ehe zu kitten. Li begnügte sich nicht damit, Bücher und Bilder zu studieren und Expertin für die verschiedenen Glasuren zu werden; mit Dr. Yoshi als Führer entwickelte sie auch eine große Geschicklichkeit im Aufspüren von Schätzen, die in kleinen schmutzigen Antiquitätenläden vergraben lagen, und kehrte von den erfolgreichen Beutezügen erschöpft nach Hause zurück.

Das erste Mal, als sie gemeinsam unterwegs waren, stolperte sie über einen raren Fund: die Jadekatze. Milchgrün und mit allen Anzeichen von Wohlbehagen lag das Tier zusammengerollt auf einem kleinen Lager aus chinesischem Rosenholz, das in der Größe genauestens zugeschnitten war. Li begriff sofort, daß die

Katze dort gut lag und wohlig schnurrte. Seit 1217 hatte sie sich am selben Fleck gerekelt. Li erkannte sich selbst in ihr wieder. Dog hatte immer gesagt, daß Cat Katzen so gut zu zeichnen verstehe, wenn sie ihre Briefe unterschrieb, doch hier lag eine echte Song-Katze mit Schnurrhaaren, ziemlich unangefochten vom Lauf der Jahrhunderte. Sie war dieselbe geblieben. Flüsse konnten über die Ufer treten und Reiche untergehen – die Katze schlich sich immer zu einem behaglichen Platz in der Sonne. Li verliebte sich sofort in sie und war überrascht, lediglich einen Pappenstiel dafür bezahlen zu müssen, nur weil der Ladenbesitzer nicht genau wußte, was er da verkaufte. Solche Mirakel könne man oft erleben, sagte Dr. Yoshi geheimnisvoll – und Li war gefangen.

Li wurde *Sammlerin*. Und da es sich um eine Verwandlung handelte, die aus dem Strom der Sexualität selbst herrührte, folgte Dog dem Licht seines Lebens in die Leidenschaft und berappte wohlwollend alle Arten von Antiquitäten. Er verkaufte seine Modelleisenbahn. Und waren sie voneinander getrennt, tauschten sie Liebkosungen ihrer Tang, Song, Ming und Ting Yao aus. Schrieb Dog einen Liebesbrief an Cat, konnte man nicht mehr sicher sein, ob die Küsse der Katze aus Fleisch oder der aus Jade galten. Zuweilen konnte er ganz »verrückt danach sein, die letzte Temuko-Vase in seinen Händen zu spüren«. Dann wieder lechzte er draußen im Dschungel nach ihren gemeinsamen Keramikbüchern.

»Warum hast Du nicht ausführlicher über die Temuko geschrieben, die zu sehen ich mich schon wie wild freue.«

Sie entwickelte ihr ästhetisches Gefühl für die Raumgestaltung im Sinne der japanischen Tradition: Niemals zu viele Bilder an der Wand, nie zuviel Zierat. Aber »come, let us expose our eyes to beauty«, und dann öffnete sie ein Seidenkästchen und nahm ein Seidenkissen heraus, und das Tier offenbarte sich: Ein jadegrüner Song-Frosch in Seladonglasur aus dem kaiserlichen Ofen. Ihr Kleinod aus dem 13. Jahrhundert. Und ihr Diktum für alle ernsten Angelegenheiten des Lebens lautete: Besteht Gefahr, daß deiner Vase das notwendige Feuer fehlt, um die Glasur gelingen zu lassen, und wenn du kein Holz mehr hast, um es stärker zu entfachen, so mußt du gleich dem kaiserlichen Töpfer dich selbst in den Ofen werfen. Amen. Das konnte Li ja leicht sagen. Sie, die bekanntermaßen bereit war, ihr Leben herzugeben, jedesmal, wenn es an *Glanz* zu verlieren drohte.

Doch im Augenblick hatte sie auch noch eine andere Freude, die sie hochhielt. Nachdem Rejn in den Norden und Zeste zur Theaterschule nach Paris gefahren war, kam Serge de Clerval zu regelmäßigen Nachmittagsvisiten. Denn eine Sache hatten sie gemeinsam: Den Verlust von Zeste. Sie saßen zusammen und hörten Bänder mit ihrer Stimme, die lange Monologe darbot, und Serge betrachtete tief und ausdauernd Lis lange Schenkel unter dem Seidenkleid. Sie verspürte einen besonderen Genuß bei dem Gedanken, diesem gelehrten Mann das Beste, was sie hatte, gegeben zu haben. Gemeinsam saßen sie dort und priesen Zestes Attribute. Und es verringerte den Genuß keineswegs, daß er zugleich Li begehrte. Er schrieb an Zeste in Paris, Li sei so vornehm und zerbrechlich, so raffiniert und ladylike, und ihre weichen Schenkel seien so delikat. Als Libertin, der er zu sein wünschte, genoß er das Verlangen ganz besonders in der ein wenig koketten Kombination: Mutter und Tochter. Doch egal, was Zeste auch fühlen mochte, so hatte sie seit langem beschlossen, daß sich alles für die Bühne verwenden ließe. Diesen Nachmittag war Serge gekommen, um Li um einen pikanten Dienst zu bitten. Nein, es war nicht das, was sie glaubte, sie konnte ruhig auf ihrem Stuhl sitzen bleiben. Es ging auch nicht darum, ein spezielles Tonband mit Zeste zu hören. Er wollte Li bitten, in einer ganz bestimmten Sache an ihre Tochter zu schreiben.

»Ich dachte eigentlich, ihr führt eine lebhafte Korrespondenz!« sagte Li.

»Ja, aber das hier ist etwas, daß ich nicht gut selbst schreiben kann«, erwiderte Serge etwas beklommen.

»Ich dachte, ihr kennt keine Hemmungen und seid ganz offen zueinander?«

»Zeste hat sich verliebt«, sagte Serge und strich seinen Schnurrbart glatt.

»Mein Gott, sie ist in den letzten drei, vier Jahren ununterbrochen verliebt gewesen, in alle möglichen neben Ihnen.«

»Das hier ist etwas anderes, das ist ein ziemliches Wirrwarr.«

»Wie denn ›Wirrwarr‹, sie ist doch wohl nicht schwanger?«

»Das ist sie übrigens auch, aber darum habe ich mich gekümmert, darum brauchen Sie sich keine Sorgen zu machen.«

»Das ist von großer Hilfe …« Li war völlig benommen. »Aber ihr ist doch wohl nichts zugestoßen?«

»Ich möchte Sie bitten, an Zeste zu schreiben und zu verlangen, daß sie das Verhältnis mit dem Betreffenden beendet.«

»Darum dürfen Sie mich nicht bitten, ich habe mich noch nie in ihre Angelegenheiten gemischt.«

Das konnte Li mit gutem Gewissen sagen, denn damals, als Zeste ihr von einem rührenden Angebot berichtet hatte, das ihr gemacht worden war, nämlich daß sie nur den Rock vor einem chinesischen Kaufmann zu heben brauchte, und er wäre bereit gewesen, ihr die Summe zu zahlen, die ein Ting Yao kostet, genau die Vase aus der kaiserlichen Werkstatt, die Li sich so brennend wünschte, da hatte sie Zeste selbstverständlich aufgefordert, das Angebot anzunehmen. Sag ja! Sag doch ja zum Leben! Aber Zeste hatte aus diesem oder jenem schamhaften Grund abgelehnt. Deshalb konnte Li mit gutem Gewissen sagen, daß sie sich nie in die persönlichen Dinge ihrer Tochter eingemischt habe.

»Ich hatte alle Welt gegen mich, als ich ihr erlaubte, das Verhältnis mit Ihnen weiterzuführen. Sie haben es mir zu danken, daß ihr beide euch überhaupt kennt!« fügte sie hinzu.

Serge überhörte ihren Widerstand, da er nicht daran erinnert werden wollte, daß es irgendwelche Probleme bereitet hatte, das Verhältnis mit Zeste zu beginnen oder es weiterzuführen.

»Es ist eine völlig alberne Verliebtheit, die Zeste kompromittiert und ihre Möglichkeiten zunichte macht. Ihr Verhalten zeugt von Mangel an Vernunft, kurz gesagt, Mangel an Stil.«

»Wenn es sich um Verliebtheit handelt, können wir wohl schwerlich von Vernunft und Stil reden«, sagte Li mit einem verschmitzten Lächeln.

»Doch, meine Beste, gerade in Liebesangelegenheiten muß man Vernunft und Stil verlangen.«

»Mit dieser französischen Liebe kenne ich mich wohl nicht recht aus. Ich war immer wie Hemingway der Ansicht, wenn es um Sex geht, bewegen wir uns auf der Stufe des Tieres, und dort können wir nicht selbst bestimmen.«

»Ein größeres Mißverständnis habe ich nie gehört. An Hemingway war überhaupt noch nicht zu denken, damals als die französische Literatur einen de Laclos oder Marquis de Sade hervorgebracht hat«, sagte Serge de Clerval und empfahl sich, indem er ein paar Zeitschriften auf dem Glastisch hinterließ. Er war unglaublich irritiert, daß Zeste nun bereit war, all das kaputtzumachen, was sie zusammen aufgebaut hatten. Er hatte seine Frau, und er hatte Zeste, und er hatte es so arrangiert, daß beide gut damit zurechtkamen. Jedenfalls waren sie dazu gezwungen. Doch wenn die Gefühle mit Zeste durchgingen, war sie nicht wiederzuerkennen. Und er fürchtete, sie zu verlieren. Er hatte ihr gerade erst ein Paket mit griechischen Klassikern gesandt, Aischylos, Euripides und Sophokles – mit künftigen Rollen darin –, und er hatte Vertrauen in ihre Geistesgaben. Doch war es notwendig, einen klaren Kopf zu bewahren, wenn das Ganze nicht in die Binsen gehen sollte.

»Ich hoffe, Sie denken darüber nach. Es geht schließlich trotz allem um die Zukunft Ihrer Tochter«, sagte er und ging.

Doch Li hatte schon bald an anderes zu denken.

*

Tobias verbrachte die Tage mit Staubsaugen und dem Leeren der Aschenbecher. Vielleicht konnte er sich damit trösten, daß es hier nicht um die Asche ging, zu der seine Millionen Leidensgenossen im Krieg geworden waren. Im übrigen dachte er an sie nicht als an Leidensgenossen. Er dachte überhaupt nicht an sie. Aber er beklagte sich andrerseits auch nicht über die Demütigungen, denen er durch Katze ausgesetzt war. Nicht daß er gegen Hauswirtschaft auch nur das Geringste gehabt hätte. Er erledigte sie mit Charme und Würde, nachdem Marie nicht mehr auf ihr Fahrrad steigen konnte. Doch er mußte sich Katzes Rache gefallen lassen. Immer sind es die alten Frauen, die am Ende triumphieren. Und Katze versäumte keine Gelegenheit, um ihn spüren zu lassen, wer hier der Stärkere war, wer das Geld verdiente und die Hosen in Gammel Mønt 14 anhatte. Dennoch war sie in keiner Weise stolz auf die Situation, denn wenn sie gezwungen war, »ins Büro zu gehen«, dieses verdammte, dann schließlich nur, weil sie so einen Trottel von Mann hatte, der nichts wert war. Nein, bald konnte sie all das, was auf ihren Schultern lag, nicht mehr meistern. Und jetzt war Tobias erneut krank geworden! Er machte einfach immer so weiter! Er hatte Hut und Stock auf den Boden geschmissen, und Katze war wütend. Li aber befürchtete, daß Tobias erneut einen Herzanfall gehabt hatte, und am 17. Juni 1965 schrieb sie an ihre Mutter:

»Dem Himmel sei Dank, daß es ein wenig besser geht. Wenn ich von hier aus nur etwas tun könnte, ich fühle mich rastlos und ängstlich und überlege, ob ich nicht sofort nach Hause kommen sollte. Tor sagte spontan, als er hörte, daß Vater krank sei: ›Dear Lord Buddha, don't let grandfather die.‹ Mein liebes Muttchen, laß den Mut nicht sinken und sei cheerful, ich weiß, wie schlimm es für Dich sein muß, den ganzen Tag im Büro zu sitzen, anderer Leute Kram zu erledigen und im Inneren so bekümmert und müde zu sein. Und wenn es Dir ein bißchen helfen kann, dann denk daran, daß ich Dich liebe. Allerzärtlichst Li.

PS. Liebes Väterchen, Du *mußt* gesund werden.«

Als Rebekka mitten in der Nacht ihren Vater mit dem letzten Blutgerinnsel im Herzen ins Krankenhaus bringen wollte und seinen Weekend-Koffer packte, stand Katze in der Tür und sagte: »Ist das nun wirklich notwendig?« Aber das war es. Denn jetzt sollte Tobias sterben. Und seine Zigarre und seine Zeitung wollte er gern mit ins Krankenhaus haben, bitte sehr. Und denk an die Zigarre für den Ambulanzfahrer. Leb wohl, meine Liebe.

Katze war nicht ganz bei Sinnen und schickte einen Brief an sich selbst, Katze Løvin, Gammel Mønt 14, in dem sie mitteilte, daß Tobias tot sei. In Wirklichkeit war der Brief an Li in Bangkok gerichtet, doch da man in dieser Familie häufig durcheinanderbrachte, wer wer war, und sich schwertat – hauptsächlich seit der Kriegszeit –, die verschiedenen Identitäten auseinanderzuhalten, adressierte Katze die Todesnachricht an sich selbst, und bei Li in Bangkok kam niemals irgendein Brief an.

An jenem Heiligabend, als Tobias starb, beschloß Li, Orm mit in die Kirche zu nehmen und den »Messias« zu hören. Er verstand zwar nicht gerade viel Englisch, aber als sie sangen: »He was rejected. Rejected by men« – fühlte er sehr wohl, was gemeint war. Nicht lange danach spielte er Tennis im Garten, und der Ball sauste direkt ins Haus hinein und zerschmetterte die kaiserliche Temuko. Er wünschte sich nichts sehnlicher als einen Zauberstab, womit er die Vase wieder hätte heil zaubern können. Doch Li zufolge war die Katastrophe nur das, was man hatte erwarten können.

6. Inschallah

Tobias wurde auf dem Mosaischen Friedhof begraben, über den die Nazis damals geschrieben hatten, die dort beigesetzten Løvins verpesteten das dänische Grundwasser. Mama, die bei Tobias' Tod in den Neunzigern war, soll gesagt haben, jetzt, da ihr Sohn tot sei, bleibe ihr erspart, sich Geburtstagsgeschenke für ihn auszudenken. Doch diese Geschichte scheint uns fraglich, da Mama es mit Geburtstagsgeschenken stets so genau nahm und Zeste und Myren gern ein sorgfältig ausgesuchtes Taschenbuch von Herman Bang oder Essays von Knud Sönderby schickte.

Glenda, mit der feuerfarbenen Friseur-Frisur und der sommersprossigen Haut, tat, als sei es *ihr* Mann, der gestorben war. Was bildete sie sich ein, diese Hintergassenschickse? Doch Glenda erzählte Katze unbeirrt immer weiter, wie Tobias *tatsächlich* war und was *eigentlich* gebraucht würde, um ihn glücklich zu machen. Hiernach konnten berechtigte Zweifel entstehen, wer von den beiden Frauen *tatsächlich* mit Tobias verheiratet gewesen war. Jeden Abend machte Katze freiwillig Überstunden im Büro, um sich in ihrer stolzen Selbständigkeit zu bestärken und Grund für ihr heftiges Klagen zu finden.

Mit Tobias' Tod im Jahr 1965 war eine Epoche zu Ende gegangen. Mit ihm verschwanden die Unterschiede zwischen tief und flach, hoch und niedrig, die eine kurze Weile durch explosive, revolutionsartige Unterschiede zwischen rechts und links abgelöst wurden. Doch auch diese Unterschiede sollten eines Tages verschwinden. Man merkte natürlich nicht, daß Tobias' Ableben mit dem Beginn einer neuen Epoche zusammenfiel. Lediglich daß eine bekannte, vereinigende Struktur aus dem Dasein verschwunden war. Die Voraussetzung, »high« zu werden – ohne Drogen. Wie Li später zum Geburtstag an ihre Mutter in Gammel Mønt schrieb, wünschte sie ihr Freude, Lichtpunkte und Zufriedenheit im Alltag. »Doch Glück ohne Vater ist – unmöglich.«

Orm war nach Dänemark in eine Internatsschule gebracht worden. Denn jetzt wäre es an der Zeit, meinten Rejn und Li, daß sich der Junge am Riemen riß und sich auf eine Ausbildung vorbereitete. Zeste und Myren waren dabei, als sie ihn in einem dänischen Dorf auf einem Villenweg absetzten. Da stand Klein-

Orm, *forsaken*, wie es mit einem englischen Wort heißt, das es auf dänisch nicht gibt. Er war in einen Blazer gesteckt und mit einem Scheitel versehen worden. Doch in dem Blazer befand sich ein kleiner zu Tode erschrockener Thai-Mann, und das Wortspiel *dee dor pa do gai cha* spukte ihm unablässig im Kopf herum. Und ebenso die Frage, wie er es überleben sollte, wenn sie in Sorö kein *kuay-teo* zubereiten konnten. Wie sollte er sich dann ernähren? Cat hatte ihn gezwungen, seinen Großvater in der Kapelle anzuschauen, wo er lange auf Eis gelegen und darauf gewartet hatte, daß Li und die Familie aus Bangkok kämen. Tobias' winziges weißblaues Gesicht mit der großen schwarzen Adlernase, die in die eiskalte Luft der Kapelle aufragte, erinnerte an eine furchterregende Unterwelt voller Gespenster, Teufel und Leichen im Keller. Orm kannte keine Gebete oder Lieder, die gegen diese Bilder halfen. Er kannte kaum das Wort Trost, spürte nur, wie seine Hand, mit der er zu winken versuchte, erlahmte, als seine Eltern und Geschwister wegfuhren und ihn in einem fremden Dorf in Dänemark zurückließen. Er war zwölf Jahre alt. Zeste und Myren, die sich völlig auseinandergelebt hatten, faßten sich sofort bei der Hand, als sie Orm am Horizont verschwinden sahen.

Später würden Dog und Cat im Chor sagen, daß Kinder es seit Jahrhunderten überlebt hätten, ins Internat gesteckt zu werden, also weshalb sollte Orm es nicht auch schaffen? Hört jetzt auf, hysterisch zu sein!

*

Li kehrte nach Bangkok zurück, um alles für die nächste Stationierung zusammenzupacken. Rejn war vorausgefahren, weil er ein Lepraprojekt in Südindien zu betreuen hatte, übrigens von Dänemark gestützt und weltbekannt wegen seiner Erfolge. Li war nicht begeistert davon, allein zu reisen, und ganz und gar nicht darauf eingestellt, Bangkok zu verlassen.

Während ihres ganzen Lebens hatte Krieg in der Welt geherrscht. Doch hatte sie ihn nie hautnah erlebt. Erst als sie im Flughafen von Delhi eintraf, wurde sie Luftangriffen ausgesetzt und mußte sich mit Kwanki Wanki im Arm verkriechen. Dreimal im Laufe der Nacht kam es zu Bombardements. Die niemals ganz abgeflaute Feindseligkeit zwischen Indien und Pakistan flammte im Kampf um Kaschmir gerade wieder auf. Li war von quengelnden oder weinenden, müden Kindern umgeben. Sie hatte nichts dagegen, selbst zu sterben, jetzt wo ihr Vater ohnehin nicht mehr da war. Doch der Kwanki-Wanki hielt sie fest, ohne einen Laut von sich zu geben, und sie fragte sich verwundert, wie sie zu einem solchen Segen von Kind gekommen war.

Rejn schrieb aus Südindien an das »Licht seines Lebens«, daß die Gegend zu den ärmsten des Landes gehörte und es die Sache nicht besser gemacht hätte, daß der Monsun das dritte Jahr hintereinander ausgeblieben war. Die meisten Leute wohnten auf der nackten Erde mit einem winzigen Strohdach darüber. Was sie aßen und ansonsten taten, wollte er lieber nicht erläutern, doch offenbar überlebten sie ein Jahr nach dem anderen, wenn sie nur die ersten fünf überstanden. Es war ein täglicher Kampf um Leben und Tod, alle Hügel waren bis auf den Felsgrund erodiert – das meiste war zu einer Zeit geschehen, an die sich alte Männer in der Gegend noch erinnerten.

Und er schrieb an Zeste:

»Ich grinse bei dem Gedanken, daß Du einmal vorhattest, ein Jahr lang ›Indien zu studieren‹. Wandernde Scheißkerle und Dreck in Streifen, Schichten und Haufen. Ihr ›Spiritualismus‹ läßt sich in drei Punkte unterteilen, abgrundtiefe Unwissenheit, Angst und Hoffnungslosigkeit bei den Massen, reiner Eskapismus bei einer Minderheit mit offenen Augen und leeren Taschen und die gröbste häßlichste Ausbeutung bei der anderen Minderheit, die auf den Fleischtöpfen sitzt. Dort bleibt sie auch sitzen (gradually only more so), solange es Kasten, Tempel und dergleichen gibt. Bei Gott, auch in Thailand hatten wir Korruption und Ausbeutung, doch bei weitem nicht so auszehrend und direkt unmenschlich wie hier. ›We, the peoples of United Nations …‹ begann man 1945. Doch hier in Andra Pradesh, Srikakulam District, was zum Teufel sollen wir ausrichten, wo anfangen?«

Die Propagandaarbeit für eine integrierte Entwicklung, die die Alphabetisierung mit Hygiene und künstlicher Bewässerung verband, wurde der Bevölkerung mittels epischer Schauspiele und moralisierender Komödien nahegebracht. Der Schullehrer mit dem handbetriebenen Harmonium lieferte die Musik, drei Jungen auf einem Teppich stellten das Drama dar. Der größte in der Mitte war als Großmogul verkleidet, die beiden kleineren als

Hofnarren. Zuerst ein Gebet mit Musik heruntergeleiert. Der Großmogul drei Schritte vor und in poetischen Wendungen ein paar Sätze hergesagt, drei Schritte zurück. Darauf die Narren drei Schritte vor und den Kehrreim gesungen, dann wieder der Großmogul vorgetreten mit dem eindeutigen Bescheid: »Wir dürfen uns im Fluß nicht die Hände waschen.« Darauf der kleinere Narr zu dem größeren: »Was war das für ein Quatsch, den er gesungen hat, wir sollen die Hände nicht im Fluß waschen?« Der Größere erklärt geduldig in normaler Rede die Botschaft des Großmoguls, die ganze Zeit von den frechen Bemerkungen des Kleinen unterbrochen. Sehr pädagogisch und ganz ausgezeichnet, dieses Schauspiel fürs Volk. Dennoch war der Gesamteindruck von der Gegend erschütternd und die Zweifel an möglichen Überlebenschancen so allumfassend, daß die Hilfsarbeiter nur tätig sein konnten, wenn sie Scheuklappen aufsetzten und ausschließlich an die Lepra dachten. Lepra zum Frühstück, Lepra zu Mittag und Lepra zum Abendbrot, als existierten die anderen Probleme nicht. Auf dem Markt kaufte Dog einen kleinen Bronzelama aus Tibet mit spitzem Hut und Zauberzeichen auf dem langen Mantel. Mit dessen Hilfe zauberte er sich jeden Tag nach Bangkok zurück, in Cats süße Klauen.

Li hatte ja beschlossen, nicht mit nach Indien zu gehen. Denn die Inder spielten ein schlechtes Bridge. Doch jetzt hatte Rejn, Gottseidank, auch selbst kalte Füße bekommen. Als ihm statt dessen ein Posten in Afghanistan angeboten wurde, sagte er ja. Und danke. Das Land lag so schön abgelegen und war so schön abenteuerlich, daß er hoffen konnte, Cat mitlocken zu können. Afghanistan sei, ebenso wie Thailand, nie Kolonie gewesen, beteuerte er. Die Engländer hatten versucht, das Land dreimal einzunehmen, ohne Erfolg. Afghanistan war ein Land der stolzen Stämme, deren niemand Herr wurde. Doch Li war noch immer nicht überzeugt. Spielten die Afghanen vielleicht Bridge? Sammelten sie etwa Song-Porzellan? Jedesmal, wenn das Wort Kabul oder Umzug fiel, tat sie, als hätte sie nichts gehört, und wechselte das Thema.

Nach Tobias' Tod lockte die Heimkehr nach Dänemark nicht mehr. Alleinstehende Mutter in anderthalb Zimmern mit Sekretärinnenstelle, nein danke. Doch in Asien allein ohne Mann und eines Tages vielleicht ohne Kinder zu leben war hart, ein schrecklicher Gedanke.

Li war überzeugt, daß Tobias an einem Blutgerinnsel gestorben war, weil Ib den Namen gestohlen hatte. Auch wenn Ib nur Töchter bekam. »Wir haben ja mit Michael unser Schäfchen im trockenen«, sagte Rebekka. Ja, die tüchtige Schnippe hatte einen Sohn geboren – den einzigen und letzten »echten« Løvin. Paßt gut auf ihn auf!

*

Am Walpurgistag saßen Rebekka und ihr Hund in der netten kleinen Wohnung in Helsinki. Sie waren zu vornehm, um sich unter die vielen unglaublich betrunkenen Menschen auf der Straße zu mischen. Bekka hatte jetzt graue Sprenkel im schwarzen Haar und suchte das Glück in einem Strauß alten Flieders – »Glücksuchen«, wie sie es als Kinder in Riga getan hatten. Der Tod des Vaters war mit dem Kollaps eines länger andauernden Liebesverhältnisses zusammengefallen. Seit vielen Jahren lief es zwischen Rebekka und Dr. Reichendorf miserabel. Sie verkrachten sich zum 27. Mal – und wollten beim 28. Mal heiraten. Doch falls der Mann die Papiere unterschrieben hatte, dann hatte er sie nicht abgeschickt, weil »ihm die Briefmarke fehlte«. Und dann brach sie mit ihm, bis alles wieder von vorn begann. Kein Wunder, daß Rebekka oft daran gedacht hatte, einen Job in Bangkok anzunehmen, doch Li mußte sie enttäuschen, dort sei keine bezahlte Arbeit zu bekommen. Deshalb saß sie nun, wieder als Sekretärin, in einem Krankenhaus in Finnland. Freilich war es demütigend für sie, Diagnosen und Behandlung nach dem Diktat eines Arztes schreiben zu müssen, wo sie selbst doch genau wußte, daß *sie* eine bessere Ärztin gewesen wäre. Doch da ihre Erziehung sie Respekt vor der *Hierarchie* gelehrt hatte, mit der sie aufgewachsen war, kam Aufruhr nicht in Frage.

Rebekkas Universum war vollständig in Oben und Unten strukturiert. Upstairs & Downstairs. Es war ihr Schicksal, sich als »Over« zu fühlen, doch als Untergeordnete im Krankenhaus angestellt zu sein. Es war undenkbar, sich in einen »Unten«, also einen Gleichgestellten im Krankenhaus, zu verlieben. Sie mußte sich notgedrungen – dem Roman geschuldet – in einen Kopenhagener Ober-Arzt verlieben, obgleich er so promiskuitiv war, daß alle schönen Frauen der Stadt im Chor seine Fähigkeiten benennen konnten. Normalerweise hätte das Verhalten des Oberarztes die Grenzen von Rebekkas Moralbegriff überschritten.

Doch in Dr. Reichendorfs Fall sah sie in seinem Betragen eher ein »literarisches Talent«. Und recht hatte sie mit ihrer Ansicht, insofern sich manche Liebesverhältnisse nur für die Literatur, andere nur für das Leben eigneten. Aage Dons hatte diesen Typ von Arzt in »Soldatenbrunnen« genau aufs Korn genommen: ein unbesiegbarer Don Juan, der allein durch seine rothaarige Wikingererscheinung wirkte und Frauenleben zerstörte.

Unzählige Male waren Rebekka und Dr. Reichendorf zusammen ins Rathaus gegangen, um die berühmten Papiere zu holen. Aber aus unerfindlichem Anlaß hatte der Doktor es nie bis zur Unterschrift gebracht, »weil ihm der Bleistift gefehlt hatte«. Das war die Begründung, mit der Dr. Reichendorf beim 30. Mal aufwartete, dazu ein bezauberndes Lächeln. Doch diesen Grund fand Rebekka, ehrlich gesagt, allzu affig. Kurze Zeit nach Tobias' Tod bemühte sie sich deshalb um eine freie Stelle an einem Krankenhaus in Helsinki, nahm ihren Hund unter den Arm und flog mit ihren Schriftstellerambitionen davon.

Jedenfalls lag ihr ein gewaltiger Liebesroman auf der Zunge. Und alles sollte so leicht und elegant gesagt werden, daß niemand bemerken konnte, wie furchtbar es gewesen war oder wie weh es tat. Nur ein einfacher scharfzüngiger Satz, und dieser Mann war erledigt. Ihr Vorbild war die kürzlich verstorbene Karen Blixen, über die Rebekka vor den finnischen Dänischstudenten Vorträge hielt. Denn sie war ganz und gar überzeugt, daß sich Bror Blixen als geschlagener Mann fühlen mußte, wenn die Ex-Frau schrieb, er könne den Namen Hemingway nicht buchstabieren.

Witz und Biß – lautete Rebekkas Motto, und ihre Zunge wurde mit der Zeit äußerst scharf. Sie schnitt präzis und ihre Opfer verbluteten, ohne bemerkt zu haben, daß sie getroffen worden waren. Doch vorerst blieb es, literarisch gesehen, meist bei Leserbriefen, auch wenn sie versuchte sich zu zügeln. Denn sonst schriebe sie über alles, vom Stierkampf und von der Tierquälerei bis zum Antisemitismus. Die Welt bedurfte des ständigen Kurierens nach Rebekkas Rezept, sie war der *eigentliche* Arzt. Dazu hatte ihr Vater einmal gesagt, wenn sie in dieser Weise fortfahre, könne sie bald nicht mehr den Namen Løvin benutzen, sondern wäre gezwungen mit »Querulantin« zu unterschreiben.

Auch Balder war ein Gegner von Rebekkas ständigen Leserbriefen. Denn damals schrieb er diese noch nicht selbst. Zwar wollte er die Welt heilen, doch war er noch immer mit Schnippe verheiratet und wagte es nicht, seine persönlichen Ansichten öffentlich darzulegen. Im übrigen war Balder der festen Überzeugung: Müßte Rebekka zwischen Dr. Reichendorf und dem Hund wählen, würde sie sich für den Hund entscheiden. Li hingegen hegte einen ganz anderen Verdacht in bezug auf das Liebesverhältnis zwischen Rebekka und Dr. Reichendorf. Der Mann war überhaupt nicht in Rebekka verliebt. Sondern in Tobias! Zu jenem Zeitpunkt hatten die Ärzte um Tobias' Bein gekämpft. Die Chirurgen standen mit dem Messer bereit. Und solange Tobias lebte, rettete Dr. Reichendorf ihn vor der Amputation. Doch im selben Augenblick, als Tobias fort war, verschwand auch der Arzt aus Rebekkas Leben.

*

Damit wurde ein neues Kapitel in der Geschichte der Frau eingeleitet. Rebekka würde sich nicht auf ein Leben als *alte Jungfer* vorbereiten, wie Tante Mudde, KIS und Melis. Ihr war sehr wohl bewußt, daß sie von der eigenen Mutter verächtlich als eine solche betrachtet wurde, denn Katze gehörte schließlich der vorigen Generation an und empfand es als peinliche Bankrotterklärung, keinen Mann zu finden. Rebekka hingegen war absolut überzeugt, daß sie sehr gut allein zurechtkam. Sie würde keine verhuschte Tante oder »alleinstehende Dame«, sondern ein *Single*, sein. Und das war etwas ganz anderes. Eine neue Kultur. Wenn die Leute sie sahen, würden sie möglicherweise denken, sie habe sicher eine geheimnisvolle Vergangenheit, als de Gaulles Geliebte.

Bekka las erfrischende Bücher über den neuen umsichgreifenden Stand. Es gab haufenweise Anleitungen voller Herausforderungen an die berufstätige Frau, sie kamen aus Amerika und enthielten Ratschläge zu Liebe, Arbeit, Kleidung und Wohnung. »Dann haben Sie endlich eine Wohnung. Die möchten sie hübsch einrichten und haben kein Geld. Wie ist das anzustellen? Ganz einfach: Es geht nicht.« Bekka ist sichtlich erheitert über den amüsanten Ton des Buches. Über unmögliche Männer und Rachsucht schreibt die Autorin: »Lassen Sie es bleiben, es ist nicht nötig. Sie werden den Verhaßten aller Wahrscheinlichkeit nach später ohne Zähne und Haare wiederfinden oder bei einem Gerichtsverfahren wegen Kindesmißbrauch, das Schicksal wird es schon regeln.« – »One of my friends is for the rest of her life going to feel guilty about 2 big air-crashes, involving some of her hated former friends.«

Statt über den abgelegten Reichendorf lange nachzugrübeln, versuchte Bekka jetzt ihre finnisch-russischen Verbindungen zu nutzen, um Tobias eine Entschädigung für das in Riga Verlorengegangene zu beschaffen. War er auch nicht mehr unter ihnen, erweckte sie ihn in ihrer Phantasie immer wieder zum Leben. Sie brauchte keine Zukunft mehr, solange sie die Vergangenheit ihrer Eltern besaß. Überall auf der Welt, wohin sie auch kam, suchte sie mit Feuereifer Menschen auf, die ihre Eltern in Riga eventuell gekannt hatten. Es gab ihr ein Gefühl der Sicherheit, sich vorzustellen, daß die Welt nicht größer war.

*

Zeste hatte die Abschlußprüfung mit Glanz bestanden, mit einer Vorstellung, in der sie in einem selbstgefertigten Sack als Medea aufgetreten war. Li schrieb und beglückwünschte sie:

»My dearest Zeste, Glückwunsch, Glückwunsch, o wie wünsche ich doch, daß Du ein gutes Leben haben mögest, wo Du lernen kannst, Deine reichen Gaben und Deine Intelligenz zu nutzen, and don't let anything get you down. Es kann Dir nicht entgangen sein, daß Du mehr mitbekommen hast als hunderttausend andere, und es ist Deine Pflicht (entschuldige das Wort ›Pflicht‹), es zur Freude der Menschheit zu nutzen und zu kultivieren. Das klingt alles sehr pompös, aber es ist nun mal meine Meinung, und ich habe nicht die Gabe oder das Talent, leicht, flüssig und humorvoll zu schreiben. Aber laß mich meinen geliebten Scott Fitzgerald zitieren: ›An artist who manages to look a little more deeply into his own soul or the soul of others, finding there, through his gift, things that no other man has ever seen or dared to say, has increased the range of human life.‹«

Am 8. Mai 1968 war Zeste mit der Schauspielschule in Paris fertig, wo man sie Zezie – mit Kosenamen Z'est zi bon – nannte. Und sie war mit noch einer idiotischen Verliebtheit fertig, die sie gedemütigt und ausgezehrt hatte. Diese Anfälle von Verliebtheit bedeuteten Abhängigkeit, Unterwerfung und Illusion und standen im völligen Widerspruch zu allem, was sie über die großzügige Liebe bei Khun Nui gelernt hatte. Zestes Verliebtheiten waren voller Haß. Und sie verstand nicht, warum sie ständig wieder in die Falle ging und sich in Situationen wiederfand, die aller gesunden Vernunft widersprachen. Wie jetzt, wo sie zwei Monate lang mit Fieber dagesessen hatte, weil sie auf die Antwort von irgendeinem Rotzjungen gewartet hatte, der lieber Räuber und Gendarm draußen im Dschungel spielte, als sich mit einer Frau einzulassen. Doch nun war der letzte Anfall vorüber, und sie verbrachte fröhliche Tage, hauptsächlich im Kino, mit täglichen Inspirationen von Buñuel, Bergman, Godard, Truffeaut, Ray, Kurosawa, Orson Welles und Antonioni. Es war Samuel Beckett gewesen, der ihr ernsthaftes Interesse für das Theater geweckt hatte, *er* hatte den echten Ton der kollabierenden Zivilisation vorweggenommen, so wie sie ihn jetzt draußen auf den Straßen erlebte. Zeste war kein Herdentier. Schrien die Leute nach Mitbestimmung und Demokratie, forderten sie, die Phantasie an die Macht und der Traum solle Wirklichkeit werden, schwieg Zeste.

Sie war auch nicht imstande, an Vietnam-Demonstrationen teilzunehmen. Südostasien war ihr noch immer viel zu nahe, als daß sie die gängigen Slogans kritiklos hätte hinnehmen können. Doch in den siebziger Jahren war es nicht populär, mehrdeutig zu sein, also hielt Zeste den Mund, während sie mit Rejn korrespondierte, der auf seine überlegene Art antwortete:

»Selbstverständlich gibt es keine elegante, überzeugende ›Lösung‹ der Vietnam-Situation. Niemand macht schließlich etwas ›Falsches‹, das verurteilt und bestraft werden könnte, auch wenn das Ganze tragisch und auf seine Weise sinnlos ist. Diese Machtkonflikte führen ja nur selten irgendwohin, lediglich vorwärts durch die Zeit, wo sie dann durch andere Brennpunkte und Machtkonstellationen abgelöst werden. Es fällt einem schwer zu begreifen, wie die Regierung und die USA ›gewinnen‹ sollen, und nichts hindert die jetzigen Unannehmlichkeiten daran, noch jahrelang anzudauern. Ich kann die brutale Aggression der Chinesen nicht ertragen und finde auch nicht, daß ihr kommunistisches System so hervorragend ist, daß diese damit gerechtfertigt wäre. Aber sie ist schließlich eine historische Notwendigkeit für eine junge und zweifellos lebenskräftige Nation, die mit dem Rücken gegen die Mauer gestartet ist. Es ist das schwere Los der Vietnamesen, einen großen Teil des Preises für das ›containment‹ bezahlen zu müssen, bis die Chinesen sich vielleicht so weit aufgerappelt haben, daß sie stubenrein sind. Human nature being what it is, also bin ich mit McNamara und Rust so gut wie einer Meinung, daß dem Weltfrieden besser gedient ist, wenn man bei den kleinen Konflikten knallhart reagiert. Territoriale Aggression muß verhindert werden, selbst zu einem sehr hohen Preis. Wenn die großen Tiere nicht lernen, daß sie die kleinen nicht fressen dürfen, so bekommen wir niemals Frieden. Frieden allein ist natürlich nicht genug, um ein vertretbares Mindestmaß an Menschenwürde zu sichern, doch ohne Frieden ist es mit uns allen bald vorbei.

Sicher ist, daß keiner von den zwei bis drei ›Großen‹ die überwältigende Macht ohne einen Atomknall erringen kann, und genauso sicher ist, daß die weitere Existenz der Zivilisation davon abhängt, daß ein solcher vermieden wird.

Herrgott, ich habe wahrhaftig keine Angst vor dem Kommunismus, doch die Diskussion um die polaren Staatsformen – Kapitalismus vs. Kommunismus – ist in besseren Kreisen längst passé. Wir steuern alle auf ein Zwischending zu, und die eigentlichen Probleme sind viel pragmatischer: Sicherheit kontra Machtmißbrauch, Spezialisten gegen Politiker, planned development vs. enterprising ideas etc.

Ich habe die private Hoffnung, daß – während man in dieser Weise balanciert und ein bißchen herumballert, und das hat man schließlich immer getan, solange es die Geschichtsschreibung gibt – Martha-Typen wie Marschall Zeit haben werden, das Leben für die Massen lebenswert zu machen, die ansonsten so willig sind, fürs Vaterland und die revolutionäre Fahne zu sterben. Technisch dürfte es keine Hindernisse geben, die schöne neue Welt zu errichten, bevor du ins Gras beißt. Die Probleme liegen ausschließlich in der menschlichen Psyche, hauptsächlich im süßen Gefühl der Macht. Selbst der kluge Cäsar wollte lieber der erste in irgendeinem Nest sein als der zweite in Rom.«

Es dauerte nur ein paar Tage, bis Zeste zufällig mit Marschall zusammenstieß. Und wie für ihn typisch, fand sie ihn mit einem Plakat mitten in einer Vietnam-Demonstration. Er war auf einer Konferenz im Élyséepalast gewesen. Nach Algerien, seinem letzten revolutionären Posten, war er befördert worden und saß jetzt in New York, als höchstplazierter Däne im UN-System. Er

hatte angefangen, Willy Brandt zu gleichen, und ließ seine Anzüge in Saville Row nähen – Kleider von der Stange waren ihm
zu klein –, seine Hemden kaufte er bei Brook's Brothers. Dennoch lief er dort zwischen dem jungen Volk mit einem Papp-
schild herum. Typisch! Sie setzten sich in ein Café, um bei einem
Pernod die Weltlage zu klären, wie sie es im Kreis der Familie so
oft getan hatten.

Marschall rauchte eine Zigarette nach der anderen: »Ich kann
nicht sehen, wohin wir jetzt unterwegs sind.«

»Versuch es!« sagte Zeste fast flüsternd, so beeindruckt war
sie, die heisere Stimme wieder zu hören.

»Wenn wir die antike Mittelmeerkultur als Ausgangspunkt
nehmen, dann verdoppelte die westliche Welt ihr Wissen das erste Mal 1780 und dann wieder 1860, 1905, 1930, 1950 und 1960.«

»Ich kann nicht folgen!«

»Nein, wer kann das schon? Denn bei diesem Tempo können
wir erwarten, daß sich unser Wissen jedes Jahr verdoppelt.«

»Wie soll all dieses Wissen überhaupt in der Praxis genutzt
werden können?«

»Ist es denn so wichtig, Leute auf den Mond zu schicken und
Elektrizität mittels nuklearer Fusion aus dem Meerwasser zu gewinnen, wenn wir keine Methode kennen, um zu kontrollieren,
was in Staatsgebilden wie Kongo oder Vietnam vor sich geht,
von Indien ganz zu schweigen.«

»Wissen kann doch wohl kein negativer Wert sein?«

»Aber ist es nicht eine erschütternde Ironie, daß die Anzahl
hungernder, elender, unwissender und unzufriedener Menschen
mit beinahe demselben rasanten Tempo wächst wie der Umfang
unseres Wissens?«

»Wie soll die Lebensmittelproduktion mithalten können?«

»Es ist klar, daß die Entwicklung rasch eine andere Richtung
einschlagen muß.«

»Glaubst du an die Revolution?«

»Ich weiß nicht, aber *etwas* muß einfach geschehen.«

»Irgendwo muß etwas nachgeben. Das System kann so nicht
weiterbestehen.«

»An Krieg und dergleichen ist nicht zu denken, was also
sonst?«

»Es sind drastische Mittel erforderlich, um die notwendigen
Veränderungen zu erreichen.«

»Ich hoffe noch immer, daß man eine Methode des ›world management by reason‹ finden kann, aber die Zeit ist kurz.«

»Wieviel Zeit haben wir noch?«

»Es wird nicht wirklich etwas dafür getan in den verschiedenen Zentren der ökonomischen, sozialen, psychologischen und politischen Forschung, und die neue Welle von Nationalismus und Unabhängigkeit hat die Probleme nicht kleiner werden lassen.«

Merkwürdigerweise wurde Zeste nicht mutlos durch Marschalls bierphilosophische Gedankenfetzen, wie er sie selbst nannte. Ein richtig schlimmes Szenario war immer animierend. Das Deprimierendste hingegen wäre, wenn alles weiterliefe, als sei nichts passiert, und wenn keiner jemals erfahren würde, was geschehen war, dadurch daß nichts geschah. Der Tag war dann nicht sehr fern, an dem Arme der ganzen Welt herbeiströmen würden, um sich in den reichen Ländern niederzulassen. Ob die es dann wollten oder nicht, eines Tages würden sie gezwungen sein, Platz zu machen.

Es hatte Zeste doch ein wenig beeindruckt, daß er, bevor sie sich trennten, gefragt hatte, was sie in Paris mache und warum sie nicht in Dänemark sei. Jedesmal, wenn sie an Dänemark dachte, fiel ihr die Verantwortung für Jas ein, der bald nicht mehr allein zurechtkam, und die Verantwortung für Orm, bei dem die Frage stand, ob er es jemals lernen würde. Und nicht zuletzt die Verantwortung für Myren. Denn erst kürzlich hatte Rejn geschrieben:

»Läuft bei Myren etwas verkehrt? Ist da ein Mann im Spiel, oder ist sie in ›schlechte Gesellschaft‹ geraten oder was sonst? Sie schreibt äußerst selten und fast immer bittet sie um Geld, und sie berichtet nie, was sie macht. Sie ist genau der Typ, der in eine Sache hineingeraten kann, aber mir ist ziemlich klar, daß Du bestimmt nicht viel für sie tun kannst. Ausgenommen vielleicht, was die Vorbeugung von Venereal Disease und ungewünschten Kindern anbelangt.«

Zur konkreten Verantwortung für Vater, Bruder und Schwester kamen wöchentlich lange Listen mit Dingen, von denen Rejn verlangte, man solle sie für ihn tun. Orms Schulgeld von Rejns Konto bezahlen, das immer im Defizit war. Mit dem Buchhändler reden, der Rejns Kredit sperren wollte. Mit der Buchhaltung im »Magasin« sprechen, wo das Konto durch Einkäufe für Orm überzogen war, die Rejn vielleicht doch nicht bezahlen wollte. Rejn schob Arbeit und Verantwortung ständig Zeste und Myren zu, verlagerte alle Dinge auf eine ferne Umgebung, da er seine direkte zu nichts gebrauchen konnte. Li und die Armen hatten ständig all seine Kräfte in Anspruch genommen. Zeste wagte es nicht, sich in Dänemark aufzuhalten, aus Angst, von ihm mißbraucht zu werden. Sie fühlte, daß sie in erster Linie eine Verantwortung für sich selbst und ihr eigenes Leben hatte, und sie hatte es Rejn auch wissen lassen, als er sie drängte, sich um eine ordentliche Ausbildung an der Kopenhagener Universität zu kümmern. Eine Ausbildung zu *seinen* Bedingungen. In dem Fall wollte er ihr gern 100 Kronen im Monat zahlen. Wenn sie hingegen vorhatte, mit ihren Theaterphantastereien weiterzumachen, solle sie sich im klaren sein, daß alle Hilfe von seiner Seite unwiderruflich vorbei wäre. Und er schloß den Brief mit einem »Cheerio, große, depravierte, naive, unreife …«. Zeste feuerte den Brief in den Papierkorb.

Marschall hatte wohl ein sentimentales Verhältnis zu Dänemark, weil er als Erwachsener immer im Ausland gelebt hatte. Doch nachdem sie in Paris miteinander gesprochen hatten, begann sich Zeste zu fragen, ob sie nicht doch nach Dänemark zurückgehen und in ihrer eigenen Muttersprache spielen sollte. Serge kam nur ab und an in Paris vorbei, und eigentlich band sie nichts an die Stadt. Sie fühlte zwar, daß sie gezwungen war, ihm zur Verfügung zu stehen und seine Erwartungen zu erfüllen, denn er hatte ihre Ausbildung bezahlt – schließlich hatte er noch für vier andere Kinder zu sorgen. Doch da sie jetzt nicht mehr hier sitzen und auf den fatalen Dschungelmann warten wollte, versuchte sie sich darüber klarzuwerden, ob sie Serge wirklich liebte.

Wenn sie es nüchtern betrachtete, mußte sie feststellen, daß sie nicht imstande war, zwischen den Gefühlen für ihn und denen, die sie für ihre eigene Zukunft hegte, zu unterscheiden. Es waren dieselben kompromißlosen, rücksichtslosen Gefühle. Wenn sie ihn für ihre persönlichen Zwecke ausnutzte, entsprach das exakt der Art, wie er sie, eine Jungfrau von fünfzehn Sommern, die sie gewesen war, als sie sich kennenlernten, ausgenutzt hatte. Hätte er sie geliebt, wenn sie »ein häßliches Männchen mit Brille« gewesen wäre, mit derselben Seele? Er liebte sie nur wegen ihrer nackten Brüste und weil sie die ihm schmeichelnde Erfüllung seiner Träume war. Er liebte sie, weil er darauf stolz sein konnte, sie geformt zu haben. Pygmalion. Diese Rolle sollte sie übrigens eines Tages spielen. Nein. Diese Rolle spielte sie Tag für Tag. Wenn ihre Gedanken und Überlegungen nur einen Daumenbreit vom gebahnten Weg des alten Libertins abwichen, wurde er wütend. Er ertrug die Mächte der Dunkelheit nicht, haßte Beckett und die Metaphysik. Er wartete nicht auf Godot, er genoß das Gute des Lebens *jetzt*. Er verspottete ihren nordischen Hang zur inneren Verkrüppelung und reagierte stets mit einer neuen Verführung, einem neuen Schmaus, dem rationalen Licht der Gallier. Wenn Zeste sich ihrer Gefühle für Serge völlig unsicher war, konnte sie bei Li immer Bestätigung finden:

»Ich kann gar nicht sagen, wie froh ich bin, daß Du, was Serge angeht, Deinen gesunden Menschenverstand wiedergefunden hast. Er *ist* nämlich etwas Besonderes, ein lebendiger intellektueller Mensch mit der Fähigkeit, Begeisterung und Abscheu zu empfinden, und mit einem Geschmack von allerhöchstem Niveau, egal ob es Frauen, Bücher, Musik, Speisen, Kleidung oder Kunst betrifft. Er lehrte Dich alles, was Du über diese Dinge weißt, und als dieser Lümmel von Dschungelmann aufgetaucht ist, hat es Dich irritiert, daß Serge Dich zu sehr liebte. Anfangs haben wir uns über Serges Frau gewundert, die so vieles hinnahm, und wir fanden, sie habe keinen Stolz, doch ich beginne sie zu verstehen. Lieber ein kleines Stück von Serge, als ihn überhaupt nicht zu besitzen. Er ist einer der seltenen Menschen, bei dem man, wenn er ins Zimmer tritt, spürt, ›da kommt das Leben‹, und wenn er geht, ›da ging des Leben‹. Doch fühlt man sich wie ein Blumenbeet, das für eine geraume Zeit gewässert und gedüngt worden ist. Ich bin nicht in ihn verliebt, aber ich liebe Menschen wie ihn, die so selten sind. Wir haben sicher schon früher darüber gesprochen, Du selbst hast etwas davon, und der Winzling, auch Marschall hat es, um nur einige wenige zu nennen. Großvater hatte es, ehe Großmutter es zerstörte. Denk daran, meine Briefe so wegzupacken, daß Großmutter sie nicht entdeckt, wenn Du in Gammel Mønt vorbeischaust.«

✳

Eigentlich hatte sie keine Ambitionen mehr, auf goldumrandeten Bühnen zu stehen. Zeste betrachtete das Theater allmählich als tote Angelegenheit und hatte sich mehrere Male während der Ausbildung gefragt, ob es wirklich das war, was sie wollte. Schließlich bestand ja kein Bedarf mehr an Kunst, Kunstgriffen und Struktur, wenn das Leben selbst Theater war. Alle Menschen waren Schauspieler, die ununterbrochen Komödie spielten, alles war nur Theater. Und man konnte sich überall hinstellen – nicht einmal Kostüme waren vonnöten – und auf die Situation aufmerksam machen. Hallo, meine Damen und Herren. Zeste hatte angefangen, sich mitten auf der Straße zu schminken. Sie saß auf dem Bürgersteig, während die Leute in einem Kreis zusammenströmten, und das Drama begann.

Doch sie war offenbar nicht die einzige, die in diesen Bahnen dachte, denn rasch hatte sich eine Gruppe gebildet, die es ablehnte, auf der Bühne zu stehen. Statt dessen hatte man die Idee, an Orten zu spielen, wo Inspiration und Ermunterung gebraucht wurden, in Gefängnissen, Krankenhäusern und Fabriken. Für die Einsitzenden, die Kranken und Unterdrückten. Kurz gesagt, für alle *Opfer des Systems*. Zeste & Co. spielten »Medea« und »Die Lerche«, Anouilhs »Jeanne d'Arc«, und als Nora verließ sie Abend für Abend das kleine Puppenheim, wo alles zu eng und der Mann ein jämmerlicher kleiner Junge geworden war. Wollte man eine Geschichte der Opfer schreiben, blieb man nicht lange im Zweifel darüber, daß die Frauen die vordersten Plätze einnahmen. Es währte auch nicht lange, bis Zeste sich selbst als Opfer zu begreifen begann, in gerader Linie von Katze über Li. Die Liebe hatte sie verraten. Es hatten nur zwei Möglichkeiten bestanden, entweder ihr zu entgehen wie Katze – oder in ihr unterzugehen wie Li. Entweder war altes Wissen irgendwo verlorengegangen, oder die Frauen hatten erst jetzt angefangen, sich zu besinnen und zu sich selbst zu finden.

Ihr ganzes Leben lang hatte Zeste Komödie gespielt, um ihre Familie zusammenzuhalten, doch nie zuvor hatte sie diese Rolle in Zweifel gezogen. Völlig besinnungslos hatte sie einfach immer weitergespielt. Inzwischen waren nur viel mehr Menschen bei Stimmung zu halten und zu begeistern. Mit genau derselben Rolle. Mehrere hunderttausend Menschen, die sie zum Weinen, Schaudern oder Lachen bringen sollte. Sie hatte gehofft, sich selbst vergessen zu können, daß genau *das* geschehen würde, wenn sie erst auf einer Bühne stand. Der *Augenblick*, an dem sie befreit, erlöst wäre. Doch sie war dieselbe geblieben, die sie immer gewesen war, und es überraschte sie nicht, daß irgendein Patient beinahe Selbstmord begangen hätte, als sie eine Vorstellung absagte. Sie war sich bewußt, daß sie niemanden im Stich lassen durfte, während sie sich zugleich fragte, warum sie sich entschieden hatte, andere zu *unterhalten*. Konnte sie selbst das auf Dauer aushalten?

Es half, als einer der Gruppe von der Rue de Cluny ihr etwas Kokain gab. Hasch sagte ihr nichts, davon wurde man nur schläfrig, und den Alkohol hatte Katze monopolisiert, der besaß keine Aura. Kokain vermochte all das, was Zeste auf die Dauer selbst nicht konnte: Den Lebenswillen hochhalten. Der kleine weiße Streifen brachte einen berauschenden Hauch aus der Werkstatt der Unendlichkeit. Tausend Dank.

Es war an einem Abend im selben Freundeskreis, Rue de Cluny, als Zeste ein junges Mädchen auffiel, das ihr bekannt vorkam. Sie erwies sich als ihre leibliche Cousine Merete – Balders und Schnippes Tochter, die jetzt erwachsen war! Zeste hatte sie nicht mehr gesehen, seit sie ein kleines Mädchen gewesen war, das in Faltenrock, dunkelblauem Schafwollpullover mit V-Ausschnitt und weißer Hemdbluse in Zahles Schule ging. Jetzt stand die dunkeläugige Merete im bestickten indischen Hemd im Raum, das lange blonde Haar in der Mitte gescheitelt, und steckte sich einen zusammengerollten Dollarschein in die Nase.

»Also du auch!« lachte Zeste und gedachte sich vorzustellen, doch Merete unterbrach sie: »Man kennt die Älteren in der Schule oder in der Familie immer.« Sie sah sich nach ihrem neuen Freund um, den sie Zeste gern präsentieren wollte. Er trug das Haar bis zu den Schultern und hatte den Ruf, äußerst avanciert zu sein, da er sich nicht mit Rauchen oder Schnüffeln begnügte. Esaia war im Milieu als richtiger Junkie bekannt – und sich seines Werts bewußt. Dieser drahtige Mann hatte etwas Zähes, Professionelles an sich. Er war bereit, Risiken einzugehen, und war Gegenstand der Ehrfurcht all jener, die trotz der Haschpfeife ihre Existenz mit Riemen und Gurten gesichert hatten. Esaia war im Pariser Ghetto aufgewachsen und aus der Rabbinerschule getürmt, um die Welt zu sehen. Dagegen konnte Gott schließlich nichts haben. Im übrigen stand in der Bibel nichts über Drogen. Merete war stolz.

»Was machst du sonst?« fragte Zeste, die plötzlich von einer familiären Fürsorge ergriffen wurde, die die Geschichte längst hinter sich gelassen hatte.

»Meine Eltern wollten, daß ich Medizin studiere, aber ich hatte keine Lust.«

»Was willst du dann?«

»Ich will Junkie sein.«

»Merete, im Ernst.«

»Ich meine es völlig ernst. Schon als ich klein war, habe ich immer in den medizinischen Nachschlagewerken meines Vaters geblättert. Im übrigen stehen sie kurz vor der Scheidung!«

»Balder und Schnippe?«

»Das habe ich auch nie geglaubt. Denn selbst, wenn sie ihm mit dem Küchenmesser auf den Leib gerückt ist, hat er nur den Nacken gebeugt. Erst als er die Anstellung beim Fernsehen bekam und sie sich über sein Auftreten lustig machte, verließ er sie.«

»Das kann doch nicht wahr sein!«

»Bis bald!« rief Merete und schlenderte glücklich weiter.

»Ja also, grüß Onkel Balder und Tante Schnippe!«

»Ich sehe sie nie mehr. Wir ziehen bald nach Indien.«

*

Zeste hatte nicht geglaubt, daß man sie schockieren könne. Dennoch war da etwas an Meretes exponierter Situation, das an Familienbanden zerrte, von denen sie sich befreit glaubte. Ständig wurde sie jedoch wieder zurückgeholt. Auch wenn sie zuweilen selbst den Traum hegte, vor die Hunde zu gehen, ließ ihr das Bild der jungen Frau, die sich ausgemustert hatte, ehe das Leben überhaupt beginnen konnte, einfach keine Ruhe.

Zeste suchte Merete auf, um zu hören, ob sie behilflich sein könnte. Hatte die Cousine nicht vielleicht das Bedürfnis, die Verbindung zu den Eltern wiederherzustellen und die notwendige Auseinandersetzung mit ihnen zu führen? Doch Merete haßte ihre Mutter, die Mitglied der Konservative Folkeparti war und im Folketing saß, so grenzenlos, daß Auseinandersetzung und Versöhnung ausgeschlossen waren. Sie hatte das Vertrauen zu ihrem Vater gänzlich verloren, weil er sich von seiner Frau hatte auslöschen lassen und stets Partei für Schnippe ergriff, obwohl er im Inneren auf seiten der Kinder stand. Als Zeste eines

Tages zu Besuch in Kopenhagen weilte, lief sie nach Gammel Mønt hinauf, wo Katze sie weinend empfing: »Du hast wirklich die Gabe, immer dann zu kommen, wenn man es am nötigsten braucht, mein Herzenskind. Die kleine Elle sagte ja in Riga immer: ›Was sitzt so eine schöne Frau wie du da rum und wartet?‹ Und jetzt sitze ich hier und warte auf Hass vom Milchladen und Geismar, auf die man sich nicht mehr verlassen kann.«

Es war so etwas wie eine Bürde, Großmutters »Herzenskind« zu sein, denn es bedeutete, daß man mit Katzes Liebe zugleich all ihre Bitterkeit und Trauer entgegennehmen und tragen helfen mußte. Und man konnte ihr die Hand nicht entziehen, wenn sie einen ins Gäste-WC hinausdrängte, wo sie Tobias auf dem Sims zu sehen glaubte, in Gestalt einer weißen Taube vom Rathausplatz.

»Pssst«, sagte Katze, »er schläft.«

Endlich hatte sie ihn ganz für sich. Jetzt würde er nicht mehr zu Glenda gehen, um Karten zu spielen.

Einen Drink und die Beine hoch. Auf den Fußschemeln lagen Berge von Illustrierten und Wochenzeitschriften. Zeste verstand nicht, wie Großmutter diesen ganzen Emanzendiskurs kapieren konnte, der die Titelseiten mit Büstenhaltern auf der Oberbekleidung prägte. Aber vielleicht konnte Großmutter von dieser Art Rebellion etwas lernen?

»Als du jung warst …«

»Ja, mein Mädchen …«

»Wart ihr da sexuell unterdrückt?«

»Nein, das waren wir nicht«, sagte Katze.

»Wie gut.«

»Und all diese Frauen, die sich jetzt so hervortun, Frauenbefreiung, alles Quatsch! Alle Männer werden von jetzt an homosexuell werden, mark my words! Frauen im Folketing, du lieber Himmel! Sie sollten was aufs Maul kriegen, diese *dummen Weiber*!«

»Es müssen ja wohl ein paar tüchtige drunter sein.«

»Tüchtige? Frauen? Kannst du vergessen.«

»Gibt es denn überhaupt keine tüchtigen Frauen auf der Welt, Großmutter?«

»Doch, DICH, mein Mädchen. Wie die Nonnen schon immer sagten: DU mußt zur Bühne. Du bist die einzige, die es muß. Du und Bodil Ipsen. All die anderen sollten einpacken. Eine Frau ist schließlich nichts mehr wert, wenn sie sich verliebt. Denk daran: Verliebst du dich, verlierst du den Boden unter den Füßen, und die ganze Bühne stürzt ein.«

Zeste war einfach gezwungen, es als eine Art Vertrauensbeweis aufzufassen, egal wie ungerecht es auch war zu behaupten – sie als einzige müßte ... Was müßte? Leben, wahrscheinlich. Katze begann die Zeitungsberge durchzuwühlen, um die Nummer mit Zeste auf der Titelseite zu finden.

»Laß doch das Bild, ich sitz ja hier!«

»Glenda hat es eingesteckt«, schäumte Katze und richtete sich mit argwöhnischem Blick im Lehnstuhl auf.

»Merete ist übergetreten.«

Katze blickte noch argwöhnischer: »Zum Katholizismus zu konvertieren, das kann man verstehen. Aber zum Islam oder Judentum überzutreten, das sind doch alles nur Floskeln! Und dann noch ein Kind bekommen! Das geht nicht gut aus.«

»Bei vielen Nicht-Juden geht es auch nicht gut aus!«

»Ja, aber da ist das Ungute nicht so heftig. Ich bin kein Hitler, aber ich glaube an seine Rassentheorien. Und diese Titta, geborene Monies, was »money« bedeutet, wie du weißt. Immer müssen sie zu einem Essen hier und zu einer Einladung dort. Sie glauben, sie können nur ausgehen, sich amüsieren und an sich selbst denken. Sie wissen nicht, daß sich das Ganze rächen wird.«

Das Telefon klingelte, und Katze sagte: »Hervorragend, mein Schatz. Wunderbar. Großartig.«

Es war Balder, der anrief, um für eine Fernsehsendung gelobt zu werden.

*

Balder war von Schnippe geschieden worden. Eines Tages war er einfach gegangen und hatte sich in einem Hotel versteckt, aus Angst, sie könnte nachkommen und ihn nach Hause beordern. Katze, die Schnippe zwanzig Jahre lang gehaßt hatte, ergriff jetzt hundertprozentig Partei für sie. Katze bedauerte, daß Schnippe keine »Männerreserven« in der Hinterhand hatte, denn das brauchte eine Frau immer, und als Schnippe Geburtstag hatte, rief Katze diese arme Frau an und gratulierte. Rebekka fand Katzes Verhalten, ehrlich gesagt, total unmöglich, und sie sagte, Schnippe habe »dünne Lippen«. Katze erwiderte, die habe Tobias auch gehabt, und Mamas Lippen seien noch dünner. Da legte Bekka den Hörer auf und redete eine Woche lang nicht mit ihrer Mutter.

Zeste überwand sich und rief ebenfalls bei Tante Schnippe an, um zu erzählen, daß sie Merete in Paris getroffen habe, ansonsten keine Details. Doch Schnippe sagte nur: »Warum können Studenten nicht ihre Vorlesungen besuchen, statt herumzulaufen und für das Geld des Staates zu revoltieren?« und legte den Hörer auf.

Zeste beschloß daher, Onkel Balder aufzusuchen. Jetzt wo Balder ein freier Mann war, hatte er vielleicht Zeit und Kraft, sich mit der Zukunft seiner Tochter zu beschäftigen und sie von ihrem irrigen Vorhaben abzubringen.

Beim Anblick von Onkel Balder erlitt Zeste einen Schock. Es war allerdings einige Jahre her, seit sie ihn das letzte Mal gesehen hatte. Sie erinnerte sich an ihn wegen seiner Nadelstreifenanzüge mit elegantem Schlips, von Schnippe so straff geknotet, daß er fast erstickte. Doch lo and behold! Jetzt hatte er einen Vollbart und lange Haare und trug einen roten Pullover. Es paßte sehr gut dazu, daß er die »Berlingske Tidende« zugunsten des Fernsehens verlassen hatte. Und vielleicht stimmte das Gerücht, nach welchem er eine Frau kennengelernt habe, die Mitglied der Socialistisk Folkeparti sei.

»Ich bin in Paris auf Merete gestoßen ...«

»Ist ja irre!«

»Unglücklicherweise nimmt sie Rauschgift. Ich bin selbst kein Engel, aber Merete ist jung, und vielleicht würde es helfen, wenn du eingreifst.«

»Ja, ich nehme gerade für das Fernsehen eine ganze Serie in Angriff über den Drogenmißbrauch der Jugend. Ich habe die Möglichkeit, zehn Sendungen zu machen.«

»Ich dachte an Merete ...«

»Ja ja, bleib cool.«

»Ich habe gedacht, wenn du Urlaub nehmen und mit ihr ein halbes Jahr umherreisen würdest, dann könntest du sie vielleicht auf andere Gedanken bringen, und sie würde neue Eindrücke sammeln, mit denen sie weiterleben könnte.«

Es war dumm von Zeste, sich einzumischen. Balder war endlich ein freier Mann, war den Klauen dieser Hexe entronnen. Das war nicht der Zeitpunkt, ihn an die Vergangenheit zu binden. Zeste verließ das Treffen mit einem merkwürdigen Gefühl.

Der Familie zu begegnen, war immer ein Erlebnis unerfüllter Sehnsüchte. Vielleicht war es diese Akkumulation von Karma, die den »Schoß der Familie« so tödlich und doch so lebenspendend machte. Denn genau hier war es, mitten in diesem Schoß, wo alle Mythen und Geschichten, alle Lügen und Verdrängungen – die ganze Erinnerung – versammelt lagen. Diesen vergifteten Schatz konnte man nicht berühren, ohne daß einem die Finger abfielen. Myren wollte nun doch nicht Krankenschwester werden. Sie war eine ganz geschickte Bridge-Spielerin geworden, aber davon konnte man ja nicht leben. Eine Zeitlang versuchte sie sich als Töpferin, was Rejn unterstützte, da er auf ihre intellektuellen Fähigkeiten nicht viel gab. Schließlich beschloß sie, japanische Kalligraphie zu studieren.

In der Zwischenzeit waren die Zeitungen voll von ständigen Skandalen bezüglich Zestes unablässigen Versuchen, alle nur denkbaren moralischen und sozialen Normen abzubauen. Das letzte, was Anstoß erregt hatte, war Zestes Interpretation der Antigone und ihr Umgang mit den Toten. Für Zeste war es entscheidend, Antigones Bestreben zu zeigen, ihren Brüdern ein ordentliches Begräbnis zu sichern, und das tat sie, indem sie buchstäblich zwei Leichen auf die Bühne schleppte und sie ganz konkret in einem riesigen Berg Erde begrub, durch den sie sich auf der Bühne eigenhändig hindurchwühlte. Tatsächlich, nicht symbolisch, setzte sie ihr eigenes Leben ein. Denn für sie zählte die Treue zu den Göttern mehr als der Gehorsam gegenüber des Königs Wort. Sie stellte sich vor, daß es im Universum ein höheres Gesetz geben mußte als das, was vom Zentrum der Macht ausgeht, und auf diese Weise schloß Antigone, und mit ihr Zeste, einen Bund mit dem Schicksal.

Mit prophetischem Blick – denn noch war nur Tobias tot – äußerte sich Zeste anläßlich der Premiere zur Presse: »Ich fresse alle meine Verwandten auf.« Und wegen ihres Umgangs mit den Leichen wurde sie tatsächlich des Kannibalismus beschuldigt. Doch Zeste entgegnete:

»Nicht ich bin es schließlich, der sie totgeschlagen hat! Aber es ist wie bei dem Bauern, der die Leiche seiner toten Mutter auf dem Feld findet. Er pulverisiert sie, benutzt sie als Dünger und ernährt seine Kinder mit dem Korn vom Felde. Als die Kinder die Wahrheit entdecken, weigern sie sich zu essen, doch er zwingt sie: ›Nicht ich habe sie totgeschlagen. Auch war ich es nicht, der sie dort auf den Acker gelegt hat, ich habe sie nur gefunden. Ich habe nur getan, wozu ich gezwungen war.‹« Doch die Presse schlußfolgerte, es müsse ein Fluch sein, einen Künstler in der Familie zu haben.

»Ja aber, verstehen sie denn nicht, daß ich gerade versuche, den Fluch *aufzuheben*!« rief Zeste in den Spiegel.

*

Während Zeste in einem französischen Gefängnis, in dem sie die Antigone nackt spielte und die Gefangenen Amok liefen, grün und blau geschlagen wurde, heiratete Myren.

An der Universität war sie einem schüchternen Maoisten begegnet, der sie an eines der Tiere und die kleinen Brüder erinnerte, um die sie sich ihr Leben lang gekümmert hatte. Als die Nachricht von Myrens Hochzeit kam, bei der Jas, mit großem Schnauzbart und auf wackligen Beinen, die Braut den Kirchgang hinunter sicher in die Arme Pierres, ihres Zukünftigen, bugsiert hatte, fiel allen offenkundig ein Stein vom Herzen – sowohl in Paris als auch in Afghanistan.

Es war fast ein Wunder, daß Jas überhaupt auf den Beinen stehen konnte, denn seine neue Frau, eine Millionärin, hatte ihn mit der Vorstellung ins Krankenhaus geschickt, nach einer gelungenen Operation einen neuen Mann zurückzuerhalten. Nach sorgfältigen Recherchen bei verschiedenen Forschern hatte sie sich die begründete Hoffnung auf eine neue Diagnose gemacht, einen ziemlich alltäglichen Bandscheibenvorfall, von dem man ihn sicher bald befreien würde. Doch als die Ärzte Jas aufschnitten, grinste ihnen nur das alte Rückenmarkleiden entgegen. Die Operation hatte indessen an Jas' Kräften gezehrt und ihn zwanzig Jahre älter gemacht. Dabei war er noch nicht einmal fünfzig.

Myren war nun »vergeben« und lastete nicht länger als beunruhigende psychische Bürde auf der Familie. Durch die Heirat mit Pierre war sie Mitglied einer riesigen Sippe geworden, die sie aufzufangen vermochte. Pierre, eines von zwölf Geschwistern, glich einem der wehrlosen Wesen, die man draußen im Wald flüchtig erblicken kann und die die Jäger schonungslos abknallen, das Myren nun jedoch beschlossen hatte zu beschützen, um selbst zu überleben. Die zwei würden sich von nun an gegenseitig vor der Welt und der Tücke des Lebens behüten.

Glücklich ging das frisch vermählte Paar auf Hochzeitsreise nach Afghanistan, um Li und Rejn zu besuchen. Dort wartete das große Abenteuer und ein ganz neues Leben auf sie. Sowohl Rejn als auch Li fanden sofort Gefallen an Pierre – »nichts weniger als ein Wunder« –, weil sie ihm tatsächlich zutrauten, mit Myren zurechtzukommen.

7. Der Schuldbrief

»Cat is sick, her liver swelling up because of fat she eaten last night for dinner. The dog is good but sometimes barking at the cat and koala«,

schreibt Tor nach Gammel Mønt. Er ist acht Jahre alt und heißt jetzt Koala, wie der kleine Bär, aber wird bald Teddy genannt werden, weil er an einer amerikanischen Schule angemeldet ist und einen amerikanischen Freund bekommen wird.

Noch herrscht kein Krieg in Afghanistan, der Putsch hat noch nicht stattgefunden, der König ist noch nicht gestürzt. Es vergehen noch knapp zehn Jahre, bis dies alles beginnt. Li ist krank vor Überdruß wegen der Amöben und was sie sich sonst so zuzieht, wenn sie ihre Leidenschaften nicht stillen kann und auch nicht ißt.

Dennoch hatte sie eingewilligt mitzukommen, weil sie – nach den schlechten Erfahrungen als tropische Strohwitwe – lieber mit einem Stockfisch in einer Wüste leben wollte als irgendwo allein zu bleiben. Li ist fünfundvierzig, noch immer schön wie eine Lilie, doch mit den Jahren ist es schwieriger, sie umzustellen. Sie, Dog und Cat, waren jetzt fünfzehn Jahre verheiratet. Und als ihnen, Cat und Dog, klar wurde, daß sie nicht mehr ihr wöchentliches Bridge spielen konnten, wurde ihr Inneres zu einer Wüste, die der äußeren entsprach. Sie fühlten sich verschlissen und ausgedörrt.

Die Berge des Landes waren vor Staub braun wie Kakao und die Flüsse dunkelbraun vor Schlick. Und das Besondere an Kabul war, wenn man zuweilen meinte, daß es dort, wo man auf der Straße seinen Fuß hinsetzte, verdächtig nach Kot rieche, dann *war* es das auch.

Ansonsten hatte sie zunächst versucht, positiv an die Sache

heranzugehen, und Li schrieb heim nach Gammel Mønt, daß Kabul traumhaft sei, mit Kamelen und Eseln auf den Straßen. Rejn war vor allem von den Eseln hingerissen, kleinen Burschen mit dichtem Fell, deren Ohren beim Laufen hin und her baumelten. Immer trugen sie einen riesigen Doppelsack auf dem Rücken, der durch einen breiten Gurt aus »echtem Teppich« unter dem Hinterteil festgehalten wurde. Manchmal saß ein Mann noch oben drauf, manchmal trieb er ein Dutzend von ihnen vor sich her. Unglaublich, daß die Tiere trotz der harten Behandlung niemals revoltierten, sondern entweder friedlich dahintrotteten oder stundenlang geduldig warteten. Da waren die Kamele von ganz anderer Art, griesgrämig und querulantisch. Man sollte ihnen nicht zu nahe kommen, und sie sahen auch nicht einladend aus, groß und furchtbar zottig. Aber sie bewegten sich ebenso geräuschlos.

Rejn und Li hatten wie gewöhnlich ihre Hausaufgaben gemacht: Die moderne Geschichte des Landes begann vor weniger als fünfzig Jahren. Früher herrschten Feudalismus und schwarzes Mittelalter, und so war es noch immer außerhalb von Kabul. Der Nationalsport hieß *boushkahzi*, eine Art Pferdepolo, der Schläger ein frisch geschlachteter Schafskörper, und der Kopf als Ball zog blutige Spuren. Ein heiliges Opferritual, kombiniert mit Kampfeslust. Der König war bei den Wettkämpfen oft anwesend, saß unter seinem Baldachin und verfolgte den Verlauf der Schlacht. Und Li redete flüsternd auf Myren und Pierre ein, die nur dasaßen und auf die Revolution warteten. Niemand im Land wurde so verschwenderisch behandelt wie die Boushkahzi-Pferde, die sich einer Diät aus Hafer und Eidotter erfreuten. In den Teehäusern unten im Basar saßen die großen Geschichtenerzähler und gaben die alten Mythen zum besten vor einer lebhaften Schar von Zuhörern, die Tag für Tag erschien und mit den alten Geschichten lebte und atmete, als sei jedes einzelne Wort noch immer Teil ihres Alltags.

Der lebendige Mythos schloß indessen die moderne Wirklichkeit aus. Kabuls aufgeklärte akademische Clique war mikroskopisch klein, der Regierungs- und Verwaltungsapparat lose zusammengeschustert und unfaßbar bürokratisch. Es zeigte sich, daß es Monate dauern und über 30 Unterschriften erfordern konnte, ein Formular in 1 000 Exemplaren gedruckt zu erhalten. Rejns erste Aufgabe bestand darin zu zählen, wie viele Schulen und Krankenhäuser es im Lande gab. Das hatte niemand zuvor getan. Aber selbst das erwies sich als nahezu unmöglich, denn in Kabuls Büros betrachtete man es auf byzantinische Weise als Ehrensache, jede Information geheimzuhalten. Stolz und Prestige waren verbunden mit dem Wissen von Dingen, und man riskierte, sich der Lächerlichkeit preiszugeben, wenn man Informationen erteilte, die enthüllten, daß das eigene Wissen begrenzt war. Für Rejn war es äußerst enervierend, einer Bürokratie zu begegnen, die auf Ehrbegriffen aus der Zeit der »Ilias« basierte.

Cat war anfangs »a good sport« gewesen und entwickelte rasch ein Interesse an Teppichen. Denn Teppiche weben, das konnten sie wenigstens, die Afghanen. Angetan hatte es ihr auch deren bezaubernde Gewohnheit, ganz bewußt einen kleinen Fehler in den Teppich einzuweben, denn nur Allah durfte perfekt sein. Den Fehler zu finden, hatte sich bei ihr zur Manie entwickelt. Sie lief mit Stielaugen in der Stadt umher. Eine Frau konnte sich hier – im Gegensatz zu anderen islamischen Ländern – völlig unbehelligt bewegen, denn sie existierte ganz einfach nicht in dem männlichen Kontext, den eine Stadt darstellt.

Eines Tages, als Li durch die Straßen streifte, schien ihr, als sehe sie ein wohlbekanntes Gesicht. Es ähnelte Merete, Balders Tochter. Ein junges Paar torkelte apathisch die Straße hinunter. Den Burschen kannte sie nicht, aber die Frau erinnerte total an Merete! Sie hatte Tobias' Augen, obwohl ihr Blick verschwommen war. Aber sie konnte es nicht sein! Sie hatten sich vor nicht allzu langer Zeit zu Tobias' Begräbnis getroffen. Jetzt war sie nicht wiederzuerkennen. Li beschloß, einen besonders auserlesenen Teppich zu finden, denn sie hatte von Dog 10 000 Afs bekommen. Die Teppiche lagen überall auf den Mauern und direkt auf der Erde, insbesondere unten am Fluß, sie lagen als Schmuck und Schutz über Autos und Eseln, eine ästhetische Aufmunterung in diesem Mittelalter, das ihr um so trostloser erschien, je mehr Tage vergingen. Früher hatte sie Delhi mit einer Erdhöhle verglichen, nun erschien es ihr als begehrenswertes Eldorado, nach dem sie sich sehnte.

Aus praktischen Gründen, wegen des Heizens nämlich, waren sie aus dem Marmorpalast in eine kleine Lehmhütte gezogen. Und Dog schrieb, wenn Feuer im Kamin prasselte und die

Eiswürfel im Aperitif klingelten, dann könnte die Lehmhütte sehr gut als Zuhause dienen. Doch das fand Li nicht. Sie hatte keinen Aperitif in ihrem Glas und konnte das Dasein nicht durch die beschönigenden Nebel des Alkohols betrachten. Sie lag in ihrem Persianerpelz weinend auf dem Bett und wütete über die Kalifen im Haus, die nicht vom Schlage eines In und einer Pim Pao waren. Der Klempner-Kalif, der die Wasserhähne reparieren sollte, hatte seine Arbeit so erledigt, daß aus der Dusche kaltes Wasser und im WC warmes lief. Dumb, butterfingred flatbrains. Inklusive diesem Gauner von Schneider, der drinnen in der Wohnstube auf dem Boden saß und tat, als nähe er Gardinen, dabei konnte er nicht einmal eine Nadel einfädeln. Auch wenn das Land aus siebzig verschiedenen Stämmen mit einer jeweils eigenen Sprache bestand, nannte Li sie allesamt »Araber«. Und das war in ihren Augen jemand, der sich nicht wusch, nichts tat und viermal am Tag zu einem Gott betete, auf den sie sich nicht verstand. Außer Teppiche weben – die Arbeit der Frauen und Kinder – konnten sie nix to nothing. Für das, was sie konnten, die Männer also, erfand sie den Ausdruck »afghanen«. High und stoned vom Hasch »afghanten« sie von morgens bis abends. Eines Tages würde sie auch den Kalif Razak feuern, der nur rumstand und unter seinem großen Turban hervorglotzte. Das einzige, was er konnte, war im Garten Hammel über dem Feuer zu braten, während Li bei dem Gedanken an das viele Fett ganz übel wurde. Sie lag in ihrem Pelz auf dem Bett und zog weinend Bilanz: Lieber heute als morgen das Land verlassen. Aber Tobias war tot. Es gab keinen Ort, wohin sie gehen konnte. Und sie war nicht imstande, jemandem zu schreiben, denn es war, als würden die Worte sterben, wenn sie aus dieser Wüstenei kamen, in der nicht einmal Tränen halfen.

Gaus würde sie natürlich immer unterstützen, doch gerade hatte sie in einer vergilbten dänischen Zeitung gelesen, daß er wieder im Gefängnis sei. Er war einfach *zu* tüchtig, der Mann. Sie liebte Tüchtigkeit. Das tat man auch im Gefängnis. Als Gaus das erste Mal entlassen werden sollte, wollte ihn die Anstaltsleitung einfach nicht gehen lassen, weil er so unentbehrlich geworden war. Er hatte die Finanzen des Gefängnisses geordnet und rationalisiert sowie eine nette Bibliothek einrichten können. Gaustrup war einfach ein prächtiger Bursche, bei allen beliebt. Und noch viele Jahre danach erzählte Gaus immer wieder, wie sehr man ihn im Gefängnis gemocht hatte. Tante Titta und Onkel Otto hatten seine Frau Aud finanziell unterstützt, während ihr Mann im Gefängnis gesessen hatte, so daß sie in der Villa in Charlottenlund bleiben konnte, denn Gaus hatte ja vor langem ihr ganzes geerbtes Vermögen verjubelt. Als Titta und Otto sich dann ständig anhören mußten, welch Gewinn er für die Gefängnisdirektion gewesen sei, sagten sie, genau wie Tobias es getan hätte: »Du mußt nicht damit *prahlen*!« In der Løvinschen Sippe gab es trotz allem ein ungeschriebenes Gesetz: In erotischer Hinsicht durfte man tun, was man wollte, doch das Gesetz durfte man nicht brechen. Damit wurde eine Auslegung vererbt, die durchblicken ließ, daß der Eros gesetzloses Gebiet sei, im Gegensatz zur Welt des Geldes, in der das Gesetz galt.

Sobald sie an Gaus dachte, mußte sie automatisch auch an Jas denken, und dann weinte sie noch mehr.

> *Never thought my heart*
> *could be so yearning*
> *why did I decide to roam?*
> *Gonna take a sentimental jorney*
> *gonna take that jorney home.*

Merkwürdigerweise half es, an Jas zu denken, und daran, wieviel Spaß sie im Grund zusammen gehabt hatten und wie toll er tanzte, winzige angedeutete Schritte, die er ihr beim Mambo beigebracht hatte. Wie recht hatte doch Hemingway, als er schrieb: »They say the seeds of what we will do are in all of us, but it always seemed to me that in those who make jokes in life the seeds are covered with better soil and with a higher grade of manure.« *Er* konnte sie zum Lachen bringen; das ist das Schwierigste und Einzige, was eine richtige Prinzessin will. Pfeif auf die Erbse, wenn man nur drüber lachen kann.

Aber jetzt hatte ihr Zeste geschrieben, daß alles verkehrt laufe. Nun betraf es nicht nur Gaus, sondern auch Jas war beinahe im Gefängnis gelandet. Im letzten Augenblick flüchteten die beiden – Jas und seine neue Frau Medde – außer Landes. Wie es ihnen wohl ging? Schlecht, hoffte Li, denn sie konnte Jas keiner anderen Frau gönnen. Gwendoline vielleicht ausgenommen. Selbstverständlich war es auch mit der seit vielen Jahren verkehrt gelaufen, das war nichts Neues. Gwendoline, alias Samtarsch, hatte ihn ruiniert, er konnte einfach nicht das Geld beschaffen, um den Lebensstandard, den sie verlangte, zu finanzieren. Zwar war ihre Mutter eine englische Millionärin, doch saß ihr das Geld nicht locker. »Dein Problem, Jas«, sagte die englische Millionärin mit dem blauen Haar und dem Hinterzungen-R. »Jas« sprach sie aus wie »Jazz«.

Es war lange bekannt gewesen, ja das Gerücht hatte sogar Bangkok erreicht, daß die Buchhalterin in Jas' Büro Anweisung hatte, »Deckung« zu rufen, wenn die Gläubiger auftauchten, und dann versteckte sich das ganze Personal unter den Tischen. Man konnte es Jas also nicht verdenken, daß er eine Millionärin geheiratet hatte, nachdem er die unökonomische Gwendoline losgeworden war. Auch wenn Li immer ein Faible für die originelle Frau gehabt hatte, die stets auf neue Ideen kam, wenn es ums Einkaufen ging, und die jeden Tag das ganze Haus umräumte, so daß Jas nach der Arbeit nie wußte, ob er nach Hause oder anderswohin gekommen war. Gwendoline strich und tapezierte die Wände, bezog die Möbel neu, ja, sie war künstlerisch veranlagt. Eine *Persönlichkeit*. Im Gegensatz zu dieser Medde, in deren Klauen Jas geraten war, und die Zeste mit Serge getroffen und erklärt hatte, Zeste lebe ein *unsittliches* Leben! Jas konnte einem wahrhaftig leid tun, daß er sich mit so einer rumplagen mußte. Gab es denn niemanden, der Jas von den kleinbürgerlichen Anschauungen dieser langweiligen Medde befreien konnte? Es war schließlich nicht vorstellbar, daß Jas dieser Medde in all und jedem zustimmte. Denn damals, als sie und Jas verheiratet waren, *liebte* er Unsittlichkeit und haßte geradezu all dieses kleinbürgerliche »mit beiden Beinen auf der Erde«, »recht und billig«, Kaffeedecken und Nelken, all das »Feine«, das sein Elternhaus repräsentierte und für das er seine Schwester in höchstem Maße verabscheute. Und jetzt hatte er selbst so eine geheiratet! Unbegreiflich. In Wirklichkeit war Jas ja schwach, eigentlich dürfte er freie Auswahl haben, doch würde offenbar immer eine Frau kommen, die sich seiner bemächtigte.

Wer konnte Jas vor Medde retten?

*

Zeste schrieb, daß man Vater nicht retten könne, denn ohne Medde besitze er keine Firma mehr. Medde hatte eine halbe Million in das Unternehmen gesteckt, damit Jas sein eigener Chef werden und den Betrieb übernehmen konnte, bei dem er zwanzig

Jahre lang angestellt gewesen war. Aber dann hatte er dennoch Konkurs gemacht – aufgrund der Konjunkturen. Und da hatte Meddes Mutter *ihr* Geld hineingesteckt. Eine alte Dame vom Strandvejen, die, wenn sie jemandem mit Weißwein zuprostete, immer sagte »Fisch muß schwimmen«, und deren tägliche Freude darin bestand, durch all ihre Zimmer *en suite* direkt bis zum Øresund hinunterzublicken. Eines Tages, als Jas und Medde alles Geld der Alten aufgebraucht hatten, mußte sie plötzlich ins Pflegeheim, und Jas drohte Gefängnis wegen überzogenem Kredit. Doch Medde, die ihre ganze Villa in Rungsted und alle Möbel wegen Jas verloren hatte, rang die Hände: »Wir haben es doch nicht in böser Absicht getan«, während Jas die Flucht erwog. Denn wer mochte in einem Land bleiben, wo alle Unternehmen zusammenbrachen und wo man ins Gefängnis sollte! Hauptsächlich die ihn interessierende Konfektionsbranche war in Gefahr. In Dänemark gediehen nur jene Betriebe, die staatliche Zuschüsse erhielten. Leider hatte die Polizei ihre Pässe beschlagnahmt, so daß es nicht leicht war zu fliehen. Doch Medde ging weinend zur Polizei, um Jas zu retten – und sich – wenn sie nur eine Chance in einem anderen Land bekämen. Sie verwies auf Jas' angeborenes Rückenmarkleiden, seine erst kürzlich mißlungene Operation, sie hatte einen Invaliden zum Mann, der das Gefängnis nicht überleben würde. »Geben Sie uns eine Chance«, lautete ihr weinender Refrain, und die Polizei wurde weich bei ihrem Klagelied.

Doch egal, was Medde auch tun mochte, um ihren Mann zu retten, bei Li war sie auf ewig unten durch. Sie hatte nur Hohn und Spott für Meddes hochgepriesenes »Mit beiden Beinen auf der Erde stehen« übrig. Denn hätte Medde ihre berühmten Beine auf der Erde gehabt, hätte sie – laut Li – längst ihrer beider Lebensstandard gesenkt und eine Arbeit als Verkäuferin angenommen. Und *das* sagte Li!

*

Sie entdeckte, daß sie doch nicht mit einem Hund verheiratet war, auch nicht mit einem Stockfisch, sondern mit einem weißäugigen Krokodil. Das Krokodil hatte beschlossen, seine Doktorarbeit zu schreiben.

Rejns Absicht war jetzt, da er genügend Zeit zur Verfügung hatte, bei der gemächlichen Kamelpost und den unzähligen religiösen Feiertagen, die im Land herrschten, endlich einen Dr. phil. nat. mit seinen Lepradaten aus Südindien abzulegen. Jetzt oder nie, galt es. Es wurde nie.

Er fühlte sich in die Zeit von Erik Glipping zurückversetzt. Dicker Schnee lag vor der Tür, die Temperatur sank nachts tief unter den Gefrierpunkt, doch mitten am Tage brannte die Sonne, und es herrschte tropische Hitze. Rejn wußte noch immer nicht, wie viele Krankenhäuser oder Schulen das Land besaß, denn es war ganz einfach unmöglich, herumzufahren und sie zu zählen. Zuerst mußte man die Straßen zählen. Danach mußte man entscheiden, ob sie befahrbar waren. Er war mit seinem Counterpart Sharif soeben von einer Versuchstour in die Provinz zurückgekehrt. Cat hatte keine Lust gehabt, mitzufahren. Sie träumte immer nur vom Intercontinental-Hotel in Peschawar, wo man eine gute Partie Bridge spielen konnte, auch wenn der Weg beschwerlich war, weil man über den Khyber-Paß hinunter mußte und nur die Straße selbst und fünfzig Schritte auf jeder Seite unter pakistanischer Hoheit standen. Der Rest des Landes, so weit das Auge reichte, gehörte einem Kriegerstamm, den Pathanen, die im höchsten Maße darauf eingestellt waren, jeden, der durch ihr Gebiet fuhr, auszuplündern und zu töten. Sie kamen mit ihren Gewehren angestürzt und stoppten jeden, dann erzwangen sie eine Unterschrift in einem kleinen linierten Schreibheft. Vermutlich war es ein gegenseitiger Nichtangriffspakt, den man da unterschrieb, doch oftmals ließen sie ihre Opfer unter der gnadenlosen Sonne im Auto schmoren und luden die Gewehre, weil sie das Schreibheft nicht finden konnten.

Am Morgen, als Rejn mit dem Jeep hinausfuhr, schoß die Kanone plötzlich das Id-Fest ein. Es sollte drei Tage dauern als Abschluß des Ramadan, der den Afghanen Gelegenheit geboten hatte, noch weniger zu tun als gewöhnlich. Normalerweise war die Kanone täglich um zwölf zu hören, um die Mittagszeit zu verkünden. Doch jetzt hatte man also ein Fest, obgleich mit dem Beginn erst für den nächsten Tag gerechnet worden war. Aber die Stellung des Mondes hing hier nicht vom Kalender ab, sie wurde von einem Konsortium weiser Mullahs beschlossen. Kalender und derartige offizielle Schriften galten als ausländisches Teufelswerk. Auf Straßen und Plätzen sah man plötzlich Leute in höchst un-afghanischer Farbenpracht, selbst die Kulis hatten saubere Fetzen hervorgekramt.

Bei der Fahrt aus der Stadt halfen Rejn und Sharif vier übel zugerichteten und blutenden Männern aus einem Taxi, das sechs bis acht Meter über den Felsrand getrudelt war und auf dem Dach lag. Das Unglück war gerade passiert, und es war ein Wunder, daß alle so aussahen, als würden sie überleben. Auf dem Heimweg beobachteten sie: 1. Einen Bus, der gegen eine Felswand geprallt war, nicht sehr schlimm, doch ein Feuerwehr-Jeep und ein großer Tankwagen überschütteten ihn bei Löscharbeiten mit Wasser, es rauchte noch immer vom Rücksitz. 2. Einen Motorradfahrer, der ohne Kleidung und total blutüberströmt in einem großen Kreis von Zuschauern lag. Und 3. einen Personenwagen, der durch ein Brückengeländer gebrochen und etwa fünfzehn Meter in die Tiefe gestürzt war, jetzt mit den Rädern nach oben in einem reißenden Fluß lag. Er mußte bereits einige Zeit dort gelegen haben, also gingen sie davon aus, daß nichts mehr zu retten war. Den Rest des Heimwegs blieben sie etwas gelassener.

In Berghöhlen standen alte Buddhas, in den Felsen gehauen, und lächelten mit griechischem Profil, eine Inspiration aus der Zeit Alexander des Großen.

Vielleicht war es doch nicht der Mühe wert, hinauszufahren und die Schulen zu zählen, die Leute lernten sowieso nur den Koran auswendig. Alles andere, sagte der Dorfmullah, sei Sünde. Eine Schule oder ein Krankenhaus waren in Wirklichkeit nichts anderes als ein Mullah unter einem schattigen Baum, zu dem die Leute kommen konnten, wenn sie eine Krankheit oder Frage hatten, und es gab nur eine Antwort darauf: Allah.

Mit Afghanistan hatte Dog seinen Meister gefunden. Er lief absichtlich über die Gebetsteppiche der Leute, wenn er in die Läden ging, um Petroleum zu kaufen, damit Cat sich aufwärmen konnte. Der Kalif, der mitten in seinem Gebet war, brachte sich mit Freuden um einen größeren Betrag, wie auch die Kellner es des öfteren taten, wenn man im Restaurant war. In eine Tankstelle zu gehen, um einen Schlosser-Kalifen aufzutreiben, war die reinste Katastrophe. Sie konnten nichts von dem, was aus europäischer Sicht zum Überleben gehörte. Sie starben wie die Fliegen, schon wenn sie sich gegenseitig ins Fahrrad fuhren. Der Verkehr war ein Schlachtfeld, und es war ihnen offenbar egal, wie viele von ihnen überlebten. Eine ganz andere Sicherheit hatten sie zu Pferde. Die meisten hinteren Räume der Läden waren vollgestopft mit Waffen. Der Krieg war niemals weit weg.

Er sehnte sich nach Briefen von Zeste – »Sonne im Zimmer und Schalk im Auge« –, ohne die zu leben ihm schwerfiel. Doch Briefe kamen selten. Zeste behauptete, es sei Schuld der Post, aber warum gingen nur Zestes Briefe verloren? Er warf ihr vor, daß sie sie zu wenig frankiere, denn sie müsse auch ein paar Marken für die Post-Kalifen, die ausländische Briefmarken sammelten, draufkleben. Doch er wußte genau, daß die Post-Kalifen, wenn sie zuweilen Marken stahlen, sich unwohl fühlten und es vorzogen, die Briefe wegzuwerfen, statt die Untat offenkundig werden zu lassen. Sie riskierten ja möglicherweise, die Hände abgehackt zu bekommen. In seinem Innersten fühlte Rejn, daß die Leere, die Zestes Abwesenheit heraufbeschwor, überhaupt nichts mit der Post zu tun hatte. Statt ihm die Briefe auch zu senden, die sie an ihn schrieb – schickte Zeste diese an Serge. All die Briefe, die er hier in Kabul hätte erhalten sollen, verschwanden nach Damaskus, wo Serge jetzt stationiert war. Wenn Rejn sich zuweilen über Zestes irrsinniges Leben und Lis bizarre Kindererziehung beklagte, schrieb Li an ihre älteste Tochter:

»Wenn Du nur nicht heiratest, ist alles, was Du tust, bestens. Je mehr Menschen man kennenlernt, desto mehr hilft es Dir, Dich zu entwickeln, und ein um so reicheres Leben kannst Du führen. Doch ich bin sicher, daß Du das schon selbst herausgefunden hast.«

*

Lis jüngster Sohn war acht Jahre alt und jener Segen, der sie Tag für Tag am Leben hielt. Doch war es auch nicht zuletzt der Gedanke an Zestes Erfolg, der Li im Laufe des Vormittags aufstehen ließ. Wie konnte einem Myren leid tun, die mit ihrem neuen Mann den ganzen Weg bis Afghanistan gereist war, in der Hoffnung, eine Mutter zu ergattern und eine Vertraulichkeit zu gewinnen, die ihr vergönnt gewesen wäre, wenn Li eine »normale« Mutter gewesen wäre. Dann hätte Myren auch die Achtung erhalten, die sie forderte. Doch Li war keine »normale« Mutter, sie hatte überhaupt keinen Respekt vor Ehe oder Mutterschaft. Sie respektierte allein die intellektuelle, künstlerische Welt. In Lis Augen war es keine Kunst, zu heiraten und Kinder zu gebären. Das kam ganz von selbst. Wie Katze immer gesagt hatte: Das kriegt jeder *Trottel* fertig. Im übrigen war Li der respektlosen Überzeugung, daß Pierre Myren ausschließlich deshalb geheiratet hatte, weil er Zeste noch nicht begegnet war. Denn so war es in Gammel Mønt immer gewesen, wo Rebekka es nie gewagt hatte, ihre Verehrer nach Hause einzuladen, da sie ziemlich sicher sein konnte, daß Li mit der Beute abziehen würde. Nicht daß Li – oder Zeste – etwas Besonderes getan hätten, es war einfach nicht zu verhindern. Da Myren ihrer Mutter also nicht mit dem Einfangen eines Ehemanns imponieren konnte, versuchte sie sich im Künstlerischen.

Jeden Samstagabend sang sie unten in Kabuls einzigem Hotel vor den Gästen – gratis. Und das war ja auch nett. Doch dieser Eifer Myrens, sich Geltung zu verschaffen, beunruhigte Li, denn was würde wohl passieren, wenn sich eines Tages herausstellen sollte, daß Zeste berühmt war und Myren nur verheiratet. Li traute Myren nicht die Fähigkeit zu, daß sie jemandem vergeben könne, und das war das Traurige an ihrem Leben: Eine Kränkung hegte und pflegte sie bis in alle Ewigkeit.

Doch es machte Li auch Sorgen, daß Zeste offenbar eine Abtreibung nach der anderen hatte. Als sei sie in ihrem Wunsch nach Glamour gespalten. Jedesmal wenn sie schrieb, sie sei schwanger, mußte Li ihr einschärfen, daß sie nicht damit rechnen solle, in der Kunstwelt irgend etwas Großes zu werden, wenn sie klein beigeben und dem Beispiel ihrer weiblichen Vorfahren folgen würde. Wenn sie sich hervortun und etwas Seriöses erreichen – eine *Persönlichkeit* werden – wollte, sei sie gezwungen, mit diesem Muster zu brechen. Und wie brach man am effektivsten mit der Vergangenheit: Indem man sich weigerte zu gebären und diesem Kreislauf entging. Li war einmal, als Zeste schwanger war, zugegen. Sie bekam einfach den gewissen Blick und bestellte umgehend den Termin für die Ausschabung. Li nötigte ihre Tochter wortlos zu dem heroischen Verzicht, während sie zugleich fürchtete, Zeste möge vielleicht zu weich sein, um ihr Talent zu tragen und zu entwickeln. In Wahrheit war sie nicht imstande, sich zu verlieben, ohne sich sofort fortpflanzen zu wollen. Der einzige, mit dem sie keine Kinder haben wollte, war offenbar Serge. Deshalb war Serge in Lis Augen die Karte, auf die sich am sichersten setzen ließ.

In gewisser Weise waren Zeste und Myren vertauscht worden. Äußerlich war Zeste die Ambitionierte, doch in Wirklichkeit unterlag sie völlig dem Begehren ihrer Umwelt und war nicht imstande, sich um sich selbst und ihre eigenen Wünsche zu kümmern. Myren war nur scheinbar die sich aufopfernde Florence Nightingale, gut zu Kindern und Tieren. Unter der sich selbst verleugnenden Güte herrschte eine hysterische Primadonna. Alles, was Myren auf der Welt nicht existieren lassen wollte, *existierte* auch nicht.

✻

Während die Zeit verging, raubte Cat – ohne etwas zu tun – Dog all seine Kräfte. Eines Tages war dann – ohne daß er es bemerkte – nichts mehr von ihm übrig.

Cat war ja noch immer nicht imstande, auch nur die geringste Hilfe im Haushalt zu leisten. Dog führte ein Hundeleben und konnte von Glück reden, erhielt er überhaupt einen Fleischknochen, wenn er in der Mittagspause heimkam. Er mußte seiner Arbeit in einer hoffnungslosen Wüste nachgehen, sich um das Haus kümmern und seine Doktorarbeit schreiben. Entweder an der Cornell oder der Prager Universität. Doch Li verbot ihm mit dem Blick, am Abend auf der Maschine zu schreiben; das machte Lärm, und sie wollte in Ruhe ihren Schumann hören. Er ließ die Abhandlung mit allen Leprakurven und Daten liegen, um Li nicht zu stören. Die Lepra wurde in eine Ecke des Zimmers verbannt. Doch Li klagte noch immer, er lärme herum und wecke sie morgens, wenn er im Zimmer nebenan aufstand und mit dem Gummiband seiner Unterhose schnipste.

Außerdem hatte diese Erbangelegenheit ihr Zusammenleben nicht leichter gemacht. Sie konnte die Sache selbst nicht überschauen und wollte auch nichts damit zu tun haben. Es ging irgendwie um einen alten Schuldbrief aus Tobias' Zeit, der Katze zugefallen war, indem sie die Erbschaft angetreten hatte. Rejn hatte absolut sichergehen wollen, daß Li und er sich nicht noch mehr Schulden aufluden, als sie schon hatten, falls Ib eines Tages als Erbe von Titta und Otto beanspruchen würde, daß der Schuldbrief eingelöst wird, und damit von Li das Geld einforderte, das Tobias während des Krieges in Schweden vom mütterlichen Erbe verjubelt hatte. Katze war keineswegs stolz auf diesen Schuldbrief, der sie an Tobias' Laissez-faire erinnerte, wonach man sich nicht heute um etwas sorgen sollte, das man auf morgen verschieben konnte. Mr. McCawber hatte sie ihn immer genannt, wenn er auf die übelste Weise der Familie in der Stockholmsgade nachschlug. Und jetzt steckte die Familie Løvin in der Patsche, weil Tobias, als er noch lebte, seine eigene Ohnmacht beiseite geschoben und die Sache einfach an seine Nachkommen weitergegeben hatte. Onkel Otto hatte indes rasch klargestellt, daß Katze sich keinerlei Sorgen zu machen brauche, selbstverständlich ließe er sie weiter in ihrem ungeteilten Zuhause, Gammel Mønt 14, wohnen und würde damit auf den Anteil seines Erbes verzichten, den Tobias ihm tatsächlich schuldete. Onkel Otto war kein Monster. Um diesen Schuldbrief brauchte sie sich keine Gedanken zu machen. Und das wurde ganz freundschaftlich gesagt, denn zum guten Ton gehörte auch, daß man sich aufeinander verlassen konnte. Doch Rejn verpestete die Familienatmosphäre, indem er die Annullierung des Schuldbriefs verlangte:

»Es ist ganz selbstverständlich, daß wir für diesen Schuldbrief nicht verantwortlich sein wollen. Er muß aus der Welt, alles andere ist Quatsch. Wenn Otto also darauf bestehen sollte, im voraus eine entsprechende Summe von Mamas Nachlaß zu erhalten, dann muß er sie in Gottes Namen wohl bekommen. Doch lediglich, weil wir nicht als Spalter in der Familie dastehen wollen und ganz sicher nicht, weil wir es ›angemessen‹ finden. Meiner Ansicht nach liegt das Unangemessene darin, daß dieser Schuldbrief noch immer existiert und irgendwo in den Ecken lauert, Otto hat doch verdammt noch mal Salz für die Suppe, Titta ist vermögend und Ib mit einer Millionärstochter verheiratet. Warum nennt man uns »hart«, wenn wir uns auf rechtlicher Basis weigern, noch mehr Fett in ihre Speisekammer zu tragen?«

Rejns Brief hatte die ganze Familie brüskiert. Selbst diejenigen, die ihm recht gaben, fanden, es sei eine scheußliche Art des Rechthabens. So sprach man nicht miteinander, und so dachte man nicht – in einer Familie. Doch Rejn war der Ansicht: Wenn eine Familie ein solches Phantom war, daß sie es nicht ertrug, wenn die Dinge beim Namen genannt wurden, dann konnte sie sich ebensogut zur Hölle scheren. Katze sagte lakonisch: »Rejn ist nun mal, was er ist« – und das klang nicht nach einem Lob!
    Li wand sich in ihrem Bett und weinte. Sie gab dem Krokodil recht aber auch wieder nicht. Und als er die Sache schließlich über seinen Rechtsanwalt regeln und den Schuldbrief annullieren konnte, erntete er nur Undank von allen Seiten. Nicht einmal Li konnte vorbehaltlos zu ihm stehen, denn ihm fehlte etwas, für das sie keine Worte fand. Die einfach aus dem Wörterbuch ver-

schwunden waren. Vielleicht war es *Schliff*. Doch auf *Schliff* wollte Rejn gern verzichten, wenn dieser *Schliff* ihn 50 000 Kronen kostete.

Er hatte dringendere Probleme, z. B. mit seinen Söhnen. Tor oder Teddy war noch immer der einzige Lichtpunkt im Hause, der kleine Segen, der sich um Cat kümmerte. Er war damals in der Nervenheilanstalt gezeugt worden und hatte das Leben seiner Mutter gerettet. Und wenn sie in seine strahlenden braunen Augen blickte, dann sah sie Tobias. Klein Tor war auch in der Schule unglaublich beliebt, doch war die Lehrerin erschüttert über die Unwissenheit des Jungen, wie konnte das möglich sein? War er wie Kaspar Hauser draußen im Wald aufgewachsen? Vielleicht waren das die Folgen jener Zeit, die er als Kind im servant's quarter verbracht hatte. Der Gedanke kam Rejn jedenfalls. Vorläufig mußte Klein-Tor die vierte Klasse wiederholen. Aber das war ja weiter kein Unglück.

Schlimmer stand es um Orm. Er hatte völlig aufgehört, nach Hause zu schreiben. »Pierrot schrieb und schrieb – doch was ist mit Dir?« Nur sporadische Nachrichten erreichten Afghanistan über Orm, den Wurm im Kerngehäuse. So war er an einem Tag mit Zeste und Serge in »Louisiana« gewesen. Sie hatten ihn dorthin eingeladen, und Serge hatte ihm Briefmarken mitgebracht. Orm hatte nicht eine Miene verzogen. Sie liefen durch Regen und Wind, während Orm alle Anzeichen von Unbehagen zeigte. Die Natur war offenbar nicht sein Element. Doch in welchem Element war er zu Hause? Am nächsten Tag hatte Zeste ihn mit ins Kino genommen. Sie hatte geweint und gelacht und vor Angst gekreischt. Doch Orm blieb regungslos. Ein anderes Mal hatten sie »War game« gesehen, einen Film über den langsamen, erbärmlichen Tod in einem Atomkrieg. Orm hatte danach erklärt: »Then I just cut my wrists. I want to die properly.« Es schauderte Zeste. Was war das für ein merkwürdiger Bursche? Cat und Dog waren sehr betroffen, als sie von Orms Reaktionen auf das Leben hörten. Doch eines Tages erhielten sie einen Brief von Myren, die schrieb, daß sie Orm zufällig in Kopenhagen auf der Straße begegnet war und ihn zu einem Bier ins »à Porta« eingeladen habe. Und daß er gelacht habe! Er hatte seinen Spaß gehabt, sich auszurechnen, wieviel Geld vier Beatles im Jahr verdienten, wenn einer von ihnen 10 000 Kronen am Tag erhielt.

Rejn antwortete, es sei wunderbar zu hören, daß Orm gelacht habe und daß die kleinen Grauen funktionierten. Denn manchmal könnte man glauben, daß er die zarten Seiten von Cat und Dog geerbt hätte, und das wäre ja ein schweres Schicksal.

8. Der Brand

»Wie sieht es denn aus, wenn ich gehe?« fragte Jas immer. Und es sah schrecklich aus. Doch niemand wagte, ihm den Mut zu nehmen. Wozu sollte das im übrigen nutzen? Besonders jetzt, wo er alle Kräfte brauchte, die er eventuell noch übrig hatte.

Jas und Medde waren nach Portugal geflohen, wo sie – ohne eine Öre in der Tasche – den Portugiesen beibringen sollten, Hosen zu nähen. Es war ja denn auch interessant zu sehen, wie viele Hosen aus dem Balg gemacht werden konnten, den Jas von daheim mitgebracht hatte in Form seiner »expertise«.

Die Portugiesen konnten – laut Jas – billige Arbeitskraft zur Verfügung stellen, während Jas das besaß, was wichtiger war: *Know how*. Das war etwas ganz Neues und Geld wert. Sie hatten sich mit einem portugiesischen »kapitalstarken Konfektionsunternehmen« liiert und waren jetzt soweit, von neuem anzufangen. Es gab allerdings ein paar ungelöste Probleme daheim in Dänemark – wie Meddes Möbel und die ihrer Mutter, die der Gerichtsvollzieher beschlagnahmt hatte. Und dazu hatten sie überhaupt kein Recht, schrieb Jas an Zeste und Myren. Jetzt hatte er seinen Töchtern einen Superklasse-Vorschlag zu machen, einen Vorschlag, der Meddes Möbel retten könnte. Und die ihrer Mutter.

Zeste, Myren und alle ihre Freunde sollten zusammen Meddes Möbel aus dem Haus in Ordrup kaufen. Und die Möbel von Meddes Mutter aus der Wohnung am Strandvejen mit den Zimmern *en suite*. Für die nette Summe von 5000 Kronen. Myren und Pierre lehnten indessen glatt ab. Für sie waren 5000 Kronen ein Betrag, von dem man auf der Börse gehört haben könnte. Sie als junges Paar hatten gerade versucht, sich einfach und notdürftig einzurichten, und waren nicht geneigt, sich auf leichtsinnige Transaktionen einzulassen. Pierre hatte außerdem nicht viel übrig für Jas' kapitalistische Manipulationen, denn es war klar, daß er und seine Branche nur überleben konnten, indem sie eine systematische Ausbeutung der Bevölkerung verarmter Länder betrieben, während die dänischen Arbeiter und Näherinnen gleichzeitig arbeitslos wurden. Wenn es nach Pierre ging, konnte die Revolution nicht schnell genug kommen, und sie würde in dem Fall natürlich die portugiesischen Textilarbeiter einschließen. Und wenn erst die Geschichte ihren Lauf nahm, wäre es völlig ohne Belang, daß Medde und ihre Mutter die Rokokomöbel zurückbekamen. Im übrigen hatten Myren und Pierre Orm bei sich wohnen, um ihm zu helfen, irgendeine bescheidene Ausbildung in irgendeinem Kurs durchzuziehen, nachdem er in Sorø hinausgeflogen war.

Zeste, die aus Solidarität mit dem Bodensatz der Erde gratis in diversen Schuppen und Hallen spielte, reagierte sehr viel empörter auf Jas' Luftschlösser. So als wäre eine Grenze bei dem erreicht, was sie an Kindereien von seiten der Eltern tolerieren konnte.

Erst hatte sich Li von Jas scheiden lassen. Dann hatte sie heulend im Bett gelegen, weil sie ihn wieder heiraten wollte. Erst war sie kalt zu dem Mann gewesen, den sie gern hatte, dann wild und heiß mit einem, aus dem sie sich nichts machte. Jas hatte Gwendoline geheiratet und ein kleines reizendes Mädchen in die Welt gesetzt, das er dann verlassen hatte, so wie seine zwei ersten Töchter, auf die gleiche leichte Weise, wie man auf ein Frühstück im Grünen verzichtet. »Lebt wohl, lebt wohl, ich empfehle mich«, wie Gaugin gesagt hatte, als er seine Familie in Dyrehaven zurückließ, um nach Polynesien zu reisen, und sie nie mehr wiederzusehen. Jemand meinte, es klinge romantisch, doch das fand Zeste nicht.

Jetzt sollten Gwendoline und ihr reizendes Töchterchen Naja mit den grünen Augen sozial deklassiert werden und in einer Einzimmerwohnung mit einem Stück Pappwand zwischen sich leben. »Obdachlosenbaracken sind wundervoll!« brüllte Gwendoline, freilich im Tran, da ihr nichts anderes geblieben war als Porter und Bitterkeit. Und nur wenn dieses früher so hübsche Mannequin Glück hatte, konnte sie einen Job in Ebberødgård bekommen und Schwachsinnigen den Hintern waschen, es sei denn, Frau Fortuna lächelte ihr zu und sie würde im örtlichen Supermarkt »Mirakelpreise« eingestellt, so daß sie es sich leisten konnte, Naja zum Reiten zu schicken. Hilfe von Jas, Unterhalt für sich und das Kind und was es sonst noch an gesetzlichen

Vaterpflichten gibt, konnte sie nämlich in den Wind schreiben. Denn es ist, wie das alte Sprichwort sagt: Kahler Kopf braucht keine Schere. Und kahl war Jas in jeder Hinsicht geworden. Das angeborene Rückenmarkleiden, das an seinen Kräften zehrte, vereint mit den übrigen unbarmherzigen Nackenschlägen des Lebens, hatte den lustigen Dandy mit der Zeit ziemlich groggy werden lassen.

Jas versuchte Zeste zu besänftigen und schrieb, er verstehe ihre Einstellung sehr gut und verspreche, daß das Geld nie zwischen ihnen stehen solle. Wenn er ihr den Vorschlag gemacht habe, daß sie und ihre Freunde Meddes Möbel und die ihrer Mutter retten sollten, dann nur, weil er darin einen letzten, verzweifelten Ausweg gesehen hätte. Wären es seine eigenen Möbel gewesen, hätte er sie wirklich nie damit behelligt. Doch Medde, die schon vorher soviel verloren und durch ihn so vielen Menschen Unglück und Verlust zugefügt habe, hänge natürlich an dem letzten, was sie besitze, und da es ja ausschließlich seine Schuld sei, müsse er alle Auswege probieren, um ihr zu helfen …

Als der gewissenlose und skrupellose Mensch, den man in ihm sehe, müsse er sagen, daß er nicht mit sofortiger Wirkung ändern könne, was geschehen sei. Wenn man aber versuchte, das Momentane ein wenig in den Hintergrund zu drängen und aufzuhören über Umstände zu klagen, die zu ändern nicht in seiner Macht stehe, statt dessen aber die Situation kühl analysiere, dann komme man vielleicht zu folgendem Schluß:

Er habe eine Arbeit erhalten, bei der die Portugiesen dringend die Sachkenntnis benötigten, die er sich in den letzten zwanzig Jahren angeeignet hatte. Er bekäme jetzt im Monat so viel Geld ausbezahlt, daß sie existieren könnten und obendrein Cognac zum Kaffee hätten, er koste nämlich nur zwölf Kronen die Flasche. Medde und er würden vier kostenlose Reisen im Jahr nach Dänemark erhalten, und außerdem bestehe die Möglichkeit, künftig sehr viel Geld zu verdienen, falls alles erwartungsgemäß laufe.

Im übrigen habe der Gerichtsvollzieher den Eßtisch und acht Stühle, Meddes vergoldete Wanduhr und Jas' Bornholmer Standuhr geholt, und er hätte überhaupt kein Recht gehabt, diese Gegenstände zu nehmen, da sie auf der ursprünglichen Liste nicht verzeichnet waren. Und immer so weiter.

Zeste brach der Schweiß aus, ein Zustand zwischen Zorn,

Mitleid und Trauer. Armes Papachen. Wenn man solche Eltern hatte, brauchte man keine Kinder zu bekommen. Es war ihr völlig unbegreiflich, wie sich ein erwachsener Mensch so verantwortungslos verhalten konnte. Und obendrein noch ein *Vater*. Schon das Wort *Vater* verband man unmittelbar mit einer höheren Ordnung im Dasein, jemandem, der dich aus der trüberen Umklammerung retten sollte und konnte, die stets unten im Muttermeer lauerte. Aber da Jas auf dem Weg ins Gefängnis gewesen war, stand das Wort *Kriminalität* Zeste plötzlich eingeprägt, eine rätselhafte Wirklichkeit, die einst äußerst fern und abstrakt erschienen war. Wie konnte ihr liebes Papachen denn *kriminell* sein? Ein Betrüger? Sie hörte auch die Worte *totaler Psychopath*. Und das erinnerte sie erneut an all das, was über Gaus gesagt worden war. Ihren *Godfather*, der bekanntermaßen im Gefängnis gesessen hatte. Mehrmals. Ja aber, war denn die ganze *Familie* kriminell?

Zur Weihnachtszeit verloren Jas und Medde allen Mut in Portugal, und Zeste befürchtete, daß sie an dem Tag, an dem ihr Vater allein und krank auf der Welt stand und sich nicht zu helfen wüßte, gezwungen wäre, nach Dänemark zurückzukehren. Myren hatte sich schließlich ihrer eigenen Dinge anzunehmen, für Verheiratete war es stets legitimer, sich um »Eigenes« zu kümmern, während der Unverheiratete, wie bekannt, für den Rest der Welt zu sorgen hatte. Zeste betete, daß Medde es bis zum bitteren Ende bei Jas aushalten möge. Aber sie mußte sich gleichzeitig eingestehen, daß es wohl unbillig sei, eine solche Erwartung an einen Menschen zu stellen, der bis aufs Hemd ausgeplündert worden war.

Jas schrieb, d. h., seine rechte Hand war lahm, so daß er keinen Bleistift mehr halten konnte, aber Zeste hörte unter Meddes zierlicher Handschrift seine Stimme:

Den 22. 12. 1969

Liebste kleine Zeste!

Verzeih, daß wir Dir weder eine Weihnachtskarte, Geschenke oder sonst irgend etwas geschickt haben. Hier unten war es einfach fürchterlich. Die Leute, mit denen wir die Fabrik aufbauen sollten, haben sich nicht nur als Verbrecher, sondern als vollständig unverantwortlich bei der Situation erwiesen, in die wir geraten waren. Das wenige Geld, das wir mithatten, war blitzschnell verschwunden, und sie unterstützten uns nicht dabei, einen Platz zum Wohnen zu finden, so daß wir gezwungen waren, im Hotel zu leben, weil man hier unten nur portugiesisch spricht. Wir versuchten wirklich alles, doch Sprachschwierigkeiten und Geldmangel ließen die Situation Tag für Tag verzweifelter werden. Als der letzte Escudo weg war, fuhren wir zur Dänischen Botschaft in Lissabon, wo man uns sofort Geld für die Hotelrechnung u. a. lieh und uns vor allem mit dem dänischen Konsul in Porto in Verbindung brachte, der nach allem zu urteilen interessiert daran ist, mit uns ein Geschäft zu machen. Er und seine Frau sind wirklich reizende Menschen und haben uns sofort eingeladen, über Weihnachten bei ihnen zu wohnen. Sie besitzen ein phantastisches Haus und leben in Verhältnissen, die daheim undenkbar wären, fünf Dienstboten, Privatchauffeur, wundervoller Swimmingpool plus ein kleinerer für die Kinder, Tennisplatz, herrlicher Garten mit Apfelsinenbäumen u. a. Wir haben ein prächtiges Zimmer mit schönen Möbeln, gemütlichem Bett und eigenem Badezimmer, und wir hoffen, daß das Glück sich jetzt endlich wenden wird. Aber zuvor mußten wir die Talsohle erreichen. Wir hatten nicht einmal so viel Geld, um Dir eine Weihnachtskarte zu schicken.

Du siehst doch sicher Großmutter zum Fest. Richte ihr die herzlichsten Grüße aus. Wir fahren jetzt im Cadillac mit Privatchauffeur nach Porto. Innigste Küsse und ein gutes neues Jahr, in dem wir uns hoffentlich wiedersehen.

Deine Medde und Vater.

Mit der linken Hand hatte er selbst »Vater« geschrieben, schemenhaft wie von einem Menschen, den spinnwebfeine Fäden mit dem guten Leben und dem Leben überhaupt verbinden.

Es dauerte nicht lange, bis Jas wieder in Kopenhagen war. Ohne Medde. Ohne Leib. Sie hatte Jas im Städtischen Krankenhaus zurückgelassen, als Beine und Darmtrakt versagten und sich dessen ganzer Inhalt in der Kaschmirhose ausbreitete. In Hamburg hatten sie die letzte Mark verbraucht, um den Pudel Bubbi im Hundesalon waschen und frisieren zu lassen. Doch dann, als alles Geld ausgegeben war – Meddes und das ihrer Mutter – und keine Aussicht mehr bestand, neues zu verdienen, fand Medde es ehrlich gesagt unverantwortlich, noch mehr Kraft an Jas zu verschwenden. Es war lustig gewesen, ja, sie hatte sogar viel Spaß gehabt und konnte ohne weiteres verschmerzen, daß er ihr ganzes Vermögen verjubelt hatte. Aber jetzt wollte sie eine Arbeit als Volksschullehrerin annehmen und sich bemühen, ein wenig Ordnung in ihr Leben zu bringen. Das Chaos war amüsant und vergnüglich gewesen, aber es konnte nicht ewig währen. Medde war schließlich bekannt dafür, mit beiden Beinen auf der Erde zu stehen, und dem entkam sie nicht.

An dem Tag, als Jas aus der Haustür in Ordrup mit seinen letzten Habseligkeiten in ein Taxi stolperte: 28 Anzüge, 28 Paar maßgearbeitete Schuhe, verschiedene Hüte inklusive Melone mit Schachtel plus ein Zinnbecher von Amager, obendrein ein erotischer Spiegel, den er und Medde zur Hochzeit bekommen hatten, begegnete er dem Nachbarn, Dr. Jensen, der höchst erstaunt aussah.

»Jetzt fahren wir in den Sommerurlaub«, sagte Jas und lüftete den Hut.

»Aber was für eine Menge Sachen Sie mitnehmen!« sagte Dr. Jensen und betrachtete den Spiegel, ein paar Messingleuchter und eine Kiste mit Büchern.

»Ja, heutzutage muß man viel mitnehmen!« erwiderte Jas. Und vor sich hin sagte er: »Ich laufe jetzt sehr gut.« Doch alle Leute schauten ihm nach. Nicht weil er wie ein alter Mann aussah, er war schließlich noch nicht einmal ganz fünfzig, sondern weil er einem Menschen glich, den der Tod heimgesucht hatte und der trotzdem weitermachte, davonstolperte, um Aktiengesellschaften zu gründen und Millionär zu werden.

*

Jas mietete sich ein Zimmer in einem Siedlungshaus, dessen Besitzerin entzückt war, während er auf dem Bett lag und grübelte, wie er das Leben jetzt anpacken sollte, um sein Ziel zu erreichen: eine U-förmige Einfahrt am Strandvejen.

Die erste und definitive Idee war, den Staat bezahlen zu lassen. Als er das Gesetz befragte, zeigte sich nämlich, daß es völlig unglaublich war, worauf man als Bürger tatsächlich ein *Recht* hatte und welche *Forderungen* man stellen konnte. Doch Jas gehörte trotz allem der alten Schule an. Ihm kam nicht in den Sinn, etwas zu fordern, er hatte sich lediglich vorgenommen, liebenswürdig zu sein, so wie er es beim Einkaufen in einem Lebensmittelladen war, wo die Verkäuferin sagte: »Das macht 7,75«, und Jas grinsend erwiderte: »Das klingt wunderbar, ich muß Ihnen nämlich verraten, das ist genau mein *Lieblingspreis.*«

Kurz gesagt, er hatte sich vorgenommen, seinen Charme spielen zu lassen.

Also war das erste, was er sagte, als er ins Amt für Rehabilitation hineinhinkte, um einen Cadillac zu bekommen, ob die Sachbearbeiterin nicht Lust habe, die Geschichte zu hören, wie er damals in London Socken kaufen wollte. Die Sachbearbeiterin riß die Augen auf, und Jas schlug mit Hilfe seiner gesunden Hand die langen schlaffen Beine übereinander.

»Ja, ich wollte mir also ein paar Kaschmirsocken besorgen«, erzählte Jas und zwirbelte mit zwei Fingern die Spitzen seines englischen Schnurrbarts. Die Sachbearbeiterin machte ein verwirrtes Gesicht.

»Also frage ich, was ein solches Paar kostet, richtig schöne Socken, wissen Sie?«

Die Sachbearbeiterin nickte unsicher.

»Da sagt der Verkäufer 550 Kronen.«

»Für ein Paar Socken? Ja aber die halten doch nicht länger als eine Woche, sage ich also.«

»But what a week, sir! Ist das nicht großartig?«

Er sprach nicht von oben herab zu der Frau, er ging davon aus, daß sie englisch verstand, zog sie zu sich herauf. Und sie begriff auch recht schnell, warum es für ihn notwendig war, ein Auto zu bekommen. Sie mußte versuchen, die Sache durch die bürokratischen Mühlen zu schleusen, damit er nicht ein halbes Jahr darauf zu warten hatte. Denn es wäre ja Vergeudung staatlicher Gelder, wenn er ohne Beschäftigung herumliefe, wo er doch bereit war, schon morgen mit jeder erdenklichen Arbeit zu beginnen. Er hatte eine Annonce in der Zeitung gelesen über nagelneue Einzimmerwohnungen an den Seen, für den Anfang, und die Sachbearbeiterin von der Rehabilitation begriff auch sehr rasch, daß dieser Mann ein Himmelbett mit Vorhängen von Lysberg, Hansen & Therp benötigte, denn sonst könnte er kein Auge zumachen. Jas wußte die ganze Zeit genau, was er haben wollte, und das war immer das Teuerste. Doch die Rehabilitation verstand selbstverständlich, daß dieser Mann sich mit nichts Billigerem begnügen konnte.

In Null Komma nichts hatte er sich in seiner neuen Wohnung eingerichtet, besaß ein Himmelbett mit Vorhängen rundherum, und unten im Hof stand ein nagelneues Auto. Das Behindertenschild benutzte er nur, wenn er im Stadtinnern parken wollte.

*

Mit neunndvierzig Jahren war Jas endlich soweit, ein neues Leben beginnen zu können. Aber zuerst mußte er noch herausfinden, was in dem alten schiefgelaufen war. Denn wenn er jemals sein Lebensziel erreichen wollte, die U-förmige Einfahrt am Strandvejen, mußte er einfach dahinterkommen, was das Leben für eine mysteriöse Angelegenheit war und insbesondere, welche Rolle er selbst bei diesem Rätsel spielte. Also kaufte er Aldous Huxleys »Ewige Philosophie« in zwei Bänden. Denn er konnte einfach nicht begreifen, warum es ihm so schlecht ergangen war. Und warum er so tief in die Knie gezwungen wurde. Er hatte in Hülle und Fülle Frauen gehabt, Häuser, Autos, Geld und jede Menge Feste. Und jetzt saß er plötzlich allein in einer Einzimmerwohnung, ohne Arbeit, ohne Freunde, ohne überhaupt irgend etwas. Der Herr hats gegeben, der Herr hats genommen, der Herr ist ein *give-taker*. Alle, die er einst gekannt und seine Freunde genannt hat, waren mit einem gewissen Lebensstandard ausgestattet, und er schämte sich, ihnen gegenüber eingestehen zu müssen, ein Verlierer zu sein.

Seine bisherigen »Geschäftskontakte« hatten ihn lange gewarnt, sich in der Stadt zu zeigen, denn mit seinem kranken Aussehen war kein Geld zu holen. Seine wackligen Beine und sein lahmer Arm stärkten nicht den Kredit. Beim Geschäftsleben käme es schließlich darauf an, seine wirklichen Karten zu verdecken und eine vertrauensvolle Fassade vorzuweisen. Das ganze Geschäftsleben basierte auf diesem falschen Vertrauen. Deshalb stürzte sich Jas auf »Die ewige Philosophie«. Denn es mußte andere Werte geben als die, nach denen er früher gelebt hatte. Er war überzeugt, daß ein Naturgesetz existieren mußte, auch in der Seele, das besagte, wenn man erst richtig in die Knie gegangen war, wurde man anschließend wieder emporgehoben. Es mußte ein Gleichgewicht geben. Also blätterte er in den zwei Bänden, um es zu finden. Er las von Gut und Böse, Zeit und Ewigkeit, Heil und Erlösung, Gebet, Leiden und Glauben. Von Nächstenliebe und Selbsterkenntnis. Von Gnade und dem freien Willen.

Doch egal, wieviel er auch las, so erinnerte ihn sein Leben vor allem an die Geschichte, die er seinen Töchtern in ihrer Kindheit so oft erzählt hatte. Die Geschichte von dem kleinen Mann und dem Schneider. Wie der kleine Mann mit einem großen Stück Stoff zum Schneider kommt, um sich einen Anzug nähen zu lassen. Ja doch, sehr gern. Und wann ist der Anzug fertig? Am Mittwoch, sagte der Schneider. Und der kleine Mann kam, um seinen Anzug zu holen. Doch es konnte leider kein Anzug daraus werden. Nun, was konnte es dann werden? Ja, es konnte eine Jacke werden. Vielen Dank, sagte der kleine Mann. Aber dann konnte es doch keine Jacke werden, sondern nur eine Weste. Und dann konnte es nur ein kleines Taschentuch werden. Und zum Schluß konnte aus dem großen Stück Stoff überhaupt nichts werden. Vielen Dank, sagte der kleine Mann. Und jetzt war Jas selbst dieser kleine Mann geworden, von dem er so viele Male erzählt hatte, der von seinem ganzen Leben nicht das Geringste zurückbehalten hatte. Was war verkehrt gelaufen?

Er unterstrich Augustinus' Worte: »Nur Gottes soll man sich erfreuen; der Kreaturen darf man sich nicht erfreuen, man darf sie nur gebrauchen – gebrauchen mit Liebe und Mitgefühl und einer besonnenen, unbefangenen Würdigung, als Mittel zur Erkenntnis dessen, wessen man sich erfreuen darf.« Und genau das hatte er ja getan. Er hatte Medde und ihr Geld mit Liebe, Mitgefühl und einer besonnenen, unbefangenen Wertschätzung gebraucht! Und dreimal unterstrich er das Zitat: »Liebe ist unfehlbar; sie hat keine Fehler, denn alle Fehler sind Mangel an Liebe.« Er hatte geliebt, und doch kämpfte er um Frieden in seinem Sinn. Er las, niemand solle sich zum Richter über einen anderen aufschwingen, und dennoch verurteilte er sich selbst. Er zog einen dicken Strich neben einem Sutra über die Kunst, die ursprüngliche Reinheit des Sinns herzustellen und erneut zum Kind zu werden: »Wenn du wünschst, dein Gemüt zu beruhigen und seine ursprüngliche Reinheit wiederherzustellen, mußt du so vorgehen, wie wenn du einen Topf voll schlammigen Wassers reinigen wolltest. Zuerst läßt du ihn stehen, bis das Trübe zu Boden gesunken ist und das Wasser wieder klar wird.«

Und dennoch machte er sich Sorgen, wie er jemals wieder Geld verdienen sollte, wo er sich in der gesamten Konfektionsbranche kompromittiert hatte und dicht davor war, im Kittchen zu landen. Zu diesem Problem sagte »Die ewige Philosophie« nichts. Er versuchte es mit dem Begriff »aktive Resignation«, gedachte, dem Rat des Chuang Tzu zu folgen und das eigene innere Gleichgewicht weder von Gut noch Böse stören zu lassen. Und er nickte bestätigend zu den Betrachtungen des Heiligen Franz von Sales. Denn es war ja nur zu wahr, daß es zu nichts führte, sich über Ereignisse aufzuregen, die zu verhindern nicht in unserer Macht stand. Es gab ja schließlich so etwas wie unsere psychophysische Ausstattung und auch über die waren wir nicht Herr.

Da wir also, wenn es darauf ankommt, auf nicht sehr viele Dinge Einfluß haben und da das »innere Gleichgewicht« auf die Dauer etwas langweilig ist, es neigt schließlich zu Selbstvorwürfen und Selbstmitleid, beschloß er, sich mit seinem Willen am letzten Haar auf dem Kopf nach oben zu ziehen und wieder als Geschäftsmann anzufangen. Die portugiesischen Verbindungen mußten sich noch immer nutzen lassen. Denn egal, was dort auch schiefgelaufen war, so galt die unbestrittene Tatsache, daß die Portugiesen billigere Hosen nähen konnten als die Dänen. Vielleicht war er dort im Portugiesischen aufgrund von Umstellungsschwierigkeiten nicht zurechtgekommen, doch den dänischen Markt kannte er wie seine Hosentasche, und jetzt wollte er seine Zukunft darauf bauen: portugiesische Hosen in Dänemark verkaufen. Und dieses Mal stellte er sich den Portugiesen als »Professor der Ökonomie von der Kopenhagener Universität« vor, damit die dort unten Respekt zeigten und begriffen, daß es nicht ein Mr. Jemand war, mit dem sie zu tun hatten.

*

Doch war es nicht gerade ein glücklicher Zeitpunkt, um ein Unternehmen aufzubauen. Denn die Streiks hatten in Dänemark soeben begonnen.

Unter diesen unsicheren Umständen waren die dänischen Herrenkonfektionsgeschäfte wenig geneigt, Einkäufe zu machen. Und als sie endlich Mut faßten und die Bestellung eines höchst exotischen Postens Hosen aufgaben, so taten sie es vor allem aus alter Freundschaft, und um sich bei Jas für all die guten Geschichten zu bedanken, die er ihnen im Laufe der Jahre erzählt hatte. Crome & Goldschmidt und Havemann's Magasin begriffen, daß hier ein Mann in Not war.

Schlimmer wurde es für Jas, als er wirklich eine Bestellung *erhielt*. Denn aufgrund der Umstände war es höchst zweifelhaft, ob er gemeinsam mit den Portugiesen imstande war, ihr nachzukommen. Oftmals mußte er auf eine Sendung warten, die dann doch niemals ankam. Aber da es darum ging, den Kundenkreis, wie fiktiv er auch sein mochte, zu halten, telegrafierte er den Portugiesen auf deren Kosten, sie mögen sich irgendeine Geschichte als Erklärung einfallen lassen, warum die Hosen ausgeblieben waren. Sie sollten sagen, die Fabrik sei abgebrannt oder überschwemmt worden, das Schiff untergegangen und der Vulkan ausgebrochen. Nur die Wahrheit sollten sie verschweigen.

Und die Wahrheit in ihrer rührenden Einfachheit war schließlich, daß die Portugiesen Anfänger waren in der Kunst, einen reicheren, nördlichen Kundenkreis mit so dicken Bierbäuchen zufriedenzustellen, daß die südländischen Nähmaschinen und Scheren dem einfach nicht gewachsen waren. Die Portugiesen weigerten sich ganz einfach, diese phänomenalen Größen zu nähen. Julius Kopp war der einzige, den Jas kannte, der nicht zu dem leidigen Gerücht beitrug, die Portugiesen könnten nur kleine Hosen aus dünnem Stoff nähen.

Aber wie die Hosen tatsächlich ausschauten, konnten nur wenige sagen, da sie kaum einer gesehen hatte. In Dänemark kursierte daher das Gerücht, daß die Portugiesen all die Hosen, die sie selbst nähten, stahlen. Und die Portugiesen räumten gern ein, daß es »quite possible« sein könnte, »that the trousers were stolen«.

Doch Jas blieb nichts anderes übrig, als zu kämpfen, den Kundenkreis im guten Glauben zu lassen und seinen eigenen Hintern zu retten. Er schrieb an die Firma Regent und versicherte, daß die Hosen unmöglich beim Packen oder anderswo im Rahmen der Firma gestohlen worden sein können, denn in Portugal seien die Verhältnisse nicht wie in Dänemark, wo man mehrere Wochen Erholung auf Kosten des Staates bekam, wenn man sich am Eigentum anderer vergriff. In Portugal wurde einem der Kopf abgerissen und dreimal durch den Fleischwolf gedreht, was die großartige präventive Wirkung hatte, daß die Portugiesen nur dann Verbrechen begingen, wenn es sich um Dinge auf Leben und Tod handelte. Jas war deshalb überzeugt, daß die Hosen vollzählig aus Portugal abgegangen waren.

Noch schlimmer war es, wenn die Hosen tatsächlich eintrafen. »In Lebensgröße.« Obwohl Jas den Portugiesen den richtigen Schnitt beigebracht hatte, kam die Lieferung in Dänemark stets als Haufen trauriger Fetzen an. Die portugiesischen Schneider wurden belehrt, daß die Hosen zwar recht gut aussahen, solange sie »flat on the table« lagen. Aber sobald man sie in die Senkrechte brachte, zeigte sich, daß entweder die Hosenbeine verschieden lang waren oder sie vorn einfach nicht geschlossen werden konnten. »Und das, dear friends and gentlemen, ist, wie Sie sicher verstehen, fatal für Ihren eigenen Agenten, der im Land umherreisen und diese peinlichen Posten verkaufen soll!« Und Jas schloß seinen Brief stets mit der Bitte um mehr Geld, damit der mehr oder weniger fiktive Kundenkreis bei Laune gehalten werden konnte, und hauptsächlich er selbst.

✳

Jeden Tag parkte er auf der Købmagergade, weil er, um die mangelnden portugiesischen Einkünfte aufzubessern, eine Arbeit angenommen hatte, bei der er Hausfrauen auf das Geschäftsleben vorbereitete. Er hatte sie zu benoten, und da war besonders eine, die ständig eine Eins plus bekam.

Zu Katze sagte er: »Sie hat mich kennengelernt, wie ich eigentlich bin, ohne meine Vergangenheit.«

Und Katze schlug die Arme um den alten Jas und drückte ihn an sich. Und sie zog ihn ins Gäste-WC hinaus, damit er sehen konnte, daß Tobias noch immer auf dem Sims lag, so wie auch seine Mäntel im Entree hingen. Katze hatte, weil Jas zum Essen kommen sollte (Glenda und Buller hatten sich selbst eingeladen und wollten die Krabben mitbringen), einen ihrer besseren taubenblauen Cardigans aus Tobias' Zeit hervorgeholt, und der paßte gut zu ihren blauen Augen, dem weißen Haar und den Perlen. Sie war fast siebzig und machte noch immer Überstunden im Büro.

»O Jas, das allerniederträchtigste ist, daß diese Frau Pißpott, wie ich die da im Büro nenne, *mich* als kleine graue Maus bezeichnet! Als ob *ich* nicht *Katze* wäre. *So* bin ich schließlich mein ganzes Leben genannt worden! Ich, die so viele Verehrer gehabt hat – und das aus allen Sprachen – und jeden hätte heiraten können, besonders den Pelztierjäger, mich wagt diese Frau Pißpott eine *graue* Maus zu nennen! Und wußten Sie denn eigentlich, Frau Pißpott, daß *ich* eine Enkeltochter habe, die auf dem besten Weg ist, in Paris eine berühmte Schauspielerin zu werden? Das hat ihr den Mund gestopft!

Jas vergaß nie, wie er Katze das erste Mal in Gammel Mønt gesehen hatte, wo sie mitten im Salon auf dem großen Teppich stand, ehe Gaus ihn zur »Aufbewahrung« schickte, im knallroten Kleid, mit Diamantenbrosche und Drink. Wie in einem Theaterstück, wo sich der Vorhang gerade zum ersten Akt gehoben hatte und die Femme fatale die ganze Menagerie verführte, mit aller Art Unglück im Gefolge. Das feuerrote Kleid hatte Schlimmes prophezeit. Aber jetzt auf ihre alten Tage waren sie und Jas Busenfreunde geworden. Er bemerkte sehr wohl, daß die Wohnung seit Tobias' Zeit nicht mehr geputzt worden war. Marie kam zwar einmal die Woche, aber nur, um sich die Illustrierten von Katze zu holen, nachdem auch sie Witwe geworden war. Jeden zweiten Tag sagte Katze »die arme Marie« und daß sie ihr einziger Freund auf der Welt sei. Die anderen Tage sagte Katze »diese Gans Marie«, weil sie nichts anderes im Kopf hatte, als zu irgendeinem Witwer unten in Korsør zu rennen, für den sie dauernd Essen kochen mußte. Wie waren die Frauen doch dumm, sich dermaßen an einen Mann zu klammern. Das hatte Katze jedenfalls nie getan! Was das Putzen in Gammel Mønt anging, so kümmerte es Katze nicht im geringsten. Es bereitete ihr im Gegenteil ausgesprochenes Vergnügen, den Ort verkommen zu lassen.

»Jas, setz dich in Tobias' Sessel, während des Krieges war das deiner, erinnerst du dich? Wie gemütlich wir es doch hatten.«

Katze war total entfallen, wie sehr es sie damals genervt hatte, Jas in Tobias' Sessel herumhängen zu sehen. Jetzt war sie froh. Etwas verband sie. Nicht nur die gemeinsame Vergangenheit oder ihre bescheidene Herkunft, schon eher die Tatsache, daß bei beiden so vieles schiefgelaufen war. Doch wenn alle Mißerfolge fortgeschoben waren, saßen sie da und fühlten einen Stich im Herzen, eine Freude, einander zu sehen, die man vielleicht Liebe nennen konnte. Es machte ihm nichts aus, daß Katze trank – Rebekka, die Marie draußen in der Küche beim Abschmecken half, war da ganz anderer Ansicht. Und Katze machte es nichts aus, daß Jas pleite gegangen war und ein Vermögen, das nicht ihm gehörte, verjubelt hatte, obendrein fast im Gefängnis gelandet wäre. Katze zog ständig über ihre Nächsten her, doch nie über Jas. Vielleicht war das Gemeinsame, daß beide das Herz auf dem rechten Fleck hatten, selbst wenn es nicht gerade ein sehr eleganter Fleck war.

»O Jas, wie schön, daß du hier bist. Setz dich und laß uns ein bißchen erzählen, ehe die Idioten aus der Stockholmsgade kommen. Warum ziehst du nicht in Gammel Mønt ein, wie in alten Tagen?«

»Ja, das tue ich auch, Großmutter, ich habe mich von einem Haufen Frauen getrennt, alle Frauen sind nämlich total irrsinnig, verstehst du, doch von dir werde ich mich nie trennen, wir zwei halten zusammen, und dann kann die verrückte Welt in Flammen aufgehen oder tun, was sie sonst will.«

»Die Welt vergeht, aber Gammel Mønt besteht!«

Katze sagte nicht prost, aber nickte Jas mit Tränen in den Augen zu und nahm einen Schluck von ihrem *Cocktail*.

»Ja, und das ist dir zu danken, Großmutter, das ist *dein* Verdienst. Und weißt du was, Großmutter, ich werde dich ins ›d'Angleterre‹ zum Essen einladen, in die Bar, wo sie das großartigste Hoppelpoppel machen.«

»Ach hör auf, Jas, das kannst du dir nicht leisten!«

»Natürlich kann ich es mir leisten! Ich kann nur das! Ich bin ein freier Mann! Und habe das ganze Leben vor mir!«

»O Jas, wie schön es doch ist, dir zuzuhören. Wenn wir nur für uns bleiben könnten und diese Deppen aus der Stockholmsgade nicht kämen. He, ist Tante Mudde stehengeblieben? Du erinnerst dich doch bestimmt an Tante Mudde. Es ist besser, ich ziehe sie gleich auf, sie pflegt immer ein bißchen vorneweg zu sein.« Katze stand auf und ging zum Sekretär mit der alten Silberuhr, die sie zusammen mit ein paar Obligationen geerbt hatte.

Rebekka, die erst kürzlich aus Helsinki heimgekommen war, hatte jetzt eine Stellung als Sekretärin bei einem dänischen Arzt in den USA bekommen und wohnte vorübergehend in Gammel Mønt, wo sie ihrer Mutter auf die Nerven ging, und vice versa. Katze seufzte tief: »Sie tut alles, was sie kann, um mich zu kränken. Du weißt, Jas, was für eine scharfe Zunge sie hat. Wir müssen leise reden, damit sie uns nicht hört. Aber weißt du, Jas, sie will zum jüdischen Glauben übertreten, nur um mich zu vernichten. Sie liebt ihren Vater mehr als mich.«

»*Ich* liebe dich, Großmutter!«

»In ihrem Zimmer stehen nur Bilder von Tobias.«

»Weißt du was, Großmutter, ich möchte an *allen* meinen Wänden Bilder von dir haben!«

»Hör jetzt auf mit diesem Gewäsch, Jas. Du und Li, ihr seid bei mir in Dänemark geblieben, in Gammel Mønt 14.«

»Ja, genau!«

»Aber sie ist so stolz, so stolz, den Kopf im Nacken geht sie die Straße hinunter, ohne sich auch nur umzudrehen und zu mir herauf zu winken. Und ich sage zu ihr – denn man weiß nie, wann der Herrgott uns zu sich ruft, und dann sind wir fort –, daß alle meine Enkelkinder mir immer zugewinkt haben, als sie im Ausland war. So wie Tante Mudde ihrer Mutter in der Fredericiagade immer zugewinkt hat. Und sogar der kleine Orm, der so lieb und reizend ist und dessentwegen ich mir solche Sorgen mache, hat mir zugewinkt, wenn ich im Fenster stand und er weit weg mußte. Aber sie will nicht.«

»Jetzt gehe ich raus und rede mit ihr.«

»Erzähle ihr nichts.«

Eigentlich war Jas auch nicht sehr erpicht darauf. Denn Rebekka war Expertin darin, anderen ein schlechtes Gewissen einzuflößen. Sie hatte festgestellt, daß die Welt Fehler besaß, und somit war diese gezwungen, sich zu beugen. Mehrmals hatte sie ihm zugunsten Myrens und Zestes schriftlich Geldbeträge abverlangt und an sein Vatergefühl, an Verantwortung, Anstand usw. appelliert. Und er hatte geantwortet, daß sie sich nicht in seine finanziellen Angelegenheiten einmischen solle, und wenn er überhaupt auch nur eine einzige Krone zur Verfügung hätte, dann würde er sie lieber in Antilopenmäntel für seine Töchter, rostige Nägel oder alte Bananenschalen investieren, je nach Konjunktur des Marktes. Bekka war eine Frau der Maßregelungen geworden, noch immer eine klassische Schönheit, noch nicht einmal fünfzig, doch mit mehreren grauen Strähnen im schwarzen Haar, das sie im Nacken zusammennahm. Was könnte sie für eine schöne Person sein, dachte Jas – auch sie hatte das Herz auf dem rechten Fleck. Aber auch mit diesem Fleck war sie nicht gut bedient. Nachdem sie gegen Reichendorf eine Niederlage hatte einstecken müssen, hatte sich Rebekka die Lebensauffassung zugelegt, daß ihre *Arme* falsch saßen. Sie waren verkehrt an den Körper geschraubt worden. Und da das andere Geschlecht – und mit Recht – die körperlichen Details einer Frau ungeheuer wichtig nahm, ganz besonders wie die Arme saßen, konnte man es einem ordentlichen Mann nicht verdenken, wenn er die, deren Arme nicht richtig saßen, zugunsten einer anderen verschmähte. Rebekka war sich der Sache mit den *Armen* so sicher, daß sie selbst im Sommer langärmlig gekleidet ging.

»Warum willst du deiner Mutter nicht zuwinken?« grinste Jas und umarmte Marie, während Rebekka ihre Craven A aus dem Mund nahm, um sich küssen zu lassen, und Jas mit in ihr Zimmer zog. Was die Gabe der Rede betraf, glich sie völlig Madame de Staël. Rebekkas Redefluß war die reine Verführung, ein Betäubungsmittel, das den Gesprächspartner in einen zombieartigen Zustand versetzte. Konnte man entgegen aller Erwartung dennoch ein paar Worte stammeln oder vielleicht einen ganzen Satz und zum nächsten übergehen, wurde man brutal zum Schweigen gebracht. Bekkas Redefluß war ein Trieb, der völlig autonom verspürte, wann der »Gegenpart« atmen oder zwischen zwei Sätzen nach Luft schnappen mußte. Genau an dieser Stelle, dieser schwachen Stelle, mitten in jener Nanosekunde schweigender Leere, mitten in diesem Luftholen würde Bekka zuschlagen und weitersprechen, verführerisch, selbstvergessen, während der Gesprächspartner bereits besiegt, okkupiert und für lange Zeit aus dem Rennen geschlagen war.

»Ich mag ihr nicht nach dem Mund reden. Sie muß aus ihrer Lebenslüge heraus. Dieses ganze Selbstmitleid rührt ja von der Illusion her, daß sie eine Rolle als Tragödin à la Bodil Ipsen oder Betty Nansen hätte zugeteilt bekommen. Wenn sie Menschen sehen will, und das will sie ja, denn schließlich will sie nicht vor die Hunde gehen, dann muß sie auch aus ihrer Lebenslüge heraus.«

Jas konnte sich auf seinen kranken Beinen kaum aufrecht halten und wollte sich bewegen, weg von hier. Doch Rebekka hielt ihn am Arm fest: »Sie muß endlich einsehen, daß sie nur ein ganz gewöhnlicher Mensch ist, eine ganz gewöhnliche berufstätige Frau wie Hunderttausende sonst – alles andere ertrage ich nicht. Und auch wenn sie sich anbietet, meine Rechnungen zu bezahlen, dann bekomme ich es den Rest meines Lebens aufs Brot geschmiert, einfach nicht auszuhalten.«

Jas schaute auf seine Uhr: »Glaubst du nicht, daß Glenda und Buller jeden Augenblick hiersein müssen?«

»Nein, sie kommen immer zu spät. Wenn ich all das erzählen würde, was Vater vor seinem Tod zu *mir* über sie gesagt hat, würde ich ihr die ganze Lebenslüge nehmen. Auf gewisse Weise war es gut, daß er starb, denn zum Schluß konnte er sie nicht mehr ertragen. Und es war gut, daß er *mich* gebeten hat, den Krankenwagen zu rufen, denn sonst hätte sie ihn am nächsten

Morgen tot im Bett gefunden. Sie ist ja nicht wachzukriegen, wenn sie in ihrem Suff in Schlaf gefallen ist. Auch wenn sie behauptet, nie ein Auge zuzumachen. Nein, du mußt verrückt sein, es käme mir nie in den Sinn, ihr zu erzählen, was er zu mir gesagt hat.«

Jas wollte sich gerade einen Stuhl nehmen, als Katze hereingetorkelt kam und Jas mit ihren Suffkonsonanten zu retten versuchte. Katze konnte keinen Alkohol mehr vertragen. Schon nach zwei Drinks begann sie leicht zu lallen.

»Nun, hat sie etwasch über misch gesagt? Rudle, rudle …«

Katze benutzte einen jiddischen Ausdruck.

»Ach Großmutter, du kennst doch Bekka.«

»Isch hatte ihr ja nur angeboten, ihre Reschnungen von 300 Kronen zu bezahlen, weil sie so große Auschgaben hat, wenn sie jescht nach Amerika geht. Und sie fängt ein Rieschenpalaver an, daß sie die Sache hinterher aufs Brot geschmiert bekomme, und das ist wirklisch nicht schön gesagt, denn du weischt ja, eines ist ganz sischer: Für meine Kinder und Enkelkinder tue isch *alles*.«

Tobias hätte die Ankunft von Glenda mit der kupfergetönten frischen Frisur und der Schüssel voller handgeschälter Krabben begrüßt. Sie kam mit dem kleinen glatzköpfigen Buller, der sich ohne einleitende Manöver oder andere Formen falscher Höflichkeit einen Martini nahm, sich munter eine Zigarre anzündete und im Stuhl zurücklehnte.

Alle hoben ihr Glas, und Katze schrie: »Eine Frau von vierzig ist fertig!«

»Wie kannst du denn so was sagen?« erwiderte Glenda und schaute verwirrt von Rebekka zu Katze. Doch Buller rettete die Situation mit einer Erklärung, der nicht zu widersprechen war: »Ich will nur feststellen, wer Kommunist wird, muß strohdumm sein. In Amerika, dem Land der Freiheit, trinken die Arbeiter Whisky und fahren Auto. In Rußland haben sie Fahrräder und ein Bajonett im Rücken.«

Marie kam herein und nickte der gnädigen Frau zu, daß sie zu Tisch gehen könnten.

Die Gäste hatten vielleicht gedacht, man hätte die Goldrandteller oder die russischen Gläser aus der Riga-Zeit hervorgeholt, einfach so zur Freude, weil Katze seit mehreren Jahren niemanden mehr zum Essen bei sich hatte. Aber da mußten sie umdenken. Katze war nicht bereit, den Wein zu opfern, den sie seit dem

Krieg aufgehoben hatte. Der Wein sollte zu ihrem Nachlaß gehören, ebenso die russischen Gläser, die mit der Zeit vom herunterrieselnden Staub und Kalk ganz weiß geworden waren, weil die da oben herumtrampelten – all die Leute, die dort ein Bordell eingerichtet hatten. Direkt über ihrem Kopf.

*

Nicht sehr lange nach diesem Essen war Zeste wieder in Kopenhagen, um Jas zu helfen. Myren, der er aus Einsamkeit in letzter Zeit die Bude eingerannt hatte, war schließlich gezwungen gewesen, ihn um eine Pause zu bitten. Als Frischverheiratete hätten sie schließlich auch ihr eigenes Leben, und das müsse er respektieren. Aber er respektierte es nicht. »Ich werde weiter zu euch kommen, bis ihr es mir nicht mehr erlaubt!« Dann kam der Tag, an dem Myren ihrem Vater verbieten mußte, unangemeldet aufzutauchen, und Zeste kam nach Hause und zog in Gammel Mønt ein.

Jeden Tag mußte ihm Zeste entweder die Nägel oder den Schnurrbart schneiden. Oder er bat sie, für ihn zu schreiben, da er sein Hosengeschäft noch immer nicht zum Laufen gebracht hatte. »Zunächst sollen sie die Sache mit den Hosen nur ein bißchen beschnuppern«, schrieb Zeste über Jas' Kunden nach Portugal, »danach sollen ihnen die Hosen gefallen, und schließlich sollen sie sie wirklich brauchen.« Jas hatte in dem halben Jahr, das er an den Seen gewohnt hatte, tatsächlich 440 Paar Hosen abgesetzt. Für die nächste Saison versprach er einen Verkauf von 10000 bis 20000 Paar und für die übernächste: 30000 Paar Hosen – »falls wir bis dahin noch alle leben«, fügte er hinzu. Zeste schaute von der Schreibmaschine zu ihrem Vater auf und hoffte, daß er bis dahin *nicht* mehr leben müsse. Am Tag zuvor habe er gelähmt auf dem Boden gelegen, habe sich nicht bewegen können, sagte er in einem Nebensatz. »Alles ist Politik«, antwortete Zeste automatisch mit einem zeitgemäßen Slogan. Sie wußte nicht, was sie sonst sagen sollte. Sie konnte sich ihren Vater nicht mit Rollstuhl im Pflegeheim vorstellen, er war kein Typ, dem man die Windeln wechselte. Er war ein Mann für Frauen, Champagner und Tanz.

Es war schrecklich, einen *Vater* kaputtgehen zu sehen. Er war ihr kleiner Junge, der plötzlich so schrecklich alt geworden war, bald fünfzig. Mit einem Kloß im Hals schnürte Zeste ihm die

Schuhe zu und band ihm den Schlips. Er hatte angefangen, dasselbe Hemd zwei Tage hintereinander zu tragen. Manch anderer konnte vielleicht ein Hemd eine ganze Woche lang anziehen. Doch beim Swingdandy Jas wirkte es daneben, wenn die Lackschuhe nicht glänzten. Morgens, wenn sie kam, saß er im Seidenschlafrock am Küchentisch und spielte Roulette. Solch kleines Spielzeug-Roulette. Sie schloß die Tür selbst auf, da er kaum gehen konnte. »Zessie, ich habe gerade auf Siebzehn und Schwarz gewonnen.«

Aber wenn sie dann zu »Timme« in die Nørregade wollten, um Teddy Wilson zu hören, wirkte er ganz frisch und bestellte einen Tisch.

»Schau mal, wie sieht es aus, wenn ich laufe?«

*

Eines Abends saß Zeste bei ihm, und sie tranken Whisky. Er hatte eine Kassette mit Mozarts Klarinettenkonzert eingelegt. Als der zweite Satz verklungen war, wischte er sich die Tränen ab.

»Zessie, du hast einen tüchtigen Vater. Man braucht großes Talent, um eine Million Schulden zu machen.«

Zeste lächelte über seine Gabe, ewig alles auf den Kopf zu stellen. Und dann all die Geburtstage, die er vergessen hatte. Und wenn ihm dann endlich ein Geburtstag einfiel, war er pleite und kam mit den merkwürdigsten Geschenken an. Einmal, als alle Freunde Silbergabeln und Golduhren bekamen, rückte Jas mit einer Konditorschachtel an, voll mit – lebendigen Entenküken. All dieses panische Kribbeln und Krabbeln in der Schachtel war grauenerregend gewesen. Zeste hatte nur eins im Kopf, die Tiere blitzschnell loszuwerden, auch wenn sie die Küken ja nicht einfach in den Mülleimer werfen konnte oder einen Bach zur Hand hatte. Nicht einen Gedanken verschwendete sie daran, daß eines der Entlein eines Tages vielleicht zum Schwan werden könnte. Doch in letzter Zeit war ihr das Geschenk ständig durch den Kopf gegangen, als wirklich lebendiges Präsent, mit dem man nie fertig wurde.

»An dem Tag, an dem ich nicht mehr gehen kann«, sagte Jas, »nehme ich einfach das Auto und fahre es gegen einen Straßenbaum.«

Liebes Papachen, dazu fehlt dir ganz einfach der Mut, dachte

Zeste und erinnerte ihn statt dessen an die U-förmige Einfahrt am Strandvejen.

Sein Leben war auf eine Weise genau so verlaufen wie die Geschichte von Nikolajsen, die er ihnen immer erzählt hatte, als sie klein waren. Von jenem Nikolajsen, der ständig aus der Tür und in den Fahrstuhl gewiesen wurde, doch der jedesmal zurückgekehrt war und erklärt hatte, jetzt sei er zwölfmal im Abfalleimer gelandet und jetzt könne es bald genug sein. Aber Jas liebte das Leben. Für Jas war es nie genug. Und eines Tages mußte Zeste halt sagen, da sie sich von seiner Ohnmacht verfolgt und von seinem Leiden aufgefressen fühlte. Er war ein Kind geworden, das sie nicht mehr schleppen konnte. Sie mußte auch an ihr eigenes Leben denken, und Serge war nach Paris gekommen, wo er sie erwartete, also sah sie sich gezwungen, zurückzufahren.

»Du willst ihn nicht heiraten?« fragte Jas, ganz unerwartet.

»…«

»Ausländische Abenteuer sind toll, die habe ich selbst gehabt. Aber man soll sie nicht heiraten.«

»Warum eigentlich nicht?«

»Weil dir eines Tages ein Lied von Osvald Helmuth einfällt oder ein Witz von Storm P., und du entdeckst, daß es sich nicht übersetzen läßt. Sie haben keine Ahnung, wovon du redest.«

Plötzlich fragte Zeste: »Warum heiratest du eigentlich nicht Mutter?« Ein plötzlicher Einfall, der wohl irgendwo aus der Tiefe kam, wo sich Kinder ihren Vater und ihre Mutter immer *zusammen* wünschen. Zeste war fast fünfundzwanzig Jahre alt.

Jas kam mit einer intimen Erklärung.

Diese Vertraulichkeit gefiel Zeste nicht. Gab es etwas Schlimmeres, als in das Schlafzimmer der Eltern eingelassen zu werden?

*

Am 6. Juli abends rief Rebekka an, um Jas gute Nacht zu wünschen, und sie hatte kaum den Hörer aufgelegt, als Katze anrief: »Na, hat sie endlich aufgelegt? Was war?«

»Jetzt solltest du aber ins Bett gehen, Großmütterchen, und zu schlafen versuchen. Hast du ein paar gute Bücher in der Bibliothek ausgeliehen?«

»Ja, diese Muriel Spark. ›Was ist das für Pornographie?‹ hat diese Frau Pißpott im Büro gefragt, sie sieht schließlich alles, was man liegen hat, und steckt ihre Nase überall rein. Ja, denn Bekka ist schließlich unglücklich, dieser Idiot von Reichendorf hat bestimmt eine andere geheiratet, aber es bringt nichts, sich an einen Mann zu klammern.«

Es war an der Zeit, dem Großmütterchen gute Nacht zu sagen und vielen Dank für alles.

»Du weißt, Jas, daß Gammel Mønt dein Zuhause ist«, war das letzte, was Katze sagte.

Am nächsten Tag wurde sie von der Polizei angerufen, betreffs eines Brandes in der Nørre Søgade. Jas war tot, verbrannt in seinem Himmelbett mit all den feinen Kunstfaservorhängen von Lysberg, Hansen & Therp. Er war nicht so verkohlt, wie man hätte glauben können, war höchstwahrscheinlich aufgrund einer Kohlenmonoxydvergiftung eingeschlafen. Nur der Schnurrbart war verbrannt. Und die ganze Wohnung. Bei der Obduktion stellte sich heraus, daß der Verstorbene sowohl Schlafmittel als auch Whisky zu sich genommen hatte. Danach hatte er eine Zigarette angezündet.

9. Die Frauen der Kasba

Am 12. Juli 1993 tauchte Laila Khasani irgendwo in Algier oder dessen Umgebung unter. Sie schlief niemals zwei Nächte hintereinander im selben Haus, seit sie von der islamischen Organisation FIS das Todesurteil empfangen hatte.

Marschall war ein guter Bekannter von Lailas Eltern. Er hatte deren Haus übernommen, solange er in Algier wohnte. Auf der Fassade stand noch immer die Moudjahid-Inschrift VICTOIRE à FLN, LE PEUPLE LE SEUL HERO in Menningerot, und es war dieses Haus, das er 1970 persönlich an Rejn und Li übergab, denen es drei Jahre als Wohnsitz dienen sollte. Keine wundervolle französische Mittelmeervilla aus der Kolonialzeit oder ein baufälliges Prachtpalais aus der Türkenzeit, sondern ein Betonbunker im inneren Gassenlabyrinth der Kasba zur Place des Martyrs hinunter, von der aus alle wesentlichen Guerillakämpfe ausgefochten worden waren. Danach war es mit der Kasba zweifellos bergab gegangen. Sie war fast zum Slum geworden. Normalerweise hätte Li niemals akzeptiert, in ein »weiteres« arabisches Land zu ziehen, geschweige denn, sich in einem arabischen

Viertel niederzulassen, wo man als Weißer Gefahr lief, gesteinigt zu werden. Schon zur Zeit Boumediennes hatte man auf höchster Ebene, wenn auch insgeheim, den Keim für den fundamentalistischen Aufruhr gelegt, der sich später gegen die westliche sogenannte Zivilisation richten sollte, die auf dem Weg wäre, sich selbst und den Rest der Welt zugrunde zu richten, in erster Linie wegen des unkontrollierten Treibens der Frauen. Als jüngste der drei monotheistischen Religionen war der Islam der ursprünglichen, mit Eifer verfolgten Notwendigkeit am treusten: die Frauen niederzuhalten. Darauf beruhte jede wahre Zivilisation. Boumedienne hatte in Kairo an der fundamentalistischen Azhar-Universität studiert. Die Intelligentesten unter den fundamentalistischen Führern kümmerte der »Schleier« wenig, aber sie wußten, die Massen brauchten leichtverständliche Symbole im Kampf gegen die westliche Dekadenz, und sie hatten die Lektion der Geschichte gelernt: Wurde das Weibliche nicht in Schach gehalten, artete es bis zur Zerstörung aller Dinge aus. Die Mütter würden ihre Söhne heiraten und ihre Töchter fressen, es wäre kein Ende ihrer regressiven Macht abzusehen, unter der die Männer zu Boden sinken und sich auflösen würden. Die Islamisierung, die Scharia, war die einzig mögliche Antwort, um den Mann und damit die Welt zu retten.

Man hätte nie geglaubt, daß Li sich damit abfinden konnte, in einem solchen Land zu wohnen. Wenn sie die Situation dennoch akzeptierte, war der Grund ausschließlich der, daß Marschall dort gelebt hatte. Solange sie sich erinnern konnte, hatte Marschall die Armen, Kranken und Schwachen vor imperialistischer Ausbeutung und Unterdrückung gerettet. Er war einer der wenigen Menschen, dachte Li, die tatsächlich etwas taugten. Seine unantastbare moralische Kraft sprach ihre eigene deutliche Sprache und brachte Lis ständigen Hang zur Hysterie gänzlich zum Erliegen. Sie war während des Krieges nie an der Widerstandsbewegung beteiligt gewesen. Jetzt hatte sie durch Marschall und das Haus teil an der Geschichte der größeren *Résistance*. Hier war es, daß Li beschloß, den Kampf gegen ihren Ehemann aufzunehmen und ihn endgültig zu zerbrechen.

Vielleicht könnte man einwenden, daß es in Wirklichkeit ein Zeichen der Schwäche ist, wenn eine Frau sich genötigt sieht, ihren Mann zu zerstören. Doch Li war in ihrem Leben an einem Punkt angelangt, wo sie keine Wahl mehr hatte. Was sie hoffte, war natürlich, sich selbst auf diesem Weg zu zerstören, eine Art Todesweg, der jenes Leben dementieren sollte, das eventuell existiert hatte. Und nicht mehr existierte. Und nie existiert haben sollte. Li hatte ihr Leben zu einem fürchterlichen Irrtum erklärt und konnte es Rejn nicht gestatten, im letzten Augenblick zu fliehen und sie in den Trümmern zurückzulassen. Wenn sie verlassen werden und untergehen sollte, dann sollten sie – zusammen – untergehen.

Das Naheliegendste war, das Leben im Alkohol aufzulösen. Sie war ja doch eine Løvin!

Rejn hatte nie viel mehr getrunken, als das, was zu den Normen des globalen Nomadendaseins gehörte, nämlich Drinks von Sonnenaufgang bis zur Schlafenszeit. Doch aufgrund ihres Ekels vor der Trinkerei und ihrer Schuldgefühle wegen des eigenen Tablettenmißbrauchs hatte Li ihn seit Jahren als unheilbaren Alkoholiker dritten Grades betrachtet. Jetzt nahm sie den Kampf dagegen auf. Einerseits indem sie seine Flaschen ins Spülbecken leerte, andrerseits indem sie selbst zu trinken begann. Sie begoß seine Kleidung mit Milch und zertrümmerte mit dem Hammer seine Schreibmaschine. Und um sie herum gab es nichts, was in eine andere Richtung wies – nicht einmal der dreizehnjährige Tor, der völlig versteinert zusah.

Die Welt war selbst schuld daran. Algerien war voller haßerfüllter Araber, die rachsüchtige Blicke auf alle Weißen warfen und Steine auf Tor, wenn er in die Schule ging. Sie spielten ein klägliches Bridge und besaßen keine Tradition in chinesischem Porzellan. Ergo war die Møller-Menage kaputt. Nach fünfjähriger Probezeit in der afghanischen Todeswüste, die nur darauf wartete, mit Minen bestreut zu werden, damit alle Kinder, die später als Sucher ausgeschickt würden, ihre Arme und Beine amputiert bekämen, war die Møller-Ehe erledigt.

Genauso war auch Lis Situation. Sie stand am Beginn des Klimakteriums, Tobias und Jas waren im Abstand von wenigen Jahren gestorben, und niemand nannte sie mehr »ein wunderbares kleines Mädchen«. Und als ihr der Verdacht kam, daß Rejn sie möglicherweise verlassen könnte, war das erste, was sie tat, all das chinesische Porzellan, das sie im Haus finden konnte, Song und Ming und natürlich den Frosch, einzusammeln und in einen Pappkarton zu legen, den sie unter ihr Bett schob. Dann saß sie obendrauf wie ein Flüchtling, die Perücke schief auf dem Kopf.

In diesem Jahr waren Perücken modern. Dort saß sie, die Jade-katze in der Hand, und wartete darauf, daß Zeste sie retten käme.

Doch Zeste hatte im Augenblick andere dringliche Dinge zu erledigen. Denn da sonst niemand bereit war, sich der Forma-litäten betreffs Jas' Endes anzunehmen – Myren war in ihrem jungverheirateten Stand allzu beschäftigt –, mußte Zeste die ver-kohlten Reste allein begraben.

Zur Verärgerung so mancher hatte Zeste die alten Freunde von Jas bestellt, um Chaplins »Smile« zu spielen, denn trotz al-lem galt es, die Lebensfreude weiterzugeben. Jas schuldete dem Bassisten Nølle 50 000 Kronen – ihm, der damals seine Frau Sunne auf der Straße grün und blau geschlagen hatte, weil sie den Verkehrten geküßt hatte –, 50 000 Moneten, denen Nølle fröhlich adieu zuwinken konnte: Smile! Und unten in der Ka-pelle bei den Trauernden saß eine wildfremde, hübsche Frau und lächelte holdselig. Niemand hatte sie je zuvor gesehen. Doch es mußte diese Hausfrau aus der Schule in der Købmagergade sein, die ständig eine Eins plus bekommen und Jas so gekannt hatte, »wie er wirklich war«.

Zeste war fünfundzwanzig Jahre alt und sprach an der Bahre:

»Wenn du es nicht geschafft hast, all deine Träume zu verwirk-lichen, so lag es eher an dem unerbittlichen Schicksal als daran, daß du auch ein wenig von einem Gambler an dir hattest. Ver-antwortungsgefühl, der tiefe Ernst lagen dir fern. Doch neben einem liebenswürdigen, offenen Sinn war dir eine sehr seltene Gabe eigen – du besaßest den Charme des Lebens. Du behellig-test niemanden mit deinen Qualen, du warst ein sehr tapferer Mann. Deine Ausstrahlung bereicherte nicht nur uns, die dich kannten, sondern auch alle anderen verzauberten dein Charme und deine Ursprünglichkeit. Doch hinter all diesem lauerten die Schmerzen, die du so tapfer ertrugst und die dich langsam von all dem Leben entfernten, das du liebtest. Und damit kam die Einsamkeit – und das warst nicht du. Wie du uns Kindern da-mals vorgelesen hattest, vom »Bär, der kein Bär war«: Kann man sich nicht länger bewegen, dann ist es an der Zeit, eine Höhle zu finden und in Winterschlaf zu fallen. Du bist mitten in der Jazz-Zeit aufgewachsen – du bewegtest dich im Swing durch das Dasein zu der dir eigenen Melodie, die wir liebten und das

Glück hatten, mitsingen zu dürfen. Und in diesem Sinne sagen wir dir Lebewohl, geliebter Vater.«

*

»Sprich nur für dich«, war Myrens unmittelbare Reaktion. Sie wollte absolut nicht in ein »wir« einbezogen werden, denn schließlich konnte sie deutlich sehen, daß die Sippen Løvin und Møller mit dem unglückseligen ø in der Mitte kranke, bösartige Familien waren. Zeste war der beste Beweis dafür. Wenn Zeste überhaupt imstande war, ihren Vater zu begraben, so lag das ausschließlich daran, daß sie es auf narzißtische Weise genoß, sich ein wohlwollendes, bestelltes Publikum gesichert zu haben, und an der dramatischen Selbstbefriedigung, die in der Macht liegt, am Sarg des Vaters zu stehen. Er selbst hatte sie schließlich wenig gekümmert. Sie war nur darauf aus, als Tochter am Sarg sichtbar zu werden, und kassierte die daraus folgende Bewunderung mit heuchlerisch-heroischen Tränen in den Augen. Ja hinterher räumte sie Myren gegenüber sogar ein, daß die Rede nicht ganz ehrlich war. Denn selbstverständlich war es gelogen, als sie sagte, daß Jas sie nie behelligt habe. Sie und Myren hatten sich beide ohnmächtig gefühlt angesichts des Schicksals ihres Vaters, egal wer von ihnen die größere Bürde zu tragen hatte.

Doch sofort nach Jas' Tod zeigte sich der erste irreparable Riß. Was als ewiger Geschwisterkonflikt und gewöhnliche Eifersucht zwischen Schwestern latent existiert hatte, kam jetzt im Kampf um einen alten Regenmantel zum Ausbruch. Zeste war im Zigarrenladen vorbeigegangen und hatte in Jas' Namen um Entschuldigung gebeten, da er dort eine fünfziffrige Schuld hinterlassen hatte, von der die Leute nicht eine Krone sehen würden. Danach war sie mit einem Tuch vor dem Mund durch die verkohlten Reste der Wohnung gegangen, um das Letzte aufzuräumen. Ehe sie ging, nahm sie zerstreut einen alten Bunburrymantel an sich, der nicht vom Brand beschädigt war, und warf die Tür hinter sich ins Schloß.

Doch jetzt zeigte sich, daß Myren gerade diesen Mantel haben *mußte*. Man konnte sich fragen, was sie mit so einem alten Mantel anfangen wollte, sie, die alles hatte, Mann, Haus und bestimmt bald eine Menge Kinder. Ihr war mehr, als man erwarten durfte, geglückt, also was wollte sie mit einem alten Regenmantel? Und umgekehrt konnte Myren sagen: Zeste hat alles. Jedenfalls alles, was glänzt. Sie hat Macht und Ehre, sie hat Erfolg und etwas, das Berühmtheit gleicht. Sie hat den Platz mitten in der Sonne erobert, ist auf dem Titelblatt aller Zeitungen zu sehen, also was will sie mit einem alten Regenmantel? Doch Zeste wollte nicht nachgeben. Denn war nicht sie diejenige, die die Bürde zu tragen hatte? War nicht sie es gewesen, die aus Paris hierhergekommen war, um Jas die Nägel zu schneiden, den Schnurrbart zu stutzen und seine Socken zu waschen, während Myren ihre Abwesenheit mit dem privaten Bereich der Ehe begründete? War es dann nicht natürlich, daß Zeste das Gefühl hatte, einen »Lohn« verdient zu haben, und sich als Bezahlung einen alten Regenmantel nahm? Im Gegenteil, war es denn nicht weit natürlicher, daß Myren, die ihr ganzes Leben übervorteilt worden war und ständig die zweite Geige gespielt hatte, daß sie als Kompensation für diesen unglückseligen Schattenplatz *Anspruch* erhob auf den Mantel, der im Wert einem aus Hermelin nahekam und der deutlich machte, wer die Auserwählte war?

Im Namen der Gerechtigkeit dürfte keine auserwählt sein. Doch der einzige, der den Streit, wenn nicht zu einer Versöhnung, so jedenfalls zu einem Modus vivendi, hätte führen können, war Jas, und der war tot.

Nachdem Tobias und auch Jas verstorben waren, gab es keinen Mann mehr in der Familie, der die Probleme hätte lösen können. Nun sollte man glauben, daß Myrens Mann, der Pädagoge, von dem man ständig das Ausbrechen der Revolution erwartete – und der daher auch an der Errichtung der legendären Tvind-Schulen beteiligt war –, daß er ebenfalls imstande gewesen wäre, zwischen Frau und Schwägerin zu vermitteln. Pierre führte in Wort und Schrift einen erbitterten Kampf gegen die bürgerliche Ideologie, und man hätte erwarten können, daß er seinen Kampfgeist in den Dienst des Familienfriedens stellte. Doch strenggenommen waren die Løvins ja nicht *seine* Familie, und außerdem mußte er schon bald eingestehen, daß unter der liebenswürdigen praktischen Fassade Myrens der Wahnsinn lauerte. Und das hing mit ihrer Familie zusammen und hauptsächlich dem Verhältnis zur Schwester. Jedesmal, wenn sie mit Zeste zusammengetroffen war, gab es Zoff, Zusammenbrüche und nächtelanges Weinen.

Das Einfachste wäre, den Kontakt ganz abzubrechen. Im übrigen fühlte sich Pierre, was Zeste anging, im höchsten Maße unsicher. Allein der Name! Und dann diese alles registrierenden gelben Augen, als studierte sie jede Bewegung, alle gesagten und ungesagten Worte ihrer Umgebung, um sie auf der Bühne zu verwenden. Man hatte ganz einfach keine Lust, Teil ihrer Welt zu sein. Sie hatte eine solche Ausstrahlung, daß Mao sie als Unkraut bezeichnet hätte. Man wurde leicht mitgerissen von dem lebendigen Interesse, das sie an allen Dingen zeigte. Doch immer war das eine Falle. Denn kein Mensch konnte reden, ohne sich zu verplappern. Keiner konnte mit anderen existieren, ohne sich selbst auszuliefern. Bei manchen Menschen hat man keine Bedenken, sich auszuliefern. Doch vor Zeste hatte man Angst. Es schien, als *ziehe* sie mit ihrem großen Mund jedes Wort, indem sie es nachahmte, aus einem heraus, bevor es überhaupt gesagt worden war oder gedacht. Und man war sich im allerhöchsten Maße unsicher, was sie eigentlich von einem wollte. Obendrein war ihre ausgefallene Kleidung, lila Samtmäntel und schwarze Straußenfedern, von unverkennbar bürgerlicher Observanz. Derartiges sollte laut Mao mit harter Hand ausgerissen werden. Zeste hatte im engeren Sinn eine korrumpierende Wirkung, die es galt, aus dem Haus zu schaffen.

Besonders von jenem Tag an, wenn Kinder kämen. Der Gedanke, seine Kinder im Zimmer allein mit Zeste zu lassen, war keinesfalls angenehm. Man mußte sich unwillkürlich fragen, ob sie sie mit Haut und Haaren verschlingen würde. Wenn sie es nicht bereits getan hatte. Hatte Zeste mit ihren gelben Augen nicht schon jeden Ansatz von Wachstum in Myrens Gebärmutter vernichtet? Daß Myren nicht schwanger wurde und pausenlos Untersuchungen und Hormonbehandlungen über sich ergehen lassen mußte, lag zweifellos an der Angst vor Zeste und ihren gelben Augen. Zur Zeit erwogen sie – und niemand bei Tvind durfte es wissen –, einen weisen Mann zu konsultieren, der in der Zeitung inseriert hatte. Mit einem besonderen Extrakt, der bei Vollmond eingenommen werden mußte. Auch Zeste durfte nichts wissen, da sie imstande war, alles mit ihrer ansteckenden Unfruchtbarkeit zu vereiteln. Und Myren war überzeugt, allein beim Anblick der Schwester den Fötus zu verlieren.

Kein Zweifel, daß ein Bruch mit Zeste bevorstand. Es galt nur, einen Anlaß abzuwarten. Und bei ihrem skandalösen Auftreten in der Öffentlichkeit würde man nicht lange zu warten brauchen.

Zeste, die Schamlose, war schließlich heimlich mit Schmach und Schande verlobt.

Es ging das Gerücht, sie hätte Marschalls Sohn verführt, so daß er seine Mathematikstunden total versäumt hätte. Er war erst fünfzehn Jahre alt. Sie war eine Allesfresserin. Säugling, Urgroßvater, egal, sie verführte sie alle, es galt, die Rolläden mit kräftigen Nägeln zu verschließen. Myren und Pierre mühten sich emsig, eine Art Umerziehungslager aufzubauen, wo das Leben von vorn beginnen konnte. Ein kleines Paradies, ein Familienidyll, das auf die Zukunft setzte und die Vergangenheit ausradierte.

Pierre also war kein Mann, mit dem man als Vermittler rechnen konnte. Außerdem war er noch ein junger Bursche. Die Voraussetzung dafür, daß sich eine Familie nicht in reiner Östrogenbrühe auflöst, ist schließlich ein älterer Mann oder zwei, die all die Eifersüchteleien der Frauen durchkreuzen können. Vater oder Großvater können sagen: Ihr alle seid auserwählt. Und dann können die Frauen sich ein Weilchen entspannen, bis erneut Unsicherheit sich einfindet. Nur ein älterer Mann hat die Macht, eine Liebeserklärung abzugeben, die viele Frauen umfaßt.

Nach Jas' Tod war der Teufel los. Und der einzige noch vorhandene Mann in der Familie, nämlich Balder, schämte sich, ein Mann zu sein, und versteckte sich in seinem roten Sweatshirt und mit langem Hippiehaar und Bart hinter seiner neuen Frau, Pu. Seine Tochter Merete war zum Judentum konvertiert und hatte sich mit ihrem Hippiekönig in London niedergelassen, wo sie ein Kind mit zwei Köpfen gebar, das sofort starb.

*

Zu einem früheren Zeitpunkt war Zeste in Paris auf Merete gestoßen, da die künstlerisch Ambitionierten und die dem Rausch Hinterherjagenden im selben Milieu verkehrten. Merete und ihr Hippiekönig Esaia luden zum Essen ein. Dieses Mal hatte Merete unter Abstinenz einen reizenden kleinen Jungen geboren. Als Zeste auftauchte, war Merete total gedopt. In ihrer Qual oder ihrem Glücksrausch hatte sie zwei verlorene rote Flecken auf die Wangen gekleckst. Sie war nicht mehr die Tochter von Balder und Schnippe, sondern von Abraham und Sara, nachdem sie in Amsterdam in ein rituelles Bad getaucht war und ihren

Namen zu Bilha geändert hatte. Jetzt saß ihr die orthodoxe Perücke schief auf dem Kopf, weil sie so vollgedröhnt war, daß sie nichts geraderücken konnte. Wenn sie durch das Zimmer wollte, war sie gezwungen, sich an den Wänden abzustützen, um nicht zu fallen. Sie servierte die Spaghetti neben dem Teller, stieß eine Lampe um und goß die Fleischsoße auf das Tischtuch. Esaia sagte zur Entschuldigung, sie hätte eine ganze Flasche Weißwein getrunken. Sie seien beide ganz außer sich, weil die Pflegemutter des Kindes gerade verhaftet worden sei. Sie faselten etwas von einem Freund, der ein Auto mit holländischen Nummernschildern besitze, doch stehe über der ganzen Karosserie mit unsichtbaren Buchstaben *Drugs* geschrieben. Als Zeste auf dem Weg nach draußen war, riß Merete (Bilha) das Kind aus der Wiege, so daß es zu weinen begann. Aus reiner Enttäuschung warf sie es wieder von sich.

Am nächsten Tag rief Esaia an, ob Zeste nicht mit Bilha »reden« könne. Worüber denn? Ja, Bilha sei nämlich in der Rue Saint-Denis von der Polizei aufgegriffen worden, mit dem weinenden Kind, und jetzt hatten sie Angst, daß die Behörden ihnen das Kind wegnehmen würden. Ob Zeste nicht etwas tun könne. Doch was sollte sie tun? Sie hatte sich seinerzeit schließlich vergebens an Onkel Balder und Tante Schnippe gewandt, und Li hatte nur gesagt: »Merkwürdig, wie sich die Geschichte wiederholt.«

»Ja aber, was kann man für Bilha tun?« hatte Zeste gefragt. Li war doch die Expertin in der Familie. Und die Expertin hatte geantwortet: »Niemand kann etwas tun.«

Doch Esaia war unzufrieden, daß er eine Frau bekommen hatte, die völlig kaputt war und die sein Methadon klaute, so daß sie ständig die Tabletten voreinander verstecken mußten.

»Willst du wie Tante Li werden? Du bist ja Tante Li noch einmal!« schrie er.

Esaia hatte eigentlich gedacht, ein nettes Mädchen gefunden zu haben, eine Abiturientin aus Zahles Schule, kurz vor dem Eintritt in die Universität, die *ihm* aus dem Schlamm heraus und auf einen *geraden* Weg helfen konnte, und nicht in seinen wildesten Träumen hatte er sich vorgestellt, daß das nette Mädchen von einem heimlichen Verlangen getrieben wurde. Als Tochter Abrahams konnte sie zu Balder und Schnippe Distanz halten. Merete und Esaia hatten sich eben erst kennengelernt, als

Schnippe folgenden Kommentar abgab: »Du brauchst nicht damit zu rechnen, daß ich Koscheres serviere.«

Doch kaum war Merete »übergetreten«, so folgte Schnippe nach, fraternisierte mit einem orthodoxen Herrn, frequentierte somit die Synagoge und drang in die innersten jüdischen Kreise vor. Das bedeutete, Bilha konnte die Synagoge nicht mehr betreten, ohne erkannt zu werden: »O wie du doch deiner Mutter ähnelst.« Deshalb ließ sie sich in London nieder. Nur dort konnte sie die Illusion wahren, sich befreit zu haben und nicht erkannt zu werden.

Man kann Balder nichts vorwerfen. Er konnte nichts dafür, daß er als einziger Junge dazu geboren war, das Erbe weiterzutragen. Familienforscher berichten, daß der erste in einer großen Familie Erfinder wird, der zweite befestigt das Bestehende, in der dritten Generation zerfällt das Ganze. It takes three generations to make a gentleman.

Deshalb war es nicht eben verwunderlich, daß Balder einen geheimen Groll gegen Ib hegte, der den Namen Løvin »gestohlen« und vier Töchter bekommen hatte, die sich mit Sabbat und den schwarzen Locken großartig fühlten. Durch sein koscheres Leben hatte Ib einige der Flecken von dem unfrommen Namen entfernt. Balder konnte es nicht ertragen, selbst der Fleck zu sein, während der andere leuchtete, wie das Feuer im Dornbusch.

*

Zeste hatte sich die Haare schwarz gefärbt. Denn sie mochte nicht mehr blond sein. Niemand respektierte Blondinen, oder es gab keine Gentlemen mehr. Zeste wollte jetzt Hexe sein. Denn so hatte es Myren beschlossen.

Aber er sah ihre Haarfarbe nicht. Als Rejn sie am Flughafen von Algier abholte, bemerkte sie plötzlich zwei entsetzliche Dinge. Das eine war nur die nüchterne Feststellung, daß auch Rejn nicht als *Mann* in familiären Zusammenhängen zählen konnte. Li hatte seit langem die Macht über Leben und Tod an sich gerissen und Dog damit zum femininen Prinzip ohne Tatkraft reduziert. Er würde nie imstande sein, zwischen Frauen zu vermitteln. Doch das Entsetzliche, was Zeste entdeckte, war die Tatsache, daß die Katastrophe ausgebrochen war, trotz seines durch und durch rationellen Wesens. Sein erloschener Fischblick klebte bittend auf ihr. Weg mit diesem Blick! Doch er vermochte es nicht, er war ein so geschlagener Mann, daß er nicht mehr dagegen ankämpfen konnte.

»Ich muß dauernd ihre Tabletten zählen«, sagte er, um von etwas anderem zu sprechen.

»Vielleicht ist es nur eine Frage der Anpassung. Sie hat ja auch einige Zeit gebraucht, um sich an Bangkok zu gewöhnen.«

»Sie wird Algerien niemals lieben«, sagte er und schaute Zeste wieder mit diesem Blick an.

Das Unabänderliche mußte kommen. Jetzt würde er ihr die Sache erzählen, vor der ihr graute: Daß sie sich scheiden ließen. Obendrein war heute ihr Hochzeitstag. Aber wer sollte sich dann um Li kümmern? Es würde unweigerlich an Zeste hängenbleiben. Auch wenn die Ehe für beide, Dog und Cat, schädlich war, und ebenfalls für den Rest der Familie mußte sie mit aller Gewalt aufrechterhalten werden. Denn sonst bestand die Gefahr, daß Zeste mit ihrer Mutter verheiratet würde.

Und was sollte dann aus Klein Tor werden? Könnte er in ihrer Garderobe schlafen, während sie auf der Bühne stand, und war das eine Erziehung, die sich verantworten ließe? Zeste sehnte sich nach einem eigenen Kind, danach, ganz von vorn anzufangen, ein neues Leben. Nachts, im Traum, waren ihre Brüste voller Milch, schwoll der Unterleib an, das Fruchtwasser ging ab, und sie gebar … Eingeweide, Hühnergedärm, Nieren und Herzen. Denn wie konnte sie sich erlauben zu gebären, wenn sie bis über beide Ohren in der Hängepartie der Møller-Menage feststeckte? Doch Gottseidank ließen sie sich nicht scheiden, Rejn berichtete in gewohnter Weise: »Heute nacht um vier kam Tor und weckte mich: Dog, Cat is on the floor, calling you.« Und dann ging Tor zurück in sein Bett und schlief weiter. Cat hatte sich den Kopf am Herd aufgeschlagen, sie hatte blutige, verbrannte Wangen, Nasenbluten, Blut im Haar und auf dem Nachthemd.

Warum bin ich hier? dachte Zeste, während ihr zugleich der unwiderstehliche Gedanke kam: Marschall muß mich retten. Rejn fuhr den Boulevard de la Victoire hinunter, in Richtung der alten türkischen Stadtmauer. Sie fuhren an der Ketchaoua-Moschee vorüber, die wechselweise Kirche und Moschee gewesen war. Gegenüber, im maurischen Stil, lag Dar Aziza Bent el Bey, der Prinzessinnenpalast. Nur Marschall konnte sie retten. Sie hatte keine Ahnung, in welchem Land er sich gerade befand, sie wußte nur, daß ihm und ihr keine andere Wahl blieb.

Das letzte Mal, als sie zusammen waren, mit beiden Familien, war Marschalls Frau Kidde sehr liebenswürdig gewesen, und auch Zeste war sehr liebenswürdig gewesen. Sie hatten alle auf der Terrasse eines Sommerhauses in Dänemark gesessen, und sogar Cat war brav und fast tablettenfrei gewesen. Wenn sie etwas sagte, verstand man das meiste. Den Rest konnte man von ihren Lippen ablesen. Marschalls Autorität gab ihr Disziplin und Rückgrat, die ihr sonst fehlten, und Dog genoß diesen Augenblick, der scheinbar ohne Dramatik war. Doch die Pause währte nur kurz. Auf dem Heimweg weinte Li unablässig, die Hand am Türgriff des Autos, als könnte sie jeden Augenblick auf den Gedanken kommen hinauszuspringen. Und die Frage war, ob Rejn dann anhalten oder über sie hinwegfahren würde.

Marschall hatte schwer auf seinem Sessel gesessen. Ihr war der Gedanke gekommen, daß vielleicht auch er nicht … daß nicht einmal Marschall in seiner Ehe glücklich war. Sie hingegen betrachtete es als Menschenpflicht, glücklich zu sein. Er hatte Zeste angesehen, als er die Eiswürfel in dem großen amerikanischen Glas hatte klirren lassen, und gesagt: »Die Bienen sitzen auf der Stelle, während die Blumen von Biene zu Biene wandern.«

»Die Blumen kommen durch die Luft geflogen«, hatte Zeste geantwortet, wobei sie sich der inneren Stimme ergeben hatte, die sie zuweilen erfüllte und die offenbar sagte: Du mußt mich retten. Und sie hatte den Blick auf Marschall gerichtet. Einmal war sie von Serge de Clerval »gerettet« worden, und er schickte ihr noch immer rote Rosen, doch weinte sie jedesmal, wenn sie die Blumen erhielt, denn es waren stets die falschen.

Sie ließ Rejns Blick von sich abprallen und verschloß sich seinen Geschichten, die er hinter dem Steuer erzählte, während sie in den Boulevard Hada Abderrazak einbogen. Nur um seine Augen abzuwehren. Sie saß da und übte sich darin, wie es wohl sein mochte, von den Haarwurzeln bis in die äußersten Spitzen wirklich schwarzhaarig zu sein.   ✳

Als Zeste erwartet wurde, hatte Li geplant, sie auf feinste Weise im schicken Seidenkleid zu empfangen. Statt dessen lag sie mit verbrannten Wangen und Blutresten im Haar auf dem Boden des Badezimmers und weinte.

»Nun, kleine Cat, jetzt bin ich hier, jetzt wird es schon werden!« sagte Zeste mit bösem Blick.

Li schaute bittend zu Zeste auf: »Niemand nennt mich mehr ein wunderbares kleines Mädchen. Du bist schwarzhaarig geworden!«

»Das ist ja auch nicht leicht, Mütterchen, wenn du wie ein Fleischklumpen dort auf dem Boden liegst.«

»Ich bin eine schlechte Mutter«, weinte Cat.

»Aber, aber.« Zeste hatte keine Ahnung, wie sie ihr widersprechen sollte. Li preßte Zeste an sich: »Ich liebe dich. Ich lebe für dich. Du bist die Einzige, klug und gut. Ich werde mich zusammennehmen. Ich will es.« Sie jammerte und winselte: »Ich will, ich will!« Doch eine Stunde später war sie ohne Besinnung.

Zeste hielt sich innerlich die Nase zu und widmete Myren einen nicht sehr freundlichen Gedanken. So war es, die Auserwählte zu sein. Auserwählt, im Gestank zu leben. Schließlich gab Zeste den Mantel an Myren. Denn wenn es darauf ankam, brauchte Zeste ihn nicht. Am liebsten wäre sie das Ganze losgeworden. Wirklich alles. Deshalb war Myren auch nicht zufrieden, als sie den Mantel bekam. Denn wenn sich Zeste nichts mehr daraus machte, war er auch Myren egal. Es gab einen wichtigeren Kampf, den sie gewinnen wollte. Wenn sie nicht sicher sein konnte, die Auserwählte zu sein, wollte sie die *Gute* sein. Doch es genügte ihr nicht, die *Gute* zu sein. Sie wollte, daß Zeste die *Böse* wäre. Das war der Preis, den sie für all die Beweihräucherung bezahlen sollte, von der sie offenbar so abhängig war. Und diesen Preis hatte Myren festgesetzt!

Cat stank nach Pillen und Schnaps, als verfaulte sie allmählich von innen heraus. Und Zeste fragte sich, warum sie herbeigestürzt sei, nur weil die Menage Møller wieder einmal Alarmsignale ausgesandt hatte. Ihr fiel ein Satz von Euripides ein, den sie gerade gespielt hatten: »Zum Knecht erniedrigt fühlt sich selbst der kühnste Mann, wofern ihn Schmach von Mutter oder Vater drückt.« Sie war darauf programmiert, die Ehe der Eltern zusammenzuhalten. Wie lange wollte sie das noch tun?

Tors Leben stand auf dem Spiel. Denn da Li beschlossen hatte, Rejn und sich selbst zu vernichten, machte es keinen Sinn, den »kleinen Segen« allein auf der Welt zurückzulassen. Zwar war sie keine gute Mutter, doch so rücksichtslos war sie nun auch wieder nicht, daß sie sich vor der Verantwortung drückte und ihn allein zurückließ. Auch ihm wollte sie das Leben nehmen. Li, die in diesem Moudjahid-Haus wohnte, war natürlich nicht feige und konnte töten, wenn es notwendig war und kein anderer Ausweg blieb.

Am Tag, als das geschehen sollte, hatte sie Tor beauftragt, in die Apotheke zu gehen und neue Tabletten zu holen, doch zu ihrer unbeschreiblichen Verblüffung weigerte sich ihr kleiner Segen, den Auftrag auszuführen, Dog hätte es ihm verboten. So, hatte er das! Cat traute ihren Ohren nicht, als Tor da vor ihr stand und »Nein!« sagte. Er hielt also zu *ihm*! Es war früher Nachmittag, sie saß am Küchentisch, hatte die Perücke auf dem Kopf und eine Flasche Campari vor sich. Jetzt griff sie ins Schubfach nach dem Messer. Dog sollte merken, daß nichts Gutes dabei herauskam, ihre Aufträge zu annullieren. Das würde er bereuen. Wenn Tor nicht mehr da war. Und es war auch zum Besten aller, wenn sie das Leben im Hause ausmerzte. Von nun an würde nur Stille herrschen. Frieden.

Doch als sie das Messer hob, um es Tor in den Leib zu stoßen, rannte er, so schnell er konnte, aus dem Haus. Nach der Schule stand er den Rest des Tages unten auf dem Parkplatz und wartete auf Dog.

Es war Tor, der Zeste die ganze Geschichte anvertraute: »She says that Dog thinks she's crazy, but she's not crazy, she's just mentally, a bit … she must have spoiled her brain with all those pills. The worst is when she cries in the street … then I run.«

Wahnsinnige sollte man in eine kleine Holzkiste sperren und auf den Dachboden stellen, dachte Zeste.

Sie waren in die Sahara gefahren. Tor war der Ausflug versprochen worden, jetzt wo die große Schwester zu Besuch war, und sie hatte ebenfalls nichts dagegen, von der unbehaglichen Stimmung im FLN-Haus fortzukommen. Es war beabsichtigt gewesen, daß alle fahren. Und es war lange davon geredet worden, denn in dieser Familie konnte niemand einen Kessel Wasser aufsetzen, ohne daß die Angelegenheit diskutiert und *geplant* werden mußte. Und das war ja auch nicht verwunderlich, da das »Oberhaupt« der Familie den Titel »Familienplaner« trug. Jeder spontane Gedanke wurde zur Gefährdung des Zusammenhalts. Die interne Konkurrenz im Hause lautete: Wer ist der Kränkste. Habe ich vielleicht nicht 38,2 Fieber? Wer das höchste Fieber hatte, war Mittelpunkt, folglich war Fieber das, was man in der Møller-Menage am meisten erstrebte.

Obgleich die Fahrt in die Wüste also seit mehreren Tagen geplant war und Cat dagesessen und ihren betäubten Kopf gewiegt hatte, dem die Wüstenluft und die Tatsache, daß etwas größer und stärker war als sie selbst, guttun würde, änderte sie im letzten Augenblick ihre Meinung und nahm eine Überdosis. Und zum ersten Mal führte Rejn einen Beschluß durch, obwohl Cat krank war. Sie fuhren los und ließen Cat allein zu Hause auf dem Fußboden liegen. Sie fuhren durch die Wüste auf die Oase Ghardaïa zu, die sie beim Sonnenuntergang erreichten, Cats zu erwartenden Tod im Gespür. So wie sie damals zur Insel Ko-sichang in der siamesischen Bucht gefahren waren, Lis Tod im Gepäck. Doch dieses Mal vielleicht noch mit dem »höheren« Ziel: Tor zu retten, der ständig mit den Augen zwinkerte, um die Tränen zurückzuhalten.

*

Wenn man in die Sahara wollte, le Grand Sud, mußte man ein Minimum an Regeln beachten. Man sollte stets Proviant für zwei Tage plus zehn Liter Wasser pro Person über die Menge hinaus mitnehmen, die man für die Tour berechnet hatte. Zeste konnte Rejn anmerken, daß er versucht war, in die Irre zu fahren. Denn die Chance, gefunden zu werden, so stand es im Reiseführer, war äußerst gering.

Hauptperson war Cat. Die ganze Fahrt über sprachen sie von ihr, während sie mit Tüchern vor dem Gesicht dasaßen und überall Sand spürten, zwischen den Zähnen, in den Ohren und zwischen den Hinterbacken. Und sie sprachen bei den Mahlzeiten von ihr. Ein neues Wort war in den Gesprächen aufgetaucht. Nicht Scheidung. Sondern »Zwangseinweisung«. Und »psychiatrische Station«. Zunächst hatte Zeste nicht gewagt, die Wörter zu benutzen, denn sie wollte nicht hinter Cats Rücken über sie reden. Und sie wußte, daß diese Wörter die schlimmsten waren, die am meisten gefürchteten und tabuisierten.

»Ihr fehlt doch nichts«, sagte Dog.

»Willst du ihr Verhalten etwa normal nennen?«

»Sie ist erschöpft.«

»Wovon ist sie erschöpft?«

»Sie hat nicht die Kraft, sich ständig auf neue Länder umzustellen.«

342

»Dann laß sie in einem Land bleiben, das sie mag!«

»Ich kann schließlich nicht selbst bestimmen, wo ich wohnen will. Das nächste Mal wird es vermutlich Afrika sein, Ruanda.«

»Gibt es Song-Porzellan in Afrika? Spielt man dort Bridge? In Ruanda?«

Rejn fragte nicht, wie es Orm ging. Und sie sprachen auch am unbekümmertsten und enthusiastischsten miteinander, wenn sie sich intellektuellen Themen widmeten, wie Eldrige Cleavers Exil in Algerien und der eventuellen Rolle, die die Schwarzen Panther bei der Weltrevolution spielen würden. Wie wünschenswert die Weltrevolution auch sein mochte, so fand Zeste andererseits, sie könne Rejn die Nachricht nicht vorenthalten, daß sein Sohn versucht hatte, Selbstmord zu begehen. Sie sagte es ihm. Doch Rejn reagierte nicht.

»Kein Grund, hysterisch zu werden«, erwiderte er lediglich.

»Ich bin nicht hysterisch. Aber ich habe ständig Angst, daß Orm aus der Welt verschwindet, dazu braucht es nicht viel. Er hat sein eigenes Evangelium, in dem er über die ganze materielle Abhängigkeit herzieht.«

»Wenn er überhaupt schreibt, dann nur, weil er Geld will!«

»Er ist ja obendrein abhängig von Hasch, LSD und weiß der Himmel wovon noch. Er nennt sie ›geistige Rauschmittel‹. Und wenn man versucht, ihn vor der Abhängigkeit von Drogen zu warnen, muß man sich einen Riesenvortrag anhören, wie total rückständig man sei, da man nicht das geringste begriffen habe.«

»Wann wird er eine Ausbildung machen?« fragte Rejn.

»Er will keine Ausbildung machen! Er will *kein* Teil des *Systems* werden.«

»Also verschwendet er seine ganze Zeit mit Mädels und Drogen!«

»Nein, keine Mädels! Er spricht von der Liebe zur Natur. Von der geistigen Liebe. Er zieht das psychische Verliebtsein dem physischen vor.«

Die Wüstenhitze brannte durch die Haut. Nachdem dieser letzte Satz gesagt war, ließ sich nichts mehr sagen. Nichts konnte beim Namen genannt werden. Rejn saß wie verloren da, lenkte den Wagen durch Sandwehen und um diese herum, doch konnte er nicht sehen, wohin er fuhr, weil die Windschutzscheibe völlig mit Sand bedeckt war.

Eigentlich sollte man Cat dankbar sein für ihre Selbstmord-

drohungen und Hilferufe. Sie hatte damit die Aufgabe übernommen, ständig darauf aufmerksam zu machen, daß etwas verkehrt läuft. Genau wie in dem Stück, das Zeste einstudieren
sollte, über eine Familie, die durch den Krieg zerschlagen worden war. Nicht weil die Familienmitglieder getötet wurden oder
verschwanden, sondern weil es immer drei Generationen dau-
ert, einen Krieg und dessen Folgen zu überwinden. Der Krieg
setzt allen echten Wünschen ein Stoppzeichen entgegen und erzeugt pure Perversion. Doch die einzige Art, wie sie sich von der
eigenen Familie befreien und den Fluch lösen konnte, war paradoxerweise, dieses Stück Abend für Abend zu spielen, die Familie in all ihrer Hilflosigkeit *auszuliefern*, in der Hoffnung, jemand möge eingreifen.

In der Oase Ghardaïa blühte die Wüste. Sie quartierten sich
im Hotel »Mille et une Nuits« ein – weil es das billigste war. Zeste suchte die »blauen Männer« der Sahara auf, die Kaufleute der
Oase, die alle blaue Kittel und starke Brillen trugen, weil jeder
von ihnen schlechte Augen hatte, und sie amüsierte sich mit ihnen allen, um Rejn endgültig von der Bildfläche zu verdrängen.
Wie konnten Augen auch gut sein – mit Sand darin? Eigentlich
war sie auf die Feindlichkeit der Leute vorbereitet. Nachdem der
gesamte traditionelle Sahara-Handel mit Salz, Textilien und Federn aus dem Sudan zugunsten importierter Waren zusammen-
gebrochen war, drohte den Oasen, diesen letzten Vorposten der
Zivilisation, die Vernichtung. Zeste kaufte ein hübsches Stahlmesser in einer Scheide aus hellrotem Leder.

*

Als sie ein paar Tage später nach Algier zurückkehrten, war Li im
Bad gewesen und beim Friseur. Sie empfing sie nüchtern, anschei-
nend tablettenfrei, im frischgebügelten hellblauen Seidenhemd.
Aber es dauerte nicht lange, bis der Kutter leckte und zu kentern
begann. Dazu war nicht mehr vonnöten als eine unschuldige
Äußerung Zestes: »Schade, daß du nicht mit warst, Mutter.«

Li sah Zeste plötzlich auf eine Weise an, wie sie es nie zuvor
getan hatte, vielleicht weil Zeste sie Mutter genannt hatte. Li
benutzte keine Worte, sie begnügte sich damit, Zeste *anzusehen*.
Zeste war gezwungen zu erklären: »Man glaubt immer, eine
Wüste sei nur grauer Sand. Man denkt so selten daran, daß die
Wüste rot ist und blau, lila und orange. Die Wüste blüht!«

»Habt ihr Campari für mich mitgebracht?«

»Campari? Aus der Sahara?«

»Ihr denkt nur an euch.«

»Aber du hast uns doch nicht gebeten, Campari zu besorgen, wir hatten keine Ahnung …«

»Nein, und ihr habt es euch auch nicht denken können, daß ich jetzt nur zwei Flaschen für das ganze Wochenende habe.«

»Now Cat, you be quiet«, sagte Tor entschieden. Die Fahrt hatte ihm neue Energie verliehen.

Li ging in die Küche hinaus, und im Handumdrehen hatte sie eine halbe Flasche Campari in sich hineingeschüttet. Bei dem Gedanken, daß Rejn sie verlassen könnte, sah sie Zeste plötzlich in einem neuen Licht, als fremde Person. Sie hatte nie etwas gegen das Gerede gehabt, daß in Wirklichkeit Tochter und Stiefvater in dieser Familie das *Paar* bildeten, solange sie und Zeste ein und dieselbe Person waren. Doch jetzt konnte alles geschehen. Würde Zeste Rejn nach Afrika begleiten? Plötzlich wachte sie blitzartig auf und begriff, daß das Leben ihr endgültig aus den Händen zu gleiten begann und daß sie nicht länger dieselbe Person war wie Zeste.

Am Abend, als sie die beiden Flaschen Campari geleert hatte, schrie sie Zeste an: »Du hast mein ganzes Leben zerstört!« Zuerst war Zeste empört. Dann lächelte sie leise unter ihrem schwarzen Haar. Es war das erste Mal, daß ihre Mutter sich von ihr gelöst hatte, ein selbständiger Mensch war. »Du hast mein ganzes Leben zerstört«, wiederholte sie leise für sich in einem ganz anderen Tonfall. Diesen Satz wollte sie eines Tages auf der Bühne verwenden.

»Ich liebe Rejn«, jammerte Li.

»Du bist eine Memme!«

»Ja.«

»Warum begehst du nicht Selbstmord?«

»Ich habe keine Tabletten.«

»Etwas wird dir doch wohl einfallen.«

»Ich habe Angst.«

»Memme«, sagte Zeste und stopfte das Stahlmesser in die hellrote Scheide.

Tagelang lag Li danach wie eine Leiche im Bett, bis beschlossen wurde, sie zur »Behandlung« nach Dänemark zu schicken.

Tor, ihr kleiner Segen, beugte sich über sie, und zum ersten

Mal in seinem Leben nannte er sie Mutter, und mit der Unschuld des Kindes sprach er das verbotene Wort aus: »Mother,
you're getting the best doctor now, a psychiatrist!«

Li kam am Flughafen Kastrup im Rollstuhl an. Sie war neun-
undvierzig Jahre alt. Tor rannte vorneweg durch den Zoll, so als
kenne er sie nicht.

10. Das Verbrechen

Zeste kam aus dem Gefängnis, wo sie Theater gespielt hatte, mit
dem Geschmack von Sperma im Mund. Katze machte ihr auf:
»O meine Kleine, hier habe ich so allein gesessen und mir das blö-
deste Gewäsch im Fernsehen angesehen, die Dänen sind wirklich
jämmerlich. Und nicht einmal richtig dänisch können sie reden!
Der Oberbürgermeister sagt: ›Frau Hansen *ihre* Sachen‹, das ist
wie all diese Annoncen mit Männern, Frauen und Lesben und all
dem anderen Zeug, wenn sie schreiben: ›Gehe gern *im* Kino …‹
Rennen sie vielleicht im Saal herum? Oder solche, die *im* Bad gehen. Vielleicht wollen sie auf der Badewannenkante balancieren?
Nein, mein Mädel, du hast Gottseidank Grips im Kopf. Titta und
Glenda haben angerufen und mich eingeladen, das ist es ja
nicht … Ich bin zwar ein einsamer Mensch, aber andrerseits auch
wieder *ganz und gar* nicht. Sonst muß ich mir all das Gefasel über
ihren Lymphdrüsenkrebs anhören, während ich ganz sicher Le-
berkrebs habe, doch sie muß ja absolut mehr Krebs haben als ich,
gewieft ist sie schließlich schon immer gewesen. Ich selbst kann
ja niemanden mehr anrufen, denn egal welche Nummer ich
wähle, immer antwortet eine Frau Larsen. Aber sie ist wirklich
sehr reizend, wir sind richtig gute Freundinnen geworden.«

Im Entree hingen Tobias' Kleider. Auf dem Eßtisch lagen die
alten Alben aus Riga, aufgeschlagen die Seiten mit den Bildern
der Toten, und auch das Familienbuch der de Thuras. »Ja«, sagte
Großmutter, »hier hast du gelegen, als du geboren wurdest, hier
auf dem Eßtisch, während deine Mutter einatmete und aus-
atmete, um nicht ohnmächtig zu werden. ›Atme ein und aus,
mein Mädel, ein und aus‹, habe ich zu ihr gesagt.« In ihrem
ausgeblichenen Küchenkittel und mit den alten roten Plastiklatschen an den Füßen stellte sich Großmutter breitbeinig hin
und demonstrierte: Ein und aus. »Und als ich sie bekommen

sollte und das Wasser schon abgegangen war, mußte ich ganz vorsichtig an die Tür zum Herrenzimmer klopfen, wo dein Großvater saß und mit dieser Vettel Baby Zornig Hasard spielte. Und wie die kleine Liane weinte, als sie zur Welt kam, ganz bitterlich mit großen Tränen. Ich weiß sehr wohl, daß man über die Juden nicht schlecht reden darf, aber zu dir, mein Mädel, kann ich es ja wohl. Nur ein bißchen. Komm, jetzt schleichen wir uns raus und sagen guten Tag, er liegt ganz still draußen auf dem Sims«, flüsterte sie.

Katze unterließ es, Licht zu machen, um ihn nicht zu stören. Das war vielleicht etwas verrückt, das wußte Katze schon, doch genoß sie es, etwas verrückt zu sein – und im übrigen war die kleine Taube draußen auf dem Sims das einzig wirklich *Lebendige*, das ihr im Leben geblieben war. »Hab keine Angst«, flüsterte sie der Taube zu.

Danach mußten sie in Katzes Schlafzimmer, um ihre Schlüpfer zu finden.

»Wo habe ich sie nur hingelegt? Deine Großmutter ist völlig konfus! Du darfst es keinem erzählen, aber ich habe sie ja wohl ausgezogen, weil ich ins Bett wollte.

Heute sind Deutsche ins Büro gekommen. Und dann mußte deine Großmutter mit ihren dreiundsiebzig übersetzen … Konradsen kann überhaupt nichts. Jeder *Trottel* versteht schließlich Dänisch, wenn er in Dänemark geboren ist, das ist keine Kunst. ›Man muß ihnen Champagner servieren‹, sagte ich zu Konradsen, ›es sind schließlich Deutsche.‹ Aber zwei von ihnen waren unsere.«

Sie kann die Karte mit der Krone nicht finden, die vom Vetter des Zaren. Statt dessen stolpert sie über einen Liebesbrief, gerichtet an Tobias: »Tag, mein Junge!« beginnt er. Tobias war fünfundsechzig, als er mit der Frau des Rechtsanwalts Frederiksen flirtete. Sie war eine Blondine, die das halbe Hundert voll hatte, und unterschrieb mit »Tussi«. Normalerweise versteckte Großmutter alle Briefe Tussis in ihrem eigenen Bett. Aber jetzt hatte sie wieder mal einen Rochus auf die Geschichte, und so wurden die Briefe in den Sekretär verbannt. Sie hatten den alten Kummer wieder aufgerührt: »Nach meinem Tod wirst du einen Brief finden, in dem steht, daß dein Großvater viel zu gut für mich war, ich sei schließlich nur ein Barmädchen gewesen. Nimm die Briefe, meine Kleine, wenn ich tot bin, daraus kann ein gutes Stück werden, eine glänzende Rolle, denk daran. Mein Motto soll sein: Man bereut nur, was man nicht getan hat.«

Katze zeigt Zeste den Stapel neuer Nachthemden, die sie anziehen wird, wenn sie eines Tages ins Krankenhaus muß. Sie hat sie von Tobias erhalten. »Ein Einzelzimmer bekomme ich ja wohl nicht. Wenn ich sterbe, mußt du meine Bibel an dich nehmen. Ich muß auch bald alles aufschreiben.«

In den letzten acht Jahren hat sie davon geredet, ihr Testament aufzusetzen, doch sie *will* es einfach nicht tun.

Sie öffnet einen anderen Schrank, wo Elles Kleider hängen. Elle mit der Blume zwischen den Beinen, die während des Krieges mit einem Kapitän verheiratet war. »Elle, die kleine Dirne, schlief im Zimmer deiner Mutter.«

»Ja?«

»Ich wußte sehr wohl, daß Dietlof zwei Mädchen gleichzeitig haben wollte. Aber ich *wollte* nicht!« Großmutter hämmert auf die Stuhllehne und stampft auf den Boden. »Ich wollte nicht!«

»Das klingt, als ob du auf Elle herabsiehst.«

»Ja.« Und Großmutter fährt, zum hundertsten Mal, mit dem Refrain fort: »Wollen Sie nicht aufs Land ziehen, Fräulein Thura, und Ihr Kind dort bekommen?« Und ihre Schwestern, die sich um sie herumschlängelten, wenn sie ihr im Korridor begegneten, als sei sie aussätzig.

Katze war an diesem Tage in Spendierlaune und zog Zeste zu der Truhe, in der all die alten Kleider lagen. Würde sie heute vielleicht nachgeben und das sahnefarbene der Gräfin wegschenken? Den alten durchsichtigen Traum mit den flatternden Flügeln und den vorstehenden Brustwarzen, das sie tief in einer extra Schublade versteckt hatte. Würde sie es heute vielleicht hergeben? Und konnte man wirklich danach fragen? Denn auch wenn Katze nie mehr davon träumte, es anzuziehen, so konnte sie schließlich davon träumen, es früher *angezogen* zu haben.

Unten in der Truhe lagen die pompeji-roten Plissees aus Crêpe de Chine, Elles Kleid aus durchsichtigem geblümtem Chiffon und Glendas Silberfuchs. »Hintergassenschickse«, murmelte Katze automatisch, so als berührte sie die Perlen eines Rosenkranzes. Lauter Herrlichkeiten förderte Katze aus der Truhe zutage. Eine senffarbene Seidenrobe aus den Zwanzigern, die sie 1940, an jenem Silvesterabend, getragen hatte, als Tobias, dieser Idiot, einen ganzen Stapel Grammophonplatten zerschmettert hatte, und ein himmelblaues Samtcape, das sie für Myren zur Seite legte. Ein langer Glockenrock aus Taft mit dicken violetten Schrägstreifen. Ein braunes Samtkleid mit »Turnüre« und Bolero und zwei weiße Tenniskleider aus Seide. Das eine hatte Glenda gehört. »Ich bin so leidenschaftlich veranlagt«, äffte Katze nach und warf den Truhendeckel krachend zu. »Nur Stuß und Gewäsch.«

»Und Angelikas Nachtkleid ... ist das auch nur Stuß und Gewäsch?«

»Willst du es haben? Dann nimm es«, sagte Katze plötzlich, »ich habe ja doch keine Verwendung dafür.« Ihre Stimme klang, als halte sie sich eine Hintertür offen.

Zeste nahm den sahnefarbenen Traum mit den Engelsflügeln aus der Tiefe der Schublade entgegen. Für die Brustwarzen würde sie schon sorgen. Sie wußte genau, daß das Nachtkleid in die richtigen Hände gefallen war. Sie würde schon verstehen, es auszufüllen und zu zeigen, daß die sahnefarbene Seide noch immer lebendig war.

»Leb wohl, kleiner Dietlof«, sagte Großmutter mit theatralischer Zärtlichkeit. »Willst du einen gelben Chartreuse? Die Flasche liegt schon seit vor dem Krieg hier!« fügte sie einladend hinzu und zwinkerte schelmisch. Sie hatte ihren großzügigen Tag. Irgendwann einmal würde sie bereuen, all das weggegeben zu haben, und die Welt dafür verfluchen.

Sie tranken ein Glas, und Katze stellte den Fernseher an.

»Was hältst du von dem Gangster Nixon, jetzt gibt es bald eine Militärdiktatur!« sagte Zeste.

»Ja, aber vergiß nicht, wie tüchtig Franco gewesen ist. Den Spaniern geht es ausgezeichnet, Diktaturen sind allmählich das einzige, was funktioniert, wenn die Leute keine Lust mehr haben, etwas zu tun.«

»Man stelle sich mal vor, daß sie sogar auf dem Mond gewesen sind«, sagte Zeste, als der Sprecher berichtete, daß es den Astronauten nach der Heimkehr nicht sehr gut gehe.

»Aber was wollen sie denn auf dem Mond? Wozu soll das gut sein, wenn sie dann nach Hause kommen und ihre Ehen kaputt sind.«

Ein Bahnhof erschien auf dem Bildschirm.

»O Gott im Himmel, all die Bahnhöfe, auf denen ich in meinem Leben gewesen bin! Du weißt ja, als Ebbe Munck, der später Botschafter wurde, mich in Berlin abholte. Und mein Freund, der brachte all die illegalen Papiere in seinen Seidensocken über die Grenze, o Gott ja. Er war Norweger und hatte ein griechisches Profil und eine Nerzfarm in Lettland. Er war immer in meiner Nähe. Hast du mit Rejn geschlafen?« fragte Katze plötzlich und sah Zeste mit einem scharfen Blick ihrer blauen Augen an. Als wollte sie gern vorurteilslos wirken. Oder es sein.

Sie saßen, jeder in seinem Sessel in Gammel Mønt, in der Hand einen gelben Chartreuse, einen Stapel Zeitungen vor sich auf der Fußbank und die Beine hochgelegt. Zeste traute ihren Ohren nicht. Wie konnte Großmutter eine solch kränkende Frage stellen? Lag es am Pornoklub, der über ihr eingezogen war? Großmutter war natürlich überzeugt davon, daß Rejn nur im Sinn hatte, mit einem jungen Mädchen nach Afrika zu verschwinden, doch mit welchem … das war die Frage.

Großmutter warf Tobias, Rejn und alle Männer in einen Topf, ein einziges treuloses Lumpenpack. Sie hatten allesamt Syphilis. Ein Mann war in Großmutters Universum etwas, das man mit unendlicher Mühe erobern mußte und für das man sich hinterher aufzuopfern hatte – »um ihn festzuhalten«. Warum in aller Welt man all das tun und wegen eines solchen Packs soviel ertragen sollte, davon schwieg die Geschichte. Katze hoffte nur, daß Rejn, der wie Tobias »in seinem ganzen Leben nie einen Finger gerührt hatte«, dann, wenn er nach Afrika verschwand, den langhaarigen Orm mitnehmen würde. Denn dessen Anblick konnte Katze nicht ertragen. Ein Junge von zehn Jahren sei gerade entführt worden, berichtete der Sprecher im Fernsehen, und ein Foto des Jungen erschien auf dem Bildschirm.

»Er sieht aus wie ein Mädchen, er ist selber schuld!« sagte Großmutter mit allen Anzeichen des Abscheus. Jedesmal wenn ein langhaariger Bursche im Bild auftauchte, legte Großmutter, die dicht neben dem Apparat saß, die Hände auf den Schirm, um die Haare zu verdecken, ebenso wie sie Nasen und Ohren von Juden abdeckte: »Du mußt dafür sorgen, daß sie vom Fernsehen verschwinden, dort gibt es allzu viele davon.«

»Nein!« erwiderte Zeste plötzlich. »Nein«, sagte sie noch einmal.

Dennoch blieb die Frage weiter in der Luft hängen, und dort hatte sie seit vielen Jahren gehangen.

*

Wie unlängst in dem Ferienhaus, das Rejn gemietet hatte und das sie »den Korb« nannten, wegen Li, die Türen schlagend darin herumlief. Sie wollten nicht in Gammel Mønt wohnen; das war auch unmöglich mit Orm und diesen Haaren. Orm hatte sich eine Bude eingerichtet, wo er von dicken Schwaden Weihrauch und Hasch umgeben saß und Beat hörte. An die Wände hatte er geschrieben: »I get so motherfucking mad, there's nothing I can do.« Und: »Hey, you, what are you doing to the earth?«

»Strolch! Scheißkerl! Provo!« schrie Li hinter ihm her, und nachts übergab sie sich vor Scham und Schuldgefühl. Wenn sie morgens aufwachte, nahm sie eine extra Dosis Restenil, weil sie die ganze Nacht nicht hatte schlafen können. Sie wollte ja nichts anderes, als daß er eine Ausbildung machte! Das war ja wohl ein ganz normaler Wunsch, den man für seinen Sohn hegen konnte. Doch Zeste schüttelte den Kopf über sie: Als hätte Li eines überhaupt nicht begriffen. Nämlich, daß die Würfel längst gefallen waren und man nichts mehr retten konnte.

»Sag mir ehrlich, *bin* ich geisteskrank?« fragte Li eines Tages ihre Tochter. Und Zeste antwortete: »Ja«, und setzte sich in Orms Bude und spielte mit seinem Haar – zum Trost –, und Orm glitt hinüber in einen wundervollen Dämmerzustand.

»Jetzt grade ist das hier ein toller Flash«, murmelte er. »Wenn ich nur so liegen könnte, bis der endgültige Schlaf kommt.«

Sie hätte vielleicht nicht diesen Beschützerdrang für ihn verspüren müssen, denn es war, als erreichten Cats Schreie ihn überhaupt nicht, eingehüllt in schützende Haschnebel, wie er war. Doch solange sie dieses starke Bedürfnis fühlte, blieb sie verschont, Verzweiflung und Ohnmacht über seine Situation zu empfinden, und dann bestand noch immer Hoffnung. Mein Gott, er war ja noch nicht einmal zwanzig. Solange sie diesen Beschützerdrang verspüren konnte, vergaß sie leichter, wie sehr ihr seine geistige Trägheit und egoistische Faulheit auf die Nerven gingen. Seine völlig teilnahmslose Flucht in die Musik. Doch jedesmal, wenn sie versuchte, die Sache mit ihm zu diskutieren, stand sie kurz vor einem Generationskonflikt-Gerangel, und es endete immer in Tränen und Bitterkeit. Ich kann ja wohl nicht verantwortlich dafür sein, einen Menschen aus ihm zu machen, dachte sie bei sich, während es sie zugleich entsetzte, daß niemand sonst da war.

»Im Traum sehe ich dich, nicht dich, aber andere Frauen, die dein Wesen und dein Gesicht haben«, flüsterte er. Zeste war gerührt, und sie schämte sich, während sie die Finger durch sein helles Haar gleiten ließ.

»Es ist das Schönste, was es gibt, wenn Zeste es macht«, sagte Orm zu Rejn, der plötzlich in der Tür stand. »Man wird wie eine Katze.«

»Vielleicht hat es damit zu tun, daß Zeste es auf eine so sexy Weise macht.«

Plötzlich stand Orm auf: »Blutschande! Kann man ins Gefängnis kommen wegen Blutschande?«

»Vater und Tochter, Mutter und Sohn ist nicht so gut, aber in any case I'll support you all the way«, sagte Rejn und ging, als Orm fortfuhr: »Euer Herz bange nicht. In meines Vaters Haus sind viele Wohnungen. Ich gehe hin, euch eine Wohnstätte zu bereiten.«

Als Rejn und Zeste am Abend vor dem Fernseher saßen und Nixons Chinapolitik diskutierten, kam Li vorbeigetorkelt, machte den Fernseher aus und alles Licht, denn jetzt ging *sie* ins Bett. Am nächsten Tag rief Rejn den diensthabenden Arzt an, um sie in gesicherte Verhältnisse einweisen zu lassen. Da Rejn zuerst seine Personenkennziffer nennen sollte, die er nicht wußte, schöpfte der Arzt sofort Verdacht ob seines mentalen Gleichgewichts. Es wurde nicht besser davon, daß der Arzt Rejn und Zeste zusammen antraf. »Wer ist *sie*?« fragte der Arzt und zeigte auf Zeste. Rejn wußte nicht, was er antworten sollte, wodurch die Situation noch bedenklicher wurde. Allein Zestes Aussehen mit dem langen schwarzen Haar und den gelben Augen, dem langgliedrigen Körper und den großen Lippen kündete von Unheil in der Familie. Für Zeste blieb kein Ort, an dem sie sich verstecken konnte. Und es half auch nichts, daß sie die Farbe aus dem Haar entfernte. Sie hatte es mit Fahlbraun versucht, doch hatte das der Familie weder geholfen noch sie gerettet. Wer war Zeste? Was sollte sie antworten, wenn der Arzt sie fragte?

»Das ist meine Mutter«, sagte sie also. Doch damit hatte sie nicht gesagt, daß Rejn ihr Vater sei. Wer also war er? Auch diese Frage hing in der Luft, während Rejn dem Arzt zu erklären versuchte, er müsse Li zwangseinweisen, weil sie eine Gefahr für sich und andere darstelle.

Doch der Arzt mußte überhaupt nichts. Li hatte all die

»Dinge« gesammelt, um zu beweisen, daß sie nicht halluziniert hatte. Und obwohl sie mit geweiteten Pupillen, nervösen Gesichtszuckungen und verkrampften Fingern von einem Kartoffelmesser faselte, das in Tante Muddes Porzellanschüssel eingebrannt sei, von in Taschentüchern eingenähten Tabletten und in Korbsesseln eingeflochtener Lakritze, bestand sie die ganze Zeit darauf, daß sie nicht eingewiesen werden *wollte*: »Ihr könnt mich nicht zwangseinweisen lassen, ich will nicht, ich will nicht. Laßt mich hierbleiben, gebt mir eine Chance, laßt mich mit nach Ruanda kommen!«

Dem Arzt tat Li leid. Bei so viel Treulosigkeit von Mann und Tochter war es schließlich kein Wunder, daß die Frau verzweifelte. Und da Rejn noch immer nicht seine Personenkennzahl wußte, entschied der Arzt, daß Rejn nicht ganz normal sei: »Sind Sie sicher, daß nicht eigentlich *Sie* eingewiesen werden müßten?«

Glücklicherweise oder leider kam ihm die Wirklichkeit zu Hilfe. Denn es *war* richtig, was Rejn gesagt hatte: Li *war* eine Gefahr für sich selbst. Früh um vier am nächsten Morgen stand Rejn plötzlich in Zestes Tür: »Mutter!«

»Ist sie tot?«

»In der Badewanne.«

Der Notarzt war ungewöhnlich patzig. Denn als Rejn sagte, es sei eine Schande, daß er nicht eher gekommen sei, obwohl ihn Rejn schon am Abend vorgewarnt hatte, antwortete dieser nur: »Dummes Jewäsch!« Und natürlich kann man sich auch nicht auf den Bereitschaftsdienst verlassen, wenn es darum geht, seit langem existierende Ehekonflikte zu lösen. Man kann nicht einfach nur »Mutter, Mutter, wir haben uns verheddert« rufen und damit rechnen, daß der Notarzt kommt und die Sache entwirrt.

Dennoch mußte dieses Bedürfnis in der Luft gelegen haben, denn der Notarzt ging sofort zum Gegenangriff über, indem er auf das leere Tablettenröhrchen wies: »Warum haben Sie all die Tabletten herumstehen lassen?«

»Das ist eine zwanzig Jahre alte Geschichte«, sagte Rejn.

»Und wer sind dann *Sie*?« Der Arzt schaute Zeste anklagend an, die gerade aus dem Bett gekommen war, das lange schwarze Haar total zerzaust.

»Das ist meine Mutter«, sagte Zeste erneut und zeigte auf den Leichnam. In der Klinik hatte der Arzt den Eindruck, den er

auch als Erklärung für den Selbstmordversuch in den Kranken-
bericht schrieb, daß Frau Liane Møller, geborene Løvin, versucht
hatte, sich das Leben zu nehmen, aus Eifersucht, weil ihr Mann
in ihre Tochter verliebt sei. Das war die Erklärung, auf die man
kam, indem man Zeste und Rejn einfach nur *ansah*. Rejn wirkte
schließlich zwanzig Jahre jünger, als er in Wirklichkeit war, weil
er in seiner Entwicklung stehengeblieben war. Der Arzt schaute
Zeste an und fragte, ob die Erklärung korrekt sei.

Und mit einem dramatischen Ausdruck in den Augen und
hocherhobenem Kopf antwortete Zeste kalt: »Das will ich nicht
ausschließen!«

»Ich will nicht mehr«, schrieb sie überall in ihr Textbuch. Das
Stück hieß »Der Letzte löscht das Licht« und war zum Teil von
Strindbergs »Der Vater« inspiriert, in dem ebenfalls vorgeführt
wird, wie schwierig es ist, dem Wahnsinn in der Ehe Raum zu
geben. Deshalb lautete eine Replik im Stück: »Es ist meine
Pflicht, alle Ehen zu zerstören.« Und Zeste machte sie zu der
ihren. Es war ihre Pflicht, dem Bösen beizukommen, mit Bösem
soll Böses vertrieben werden. Und ihr Haar blitzte schwarz. Es
war ihr ein merkwürdiger Trost, in ihrem Vorhaben nicht allein
dazustehen, sondern daß sie in diesem Punkt einen uralten Partner, den Teufel selbst, als Hilfe hatte. »Ich will böse sein« – »Vergiß nicht, böse zu sein«, schrieb sie auf kleine Zettel, als Teil einer großen Aufräumungsarbeit, die notwendig war, um das Verbrechen aufzuklären. Die bösen Rollen waren stets die besten.

*

Li lag den dritten Tag bewußtlos am Beatmungsgerät, neben sich
auf dem Nachttisch die Jadekatze. Die Ärzte wollten nicht ausschließen, daß eine Gehirnlähmung zurückbleiben könnte.

Die Person, die eines Tages das Beatmungsgerät verlassen
konnte und als angeblich lebendig auftauchte, war eine andere,
eine fremde, mit Aphasie. Einst hatte man mit ihr über alles reden können. Schien es. Jetzt ging alles in einsilbigen Worten und
kurzen Sätzen vonstatten. Doch kaum konnte Li auf den Beinen stehen, so wurde sie entlassen, nahm ein Taxi und fuhr an
alle Orte in Kopenhagen, wo sie ihr chinesisches Porzellan eingelagert hatte, um es zu »ordnen«. Sie holte den Song-Frosch
von Gammel Mønt, aus Angst, die Familienmitglieder könnten
ihn mit Beschlag belegen, und lagerte ihn bei der Umzugsfirma

Adam ein. Von der Umzugsfirma holte sie eine Song-Schale mit grüner Hasenfellglasur sowie eine achtkantige cremefarbene Schale mit Deckel und stellte sie im »Korb« unter ihr Bett, eine grüne Schale mit Seladon-Glasur plus eine kleine Sang-Khalok-Vase brachte sie nach Gammel Mønt.

Sie ließ sich entlassen, ohne daß Rejn davon wußte, denn sie wollte nichts zu tun haben mit all den »Bartaffen« und »Arschlöchern« – ihre Bezeichnungen für Psychiater. Aber es vergingen nur wenige Tage, bis sie wieder eingewiesen wurde. Mit ihrer Jadekatze. Sie wurde am Mittwoch entlassen, am Samstag eingewiesen und am Montag entlassen, am ganzen Körper gelb und blau aufgrund ihrer schlechten Leberwerte. Und wieder eingewiesen zum Magenauspumpen. Mit ihrer Jadekatze. Damit übertraf sie Zeste in theatralischer Hinsicht. Denn damals war Tablettenmißbrauch nicht so üblich wie heute, und in den Kliniken herrschte ein autoritativeres Zeremoniell als späterhin, da sich die Krankenhäuser zu hilflosen Fabriken entwickelten. Der Chefarzt sagte, die Prognose für Li sei gleich null.

Dennoch hieß es, Li müßte in die »Behandlung« einwilligen, wenn sie mit Rejn nach Afrika wolle. Er wurde in ein obskures Land geschickt, in dem die eigentliche Unterhaltung aus Folter und öffentlichen Massenhinrichtungen bestand. Weiße wurden unweigerlich überfallen, ausgeplündert und hinterher an einem Laternenpfahl festgebunden. Ruanda war ein Hardship-Posten, also wenn Li mitwollte, mußte sie dafür sorgen, wieder völlig in Ordnung zu kommen, wie Rejn sagte. Sie sollte in die Heil- und Pflegeanstalt Nykøbing aufgenommen werden.

＊

Sie stand oben am Fenster mit ihrer Jadekatze und wartete darauf, daß die Familie sie besuchen käme. Sie sah sie unten auf dem Parkplatz aus dem Auto steigen. Zeste und Rejn und Klein Tor. Myren hatte ihre eigenen Sorgen. Orm war nicht mitgekommen, Gottseidank. Er hatte ihr Laings »Paradiesvogel« mit der Widmung gesandt: »Hoffe, Dir gibt das Buch etwas, ich habe ja die Musik.«

Ob alle diese Menschen, die eine Familie bildeten, es in einigen Monaten noch sein würden, lag an ihr. Sie hatte in das eingewilligt, was sie Behandlung nannten. Eine Entgiftung. Und eine neue Arznei. Sie hatte in der Therapie eine lila Tasche genäht und war sehr stolz darauf. Sie, die nie eine Nadel hatte führen können. Myren, die so fingerfertig, und Zeste, die so vornehm-fein war, hatten sich wegen der Puppensachen immer geschämt, die Li für sie genäht hatte, als sie noch klein waren. »Laß es lieber, Mutter.« Jetzt konnte sie ihren Besuch auf der Treppe hören. Sie hatte beschlossen, sich musterhaft zu verhalten. Um nicht ausgemustert und verlassen zu werden. Die Angst davor, ihren Status zu verlieren, erinnerte sie daran, wie es gewesen sein mußte, ins Konzentrationslager geschickt zu werden. Sie machte sich nichts daraus zu sterben. Doch wenn sie leben sollte, dann in Afrika. Das letzte Mal, daß Dog sie in einer Nervenklinik besucht hatte, war damals, als sie zusammen Tor gezeugt hatten. Jetzt war Tor dreizehn Jahre alt, und sie beide konnten nichts mehr zusammen zeugen.

Er nannte sie noch immer »kleine Perle«, seine Augenlider waren schwer, und er legte seine müde Hand auf ihren klapperdürren Schenkel. Sie tranken Campari aus Plastikbechern. Sie hatte ein Einzelzimmer bekommen. Sie sah verstohlen zu ihm auf mit einem Blick, der besagte, »es *wird* gehen«. Sie überhörte mit Absicht Klein Tors furchtbare Bemerkung: »My friend's mother has a home like this for old and mad people like Cat.« Das Überleben der ganzen Familie hing im Augenblick davon ab, Bemerkungen zu überhören. Sie versuchte Dogs Blick zu deuten, weil die Scheidung in der Luft lag. Und sie wollte gern die schwarze Wolke wegzaubern mit ihren alten stets wirksamen Mitteln. Doch wirkten sie nicht mehr.

Er war gekommen, um ihr zu erzählen, daß er jetzt, wo sein Urlaub vorbei war, gezwungen sei abzureisen und daß er in Ruanda auf sie warten wolle. Zeste legte automatisch den Arm um Li, um ihr zu versichern, daß sie niemals verlassen werden würde.

Als sie aus der Klinik kam, war sowohl ihre ganze Familie als auch ihre Habe in alle Winde zerstreut. Einiges war auf dem Weg aus Algerien zu ihr, anderes bei Adam in Dänemark eingelagert, in einem gemieteten Ferienhaus oder Gammel Mønt deponiert oder unterwegs nach Kigali. Als ihr klar wurde, daß Rejn bereits einen Teppich nach Timbuktu geschickt hatte, schrie sie: »Scheißkerl!« Es war schließlich *ihr* Teppich.

Li war wegen dieses Teppichs verzweifelt. Die Vermögensteilung war bereits eine Tatsache. Und wie es meist der Fall ist, war es ein Vermögen, das sich nicht teilen ließ. Li besaß die Dinge schließlich, weil sie etwas für sie bedeuteten, weil sie sie vergötterte und pflegte. Sie hatte den Anstoß gegeben, die prächtigen chinesischen Lackschränke und Ledertruhen zu erwerben, weil sie von Schönheit umgeben sein wollte. Rejn aber besaß die Dinge, denn er hatte sie bezahlt.

Wenn Li zu diesem Zeitpunkt beschlossen hätte, in Dänemark zu bleiben, hätte sie sich eine Wohnung ganz nach Wunsch einrichten können. Rejn hätte ihr alles gegeben, was sie verlangte.

Mama war soeben verstorben, über hundert Jahre alt. Und in der »Berlingske Tidende« schrieb man, sie sei eine ungewöhnliche Hundertjährige gewesen, die in ihrer Wohnung am Kastelsvej den ganzen Tag über Gratulanten empfangen habe. So rüstig und rege sei sie gewesen, daß sie Tag für Tag einen Spaziergang durch das Viertel unternommen habe, mit jener Frau, die sich um ihr Zuhause kümmerte, und sie habe sich vom Wetter nicht daran hindern lassen.

»Sara Løvin war seinerzeit mit dem namhaften Geschäftsführer der ›Berlingske Tidende‹ Louis Løvin verheiratet ...

Frau Løvin erinnert sich noch immer an viele Dinge aus ihrer Kindheit, jene wirklich alten Zeiten, in denen Kinder streng erzogen wurden und lernten, bescheiden zu sein. Diese altertümliche Bescheidenheit besitzt Frau Løvin noch heute, obwohl sie inzwischen die Herrin eines großen Hauses mit auserlesenem Bekanntenkreis geworden ist.

›Man darf nie vergessen, dankbar zu sein. Und ich habe unendlich viel gehabt und habe es noch immer, für das ich dankbar bin.‹

Es gibt nur zwei Sorten Menschen, die sie beneidet: Leute mit naturgewelltem Haar und jene, die mit einem anderen heimgehen können, wenn ein schöner, festlicher Abend zu Ende ist.«

*

Li war nicht mit zur Beerdigung. Sie war betrunken. Aber sie erbte. Kein Geld, denn das hatte Tobias schließlich während des Krieges aufgebraucht. Doch Möbel und Leinenzeug, das sie an die glücklichen Kindertage in der Rosenvængets Allé erinnerte, wo Papa Bücher aus seinen Bibliotheksregalen genommen und sie mit der Welt dieser Schätze vertraut gemacht hatte.

Keine Kissen wurden aufgeschlitzt oder Federn fein säuberlich verteilt, wie sonst üblich bei Erb- und Vermögensteilungen. Niemand sagte hinterher, er würde nie mehr den Fuß ins Haus des anderen setzen. Myren sollte Li vertreten, die zu krank war, um zu erscheinen. Myren überraschte mit ihrem Professionalismus, als hätte sie ihr ganzes Leben nichts anderes getan, als Vermögensteilungen vorgenommen! Durch die Versteigerungsfirma wußte sie, was die einzelnen Stücke wert waren, und wegen der Gemälde hatte sie in Kunstkatalogen nachgeschlagen. Myren sorgte dafür, daß in Lis Namen der größte Teil des Erbes in Beschlag genommen wurde. Und keiner bemerkte das. Sie trauerte lediglich um ein verschwundenes Wiegemesser, an dem ihr viel lag, weil sie es so sehr mochte. Jeder wollte indessen das Porträt von Tobias haben. Deshalb beschloß man, es zu verlosen, und der niedrigste Wert sollte das As sein. Myren zog den Pikkönig!

Li ließ die Kinder all die Sachen bei Adam einlagern. Und eines Tages, als sie nicht in der Lage war, eine Flasche Campari zu kaufen, versetzte sie das Ganze. Silberkandelaber, Nähtischchen und ein speziell angefertigtes Eßzimmer aus Birkenholz mit vierundzwanzig Stühlen. Mahagoniregale und Bücher, Glas, Porzellan und Leinenzeug. Ausgenommen Tobias' Porträt, an das sie sich in ihren verschiedenen Pensionszimmern klammerte, dachte sie nie mehr an das Erbe von Rosenvænget. Sie dachte nur an den Teppich, den Rejn ohne ihre Zustimmung nach Afrika geschickt hatte.

Eine einzige Person mit Familiensinn war geblieben: Rebekka, deren wichtigste Lebensaufgabe von jetzt an darin bestand, Mamas Ruf zu verteidigen und die Fahne in ihrem Geist hochzuhalten, und das hieß, sich niemals zu beklagen.

Als Familienmensch, der sie war, hatte Rebekka sich in den Kopf gesetzt, Li müsse nun normalisiert werden. Sie sollte Frühsport treiben, drei Mahlzeiten am Tag essen, eine Arbeit finden und irgendeine Wohnung. Nachdem Rejn auf dem fliegenden Teppich nach Afrika geflohen war und Li als Alleinstehende zurückgelassen hatte, fühlte Bekka, daß sie, die beiden Schwestern, jetzt gleichgestellt waren, wie in der Kindheit. Doch Li wollte absolut nicht »normalisiert« werden, sie wollte tun, was ihr gefiel, so wie sie es immer getan hatte. Sie wollte nicht essen, und niemand würde sie zwingen, mit wollenen Liebestötern herumzulaufen. Und war es überhaupt »normal«, wenn eine ältere Dame sich dafür interessierte, ob eine halb hundertjährige Schwester Liebestöter trug?

Mit religiösem Eifer half Bekka jedesmal, wenn Li zwangseingewiesen und die Polizei laut Gesetz eingeschaltet werden mußte. Doch half sie mehr bei Einweisungen als bei Entlassungen. Denn Bekka litt – genau wie der Rest der Gesellschaft – unter der Wahnvorstellung, es müsse einen Ort geben, wo dergleichen kuriert werden konnte, mit einer Arznei oder ähnlichem, so wie seinerzeit bei KIS.

*

Tor war vom Jugendamt in einer Pflegefamilie untergebracht worden: »Was soll ich sagen, wenn sie fragen, was mit meiner Mutter los ist?«

Er hatte in den Sommerferien angefangen, ein wenig dänisch zu sprechen. Beim Jugendamt war man erschüttert, einen Jungen vor sich zu sehen, der dermaßen vernachlässigt worden war. Und dann noch ein Sohn von – war die UNICEF das nicht – der Organisation der Kinder! Sie waren es gewöhnt, Fürsorgeversäumnisse und Mißhandlung zu erleben, doch Tor Møller hatte selbst die elementarsten Dinge nicht gelernt. Natürlich beherrschte er weder das Lesen noch das Rechnen, aber er konnte ja nicht einmal sprechen! Schlecht genug englisch! Der kleine Segen wurde als »asozial, unreif und passiv« abgestempelt.

Es ist nicht gerade einfach für einen dreizehnjährigen Jungen, aufgewachsen in fremden Ländern unter der Regie der Dienstboten, mit Thai als Muttersprache, sich der dänischen Kinderbetreuung anzupassen. Mehrmals riß Tor aus, um »just to teach them a lesson«. Doch Rejn, der jetzt in Ruanda eine ältere Krankenschwester geheiratet hatte, schrieb und warnte Tor: Wenn er über die Unterbringung meckere, würde er ins Kinderheim gesteckt. Zeste schrieb zurück, was das für ein Ton sei, und außerdem brauche Tor eine Uhr, also bitte sehr sollte Rejn das Geld schicken. Doch Rejn erwiderte, daß er nicht vorhabe, irgendeine Uhr zu bezahlen, und wenn Tor eine Uhr haben wolle, müsse er das Geld selbst verdienen. Nachdem der Junge erst in Watte und Naschzeug verpackt und ignoriert worden war, ohne die Gabe der Rede zu erhalten, sollte er jetzt eine Arbeit annehmen und sich selbst versorgen! Zeste schrieb aufgebracht zurück: »Ich scheiße auf Deine Pläne ...« Und Rejn schickte einen großen

Packen mit Fotos von ihr, die er mit liebevoller Sorgfalt in einem langen Leben aufgenommen und danach im Handumdrehen aus allen Familienalben gerissen hatte, mit dem Bescheid, sie könne sie verbrennen.

Zeste war sprachlos, die Bilder einfach so an den Kopf zu bekommen, obwohl es vielleicht auch ein wenig erleichternd war, ein so unzweideutiges Zeichen der Schande zu sehen. Weg damit! Doch in der Nacht träumte sie einen äußerst widerwärtigen Traum, in dem Rejn seinen Unterleib hart gegen ihren Hinterkopf preßte. Katze und Tobias machten auf dem Absatz kehrt und verließen sie, und Li zeigte drohend auf sie und sagte: Da kannst du selbst sehen, wie abstoßend du bist. Sie waren vor Ekel gegangen. Danach fand sie seine Testikel als zwei Eingeweidesteine und sein aufgeschlitztes Geschlechtsorgan in ihrem Bett. Er sagte, es mache ihm nichts aus.

Zestes Herz zog sich zusammen, als sie mit Klein Tor Dame spielte und Wasser holte für ein warmes Bad im »Korb«, wohin er geflohen und sie sich vor den Familienproblemen zurückgezogen hatte, um ihre Rolle zu lernen. Sie sagte sich selbst, daß die Vorsehung sie mit dieser todkranken Familie ausgestattet hatte, weil sie so viele gute Rollen barg.

Aber es gab auch die Wirklichkeit, denn jetzt galt es, Tor vor den schlimmsten Folgen der privaten Einquartierung durch das Jugendamt zu retten. Er wohnte bei einer »pädagogischen« Lehrerin von der linken Tvind-Schule, für die Pierre und Myren sich verbürgt hatten. Sie hieß Gyda. Wenn eins der Kinder nichts im Kühlschrank finden konnte, antwortete Gyda: »Da kann ja wohl ich nichts dafür.« Gyda klagte, daß Tors Gedanken sich ausschließlich um »Gewalt, Sex und Drogen« drehten, und die Geschichten, die er schrieb, gefielen ihr ganz entschieden nicht. Er hatte einen total verrückten Aufsatz geschrieben, über Bäume, die aus dem Kopf eines Vaters wuchsen, während sein Sohn gegen einen Straßenbaum fuhr und starb. Das war wirklich *zu* makaber. Es war überhaupt unheimlich, ihn zwischen den anderen Kindern zu wissen. Vielleicht sollte man dankbar sein, daß er nie mit jemandem verkehrte. Doch sein fehlendes Bedürfnis nach menschlichem Zusammensein war ebenfalls unheimlich. Außerdem hatte er allzu großen Respekt vor Erwachsenen. Er war ganz einfach nicht reif für den Sozialismus.

Doch Myren und Pierre teilten Zeste mit, sie solle sich da

nicht einmischen. Denn bei dem Leben, das sie führe, habe sie keine Möglichkeit, ein Kind zu beurteilen, und auch kein Recht dazu.

Doch war einfach kein Platz für Feindschaften aufgrund von Lappalien, solange Orms Leben an einem Faden hing und Tor sich dem Jugendamt anzupassen hatte, während Li auf kürzestem Wege in die Kliniken hinein- und wieder herausfuhr, und Rejn unten in Afrika heiratete, indem er signalisierte, daß er von allem, was Dänemark heiße, genug habe, inklusive seinen Söhnen, die nun zusehen sollten, wie sie klarkämen. In dieser sensiblen Situation mußte Zeste, als die Älteste, einsehen, daß kein Platz für Kabbeleien war. Deshalb warf sie sich vor Myren auf die Knie – ein wenig auch im Scherz – und sagte: »Wollen wir nicht übereinkommen, uns nie mehr zu verfeinden?«

»Das können wir gern, wenn du nur aufhörst zu stehlen!«

Es dauerte nicht lange, bis Zestes weißes Fahrrad aus dem »Korb« verschwand und danach ein silberner Flaschenöffner. Wenn man bedenkt, wie schlimm die Rolle war, die Myren Zeste im Leben zugeteilt hat, konnte es nur verwundern, daß sie die Schwester bat, die Patenschaft für ihre erstgeborene Tochter zu übernehmen. Zeste befürchtete, es nicht gut genug zu machen. Sie kam aus Paris, zusammen mit Serge, und war eine halbe Stunde zu spät in der Kirche. Flugstreik in Orly. Myren saß in der Vorhalle und stillte wütend das Kind, während der Organist zum vierzehnten Mal »Nun schaut einander an« spielte. Serge bat um Verzeihung, es sei seine Schuld, während Zeste das Kind in den Arm nahm und mit einer Wodka-Fahne den Kirchengang hinunterschritt. Als sie mit klarer Stimme dem Satan entsagte und allen seinen Werken, erwarteten viele, daß die Kronleuchter herabstürzen würden.   ❊

Katze war somit Urgroßmutter geworden. Doch solange sie ein Enkelkind unter der Obhut des Jugendamtes hatte, gab es keinen Platz für etwas anderes. Sie hatte nicht einmal Platz für Tor, den sie zu vergessen suchte. Sie wußte sehr wohl, was aus ihm geworden war, doch da sie mit diesem Wissen nicht leben konnte, wußte sie es nur ein kleines bißchen, irgendwo weit hinten. Sobald sie den Schmerz spürte, sagte sie zu sich und anderen:

»Ja aber, wie sollte ich mich um Klein Tor kümmern können, ich bin bald siebzig, muß meine Arbeit im Büro erledigen und

Gammel Mønt in Ordnung halten. Es würde ja nichts helfen, wenn auch ich der Gesellschaft zur Last fiele.«

Nein, das würde es nicht. Und sie schloß daher ihre monotone Entschuldigung auch stets mit den berühmten Worten: »Gammel Mønt ist euer Zuhause.«

Wenn niemand sie richtig beim Wort nahm, lag das daran, daß es keiner ausgehalten hätte, bei Katze zu wohnen, die immer wieder die Fahrt durch Deutschland machte, wo sie nicht hatte anhalten und übernachten können, weil alle Hotels für Juden gesperrt waren. Statt dessen hätten sie sich privat einmieten müssen, und Li war in einem Bordell untergebracht worden. Dort hatte man sie auch verpfuscht. Dennoch begriff Katze nicht, wie es mit Li hatte so weit kommen können. Sie war doch nicht ganz bei Trost! Sie mußte doch wissen, daß es in der Ehe immer darum ging, ein Leben in der Hinterhand zu haben. Sein eigenes geistiges und finanziell unabhängiges Leben zu besitzen. Man mußte doch wissen, daß man mit nichts rechnen oder sich auf niemanden sonst als sich selbst verlassen konnte. Weshalb hatte Li versäumt, sich abzusichern? Wie konnte eine Mutter ihre Kinder im Stich lassen?

Gottseidank lebte Katze in glücklicher Unwissenheit, was Orm anging. Er arbeitete offenbar in einer Plastikfabrik! Ihr Enkelkind in einer Plastikfabrik! Sie sagte es zu niemandem, aber sie war sichtlich erleichtert, als sie hörte, daß er mit der Arbeit doch nicht zurechtkam. Noch demütigender war es für sie zu erfahren, daß er in einer Kinderkrippe Arbeit gefunden hatte! Dem Himmel sei Dank währte auch das nicht lange. Nicht länger als ein paar Tage. Denn es gab einige Dinge, die er zuerst mit sich klären mußte. Dazu brauchte er eine Bibel. Er mußte herausfinden, ob er verdammt oder erlöst war. Er begann von Jesus zu reden und davon, sein Leben in dessen Hände zu geben. Doch Myren sagte, das sei nur, um sich interessant zu machen, und Katze verbat sich all das Gewäsch.

»Er rief neulich an und sagte: ›Ich hoffe *inständig*, daß es dir gut geht, Großmutter.‹«

»Stell dir das vor, Zessie, ich kann nicht mal mehr in meinem eigenen Haus ans Telefon gehen! In Gammel Mønt 14!«

»Jetzt muß er wohl langsam etwas Ordentliches anfangen, er ist doch bald zwanzig, und dann dieses lange Mädchenhaar! Wenn du meine Meinung hören willst, sollte er zur Marine.«

Geplant war im Augenblick, daß er einen Vorbereitungskurs für das Abitur besuchen sollte, und er ging auch eine Woche lang hin. Aber als er feststellte, daß er mit seiner Intelligenz nicht all jene übertreffen konnte, die er für bedeutend geringer hielt als sich selbst, wechselte er statt dessen dazu über, eine Art Straßen-Guru zu sein, der im Besitz einer höheren Weisheit ist als diejenige, die dem Rest der Menschheit vergönnt ist. All jene, die sich für das »System« abplackten, ob nun in Schulen, Geschäften, Büros und Fabriken, waren die reinsten Idioten, er war aus dem Rennen ausgestiegen, Mann. Eines Morgens rief ein Polizeirat Børge Madsen bei Zeste an und fragte, ob sie Orm Møllers Lebensgewohnheiten kenne, denn er sei auf die Polizeiwache gestürzt gekommen, splitternackt, schreiend, mit krampfartigen Zuckungen und hätte gebrüllt, sie sollten ihn erschießen, denn die Hoden säßen ihm mitten in der Brust, und da er doch sterben müßte, könnten sie ihn ebensogut gleich erschießen. Im Krankenhaus hatten sie ihn untersucht und eine Überdosis LSD festgestellt. Der Polizeirat hatte am Telefon aus dem Krankenblatt zitiert: »Patient mit leichter Psychose hielt krampfartig den Penis umfaßt und schrie, die Hoden säßen ihm im Brustkasten.«

Li hatte zehn Tage lang nichts gegessen. Es ging ihr so schlecht, daß Zeste und Myren sie instinktiv damit verschonten, etwas über die Söhne zu erfahren. Doch Rebekka fand Li betäubt in einem Pensionszimmer, packte sie am Kragen und beschimpfte sie: »Es ist ein Wunder, daß deine Männer dich nicht schon früher verlassen haben. Du hast nichts im Leben geleistet, bist nur eine Plage gewesen. Jahrelang hast du Rejn gehaßt, aber du warst zu feige und zu träge, um die Bequemlichkeit aufzugeben, an die du dich geklammert hast. Memme! Für Geld hast du deine Seele an einen Mann verkauft. Du hast dich selbst für chinesisches Porzellan und persische Teppiche verkauft. Du bist nicht mehr wert als irgendeine ...« Rebekka wagte nicht, den Satz zu Ende zu sprechen, denn sie war zwar eine Anhängerin der Wahrheit, aber es konnte auch des Guten zuviel werden. Obendrein war sie irgendwie ja auch eine gute Katholikin, die niemanden verurteilte.

Li reagierte nicht auf diese Tirade. Rebekka war schließlich nur eifersüchtig. Saß auf dem hohen Roß vor lauter Schadenfreude, daß Li keinen Mann hatte. Im Augenblick.

»Hast du meine Tabletten? Ich habe seit einer Woche nicht geschlafen«, murmelte Li.

»Nein, denn du liegst hier nur stumpfsinnig rum, während deine Kinder zugrunde gehen.«

Doch das war ja nur Eifersucht, weil Bekka selbst keine Kinder hatte. Deshalb gingen die Kinder anderer zugrunde. Lis Kinder waren immer lieb und pflegeleicht gewesen, aber jetzt waren sie weg. Und Rejn war weg. Alle waren weg. Wo waren sie eigentlich hin? Wie sollte sie allein fertig werden? Ohne alles?

»Wenn dir als Kind etwas gegen den Strich ging, warst du sauer und hast dich abgekapselt. Jetzt kriechst du mit deinen Tabletten einfach wieder unter eine Glasglocke. Du hast dich überhaupt nicht verändert.«

Bekka sich auch nicht, dachte Li. Immer Fräulein Besserwisser, immer muß sie sich in die Angelegenheiten anderer einmischen, als sei ihr Leben so großartig und gelungen, daß sie anderen etwas beibringen könnte! Tief in ihrem Betäubungsrausch nahm Li die Tadel ihrer Schwester mit größtem Gleichmut hin. Frühgymnastik! Und auf merkwürdige Weise nahm Rebekka es mit ebenso großem Gleichmut hin, daß all ihre guten Ratschläge abprallten und überhaupt keine Wirkung zeigten.

Erst als Katze im Dusel von einem Hocker gestürzt war und schwarzes Blut aus ihrem Kopf rann und sie zu Zeste sagte, man dürfe nicht schlecht über die Juden reden, doch *ein bißchen* schlecht reden dürfe man schon, beschloß Rebekka, nach Amerika zu gehen.

> Und Bäckers Rikke, die vorher so lieb,
> sie stand jetzt nur lächelnd am Tor,
> mein Lebkuchenherz, ich weiß, wo es blieb,
> der Morten, er kam mir zuvor.

Oben im Fenster, in Gammel Mønt 14, stand Katze und winkte ins Leere hinaus: »Gib acht auf Straßenbahnen und Nähnadeln!«

11. Triumph

Tobias war tot, Katze Antisemitin und Li dabei, vor die Hunde zu gehen. Selbst Rebekkas starker Familiensinn konnte sie nicht veranlassen, eine Minute länger in Dänemark zu bleiben. Sobald sie von einem dänischen Arzt hörte, der eine Sekretärin in New York benötigte, war der Vogel ausgeflogen. Es konnte nicht rasch genug gehen, da es sich darum handelte, »den Mittelpunkt der Welt« zu erreichen. Denn als solchen erlebte Rebekka die Metropole, und sie schrieb für die »Berlingske Tidende« ein Feuilleton darüber. Und wie man sich bei der Ankunft in New York stets auf absurde Weise wieder zu Hause fühle, willkommen sei. »Absurd deshalb, weil jedes Gefühl, das nicht erwidert wird, lächerlich sein muß.«

Auch wenn Rebekka dort nicht ausgepumpt und verbittert, mit Bündeln, Seesäcken und Kleinkindern auf dem Arm angekommen war, gejagt von Land zu Land in dem alten verfeinerten Europa, wo aufgrund von Rasse, Religion oder Politik kein Platz für sie gewesen wäre, so fand sie doch wie all die anderen Opfer eine Freistatt in New York. Emma Lazarus' Worte auf dem Sockel der Freiheitsstatue waren für sie keine leere Phrase: »Bring mir Deine Müden, Deine Armen, Deine geduckten Massen, die sich nach Freiheit sehnen …«

Nach Tobias' Tod fühlte Rebekka, daß das Schlimmste *geschehen* war. Von nun an konnte sie nichts mehr treffen. Sie dachte unwillkürlich an Anna Freud, die von der Gestapo ins Kreuzverhör genommen worden war, cool as a cat. Morddrohungen und Folter waren für sie nur Bagatellen. Als sie ihren Vater verloren hatte, verschwand alle Todesangst.

Rebekka nahm sich der Aufgabe an, Mamas Erbe weiterzutragen und für die gute Laune zu sorgen, so wie es ihr Vater getan hatte. Deshalb hob sie kleine Zettelchen auf, die die Schwarzseherei bekämpfen sollten. Es ging darum, Listen voller Tricks aufzustellen, die die gute Laune sicherten: Unterhaltsame Bücher, lauwarme Duschbäder und Geschäftigkeit waren einige gute Ratschläge. Doch die beste Kur hieß schlechthin New York, diese Konstruktionen aus Beton, Stahl und Glas, die nach dem Weltuntergang vielleicht einmal als Pyramiden zurückbleiben und an eine phantastische Zivilisation erinnern würden, die einst existiert hatte, ähnlich dem Inkareich. Sie lief in der Stadt umher und nahm alles in sich auf. In ihrer Schultertasche trug sie einen angstlindernden Zettel mit sich herum:

»Schau nie zu weit in die Zukunft. Frage dich selbst: Bist du jetzt gerade glücklich? Gibt es die Chance, daß du es vor dem Abend sein wirst? Vielleicht bis zur nächsten Woche? Oder dem nächsten Monat? Warum also die Freude dieses Augenblicks mit dem

Gedanken an ein fernes Unglück zerstören, das vielleicht niemals eintreffen wird oder das du vielleicht gar nicht erlebst? Denn jede Furcht wirft zwanzig Schatten, und die meisten von ihnen haben wir selbst erzeugt.«

Rebekka war mit anderen Worten dabei, eine Lebenskünstlerin zu werden, als weltpolitische Ereignisse in ihr Leben einbrachen. Aus einem Kibbutz in Israel, wo sie als Krypto-Buddhistin gelebt hatte, tauchte eine bedauernswerte Frau in der Medienszene auf mit einem fix und fertigen Manuskript unter dem Arm: »Hitlers Tochter«. Die Sache hatte nur den Haken, daß Hitler keine Tochter gehabt hatte, historisch gesehen. Doch dem half diese bald weltberühmte Brünhilde rasch ab. Und Rebekka gelang der Coup, den Professionellen die Übersetzung dieser kontroversen Memoiren aus dem Jiddischen ins Dänische wegzuschnappen. Das war der Anfang von Rebekkas literarischer Karriere. Und sie verteidigte »das Kibbutzwrack« mit der vernünftigen Überlegung: *Wenn* Hitler eine Tochter gehabt hatte, so konnte man es ihr schließlich nicht vorwerfen, daß sie leicht verrückt wirkte. Hitlers Tochter war natürlich Jüdin, entsprechend einiger obskurer Forschungen erwies sich auch ihr Vater als solcher, zwar nur als »halber«, doch immer noch genug Jude, um zu wissen, wovon er sprach, wenn er sein Bedürfnis äußerte, sie zu vernichten.

Als ihre Übersetzerin bemühte sich Rebekka mehrfach um ein Treffen mit Brünhilde – doch vergeblich.

Es zeigte sich, daß es einen zwingenden Grund gab, weshalb Rebekka die Frau nie treffen konnte: In Wirklichkeit existierte sie nämlich nicht. Eine total verdrehte Person hatte sich als diese ausgegeben. Das Ganze war eine glatte Erfindung, eine Schnapsidee, inszeniert von Medien und Verlagen, die gemeinsam eine arme Frau ausgenutzt hatten, eine KZ-Überlebende, die die Verlage rasch fallenließen, als sich herausstellte, daß sie ihrer Rolle in der Medienwelt nicht gewachsen war. Statt dessen lebte sie fortan als eine Art Bag-Lady in der Londoner Untergrundbahn.

Das Buch war auf dem Markt dennoch ein Erfolg, wie er eben darauf beruhen kann, wenn man sich für etwas anderes ausgibt, als man ist. Das Prickelnde war ja gerade, daß es diese nicht-existierende Frau plötzlich gab – als Symbol und Bild, das nicht wieder auszulöschen war. Leider hatte die unerfahrene Rebekka sich mit einer Pauschalsumme für die Übersetzung abspeisen lassen und ging somit der Tantiemen verlustig, die mit einem Bestseller verknüpft sind, besonders da das Buch verfilmt wurde. Die Übersetzung betrachtete Rebekka als stepping stone, um in jene Welt hineinzugelangen, in die zu gehören sie schon immer geglaubt hatte. »Ich wechsle bei der ersten Gelegenheit dorthin über, wenn ich nur genug verdienen kann«, schrieb Rebekka, die den heimlichen Traum nährte, Schriftstellerin zu werden, nach Gammel Mønt. Und sie schickte, »wie Vater es getan hätte«, Bilder von sich an den Verlag, damit man dort sehen konnte, daß man mit ihr gut Publicity machen konnte. Die Verlagsleute redeten, und sie redeten sich heraus. Rebekkas Arme waren von schwerer Bedeutung. Doch hatte Rebekka gelernt, sich mit Hilfe der Frühgymnastik in Form zu halten sowie durch eine betont gute Haltung, die den Mangel ein wenig verdeckte. Daher rührte auch ihre Überlegenheit! Denn wenn *sie* über sich hinauswachsen konnte, dann mußte Li, die von Natur aus so wohlgeformt war, ihrem Verfall ebenfalls ein Stoppzeichen entgegensetzen können. Es war schließlich nur eine Sache des Willens. Auch wenn sie sehr wohl spürte, daß die Buchbranche ein hartes Geschäft war, und sie bangte, ob sie den großen Stoff wohl bewältigen würde, so dachte sie, »wie Vater es getan hätte«, daß es darum ging, einen eiskalten Kopf zu bewahren. Man muß das Spiel beherrschen, auch wenn die Regeln schwierig sind, will man auf den Parnaß gelangen. Und sie sandte ihrer Mutter, »wie Vater es getan hätte«, einen Scheck für neue Unterwäsche: »Man bekommt bessere Laune, auch wenn man sie nur selbst an sich sieht.«

Rebekka hatte in aller Heimlichkeit begonnen, zwanzig Kapitel über Menschen und Leben, hier und dort, zu schreiben, obgleich es ihr schwerfiel, sich in New York darauf zu konzentrieren. Sie schrieb unter dem lateinischen Epigramm: »Dixi et salvari animam meam« – ich habe gesprochen und meine Seele gerettet. Wenn es ihr schwerfiel, im Text weiterzukommen, lag es auch daran, daß sie einerseits über jenes schreiben wollte, was sie eigentlich auf dem Herzen hatte, andererseits über etwas Schönes. Sie wollte gern von Reichendorf erzählen, der sie hintergangen und betrogen hatte, sie hatte Stoff für einen ganzen Roman. Doch sie wollte keine vulgäre Bekenntnisliteratur schreiben wie die Feministinnen. Man mußte raffiniert sein wie Marlene Dietrich und Karen Blixen. Erstere schrieb über Clark

Gable lediglich, er hätte ein Gebiß. »Mehr ist nicht nötig«, sagte Bekka zu sich selbst. Und fuhr fort, daß Karen Blixen sich mit der Feststellung hätte begnügen können, daß Bror nicht wisse, wie man Hemingway schreibt. »Dann ist nicht mehr nötig«, wiederholte Bekka. »Ein einfacher Satz genügt.« Wenn jemand hätte einwenden wollen, daß Marlene Dietrich und Karen Blixen wohl kaum kongruent seien, hätte Bekka sofort klargestellt, daß man in der Familie Løvin *sowohl* »Hudibras« *als auch* Søren Kierkegaard las, »wie Vater« – abgesehen davon, daß Vater Søren Kirkegaard nie gelesen hatte.

Rebekka neigte allmählich mehr dazu, eine Reihe kleiner Episteln über Hunde zu schreiben, denn so etwas war wirklich klassisch und würde nie aus der Mode kommen.

*

Sie hatte sich gut eingelebt in einer gemütlichen kleinen Wohnung mit ihrem Klavier, ihrer Schreibmaschine, ihren Büchern und ihrem Hund, als ein Telegramm Zestes Ankunft in der Stadt mitteilte. Der Skandal-Erfolg »Der Letzte löscht das Licht«, auf englisch ganz einfach »Lights off«, sollte in Amerika auf Tournee gehen. Zestes weltweiter Durchbruch!

Zeste war bei Großmutter vorbeigegangen, um ihr einen Abschiedskuß zu geben. Jetzt war nicht nur ein Bordell obendrüber eingezogen, alle zogen ständig ein und aus. Früher sei es ein herrschaftliches Haus gewesen, klagte Katze, jetzt seien überall nur noch Kommunen: »Und sie ziehen nicht mit Möbeln um, sondern mit Ziegelsteinen und Brettern.«

Und der schwedische Bankräuber Clark Olofsson, sogar der komme ins Haus, Katze war sich ihrer Sache gewiß, denn sie hatte ihn mehrere Male gesehen. Und der Hausmeister, Hr. Kopflos, wollte sie mit einem Besenstiel ermorden, weil sie sich beschwert hatte über den Pornoklub mit dem Bankräuber drin und auch weil die ganze Unterwelt *obendrüber* eingezogen war. Sie stand im Fahrstuhl, und der Hausmeister hatte versucht, sie von außen mit dem Besenstiel niederzuknüppeln, da war sie sich ganz sicher.

Buller war gerade verstorben, jener kleine glatzköpfige Mann von Kohle & Koks, über den sich alle lustig gemacht hatten, weil seine Frau Glenda ihn vor seinen Augen betrog. Aber er war schließlich mehr interessiert an guten Zigarren und der Kohlenotierung an der Börse. Es war einfach unter seiner Würde, sich mit dem zu beschäftigen, was seine Frau vorhaben könnte oder auch nicht. Jetzt brauchte er sich über das Ganze jedenfalls keinen Kopf mehr zu machen, denn vor solchen Dingen hat man im Tod Ruhe, darf man vermuten. Doch Katze jammerte: »Jetzt hat sie mir auch *ihn* noch weggeschnappt«, mit anderen Worten, Glenda hatte also ihren Mann um die Ecke gebracht, weil sie Katze eine eventuelle Freude nehmen wollte. »Ich schreibe nicht, rufe nicht an und gehe nicht zur Beerdigung«, sagte Katze. Und nannte Glenda diese Frau Fonnesbeck.

Sie war so gerissen, ihn ins Krankenhaus zu schaffen, ehe er starb. Tückisch und durchtrieben ist sie ja immer gewesen; es ist schließlich angenehmer, wenn sie in der Klinik sterben, so daß man selbst aller Sorgen ledig ist. Bekka hat mir ja geholfen, als Großvater starb. Das war schließlich mein eigenes Kind, aber Großvater hätte in *meinem* Haus sterben sollen, in Gammel Mønt Nummer 14.

»Sie hat mir so viel Schlimmes angetan, diese Hintergassenschickse. Ich war eine *Lady*, mein Mädel. Aber *du*, du mußt dafür sorgen, daß du in Amerika glücklich wirst und dich nicht so dußlig anstellst wie deine Großmutter. Und achte darauf, keinen Juden zu heiraten, denn die Kinder werden dann eigenartig. Ich finde es *sehr* bedauerlich, daß Merete diesen Rabbiner aus Transsylvanien getroffen hat. Sie passen nicht zusammen. Die drängen sich auf, und es ist doch nur der Trieb, keine Zärtlichkeit oder Liebe.«

»Was ist dann Liebe?«

»Es ist Liebe, die ganze Nacht mit einem Menschen in einer Povoska zusammenzusitzen und zu *reden*, ohne ins Bett zu gehen, das ist Liebe, doch das weißt du sicher, mein Mädel. *Ich* habe Gammel Mønt Nummer 14 bewahrt, aber Li ist ja völlig untauglich. Da rief sie letztens an und erzählte, eine *Jadekatze* sei aus ihrem Zimmer gestohlen worden, sie habe einen Mann bei sich oben gehabt. ›Ein Mann in deinem Zimmer!‹ sagte ich. ›Wie irgendein Dienstmädchen! Du willst doch nicht vor die Hunde gehen, Li.‹ Am nächsten Tag rief sie an und sagte, die Kriminalpolizei sei dagewesen, und ich antwortete: ›Mein Mädel, die schmeißen dich aus der Pension, und dann ist es das dritte oder vierte Mal.‹ Später rief sie wieder an und sagte mit eiskalter Stimme: ›Ja, ich nehme Männer mit auf mein Zimmer.‹ Und als ich fragte, ob sie vor die Hunde gehen wolle, legte sie auf. Als ich dann zurückrief, um ordentlich adieu zu sagen, fing sie an, Glenda zu verteidigen, aber da habe ich nur den Hörer aufgeknallt. Seitdem habe ich nichts mehr von ihr gehört. Denk daran, meine Bibel und alle Briefe an dich zu nehmen, wenn ich nicht mehr bin.«

Großmutter stand am Fenster und winkte: »Gib acht auf Straßenbahnen und Nähnadeln.«

Eines Tages würde Zeste Großmutter darstellen, in der Glanzrolle ihres Lebens. Babuschkas großer Traum, ganz monumental zu erscheinen. Und pervers, wollte Zeste hinzufügen. Wie sollte man in dieser Familie jemals ein Mensch werden können?

In der Hoffnung, eine Antwort zu erhalten, fuhr Zeste zu den »normalsten« in der Familie, um sich zu verabschieden. Onkel Otto und Tante Titta. Letztgenannte hatte Zeste einst, damals als sie sich in Serge verliebt hatte, mit zum Arzt genommen und ihr ein Pessar anpassen lassen, denn Tante Titta mit den weißen Krägelchen, die von Fanny Falkner en miniature gemalt worden war, stand immer auf seiten der Jugend und war voller Koketterie. Bei ihr bekam man gutes Essen und Traulichkeit. Kalbssteak und Zitronenfromage. Auch wenn böse Zungen behaupteten, sie spare mit Butter und Sahne. Gaus, der alte Freund der Familie, der sich oft in Gammel Mønt hatte sehen lassen, war soeben aus dem Gefängnis entlassen worden und hatte sich eine Riesenvilla an der Riviera erbaut, für das Geld der Steuerbehörde, das er auf einem privaten Konto in der Schweiz deponiert hatte. Laut Onkel Otto war das keine Sache, mit der man prahlen konnte, doch andrerseits: Gaus war schließlich *eine Persönlichkeit*.

Onkel Otto war der Familienmann und wollte am liebsten mit seiner Zeitung im Sessel sitzen. Wenn ihn jemand mit der Floskel zum Essen einlud: »Hättet Ihr vielleicht Lust …«, kam als prompte Reaktion: »Wenn du fragst, ob ich *Lust* habe, ist die Antwort NEIN!« Otto konnte sich nicht wie sein verstorbener Bruder in glänzende rhetorische Höhen aufschwingen. Onkel Otto hielt sich an die leichte Ironie, sprach in kurzen Anzeigentexten und folgte bei jedem Zusammentreffen einem festen Ritual. Punkt 1. Whisky oder Sherry, mit oder ohne Eis? Punkt 2. Gesundheit? Punkt 3. Arbeit? Punkt 4. Liebe? Punkt 5. Allgemeines Wohlbefinden? Das waren die fünf Fragen, die er stellte, wenn man zu Besuch war, und plötzlich erhielt das Leben Struktur, wenn es in Kategorien eingeteilt wurde, wie ein Stück auf der

Bühne in Akte. Solcherart war das bürgerliche Wohnzimmer, eine Bühne mit überschaubaren Rollen. Und behaglichen Repliken. Und wenn Onkel Otto genug hatte, ging er – egal bei welchem Wetter – zum Fenster und sagte, wie schon Onkel Emil: »So, jetzt hat es sicher aufgehört zu regnen.« Und das war das Zeichen für die Gäste zu gehen.

Doch niemals hatte er das bei Zeste getan, denn sie erinnerte ihn an den Chef der »Metropolitan«, der in seiner Hochzeitsnacht allein ins »Adlon« gegangen war. Deshalb redete Onkel Otto weiter mit Zeste, er ging zum Punkt »Sonstiges« der Tagesordnung über, und da wurde es niemals langweilig. Denn wie ging es Katze? Ja, sie war versoffen und total verrückt. Und wie ging es Balder? Ja, er unterhielt die Leute im Fernsehen mit alternativer Medizin, während seine drogensüchtige Tochter in London dahinsiechte. Hm, und wie ging es Li. Ja, sie war frischgeschieden und ständig auf dem Weg in die Nervenklinik und wieder raus. Hm, und wie ging es dann Myren? Ja, ihr ging es gut, sie wollte nur nichts mit dem Rest der Familie zu tun haben, weil sie befürchtete, von ihrem üblen Zustand angesteckt zu werden. Das konnte man ja verstehen. Außerdem hatte sie noch ein Kind bekommen und stillte beide Kinder auch nachts, obwohl das eine bald zwei Jahre alt war. Ach, und wie stands mit Orm? Ja, er war als Säurekopf oder Trinker oder beides in einer Sozialunterkunft einquartiert, wenn er nicht in der Psychiatrie war. Hm, und wie stands dann mit Klein Tor? Ja, ihn hatte ja das Jugendamt in den Fängen.

Es war ersichtlich, daß Onkel Otto die einzelnen Schicksale als individuelles, zufälliges Unglück auffaßte. Er sah nicht das *Muster*, den Untergang der Sippe. Und fragte man ihn, ob die Familie Løvin seiner Meinung nach »etwas Besonderes« sei, sagte er: »nur Stuß und Gewäsch, sie ist eine ganz gewöhnliche Familie«.

*

Tante Bekka war überaus willig zu helfen und stellte sich den Zeitungen und der Presseabteilung der Theateragentur zur Verfügung, um über ihre Nichte zu sprechen. Allerdings war Rebekka diese Theateraufführung verleidet, die Zeste auf die Beine gestellt hatte und die von einem auf einer Familie lastenden Fluch berichtete, ausgehend von Ovids Devise: »Video meliora, proque deteriora sequor.« Denn das war Zestes Antwort an

Tante Bekka: »Ich sehe und lobe die besten Dinge und gehe den schlechtesten nach.« Das aber war in Tante Bekkas Augen illoyal. Denn die Familie war trotz allem das einzige, was man noch besaß. Ohne sie war man nichts. Also hieß es, sie zu ehren und zu stützen, statt sie madig zu machen. Doch obwohl Rebekka mit der Botschaft des Stückes nicht übereinstimmte, gebot ihr das Familiengefühl, Zeste zu helfen. Das sei das *Jüdische* in ihr, sagte sie.

Rebekka lief in ihrem guten Straßenkostüm und ihren praktischen Schuhen umher und erzählte weit und breit von ihrer Nichte, die absolut nicht die gefürchtete Femme fatale sei, wie die Zeitungen schrieben, sondern ein armes Mädchen, das eine schwere Kindheit gehabt habe, aber aus guter Familie stamme, und das Lustige sei, daß Zeste Amerika jetzt in gleicher Weise erobern würde wie Max Løvin, der berühmte Max Løvin, der ...

»Max who?«

Dennoch verschaffte es Rebekka eine sonderbare Befriedigung, ihre Nichte vorzuführen. Tobias hatte schließlich die schönen sensuellen Frauen bewundert. Nicht die intellektuellen.

»Die Leute glauben, alle Alleinstehenden seien homosexuell, das ist äußerst protestantisch. Aber es gibt Menschen, die sind ganz einfach häßlich. Und sie wissen, daß sie ein Nein bekommen, wenn sie jemandem einen Heiratsantrag machen.«

»Und was weiter?« lautete Zestes übliche Bagatellisierung.

»Es gibt Menschen, die würden daran zerbrechen. Unschön zu sein ist unabänderlich!« sagte Tante Bekka. Und sie sagte es stets mit gleicher gequälter Stimme, weil sie an ein unmögliches Ballkleid mit einer Stoffrose! denken mußte. »Da saß die Stoffrose«, ob die Welt es nun wollte oder nicht, und auch wenn die Welt Stoffrosen liebte, so wurde sie rasch von ihrem Irrtum befreit, als Rebekkas Zunge sich löste und Tante Titta Gottseidank gesagt hatte: »Wir finden einen Ausweg ...« Doch schließlich war es eine Tatsache, daß Rebekka keineswegs unschön war. Immer wieder überraschte es Zeste, wie gut Rebekka eigentlich aussah. Sie hatte nur die Rolle der Häßlichen übernommen, sah sich selbst mit den Ängsten der Mutter und dem kritischen Blick des Vaters. Rebekka schämte sich, keinen Ehemann an sich fesseln zu können. Deshalb hatte es etwas Befreiendes, Zeste zu promoten. Denn die hatte offenbar freie Auswahl unter all den potentiellen Ehemännern, doch wollte sie einfach keinen. Das war vielleicht dumm, aber es war auch grandios! Zeste verwandelte die Schmach jeder Frau in einen Sieg!

Als Zeste nach Labour Day auf dem Kennedy-Flughafen landete, waren die Taxis gelb wie im Film, die Brücken rostige Spitzenmuster und das Chrysler in Art deco zum Umarmen nah. Sie landete wie das elternlose träumende Kind in Karen Blixens Erzählung, dem alles im voraus bekannt ist. »Wo ist der Papagei?« Und wo war die Tournee, die Amerika-Tournee von Zeste Løvin? Sie war abgesagt. Trotz Tante Rebekkas Bemühungen. Denn damals, als die Tournee aufgrund des europäischen Erfolgs bestellt worden war, gab es auch in Amerika eine radikale Welle, doch war sie in aller Stille von einer romantischen abgelöst worden, und plötzlich bestand kein Interesse mehr an »Lights off«.

Zeste war gezwungen, alles aufzubieten, um das Interesse wieder anzufachen. Sie war nicht in die USA gekommen, um in einem Hotelzimmer zu sitzen und Staub anzusetzen; mit dem Motto Sarah Bernhardts *quand même* im Sinn, schlang sie eine nougatfarbene Federboa um den Hals, zu einer durchsichtigen Papageienbluse, führte ein Leopardenjunges an der Leine – eine Freundin hatte sie als Babysitter für das Tier engagiert –, und in diesem Aufzug erschien sie zu einem Essen im »Le Caroussel«, wo sie mit den berühmten Worten auftrat: »Ich habe soeben drei Goldfische verschlungen.« Also Miss Løvin selbst war nicht mehr hungrig und begnügte sich, einmal französisches Beefsteak für den Leoparden zu bestellen, »medium, miau«.

Der Agent war sprachlos und schnell überredet, die Tournee durchzuführen, denn Zeste schwor, daß die Vorstellung leicht volle Häuser bringen werde, sei es doch in Paris, Holland und Italien so gelaufen. Sie erklärte ihm, es sei äußerst selten, daß der richtige Schauspieler das richtige Stück zum richtigen Zeitpunkt finde, doch sie habe Glück gehabt, weil sie auf eine Person gestoßen sei, ihre »rechte Hand«, die das Stück allein für *sie* geschrieben habe. Und »Lights off« sei der vorläufige Höhepunkt einer glänzenden Karriere. Statt sich in die traurige Handlung, die kaputte Familie und die ganze nordische selbstquälerische Tradition mit Ibsen und Strindberg als Wegbereiter zu vertiefen, bemühte sich Zeste herauszustreichen, daß es in Wahrheit um eine Komödie gehe und sie auf dem Höhepunkt des Stücks ein durchsichtiges Kleid mit Engelsflügeln tragen werde, das sie nach dem Originalmodell einer schwedischen Gräfin hatte kopieren dürfen – in Amerika katzbuckelte man vor dem europäischen Adel –, und ganz sicher werde sie darin Erfolg haben.

Mit einer solchen Chuzpe, das wußte Zeste sehr wohl, würde man in Dänemark, wo Prahlen nichts galt, nicht sehr weit kommen, doch der Agent war begeistert von ihrem Selbstvertrauen und wiederholte nur immer: »She wants all America to love her.« Zwar war er sich des Stücks nicht ganz sicher, doch Miss Lovin selbst, jetzt sollte man übrigens Mistress sagen – die war was für die Presse. Und je mehr Zeste prahlte, desto mehr spürte sie Fähigkeiten und Kräfte in sich wachsen. Und sie ließ die Federboa schlängeln und streckte die Arme in die Luft: »Ich bin bereit, ein ganzes *Scout camp* zu verführen.« Damit meinte sie das ganze puritanische Amerika, während sich der Agent an dem Gedanken weidete, wie all die kleinen Pfadfinder in die Ritzen und dunklen Spalten von Mistress Lovin krochen, wenn the lights were off.

Doch Tante Bekka war nervös, auch wenn Zeste erwachsen war, so gab es doch so viele Versuchungen, zwischen denen sie sich zurechtfinden mußte, und wußte Zeste denn auch ordentlich Bescheid? Stets aufs neue kehrte Bekka zu ihrem Lieblingsthema zurück: Geschlechtskrankheiten. Auch wenn sie nach der Probe in Zestes Garderobe saßen, mußte sie darauf hinweisen – schließlich war sie trotz allem halber Mediziner –, daß Geschlechtskrankheiten im schlimmsten Fall zu Gehirnschwund, Krätze, Haarausfall, Furunkeln, Gicht, offenen Wunden und Aussatz führen konnten. »Die Leute wissen es nur nicht!« warnte sie, indem sie sich zwischendurch selbst unterbrach und allen, die es hören wollten, erzählte: »Ja, das ist meine Nichte.« Leute, die sich in der Garderobe zu einem Drink einfanden, Leute, die hereinkamen und hinausliefen, während Zeste sich abschminkte.

»Hast du die Heilige Birgitta gelesen und Hildegard von Bingen?« nahm Tante Bekka Zessie ins Verhör, total desinteressiert am Theatermilieu, in dem man über leopardengefleckte Dildos redete, wenn man comme il faut sein wollte.

»Kann das nicht warten?«

Aber Tante Bekka ließ sich nicht von äußeren Dingen stören und fuhr unangefochten in ihrem Monolog fort, selbst wenn die Umstehenden sie anstarrten oder sich taub stellten. Leute liefen in wildem Durcheinander in die Garderobe rein und wieder raus, nach Drinks und Snacks, qualmend und quasselnd, doch Tante Bekka in ihrem Tweedkostüm redete unverdrossen mit lauter Stimme: »Hast du jemals von den beiden Frauen gehört, den zwei Theologiestudentinnen, die zusammen verreisten? Sie kamen zu einer Kirche in Nordgriechenland. Die eine ging hinein und kam nicht mehr zurück. Man hat sie seitdem nie wieder gesehen. Ein Mysterium. Gab es da eine Hintertür, einen jungen Mann auf einem Moped und eine Fahrt in die Berge? War es so einfach? Oder was ist in der Kirche passiert?«

Niemand antwortete.

Zeste hängte die Kopie des durchsichtigen Engelkleids von der schwedischen Gräfin auf einen Bügel und zog ein chinesisches Cheong Sam von Suzy Wong über, ochsenblutrot, mit Batik und langen Schlitzen bis zum Schenkel.

»Man kann ruhig ein bißchen selbstkritisch sein, wenn man die Dreißig erreicht hat«, bemerkte Rebekka.

»Warum wirst du nicht selbst Nonne?«

Tante Rebekka antwortete allen Ernstes auf die Frage: »Erstens muß man Katholikin sein – und das wäre Verrat am Judentum.«

*

An dem Tag, als Zeste mit dem Zug nach upstate New York unterwegs war, um Marschall und seine Familie zu besuchen und nach den Proben in der ländlichen Idylle auszuspannen, fühlte sie sich erleichtert und froh. Sie dachte an Sarah Bernhardts Memoiren »Mein Doppelleben« im Zusammenhang mit der heimlichen Verliebtheit, die sie für das wohltuend Gewöhnliche – oder wagte man schlicht und einfach zu sagen gesund Normale – hegte, das Marschall und seine Familie auszeichnete. Auch Li würde sich freuen, von dem Besuch zu hören, daran bestand kein Zweifel.

Als öffentlich bekannt wurde, daß »Lights off« in New York aufgeführt würde, kam umgehend ein Telegramm von Pierre, in dem es hieß, sie würden von jetzt an jeden Kontakt mit Zeste abbrechen, da sie deren offenen Verrat und die gnadenlose Bloßstellung der intimsten Familiengeheimnisse nicht unterstützen wollten. Das war der Inhalt. Die Mitteilung lautete in aller Kürze: »Verräterin, wir kennen dich nicht mehr.« Damals, als das Stück in Kopenhagen gespielt werden sollte und Zeste mit Myren beraten hatte, wer denn für die zweite weibliche Hauptrolle in Frage käme, hatte Myren vorgeschlagen: Sie selbst! Und war tiefbeleidigt, als sie verschmäht wurde. Sie verstand ganz einfach nicht, daß man für die Arbeit auf der Bühne eine gewisse Erfahrung brauchte. Doch Pierre war mehr als glücklich gewesen, Myren von dieser dekadenten Welt fernzuhalten.

Im Stück gab es eine Szene, in der die beiden Schwestern um die jungen Burschen wetteifern. Und weil die Mädchen einander so ähnlich sind, gelingt es ihnen zuweilen, beim Liebhaber der anderen ins Bett zu kriechen, ohne daß es sofort entdeckt wird. Auf diese Weise versuchen sie im alten Canterbury-Stil, sich gegenseitig die Liebhaber wegzuschnappen. Doch das war mehr, als Pierres Tvind-Moral ertrug. Ihm wurde bewußt, daß er durch die unvermittelte Heirat mit Myren in eine lebensbedrohlich inzestuöse Familie geraten war. Denn wenn niemand mehr »heilig«, keine Person in der Familie off-limits ist, und es keinen Schutz gibt, wird die Sexualität zur Macht. Und im Traum wurde er von der Angst aller Ängste ergriffen: nicht zwischen den Frauen unterscheiden zu können.

Zeste sah die Zukunft der Familie als eine Reihe nicht zu kittender Brüche vor sich, falls nicht ein älterer Mann mit Autorität so wie Marschall die Bühne betrat und die Verbannung aufhob. Mit einem weisen Wort die Vergifteten und Mißgünstigen entgiftete und ihnen die Gabe des Verzeihens, ihre natürlichen Grenzen und ihre Würde zurückgab. Auch wenn Marschall nicht gerade Wunder wie im Märchen vollbringen konnte, wollte Zeste doch alle ihre Überredungskünste aufbieten, damit dieser Rejn gegenüber Li und den Kindern zum Einlenken brachte. Rejn hatte den Kontakt mit ihnen verloren, seit er in Ruanda verheiratet war.

Nach allem zu urteilen, streifte Orm jetzt auf der Jagd nach seinem Vater in der Sahara umher. Er hatte seinen zwanzigsten Geburtstag allein in der Wüste gefeiert. Es war nicht einmal übertrieben, als Bekka sagte: »Ich glaube wirklich, Orm ist der einsamste Junge auf der Welt.« Aber darum konnte Li sich nicht kümmern, sie war voll damit beschäftigt herauszufinden, ob sie selbst überleben konnte oder wollte, und obendrein mußte Rejn zur Einsicht gebracht werden, daß er sie nicht nur mit einem Minimum an Unterhalt abspeisen konnte. Rejn hatte Respekt vor Marschall. Er war vielleicht der einzige Mensch, den Rejn wirklich achtete, und dasselbe galt für Li. Deshalb fühlte Zeste, als sie dort im Zug saß, daß sie sich, abgesehen von der willkommenen Pause vom Theater und der notwendigen Erholung in der gold-roten, vor den Fenstern vorbeiziehenden Landschaft, auf einer wichtigen Mission befand.

Es war eine wunderbar intakte Familie, die sie besuchte. Sie hatten Heiligabend stets die Internationale gesungen. Zeste spielte Frisbee mit den Kindern, die eigentlich schon zu groß dafür waren, doch aus Anlaß des Tages waren alle wie die Kinder, und Marschall spielte ebenfalls mit. Und sie verspeisten riesige Mengen von Himbeereis. Kidde mit den bezaubernden violet-ten Augen war häuslich ohne Übertreibung, sie ging auch ihren Studien an der Universität nach. Alles in allem ein erbauliches Beispiel dafür, daß die Familie als solche kein zum Tode verur-teiltes, heuchlerisches oder verlogenes Unternehmen sein mußte. Marschall zeigte ihr den Garten mit dem gefährlichen Moor dahinter. Zeste hatte rote Wangen bekommen, die zu den herbstlich roten Ahornbäumen paßten. Marschall wollte sie am nächsten Tag zum Bahnhof fahren.

Plötzlich, bei einer kleinen Ausfahrt zum Wald, stoppte er das Auto. Und er nahm ihre Hand. Auf so entschiedene Weise, als würde etwas besiegelt. Er nahm ihre Hand mit einem verzwei-felten Seufzer, der unausgesprochene Worte von dreißig Jah-ren enthalten sollte. Nicht unbedingt Worte, die ihr galten. Doch Worte eines Menschen, der nie gesprochen hatte. Ja, er hatte auf Versammlungen und Konferenzen gesprochen, er hatte politische Reden gehalten, wo alles geschickt verbor-gen und durch Kommazeichen angedeutet wurde, doch hatte der Mann nie aus dem eigenen Herzen gesprochen. Seine Hand lag so lange Zeit in der ihren, und für Zeste war sie wie ein Fremdkörper, der immer ein Teil ihres Lebens gewesen war. So wie die Schnecke ihr Haus aus Kalk und Perlmutt finden muß. Als Marschall seine Hand in ihren Schoß legte, glich das der Ex-plosion einer Bombe. Doch war es etwas Wohlbekanntes. Dieses »Vom König auserwählt zu sein«. Als Königin hatte man Anteil am Beginn aller Dinge, dem Aufgang der Sonne im Osten und der Unvermeidbarkeit des Frühjahrs. Jetzt konnte nichts Böses mehr geschehen, die Welt lag zurechtgerückt wie in ihrem schönsten Pfingstputz, bereit für einen neuen klaren Anfang. Zeste wagte nicht zu atmen, und Worte existierten nicht. Denn es war zugleich ein Todesurteil, ein Hinabgleiten in einen behaglichen warmen feuchten Sumpf, lähmend, wobei die eigene Person alle Konturen und jede Tatkraft verlor. Es war, als würde man auf ein uraltes Schinto-Ritual verwiesen, bei dem Hunderte nackter Männer einen fünfhundert Meter langen Pfahl in ein riesiges ovales Holztor stoßen, um das Wachsen der Saat zu sichern. Das Gefühl sagte, so mußte es sein, anders war es nicht möglich.

Aber wann hatte sie das Moorland in Marschall entdeckt, die gefährlichen Plätze in seiner Seele und seinen Träumen. War es damals, als er mit dem großen Whiskyglas in Algier vor ihr saß oder erst in New York? Ob das Terrain bodenlos war oder wie weit man hindurchwaten konnte, würde die Zeit erweisen. Erst einmal würde nichts den Triumph trüben und das Glück, erwählt zu sein. Und es war eine ganz besondere Befreiung, wenn sie an Rejn und Li dachte. Zeste hatte ihre Mission erfüllt.

Sie schrieb an Cat c/o Gammel Mønt:

N. Y., den 18. Oktober 1975
Liebe dearest Mummy, (…) Am Wochenende besuchte ich Marschall und Kidde. Marschall ist wirklich ein einzigartiger Mensch, meiner Ansicht nach weit überlegen dem Rest der Menschheit. Ich glaube, Du stimmst mit mir überein. Ich hatte noch am selben Abend zurückfahren wollen, doch er überredete mich, über Nacht zu bleiben – und das kostete ihn keine Mühe. Wir machten einen Ausflug, schauten uns die Ahornbäume an, redeten bis drei Uhr nachts und tranken Whisky – es gab dort eine Katze und einen Kamin. Ich bat um Rat bezüglich Deines Unterhaltsbeitrags, und das beste, was ich Dir sagen kann, ist, lieber nichts zu erwarten, denn dann wirst Du nicht enttäuscht. Marschall hat versprochen, mit Rejn darüber zu reden, doch als er das letzte Mal sein Verhältnis zu den Jungen erwähnte (Marschall und auch Kidde sind sprachlos, daß er sie einfach fallenließ), verhielt sich Rejn äußerst reserviert zu Marschall und bedeutete ihm, er hätte sich da nicht einzumischen.

Du weißt, ich will Dein Bestes. Deshalb warne ich Dich: Verschwende Deine Energie nicht darauf, von Rejn mehr Geld zu bekommen, denn ich glaube, es kann für Dich unangenehm werden, wenn Du ihn reizt. Mein Eindruck ist, noch mehr verstärkt nach dem Gespräch mit Kidde und Marschall, daß Rejn mit allem, was Dänemark ist, TOTAL, TOTAL gebrochen hat, in erster

Linie mit Dir. Er hat das Gefühl, Du hättest sein ganzes Leben zerstört, seine Karriere, alles. Rejn ist bereit, sich selbst mit seinem allerbesten Freund zu überwerfen, wenn er – Marschall – ihn unter Druck setzt. Dennoch ist Marschalls Initiative vorzuziehen, denn wenn sich Rejn in die Enge getrieben oder von den Behörden verfolgt fühlt, besteht die Gefahr, daß er völlig mit den Zahlungen aufhört. Das ist zwar ungesetzlich, aber ich glaube, es ist möglich, sich herauszuwinden, wenn man in Afrika lebt.

Love, love.

Danach ging alles seinen vorhersehbaren Gang, übereinstimmend mit den alten Gesetzen für Männer in den Wechseljahren und jüngere Kurtisanen. Mit dem kleinen Unterschied, daß Zeste durch die Begegnung mit Marschall um einen Liebhaber reicher, aber im Glauben an einen Ehemann ärmer geworden war. Die einzige Familie der Welt, die in ihrer Phantasie ein sicherer und inspirierender Hort gewesen war, gab es nicht mehr.

Sie trafen sich am nächsten Tag zum Lunch in dem abgedunkelten chinesischen Restaurant Thirteen Grades of the Imperial Treasure, wo auch andere illegitime Rendezvous mit höhergestellten »Machthabern« stattfanden. Die Gäste wurden mit großer Diskretion behandelt. An einem anderem Tisch im Dunkeln saßen Kissinger und Liv Ullmann. Zeste fühlte, daß sie von Triumph zu Triumph ging. In diesem Augenblick, solange Marschall sich an ihre Hand klammerte, bedeuteten Erfolg oder Fiasko in Amerika nichts. Zeste war erzogen worden, jedes erdenkliche Vakuum, wo sie gebraucht wurde, zu betreten und Freude zu verbreiten. Doch erwies sich häufig, daß die Bedürfnisse anderer Menschen destruktiv waren. Bei Marschall war das nicht der Fall, da war sich Zeste sicher. Sie hatte es in Wirklichkeit satt, in Sarah Bernhardts Fußstapfen zu treten und ein unglückliches Verhältnis nach dem anderen einzugehen, nur um all den Erfolg auf der Bühne auszugleichen und Männer zu treffen, die in allerbester Absicht nur einen Wunsch hatten: Sie in die Knie zu zwingen.

Sie streichelte die Hand, mit der er sie krampfhaft festhielt, und sagte: »Es ist ziemlich unkompliziert.« Denn obgleich er jetzt glücklich war, so war er auch verzweifelt. Nichts in seinem Leben war unkompliziert. Es war ein einziges großes Durcheinander, das er dreißig Jahre lang hatte anwachsen lassen, während er all seine Energie auf die Rettung der Welt gerichtet hatte.

Auf eine Art war die Sache für Zeste unkompliziert. Denn da der französische Diplomat Serge de Clerval am Beginn der Zeiten »den Platz des Mannes« in ihrem Herzen erobert hatte, konnte kein anderer ihn einnehmen. Serge besaß den Schlüssel zu ihrem psychischen Keuschheitsgürtel. Physisch konnte sie sich verhalten, wie sie wollte, doch erreichte der Liebhaber stets eine Grenze, wo sie nicht länger zu erreichen war, und dann brach er weinend zusammen.

Dennoch fühlte sie sich bei Marschall ganz sicher, dessen Stärke und Integrität sie ihr Leben lang gekannt hatte. Er würde die Sache schon deichseln, das wußte sie genau. Er würde niemals Theater machen oder lästig werden, er wäre nur da *for pleasure*.

»Es ist dein gutes Recht, glücklich zu sein«, sagte Zeste und drückte seine Hand. »Wer dankt es einem, wenn man freudlos dahinlebt und nur seine Pflicht tut?« Es war unzumutbar, daß er auch den Rest seines Lebens alle Kräfte einsetzen sollte, um anderen zu helfen, ohne selbst Freude zu empfinden.

Das beste wäre, wenn sie ihm helfen könnte, sich mit Kidde auszusprechen, so daß er mit neuen Kräften in die Ehe zurückkehren könnte. Doch dachte sie das nicht nur aus edlen Motiven, denn in der Zwischenzeit genoß es Zeste, Gegenstand so großer Bewunderung zu sein.

Er saß dort im Dunkeln in seinem Brooks-Brothers-Anzug und sagte mit seiner Marlon-Brando-Stimme: »Ich möchte dir die ganze Welt schenken.« Doch war das eine zweifelhafte Welt. Er war an einem Punkt angelangt, wo er sie nicht länger retten konnte. Er wußte, die Welt war fucked up, und die Kriecher, die Mittelmäßigen, die Dummen würden sie regieren. Er hatte seine Liebe bei seinen Freunden, den revolutionären Helden, begraben, die ihr Leben für eine bessere Welt eingesetzt hatten. In Indochina und Algerien. Jetzt spürte er, daß er eine letzte Chance erhalten hatte, um – wenn schon nichts anderes – so doch den letzten Rest Menschlichkeit in sich zu retten. Und sein Gefühl sagte ihm, daß dieser Rest Menschlichkeit darin bestand, einmal vor seinem Tod einen wahren Satz zu sagen. Er wußte sehr wohl, daß das Theater eine Hure war und man nicht erwarten konnte, daß jemand von einer Bühne herunter die Wahrheit sprach. Dennoch nährte er eine absurde, irrationale Liebe zum Theater, je dekadenter, mit viel Gold und rotem Plüsch, desto besser. Seine unbegründete Liebe zum Schauspiel stand im tiefen Widerspruch zu seinen puritanischen Normen und Überzeugungen. Aber er meinte, er hätte Zeste einmal auf einer Bühne gesehen, ob es nun in Paris gewesen war oder Kopenhagen, wo sie etwas Wahres gesagt hatte.

»Was war das für ein Stück?«
»Ich erinnere mich nicht.«
»Ja aber, was habe ich gesagt?«
»Vielleicht war es nur der Tonfall.«
»Aber worum ging es darin?«
»Ich weiß es nicht.«

12. Nimm die Peitsche mit

Auf einer Urlaubsinsel in der Karibik hatte Rebekka einen irischen Rechtsanwalt kennengelernt, in den sie sich Knall und Fall verguckt hatte. Ihm war es ebenso ergangen. Denn sie war eine richtige Lady und er ein richtiger Mann, der sie einfach in die Kissen warf. Er hatte blaue Augen und einen Bürstenschnitt. Und Bekka schrieb gleich an Katze daheim, daß der neue Mann in ihrem Leben daran gewöhnt sei, die Leute nach seiner Pfeife tanzen zu lassen, und das sei gar nicht verwunderlich, denn er wäre auch General (der Reserve). Im übrigen ginge all das mit Lächeln und Charme vonstatten, und sie alle hätten ja auch nach Vaters Pfeife getanzt, und dieses patriarchalische System mit einem Mann, der wisse, was er wolle, sei letztlich doch gar nicht so schlecht.

Rebekka hatte ihn wahrhaftig auch rein juristisch unter die Lupe genommen, um sicherzugehen, daß seine Scheidung lief. Denn sie war nicht so dumm, ohne weiteres auf einen Urlaubsflirt zu setzen, und sie wollte sich unter keinen Umständen auf eine außereheliche Geschichte einlassen. Der Gedanke, einer anderen Frau weh zu tun, war mehr, als ihr Gewissen ertragen konnte. Aber der General lag de facto in Scheidung. Sie war nicht so dumm, sich in seinen Straßenkreuzer zu vergucken, bei dem ein einfacher Knopfdruck die Sitze hochklappte und die Fensterscheiben herunterließ. Sie war nicht so dumm, sich beeindrucken zu lassen, weil er das gesamte Gebäude besaß, in dem sein Büro lag, plus eine Menge anderer Immobilien, sowohl in Manhattan als auch auf Long Island. Sie war überhaupt nicht eine, die man an der Nase herumführte, denn sie beherrschte Sprachen und er nicht, sie konnte den Unterschied zwischen Brahms und Beethoven hören und er nicht. Außerdem hatte sie einen Hund und er hatte keinen. Der General hatte dafür etwas anderes, aber als es darauf ankam, zog Rebekka dennoch den Hund vor.

Außerdem mußte sie heim nach Dänemark, um den fünfund-siebzigsten Geburtstag ihrer Mutter zu feiern.

Am Tag zuvor befand sich Li in einer schlimmen Klemme. Auch sie hatte geplant, Katze an jenem Tag zu besuchen. In der Hoffnung, ihre Kinder zu sehen, die sich völlig von ihr zurück-gezogen hatten. Vielleicht bekam Li sie ja in Gammel Mønt zu fassen. Sie sehnte sich insbesondere nach Tor, dem kleinen Se-gen, der noch immer ein Teil ihres Körpers war. Doch war es ein gemarterter Körper, und so, wie sie aussah, traute sie sich kaum vor die Tür. Sie war nicht mehr so mager, oder richtiger gesagt, sie hatte einen kleinen Bauch bekommen, weil sie in den Lokalen mehr und mehr flüssige Nahrung zu sich nahm. Das neue in-dische Hippiekleid mit den Stickereien, das sie just für diese Gelegenheit gekauft hatte, mußte sie im letzten Augenblick mit einem einsichtsvollen Seufzer verschenken: Sie war zu alt dafür geworden. »Wenn du das anziehen willst, kannst du dich gleich zu den Gammlern an der Storchfontäne setzen«, sagten ihre Kneipenkumpel.

Doch das Problem war nicht, was sie anziehen sollte, sondern daß sie grün und blau im Gesicht aussah. Irgendein Mann mußte sie verprügelt haben, doch erinnerte sie sich nicht, wer es ge-wesen war. Bei einer anderen Gelegenheit – oder war es die-selbe – war sie in ihrem Pensionszimmer sogar vergewaltigt wor-den. Der einzige Grund, warum sie es bei der Polizei angezeigt hatte, war, daß der Kerl mit einer ihrer Flaschen verduftet war. Jetzt aber sah sie blau und grün im Gesicht aus, und sie wagte sich nicht nach Gammel Mønt, denn dann glaubte natürlich die ganze Familie, sie hätte sich die Flecke im Suff zugezogen. Aber das *hatte* sie nicht. Sie konnte es ihnen nur nicht erklären. Und jedenfalls war es der Baron, den sie mit in ihr Bett genommen hatte, nicht gewesen, denn er war »höllisch kultiviert und arrogant«. Er war einfach an ihren Tisch getreten und hatte gesagt, jetzt gingen sie zu ihr nach Hause, ihr chinesisches Porzellan anschauen. Und sie dachte an Zeste, als er in ihrem Nachthemd dasaß und nicht im geringsten lächerlich wirkte. Ein wirklicher Aristokrat. Am nächsten Morgen waren sie zu ein paar Freunden des Barons aufgebrochen, er besaß eine Menge Güter und alles mögliche, und sie hatten den ganzen Tag Champagner getrunken, hatten Brahms gehört und Beethoven und alles mögliche. Li hatte in ihrem ganzen Leben nicht so viel Spaß gehabt … Aber sie konnte nicht in Gammel Mønt erscheinen, denn sie konnte den Gedanken an den strafenden Blick ihrer Mutter und Rebekkas Besserwisserei nicht ertragen. Woher sie die Flecke hatte, konnte das nicht egal sein?

Sie liebte harte, arrogante, gefühllose Männer wie jenen berühmten Abgelegten von Tove Ditlevsen. Der Chefredakteur, der einfach an ihren Tisch getreten war: »Wir gehen zu dir nach Hause.« Und dann hatte er zwei Flaschen Wein und drei *Gläser* gekauft. »Eins kann kaputtgehen«, hatte er gesagt. Es war dieses dritte Glas, von dem sie sich hatte einnehmen lassen.

Zeste rief aus einem von Marschalls Büros in New York an, um zu erzählen, daß sie Riesenerfolge feiere in Atlanta, Nashville, Memphis, Louisville, Columbus, Dayton, Indianapolis, St. Joseph, Leavenworth, Quincy, Springfield, Milwaukee, Detroit, Cleveland, Pittsburgh, Toronto, Buffalo, Rochester, Utica, Albany, Boston, Providence, Newark, Washington und Baltimore. Sie unterließ es mitzuteilen, daß Marschall bei der Premiere geweint, über ihren Erfolg richtig geschluchzt und sie gefragt hatte, ob sie nicht ein Kind wolle. Wenn es zwei Jahre alt sei, würde er sich schon darum kümmern, er wolle gern alleinstehender Vater sein! Li konnte am Telefon nicht viel sagen, weil sie Sprechschwierigkeiten hatte. Doch Zeste spürte durch den Hörer ihren unausgesprochenen Stolz und dieses Undefinierbare, daß sie durch ihren Erfolg Li rettete.

»Und weißt du was, in Chicago …«

»Onkel Max«, flüsterte Li.

»Nein, in Chicago hatten sie mich zufällig in Sarah Bernhardts altem Hotel einlogiert. Im ›Palmer House‹, in ihrer alten Suite, superpharaonisch mit ägyptischen Sofas, Lampen mit Bronzesphinxen, Uhren auf Marmorpyramiden und Bildern von Tagen voller Müßiggang am Nil.

»Onkel Max«, flüsterte Li erneut.

»Nein, Sarah Bernhardt. Und weißt du, das allerbeste ist, daß die Presse schreibt, ich sollte aus den USA ausgewiesen werden, weil ich die Moral der Amerikaner zersetze, und das haben sie auch über Sarah Bernhardt geschrieben. Sie sagen, durch mich würden ihre ›Werte‹ angefochten, ›family values‹, you know.«

Li klagte über ihr grün und blau angelaufenes Gesicht, und daß sie nicht zu Katzes Geburtstag gehen und Rebekka und all die anderen treffen könne.

»Doch, Mutter, du mußt hingehen. Du mußt zu deinem eigenen Leben stehen. Wir müssen zu unserem Leben stehen. Ich begreife nur nicht, warum Rejn mich dermaßen haßt, ich habe ihm doch nie etwas getan.«

»Das habe ich auch nicht. Als ich ihn kennenlernte, war er keinen Pfifferling wert. Ich mußte ihm erst beibringen, mit Messer und Gabel zu essen.«

Plötzlich war Zestes Mund voll mit Dingen, die sie eigentlich nicht hatte erzählen wollen.

»Marschall und ich liefen uns an einem Wochenende in Genf zufällig in die Arme. Dort hätte ich beinahe Rejn getroffen. Und seine neue Frau. Eine kleine kurzbeinige Krankenschwester, du weißt ja. Sie haben Marschall in seiner Suite im Hotel besucht. Gottseidank war ich nicht selbst dort. Aber auf dem Tisch lag ein Programm mit einem Bild von mir auf der Titelseite. Mit eiskalter Stimme bat Rejn, diese Drucksache zu entfernen. Und als seine neue Frau das Bild sah, schrie sie auf und fiel in Ohnmacht!«

Li labte sich an der Geschichte, so als hätte sie diese selbst erfunden. Sie hätte sie nicht exzellenter schreiben können. Etwas in Zestes Bericht ließ auf mehr als Sympathie zwischen Marschall und Zeste schließen, was sich schließlich gegen Rejn richtete. Es konnte nicht besser sein. Zestes Geschichte kam wie bestellt.

»Also, Mutter, ich muß los, vielleicht komme ich auf einen Sprung zu Großmutters Geburtstag vorbei.«

Sie sagte nicht, daß Marschall direkt hinter ihr stand, die Hände um ihren Hals. Dennoch hoffte sie, daß Li es spüren könnte. Mit ihrem Bericht vom Genfer Wochenende hatte sie jedenfalls angezeigt, daß die Verbindung vollzogen war, so wie Li es sich immer gewünscht hatte.

In Genf war es zu ihrem ersten Streit gekommen. Oder richtiger: Hier war der erste Wurm aus dem Apfel gekrochen.

»Hattest du mit Rejn denn kein Verhältnis?« fragte Marschall ganz verblüfft, als sei es die natürlichste Sache der Welt.

»Nein«, erwiderte Zeste kurz, als natürlichste Sache der Welt. Doch im Inneren hatte sie das Gefühl, die Welt gerate aus den Angeln, da sie es so natürlich fand, daß ein Stiefvater ein Verhältnis mit seiner Stieftochter hatte.

»Alle Leute haben geglaubt, es sei so. Daß er aus diesem Grund mit Li verheiratet war.«

»Ach, haben das alle geglaubt«, sagte Zeste.

»Natürlich nicht wirklich alle, aber die Leute bei der UNICEF und der nähere Bekanntenkreis und so.«

»Ach, und so.«

»Du mußt nicht glauben, daß es jemand verurteilt hätte.«

»Warum hat denn keiner geholfen?«

»Geholfen? Wobei?«

»Ist die UNICEF nicht eine Hilfsorganisation?«

*

Während Li mit dem klapprigen Fahrstuhl, am Mezzanin vorbei, in den dritten Stock von Gammel Mønt 14 fuhr, weil sie hoffte, dort Tor anzutreffen, mußte sie an Katze denken, wie die während des Krieges gewesen war. Wenn sie, auf die Gestapo gemünzt, gesagt hatte: »Laß sie nur kommen«, war das kein Zeichen besonderen Mutes gewesen. Denn sie hatte ja *gewünscht*, sie mögen kommen, all die deutschen Offiziere, die richtigen Gentlemen, die Baltendeutschen, mit denen sie in Riga getanzt hatte. Wenn die Deutschen nur kommen wollten, würde Katze wieder die gefeierte Femme fatale werden, das Ideal, für das sie immer geschwärmt hatte. Hätte die Gestapo an der Tür geklingelt, um Tobias mitzunehmen, hätte Katze nur gesagt »herein« und ihr Ballkleid angezogen.

Li befürchtete, Katze betrunken anzutreffen. Sie konnte betrunkene Leute nicht ausstehen. Wenn nur Tor da war. Zwar hatte sie Rejn verloren, good riddance übrigens, doch auf den kleinen Segen wollte sie nicht einfach verzichten. Und Rejn würde bluten müssen, denn es war seine Schuld, daß sie ihr Leben vergeudet hatte. Sie hatte eine extra Dosis Tabletten genommen, um die eventuellen Blicke nicht zu spüren. Doch als sie Tor, den kleinen Segen, wiedersah, war er unterdes christlich geworden! Und das war Orm auch geworden! Sie hatten beide neue – christliche – Namen! Orm hieß Lukas, und Tor hieß Peter.

Orm war von einem christlichen Missionar in der Wärmestube einer Unterkunft aufgelesen worden, und von dort aus hatte man ihn in eine christliche Kommune nach Jütland geschickt, wo er alle bewegliche Habe und danach das ganze niet- und nagelfeste Inventar im Laufe eines Wochenendes in Alkohol umgesetzt hatte. Er hatte christliche Schulden von über 100 000 Kronen angehäuft und war aus der christlichen Gemeinschaft ausgeschlossen worden, die ansonsten so etwas wie die »Endstation« in Dänemark war.

Anders war es dem kleinen Segen ergangen. Kein Missionar hatte ihn aufgelesen, sondern er hatte Arbeit auf einem Hof gefunden. Er war gezwungen, sich an einem Ort aufzuhalten, wo man seinen schlechten Hintergrund und seine mangelnden Schulkenntnisse nicht bemerkte. Eines Tages, als er mit dem Traktor auf dem Feld fuhr, sah er eine seltsame Erscheinung, ein unbekanntes Lichtphänomen, das ihn zwang, anzuhalten und vom Traktor zu steigen. Er hatte das sehr sonderbare Gefühl, eine Gestalt zu sehen, spürte eine äußerst seltsame Anwesenheit, ja wirklich, er war es, es *war* der Erlöser, der sagte, er solle ihm folgen, und Tor erwiderte ja. Doch nicht genug damit, er wurde obendrein so glücklich wie nie zuvor in seinem ganzen Leben. Er weinte vor Freude und wälzte sich auf der Erde wie ein Neugeborenes, das das Gehen noch nicht gelernt hatte. Er wollte nicht zum Militär und das Töten lernen, er wollte auch kein Verweigerer des Kriegsdienstes sein, er wollte nur Gottes freier Natur dienen.

Er war in eine freikirchliche Gemeinde eingetreten und soeben in deren Büro gewesen, um mit dem christlichen Leiter über ein wichtiges Thema zu sprechen, eine Heirat. Seit über einem Jahr war Tor in das färöische Mädchen Sullima verliebt, und nun war er zur Überzeugung gelangt, daß es sich um mehr als nur Gefühle handelte, es war ein Weg, den er einschlagen wollte. Doch ehe er an sie selbst schrieb, war es wichtig, die Angelegenheit dem christlichen Leiter vorzutragen, damit die Gemeinde seine Sache unterstützte. Sullimas Mutter hatte ihm im voraus ein großes Paket mit einem handgestrickten Isländerpullover, Zahnpasta usw. geschickt, »wie eine richtige Mutter«, sagte er. Sullima war siebenundzwanzig Jahre alt, also zehn Jahre älter als er, und er war ein wenig ängstlich, was die Leute zu dem Altersunterschied wohl sagen würden. Doch er hatte sich einen Vollbart zugelegt, und seine Augen leuchteten vor religiösem Eifer und vor Verliebtheit. Seit über einem Jahr hatte er zwischen zwei Klippen gestanden, und Gott hatte ihm so viele Zeichen gesandt, daß es ihm gelingen würde, genau auf diesem Felsen an Land zu kommen. Und vielleicht hatte Tor recht, daß Gott in dieser Sache mit ihm war. Das war er wohl. Nur das Mädchen war es nicht.

Li ging der ganze Umfang von Tors Bekehrung nicht auf, da sie einen chemischen Schutzfilter zwischen sich und die Wirklichkeit gelegt hatte. Doch wollte sie gern mit ihm diskutieren, um Kontakt zu haben: »Kannst du Hitler verzeihen?«

Tor nickte bedeutsam, mit Sternenaugen.

»Aber wenn man alles vergeben kann, kann man auch alles tun, und dann ist alles gleichgültig«, sagte sie.

Tor saß nur strahlend da.

»Kannst du Hitler verzeihen?« fragte Li noch einmal, um sicherzugehen, daß sie richtig gehört hatte.

»Ja«, sagte Tor, »ich habe auch dir verziehen!«

Als Tor gehen wollte, versuchte Li, ihm zu folgen. Sie fragte, in welche Richtung er wolle.

»Nach Norden?«

»Nein, genau entgegengesetzt.«

Li versuchte, den kleinen Segen zu berühren. Er war erst siebzehn Jahre alt. Doch nahe daran, in der Erde zu versinken vor Scham über ihre Berührung. Und dann lief er los.

＊

In New York schob Zeste Marschalls Hände von ihrem Hals. Er hatte die Gewohnheit angenommen, seiner Arbeit fernzubleiben, sooft er konnte, um ihr auf ihren Tourneen zu folgen, weil er keinen Augenblick ohne sie existieren konnte. In Louisiana hatte sie ein Alligatorjunges gekauft, das sie Calypso nannte. Das saß in ihrem Umkleideraum und wartete abends nach der Vorstellung auf sie; und es lag nachts in ihrem Bett, um Marschall zu bedeuten, er möge eine diskretere Position einnehmen und sich in gebührendem Abstand halten. Zeste Løvin ertrug keine Umklammerung. Aber das sei doch Liebe, sagte Marschall, worauf Zeste zu weinen begann.

Sie zog Calypso mit Erdbeerjoghurt und Champagner auf, bis sie das Tier eines Tages sterbend in ihrem Bett fand. Zeste beugte sich hinunter und versuchte es mit Mund-zu-Mund-Beatmung, sie schlief, die sterbende Calypso an ihre Brust gepreßt, um ihr Leben zu geben. Doch nichts half. Calypso wurde in Milwaukee begraben, einbalsamiert in einem Sarg, der mit violettem Samt ausgeschlagen war. Marschall nahm Zestes Trauer zum Vorwand, um nicht von ihrer Seite zu weichen, sie hingegen war zu schwach, um ihn abzuweisen. Als diese Tournee beendet war und Zeste den üblichen Überredungsversuchen widerstanden hatte, sich als Playmate ablichten zu lassen oder was der Medienapparat sonst noch an Ruhm zu bieten hatte, befand sie sich in einem künstlerischen Limbus, in dem all ihre Tatkraft verlorenging.

Sie war es müde, sadistische Stücke aufzuführen, in denen das Publikum für seine unbewußte Lebensweise ständig Prügel beziehen sollte. Und sie hatte keine Lust mehr, darin mitzuspielen, wo doch die Revolution als Lösung aller Probleme direkt vor der Tür stand. Es war mit der Zeit offensichtlich, daß die Leute ins Theater kamen, um Schläge einzustecken. Ein Psychiater hatte soeben in der »Times« geschrieben, es gäbe allzu viele Masochisten und nicht annähernd genug Sadisten, um den Bedarf zu decken. Zeste beklagte sich bei Li, die zurückschrieb:

»Du hättest sie doch ruhig auspeitschen können, wenigstens ein bißchen.«

Li taten die Bedürftigen leid. Deshalb hatte sie Zeste auch stets aufgefordert, ja zu sagen, wenn jemand auf der Straße um einen Kuß bat. Man sollte nicht so knausrig sein. Doch Zeste verstand nicht zuzuschlagen, sie war überhaupt nicht imstande, etwas zu treffen. Und es gab auch keinen Lorbeer, auf dem sie sich hätte ausruhen können. Denn in Wahrheit war die Tournee überhaupt kein Erfolg gewesen. Nur ein Skandalerfolg in der Presse. Zeste Lovin war ein »chokeroo«, wie sie schrieben, eine Femme fatale. Doch die Vorstellungen hatten keine vollen Häuser gebracht, und das Fiasko lag nicht nur an der Tragik des Stückes, aufgeführt auf zwanzig Bühnen in einem Land, das Komik, Komik und nochmals Komik forderte. Außer Prügel, natürlich. Keine leichte Aufgabe.

Ein Grund für das Fiasko war auch Zestes Stimme, mit der etwas geschehen war. Zuweilen schien es, als zerbreche sie in zwei Teile, in zwei verschiedene Personen, die einfach nicht zusammenzuhalten waren. In dieser Situation erlebte das Publikum fast den Zusammenbruch einer Schauspielerin, die einfach nicht zusammenbrechen sollte. Und wenn etwas für die Bühnenkunst vernichtend ist, dann ist es *wirklicher* Schmerz. Manchmal versagte ihre Stimme völlig. Nämlich gerade dann, wenn Zeste die Situation unter Kontrolle behalten und dem Zusammenbruch entgehen wollte. Dann versagte ihre Stimme über lange Sequenzen total. Es kam vor, daß sie zurückkehrte, doch gab es Grenzen, wie lange ihre Mitspieler warten konnten, und in Milwaukee waren sie gezwungen, die ganze Vorstellung abzubrechen und dem Publikum anzubieten, daß an Kasse eins das Geld zurückgegeben werde. Soviel zu »der europäischen seriösen Kultur«, mit der man solche Reklame gemacht hatte.

Marschall saß stets, oft betrunken, hinten in den Kulissen, um sie zu »unterstützen«. Niemand sonst konnte es ihm ansehen, doch Zeste hatte eine Idiosynkrasie, wenn sich jemand in betrunkenem oder betäubtem Zustand befand, und konnte einen Dusel auf mehrere Kilometer Entfernung riechen. Er sagte, er sei krank und habe Fieber und daß es psychosomatisch sei. Doch Zeste erwiderte: »Du trinkst nur zuviel.« Sie hatte ja ihr Kokain. Also gab es nichts, was sie sich gegenseitig vorwerfen konnten, auch wenn er ständig versuchte, ihr mehr Whisky einzuflößen, der Gesellschaft halber.

In Wirklichkeit saß er dort, weil das Theater seine wirkliche Leidenschaft war und er den heimlichen, tief in sich begrabenen Traum hegte, auf der Bühne zu stehen, wo es erlaubt war, seine Verzweiflung und Begeisterung, seine Todesangst und Begierde herauszuschreien. Er hatte immer Schauspieler sein wollen. Doch war es ihm nie möglich gewesen, dieser Lust nachzugeben. Und er formte sie um in das Verlangen nach Macht und nannte es *Arbeit*, indem er den Narzißmus und Exhibitionismus verurteilte, der in seinem sehnlichsten Wunsch steckte.

Mehre Male zeigte er Zeste, wie sie eine bestimmte Szene spielen sollte. Er riß ihr das Textbuch aus der Hand, und sie starrte ihn nur an. Doch er wollte helfen. Wollte ihr helfen einzusehen, daß sie eine Niederlage erlitten hatte und keineswegs so souverän war, wie sie selbst glaubte.

Zur Antwort ließ Zeste ihre Augen weiß werden.

*

Wenn Marschall sie treffen sollte, kam er stets zwei bis vier Stunden zu früh. Sie genoß all die Zeit, die sie für sich hatte, und wurde wütend, wenn er vom Flughafen anrief: »Ich bin schon hier! Ich habe eine frühere Maschine genommen!«

»Nicht daß ich prahlen will, aber ich bin kein Zyniker«, hatte Marschall eine längere Liebeserklärung begonnen. Wenn er kam, war er oft »like that«. So wie Tobias gefürchtet hatte, Katze anzutreffen und so wie Li und Orm und … Marschall hatte Kaviar mitgebracht und hellgrüne Seidentücher. Es war im Mark Hopkins Hotel in San Francisco, und er kam gerade aus China. Doch Zeste unterbrach ihn: »Nicht daß ich prahlen will, aber ich *bin* Zynikerin.«

Marschall war verliebt in ihre Kompromißlosigkeit, die er zu zerschlagen wünschte. Er wollte sie beeinflussen, wollte denken wie sie, sie heiraten, sie sein. Und sie völlig umkrempeln. Aber Zeste dachte: Es ist merkwürdig, kaum hat man einen Sugardaddy, verliebt man sich auch schon in beinahe jeden Straßenjungen, dem man nie zuvor einen Blick gegönnt hätte. Und sie umarmte Jimi Hendrix oder einen, der sich mit einem genialen Handstreich für ihn ausgab. Doch Marschall schluckte den Schmerz, und wenn die Arbeit ihn von ihr fortzwang, schickte er jeden Tag von überall in der Welt einen großen Strauß langstieliger roter Rosen, und sie ließ sich nackt im Bett fotografieren, bedeckt mit Rosen, so daß es wie ein Zwischending zwischen Grab und Wochenbett aussah.

Marschall lief offenbar in dem Irrtum herum, Zeste und er würden heiraten. Denn als sie in dem, was er später ihre »47th Street declaration« nennen sollte, schwarz auf weiß erklärte, davon könne nie im Leben die Rede sein, bekam er einen Schock. Sie ihrerseits begriff nicht, wie er sich hatte einbilden können, daß sie jemals seine Frau würde!

Als einziges Symbol für ihr gemeinsames, geheimes Leben besaßen sie eine Apfelsinenpresse aus Plastik, die er eines Morgens in London gekauft hatte, und die er treu von Land zu Land transportierte, von *auberge* zu *suite*, wo er jeden Morgen fünf

Apfelsinen preßte, weil sie einmal gesagt hatte, sie möge welche. Er liebte die Apfelsinenpresse, und er preßte in jedem Land und in jeder Stadt, er preßte sich selbst und sein Blut dort hinein, und sie haßte diese Presse. Als er seine Hand auf ihren Bauch legte, schrie sie. In ihrem Schoß war etwas implodiert, und ihr Körper sandte unheilbringende Strahlen aus.

Sie verkroch sich in die entgegengesetzte Ecke des Bettes und hielt ein Stück der Decke wie ein Schild bis zum Kinn vor sich. Er schrie wütend: »Du sitzt da wie ein Tiger, der seine Jungen verteidigt.«

»Ich verteidige den letzten Rest meiner Würde.«

»Zum Teufel mit der Würde. Ich trinke nicht wegen des Whiskys, ich trinke nur, um bewußtlos zu werden.«

Jahrelang hatte er den Verlust der Mutter verdrängt, die gestorben war, als er ein Säugling war, und die er daher umgebracht haben mußte, und seine Kindheit verbrachte er auf dem Friedhof. Ohne Gefühle. In den Augen der Umwelt war er ein Held, doch er wußte genau, daß er ein Feigling war, der an dem Tag, als der Denunziant liquidiert werden sollte, nicht beim Lebensmittelladen an der Ecke in Søllerød erschienen war. Und bei der Abrechnung wurde sein Freund an seiner Stelle niedergeschossen. Deshalb war er später in seiner Ehe geblieben. Er konnte es nicht ertragen, derjenige zu sein, der einen anderen im Stich ließ.

In Zeste war er seinem Spiegelbild begegnet. Und jetzt war er an der Reihe. Dieses eine Mal. Jetzt wollte *er* gerettet werden. Und gerettet werden wollte er von *ihr*. Und sie verschmolzen in einer konturlosen Verbindung, zärtlich und feindlich zugleich, von der beide nach und nach hofften, sie möge zerbrechen, doch der beide ebenso machtlos gegenüberstanden aufgrund eines Schuldgefühls. Zeste konnte nicht nein zu ihm sagen aus Rücksicht auf Li.

Sie versuchte das Verhältnis in ihren Briefen so unterhaltsam wie möglich zu gestalten, um Li nicht zu enttäuschen. Sie schrieb am 14. August 1976 aus New York, wo Marschall gleich neben der UNO, also dicht bei seinem Büro, eine kleine Wohnung für sie gemietet hatte:

Geliebte Mutter,

ja, die phantastische Wirklichkeit übertrifft bei weitem jede Phantasie. Ich bin in eine *algerische* Wohnung gezogen, in der winzige verschiedenfarbene Nyloninsekten zum Schmuck und Spaß am Kühlschrank kleben. Die Lampe im Schlafzimmer (ich habe sie in den Schrank gesteckt) stellt einen kleinen Mann mit Zylinder dar, der ein paar verschiedenfarbige Luftballons in der Hand hält, und also leuchtete die Lampe accordingly. In der ganzen Wohnung hat nicht eine Birne weißes Licht, alle sind rot oder türkisfarben. Überall an den Wänden hängen Ausschnitte aus muslimischen Illustrierten. Das Kinderbett neben dem meinen ist im Mickey-Mouse-Stil gehalten. Plus eine große Kinderkommode mit Disneyland-Schrank. Die Gardinen im Schlafzimmer sind aus hellgelber Plastik (Duschvorhang), die kann ich gleich nach dem Aufwachen feucht abwischen, sehr praktisch. Ansonsten kannst du glauben, daß ich noch nie so viel saubergemacht habe, als erstes habe ich Scheuerpulver und Bürsten gekauft, denn ich bin zwar keine Putzfanatikerin, aber auch jetzt noch wimmelt es von schwarzen Kräuselhärchen in der Badewanne, und ich habe das Gefühl, überall im Wohnzimmer ständig abgeschnittene Zehennägel zu finden. Heute nacht erschien Marschall mit einem Staubsauger. Das WC ist ebenfalls recht interessant – in türkisfarbenem Plüsch. Selbst der Spülkasten ist mit Plüsch überzogen. Und überall kleben hellblaue Plastikstreifen mit Goldflitter. Ein Meer von Topfpflanzen, die ich gieße, in Plastikbehältern füllt die ganze Wohnung. Marschall hat schon bis zum Ende des Monats bezahlt, und billig ist es nicht gewesen, denn es ist eine sehr vornehme *safe* Gegend. Und er möchte mich nicht weiter als einen Millimeter von sich entfernt haben. Er hat wahrhaftig nicht mehr alle Tassen im Schrank. Allerdings, die Tassen wohl schon, hoch mit ihnen … Als ich in die von ihm gemietete Wohnung kam, standen da fünfundzwanzig Flaschen Whisky. Abgesehen davon, daß die Sache insgesamt verkehrt ist, fehlt es an nichts. Es kann sehr wohl ein bißchen zuviel des Guten werden. Er hat sich vollständig selbst verloren, weint und schluchzt. Er sagt, er sei gezwungen, Kidde von mir zu erzählen, denn er könne in diesem schizophrenen Zustand nicht leben. Mir graut davor, seine Auflösung zu erleben. (Warum kriegen alle Männer, die mich kennenlernen, nächtelang das große Heulen?) »Du darfst nicht vergessen«, sagt

Marschall, »daß keiner deine Bekanntschaft ungestraft macht, du hinterläßt tiefe Spuren bei jedem, der dich kennenlernt.« Das klingt ziemlich schmeichelhaft. Ich bin auch nicht schlecht darin, sie kaputtgehen zu lassen. Doch merkwürdigerweise interessiert es mich nicht, die Stücke wieder zusammenzufügen!

Viele liebe Grüße, Zeste.

Mit diesem Brief hatte Zeste versucht, vor allem an Lis *ästhetischen* Sinn zu appellieren, um ihren Segen für den Abbruch des Verhältnisses zu erhalten. Daß der Mann am Kaputtgehen war, so glaubte Zeste, würde nicht viel Eindruck machen. Aber daß nicht einmal eine Song-Katze oder ein Ming-Frosch in Reichweite existierten, ergab einen Zustand, der wohl unter die Bezeichnung SOS, force majeure, gehörte.

Im Pariser »Ritz« lag er da und rief, er wolle aus seiner Familie heraus. Er wachte nachts schreiend auf, weil er träumte zu sterben. Und er sprach von den sumpfigen und gefährlichen Stellen in seiner Seele und seinen Träumen und bat, Zeste möge seine Hand halten, sonst wage er nicht … Er weinte auch, weil er es nicht ertrug, schlafen zu müssen und damit sieben Stunden von ihr getrennt zu sein. Er wollte seine Ehe und seine Arbeit aufgeben, denn alles sei gleichgültig.

»Hör schon auf!«

Am nächsten Morgen kaufte er ihr in einem afrikanischen Laden zwei Schlangenskelette, die um den Hals zu tragen waren.

Mit ihnen lag sie in einer Badewanne in Wien, schminkte sich die Augen und trank Schokolade, während er auf einer Sitzung der Atomkommission war.

✳

Auf dem Schiff über den Atlantik, für das er Tickets gebucht hatte, um Kidde eine Freude zu machen und sein schlechtes Gewissen abzubezahlen, hatte er sich in eine Kajüte verkrochen und die Tür abgeschlossen. In wachem, nüchternem Zustand. Doch es endete damit, daß Kidde und die Kinder ihn schluchzend vorfanden. Als sie an Land kamen, schlug er seinen Chevrolet mit einem Hammer kurz und klein, weil der Kofferraum sich verklemmt hatte. Er sagte, er fühle sich eingesperrt, wie ein Pilot, der überall in der Welt herumfliegt, eingeschlossen in seinem Cockpit.

Zeste sah, wie die letzte exemplarische Familie der Welt vor ihren Augen zerschlagen wurde.

»Ja, jetzt ist der König vom Pferd gefallen, jetzt erträgst du mich natürlich nicht mehr«, sagte er und bat um die Erlaubnis, einfach ein ganz gewöhnlicher Mensch sein zu dürfen. Er fragte, ob Zeste sich nicht auch damit zufriedengeben könne, ein Mensch zu sein, doch da fing sie an zu gähnen.

Zeste bekam Ausschlag im Gesicht, so daß sie nicht vor die Tür gehen konnte. Marschall hatte ihr Textbuch gestohlen. Erst an dem Tag, als er es ihr wiedergab, verschwanden die feuerroten Flecke.

Zeste war in Dänemark, als sie an einem Ostertag einen Brief von Marschall empfing, in dem er ihr mitteilte, daß er eine Schlankheitskur mache und die Kilos nur so purzelten. Er freue sich über sein neues Ich. Er habe sich einen Termin beim Schneider von Brooks Brothers geben lassen wegen neuer Anzüge. Aber Zeste schickte ein Telegramm:

»Bestell den Schneider ab, ich liebe Dich, wie Du bist.«

Sie wollte keinesfalls den Mann verlieren, an den sie seit der Kindheit ihre zärtlichen Gefühle gebunden hatte. Er durfte sich nicht verändern. Er durfte nicht er selbst werden. Vor allem durfte er sich nicht scheiden lassen. »Ich will dich nur sehen, wenn du verheiratet bist«, sagte sie. Das war ihre »Copenhagen declaration«. Doch Marschall konnte das Doppelleben nicht ertragen, er konnte seine Frau und gute Kameradin nicht auf eine solche Weise behandeln, und er konnte ihr nicht in die vorwurfsvollen veilchenblauen Augen blicken. Er machte unentwegt Fehler, verwechselte Telefonnummern, Adressen und Namen. Er rief Kidde in Amerika von Abu Dhabi aus an, bestellte das Gespräch wieder ab, weil es zu lange dauerte, um durchzukommen, und rief Zeste in Europa an. Als er hörte, wie der Hörer abgenommen wurde, sagte er: »Zeste? Liebste.« Doch da war es Kidde, die schrie: »Bist du wahnsinnig geworden?«

Er machte den Mund nicht auf, tat so, als sei nichts geschehen. Er war auf die Idee gekommen, ein Buch zu schreiben, doch das allerwichtigste war, die Sache vor Kidde geheimzuhalten. Dennoch hatte er es in seiner Gedankenlosigkeit so eingerichtet, daß die Rechnung von einem Luxushotel in der Schweiz, wo er vierzehn Tage mit Zeste gewohnt hatte, nach Hause zu Kidde gesandt wurde. »Nun, bezahlst du sie jetzt auch dafür?« sagte Kidde.

Doch eigentlich konnte Zestes Leistung nicht mit Geld bezahlt werden. Zusehen, wie ein Mensch, den man gern hat, zugrunde geht. Nach der Schlankheitskur war er nur noch ein Schatten seiner selbst. Die Sache sollte mit Tanz in »The Rainbow Room« gefeiert werden. Das Kleid, das er Zeste zu diesem Anlaß geschenkt hatte, bestand aus drei kleinen hautfarbenen Seidentüchern von Sacks, Fifth Avenue. Der Tanz der drei Seidentücher brachte die Stimmung an allen Tischen zum Erliegen, wo keiner der Männer es schaffte, die Konversation mit seiner Dame aufrechtzuerhalten. Im Ergebnis wurden Marschall und Zeste des Lokals verwiesen. Der Manager bedauerte. Doch Marschall war begeistert, für einen Skandal gesorgt zu haben, und Lorence Wilk sprang vom Podium und versicherte, sie seien das schönste Tanzpaar, für das sein Orchester je gespielt hätte, und Marschall umarmte Lorence Wilk vor Freude und hob ihn wie ein Baby hoch in die Luft.

Niemand wußte, daß es der Todestanz war, in den sie sich begeben hatten, vielleicht mit Ausnahme des Publikums, das so peinlich berührt war. Marschall blieb dabei, er wolle sich scheiden lassen, und Zeste blieb dabei, es ihm zu verbieten. Doch war er gezwungen, etwas zu sagen. Und da er es nicht mit Worten tun durfte, begann sein Körper zu sprechen. Der versuchte sich im betrunkenen Zustand nachts auf den Autobahnen selbst totzufahren. Oder fing an, sich in Brand zu stecken. Probierte, sich im Hotelzimmer in Rom zu ertränken, wo er so blau gewesen war, daß er die Badewanne die ganze Nacht hatte überlaufen lassen. Er kniete auf dem Boden und schlief, den Kopf an Zestes Füßen. Hin und wieder trat sie ihm ins Gesicht, wenn sie sich im Bett umdrehte. Doch konnte er sich keinen anderen oder besseren Platz wünschen. Halb sieben weckte er sie. Das ganze Hotelzimmer stand unter Wasser.

»All das Wasser«, sagte er und zeigte darauf, »sind meine Tränen.«

»How corny can you get! Ruf die Direktion an.«

Zeste sah, daß Jonas' Reise in den Bauch des Wals vollendet war. Daß die Anstrengungen wohl zu keiner Geburt führen würden, sondern eher zum Tod durch Ertrinken. Und daß all das, was symbolisch gewesen sein sollte, wirklich geworden war.

Das Zimmermädchen fand ihn besinnungslos im Zimmer umherlaufen, in ein Laken gehüllt wie ein geschlagener römischer

Senator mit einem Glas Whisky in der Hand, bis zu den Knien im Wasser. Das Zimmermädchen schrie: »Madonna, Madonna!«

Drei Wochen später versuchte er sich in den Niagarafällen zu ertränken, und man hätte nicht gedacht, daß das so schwer wäre. Dennoch mißlang es ihm. Zeste unternahm nichts, sie war schließlich nicht gewillt, seinen Kopf unter die Wasserkaskaden zu halten, worum er sie gebeten hatte.

Zeste sagte: »Ich will dich nicht mehr sehen«, bekam jedoch Mitleid mit ihm und fügte hinzu, »erst wieder wenn du bei einem Psychologen gewesen bist«, und das war ihre »Paris declaration« vom 4. Mai 1977. Doch war es wirklich Zeste, die ihn wahnsinnig werden ließ?

Es ist richtig, daß Zeste als Schauspielerin an einem überdrehten Selbstverständnis litt, was die Presse noch verstärkte, manchmal allerdings auch destruierte, und damit zu übertriebenen Phantasievorstellungen von der eigenen Destruktionskraft beitrug. Es ist richtig, daß sie mit der Zeit immer mehr davon überzeugt war, ein Mann, der in ihre Arme falle, müsse sterben. Früher oder später. Und darin konnte sie schließlich recht haben, da ja auch ihre Weiblichkeit kein Ort der Unsterblichkeit war. Doch übersah sie dabei die Tatsache, daß es Menschen gibt, die mit ihrer ganzen Willenskraft auf die Katastrophe setzen. Es sind Menschen, die ihr ganzes Leben sozial tätig und damit beschäftigt waren, Dinge zu verbinden, zu verknüpfen und zusammenzufügen. Zu organisieren und Zusammenhänge zu schaffen. Bei diesen Menschen steht Dionysos auf der Lauer mit der Versuchung: dem totalen Schiffbruch. Über lange Zeit hat dieser fleißige, pflichttreue Mensch die Ohnmacht umworben und von der letztendlichen Zerstörung aller Dinge geträumt. Doch es ist Mut vonnöten, alles zu vernichten, alles auf eine Karte zu setzen und unterzugehen. Den meisten Menschen ist diese Katastrophe nicht vergönnt. Sie müssen sich in Untreue flüchten, wo die maximale Zerstörung erreicht werden kann, wenn man die eigenen Kinder nicht totschlagen will.

*

Marschall stocherte im »Tivoli« auf der Belle Terrasse im Essen herum und bekleckerte das Tischtuch. Dieser ehemals so wohlorganisierte Mensch – den die Familie allem Anschein nach zusammengehalten hatte – war jetzt einer, der das Flugzeug verpaßte, sein Gepäck vergaß und im Restaurant kein Essen zu bestellen vermochte.

Er willigte ein, mit einem Psychologen zu sprechen, nicht zuletzt wegen Zeste, aber auch, weil sich zwei seiner Kinder auf eigenen Wunsch aus der Schule abgemeldet hatten. Doch widersetzte sich Kidde, obwohl sie ein Leben lang versucht hatte, ihn genau dahin zu bringen. Jetzt sagte sie: »Warum kannst du nicht mit *mir* reden?«, während alles um sie herum zusammenbrach, weil die neun Kinder sich gleichzeitig emanzipierten und jedes in einem anderen Land wohnen wollte. »Alle deine Kinder haben jeden Respekt vor dir verloren«, sagte sie. Und Marschall siedelte nach London über und wollte keinen von ihnen bei sich haben. So löste sich die Familie mit einem einzigen Schlag, einem bloßen Fingerschnipsen, auf, obwohl sie zwanzig Jahre lang jede Weihnachten die »Internationale« gesungen hatten.

Marschall hatte es richtig traulich mit Dr. Nordenlicht, der sagte, es sei wohl das beste, Zeste käme selbst. Aber ihr könnt mich mal, erwiderte sie. *Er* war es schließlich, der mit dem Leben nicht zurechtkam. Ihr selbst ging es ausgezeichnet, wenn man sie nur in Frieden ließ. Bereits bei ihrem ersten Treffen im »Thirteen Grades« hatte Zeste unterstrichen, daß es *unkompliziert* sei, aber jetzt sagte er: »Ich wußte, es würde kompliziert werden, denn ich wußte, ich würde mir das Leben nehmen, wenn du mich nicht heiratest.«

Eines Tages rief Kidde ihren Mann während einer wichtigen Sitzung an und erklärte, sie wolle sich scheiden lassen. Sie wolle lieber 100 000 Kronen Steuern im Monat an den Staat zahlen, als daß Marschall das Geld behalten dürfe, um Diamanten für Zeste zu kaufen. Außerdem konnte sie dem Mann mitten in der Sitzung berichten, daß in einer Illustrierten gestanden hatte, Zeste habe nackt mit Mr. Universum getanzt, und sie wolle ihm die Bilder herzlich gern schicken.

Völlig außer sich konsultierte Marschall seinen ältesten Sohn, inwieweit die Verbindung mit Zeste empfehlenswert sei. Der mußte es ja wissen, da das Gerücht vermeldete, daß auch er ihre Gunst genossen habe. Doch der Sohn empfahl überhaupt nichts. Er sagte nur, statistisch gesehen sei diese Art von Verbindungen unhaltbar. Entweder käme Kidde nicht damit zurecht. Oder Marschall. Der Sohn hatte offenbar ein Verhältnis genossen, das genauso »unkompliziert« war, wie es Marschall erhofft und Zeste ihm versichert hatte.

Jetzt aber war ihr ziemlich merkwürdig. Auch übel. Kein Kater, sondern dieses andere. Sie ließ den Blick in weite Ferne schweifen. Hatte Jimi Hendrix Folgen gehabt? Dieses Mal gab es für sie keine Zweifel. Marschall erzählte sie nichts, denn es ging ihn nichts an. Doch das Schicksal und das Leben wollten ihr ein Geschenk machen, ihr ganz persönlich. Also brauchte man es nur anzunehmen. Zugleich spürte sie die Angst in sich wachsen. Die Furcht davor, daß die Welt schrumpfen und die Größe ihres Bauches annehmen könnte. Daß die Erdkugel eins mit ihrem Bauch wurde, erschien als unzulässige Ichbezogenheit, über die sie sich schämte, auch wenn sie noch so oft »Natur« genannt wurde. Dennoch beschloß sie, Übelkeit und Scham über die Natur auf sich zu nehmen. Bis zu dem Tag, als Li sie mit dem Blick bedachte. Und mit ihrer trägen, leisen Stimme kaum etwas sagte, doch genug, um das Kind umzubringen.

»Wann hast du den Termin?«

Nicht den der Geburt, sondern den des Tötens. Li ertrug es nicht, daß sich etwas Ernsthaftes zwischen sie und Zeste schob, an die sie ihr Leben gebunden hatte. Männer zählten für sie nur als Schmuck und Prestige. Ein Kind aber wäre eine echte Bedrohung.

Marschall sagte »mein Gott« am Telefon, als er erfuhr, daß Zeste einen Termin in der Klinik habe. Sie hörte den Machthaber in ihm, der es gewohnt war, Entscheidungen zu treffen. Doch sie fürchtete, die ganze Sache würde sich dann nur um *ihn* drehen. Er hätte das alles so gern mit ihr auf einer Wiese beredet, sagte er.

»Ja aber, es ist doch überhaupt nicht dein Kind.«

Der Umstand, daß er nicht der Vater des Kindes war, schien ihn nicht zu beeindrucken. Es ging mehr um den Beschluß, den er rückgängig zu machen wünschte.

»Bist du wirklich sicher? Hast du dir das genau überlegt?«

Sie war nahe daran, sich zu übergeben: »Aber du hast dich da nicht einzumischen, es hat nichts mit dir zu tun.«

Sie spürte, wie die Grundlage ihres eigenen Lebens zerbröckelte. Er wollte ihre Schwäche nutzen, um sie an sich zu binden, und sie fühlte, wie die Abhängigkeit in ihr wie ein riesiger Tintenfisch wachsen würde, der drohte, sie zu ersticken. Jetzt wollte er *gut* sein, das war das Schlimmste.

»In deinem Innern bist du doch überhaupt nicht so schroff, wie du klingst«, sagte er, und genau so eine Bemerkung war nötig, um sie richtig schwach, zwiespältig und hilflos werden zu lassen.

Dennoch vermochte es niemand so wie Marschall, ihren Entschluß, sich von jedem Band und Baby zu befreien, unumstößlich zu machen. Keiner vermochte es so wie er, sie so hart wie Stein werden zu lassen.

»Was kann ich tun? Was kann ich tun?« fragte er immer wieder. Zuletzt schrie Zeste: »Warum *mußt* du absolut etwas tun? Du hast zu akzeptieren, daß es Situationen gibt, in denen du nichts tun kannst.«

Der Totschlag des Sommers war vorüber, die Wunde geheilt und das Blut abgewaschen. Um die Strapazen zu vergessen, hatte sich Zeste in eine neue Liebesgeschichte gestürzt, diesmal mit einem jüngeren armen Straßenpoeten. Es tat gut, aus der ödipalen Dreiecksgeschichte herauszukommen, es war, als könnte das Leben von neuem beginnen. Oder überhaupt beginnen.

Doch dann rief Marschall an und erinnerte sie an das früher gegebene Versprechen, Weihnachten zusammen zu feiern. Wollte sie lieber nach Bolivien oder nach Barbados? Uh, buh. Sie wollte überhaupt nirgendwohin, sie wollte nur bei ihrem Straßenjungen bleiben. Aber das klänge zu unhöflich, und sehr nett war sie zu Marschall mit der tiefen heiseren Stimme ja nicht gerade gewesen.

»Nimm die Peitsche mit«, war das letzte, was er sagte. Und Zeste sagte nein.

Und die brauchte sie auch nicht. Denn kaum waren sie zwei Minuten zusammengewesen, nahm Zeste ein Buch. Und ihre Augen wichen den ganzen Tag nicht von den Seiten und auch den Abend nicht. Die Apfelsinenpresse stieß sie aus Versehen vom Tisch und trat drauf, also die war kaputt. Am Tag danach, es war der Tag vor Heiligabend, verließ Marschall Barbados.

Barbados, den 24. Dezember 1978

Beloved Cat,

ich bin allein auf Barbados, Marschall ist abgereist, wir waren einen Tag zusammen, und dann war es *unmöglich*. Ich bot an, selbst zu fahren, damit er Urlaub machen könne. Es ist schwierig zu erklären, was »unmöglich« beinhaltet. Einfach alles war unmöglich. Es war ja auch nicht natürlich, daß ich mich das ganze letzte Jahr habe »zusammennehmen« müssen, um ihn zu sehen, und mir selbst habe versprechen müssen, nett zu sein. All diese Rücksichtnahme hat in Wahrheit mehr Schlimmes als Gutes bewirkt.

Ich bin wahrhaftig nicht stolz auf die Situation; schäme mich über mein idiotisches Betragen; wenn ich die Reise nur abgesagt hätte, wäre Marschall viel Schmerz erspart geblieben. Meine Scham wird nur von der Erleichterung übertroffen, daß er weg ist. Ich bin jedoch nicht so dumm gewesen, ihm von dem Poeten zu erzählen.

Man kann sich vielleicht gut *eine Zeitlang* zusammennehmen, um eine mittelmäßige Kurtisane abzugeben. Doch wenn man einen anderen liebt, ist es unmöglich. »Ich habe gedacht, du könntest es«, höre ich Dich sagen.

Ich kann Dir absolut nicht darin recht geben, daß eine luxuriöse Umgebung hilft. Nein, sie macht die Sache fast noch schlimmer. Eine Hölle der Langeweile und Irritation, in der die Sekunden dahinschleichen und der tiefe Überdruß sich nicht in Drinks ertränken läßt.

Hingegen kann man einen faszinierenden Mann sehr wohl in einem lausigen Hotel voller Flöhe, ohne Waschbecken oder Aircondition treffen und es wundervoll haben.

Ich habe Weihnachten mit mir selbst, mit Mandarinen und Kokosnüssen gefeiert. Wohne in einem Hotel im Kolonialstil à la Mount Lavinia – das Ganze erinnert mich an Ceylon. Es ist herrlich, in Ruhe und Frieden und anonym zu leben. Am 29. Dez. bin ich zurück in New York.

Dein Weihnachten in Gammel Mønt ist sicher gut verlaufen – und weniger dramatisch. Du darfst mich nicht schelten. Die Affäre war seit 1½ Jahren dicht vor dem Zerreißpunkt! Ich wäre lieber gestorben, als sie noch einen Tag länger dauern zu lassen.

Viele liebe Grüße von Deiner geliebten Tochter

Zeste.

Er erschoß sich nicht, und er ertränkte sich nicht. Doch ganz sacht begann ihm das Blut aus allen Öffnungen zu sickern. Am Ende stürzte es in Kaskaden heraus, und dann war er tot. Der Pfarrer sprach von dem alten Löwen und wieviel seine Arbeit die Familie gekostet habe. Er wollte jene entwickeln, die sich in weiter Ferne befanden, und versäumte darüber, sich selbst zu entwickeln. Und er suchte seine Zuflucht bei Brust und Flasche und bat darum, in Søllerød begraben zu werden, wo seine Mutter, als er klein war, beigesetzt worden war.

13. Der Judaskuß

Er erzählte jedem, der es hören wollte, vom Wert des Rausches und wieviel man versäumte, wenn man abseits stand. Und er zitierte Bob Dylan und Lou Reed zum Beweis. Wurde ihm Geld verweigert von der abseitsstehenden – und nichtverstehenden – Welt, dann wäre das keine Liebe, sagte er. Liebe sei, wenn Tor um Geld für Heroin bitte und man ihm das Erbetene gebe, sagte Orm. Nun war das Risiko, daß ausgerechnet Tor um Geld für Heroin bitten sollte, ungeheuer klein, da er in eine Gemeinde aufgenommen worden war, die den »Herrn« anbetete, und eine Krankenschwester geheiratet hatte, die es ebenfalls tat, und der er im Gebet begegnet war. Sie hatten sich mit einem Teil der Gemeinde in einem kleinen Inselort niedergelassen, der »Herr« hing überall an den Wänden, in denen sie die Absicht hatten, ihre christliche Familie aufzuziehen. Und Reijn und *seine* Krankenschwester unten in Afrika bekreuzigten sich selbstverständlich. Rejn konnte zur Not glauben, daß er einen Sohn hatte, der vor die Hunde gehen würde. Das war schließlich Cats Schuld. Aber Jesus in der Familie zu haben, das überstieg sogar die bösartigsten virulenten Kombinationsmöglichkeiten, die sein letztes Computermodell anbieten könnte. Rejn beschloß, seinen Computer aus- und die Augen zuzumachen.

Orm war in den »Korb« eingezogen. Off and on. So wußte Zeste wenigstens, daß er ein Dach über dem Kopf hatte. Denn das war noch, bevor er seiner Zukünftigen begegnete.

So saß er eines Tages bei Zeste im »Korb« und bewunderte die drei Spinnen im Fenster und ihr Gewebe – nicht zuletzt ihre *Geduld*.

»Ja, sie leisten eine gute und unsichtbare Arbeit, die keiner schätzt. Doch jetzt haben sie einen Bewunderer gefunden!«

Die übersehenen Spinnen zu bewundern und zu schätzen, das war vielleicht Orms Funktion in der Welt!

»Eigentlich solltest du ins Kloster gehen, Blumenbeete jäten und mit Gleichgesinnten zusammensein, die dieselbe Einstellung zur Liebe haben.«

»Die Reise zur Welt wird mein Kloster sein. Ich glaube an das Glück.«

Sein Lieblingsbuch, abgesehen von Hermann Hesse, den er ständig aufs neue las, war »Des Königs Fall« von Johannes V. Jensen.

»Aber solltest du dir nicht irgendeine Beschäftigung suchen? Man kann doch nicht vom Glück allein leben.«

»Ich brauch nur einen Platz zum Wohnen. Ich kann das Ganze klar vor mir sehen. Das einzige, was ich genau weiß, ist, daß ich es niemandem werde erzählen können, wenn ich die Lösung gefunden habe«, sagte er und zog eine so furchtbare Grimasse, daß Zeste schauderte.

Wenn er sich nur verlieben könnte!

Doch Orm konnte die Trauer oder den Gedanken an eine Zurückweisung und all die übrigen Ohrfeigen, die dazugehörten, nicht ertragen. Er war mit nur zwei Mädchen zusammengewesen. Flüchtig. Die erste hatte er ganz direkt gefragt, ob er sie bumsen dürfe, gleich draußen an der Landstraße, indem er hinzufügte, er habe es noch nie ausprobiert. Also das durfte er gern. Das zweite Mal war im Østre Gasværk, und das Mädchen sagte hinterher, es sei das Innigste gewesen, was sie je erlebt habe. Danach hatte Zeste ihn aufgefordert, seine Talente zu pflegen. Doch was wurde daraus? Daß er eine heiraten wollte, die er in der Notaufnahme kennengelernt hatte, aber sie war süchtig und ließ ihn nach einer Woche sitzen. Schon in der ersten Nacht hatte er sie gefragt, ob sie ihn heiraten wolle, denn sonst könne er es mit seinem christlichen Gewissen nicht vereinbaren. Doch die Scheiße solle er sich aus dem Kopf schlagen, sagte sie. Und Orm rutschte in ein solches Tief, daß er gezwungen war, den Arzt um Tabletten zu bitten.

»Ehrlich gesagt, Liebeskummer gehört einfach mit zum Leben! Das ist nichts, wofür man sich Tabletten geben läßt!«

Nein, nein, sagte er da, er habe auch nicht vor, sich einweisen zu lassen.

*

»Warum nimmt ihn das Leben so sehr mit?« fragte Zeste Li.

»Er ist für das Leben nicht geeignet.«

»Er mußte sich den Magen *auspumpen* lassen.«

»Ja, das mußte ja so kommen.«

»Es war wirklich fünf vor zwölf, sagte er. Nimbutale und Valium.«

»Er nimmt nicht genug. Ich habe immer hundert Tabletten genommen«, erwiderte sie.

»Aber wenn er ›genug‹ nehmen würde, dann …«

Li sagte nichts, sie hatte ja schon immer gewußt, daß er zugrunde gehen würde, schon als er auf einer Steintreppe zur Welt kam und sie feststellte, daß er *blaue* Augen hatte. Es bestand kein Grund, die Tatsachen zu vertuschen.

Dennoch war Zeste schockiert. Mehr als damals bei diesem Fest, als Orm ihr im Rausch einen Liebeskuß gegeben hatte, der nach Sandpapier schmeckte. Zeste fühlte, daß es ihre Pflicht war, sich einerseits um ihn zu kümmern, weil es für ihn keine Schulter auf der Welt gab, an die er seinen Kopf lehnen konnte, andererseits ihn abzuweisen, weil er ein junger Mann war, der lernen mußte, auf eigenen Beinen zu stehen.

Doch Li sagte stets: »Laß ihn einweisen. Es gibt keinen Grund dafür, daß ein einziger Mensch so große Unannehmlichkeiten macht und den anderen alles vereitelt!«

Es kam selten vor, daß Orm eine Vorstellung besuchte. Häufiger erschien er unmittelbar danach in ihrer Garderobe. Er hielt keine ganze Vorstellung durch, saß stets am Rand der Reihe, damit er rasch nach draußen verschwinden konnte. Doch auch wenn er nur wegen des Geldes kam, war Zeste froh, ihn zu sehen, ob er nun christlich frischrasiert und frischgeschoren oder mitten in der Sommerhitze eingehüllt in Haar, Bart und riesigem Parka erschien. Immer diese angstvollen Augen. Vielleicht könnten sie ein Glas Wein zusammen trinken? Aber Orm wollte direkt nach Christiania. Oder zu »Strassen«. Und es war irgendwie ein Rätsel, wie sich eine so furchtsame Person an diese gefährlichen Orte wagen konnte.

»Hast du keine Angst?«

Aber nein. Denn hier fühlte er sich dazugehörig. Bei jenen, denen es schlimmer als ihm oder ebenso schlecht erging, fühlte er sich obenauf.

Tor mit den *braunen* Augen hatte gerade eine richtig »christliche« Standpauke an Orm geschickt: Wenn Orm »like that« weitermache, mit Drogen und Christiania, statt sich eine Ausbildung zu beschaffen, eine Arbeit und Familie, dann hätten sie sich nichts mehr zu sagen. Bereits zuvor redeten sie recht wenig miteinander. Ein Eifersuchtsverhältnis war sichtbar geworden. Rejn nämlich hatte die Augen fest zusammengekniffen, damit das Licht Jesu' keine Chance hatte einzudringen – und im selben Moment hatte er einen Betrag für einen Hof an Tor überwiesen, der in der Zwischenzeit sein Abschlußexamen für die Landwirtschaft abgelegt, besser erkämpft hatte. Es war nicht gratis gewesen, denn eines Tages, da er als Praktikant eine Herde Kühe hüten und sie in den Stall treiben sollte, war ihm von einer Eisenkette ein Finger abgerissen worden. Nun konnte er also nicht mehr Gitarre spielen und mußte sich mit Dylan auf Kassette begnügen.

Orm hatte keinen Hof bekommen oder etwas Vergleichbares. Er glaubte vielleicht, er könne seine Finger retten, indem er keinen rührte, und sich statt dessen eine Pfeife reinzog. Er tauchte auf, wenn er Geld brauchte, und verschwand wieder. Und Zeste bezahlte, denn sie hatte Angst vor den Konfrontationen mit ihm. Wie das letzte Mal, als er im »Korb« gewohnt hatte, den sie – für eine erkleckliche Summe – nach Cats und Dogs Scheidung übernommen hatte. Orm hatte sich den Monat, als Zeste in Paris spielte, dort aufgehalten und versprochen, sich nach einer Wohnung umzusehen. Statt dessen hatte er lediglich dagesessen und in die Luft geguckt. Er konnte nicht bei anderen wohnen, ohne daß die Leute vor lauter Depression tagelang danach die Diarrhöe plagte.

Als Zeste zurückkam, war er verschwunden und hatte eine Götterdämmerung hinterlassen, mit einem Brief, der sowohl »verzeih« als auch »das Jüngste Gericht« enthielt. Das Schloß der Hintertür war herausgerissen, eine grüne Vase zerdeppert, die Flasche mit dem arabischen Rosenwasser zerschlagen. Zeitungen, Textbücher und Papiere lagen kunterbunt durcheinander, und eine Flasche Gin war verschwunden. Am nächsten Tag erschien Orm mit einer Flasche Wein »als Geschenk«. Zeste konnte dennoch ihre Entrüstung nicht verbergen. Und Orm schrie: »Was zum Teufel sind das für Vorwürfe, die du mir direkt ins Gesicht schleuderst? Ich bin drei Tage lang völlig clean gewesen, also weiß ich genau, was ich tue ...«

»Ich mache dir keine Vorwürfe, ich sage nur ...«

»Das müssen welche von deinen betrunkenen Freunden gewesen sein.«

»Hier war doch niemand außer dir, oder?«

»Ich habe nur einen Drink genommen, das ist alles.«

»Nun, dann muß hier eingebrochen worden sein.«

»Ja, das …«

»Dann müssen wir es der Polizei melden. Warum gibst du es nicht zu, das ist viel einfacher.«

»Aber ich war es *nicht*, sonst müßte ich ja irrsinnig sein.«

»Nein, du bist nicht irrsinnig, du lügst bloß.«

Da wurde er total wütend. Der Gedanke, nicht irrsinnig zu sein, sondern nur ganz gewöhnlich unerträglich, erbitterte ihn im höchsten Maße: »Wenn es deine Paranoia besänftigen kann, werde ich eine Flasche Gin besorgen.«

»Ja, das kann es tatsächlich.«

»Du widerliches Weibsbild«, sagte er halb weinend, auf dem Weg aus der Tür, die er hinter sich zuknallte.

»Ich könnte meinen Kassettenrecorder zerdonnern.«

»Bitte sehr!«

Zeste blieb mit einem Gefühl des Triumphs zurück. Sie hatte es geschafft, ihn etwas Wirkliches fühlen zu lassen. Echte Kränkung, echte Schuldgefühle und echte Wut. Seine Aggressionen waren trotz allem der benebelten Apathie vorzuziehen. Auch wenn es völlig töricht von ihm war, Zeste zum Gegenstand seiner deplazierten Wut zu machen. Lieber wütend als tot. Nur die Wut konnte ihn ein wenig auf Trab bringen. Doch er würde sicher zu den Christen in Korsly zurückkehren, wo ein Tag nach dem anderen verging und die Zeit sich der Wiederkunft Jesu näherte. Wenn er sich nicht in die Tischlerwerkstatt der Sankt-Hans-Klinik begab, wo man so freundlich gewesen war, ihm zu sagen, für ihn stünde dort immer ein Bett bereit – mit anderen Worten, dessen konnte er andernorts ja nicht sicher sein. Und dort konnte er sich die Zeit vertreiben, indem er Luxusspielzeug montierte. Das auf den Millimeter genau im Leim blieb.

✻

Dann kam der Tag, an dem Orm heiraten sollte, und der ganzen Familie fiel ein großer Stein vom Herzen. Denn er war kein einfacher Junge gewesen, und was hätte nur aus ihm werden sollen? Die Leute sagten ganz allgemein, dieser Bursche würde zugrunde gehen. Aber es war doch fast nicht zu glauben, daß der betörende Jüngling schon am Rand des Grabes stehen sollte!

Er war ihr in »Sankt Hans« begegnet, das will ja noch nichts besagen. Mein Gott, man trifft Menschen an allen möglichen Orten, und es wäre ja fast ein kleines Wunder, wenn die zwei ein Paar werden könnten. Und man zog auch den Hut vor Ydde, denn ob ihr wohl klar war, worauf sie sich da einließ? Daß dieser Junge, der jetzt rein altersmäßig ein Mann geworden war, drei Tage brauchte, um einen Teller abzuwaschen. Und wenn man ihn bat, die Wäsche aus der Waschmaschine zu nehmen mit dem unbedachten Zusatz, er hätte ja nichts anderes zu tun, war er total schockiert. Denn er hörte doch gerade Crosby, Stills, Nash & Young. Es mußte so sein, als heiratete man einen Granitblock in einer Optimistenjolle. Wenn er, umgeben von zwölf Eierschalen, dasaß, war es auch überflüssig, zu fragen, was er zu Mittag gegessen hatte.

War Orm drogenfrei, nahm er *lediglich* Saroten und Truxal. Zeste klatschte in die Hände über die neue Frau in seinem Leben, endlich kam ein wenig Ernst in sein Dasein. Wer war sie? Ja, hm, sie war nur einmal in der Klinik gewesen, und sie hatte *kein* Alkoholproblem.

»Das klingt gut!«

Sie hieß Ydde und kam aus Rungsted, Orm sah feierlich aus.

»Ja?«

»Und äh, sie ist etwas älter als ich.«

»Aber eine reife Frau ist doch nur gut«, sagte Zeste. »Wie alt ist sie?«

»Sie ist fünfunddreißig«, erwiderte Orm.

»Nun ja, das ist doch kein Alter, du bist siebenundzwanzig.«

Die Woche darauf war da eine Sache, die Ydde ihm anvertrauen mußte. Ydde hatte gelogen. Sie war nicht fünfunddreißig, wie sie gesagt hatte, sie war in Wirklichkeit vierzig.

»Macht doch nichts, meine Liebste, es kommt doch nicht auf das Alter an. Sondern auf die Liebe.« Und er nahm ihre Hand und küßte sie. Sie hatten einen Geistlichen gefunden, der gern die Außenseiter trauen wollte, und sie fühlten, wie er die Hand über sie hielt.

Doch vor der Hochzeit war da noch eine andere Sache, die Ydde Orm anvertrauen mußte. Sie war in Wirklichkeit nicht vierzig, sie war fünfzig.

»Na und«, sagte Orm.

Erst als sie an der Kirche standen, verriet sie, wie es sich tatsächlich verhielt: Sie war sechzig Jahre alt. Aber sie hatte nicht gewagt, es ihm zu sagen. Doch hätte sie sich nicht zu fürchten brauchen, Orm war die Zuneigung in Person. Je älter, desto besser.

Ydde hatte selbstverständlich bessere Tage gesehen. Eine kleine flotte Person in Mini, verkleidet als gute Fee, mit blondiertem, struppigem Haar, schwarzen Netzstrümpfen und Stilettabsätzen erschien in der Kirche, um mit ihrem Jüngling verheiratet zu werden. Amor omnia vincit, die Liebe besiegt alles, und hatte zwei arme Menschenkinder zueinander finden lassen. Ydde sprach mit schriller Stimme und der euphorischen Emphase der Trinkerin. Doch es war ja auch ein besonderer Tag, und sie war gewiß nervös. Sie sprach von ihrer High-Society-Tochter in Vedbæk, von einer anderen Tochter, die zur Kunstakademie ging, und einer dritten, die sich Stiefel für 1 000 Kronen kaufte, so daß man nicht im Zweifel gelassen wurde, eine Frau vor sich zu haben, die Gutes gewöhnt ist, der es nur »eine Zeitlang« dreckig ergangen war und die sich nicht so leicht zufriedengab. Das Allerbeste war natürlich, daß sie von ihrem Zukünftigen nicht genug bekommen konnte. »Ich liebe ihn so, ich könnt' ihn auffressen«, schrie sie vor der Kirchentür. Und der ernsthafte Orm mit den angstvollen Augen sagte: »Ich hätte nie geglaubt, daß es geschehen könnte, obwohl ich seit fünfzehn Jahren darauf gehofft habe.« Und es war schließlich gut, eine Bestätigung der Liebe zu erhalten, denn davon kann man nie genug bekommen, nur, ehrlich gesagt, es gab da ein paar Knackpunkte. Bereits mehrere Wochen vor der Hochzeit hatte das Verhältnis zu kriseln begonnen, als sich herausstellte, daß Orm als Hochzeitsgeschenk Zigaretten haben wollte. Das war ganz einfach zu lumpig, meinte Ydde. Sie hatte ganz andere Ansprüche und Pläne und bereits eine Handvoll Premierenkarten bei Zeste ergattert, weil sie mit vollem Recht behauptete, für Orm drehe es sich darum, aus dieser »Institutions-Identität« herauszukommen. Sie brachte ihn dazu, sich beim Hausdienst des Roten Kreuzes zu melden, und er plante auch, Vorlesungen an der Theologischen Fakultät zu besuchen.

Die Hochzeitsgäste bestanden aus all denen, die sie zusammen in »Sankt Hans« kennengelernt hatten. Li war nicht eingeladen. Eine Reihe feiner resignierter Damen saß mit Pokerface in den Kirchenbänken, das waren Yddes Töchter, die zehn Jahre älter waren als Orm.

Als der Pfarrer sie zu Mann und Frau machen wollte, hatte Ydde allerdings das Problem, die Ringe nicht finden zu können. Sie hatte sie ganz bestimmt in ihrer Handtasche, aber wo war die jetzt? Ydde mußte den Altar mitten in der Zeremonie verlassen, um die Tasche zu finden. Auf ihren Stilettabsätzen stolzierte sie den Kirchgang hinunter und leerte den klirrenden Inhalt auf einen Stuhl, zum Gaudium aller Gäste und sogar des Pfarrers, der ansonsten so manches gewöhnt war.

Hinterher hatten Orm und Ydde eine Treppe hoch in Brønshøj einen Empfang mit Chips und Schampus in Plastikbechern arrangiert. Die Gäste von »Sankt Hans« freuten sich über das gelungene Arrangement und stießen auf die glücklichen Jungverheirateten an. Einer der Gäste sagte: »Niemand kann mir etwas tun!«

»Warum denn nicht?«

»Weil ich schizophren bin, ich existiere nicht.«

»Prost!« sagte Zeste.

In den Flitterwochen danach mußte Orm unentwegt Geld leihen. Doch das konnte ja nicht weiter verwundern, denn schließlich war er jungverheiratet, eine ganz neue Situation mit vielen Ausgaben. Er mußte z. B. Geld für die Hochzeitsreise leihen. Aber dann zeigte sich, daß Orm bei der Hochzeitsreise gar nicht mit sollte, denn er fürchtete sich schließlich vor Fernsehnachrichten, Bombendrohungen und Flughäfen. Ydde sollte allein fahren, und er war gezwungen, ihr Geld auf eine Südseeinsel zu schicken, um sie wieder nach Hause zu bekommen. Und sie mußte nicht nur auf eine, sondern auf *viele* Hochzeitsreisen mit *vielen* Männern, und Orm sollte nie dabeisein. Ydde war stets braungebrannt. Das mußte sie sein, denn sonst drohte sie in eine grauenerregende Depression zurückzufallen, bei der keine Medikamente halfen. Medikamente waren ansonsten ihr gemeinsames Hauptinteresse und Konversationsthema – neben dem Geld. Ydde hatte durch Orm die ganze Familie angepumpt, und alle gaben nur zu gern, wenn es um Orms zukünftiges Glück ging.

*

Am 30. Oktober 1980 hatte Katze, die mit dem Jahrhundert geboren worden war, Geburtstag. Als sie sechs Jahre alt gewesen war, hatte der Dichter Sophus Claussen bereits geschrieben, das Jahrhundert sei erledigt. Aber das wußte Katze nicht. Jetzt wurde sie achtzig, und natürlich wollte sie nicht, daß man sie feierte. Und natürlich wollte sie doch, daß man sie feierte. Sie war nur nicht bereit, irgendwohin zu gehen, und sie wollte keine Gäste empfangen. Oder allein zu Hause sitzen. Alle konnten sich zum Teufel scheren, aber wehe dem, der sie an diesem Tag vergäße. Die Familie hatte »Krakas« Einladung erhalten: Sie sollten nackt kommen, jedoch bekleidet, satt, jedoch fastend, allein, jedoch in Begleitung. Balder hatte die Aufgabe wie folgt übersetzt: Nur die Allernächsten, unter der Bedingung, daß sie rasch wieder gingen. Mitbringsel: Champagner und Plastikbecher.

Bilha und Esaia hatten in ihrer Londoner Wohnung heimlich geheiratet, zur Hochzeit hatten nur zehn Mann erscheinen dürfen, genau die Anzahl, die man zur Bildung einer Synagoge braucht. Bilha war schließlich zum Judentum konvertiert, sie nahm Stunden bei einem Rabbiner und hatte einen dreimonatigen Kurs in Israel absolviert. Bei der Heirat hatte sie einen Vertrag über die Pflichten ihres Mannes ausgehändigt bekommen, es gab keinen für die ihren. Im Patriarchat waren die Pflichten der Frau implizite.

Drogensucht ist eine Epidemie, die fünf andere mitreißt, sagte Esaia immer. Doch Merete war nicht mitgerissen worden. Sie hatte selbst gewünscht, rauschgiftsüchtig zu werden, und mit diesem Lebensziel vor Augen das Milieu aufgesucht und Esaia kennengelernt, der zu diesem Zeitpunkt vorhatte, sein Junkie-Dasein zu beenden. Esaias Ehemalige, seine »große Liebe«, wie er sie ohne Scheu in Bilhas Beisein nannte, war gerade zu fünf Wochen Gefängnis verurteilt worden, für fünf Gramm Heroin in der Scheide – zum eigenen Verbrauch. Hingegen war sie nie wegen der Luftschlösser geschnappt worden, die sie allerorten gebaut hatte. Esaia war Ekstatiker. Nachdem er mit dem Fixen aufgehört hatte, ging er dreimal am Tag in die Synagoge, um den gleichen Kick zu erleben – oder entsprechenden Kontakt zum Göttlichen. Wenn nur Bilha mehr Methadon bekomme, könne sie sehr gut ein Scheinleben als Zombie führen, sagte er. Im Augenblick rannte sie wegen Tabletten den ganzen Tag zum Arzt, und sie fixte. Ein Vollzeitjob. Sie bettelte Esaias Freunde um Drogen an, und das wohlgestalte Wunschkind, das sie endlich, nach mehreren Totgeburten, bekam, war blau im Gesicht vor Abstinenz. An dem Tag, als der Junge sich im Bett aufsetzte und zu sprechen begann, nannte er seine Mutter Wauwau. Esaia kannte den Sumpf in- und auswendig und mit allen Sinnen auf Hochtouren. Er bestand darauf, das Leben in Höhepunkten auszukosten und war schließlich seinerzeit aus der Rabbinerschule getürmt, weil er mit seinem Leben experimentieren wollte. Er pflegte stets zu sagen, Michael, der jüngere Bruder von Bilha/Merete, sei so träge, daß er nicht einmal zum Junkie tauge. Nachdem dieser soeben den Klauen seiner Mutter entflohen war, hatte er Bilha und Esaia in London besucht und zwei Monate lang nicht eine Tasse in die Küche getragen. Michael schlief achtzehn Stunden am Tag, und Esaia sagte: »In deinem Alter mußt du dich in der Stadt rumtreiben und Frauen bumsen.« Aber die Geschichte hat ein besseres Schicksal für ihn bereit als das, was auf der Hand liegt. Im Gegenzug sind wir gezwungen, die ganze dänische Abwehr zu mobilisieren, um Michael aus seiner Trägheit und der Handlungsunfähigkeit zu erretten, die ihn als Sohn von Schnippe und Balder befallen hat. Das Militär muß ihn beim Schlafittchen packen, wir lassen ihn die Offizierslaufbahn einschlagen.

Alle waren gespannt, ob Katze umgekleidet war oder nur wie üblich in ihrem Kittel dasaß. In den letzten fünf Jahren hatte sie nicht mehr im Büro gearbeitet. Als der Krieg kam, hatte sie nur »vorübergehend« ein wenig Arbeit angenommen und sich danach fünfunddreißig Jahre geschunden. Als sie fünfundsiebzig wurde, hatte man sie zu ihrem großen Verdruß gebeten, aufzuhören. Schon zu ihrem Siebzigsten hatten die Leute von Pensionierung gemunkelt, doch Katze zischte mit aller Schärfe zurück, davon könne nicht die Rede sein. Und damit der Herr Anwalt beim Obersten Gericht sie richtig verstehen sollte – schließlich handelte es sich um ein »eheliches« Verhältnis platonischer, jedoch intimster Art –, knurrte sie: »Ich bin Alkoholikerin, also können Sie mich nicht entlassen! Sonst sitze ich den ganzen Tag zu Hause und trinke.« Und dem mußte der Herr Anwalt sich beugen.

Essen war ein Stadium, dem sie entwachsen war. Ebenso dem Putzen. Marie, die wie Katze achtzig wurde, konnte keinen Staubsauger mehr halten und war außerdem nahezu blind. Katze und Marie begnügten sich damit, am Telefon zu schwatzen. Und Marie war abwechselnd die einzige Freundin, die der Gnädigen auf der ganzen Welt geblieben war, oder ihre schlimmste Feindin, weil sie noch immer davon faselte, für einen Herrn in Korsør sauberzumachen. »Marie, die dicke Kuh, rennt den Männern hinterher, das habe ich nie getan, die sind hinter mir hergerannt! Weiber! Närrinnen allesamt! Henning, dem sie nachgejagt ist, war ein Erd- & Betonarbeiter, andere konnte sie ja nicht kriegen. Ich hätte sie alle kriegen können. Aber ich wollte einfach keinen. Doch. Tobias. Sonst gäbe es ja meine Kinder und Enkelkinder nicht. Aber Marie, die bald achtzig ist, rennt tiefausgeschnitten rum, und das ist doch wirkich nicht zu fassen, wenn die Brüste bis auf den Bauch hängen, und sie läßt sich auch überhaupt nicht mehr sehen, weil sie diesem Kerl in Korsør nachrennt. Und dann kommt sie mit ihren Unverschämtheiten und sagt, daß sie dem Mann Essen koche, ›aber das kann Frau Løvin ja nicht‹. Ich hätte erwidern können: ›Marie, Sie können nicht richtig schreiben.‹ Ja, sie hat ja seine Frau gekannt, aber die ist tot, also den schnappt sie sich wohl. Lächerlich, sage ich nur, und dann kommt sie, nicht um mir Essen zu kochen, sondern um ein Bad zu nehmen! ›Gnädige Frau können doch ein paar Konserven aufmachen!‹ Und das sagt die Person, die meinen Büchsenöffner ruiniert hat! Man kann ruhig behaupten, daß mein Leben interessanter gewesen ist als das der meisten anderen, auch wenn nur acht Tage davon glücklich waren. Aber jetzt habe ich es über. Jetzt will ich lieber ein Stück Seife sein.«

Katze hätte nichts davon, für irgendeinen Herrn zu putzen, nicht einmal für sich selbst! Sie entdeckte den geheimen Genuß, der darin liegt, im Dreck zu versinken und zu verkommen. Das war eine Art von Lustgefühl, dessen man sich nicht zu schämen brauchte, denn schließlich war es Maries Schuld. Und sie drehte die Heizung zu tropischer Hitze auf, dafür bezahlte sie ja selbst.

Katze fühlte sich ständig von Einbrechern bedroht. »Und dieses Schlitzohr von Nachbar setzte sich nur in meinen Chippendale-Sessel, ohne mir zu sagen, daß Handwerker kommen … Sind die Menschen nicht gemein!« Denn sie wollte keine Hauspflege, Reinigung oder Handwerker. Das Ganze sollte von innen heraus zusammenfallen. Deshalb war es auch nur natürlich, daß Katze »bleib mir vom Leibe« fauchte, wenn Balder oder Rebekka anboten, eine Reinigungsfirma zu schicken, die sie zu bezahlen versprachen. Man konnte nicht mehr aus den Palaisfenstern schauen, auch nicht das Geringste in der Wohnung anfassen, ohne kohlschwarze Finger zu bekommen. Zuweilen schmuggelte Rebekka ein Staubtuch in den Salon, denn ihr wurde ganz einfach übel von dem Geruch nach Dreck und Abfall. Hin und wieder fand sie angebissene Käsebrote unter Aschenbechern und Kissen.

Am 30. Oktober, dem »Festtag«, wurden »die Nächsten« im klapprigen Mahagonifahrstuhl nach oben befördert, vorbei am Mezzanin, der keine richtige Etage war. Li, Orm (Lucas), Merete (Bilha) und Esaia auf Überdosis, um die Sache zu verkraften, samt Ydde, die die großen manischen Tablettenaugen über das Zuhause voller Antiquitäten wandern ließ, das sie zu plündern gedachte. Myren mit einem nervösen Lächeln auf den Lippen und zwei Kindern in Matrosenkleidung, einem Säugling auf dem Arm, und Pierre wie üblich sauertöpfisch im Tvind-Pullover. Rebekka gleich einem Tonband, das wiedergab, was Tobias und Mama heute gesagt hätten, und Zeste mit ihrem dämonischen Blick auf die ganze Theatervorstellung, die sie offenbar selbst nichts anging.

Alle küßten sich zur Begrüßung, wie man es in einer Familie tut. Doch im selben Augenblick, als Zeste Myren küssen wollte, die schließlich mit ihrer küssenden Schwester »gebrochen« hatte, floh Myren ins Badezimmer, Gäste-WC oder »the powderroom« und schrie Zeste die Wahrheit ins geschminkte Gesicht: »Du bist herzlos!« Zeste lief hinter Myren her, um zu hören, was verkehrt gelaufen war. Aber Myren hatte die Badezimmertür abgeschlossen, und mit dem Säugling im Arm saß sie dort drin und schluchzte. Sie hatten sich jahrelang nicht gesehen, und jetzt regte sie sich dermaßen auf.

»Was ist los?« rief Zeste und hämmerte an die Tür.

»Du bist herzlos«, ertönte es von drinnen.

»Woran denkst du speziell?« fragte Zeste durch das Schlüsselloch und fühlte sich in ihrer Rolle ziemlich idiotisch. Dort saß ihre Schwester mit einem wundervollen kleinen Kind im Arm und weinte. Sie *wollte* nicht zufrieden sein, egal wieviel sie auch bekommen mochte.

»Das Licht«, schluchzte Myren im Badezimmer.

»Soll ich das Licht anmachen?« Zeste suchte nach dem Schalter.

»Du weißt genau, was ich meine«, erklang es scharf. Und Zeste erinnerte sich an das Jahre zurückliegende Stück »Der Letzte löscht das Licht« über das Ende einer unglücklichen Familie, durch das sich Myren total ausgeliefert gefühlt hatte.

»Es tut mir leid, daß du dich an das Stück klammerst, das ist doch total gleichgültig.«

»Du kannst wenigstens um Verzeihung bitten.«

»Ja, Verzeihung.«

»Es gibt keinen Weg zurück!« erklang es dramatisch aus dem Badezimmer.

»Offenbar gibt es auch keinen Weg nach vorn, so fest, wie du dich an die Vergangenheit klammerst.«

Aber während sie sich die Augen trocknete, dachte Myren bei sich, daß gerade Zeste die Vergangenheit und das Ende aller Løvins repräsentierte, während *sie* mit ihren drei Kindern eine neue und bessere Zukunft vor sich hatte. Arme Zeste, die nichts besaß.

Katze hatte den *feinen* Küchenkittel angezogen, ohne Sicherheitsnadeln, Pflaster und Wäscheklammern. Balder sagte etwas zu dieser festlichen Initiative. Seine neue Frau war New Age und Tochter eines Gas- und Wasserinstallateurs, wofür er sie auf seine eigene humoristische Weise aufzog. Doch sie behandelte ihn von oben herab mit gottbegnadeter Geduld, er konnte ja keinen Schritt im Leben ohne den Segen eines Weibes tun. Balder hielt eine kurze Rede für seine Mutter: »Es ist ein ungewöhnlicher Tag heute, Punkt 1, weil ein Fenster offensteht, so daß die üblichen vierzig Grad auf siebenunddreißig gesunken sind und wir alle Luft holen können, Punkt 2, weil du nicht betrunken bist und schließlich, weil du heute Geburtstag hast und achtzig wirst.«

Er schenkte ihr ein Radio. Sie saß da und starrte steif vor sich hin, im Rücken gestützt von vierzehn Kissen, zusammengerollte Steppdecken unter den Rahmen der Fenster, die sie einst »französische« genannt und deren Scheiben zu Tobias' Zeiten gespiegelt und geglänzt hatten. Sie klagte über alle die Blumen, Flaschen und Glückwünsche, die sie bekommen hatte und für die sie sich nun bedanken mußte.

Katze hatte »die einzigen auf der Welt, die ihr etwas bedeuteten«, geküßt, ihre Kinder, Enkelkinder und Urenkel, die sich instinktiv von ihrem Schnapsatem abwandten, und sie hatte Balders Champagner als »Blödsinn und Brühe« zurückgewiesen. Danach setzte sie sich auf ihren Platz vor den Fernseher, fünf Zentimeter vom Schirm entfernt, drehte den Ton voll auf, um die Gäste zu verjagen, und fing mit geballten Fäusten an, all die

Juden, Langhaarigen und die mit Segelohren zu beschimpfen, die Tag für Tag all ihre Aufmerksamkeit vom Schirm aus an sich rissen, denn »dazu hatten sie kein Recht«. Katze rückte noch näher an den Schirm und kommentierte: »Den Schah konnten sie finden und erschießen. Der Ayatollah könnte das Baumeln aber auch vertragen. Meiner Meinung nach. Frieden mit Ägypten ist reiner Schwindel.«

Balder hatte sie darauf aufmerksam gemacht, daß sie die Plastikbecher mitnähmen, um ihr Abwasch zu ersparen. Doch als ihr klar wurde, daß sie die Becher *wegwerfen* würden, sagte sie, ob sie komplett verrückt seien. Man konnte den Tod in ihren Augen sehen, und ihre Handgelenke waren so dünn wie verwelkte Stengel.

Als Zeste hinterher die Straße hinunterlief, fiel ihr ein, was sie geträumt hatte. Katze lud in der Nacht vor ihrem Tod zum Ball ein, gekleidet in eine hauchdünne cremefarbene flatternde Schmetterlingsbluse. Sie tanzte in Zestes Bluse, die an Gräfin Angelikas Nachtkleid erinnerte. Sie tanzte wie wild, und ihr Mann war ein kleiner Aktentaschenmann, so einer, der mit der Bahn zur Arbeit fuhr und sie liebte. Ganz das Gegenteil von Tobias. Im Traum blühte Katze auf mit dem kleinen, anhänglichen Mann, der sie Königin sein ließ. Und sie tanzte einen jüdischen Tanz, solo. In einer Buñuelschen Vision sah Zeste plötzlich, wie Katzes Geburtstag *hätte* sein können. Sie blieb stehen und winkte Lebwohl zu Großmutter hinauf, die schwankend im Erker stand: »Gib acht auf Straßenbahnen und Nähnadeln!«

Aber sie *meinte* nicht wirklich, daß man achtgeben sollte … Zeste fühlte diese geheime Verbindung zwischen sich und ihr, die darin bestand, daß Zeste in die Welt gesetzt worden war, um all das »Falsche« zu tun, von dem Katze geträumt hatte. Zeste sah Katze plötzlich als die »Bodil Ipsen« vor sich, die sie gern gewesen wäre. In der Rolle der Diva hätte Katze ihren Geburtstag zu einer Riesenshow gestaltet, die ihnen allen den Atem geraubt hätte. Eine Woche zuvor, nein, vielleicht war ein Monat vonnöten, hätte sie eine Reinigungsfirma bestellt, ein vornehmes schwarzes Kleid gekauft, sich eine neue Frisur machen lassen und sich so elegant geschminkt wie die Femme fatale, als die sie sich im Geist stets gesehen hatte. Die Kandelaber wären angezündet und geputzt wären auch der Samowar, der Altarleuchter und das Silbertablett des Zaren. Die Fensterscheiben glänzten, die russischen Gläser funkelten. Sie hätte eine Speisekarte à la Babettes Gastmahl verfaßt, Köchin und Servierpersonal bestellt. Und nach dem Essen hätte sie ihren Schmuck vorgeholt und Bekka einen Smaragden, Myren einen Brillanten, Bilha einen Rubin vermacht und Geldgeschenke an alle verteilt, ihr ganzes Erbe, damit sie keine Abgaben zu entrichten hätten. Dann könnte sie mit einem Lächeln auf den Lippen sterben – in einem glänzenden Abgang und damit für die Unerquicklichkeiten des Lebens Revanche nehmen, dachte Zeste, während sie im Oktobermatsch davonstapfte, weil kein Taxi zu bekommen war. »Elle s'appelle Antigone et il va falloir qu'elle joue son rôle jusqu'au bout« waren Worte, die ihr unablässig durch den Kopf gingen.

*

Myren dachte an etwas ganz anderes, als sie ihren Kombiwagen mit all den Kindern heimwärts durch Nordseeland fuhr. Kurz bevor sie ging, hatte sie nämlich gehört, wie Katze darüber klagte, daß die Kinder all die Schokoladenkekse aufgegessen hatten, die auf dem Tisch standen, und Myren war tiefverletzt. Ihre Kinder waren ihr Leben, und niemand durfte sie kränken. Ständig wurde sie daran erinnert, wie richtig es war, daß sie im Prinzip mit dieser geisteskranken Familie gebrochen hatte, von der *nichts* Gutes zu erwarten war. In einem Raum mit Zeste zu sein, der die Bosheit förmlich aus den Poren dampfte, war eine Belastung. Und einen Menschen wie Katze sollte man in einen Kellerverschlag sperren, sagte sich Myren weinend. Eine Person, die niemandem Gutes will, nur Bitterkeit versprüht und andere traurig macht und die sich nicht helfen lassen *will*, sie kann ebensogut in einem abgeschiedenen Raum leben. Und dort könnte sie ein Faß Schnaps stehen haben, so daß sie nur den Hahn aufzudrehen brauchte.

»Aber sie muß wohl auch eine Scheibe Knäckebrot mit schimmligem, fetttropfendem Käse dabeihaben«, sagte eins der Kinder, das eine solch luxuriöse Scheibe neben Urgroßmutters Zigaretten hatte liegen gesehen. Die Kinder waren erschrocken über Myrens Tränen und versuchten, sie durch lustige Kommentare aufzumuntern.

»Sie kann auch ein Paket Knäckebrot mit in den Keller nehmen«, schluchzte Myren.

Als sich Orm in »Sankt Hans« befunden hatte, sagte Katze: »Das ist sicher Homophilie und irgendeine Geschlechtskrankheit.« Orm aber war inzwischen aus den Baracken von »Sankt Hans« in Nørrebro rausgeworfen worden, weil er jemandem die Fensterscheibe eingeschlagen hatte, der gesagt hatte, er könne zum Teufel beten statt zu Jesus; darum war er nach Korsly verlegt worden.

Über seine letzte Begegnung mit Katze erzählt Orm: »Das letzte Mal, als ich Großmutter gesehen habe, kam ich in *guter* Absicht, mit positiver Einstellung, *nicht* um Geld zu leihen. Nur um sie zu besuchen und zu fragen, wie es ihr geht. Sie öffnete die Tür einen Spaltbreit und sah mich: ›Nein, nein, nein … Von Jesus wollen wir hier nichts wissen.‹ Es schien, als wollte sie die Tür wieder zuknallen, doch statt dessen bat sie mich herein. Bot mir keinen Stuhl an. Nichts zu essen und nichts zu trinken. Sondern sie forderte mich auf, ihr durch die Wohnung zu folgen, um Zeuge all ihrer Wasserschäden und gerissenen Decken zu sein. Als ich alle kaputten Rohre gesehen hatte, bat sie mich zu gehen.«

Katze starb ein paar Monate später, am Geburtstag von Tante Titta.

Es hat stets etwas von einem Märchen, die Reste des jüdischen Bürgertums zu erleben, einzutreten zur Schokolade bei perlenbehängten Damen mit grauen Frisuren, zwitschernd wie Vögel mit ihren großen Schnäbeln, nickend und zustimmend. Der Oberrabbiner war als Freund des Hauses anwesend, und Titta wurde weiblich kokett. Sie konnte es nicht lassen, auf ihre eigene feine Weise mit dem Rabbiner zu flirten. Ihr weißer Kragen war mit Perlen bestickt.

Mitten zwischen all den Frauen saß ein charmanter Mann, der einiges von seinem Haar verloren hatte, doch das Lächeln und die Haut waren frisch. Es war Tittas Sohn Ib, der sich einst den Namen Løvin angeeignet hatte, was inzwischen so gut wie vergessen war, ausgenommen bei den Ältesten, denn heute konnte man alles Mögliche heißen, wenn es nur »bekannt« war. Die meisten wollten am liebsten Bob Dylan heißen. Doch Balder, Rebekka und Li beschwerten sich noch immer darüber, daß der Name »verlorengegangen war.« Die Familie hatte sich stets bemüht, den Namen zu säubern, rein und blond sollte er sein. Und dann plötzlich war man wieder im Alten Testament, im Ghetto, mit Kräuselhaar.

»Ich finde es unerträglich, daß Mädchen diesen Namen tragen werden, das gebe ich offen zu«, sagte Li.

Balder, Li und Rebekka waren eifersüchtig auf Ib. Sie konkurrierten mit ihm in der Hoffnung, Tante Titta und Onkel Otto erobern zu können, weil sie mit fortschreitendem Alter entdeckten, daß sie selbst nie richtige Eltern gehabt hatten.

Auf Ib krochen all seine Frauen herum, da er ja zur Freude von Tobias »nur« Töchter bekommen hatte. Doch kletterten sie unangefochten, in engen Jeans und mit dicken schwarzen Kräuselmähnen, auf den Schoß ihres Vaters, den sie küßten und streichelten, ohne zu ahnen, daß sie lediglich »nur« waren. Denn sie waren bezaubernd. Sie gingen alle drei in die Caroline-Schule und liebten es, mit ihren Eltern den Sabbat zu feiern. Ib sagte mit einem Lächeln: »Frauen wollen Tiere und Männer gern füttern und mit ihnen schmusen, die Hauptsache, sie haben sie im Käfig.« Die schönen dunkeläugigen Töchter verspeisten ihn lustvoll, und er lächelte strahlend. Sie verlangten, er solle spielen, und er setzte sich folgsam an den Flügel, während die Mädchen in Tante Tittas rosafarbenes Rokokoschlafzimmer vordrangen. Mit Kräuselhaar und Jeans warfen sich die Trolltöchter in das weiße Goldbett und verschanzten sich in Vertraulichkeit. Von der Tür aus hörte man nur:

»Haben sie gebumst?«

»War sie betrunken?«

Als die meisten von Tittas Geburtstagsgästen gegangen waren, versammelte sich der Rest zu kaltem Aufschnitt und Fernsehen. Sie wollten Zeste in »Die Zofen« sehen, und man hatte dafür gesorgt, daß Myren & Co. über alle Berge waren. Aber kaum hatte das Stück begonnen, als das Telefon klingelte. Keiner konnte begreifen, wer jetzt anrief und mitten in einem Stück mit Zeste störte. Alle Gratulationen hatte man schließlich hinter sich gebracht. Es war Katze. Onkel Otto nahm das Telefon, brüllte nur, ob sie Zeste nicht sehen wolle, und legte den Hörer sofort wieder auf. Sie sei betrunken gewesen, sagte er und wiederholte ihre letzten Worte: Sie habe ihr Enkelkind schon gesehen und wisse, was sie sagen würde. Aber Li schwante nichts Gutes. Es sah Katze so gar nicht ähnlich, Zeste nicht auf dem Bildschirm sehen zu wollen. Da mußte etwas Ernstes im Gange sein.

Als Balder seine Mutter fand, lag sie unbekleidet auf dem

Boden nebem ihrem Bett, und dort hatte sie bereits ein paar Tage gelegen, denn er konnte ihr die Augen nicht schließen.

Katzes Tod war ein 1:0 gegen Glenda, die ihre Freundin krebskrank und guten Mutes um fünf Jahre überlebte.

Li war anscheinend erleichtert. Seit langem hatte sie ihre Mutter nicht mehr verknusen können, und sie feierte ihren Tod, indem sie eine extra Flasche Sherry leerte und unkontrolliert weinte. Balder sorgte für die Beerdigung, während Rebekka sich die Wohnung vornahm. Tagelang räumte sie auf und warf weg, um die Spuren der Familienschande zu beseitigen. »Was Tobias wohl gedacht hätte?« war der Satz, der ihr nicht aus dem Kopf ging, während sie versuchte, die Familienehre zu retten.

Als wäre Zeste die professionelle Bestattungsfrau der Familie geworden, sprach sie auch an Katzes Sarg in der Kirche:

»Selbst wenn Großmutter natürlich meinen würde, es sei Stuß und Geseier, daß wir hier in der Kirche versammelt sind, um ihrer zu gedenken und ihr Frieden zu wünschen, so ist es vielleicht an der Zeit zu sagen, daß Großmutter der einzige Mensch in der Familie ist, der die Bibel dünngelesen und sie mit eigenen Kommentaren *und* Korrekturen versehen hat – um die Botschaft zu verbessern. Insbesondere aus der Sicht der Frau. Und das zeigt die beiden unversöhnlichen Seiten ihres Wesens: Ihre Demut und ihre Unbescheidenheit.

Es gibt eine besondere Liebe und Vertrautheit, die eine Generation überspringt. Das ist die Liebe zwischen Großmutter und Enkelkind, von der Gorki in den Erinnerungen an seine Babuschka erzählt hat.

Keine gute Fee kann das Geschenk überbieten, von einer Großmutter geliebt zu werden, vorbehaltlos und begeistert.

Viele Male bin ich gefragt worden, woher ich meinen Lebensmut nehme, und ich habe niemals antworten können. Doch jetzt will ich sagen, daß ich ihn von Großmutter habe. Er ist das Rezept, das ihrem Dunkel entsprungen ist.

Wäre Großmutters Liebe nicht so grenzenlos gewesen, hätte ich ihr Kummer bereitet. Denn man kann nicht behaupten, daß ich nach ihren Geboten und Regeln gelebt habe. Im Gegenteil. Doch ich glaube jetzt sagen zu können, daß ich nach ihren heimlichen Träumen gelebt habe. Wo die Regeln strenge Urteile gefordert hätten, gab sie mir Unterstützung. Und es war nicht nur

Nachsicht, wenn sie meinen aufrührerischsten Gedanken Beifall zollte. Während alle anderen Frauen umgehend in die Küche zurückgeschickt werden sollten, wo sie hingehörten, fügte sie bei mir stets hinzu: ›Aber du darfst es sehr wohl.‹ Ich durfte all das, was andere Frauen nicht durften. Ich durfte sehr wohl glücklich leben! Ich sollte JA sagen zum Leben und all das tun, was sie sich selbst nicht gestattet hatte. ›Du sollst glücklich sein – und nicht so dußlig wie deine Großmutter. Ich bereue nur das, was ich nicht getan habe‹, sagte sie immer.

Die Liebe, die sie sich selbst nicht gönnte, hat sie mir gegeben«, schloß Zeste.

Heimlich wurde in den Bänken geflüstert, es sei eine ziemlich ichbezogene Rede, die Zeste da gehalten habe, doch typisch für sie. Und alle dankten dem Herrn im Himmel dafür, daß Myren der Beerdigung ferngeblieben war, denn diese Rede hätte sie völlig vernichtet.

Katze wurde begraben, wie sie es sich gewünscht hatte, im Grab der Namenlosen. Und zufällig unter der Statue eines nackten Mannes.

14. Der Coup

Wenn ein Mensch stirbt, werden alle Figuren in einer Familie umgestellt. Wer wird Vater, wer wird Mutter und wer die Großmutter? Und wenn eine Mauer fällt?

Zeste hatte Rebekka zum Weihnachtspunsch ins »d'Angleterre« eingeladen, aber Rebekka wollte sich nicht einladen lassen. Also machten sie es folgendermaßen, wenn sie ausgingen: Zeste bezahlte für Bekka und Bekka für Zeste. Auf diese Weise hatte jeder für sich bezahlt und gleichzeitig den anderen eingeladen. Es war schwierig, zu Wort zu kommen. Es steckte ein solcher Zorn in Bekkas Sätzen, die alle vom kriminellen Hang der Linksorientierten und den üblichen kommunistischen Sympathien des Mittelstandes handelten. Und obendrein entschuldigten sie sich noch nicht einmal! Bekka wünschte Rehabilitierung. Sie hatten trotz allem die ganze Welt zerstört, der sie entstammte. Sie sah sie überall, diese vermummten Verräter, die sich weigerten, Farbe zu bekennen. Sie verlangte gerichtliche Maßnahmen hier und jetzt. Nach dem Fall der Mauer. Im »d'Angleterre«.

»Die Arbeiterklasse hat gewonnen«, konstatierte sie.

»Nein«, sagte Zeste, »wir haben keine Klassen-, sondern eine Massengesellschaft.«

Rebekka konnte zur Not einen armen Fabrikarbeiter mit zwölf hungrigen Kindern verstehen, doch vom gewöhnlichen Dänen mit Komfort an allen Ecken und Enden sei es sträflich naiv – und verbrecherisch –, daß …

»Könntest *du* Kommunistin werden?« unterbrach sie sich selbst und drohte mit dem Zeigefinger, der wie eine Kugel vor Zestes Augen vorbeipfiff, und Zeste konnte keine Worte finden und erklären, warum sie einmal kommunistisch gewählt hatte.

Zeste wollte nichts sagen aufgrund ihrer uralten Liebe zu Tante Bekka. Statt auf die Frage zu antworten, ob sie jemals Kommunistin werden könnte, erzählte sie darum vom Besuch bei Lischa, die natürlich zu Katzes Beerdigung gekommen, während Myren ihr ferngeblieben war.

Lischa hatte partout aus ihrem Leben berichten wollen, um Zestes Interesse zu wecken, daraus eine Rolle oder am liebsten ein ganzes Schauspiel zu machen. Lischa sah, wie viele andere Frauen, ihr Leben gern als Drama fürs Theater. Sie war Witwe, war mit Aloscha verheiratet gewesen, der rechten Hand von Tobias in Riga. Aloscha, der Tobias bis zuletzt beigestanden und ihm bei der Abwicklung der Firma geholfen hatte, als die Russen alles übernahmen.

Als Zeste kam, hatte Lischa Borschtsch und drei Desserts zubereitet. Sie wohnte in einer Villa in Klampenborg, war Tochter eines Chassidim und hatte versprochen, von der russischen Revolution zu berichten. Sie sagte, sie könne ein ganzes Buch damit füllen. Doch ihre Geschichte bestand meist aus Klagen darüber, das enge Verhältnis zu ihrem Sohn verloren zu haben, weil er geheiratet hatte und ins Ausland gegangen war. Sie erinnerte sich kaum noch an die Pogrome, die Säbel der Kosaken oder die Leichenwagen, die unablässig die Straßen entlanggefahren waren, oder an die Leute, die aus lauter Furcht ihre Teppiche aus dem Fenster gehängt hatten, um mal die Roten, mal die Weißen willkommen zu heißen. All die früheren historischen Erlebnisse wurden total von Lischas heutiger Qual überdeckt, die sie überzeugt sein ließ, allein sterben zu müssen. Das war die eigentliche Revolution, die schlimmste von allen. Sie verglich es mit damals, als ihre Mutter gestorben und die Familie um sie versammelt war. Damals hatte es noch Zusammenhalt gegeben. Sie, die alte Jüdin Lischa, gehörte nirgendwohin. Und niemand würde an ihrem Totenbett stehen.

Bekka, die es nicht ertragen konnte, Mitleid mit Menschen zu haben, die im Leben dennoch alles bekommen hatten, was sie sich wünschten, bemerkte trocken: »Sie hat nicht erzählt, daß sie sich die Pulsadern aufgeschnitten hat, als sie die Hand durch eine Scheibe stieß, um den Mann zu bekommen, den sie liebte? Wenn du Onassis oder Picasso haben willst, müssen nur bestimmte Dinge in Ordnung sein, hat sie gesagt, während sie auf Kongens Nytorv gesessen und an ihre armen Arme gedacht hat.«

*

Indessen wechselte Li die Pensionen, wie sie ihre Männer wechselte. Die Pension war das Revier des Nomaden. Hier wohnten die Randexistenzen, die zu gesund für die Klinik, zu jung für das Pflegeheim, doch nicht imstande waren, allein mit dem Leben zurechtzukommen. Und beinahe immer Menschen, die »bessere Tage gesehen« hatten. Die Frauen sprachen von all dem Silberzeug, das sie in ihrem Leben besessen hatten, von ihren heimlichen Liebhabern und Cocktailempfängen, vom Urlaub an der Riviera und von ihren Kindern, die sie niemals sahen. »Wo bleibt mein Wagen?« fragten sie am Morgen, so als warteten sie auf den Privatchauffeur. Manche von ihnen taten, als müßten sie »ins Büro«. Doch in Wirklichkeit wurden all die Älteren zur »Freistatt einsamer alter Menschen« gefahren und ins Bett gepackt.

Außer der Jadekatze, dem Song-Frosch und einer kleinen Sammlung chinesischen Porzellans im Pappkarton besaß Li kaum noch etwas. Sie zog nur mit dem großen Gemälde von Tobias um, und ihr Hauptproblem war, einen Mann zu finden, der stark genug war, um das Bild mit dem schweren Goldrahmen aufzuhängen. In der Regel wohnte sie gratis zur Miete, oder sie bekam Rabatt für das Zimmer, wenn sie dem Vermieter dafür zur Verfügung stand. Mit ihrem Skelett. Und das tat sie gern. Denn sie war überzeugt, daß der jeweilige Besitzer immer eine Frau hatte, die entweder Trinkerin oder tablettensüchtig war. Und da konnte er einem nur leid tun. Ob es nun der Halbchinese mit der Pelzmütze, der Segler mit dem Holzbein oder der Boxpromoter war. Und sie fand ein paar Nacktfotos von Zeste, die sie ihm zeigte, und während sie ihn umarmte, erzählte sie dem Mann von der berühmten Tochter. »Ich habe sie selbst gemacht.«

Erst als Zeste sagte: »Mutter, du *brauchst* mit dem Vermieter nicht ins Bett gehen, wenn du nicht willst«, fiel Cat wie aus allen Wolken. Sie wußte doch so sicher wie das Amen in der Kirche, daß Zeste nicht prüde war.

»Aber seine Frau ist geisteskrank«, versuchte Li.

»Das ist doch nicht dein Problem.«

»Er ist ein alter Boxpromotor!«

»Na und, verpaßt er dir ein blaues Auge?«

Wenn ein Mann nur »stark« genug war, konnte sie ihm nicht widerstehen. Denn dann konnte er Tobias' Bild heben und an die Wand hängen.

In ihren selbstironischen Augenblicken nannte Li sich »Halbpsychopathin«, und sie saß in Orms Pension und wartete auf ihren Sohn. Er war gerade von Ydde geschieden worden, die ihre endlosen Flitterwochen mit allen anderen Männern verbracht hatte, nur nicht mit Orm, den sie an dem Tag fallengelassen hatte, als sie die Familie um kein Geld mehr erleichtern konnte.

Die Halbpsychopathin saß im Zimmer eines Ganzpsychopathen. Er hatte sie nämlich zum Wein eingeladen, den er nicht besaß. Deshalb hatte sie »ja danke« zu dem Angebot gesagt, in seinem Zimmer auf Orm zu warten. Also gingen sie in den Laden und kauften Wein. Li legte für ihn aus, als er sagte, er habe kein Geld dabei. Als sie später, in seinem Zimmer, ihr Geld zurückforderte, weil sie sich nicht verarschen lassen wollte, wie sie es ausdrückte, zog er ein Messer.

Li saß ganz still. Mucksmäuschenstill. Und blickte mit ihren gelben Augen in die seinen. Schließlich ließ er das Messer fallen und gab ihr das Geld. Er sagte, er könne sie wirklich gut leiden, weil sie keine Angst habe. Und er begleitete sie zum Bus. An Orm dachte Li unterdessen nicht mehr. Der Boxpromoter hatte über Orm gesagt, er sei so vorsichtig, daß er sich den Hintern abwische, bevor er scheiße, und Li hatte sich über den Ausdruck amüsiert und Zeste empfohlen, ihn in einem Interview zu verwenden.

∗

Alle Kinder kooperieren mit ihren Eltern, denn sonst können sie nicht überleben. Zeste kooperierte brav mit Lis ausgesprochenen Erwartungen, sie möge etwas Glamouröses werden, während Myren die unausgesprochenen, hysterischen Momente auf sich genommen hatte, die beinhalteten, daß eine Frau eigentlich nie zufrieden sein kann. Egal was der Mann tut oder sagt und wie reizend die Kinder auch sein mögen. Um dieser geheimen Botschaft der Hysterie bis aufs I-Tüpfelchen zu folgen, muß die Mutter eine tiefe Trauer wahren, die die Kinder ihr Leben lang umkreisen, in Angst und Bangen vor dem Zusammenbruch der Mutter. Die Trauer tauft sie der Einfachheit halber »Zeste«, doch darf sie nie ausgesprochen werden. Weder Film, Fernsehen oder Theater dürfen erwähnt werden.

Myren hatte einen wundervollen Hof in Nordseeland erhalten, den sie mit orientalischer Pracht einrichtete. Pferde, Hunde, Hühner und eine interessante Arbeit. Zweimal im Jahr reiste sie nach Japan, um einzukaufen, und schon bald eröffnete sie in Helsingør eine schöne Boutique mit exotischen Dingen. Und der Laden lief wie geschmiert, während Pierre in der Tvind-Hierarchie die Leiter hinaufkletterte. Sie besaßen zwei Autos und ein Boot. Sie waren beide überzeugte Atheisten und Sozialisten, doch Pierre hatte, ohne es jemandem zu sagen, in bezug auf die Revolution resigniert. Seine utopischen Träume hatten in aller Stille der Macht Platz gemacht und seiner großen Liebe: der Jagd.

Mit ihren drei entzückenden Kindern, die die ganze Herrlichkeit krönten, hatte Myren allen Grund, zufrieden zu sein. Dennoch verpestete sie das Leben ihrer Umgebung mit ihrem ewigen Martyrium. Wie Katze es getan hatte. Und es war offenbar besonders schlimm geworden, seit Zeste sie zu Katzes Geburtstag geküßt hatte. »Der Judaskuß«, wie Myren ihn mit ihrem Sinn für Dramatik nannte, indem sie in ein Riesenschluchzen ausbrach, die Wangen blutunterlaufen vor Wut. Vielleicht war es an der Zeit, sie wissen zu lassen, daß ihre Unzufriedenheit nur hieß, Kräfte zu vergeuden. Daß es das, was sie suchte, nirgendwo auf der Welt gab. Weder Li noch Zeste besaßen »es«. Nur sie selbst. Zeste fragte brieflich an, was für eine Art Kuß Myren eigentlich von ihr begehre?

Es kam keine Antwort. Pierre hatte ein für allemal einen Bruch beschlossen, und seine Prinzipien soll man niemals aufgeben. Das Wichtigste, was man wissen mußte, war schließlich, wo Oben und wo Unten ist, und das wußte Myren dank Pierre. Deshalb empfand sie es auch als eine Art Schock, als sie eines

Tages Marie besuchte und entdeckte, daß sich das Dasein total auf den Kopf stellen kann, ohne auch nur mit der Wimper zu zucken.

Natürlich sehnte sich Myren nach ihrer Familie, auch wenn die Sehnsucht zu Bitterkeit geworden war. Diese Sehnsucht hatte sie mehrere Male aus dem nordseeländischen Idyll nach Amager getrieben, wo Marie jetzt in einer Einzimmer-Seniorenwohnung wohnte. Und die Sehnsucht war stark, muß man sagen, denn es war nicht mehr ganz ungefährlich, sich durch das ziemlich heruntergekommene Kopenhagen zu bewegen, wo viele normale Dinge aufgehört hatten zu funktionieren, z. B. öffentliche Telefone. Das letzte Mal, als sie auf der Post in der Købmagergade gewesen war, hatte es keine Telefonbücher gegeben.

Der Weltkrieg war nach wie vor zugange. In den Zügen, stellte Myren fest. Wie Pierre sagte, gab es an dem einen oder anderen Ort der Stadt immer einen Krieg.

Myren setzte sich in das leere Ersterklasseabteil. Doch sie hatte dort nicht lange gesessen, als sie von einem Hiphopper überfallen wurde, der versuchte, ihr die Tasche zu entreißen. Aber niemand nahm Myren etwas weg! Also verteidigte sie ihr Eigentum mit Gefahr für Leib und Leben und entkam dem Nahkampf mit Spuren von Stiefeltritten im Gesicht. Ihre kleine Tochter weinte vor Furcht und Entsetzen, als sie ihre Mutter auf dem Boden liegen und getreten werden sah, ohne daß jemand eingriff oder zu Hilfe eilte. Doch als gute Pädagogin, die Myren war, bürstete sie hinterher den Übergriff des Idioten von sich ab und überzeugte ihre kleine Tochter davon, daß sie die Sache wie Pippi Langstrumpf gemeistert hätten, er solle es nur noch einmal wagen, dieser kleine Scheißkerl.

Myren brauchte Luftveränderung und einen Stimmungswechsel und ging deshalb in einen anderen Wagen. Es war ihr egal, ob es Erster Klasse war oder nicht, denn sie war kein Snob. Sie hatte lediglich die Erste aufgesucht, weil sie mit ihrem Kind dort in Ruhe sitzen wollte.

In der Zweiten Klasse, wo sie sich mit neuer Hoffnung niederließ, saßen ein paar Männer mit einem Beutel voller Bier und einer Flasche Whisky. Ein Pilsner und einen Whisky in jeder Hand. Einer riß ein paar Witze, über die keiner lachte, und murmelte was von Sport. Ein anderer hatte die Nase im »Ekstra Bladet«. Ein dritter war Soldat, und ein vierter versuchte ein

»Gespräch« in Gang zu halten. Und das eigentlich Beeindruk-
kende war, daß er das überhaupt über sich brachte. Er erzählte,
daß er eine Frau aus Sri Lanka gefunden habe, über eine Zeit-
schrift, und auch wenn er nicht total verknallt in sie sei, hoffe
er, es würde das ganze Leben andauern. Denn zuvor habe er es
mit Däninnen versucht, und mit denen sei er jedenfalls fertig.
»Die aus Sri Lanka freuen sich immer, wenn man nach Hause
kommt, und sie meckern nie«, sagte er. Aber falls er Kinder haben wollte, wäre er gezwungen, sie zu adoptieren, denn er war in
der Stadt vor zwei Jahren überfallen worden, und man hatte ihm
den Schädel zertrümmert und die ganze Apparatur, so daß das
Gerät so gut wie im Eimer war. Er hatte wählen können, ob er
steril oder impotent sein wollte. Es hatte ein halbes Jahr gedauert, die Gewalttäter zu finden, und sie bekamen harte Strafen,
zwei Jahre, weil sie schon im voraus irgendwelchen Mist gebaut
hatten. Warum es passiert ist? »Ja, ich war nur mit einem Kumpel
zusammen, und wir gingen an einer Parkbank vorbei, wo ein
paar Kerle saßen und irgendwas schrien. Wir sind einfach weiter-
gegangen. Da haben sie uns von hinten überfallen. Ich habe acht
Monate im Krankenhaus gelegen.«

Myren konnte nicht anders, als die Ohren weit aufzusperren,
weil sie so erschüttert war von ihrem eigenen Erlebnis. Man
stelle sich vor, der Hiphopper wäre bewaffnet gewesen … Sie erwog einen Moment, ob sie die Runde in die Tatsache einweihen
sollte, daß sie selbst in der Ersten Klasse soeben überfallen worden war und daß der Hiphopper möglicherweise noch immer im
Zug saß. Doch statt dessen nahm sie ihr Kind an der Hand, um
einen anderen Wagen mit weniger Bier und Whisky aufzusuchen.

Auf dem Hauptbahnhof saß die Bag-Lady mit einem weißen
Tuch straff um die Stirn gebunden wie eine Nonne. Ging man an
ihr vorbei und warf einen Blick in ihre Richtung, weil man nicht
anders konnte, obwohl man es eigentlich nicht wollte, spielte
sich das Tonband von ganz allein ab: »Und dann wurde ich vom
Hauseigentümer rausgeschmissen, weil er sich in eine Arztsekretärin verguckt hatte, die weder schön war noch Kinder
kriegen konnte, und ich habe auch mit meinem Pater darüber
gesprochen.«

Es galt, das Bahnhofsgelände rasch zu verlassen. Drüben am
Ausgang stand eine Frau mit zerzaustem Haar, in der Hand

einen Kassettenrecorder mit Mikrophon. Wer mußte sich allein und verlassen fühlen, solange man ein Mikrophon von zu Hause mitbringen und die Vorübergehenden interviewen konnte. Man mußte nur vorgeben, von einem »Sender« zu kommen: »Entschuldigung, was halten Sie vom Golfkrieg?« Kein Mensch konnte einem Mikrophon widerstehen.

Die meisten Männer, an denen sie an einem solchen Vormittag auf der Straße vorüberging, sind betrunken, konstatierte Myren. Sie wich ihnen und ihren Blicken aus, als seien sie Parias. Sie lehnte es einfach ab, sich von ihren einsamen, gehässigen Blicken einkreisen zu lassen, und entdeckte, daß sie die Betrunkenen auf genau dieselbe Weise behandelte, wie man es in den armen Ländern mit den Hungrigen tat, um die man einen großen Bogen schlug.

Ihre kleine Tochter war von dem Überfall im Zug noch immer ganz verschreckt, also gingen sie in eine teure Konditorei, wo Myren feststellen mußte, daß es reiche Menschen gab. Vor ihr stand eine Dame, die darum bat, sechzig Stück Mandelkranz und fünfundzwanzig Sarah-Bernhardt-Kuchen im Taxi nach Vedbæk Strandvej zu schicken, der Empfänger bezahle.

Sie betraten einen Spielzeugladen, denn das kleine Mädchen sollte ein Geschenk als Trost für den Überfall bekommen. Ein Schmuckkästchen mit einer Ballettänzerin, die sich nach einer Melodie dreht, wenn man den Deckel öffnet, das hatte sie sich lange gewünscht. Der Laden war völlig menschenleer. Nicht ein Verkäufer in Sichtweite. Nur Tommy Steels Stimme: »I gotta handful of songs to sing you.« Hier konnte man stehlen. Man konnte gar nicht anders. Denn egal wie lange man auch nach einem Verkäufer rief, so mußte man sich doch in aller Einsamkeit mit einer handful of songs und den übervollen Regalen begnügen. Myren war versucht, irgend etwas in die Tasche zu stecken, nur um die Sache hinter sich zu bringen. Endlich entdeckte sie einen Verkäufer in der Ferne und rannte, so schnell sie konnte, ans andere Ende des Ladens, um ihn zu bitten, ein Schmuckkästchen für sie zu finden, mit einer Ballettänzerin, die sich nach einer Melodie dreht, wenn man den Deckel öffnet. Doch bevor sie den lebendigen Menschen erreicht hatte, war er verschwunden, und sie stand wieder allein mit einer handful of songs.

*

Wie immer war der Besuch bei Marie den Ausflug wert. Dumm nur, daß Myren frischgeräucherten Lachs mitgebracht hatte, damit Marie etwas Luxuriöses kosten konnte, und dabei nicht bedacht hatte, daß ihr der Geschmackssinn verlorengegangen war. Doch Marie klagte niemals. Sie hatte Zunge gekocht, so daß sie Schnittchen belegen konnte wie in alten Tagen in Gammel Mønt, wo Myren und Zeste stets von ihrem Schoß gerutscht waren, weil ihre Beine so kurz und ihr Busen so groß war. In Maries bescheidener Küche zu sitzen und Schnittchen mit Zunge zu essen – »ja, es ist ja nur die Zungenspitze« –, versetzte Myren in eine wundervolle nostalgische Stimmung, wo nichts Unerfreuliches geschehen konnte. Myren hatte endlich eine Mutter gefunden. Für fünf Minuten.

Das verblüffendste war, daß Marie allen Dingen etwas Gutes abgewinnen konnte. So hatte sie es für sich immer gehalten. Vielleicht aus Not, doch jedenfalls zum Nutzen ihrer selbst und anderer. Sie war wahrhaftig froh, daß sie sich nie hatten ein Telefon leisten können, denn so bekamen »die« – die Familie Løvin – sie nicht immer und ewig zu fassen. In Rosenvænget, wo sie eine Anstellung als Mamsell gehabt hatte, bekam sie acht Kronen im Monat. In Gammel Mønt fünfzig. Zuletzt hatte Katze ihr hundert Kronen im Monat gezahlt für zwei-, dreimal die Woche von acht bis zwei. Hundert Kronen im Monat! Dennoch sagte Marie: »Ich verstehe nicht, wenn alle Leute über die Krisenzeiten klagen, warum nicht noch mehr Frauen putzen gehen.«

Myren fiel auf, daß Marie der einzige ordentliche Mensch in der ganzen Løvinschen Familie war. Kugelrund auf kurzen Beinen, war sie mit ihrer guten Laune, dem Zigarillo zwischen zwei Fingern, immer heiter und unbeschwert gewesen. Und nachdem dieser Spielverderber von Mann aus den Zuckerfabriken gestorben war, war Marie noch unbeschwerter. Ja, kaum zu glauben, auf ihre alten Tage wurde sie sogar Kommunistin. Denn für die Gerechtigkeit war sie immer eingetreten, und vielleicht war es ihre Neigung zum Kommunismus, die sie gelehrt hatte, eine Birne in drei gleich große Teile zu schneiden, damit Balder, Li und Bekka sich nicht gegenseitig den Kopf abrissen. Und es war möglicherweise dieses gemeinsame politische Gefühl, das Myren an Marie band. Sie forderten beide Rehabilitierung … Auch wenn Marie überhaupt nichts forderte. Nicht an diesem Tag. Sie sprach noch immer gut von Papa und Mama – »dein Urgroßvater hatte es ja mit den Karten, und deine Urgroßmutter saß allein zu Hause, fünf Tage in der Woche«.

Marie war die einzige, die alle Lügengeschichten und Seitensprünge in der Familie kannte, aber die konnte Myren nicht recht genießen. Doch war es amüsant, sie von Karsten Houmark erzählen zu hören und all den anderen feinen Gästen, die in Frack und weißer Binde zum Dinner in Rosenvænget erschienen – auf dem Fahrrad. Jetzt nutzte Marie ihre Zeit, um Familienromane zu lesen und Radio zu hören. »Aber wenn jemand anfängt rumzustreiten oder betrunken ist, schalte ich es aus.«

*

Das nächste Mal, als Myren Marie besuchte, nahm sie nicht den Zug, sie brachte auch ihre Tochter nicht mit, da sie dem Kind nicht noch mehr Gewalt zumuten wollte, als es im Fernsehen ohnehin sah. Sie beschloß, das letzte Stück mit dem Taxi zu fahren.

Es war Vormittag, und die Straßen lagen verlassen. Nur ein paar Rentner und andere verlorene Seelen hatten sich nach draußen verirrt. Wenn man sich auf der Straße zeigte, während alle anderen arbeiteten, gab man zu erkennen, daß man überflüssig war. Plötzlich tauchte in dem stillen Straßenbild eine Kolonne auf, zwei Kolonnen Kinder. Militärkolonnen von Kindern mit einer Erzieherin an jedem Ende. Schliefen sie oder waren sie wach? Die Frage sollte nie geklärt werden. Würden die Kinder wohl zurechtkommen? Sie würden lernen, sich auf Kosten anderer vorzudrängen und zu überleben.

Das Taxi, in das sie einstieg, trug einen Trauerflor an der Antenne, da einer der Kollegen des Fahrers ermordert worden war.

»Ich sehe beim Fahren öfter in den Rückspiegel als nach vorn durch die Scheibe.«

»Die Leute sind mit der Zeit völlig übergeschnappt.«

»Man riskiert ständig, eine Flasche oder ein Eisenrohr auf den Kopf zu kriegen.«

Der Fahrer zeigte auf den Alarmknopf, den er betätigen konnte. Dann vermochte die Zentrale alles, was im Auto geschah, zu verfolgen.

»Wenn ich höre, daß ein Fahrer Alarm schlägt, weil jemand nicht bezahlen will, fahre ich zu dem Kollegen, der in der Klemme sitzt. Wenn zehn bis zwanzig Wagen sich gegen einen

Kunden zusammentun, dann wird er sein Geld schon berappen. Ansonsten mache ich es wie damals, als ich noch für diesen Verein Codan gefahren bin: Ich bringe den Fahrgast in den Wald und ziehe ihm Hosen und Schuhe aus. Das wird ihn schon lehren zu bezahlen.«

Plötzlich bremste der Fahrer scharf auf einem Fußgängerüberweg. Unter jungen Leuten war es Mode geworden, eine Menge Bier zu trinken und dann bei Rot über die Straße zu gehen. Kamikaze.

Myren hatte Rosen für Marie mitgebracht. Jetzt stand sie auf der Fußmatte vor der Tür und freute sich darauf, daß Marie wie üblich überwältigt sein würde. »Hat dir denn jemand was in den Kaffee getan?« pflegte sie zu sagen, den Zigarillo zwischen den Fingern, wenn man sie mit einem kleinen Geschenk bedachte. Doch dieses Mal wartete Myren lange vor der Tür. Und als Marie endlich aufschloß, war sie nicht dieselbe. Sie war ganz dünn und welk geworden, und ihr zuvor so üppiges Gesicht war völlig grau, und sie starrte Myren nur steif an, ohne ein Zeichen des Wiedererkennens. Hatte Marie das Augenlicht total verloren?

»Aber Marie, was ist denn passiert?«

Sie wollte Marie umarmen, wie sie es ihr Leben lang getan hatte, aber etwas hielt sie zurück.

»Bin nicht interessiert«, sagte Marie, als stünden Jehovas Zeugen vor ihr, mit dem Buch unterm Arm.

»Marie, erinnerst du dich nicht an Großmutter und Gammel Mønt?«

Jetzt erinnerte sich Marie: »Wir hatten einmal eine Hausangestellte, die Katze hieß. Sie war wohl Dienstmädchen, soweit ich mich erinnere …«

»Løvin, Marie, erinnerst du dich nicht an den Namen Løvin?« fragte Myren ratlos und ungläubig. Sie stand noch immer mit all den Rosen auf der Fußmatte.

»Doch ja, da war wohl mal eine Familie Løvin, die für mich gearbeitet hat.«

✳

Während Balder, Li und Rebekka ihre Kindheit mit Rosenvænget und Riga verbanden, war für Zeste Gammel Mønt 14 das Elternhaus. Dort war sie geboren, und das gab ihr, fand sie, ein gewisses Vorrecht, wenn es darum ging, den Mietvertrag zu übernehmen.

Myren hatte es immer geahnt, daß Zeste eines Tages die Wohnung an sich reißen würde. Im Gegenzug hatte Myren mittels komplizierter Transaktionen dafür gesorgt, die Wohnung von Werten zu befreien, die sie »Affektionswerte« nannte, während Zeste sie »Affektation« nannte. Denn wieviel Affektation hatte Myren eigentlich übrig für die Løvins und Gammel Mønt?

Katze hatte im Laufe der Jahre allen in Aussicht gestellt, daß sie ein großes Erbe erwarten könnten, so hart wie sie gearbeitet hatte. Eines schönen Tages wollte sie auch alles »aufschreiben«. Doch hatte sie nie ein Testament aufgesetzt. Und als erst all ihre Angelegenheiten geregelt waren, zeigte sich, daß nicht viel von Wert vorhanden war. Und die 40 000, die sie an Obligationen besaß und die noch von Tante Mudde herrührten, waren auch nur Luft, als plötzlich klar wurde, daß vom Nachlaß Reinigung und Instandsetzung der Wohnung bezahlt werden mußten. Deshalb einigte sich die Familie darauf, Zeste den Mietvertrag übernehmen und sie die Instandsetzung selbst – mit eigenen Mitteln – ausführen zu lassen. Für die wertvollsten Gegenstände des Nachlasses, wie das Silbertablett des Zaren und den großen Altarleuchter, sollte sie die anderen auszahlen. Auf diese Weise erhielt man freie Liquiditäten für die wenig bemittelten Erben, wobei man zugleich unausgesprochen erwartete, daß Zeste die Wohnung instand setzen und Gammel Mønt im Geiste von Tobias weiterführen würde – mit einem Anstrich von Glanz und Glamour. Zuweilen konnte Zeste wahrhaftig in Zweifel geraten, was für eine Wohnung sie da übernommen hatte. Eines Nachts träumte sie, sie sei in das falsche Haus eingezogen und hätte entdeckt, daß es in Wirklichkeit Myren gehörte. Sie sollte es beaufsichtigen, doch wie sich herausstellte, hatte Myren versäumt, den Katzenbestand niedrig zu halten, also war Zeste gezwungen, Katzen totzuschlagen, so viele Katzen mußte sie töten, die meisten von ihnen verkümmerte Viecher. Myren kam siegessicher mit ihren Kindern heim und ignorierte brutal die ganze Arbeit, die Zeste auf sich genommen hatte, um das Haus bewohnbar zu machen. Mit ängstlichen Gefühlen und abwesendem Blick verfolgte Pierre den Lauf der Schlacht und verschwand rasch wieder nach draußen, um seiner Arbeit nachzugehen, dem Holzhacken.

Mit Katze verschwand der Begriff Familie. Li war etwas ganz anderes, auch wenn sie zeitweilig, zwischen zwei Pensionen und zwei Männern, mit Zeste in Gammel Mønt eingezogen war. Sie trug ganz einfach Zestes Sachen, als seien es ihre eigenen, und nahm sich, ohne zu fragen, ihre Pelze und Perücken. Zeste machte es genauso krank und elend, Li betrunken im Haus zu haben, wie Katzes Promille und gelallte Konsonanten seinerzeit Li krank gemacht hatten. Li trank und wollte nicht essen. Zeste nötigte sie aus alter Gewohnheit: Hatte sie nicht Lust auf dieses oder jenes ... Li antwortete nur: Auf Bärentatzen, Pantherbrust und gebackene Eule. Der Kummer lag Zeste schwer auf der Brust, so daß sie nicht atmen konnte. Doch war sie nicht imstande, ihre Mutter jetzt, wo Weihnachten vor der Tür stand, hinauszuwerfen. Li erinnerte sich an Tobias' festliche Weihnachtstische, sein dunkelblaues Tischtuch, das er großzügig mit Sternen bestreut und mit dunkelroten Bändern und Taubenäpfeln geschmückt hatte. Li beabsichtigte keinesfalls, auf den Messias oder Zestes Fürsorge zu verzichten. Zwar hatte Zeste auch Orm einladen wollen, doch da spielte Li ihren Trumpf aus: »Wenn Orm kommt, ist mein Weihnachten verdorben, daraus will ich keinen Hehl machen.«

Li und Orm hatten einen gebrochenen Arm gemeinsam plus eine ganze Reihe von Selbstmordversuchen. Doch Li hatte für die *seinen* nur Verachtung übrig, weil sie nicht geglückt waren. Sie hatte ja seit langem erklärt, daß er ein hoffnungsloser Fall war, insbesondere nachdem sie ihm Tobias' Golduhr geschenkt hatte, die er postwendend in Christiania verscherbelte. »Für den Jungen ist alles getan worden, aber nichts hat geholfen.«

»Nur Heiligabend. Er ist doch trotz allem dein Sohn«, waren Worte, die man vielleicht zu jeder anderen Frau hätte sagen können. Doch nicht zu Li. Denn es waren moralisierende, kleinbürgerliche Worte.

Am Heiligabend rief Orm an. Er hatte das Glück gehabt, einen Platz bei den Blaukreuzern zu bekommen. Weihnachten, wo alle Unterkünfte, Hauptbahnhöfe und Erdlöcher vollbesetzt waren, pflegte das ansonsten schwer zu sein. Heiligabend war schließlich das Fest der Familie. Orm rief an, und Zeste wünschte ihm frohe Weihnachten und sagte, Weihnachten sei ein Fest, an dem wir im Gegensatz zu allen anderen Festen das Unwahrscheinliche feiern. Zeste pflegte sonst zu seinen langen Monologen nur ja und amen zu sagen. Doch an diesem Heiligabend wollte sie selbst reden und nicht unterbrochen werden, denn vielleicht hatte Orm ja trotz allem eine Chance: »Alle anderen Feste sind an den Lauf der Natur gebunden. Und die Natur kennt nur Wachstum und Verfall. Taufe, Konfirmation und Hochzeit sind Feste, die mit der Natur zu tun haben. Doch Weihnachten feiert den *Sprung* – besagt, daß Veränderung möglich ist. Etwas ganz Neues und Unerwartetes kann geschehen.

Orm stand in einer Telefonzelle, trat von einem Fuß auf den anderen und bat, mit Li sprechen zu dürfen. Er wollte jetzt gern seiner Mutter frohe Weihnachten wünschen. Doch Li konnte nicht ans Telefon kommen, denn sie saß vor dem Fernseher: »Sag ihm, ich sehe gerade ›Roman Holiday‹.«

»Mit Audrey Hepburn«, fügte Zeste hinzu.

Nach Weihnachten, an einem kalten Januartag, als Orm völlig abgebrannt war und sich elend fühlte, hatte er zugleich das neue akute Gefühl, daß ihm jemand etwas schulde. In diesem Moment wurde er eins mit dem Familienmythos, weil er bei der Gelegenheit zeigte, daß er die Normen erfüllte und den Dingen nicht einfach ihren Lauf ließ: Er beschloß, eine Bank zu überfallen. Wie eine *Persönlichkeit* zu handeln. Im nächstgelegenen Spielzeugladen in der Vesterbrogade kaufte er eine Spielzeugpistole und zog eine schwarze Skimaske übers Gesicht. Dann mobilisierte er all seine Wut, ging in eine Bank und bat mit kleinlauter Stimme, man möge ihm die Kasse ausliefern.

Das Personal war instruiert, Befehle zu befolgen, also überreichten sie ihm die Kasse, die aus der netten Summe von 768 Kronen bestand. Mit diesem Fang lief Orm, so rasch ihn seine schlappen Hasch-Beine trugen, die Vesterbrogade hinunter, bis ihn ein Rentner von sechsundsiebzig Jahren einholte, der »Haltet den Dieb!« rief. Weniger als fünf Minuten war Orm im Besitz seines hart erworbenen Vermögens. Denn das Gesetz zu übertreten, *ist* hart. Und Orm sagte sofort Entschuldigung, denn er war ein guter Junge. Doch hier half kein Bitten und Betteln. Eins sollte ihm rasch klarwerden: Wenn es etwas gibt, daß die Gesellschaft ernst nimmt, dann ist es das Geld oder das, was man mit einem feineren Wort »Bereicherungskriminalität« nennt. Orm, der zuvor bei niemandem etwas galt, begriff allmählich, daß er eine wichtige Person geworden war. Ihm wurden Vormund und Betreuer gewährt, Verhöre sollten durchgeführt und Berichte geschrieben werden, überhaupt bekam er eine Bedeutung, die er in seinem ganzen dreißigjährigen Leben noch nicht gehabt hatte.

Zuerst wurde er ins Gefängnis geworfen, aber er verwies darauf, daß das Milieu viel zu hart für seine zarte Seele sei. Er erklärte den Behörden, es wäre unmöglich, im Gefängnis zu sitzen, ohne Fixer zu werden, und dem sei er in seinem bisherigen, am Rande des Chaos verlaufenen Leben gerade noch entgangen. Orms Appell wurde erhört, und er erreichte, daß die Gefängnisstrafe umgewandelt und er zur Behandlung in eine geschlossene Abteilung gesteckt wurde.

Man hätte glauben können, Li sei die Sache egal. Statt dessen war sie erschüttert. Eine Gesetzesübertretung! Wenn es nun in die Zeitung kommt! Gottseidank hatte sie nach der Scheidung vom Lurch ihren Mädchennamen wieder angenommen. Den Namen Løvin würde man also nicht in den Dreck ziehen.

Die Sankt-Hans-Klinik liegt in einer der schönsten Gegenden Dänemarks. Es ist nur schade, daß die Insassen das als allerletzte begreifen. Wäre Orm bereits im Dezember eingesperrt worden, hätte er die Planeten und Sterne tief über dem Fjord hängen sehen. Denn der Dezember ist der »kosmischste« Monat im Gegensatz zum Sommer mit seinem weiten Himmel, wo die Erde alles ausfüllt. Im Dezember hängen Mond und Sonne so tief über dem Fjord, daß die Erde mit ihrem zufälligen Leben zu einem zufälligen Planeten unter vielen anderen wird.

Er hatte sich psychologischen Tests zu unterziehen, die laut Orm so kindisch und naiv waren, daß sich alle nur gegenseitig verarschten. Assoziationstests: Frauen? »Jemand, der sich selbst genug ist.« Und er hatte bei Rorschachtests Seepferdchen und Elefanten zu interpretieren. Sie sollten in Gruppen arbeiten, der Demokratie wegen, mit gerechter Zusammensetzung an Starken und Schwachen. Doch ehe sich die Gruppen formierten, trat das Darwinsche Gesetz in Funktion, immer blieb ein blindes Mädchen mit einem Hund sitzen, das keiner in der Gruppe haben wollte.

Die Besucher mußten ihre falschen Pelze einschließen lassen, denn hier klauten alle wie die Raben, ein Radio oder Fernseher wurde für ganze zwei Gramm Hasch verkauft. Ein Grönländer folgte Orm auf Schritt und Tritt. Er hieß Nathan. Auf grönländisch sang er: »Ich trete in einen Hundehaufen«, sie nannten ihn »Eisbär«, und er war die Güte selbst. Er hatte die Schuld für einen Mord auf sich genommen, den er nicht begangen hatte, und war zur Behandlung verurteilt worden. Er beugte sich mit seinem großen verschwitzten Körper über Orm und umarmte ihn.

*

Onkel Otto hatte zu seiner Zeit die Løvinsche Sippe als eine moderne vorurteilsfreie Familie beschrieben, ohne irgendwelche ganz großen Geschichten, abgesehen von Seitensprüngen, Kartenspiel und was sonst noch zu den Merkmalen einer bürgerlichen Familie gehörte. Die Hauptsache war, daß keiner bis zu dem Tag, an dem Orm eine Bank überfiel, das *Gesetz* übertreten hatte. Jedenfalls soweit die Erinnerung reichte. Mit Ausnahme von Gaus, natürlich. Palle Gaustrup, der mehrmals im Gefängnis gesessen hatte. Aber auch er hatte das Gesetz nicht übertreten, er hatte nur *Lücken* im Gesetz ausgenutzt, was eine ganz andere Sache war. Im übrigen gehörte er nicht zur Familie. Tante Titta, die Tennis spielende Schönheitskönigin aus Hornbæk, welche die erstbeste Gelegenheit ergriffen hatte, um nach Schweden zu kommen, und später mit der Theosophie geflirtet hatte, war von einer Gehirnblutung betroffen worden und saß jetzt im Rollstuhl. Die Blutung hatte die Sprache in Tittas Gehirn ausgelöscht, so daß sie nichts anderes mehr sagen konnte als »ja« und »nein«. Doch sie sagte nicht oft nein, sie war eine überzeugte Ja-Sagerin geworden, solange sie nur in der Nähe ihres geliebten Mannes bleiben konnte und nicht zur Rehabilitation weggeschickt wurde. Alle Kliniken und Pflegeheime waren nein, nein, und nach Hause in die Villa zu Otto in Klampenborg war ja ja ja ja ja ja ja ja ja, so daß er fast verrückt wurde.

Er war gezwungen, sie ein paar Stunden am Tag wegzuschicken, »zur Arbeit«, wie er es nannte, um ein wenig Ruhe zu haben. Er nannte sie das »Paket«, weil sie ein sprachloses Ding geworden war, das in Zimmer rein und raus und Treppen hoch und runter transportiert wurde und ständig durch undefinierbare Laute auf sich aufmerksam machte. Er lebte in ewigem Rätselraten, denn er bestritt, telepathische Fähigkeiten entwickelt zu haben. Von morgens bis abends rief er ihr zu: »Nicht kleckern« und »Jetzt halte die Klappe«. Zuweilen war er schlicht und einfach gezwungen, ihr einen Lappen in den Mund zu stopfen, um nicht wahnsinnig zu werden.

Doch selbst in diesem Falle konnte Rebekka einen Anflug von

Eifersucht nicht unterdrücken. Wieder war hier eine Frau, die alles, was sie sich nur wünschte, im Leben bekommen hatte. Nicht indem sie den ganzen Tag schuftete. Nicht indem sie früh halb acht in der Dunkelheit an einer Bushaltestelle stand, um ins Büro zu fahren, und erst kurz vor den Ladenschlußzeiten heimkam. Titta hatte alles bekommen, indem sie einfach nur *Frau war*, und das ließ Bekka fuchsteufelswild werden. Daß es sich, wenn man darauf zu setzen wagte, also bezahlt machte, *Frau zu sein*. Selbst in dieser erniedrigenden Situation, wo sie nur ein vernunftloses Tier war, erreichte Titta, daß sich ihr Mann für sie die Hacken ablief. Denn er liebte das Paket, und so wie sie seinerzeit in hohen Absätzen und Chanelkostüm für ihn gerannt war, so rannte er jetzt für sie, die ganz hohlwangig dasaß wie ein kleines Mädchen aus Auschwitz, denn sie hatte seit vielen Jahren nicht richtig gegessen, weil ihr Hals, lange vor der Gehirnblutung, aus unerklärlichen Gründen wie zusammengeschnürt war und keine Nahrung passieren ließ. Seit ihrer Jugend hatte sie mühselig die weißen Punkte aus der Dauerwurst gepolkt. Und viele Jahre lang ging sie regelmäßig zum Arzt, um ihren Hals »weiten« zu lassen.

Das ganze bürgerliche Leben der beiden hatte im Zeichen von Festlichkeiten gestanden, mit Bridge und Dinner bei Freunden und Bekannten mehrmals die Woche, mit Zigarren und Cognac, dem Sommer an der Riviera und dem Ausspannen an den Silkeborg-Seen. Einer war das Schicksal des anderen, in Lust und Leid, sie waren ein *Paar*. Und nicht nur irgendein Paar Handschuhe. Titta und Otto hatten stets mit Totto unterschrieben. Und das fand Bekka, die immer allein zurechtgekommen war, sehr schön, aber auch unglaublich irritierend.

✳

Titta wurde an der Mosaischen Kapelle mit einer einfachen Zeremonie begraben. Keine Ornamentik, die Musik leicht »orientalisch« im Klang. Juden kommen nicht mit Blumen zur Beerdigung, doch legen sie hinterher gern einen Stein aufs Grab. Die Familien in Dänemark aber sind allmählich so vermischt, daß man auf dem Mosaischen Friedhof das Unwissen der Leute bei den alten Bräuchen kennt und darauf vorbereitet ist, daß sie trotzdem mit Blumen erscheinen. Deshalb hat man die Tradition eingeführt, die Blumen vor das Denkmal für jene zu legen, die aus Theresienstadt nicht zurückgekommen sind.

Tittas Bewunderer, der Oberrabbiner, hielt die Rede. Und er hatte sich entschlossen, über weibliche Schönheit zu sprechen, 1. Buch Mose, Kapitel 12. Über Hungersnot und Flucht nach Ägypten und wie Abraham vorgab, seine schöne Frau Sarai sei in Wahrheit seine *Schwester*, damit der Pharao sie nicht für sich beanspruchen und ihm das Leben nehmen würde. Der Rabbiner betonte, daß es seit dem Beginn der Zeiten lange theologische Debatten darüber gegeben hätte, ob diese Geschichte zu Recht im Testament stehe, ebenso wie man den zweifelhaften Platz des Hohenlieds diskutiert habe. Denn die Frage sei, ob Schönheit nur eine äußere Qualität oder ob sie Ausdruck einer geistigen Realität sei, einer von innen kommenden Ausstrahlung spiritueller Art.

Und der Deutungskrieg dauerte nach der Beerdigung an. Denn Balders neue Frau Pu, Li und ausnahmsweise auch Rebekka waren sich einig, daß der Rabbiner *viel* zuviel über weibliche Schönheit gesprochen hatte. Sie fanden alle drei, es sei anstößig, von weiblicher Schönheit zu reden, wo es doch auf die inneren Qualitäten eines Menschen ankomme. Und Li dachte bei sich, daß es dem Rabbiner vielleicht schwergefallen sei, etwas Gutes über Tittas innere Qualitäten zu sagen. Denn alle wußten doch, daß sie mit Butter und Sahne bei den Kuchen sparte, die noch auf Mama in Rosenvænget zurückgingen. Und Rebekka wußte, worüber sich ansonsten niemand im klaren war, daß man als einzelner Gast bei Titta minderwertigeres Essen vorgesetzt bekam als der Herr Botschafter und die »feinen« Leute. In der Regel wurde man zu »Resten« eingeladen, und den Hund durfte man auch nicht mitbringen.

Es war übrigens ein Glück, daß sich die Anwesenden über diese Leichenrede in die Haare geraten konnten, denn auf diese Weise ließen sich die unlöslichen Konflikte der Familie besser vergessen. Daß Balder seine Schwester Bekka nicht ertragen konnte, denn »ich bin ein Erfolg und sie ein Fiasko«, wie er zu sagen pflegte. Er redete die ganze Zeit von der Fernsehsendung, die er im Auge hatte: »Die Kehrseite der Medaille in der Wohlstandsgesellschaft«. Er wollte einen Drogensüchtigen, einen Trinker und einen Neurotiker interviewen, und Zeste sagte, Balder könne ja am besten mit der eigenen Familie anfangen. Bekka konnte Pu nicht ausstehen, weil sie aus der Arbeiterklasse stammte, »Kommunistin« und – von allem das schlimmste – mit ihrem heißgeliebten Bruder verheiratet war. Myren war weinend weggestürzt, als Zeste sie gebeten hatte zu bleiben. Ohne Pierre war sie genauso verloren, wie sie es immer gewesen war. Michael, Bilhas jüngerer Bruder, sah deutlich leidend aus, als er, gekleidet in seine Offiziersuniform, der Schwester zuhören mußte, die unter ihrer orthodoxen Perücke mit dem monomanen Diskant der Süchtigen losplapperte.

Das schlimmste von allem: Onkel Otto kam über eine halbe Stunde zu spät zur Beerdigung seiner Frau. Nach Tittas Tod war er selbst erkrankt und zeitweilig in ein Pflegeheim gebracht worden, wo ihn der Halbsohn Ib abholen und zur Mosaischen Kapelle fahren sollte. Doch Ib war plötzlich, als seine Mutter nicht mehr lebte, zum Stiefsohn in mehr als nur einer Beziehung geworden. Ib war eigentlich stets nur als etwas anerkannt, das »im Wege« war. Er indessen hatte Ottos Unreife durchschaut und ihn demgemäß behandelt. Und sich den Namen angeeignet. Den Familiennamen. Es wurde nie darüber gesprochen, doch bei der Beerdigung der Mutter brach der alte Krieg erneut in aller Heftigkeit aus. Ib und sein Harem hatten nie als besonders präzise gegolten. Und jetzt, als Titta begraben werden sollte, brachte Ib es fertig, beinahe zu »vergessen«, Otto vom Pflegeheim abzuholen. Über eine halbe Stunde saß das gesamte Gefolge mit Ottos toter Frau in der Kapelle und wartete auf ihn. Als er im Rollstuhl endlich in die Kapelle geschoben wurde, war er in Filzhut und Pyjama. Ib hatte keine Zeit gehabt, ihn anzukleiden.

Das war das Faß, das den Becher zum Überlaufen brachte. Hiernach strich Otto den Stiefsohn aus dem Testament und setzte statt dessen Balder ein. Die beiden erwachsenen Männer, Ib und Balder, wohnten in Bistrup nahe beieinander und konnten nicht umhin, sich im lokalen Supermarkt zu begegnen. Viele Jahre wechselten sie nicht einmal einen Gruß. Balder war stolz wie ein Spanier, nun der »Auserwählte« zu sein. Für ihn bedeutete es fast soviel, wie seinen eigenen Namen auf dem Bildschirm zu sehen. Jetzt war er nicht mehr der kleine Junge, das Kind der Schande, das von Riga ins Internat nach Dänemark geschickt worden war, geopfert und verraten. Er war der Erwählte.

Zur selben Zeit, als Titta starb, sollte Tors Frau Emma auf der Insel niederkommen. Tor hatte endlich seine Milchquote von der EU bestätigt erhalten. Er war full-time Bauer geworden, »Altmeister« im Kirchspiel und »ältester Bruder« der Gemeinde.

Leider traten Komplikationen auf, denn es zeigte sich, daß das Kind verkehrt herum lag und sich nicht drehen wollte. Die Ärzte beschlossen, einen Kaiserschnitt vorzunehmen. Doch da beteten Tor, Emma und die ganze Gemeinde zu Gott, auf daß das Kind sich drehe, und wenige Minuten später lag es, wie es liegen sollte, und Emma gebar im Handumdrehen. Und es wurde ein Mädchen, das den Namen Sarai erhielt.

✳

In der Zwischenzeit war Rejn in ein Pflegeheim auf jener Insel gezogen, um in der Nähe seines Sohnes und von dessen Familie zu sein, die einzigen, die er auf der Welt noch hatte. Die Ironie des Schicksals wollte es, daß er auf diese Weise Jesus mit verkraften mußte. Doch besaß er nicht mehr so viele Verstandesgaben, daß es ihm etwas ausgemacht hätte. Keiner hatte je geglaubt, daß Rejn so rasch verfallen könnte. Er, der sich sein ganzes erwachsenes Leben mit Li abgeschleppt und in der Dunkelheit herumgestochert hatte, um die Erbse zu finden, die sie belästigte, hatte nie selbst die Möglichkeit gehabt, krank zu sein. In Afrika hatte er eine kleine kurzbeinige französische Krankenschwester geheiratet. Und allein die Wahl einer Krankenschwester deutete vielleicht schon auf eine latente Lust hin, endlich ein bißchen leiden zu dürfen und bemuttert zu werden. Er bekam denn auch die Parkinsonsche Krankheit. Doch leider bekam die Krankenschwester zur selben Zeit Krebs, und obwohl die beiden in eine Luxusvilla in der Schweiz zogen, um die besten Ärzte der Welt in der Nähe zu haben, konnte niemand das Leben der Frau retten. Jetzt war Rejn allein auf der Welt – mit Parkinson. Kaum sechzig geworden.

Lange Zeit hatte Li ihm das Leben durch Anwälte verpestet, weil sie ein größeres Stück von seinem Kuchen abhaben wollte. Es konnte ja wohl nicht sein, daß sie in einem Pensionszimmer dahinschmachtete, während er es sich mit irgendeiner Pygmäe in der Schweizer Luxusvilla wohl sein ließ. Es mußte doch einen Gesetzesschutz geben, der ihr jenen Lebensstandard sicherte, den sie von früher her gewohnt war, als sie noch mit dem Lurch verheiratet war. Doch der Lurch tauchte ab, solange er konnte, und als er es nicht mehr konnte, bekam Li ein Anwaltsschreiben mit der Mitteilung, ihr früherer Mann, Rejn Møller, sei aus Krankheitsgründen in den Vorruhestand gegangen, was bedeutete, daß von jetzt an jegliche Unterhaltszahlung als aufgehoben betrachtet werden müsse. Li bekam einen Lachanfall. Rejn und krank? Nicht die Spur. Wie kann denn ein Stein krank werden?

Ihre Kneipenfreunde hatten ihr seit langem erklärt, für sie wäre es das klügste, auf Rejns armseligen Unterhalt zu verzichten, da sie eine bedeutend höhere Unterstützung vom Staat erhalten könnte, wenn sie völlig mittellos sei und nichts besäße. Lange Zeit wollte Li es nicht glauben. Doch die Sache erwies sich als richtig. In dem Moment, als Rejn, weil er ins Pflegeheim mußte, nicht länger als Lis Sozialhilfezahler in Frage kam, wurde Li Sozialhilfeempfänger. Sie genoß eine ganz neue Unabhängigkeit, die sie nie zuvor gekannt hatte.

Die Prognose war in all den Jahren klar gewesen: Li konnte jederzeit sterben, sie hatte stets nicht mehr viel Zeit vor sich. Rejn war der Überlebenskünstler, der alles ertragen und überstehen konnte. Doch jetzt lag Rejn weinend auf der Insel. Tagtäglich weinte er in seinem Krankenbett, weil er wußte, er würde, je mehr Zeit verging, ganz oder schrittweise aufhören, Mensch zu sein. Er hatte seine Arbeit verloren, seine Frau, seine Villa in der Schweiz und alles, was er besaß. Die Einrichtung hatte Myren auf ihren Anhänger gepackt, als Rejn noch bei genug Verstand gewesen war, um dafür zu sorgen, daß weder Li noch Zeste die Dinge in die Finger bekamen. Er, der nie zuvor viel Geduld mit Myren aufgebracht hatte, machte jetzt gemeinsame Sache mit ihr. Gemeinsam hatten sie ihren Haß. Wie für Myren waren Li und Zeste auch für ihn zur inneren Qual geworden. Nach der Scheidung verschmolzen sie zu einer Geschwulst des Hasses, die ständig größer in ihm wurde, während er die Zähne zusammenbiß und sich auf all die vielversprechenden technologischen Erfindungen konzentrierte, die die Informationsgesellschaft in Aussicht stellte.

Als er nach langem Warten sein Zimmer im Pflegeheim bekam, nicht weit entfernt vom Haus, in dem Tor und Emma lebten, wurde es daher auch mit dem allerneuesten PC-Modell ausgestattet und einem Fernsehsystem mit interstellaren Satellitenkanälen und -kabeln. Und einem Bett, das Rejn in der Nacht wie ein gebratenes Hähnchen elektronisch wenden würde, jetzt wo er sich nicht mehr selbst zu bewegen vermochte. Er brauchte von nun an lediglich auf einen Knopf zu drücken. Der Haken an der Sache war nur der, daß Rejn so heftig zitterte, daß er auf *keinen* Knopf zu drücken vermochte. Er legte sich hin und weinte. Er weinte wie ein kleines Kind und wünschte sich nur noch zu sterben, oder daß jemand sich um ihn kümmerte. Ob es nun Jesus war oder Tor. Er versuchte die Hand danach auszustrecken, doch konnte er seine Bewegungen nicht kontrollieren. Er war wieder in dem Kinderheim – wo er einst zurückgelassen worden war, als seine Eltern nach Wladiwostok fuhren. Und die ganze Nacht läutete er nach dem Personal, damit es käme und sein elektronisches Selbstdrehbett bediente.

Dann rief Li an. Sie wollte nur hören, ob er wirklich krank war, wie man sagte, oder ob er nur Komödie spielte. Zu dem Zeitpunkt ging es Rejn so schlecht, daß sie seine Worte kaum verstand. Sie wollte ihren Ohren nicht trauen! Jener Mann, der bei all seinen Rechnungen stets so stringent gewesen war, sollte jetzt nur ein lallendes Wrack sein? Das konnte unmöglich stimmen, auch wenn Rebekka als halber Arzt der Familie Li gründlich über die Parkinsonschen Symptome informiert hatte. Lähmungen, Zittern, Zuckungen und Krämpfe, Versteifung in Körper und Gesicht.

»Das überrascht mich nicht«, sagte Li, »denn Rejn ist immer steif wie ein Stockfisch gewesen.«

Bekka überhörte die unsachliche Bemerkung der Schwester und fuhr in ihrer Erklärung fort, während Li vor dem wissenschaftlichen Vortrag des Fräulein Besserwisser die Ohren verschloß: »Es liegt daran, daß der Bereich ›Substantia Nigra‹ im Gehirn abstirbt, wodurch ein Mangel am notwendigen Stoff Dopamin entsteht«, erklärte Rebekka. Aber Li legte mehr Gewicht auf das, was sie zufällig in einem Zeitungsartikel gelesen hatte, nämlich daß es eine Krankheit sei, die insbesondere Zugkontrolleure und Steuereinnehmer befalle.

Sie beschloß, all ihre Kräfte zusammenzunehmen und auf die Insel zu fahren, um nach »dem kleinen Segen« zu sehen und der neugeborenen Sarai, und obendrein mit der Absicht, Rejn ein letztes Mal zu besuchen, damit sie trotz allem nicht als Todfeinde schieden.

Sie hatte ein Geschenk für ihn mitgenommen. Einen vorgeschichtlichen Fund, eine Votivgabe aus Speckstein von einem Begräbnisplatz in Peschawar. Die kleine Skulptur war eine Opfergabe, die mit der Leiche begraben gewesen war. Auf dem Rücken der Figur waren ein paar magische Formeln in einer toten Sprache in den Speckstein geritzt. Rejn hatte sie sicher einmal selbst gekauft, auf einer ihrer vielen Fahrten über den Khyber-Paß, die Cat von ihm verlangt hatte, um in der afghanischen Wüste nicht völlig auszutrocknen. Und Dog hatte sich ihr wie immer gefügt. Sie waren im »Intercontinental« mit seinen dicken Teppichen unter den riesigen Kristalleuchtern und der Aircondition abgestiegen, hatten tagelang Bridge gespielt und Golf und ein paar Teppiche und Antiquitäten im Basar erstanden.

Im Pflegeheim, gekleidet in einen fleckigen blauen Pullover, saß ein alter Invalidenrentner im Rollstuhl und sabberte. Sein Gesicht war ausdruckslos, und er konnte nichts sagen, obwohl er sie offenbar wiedererkannte. Li schaute sich in seinem Zimmer um. Auf der Fensterbank entdeckte sie eine kleine olivgrüne Song-Schale mit Lotusblättern in Seladon-Glasur. Die steckte sie in die Handtasche, als sie ging.

15. Das Goldturnier

Rejn war tot, und beim Begräbnis zeigte sich, daß man einen ganz anderen in die Erde brachte als jenen, den die Familie gekannt hatte. In der Kapelle tauchte ein Fremder auf, der der Widerstandsbewegung angehört hatte, und hielt eine Rede für »Klammer«, den Mutigsten der ganzen Gruppe. Er sprach von Eisenbahnsabotage in Jütland, dem Leben im Untergrund, in Seeland und Fünen, und der Flucht nach Schweden. Viele Widerstandskämpfer waren den Rest ihres Lebens von der Zeit des Krieges geprägt, Rejn hingegen hatte nie auch nur einen Ton verlauten lassen, und für Li war er kein Widerstandskämpfer, sondern ein Hund gewesen. Und hätte er die Sache erwähnt, wäre sie doch nur als Scout-Spiel bezeichnet worden, also hielt er den Mund, um zumindest *diese* Welt ganz für sich zu haben. Eine Welt, die nun beim Begräbnis auftauchte und alles vereinnahmte. Die Art, wie der Fremde von Rejn sprach, ließ das Trauergefolge immer mehr zweifeln, wem sie hier eigentlich Lebwohl sagten.

Li war nicht eingeladen und Zeste in London. Doch als Zeste ein paar Monate später nach Gammel Mønt zurückkehrte, lag dort ein großes gelbes Kuvert mit dem Testament. Es zeigte sich, daß Zeste darin kaum erwähnt wurde, obwohl sie Adoptivkind und somit in gleicher Weise erbberechtigt war wie Myren, Orm und Tor. Sie rief bei Li an: »Warum habe ich nichts von Rejn bekommen, wie die anderen? Ich habe ihm doch nie etwas getan?«

»Ich habe ihm auch nie etwas getan«, antwortete Li, als wäre sie ebenfalls eins seiner Kinder. »Ich habe ihn *erschaffen*! Als ich ihn damals kennenlernte, war er eine glatte Null. Er besaß lediglich ein Zimmer in der Peder Skramsgade und eine Nagelschere.«

»Und einen Tupilak.«

»Er konnte seinen Söhnen kein Vater sein, denn er hatte selbst nie einen Vater.«

»Zu wem hat er sich jemals liebevoll verhalten?«

»Die ersten sieben Jahre hat er mich geliebt. Danach war er verliebt in dich«, sagte Li.

Zeste verspürte Übelkeit und war nahe daran, sich zu übergeben.

*

Wenn Li kurz vor dem Verlieren steht, gelingt es ihr immer, eine neue Karte auszuspielen. Tatsache ist, daß am Tag, an dem sie stirbt, all ihre neuen Freundinnen aus verborgenen Erdlöchern auftauchen und unabhängig voneinander wie aus einem Mund erklären werden, daß Li der reizendste Mensch gewesen sei, den sie gekannt hätten.

Es ist unbestreitbar, daß Li die Neugier anderer Menschen erregte, da sie etwas Rätselhaftes und zugleich Erschreckendes an sich hatte. Und sie wog nicht mehr als Karen Blixen. Doch ihre stärkste Karte blieb stets Zeste. »Ich habe sie selbst geschaffen«, lautete die Schlagzeile, als Li für die Zeitung interviewt wurde. Sie erklärte: »Zeste ist genauso geworden, wie ich es mir gewünscht habe.« Und in der Zeitung stand: »Es muß schön sein, eine Mutter mit so lebhafter Phantasie zu haben!« Und wenn die Freundinnen fragten, wie sie das nur hinbekommen habe, erwiderte sie, die Antwort sei Freiheit: »Ich habe sie nie erzogen, ich habe mich nie eingemischt, ich bin immer davon ausgegangen, daß sie von Natur aus vollkommen ist.« Und die Freundinnen staunten, weil sie selbst mit der gleichen Methode nur Mißerfolge erzielt und keine bekannte Schauspielerin aufgezogen hatten.

Li umgab sich mit Bewunderern, so war es immer gewesen, und dafür konnte sie nichts. Als Kind und junges Mädchen war sie wegen ihres gefährlichen Lächelns und ihrer gelben Katzenaugen umschwärmt worden. Inzwischen waren ihre Augen völlig weiß, wie auch ihr Stuhlgang, doch sie nötigte den Leuten noch immer Bewunderung ab, weil sie einen stummen Heroismus ausstrahlte. Der Arzt sagte, als sie einmal wegen Tuberkulose im Krankenhaus lag: »Sie müssen sehr tapfer sein, wenn Sie behaupten, es gehe Ihnen gut. Es kann nur daran liegen, daß Sie nie versucht haben, es sich wirklich gut gehen zu lassen, so daß Sie einfach nicht wissen, was es bedeutet.«

Jeder, der in ihre Nähe kam, war sich rasch darüber im klaren, hier einen Menschen vor sich zu haben, der in der Hölle gelebt hatte. Ein Mensch, der mit Mühe und Not überlebt hatte. Vor dieser Tatsache wurden die eigenen Widrigkeiten null und nichtig. Auf diese Weise half sie den Menschen – indem sie ihre narbenübersäten knöchernen Arme vorwies.

Und sie beklagte sich *fast* niemals. Sie lebte mit ihren Verlusten. Dennoch brachte sie es nicht fertig, die wenigen Male bei Myren zu erscheinen, zu denen sie, in Erwartung von Geschenken, an Kindergeburtstagen eingeladen worden war. Denn dort würde sie ihre ganze häusliche Einrichtung intakt vor sich sehen. Alles, was Myren auf ihrem Anhänger aus der Schweiz heimgeschleppt und was Li im Fernen Osten gesammelt hatte. Für Li waren die Dinge nicht tot – sie waren ein Teil ihres gelebten Lebens. Der kleinste Scherben schnitt ihr ins Herz und erinnerte an Triumphe und Höhepunkte.

Wie damals, als Sam, der indische Chefredakteur der Bangkok Post, sie unter dem Vorwand, ihr seine neuen Büros am Stadtrand zeigen zu wollen, zu einem romantischen Spaziergang eingeladen hatte. Und sie hatte vor sich hin in den Staub geblickt und einen Scherben entdeckt. Sie wußte sofort, daß er Sang-Khalok war. Gemeinsam waren sie in die nächste Holzhütte getreten, wo die ganze Bauernfamilie versammelt saß. Sie zeigte ihnen den Scherben, und die Leute hatten gelacht. Sie hatte gefragt, ob sie noch mehr davon besäßen. Und die Leute hatten mit großem Eifer all ihre Suppenteller aus dem Regal gerissen, um sie an sie zu verkaufen, diese verrückte »Farang«. Es war alles Sang-Khalok. Und Li und der Chefredakteur waren sich vorgekommen wie Verschworene, ein Gefühl, das an Verliebtheit erinnerte.

Sie hatten beide gewußt, welche Schätze sie soeben ausgegraben hatten. Und die standen jetzt alle bei Myren – Song und

Ming, die chinesischen Ledertruhen, Lackschränke mit Vergoldungen und Tische aus Rosenholz. Die schönen Teppiche aus Kabul mit den absichtlich eingewebten Fehlern, weil nur Allah perfekt sein durfte.

Doch Myren war es auch – perfekt. Sie hatte beispielsweise bei Sotheby angerufen, um sicherzugehen, daß ihre Anstrengungen nicht vergeblich waren, und sie hielt ihrer Mutter eine Rede: »Du kannst froh sein, daß die Sachen bei mir sind. Ich bin dir dankbar, daß du mir einen Sinn für Schönheit vermittelt hast. Jedesmal, wenn ich die Gegenstände betrachte, denke ich an dich.« Und sie fügte hinzu: »Du kannst auch froh sein, daß ich mit einem Mann verheiratet bin, der einen Sinn für diese Dinge hat.«

Li rief mit ihrer Tochter um die Wette bei Sotheby an, in tödlicher Eifersucht. Myrens Art, das ganze Leben ihrer Mutter durch die Gegenstände zu erobern und in Beschlag zu nehmen, erinnerte Li an ihr eigenes miserabel verwaltetes Pfund. Sie konnte nie verwinden, daß Myren ihr nicht einmal den kleinsten Aschenbecher anbot. Nicht weil sie rauchen wollte, sondern weil sie eine Urne für ihre Asche brauchte.

Ansonsten lebte sie, ohne zu klagen, in einem Pappkarton mit ihren Pokalen. Bridgeprämien, die sie in der ganzen Welt gewonnen hatte. Cat hatte nach Dogs Tod ein paar recht gute Jahre, obwohl sie jeden Morgen Blut spuckte, jeden Tag 38° bis 39° Fieber hatte und nur noch 37 Kilo wog. Doch sie wollte nicht zum Arzt, sie mußte das Goldturnier spielen. Außerdem begannen die Untersuchungen im Krankenhaus bereits früh um acht, und Li würde lieber sterben als zeitig aufstehen. Wie der Boxpromoter einmal über ihre legendäre Trägheit gesagt hatte: »Wenn sie das Tempo verringert, geht sie rückwärts.«

Sie hörte indessen auf, Cat zu sein, und übte sich darin, allmählich ein Mensch zu werden. Sie lernte es, im Telefonbuch nachzuschlagen. Sie lernte zu rechnen, wenn sie auf der letzten Seite im Scheckheft eine Summe von der anderen abziehen mußte, um einen Überblick über ihr eigenes Geld zu bekommen, das nicht mehr von Rejn stammte. Und das Beeindruckendste von allem: Sie begann, wenn sie zum Bridge wollte, die öffentlichen Verkehrsmittel zu benutzen. Und sie fuhr an den Friedhöfen vorbei, wo die jungen Menschen herumdösten und sich auf den Grabsteinen sonnten, während ihre Ghettoblaster die Stimmen der Toten übertönten.

Doch es war die wichtigste Voraussetzung für Lis gute Jahre, daß sie – dank Rebekkas niemals versagendem Familiengefühl – zum ersten Mal in ihrem Leben eine eigene Wohnung bekam. Eine Einzimmerwohnung in Østerbro.

Und auch hier mußte sie nicht auf Zuwendung verzichten. Die Leute standen Schlange, um ihr zu helfen. Das hatten sie immer getan. »Es ist ein Geschenk, das mir mitgegeben wurde«, sagte Li. Aber wie alle Geschenke war auch dieses nicht umsonst. Stets mußte Li sich anhören, ihr Augenlid hänge herunter und ihr Kiefer sei schief, und jetzt wollte Bekka auch noch, daß sie sich die Zähne ziehen lasse. Nur um zu helfen.

»Wir müssen auch bald an eine kleine Prothese denken.«

»Was meinst du mit ›einer kleinen Prothese‹ – ein Gebiß?«

»Du wärst vielleicht gezwungen, etwas von deinem chinesischen Porzellan zu verkaufen, wenn du ein paar ordentliche Zähne haben willst und nicht nur ein Standardgebiß.«

»Völlig ausgeschlossen.«

»Aber du kannst doch überhaupt nicht mehr kauen.«

Was ging es Bekka an, ob sie kauen konnte?

»Du stirbst doch bald vor Hunger!«

Was ging es Bekka an, ob sie Hungers starb?

»Das Porzellan verkaufe ich niemals. Niemals!«

»Du ziehst also vor …?«

»Over my dead body.«

Eine Dame, Ellen Nielsen, nahm, mit einem Staubsauger unterm Arm, mehrmals die Woche den Bus von Amager, um für Li zu putzen, ohne Bezahlung, allein des Privilegs wegen. Doch sie befürchtete, dieses Privileg wieder zu verlieren. Eines Tages ging es dann auch schief. Denn Li ließ sie am Bridgetisch zugunsten eines besseren Partners fallen.

»Ich bin so enttäuscht«, jammerte Ellen Nielsen, die Li über ein Jahr lang jeden Wunsch von den Augen abgelesen hatte.

Doch Li erwiderte: »Der Bridgetisch soll nicht zwischen uns stehen. Du darfst gern weiter meine Silberpokale putzen und den Kühlschrank abtauen.«

Ellen Nielsen war erleichtert. Sie war nicht total verstoßen. Das war Lis Macht. Mit einem Bein im Grab stehend, gab sie dem Leben und den Menschen Bedeutung. Oder sie nahm sie ihnen.

Li hatte in großen Villen gewohnt, an jedem Finger einen Dienstboten. Jetzt besaß sie lediglich »A room of one's own«. Aber jeden Morgen beim Aufwachen fragte sie sich: »Warum bin ich nur so glücklich?« Und dann erinnerte sie sich: Sie hatte eine eigene Wohnung bekommen. Sie war nicht mehr abhängig von einem Ehemann, und sie mußte keinem Vermieter mehr zur Verfügung stehen. Warum war das nicht schon vorher passiert? Es hatte ganz einfach außerhalb der Grenzen des Möglichen gelegen. Denn wie in aller Welt sollte sie allein zurechtkommen? Sie brachte es schließlich noch immer nicht fertig, sich selbst am Leben zu erhalten, zum Beispiel indem sie aß. Das Wunder bestand darin, daß es im Haus ein Gemeinschaftsrestaurant mit Essenkupons gab und somit eine angemessene Chance, daß Li einmal die Woche etwas zu sich nahm, möglicherweise sogar zweimal. Viele ältere Frauen leben ausgezeichnet von Rotwein, der ja einiges an Nährstoffen enthält. So geschah es, daß Li an zwei entgegengesetzten Krankheiten zu leiden begann (neben anderen Kleinigkeiten): Podagra und Anorexie. Nahrungsverweigerung war immer ein Problem bei ihr gewesen, doch jetzt kam die Podagra hinzu, diese besondere Gicht für Bonvivants. Die Zehen schwollen an und hinderten sie periodisch, Schuhe zu tragen. Und so konnte sie sich nicht ins »d'Angleterre« begeben, den einzigen Ort, an dem sie richtig essen konnte. Nicht wegen der Speisen des Hauses, sondern weil Zeste sie einlud. Nur Zeste machte ihr Appetit. Und Li verschlang vier Gerichte und trank obendrein noch eine ganze Flasche Wein. Man konnte jederzeit gewärtig sein, den Krankenwagen rufen zu müssen, weil sie das Essen in die falsche Kehle bekam und am Ersticken war. Sie begann einem Krokodil zu gleichen, das sich zuweilen damit begnügt, jeden vierten Monat einen Hirsch zu verschlingen, und ansonsten von Luft lebt.

Das Restaurant war voller junger Leute. Sie haßte die »Jugend«. Die Jugend, die Champagner trank und von der Sozialhilfe Taxis bezahlte, was sie als ihr gutes Recht ansah, und niemand wagte, ihr zu widersprechen oder ihr den Stuhl vor die Tür zu setzen. Vielmehr liefen die Mikrophone heiß, weil ihr alle das Geld aus der Tasche ziehen wollten. Ein Junge übertraf den anderen noch an selbstverliebter Dummheit, weil sie – wie die Dänen überhaupt – nie einer Prüfung ausgesetzt waren. Was wußten sie denn schon: »Du weiß's nicht mein Sohn, du bist nicht geprieft«, wie Bekka stets auf jiddisch sagte, obgleich es schwachsinnig war, jiddisch zu denken. In der Regel half Li ein gleichaltriger, galanter Mann in den Bus. Wenn die Alten verschwunden waren, gäbe es auch keine Hilfsbereitschaft mehr. Hatte man je erlebt, daß ein junger Mensch einem älteren bei etwas Schwerem, Kompliziertem oder Gefährlichem half? Das einzige, wobei die Jungen halfen, war, die alten Frauen um ihre Handtaschen zu erleichtern. Wenn die Jugend Lis weiße Augen gesehen hätte, wäre sie auf der Stelle tot umgefallen. Einmal hatte sie so auch ihre Handtasche gerettet, vor einem Rocker mit Motorrad. Einfach mit ihrem *Blick*.

Doch nicht jeden Morgen dachte sie beim Aufwachen: Warum bin ich so glücklich? Denn jetzt nahm sie weniger Schlaftabletten, und da kam es vor, daß sie träumte. Und sie wachte aus einem Alptraum auf, weil sie nicht genug Milch hatte, um die Kinder in Rumänien zu stillen.

*

Li war vom Leben geprüft und verworfen worden. Doch sie bestand das Verwerfen mit Glanz. Ohne Illusionen. Anders war es bei Orm. Je mehr ihn das Leben verwarf, desto stärker hatte er das Gefühl, bestanden zu haben. Insbesondere jetzt, wo er das Ziel seines Lebens erreicht hatte. Nachdem er viele Jahre auf Bahnhöfen, in Wärmestuben und Treppenaufgängen geschlafen und das Urteil für den Bankraub in »Sankt Hans« abgesessen hatte, verfügte er nun endlich über eine eigene Wohnung.

Am Fuße der Treppe logierte ein Fixer auf einer Matratze, umgeben von Asche, Kotze, Flaschen und Spritzen. Wenn Orm abends nach Hause kam, fand er in der Regel mehrere Damentaschen samt Inhalt im Aufgang verstreut. Orm überfiel zuweilen ein mulmiges Gefühl, wenn er über einen Lippenstift »stolperte«. Später am Abend war der Inhalt der Taschen weiter dezimiert. Der Diebeskreis umfaßte mehrere Schichten. Zuletzt kamen die Schakale und beseitigten die Reste.

Orm war nun ein »älterer« Rentner von achtunddreißig Jahren, mit neuen Zähnen, Hauspullover und Lesebrille. Er hatte nämlich Rejns alte Sachen geerbt, und die saßen zwar etwas locker an ihm, doch Orm konnte nichts Beengendes ertragen. Die Wohnung, für die er seit vielen Jahren vorgemerkt und als »eventuell geeignet« befunden worden war, hatte pißgelbe Tapeten, die früher einmal weiß gewesen waren, und war mit Bett, Kommode, Sofa, Stühlen und Gardinen für insgesamt 235 Kronen ausgestattet. Manch einer sagte, er sei »bürgerlich« geworden – und das war noch immer ein sehr schlimmes Wort, obwohl es im Land kaum noch richtige »Bürger« gab. Doch Orm behauptete, es nerve ihn, wenn seine Sachen nicht sauber seien, er bestand auch auf richtigem Toilettenpapier und mochte sich nicht mehr mit »Nørrebro Avisen« abwischen.

Zöge Orm Bilanz, könnte er sagen, daß sieben oder acht seiner Freunde Selbstmord begangen hatten, außer denen, die an einer Überdosis gestorben waren. Er bekam 9 000 Kronen im Monat, die höchstmögliche Invalidenrente, doch bezahlte er noch immer die alten Schulden ab, die 50 000 Kronen, um die er die Christen in Korsly an einem Wochenende gebracht hatte. Gottseidank war er jetzt auf Antabus. Sonst könnte er leicht auf den Gedanken kommen, ins Magasin zu gehen, ein Konto zu eröffnen und ein paar Plastiktüten mit Schnapsflaschen zu füllen, um es sich wohlergehen zu lassen. Und dann hätte sich das Geld »an einen wenig glücklichen Ort verflüchtigt«, wie er es auszudrücken pflegte. Deshalb versuchte er sich so weit wie möglich von der schlechten Gesellschaft in der Jesper Brochmands Gade fernzuhalten, der er auf mysteriöse Weise ebenfalls Geld schuldete, weil er »Luft kriegen mußte«. – »Durch die Kanäle, die ich nun mal dafür benutze.« Was meinte er mit Kanälen – Kanüle? Tatsache war, daß Orm nicht mehr viele Möglichkeiten hatte, um sich Nahrung zuzuführen. Jeden Tag erbrach er sich. Er konnte das Essen nicht bei sich behalten, weil er den Magen mit Alkohol und Tabletten ruiniert hatte. Außer seinen Psychopharmaka nahm er, seit sie rezeptfrei waren, am Tag 10 bis 20 Kodimagnyle ein und rauchte 40 bis 60 Zigaretten in 24 Stunden. Denn nachts konnte er nicht schlafen. Lange Zeit war Hasch sein letzter Ausweg gewesen. Doch jetzt machte ihn das melancholisch und ließ ihn in steigendem Maße verzweifeln. Er konnte nicht mehr die Ruhe finden, nach der er trachtete, wenn er sich ein Chillum ansteckte. Er konnte die Wirkung nicht spüren, ohne weinen zu müssen. Deshalb waren in letzter Zeit auch seine Finanzen undurchsichtig geworden. Geld war ansonsten seine Profession. Er kannte die Verordnungen und Paragraphen der Sozialgesetzgebung in- und auswendig, das war ein Full-Time-Job. Er war imstande, jede beliebige Sachbearbeiterin unter den Tisch zu reden, entweder mittels einer Charme-Offensive oder einfach, indem er der Gewitterziege drohte.

Wenn andere Menschen von 9 000 Kronen im Monat bei bezahlter Miete und kommunalem Essen leben konnten, dann mußte Orm es auch können, behauptete man auf dem Amt. Doch er hatte immer sehr mysteriöse Geschichten parat. Beispielsweise bat er das Sozialamt, seine Telefonrechnung von 3 000 Kronen zu bezahlen, denn er sei gerade aus »Sankt Hans« gekommen. Und jetzt benötige er die 3 000 Kronen. Aber wie konnte die Telefonrechnung so hoch werden? Ja, das war, weil das Telefon, das er beim Trödler gekauft habe, nicht funktioniere. Man konnte nur nach *draußen* telefonieren, niemand konnte *ihn* anrufen, weil das Läutwerk kaputt war.

»So ein Telefon ist unrentabel«, sagte die Sachbearbeiterin.

Orms Augen begannen wegen des Verhörs gereizt zu flakkern. Wen sollte er jetzt totschlagen?

Bald würde sie ihn fragen, warum er den Apparat nicht einfach hatte reparieren lassen. Aber er mochte dem Weibsbild nicht erzählen, daß das Telefon draußen auf der Straße kaputtgegangen war, oder erklären, wozu er es dort brauchte. Sie mußte schließlich nicht wissen, daß er unterwegs zum Trödler gewesen war, um es zu verkaufen, weil er ein bißchen Luft benötigte, und daß er es vor Wut auf den Bürgersteig geschmettert hatte, als er feststellte, daß der Trödler geschlossen hatte.

Orm fiel es immer schwerer, sich selbst zusammenzuhalten und die Stellung zu halten. Es war, als werde seine Wohnung von mysteriösen Wesen bevölkert, die sein Leben forderten. Sie kamen von der schlechten Gesellschaft in der Jesper Brochmands Gade und besonders von dem Mann mit dem Pferdeschwanz, der drohte, Orms Knieschneiben zu zertrümmern, so daß er den Rest seines Lebens im Rollstuhl sitzen würde. Fünfmal hatte Orm aus Angst vor dem »Pferdeschwanz« die Telefonnummer gewechselt, doch aus irgendeinem Grund endete die Sache stets damit, daß er seine neue Nummer weitergab – an den »Pferdeschwanz«. Er hatte einen Zettel an seine Tür geheftet: »Von Anfragen ist abzusehen«. Dennoch war seine Wohnung voller Anfragen. Er klebte einen anderen Zettel an die Tür, auf dem er mit der Polizei drohte, doch bekam er Angst vor der eigenen Drohung und riß ihn wieder ab. Er versuchte, das Leben draußen vor der Tür zu halten, doch war er nicht sicher, daß seine Kräfte dafür ausreichten. Und er las bei Lukas: »Wer von euch kann mit all seiner Sorge sein Leben auch nur um eine kleine Zeitspanne verlängern?«

*

Die Karten hielten Li am Leben. Wenn sie längere Zeit nichts gegessen hatte, kam es vor, daß sie in den Bridgeklubs vor Schwäche umfiel, aber sie gewann dennoch. Und sie kaufte – von der Invalidenrente – einen Smaragd- und einen Saphirring, die sie an ihre Skelettfinger steckte, um wie die alten Jüdinnen aus den Ghettos mit ihnen klappern zu können, wenn sie ihre Asse hinblätterte. Während Leber und Nieren schrittweise versagten und das Blut sich mit dem Urin vermischte, den sie seit mehr als einem Jahr nicht hatte ausscheiden können, wurde ihr Kopf immer klarer. Sie erinnerte sich an all die 52 Karten, als seien sie ihre nächsten Angehörigen, und sie wußte auf hellseherische Weise, was der Partner in der Hand hielt. Sie spielte das Goldturnier und sammelte all die Goldpoints, um sie mit ins Grab zu nehmen. Sie gewann, und nicht nur, weil sie ihre Karten fehlerfrei spielte. Sondern weil alle anderen am Tisch instinktiv fühlten, daß sie mit dem Tod spielten und deshalb verurteilt waren, zu verlieren.

Kaum hatte Li mit ihrem neuen Leben begonnen, als eine Sturmböe sie umriß und ihr die Hüften brach. Das tat der Sturm in jedem Herbst, weshalb Zeste ihr verbot, aus dem Haus zu gehen. Doch Li fühlte sich stets wohl in der Chirurgie, der einzigen Station, wo es wirklich um Leben und Tod *ging*. Sie lag im sauberen Krankenhaushemd im Bett, die Jadekatze – die nach dem Diebstahl auf übernatürliche Weise zu ihr zurückgekehrt war – auf dem Nachttisch und Photos von Zeste auf den Titelseiten von Zeitungen und Illustrierten vor sich. Mit Zeste auf der Decke lag sie gut geschützt, so wie ein Emblem oder eine Uniform die Soldaten vor dem Gefühl ihrer allzu menschlichen Schwäche schützen können.

Wenn Ärzte und Krankenschwestern vorbeischauten, vermochte Li ihnen zu erzählen, daß Zeste gerade eine Premiere in Riga gehabt hatte. Und dieser Ort war ja für die meisten ein neuer Fleck auf der Landkarte, mit einer heroischen Bevölkerung, die die Sowjetmacht aus dem Land gesungen hatte, mit Riesenfeuern auf den Straßen und mit Blumen. Die Letten hatte man im Fernsehen gesehen, ihren Kampf und ihre Solidarität untereinander, wo jede Kirche und jede Wohnung zum Lazarett oder zur Wärmestube umgewandelt worden waren, und einer dem anderen alles gab, was er besaß: Essen, Kaffee, Zigaretten. Den Dänen waren die Tränen gekommen, denn mein Gott, es war doch ein kleines Land wie Dänemark und wünschte nur seine Freiheit. So etwas konnte man schließlich verstehen. Vergessen war, daß man bis vor fünf Minuten und in den letzten fünfzig Jahren gewettet hätte, daß die Letten sich als Sowjetrepublik ganz ausgezeichnet fühlten. Der untrügliche Sinn der Dänen für Gemütlichkeit hatte ihnen stets diktiert, welche Erinnerungen zugelassen wurden.

Zeste war gerührt, »zurück« in der Art-nouveau-Stadt zu sein, wo die Mutter ihre Kindheit verbracht hatte. An der Daugava zu stehen und auf den Fluß zu schauen, wo Li als Kind das Eis hatte kalben sehen. Zeste fand die erste Wohnung ihrer Familie am Kalpaka Boulevard wieder, in einem alten, relativ guterhaltenen Jugendstilhaus, gegenüber einem Park und der orthodoxen Kirche, mit einer breiten Treppe, die sich längs eines kunstfertigen schmiedeeisernen Geländers hinauf zur Universitätsbibliothek wand. Der Bibliothekar schaute sie ungläubig, aber freundlich an, als sie erklärte, sie suche nach dem Zimmer, wo das Kinderbett ihrer Mutter einst gestanden habe, während sie unterließ, auf das Ehebett hinzuweisen, das auf Katzes Anordnung zersägt worden war. War die alte Wohnung ziemlich intakt, stellte sie doch fest, daß die modernen Dreißiger-Jahre-Bauten, in die sie nach Valdemara gezogen waren, schon weil es dort einen Fahrstuhl gab, unterdessen total ramponiert waren. Damals reiner Luxus, war die Gegend heute ein Slum. Nachdem Tobias seine Firma hatte schließen und abreisen müssen, waren seine Wohnung und die Büros vom Zentralkomitee der Kommunistischen Partei übernommen worden. Derzeit beherbergten die Räume eine psychiatrische Klinik.

»Der Letzte löscht das Licht« hatte Premiere im Nationaltheater, und Zeste erklärte den Zeitungen, welche Freude es für sie sei, »zurückzukehren«. Sie sang die ersten Strophen der lettischen Nationalhymne, die Rebekka ihr beigebracht hatte, und erzählte von ihrem Großvater Tobias, der seinerzeit mit Öl gekommen war, und sie sagte, sie käme jetzt mit einem neuen Brennstoff, dem der Freiheit. Sie räumte ehrlich ein, daß man als

Dänin nicht anders könne, als sich ein wenig beklommen zu fühlen bei dem Gedanken, was die Letten durchlebt und durchlitten haben mußten, daß sie »geprüft« worden seien, während die Dänen selbst davongekommen waren, ihre Schäfchen im trockenen hatten, hinter den inneren eisernen Vorhängen, die so gut schützten.

Sie erzählte von dem Stück, das überall Triumphe gefeiert hatte und das von der Befreiung von jeglicher Unterdrückung handelte, in erster Linie jener der Familie. Die Letten nickten mit glänzenden Augen und freuten sich über ihre Botschaft. Zeste schaffte durch Tobias eine persönliche Verbindung zu den dreißiger Jahren und damit zu Lettlands kurzer, zerbrechlicher Selbständigkeit. Und sie zeigten ihr das Freiheitsdenkmal, das Zeste zur sprachlosen Verblüffung der Leute mit einer nagelneuen Erfindung fotografierte: einer Kamera, aus der die Bilder im selben Moment herausgeschossen kamen. Die Freiheit kannte offenbar keine Grenzen.

Und dennoch. Während Zeste dort saß und die Sache der Freiheit vertrat, begann sie zu zweifeln. Denn sie kam aus einem Land, wo alle im Grab der Namenlosen endeten. Sie kam aus einer Not, die direkt mit dem Wohlstand einherging. Die Dänen benötigten sich nicht mehr gegenseitig – wie die Letten –, um überleben zu können.

Obwohl »Lights off« dank der freudigen Erwartung ein Erfolg wurde, kam es, nachdem es ins Lettische übersetzt worden war und die Leute verstanden, worum es eigentlich ging, niemals auf die Bühne. Nicht diese Welt und diese Freiheit war es, nach der sie sich gesehnt hatten.

*

In einer Tageszeitung schrieb Balder eine Polemik über die korrekte Anwendung der jiddischen Bezeichnung »Hut« kontra »Schäbbes«. Und er behauptete immer weiter, es heiße »Hut«, und brachte alle jüdischen Rechtschreibexperten gegen sich auf, da er offenbar unrecht hatte. Und das war das schlimmste, denn seine ganze Existenzberechtigung bestand darin, eine Wiedergutmachung für den himmelschreienden Fehler zu erreichen, unter dem er einst zu leiden gehabt hatte. Diese Welt, die ständig ins Gebet genommen wurde und die ständig versagte, hatte einen Fehler. Es war ein Fehler, der ursprünglich im Garten des

Paradieses begangen worden war und der jetzt alle Nachkommen, Geschlecht für Geschlecht, verfolgte.

Balder hatte eine glänzende Fernsehsendung über Einwanderer zusammengestellt, die einen Artikel in einem faschistischen Blatt zur Folge hatte, in dem man Balder Løvin beschrieb als »einen Juden, Abkömmling von Tobias Løvin, welcher jetzt auf dem Mosaischen Friedhof liegt und das Grundwasser verunreinigt«. Im Artikel wurde nicht versäumt, die Tatsache zu betonen, daß die Familie von einem gewöhnlichen Levin-Geschlecht abstammte, doch daß sie glaubte, etwas Besseres zu sein, indem sie sich Løvin nannte.

Balder strengte ein Verfahren gegen den Faschisten an und gewann. Der Faschist bekam zehn Tage Haft und sollte 15 000 Kronen Entschädigung an Balder zahlen. Es war das erste Mal seit dem Krieg, daß ein Urteil wegen antisemitischer Äußerungen gefällt wurde. Seine ehemalige Frau, Schnippe, die auch Leserbriefe schrieb und darüber herzog, daß zuviel Geld für AIDS-Patienten ausgegeben würde, die selbst an der Geschichte schuld seien, schrieb unablässig an ihren ehemaligen Mann, ihr Haßobjekt, da sie ja keinen Kontakt mehr zu ihren Kindern hatte. Sie schrieb, es sei ausschließlich sein Bedürfnis nach Publicity um jeden Preis, das ihn die Rechtssache gegen den Faschisten habe durchfechten lassen.

Und der Preis war »hoch«. Denn Balder hatte, ohne näher darüber nachzudenken, die verhaßteste Identität der gesamten Geschichte Europas angenommen. Die des Opfers. Er war für jedermann *Jude* geworden. Jener, der Jesus erschlagen hatte. Balder, der getauft, konfirmiert und von einer christlichen Mutter geboren war, hatte freiwillig die Identität des Juden angenommen, womit er sich nunmehr dreckigen Telefonanrufen, Briefen und Zurufen auf der Straße aussetzte. Er war Jude geworden, und auf diese Weise hatte er sich ganz von ungefähr der Tochter mit dem Scheitel angenähert, der er ansonsten so fremd gegenüber gestanden hatte, er wußte kaum, ob sie am Leben war oder nicht. Und er erlebte im selben Moment das Drama seiner Kindheit noch einmal, als er in der Schule wegen seiner langen Nase und seinem roten Haar gehänselt worden war.

Wenn die Aggressionen der Umwelt ihn dennoch nicht sonderlich hart trafen, sondern fast wie Komplimente über ihn herabregneten – »lieber schlechte Nachrede als gar keine« –, dann deshalb, weil er kein richtiger Jude war. Er war ein Fernsehjude. Auf dieselbe Weise war er kein richtiger Vater. Er war ein Fernsehvater, der mit professioneller Fürsorge in der Stimme den kranken Kindern der Nation Fragen nach ihren wunden Punkten stellte: »Wie viele Gläschen trinkst du am Tag?«

Aus Anlaß seines runden Geburtstags schrieben seine Kinder Bilha und Michael zur Melodie von Lili Marleen ein Lied über ihren Vater, der die Muttermilch nicht vertragen hatte und nie richtig erwachsen geworden war.

Auch seine Kollegen waren empfänglich für seinen Charme. Als Überraschung und lieben Gruß hatten sie anläßlich des Festes eine Nachrichtensendung zusammengeschnitten, die zur normalen Sendezeit über den Bildschirm lief und wo man sehen konnte, wie Balder Gorbatschow begrüßte, und der Kommentator sagte, jetzt endlich bekäme Gorbi den größten Wunsch seines Lebens erfüllt. Dasselbe galt für Khomeini, der es ebenfalls kaum erwarten konnte, Balder kennenzulernen, und Sportgrößen wie Boris Becker und Mike Tyson, die nur eine Sache im Kopf hatten, nämlich sich mit Balder zu messen. Und ganz selbstverständlich gewann Balder all diese Kämpfe. Damit seien die Nachrichten des Tages beendet.

Als Onkel Otto starb, fand sich Balder anstelle des Sohnes Ib im Testament wieder. Daraufhin unterließ Ib es gänzlich, das Grab seiner Mutter auf dem Mosaischen Friedhof zu pflegen, mit der Begründung: »Otto liegt schließlich auch dort.« Der Kampf zwischen auserwählt und ausgestoßen, Stolz und Schande wollte kein Ende nehmen.

*

An Balders rundem Geburtstag fiel auf, daß es mit Li schlecht stand. Sie überlebte allein durch ihre geistige Energie. Beim Hauspflegedienst war man seit langem schockiert über Lis unwürdige Lebensverhältnisse und ihren ausgemergelten Körper.

Eines Tages schickte Li nach Zeste. Da sei eine Sache, die sie ihr sagen wolle. Sie habe über ihr Leben nachgedacht, warum die Dinge geworden seien, wie sie sind, und wo sie Fehler begangen habe.

Zeste nahm ein Taxi hinaus nach Østerbro. In rasendem Tempo erklang über Funk in einer neuen Sprache: Kamal ali arnani dauerarbeitslos schabab wiha Sozialhilfe jahni halak budi Arbeitsamt anmahlia Korsør shani massadeh arbeitslos barnera. Li hatte einmal darum gebeten, auf den *ersten* Platz in Zestes Testament gesetzt zu werden. Sie hatte immer den Traum genährt, ihre eigene Tochter beerben zu können.

Zeste hatte Li nicht mehr gesehen, seit sie in Riga gewesen war. Beim Wiedersehen kam ihr der Gedanke, daß Li sterben würde – nicht an einer besonderen Krankheit, sondern ganz einfach vor Hunger.

Li war sehr schwach. Sie war in letzter Zeit mehrmals im Krankenhaus gewesen. Doch als sie neben anderen Schrecklichkeiten erlebt hatte, wie sie nach einem Sturz eine Nacht lang draußen im Badezimmer liegen mußte, ohne Hilfe zu bekommen, weil Hilfe einfach nicht zu bekommen war, wollte sie nicht mehr ins Krankenhaus. Sie hatte in einem Haufen schmutziger Windeln gelegen, ohne sich bewegen zu können. Dann wollte sie lieber, ob sie sich nun bewegen konnte oder nicht, zu Hause in ihrer Wohnung bleiben und in ihrem eigenen Dreck liegen. Sie hustete entsetzlich, lächelte jedoch über die Photos von Riga. Sie verstand nur nicht, warum die Stadt so verfallen war.

»Mutter, du wolltest mir etwas sagen.«

Li erkundigte sich, ob sie ihren Vater wiedertreffen würde, wenn sie gestorben sei. Und Zeste wollte schon antworten, sie sei schließlich nicht Gott, da spürte sie, daß sie ganz plötzlich gezwungen war, es zu sein. Um in der Todesangst zu helfen. So wie der Kleine Klaus einst von dem schönen Seevieh unten auf dem Grund des Flusses erzählt hatte, sagte Zeste, daß Li ihren Vater wiedertreffen würde.

»Mutter, du wolltest mir etwas sagen.«

»Ich wollte von meinen Selbstmorden sprechen.«

Es war das erste Mal in ihrem Leben, daß sie das Wort benutzte. Es in den Mund nahm. Über sich selbst, über ihr eigenes Leben sprach. Allerdings etwas spät. Sie begann die Male aufzuzählen, an denen sie wirklich sterben wollte, es tatsächlich ernst meinte, und die anderen Male, wo sie sich nur aus Versehen beinahe umgebracht hatte.

»Ich wollte sterben«, sagte sie stolz, »denn ich hatte meine Kinder geboren und bin mit Vater glücklich gewesen, und dann gab es nichts mehr, für das es sich zu leben lohnte.«

»Aber deine Kinder waren noch klein! Ich war acht, Myren sechs und Orm gerade erst geboren«, sagte Zeste. Plötzlich voller Zorn. »Wie konntest du das deinen Kindern antun?«

»Ihr kamt doch allein zurecht.«

»Wie sollte Orm allein zurechtkommen, wo er doch gerade erst geboren war?«

Aber Li konnte einfach nicht hören, was Zeste sagte. Und sie erzählte mit der alten Autorität der Muttergottheit, daß Emma, die Frau des »kleinen Segens«, wieder niederkommen werde, und Balders Sohn Michael erwarte mit seiner neuen Freundin auch ein Kind, und es sei ja nur gut, daß kleine Kinder hinzukämen. Aber noch immer war klar, daß Zeste sich da rauszuhalten hatte, wenn sie *eine Persönlichkeit sein wollte*. Sonst war es besser, sich Steine in die Taschen zu stecken und in den Fluß hinauszuwaten. Und dann konnte Lis Wunsch in Erfüllung gehen, und sie würde ihre Tochter beerben.

*

Eines Nachts kam ein Anruf aus dem Krankenhaus, und eine vierzehnjährige Stimme sagte: »Wenn es um *meine* Mutter ginge, würde ich jetzt kommen.« Dann fügte die Stimme noch hinzu: »Wir legen Ihre Mutter ans Beatmungsgerät, also werden Sie nicht mit ihr sprechen können.«

»Was sagt sie selbst?«

»Sie möchte etwas haben, um schlafen zu können.«

»Warum können Sie es ihr nicht einfach geben?«

»Weil sie dann die Nacht nicht übersteht.«

Li gehörte zu den vielen, die ihr Leben nicht durch nutzlose Behandlung verlängert haben mochten, doch niemand wollte ihren Tod auf sich nehmen, jetzt, wo Li im Begriff war, abzutreten. Man überließ sie der Welt der Maschinen.

Am Nachmittag war Zeste bei ihr gewesen, gänzlich außer der Reihe, es war wohl vor allem Intuition. Li war wegen Lungenentzündung eingewiesen worden. Sie hatte ansonsten beschlossen, daheim zu sterben, doch Bekka fand es zu unpraktisch und im höchsten Maße unästhetisch. Sie vergaß nie den erschütternden Anblick, dem sie in Verbindung mit Tittas Gehirnbluten ausgesetzt gewesen war. Wie eine Patientin im selben Zimmer, die ruhig im Bett gelegen und die »Berlingske Tidende« gelesen hatte, plötzlich aufstand und ihr Wasser mitten auf den Boden klatschen ließ, mindestens acht Liter. Bekkas Angst, jede Kontrolle zu verlieren, war so gewaltig, daß auch ihre Rede einem reißenden Strom glich. War man sich wirklich im klaren darüber, daß die Därme im Todesaugenblick erschlafften, lauteten die unheilverkündenden Worte des halben Arztes der Familie. Lieber eine saubere Leiche im Sarg als Kot im Bett. Das könne man den Ambulanzfahrern doch nicht zumuten.

Li lag jetzt in einem Einzelzimmer – um die anderen nicht zu erschrecken – und erstickte am eigenen Schleim. Zum Husten hatte sie keine Kraft mehr. Und je mehr Schleim man heraussaugte, um so mehr Schleim bildete sich. Sie hatte den Pfarrer gefragt, wann Gott sie von hier fortlasse, doch der Pfarrer hatte keine Antwort gehabt.

Ein Arzt steckte kurz den Kopf herein, sah nach Li und sagte: »Wir sehen doch gut aus.« Und Li antwortete, von der anderen Seite der Ewigkeit: »Das ist Zeste Løvin, meine Tochter.«

Sie bat Zeste, aufs WC gehen zu dürfen, und als Zeste sie hochnahm und ihr Skelett ins Badezimmer trug, erschien es ihr, als wäre ein sehr altes Gewicht, das sie stets mit sich herumzutragen hatte, plötzlich leicht geworden.

Eine Krankenschwester kam ins Zimmer, und Li flüsterte: »Ich habe sie selbst erschaffen.«

Zeste trug den armen Kadaver ihrer Mutter zurück ins Bett, ging zum Personal hinaus und fragte, wie lange die Patientin in Nr. 7 noch zu leben habe. Die Vierzehnjährige guckte ins Krankenblatt und sagte, es sei ja nur eine kleine Lungenentzündung, die sie schon in den Griff bekämen.

Während Li in ihrem Bett lag und ertrank. Sie ertrank im Tränenmeer ihrer Mutter.

✳

Als Li drei Tage am Beatmungsgerät gelegen hatte, rief Zeste im Krankenhaus an und fragte, wie lange sie die »Behandlung« noch hinauszuziehen gedächten.

»Ja, wir müssen doch diese Lungenentzündung in den Griff bekommen«, antwortete die Stimme.

»Das ist keine ›Lungenentzündung‹. Das ist ein Mensch. Mit einem langen Leben hinter sich. Mit einer schlechten Leber. Schlechten Nieren. Brüchigen Knochen. Mit Podagra und Anorexie.«

457

»Es gibt ja auch das, was man ›einen würdigen Tod‹ nennt«, sagte die Stimme, als sei ihr plötzlich ein Licht aufgegangen.

»Beatmung …«, fuhr die Stimme ins Ungewisse fort.

»Schalten Sie ab!« sagte Zeste mit einer anderen Autorität als jener, die sie von der Bühne her kannte. Und im selben Augenblick bekam sie Lis Kraft: die Fähigkeit zu erschaffen und zu töten.

16. Marathon

Ruht wohl, ihr heiligen Gebeine,
Die ich nun weiter nicht beweine …

Li hatte gewünscht, daß dieser Chor aus der Johannes-Passion zu ihrem Begräbnis gesungen, daß der Himmel sich für sie öffnen und die Hölle ein Ende haben würde.

In den alten Geschichten kann so etwas geschehen, wenn ein guter Mensch mit seinem Leben für den Toten einsteht. Ein solcher Mensch tauchte auch zu Lis Begräbnis auf: Ein Mann in den besten Jahren, etwa neunzig, im Saint-Tropez-Outfit, sonnengebräunt und mit einem Goldring im Ohr. Er war nicht zwangsläufig ein guter Mann, doch tauchte er zu Lis Begräbnis auf, weil er sie liebte. Wir sagen nicht, daß dieser Mann ansonsten mit irgend etwas zu prahlen gehabt oder daß Li ihn geliebt hätte, wir sagen nur, daß er sie liebte.

Zeste erkannte in dem Mann ihren Paten Palle Gaustrup wieder, der einst über dem Taufstein gelobt hatte, sie im christlichen Glauben zu erziehen, falls die Eltern ausschieden. Balder und Rebekka erkannten den tüchtigen Geschäftsmann Gaus wieder, der der Familie im Krieg geholfen und danach im Gefängnis gesessen hatte, wenn er nicht irgendwelchen Transaktionen in der Schweiz nachging. Ein Freund der Familie, dachten sie im Chor und richteten sich stolz auf als die Løvins, die sie waren. Doch Gott flüsterte: »Der Mann, der die Handelsbank hatte verlassen müssen, weil er Bankgeheimnisse für private Geschäfte genutzt hatte, er liebte die Tote. Er, der nichtexistierende Züge, Schiffe, Gebäude und Gesellschaften verkauft und fiktive Geschäfte in einer fiktiven Welt gemacht hatte, er liebte die Tote. Der kleine Schuhmachersohn aus Horsens, der in ein richtig großes norwegisches Vermögen eingeheiratet, seine Frau betrogen und Li

auf einem Schreibtisch voller Pfandbriefe und Wechsel entjung-
fert hatte, er liebte die Tote.«

Wie vier Monate zuvor bei Rejns Begräbnis tauchten auch
jetzt zu Lis Beerdigung fremde Menschen auf. Unter anderem
ein paar anonyme Vertreter des Hauspflegedienstes. Sie gingen
ansonsten nicht zu Beisetzungen, doch ihr Verhältnis zu Li war
ein ganz besonderes gewesen. Li hatte stets ihre Dankbarkeit
unterstrichen, der Staub im Zimmer war ihr egal, und sie war
weitaus mehr daran interessiert, etwas vom Leben des Pflege-
personals zu erfahren. Außerdem hatte sie zugehört.

Die anderen Fremden im Gefolge wurden als »Bridgefreunde«
eingestuft. Männer aus den Kneipen und Frauen mit heimlichen
Flaschen und Sorgen. Allesamt Freunde, die Li als den reizend-
sten Menschen angesehen hatten, der ihnen je begegnet war.
Denn in ihrer Nähe verschwand jede Scham.

Rebekka sagte: »Wie schade, daß Li gestorben ist, denn jetzt zeigen sie im zweiten Programm ›Vom Winde verweht‹. Andrerseits ist ›Glamour‹ im dritten entschieden schlechter geworden,
also verpaßt sie nichts.«

Rebekka, welche die Welt ihr Leben lang vor der Möglichkeit
gewarnt hatte, daß das Kondom platzen könne, war merkwürdig
zumute, nachdem Li nicht mehr da war. Was war es, was ihr
fehlte? Sie verriet ihre Leidenschaft, als sie mehr als zwei Monate darauf verwandte, die Biographie einer berüchtigten englischen Kurtisane zu beschaffen. Mit Li hatte sie nämlich den
Traum vom unsicheren, riskanten Leben verloren, auf den sie jedoch nicht verzichten konnte. Sie erzählte jedem, der es hören
wollte, von den tollkühnen Eskapaden dieser Furie inklusive all
den reichen Liebhabern, die diese an Land zog, und wiederholte
ständig ihren Kommentar, daß die Frau aus gutem Hause
stamme, ihr Vater Lord sei und sie rote Haare habe. Madge in
Neuauflage. Nach Tobias' Geschmack. Nachdem Bekka somit
abgesichert hatte, daß von keiner »Hintergassenschickse« die
Rede war, konnte sie sich in aller Ruhe den dubiosen Ruhmes-
taten der Dame inklusive dem glücklichen Schluß widmen, der
die Heldin als Botschafterin sah. Doch nachdem Rebekka damit
das kühne Leben möglich gemacht hatte, faßte sie sich und fügte
hinzu: »Nach AIDS würde all das überhaupt nicht mehr gehen.«
Und sie sagte es mit einer gewissen Erleichterung.

In der Familie gab es kein männliches Oberhaupt mehr, und Balder rief niemals an. Rebekka glitt immer tiefer hinein in ihre eigene vom Fernsehen diktierte Traumwelt, während sie den übergewichtigen Hund, der wie Balder dreimal am Tag Insulin bekommen mußte, das siebente Jahr pflegte. Kamen Gäste zu Besuch, hatten sie zunächst an der Tür zu klingeln, um Plätzchen in Empfang zu nehmen. Danach mußten sie erneut klingeln und diese dem Hund als Geschenk verehren, der dann glücklich werden und das Päckchen mit der Schnauze auspacken würde, woraufhin er eine Spritze bekäme. Rebekka lebte mit ihren festen Ritualen und war daher höchst verblüfft, als sie ein Jahr nach Lis Begräbnis eine Einladung erhielt. Und gänzlich gegen ihre Gewohnheit, die ihr verbot, den Hund und das Fernsehen zu verlassen, sagte sie zu. Sie ließ sich vom Bildschirm weglocken und bemühte sich ins »d'Angleterre«, um Gaus zu treffen. Es geschah nicht jeden Tag, daß sie von einem Mann irgendwohin eingeladen wurde. Und er war immerhin der Mann, der Mama in seinem Sommerhaus in Asserbo versteckt hatte.

Auf dem Weg ins Zentrum wiederholte sie Onkel Ottos berühmten Ausspruch: »Gaus, wir haben dich nie verurteilt, aber du brauchst nicht zu prahlen.«

Rebekka wußte nicht sonderlich viel über Gaus' Verhältnis zu Li. Bekka war schließlich in Schweden gewesen, als die Sache passiert war. Doch als der Bus sich dem »d'Angleterre« näherte, tauchten in ihren Gedanken andere – unangenehme – Verhältnisse auf, die sie nicht mit Hilfe des Fernsehschirms verjagen konnte. Rubinstein, bei dem Li Sekretärin gewesen war, hatte wie so viele andere Anwälte die Klientenkasse beliehen, doch – im Unterschied zu den meisten seiner Kollegen – hatte er plötzlich nach Schweden fliehen müssen und deshalb das Konto nicht in Ordnung bringen können. Er wurde wegen Betrugs angeklagt und kam ins Gefängnis. Er war ein richtiger Patriarch gewesen, ihn hätte Li sich nehmen sollen. Wenn sie nur einen Mann gehabt hätte, zu dem sie hätte aufsehen können, einen Mann, der sie und ihre destruktiven Kräfte im Zaum gehalten hätte, dann wäre ihr Leben ganz anders verlaufen. Li war auch mit dem Sohn ins Bett gegangen, den sie einen »fake« im Vergleich zum Vater nannte, der damals nicht anwesend war. Der Sohn spielte, Li zufolge, ein hervorragendes Bridge, war aber sonst nichts, was man haben mußte. Er ging mit der noch jungen Frau seines Vaters ins

Bett, während dieser im Gefängnis saß. Und der alte Rubinstein vergab seinem Sohn, denn wie er selbst sagte: »Ich war schließlich nicht da, und sie ist attraktiv.« Und als er auf seine alten Tage aufgefordert wurde, einen Vortrag über »Die Bürden der Zivilisation« zu halten, leitete er – zum Entsetzen des Publikums – seine Rede mit den Worten ein: »Ich möchte gern darüber reden, wie es ist, im Gefängnis zu sitzen.« Er war eine *Persönlichkeit*.

Gaus stand bereits am Eingang des »d'Angleterre« und machte Streck- und Beugeübungen, um seine gute Form zu beweisen. Er war schließlich gerade neunzig geworden, hielt sich aber wie ein Seeräuber von sechzig. Und er berichtete, ohne einleitende Manöver, daß er jeden Morgen mit einem Gammel Dansk und einem Gemisch aus Joghurt, Eigelb und Knoblauch beginne. Er lief acht Kilometer am Tag.

»Ich war *zwanzigmal* …«

Bekka glaubte, er wolle *im Gefängnis* sagen, doch statt dessen sagte er … in Bayreuth. Er ließ sich Karten für alle Opernhäuser in Europa reservieren.

»Ich bin total befreit, ich schwebe auf einer kleinen rosaroten Wolke«, sagte er. »Ich bin froh, meine Frau loszusein, so daß ich ganz für mich sein kann. Ich bin von niemandem abhängig, ich schwebe auf einer kleinen rosaroten Wolke«, wiederholte er. »Nein, ich hege keinen Groll. Das liegt daran, daß ich ziemlich oberflächlich bin. Von Lady Asquith, die in London einen Salon führte, habe ich gelernt: ›You haven't learned to read before you have learned to skip.‹«

Er fragte nicht, wie es bei Rebekka stehe, doch da ihr nie die Worte fehlten, sagte sie es selbst: »Dirk Bogarde ist der kranke, junge Engländer, der nach Kanada fährt, um ein Stück Land zu übernehmen, das er von seinem Großvater geerbt hat.«

»Ich führe einen internen Wettbewerb mit mir selbst. Mein Ziel ist, so alt wie möglich zu werden«, sagte Gaus. »In Dänemark gibt es noch sechzehn Leute, die im selben Jahr wie ich geboren sind. Doch es gibt noch dreihundert, die hundert Jahre oder älter sind.«

»Aber warum willst du eigentlich so alt werden, Gaus?«

»Das weiß ich bald auch nicht mehr.«

Er machte ein paar Streck- und Beugeübungen am Tisch. Und Bekka erzählte weiter von dem Film: »Sie ist so eine alles bewäl-

tigende Kinderärztin. Einzigartig in ihrer Arbeit, eine perfekte
Mutter, eine großartige Liebhaberin und eine treue Freundin.
Doch dann wird ihr Sohn ernsthaft krank, und sie steht vor dem
Problem: Soll sie ihre medizinische Karriere aufgeben und dem
großen Kreis Eltern untreu werden, der sie dringend braucht,
um sich allein ihrem kranken Sohn zu widmen.«

Gaus brachte Rebekka den Neujahrsabend von 1940 in Erinnerung, wie Tobias auf eleganteste Weise einen Stapel Grammophonplatten zu Boden fallen ließ.

Bekka erinnerte sich plötzlich an Tobias' Enttäuschung über
Gaus: »Sag mir eins, wie konntest du es fertigbringen, unserer
Familie einerseits zu helfen und sie andrerseits zu hintergehen?
So etwas ist doch nicht logisch!«

»Das will ich dir sagen. Es handelt sich um zwei verschiedene
Genüsse. Es ist ein Genuß, anderen Menschen zu helfen, und es
ist ein Genuß, sie zu hintergehen. Warum sollte man auf den
einen zugunsten des anderen verzichten?«

Direkt gegenüber dem »d'Angleterre« am Krinsen saß Zeste mit
einem Kinderwagen. Darin hatte sie all ihre Habe, ihre Kleidung,
eine Smokingjacke mit Seidenrevers und ein hautfarbenes langes Nachtkleid mit Engelsflügeln plus zwei gedopte Katzen. Die
Kinder gingen vorbei, guckten auf die apathischen Katzen und
fragten: »Warum sind da keine Kinder drin?« Hätten die neugierigen Kleinen Zeste direkt gefragt und nicht nur mit ihren Er-
zieherinnen gewispert und gepispert, hätte sie ihnen sehr wohl
eine Antwort geben können: Daß die Kinder, die in ihrem Wagen hätten liegen sollen, im April bei den Massakern in Ruanda
erschlagen worden waren. Und die Kinder, die den Weltuntergang überlebt hatten, wankten mit tiefen Wunden im Kopf umher, oder sie lagen auf dem Rücken ihrer toten Eltern.

Nach Lis Tod war Zeste ein freier Mensch. Und jetzt übte sie
sich darin, den eigenen Bedingungen entsprechend zu leben.
Nicht nach denen des Theaters und des Publikums. Deshalb
hatte sie sich als eine Art Übung in Zen auf einer Bank niedergelassen. Manche suchen Körper zum Bewohnen, andere nur
eine Bank. Hier hatte sie die Gelegenheit, Kälte und Hitze, Wind
und Regen zu transzendieren. Es konnte auf sie regnen oder
schneien, sie war an einem anderen Ort. Und ganz und gar an
diesem Ort. Sie war dort, wo sie fähig war, den Lärm und die

Backgroundgeräusche der Stadt in ein inneres Mantra von tiefer Stille zu verwandeln, den Schmerz in Genuß und den Genuß in Schmerz. Dann und wann mußte sie an Madame Nui denken. Als Buddha seinerzeit den Palast seines Vaters verlassen hatte, um nach Erkenntnis zu suchen, war er direkt hinaus in die Heimatlosigkeit gewandert.

Zuweilen stürzte sie sich in einen völlig unmotivierten Kaufrausch und füllte Tüten sowie den Wagen mit Waren. Der Computer der Kassiererin notierte ohne zu blinken: »Blumenkohl« und »Nixendress«, »Schaumgummiröschen« und »Satinhöschen«. Hinterher leerte sie den ganzen Kinderwagen in den nächsten Container. Und behielt nur noch das Beste von allem: nichts.

Es war lange her, daß Zeste sich selbst an den Fassaden und Papierkörben der Stadt hatte kleben sehen, das Gesicht in Fetzen gerissen. Dennoch wurde sie manchmal wiedererkannt. Und Menschen kamen zu ihr, um ihr zu danken. Sie sagten, Zeste habe ihnen das Leben gerettet. Und Zeste antwortete – zur großen Verblüffung der Leute –, sie habe auch viele totgeschlagen.

Es war Monatsende, und unter den Rentnern herrschte Panik. Bei allen Altersgruppen. Sie hatten ihre Tabletten nicht bekommen, keine Drogen oder Flaschen. Das kostete Blut. Es fehlte nicht viel und … Orm rannte verstört umher und versuchte, seine Hornhäute zu verkaufen oder eine seiner Nieren. Sonst wäre er gezwungen, seinen jetzigen Lebensstil aufzugeben, und dann bliebe ihm nur »Pilgården«, wo einem jede Autonomie genommen wurde und das Personal sich in alles einmischte, was man tat.

Auf der gegenüberliegenden Seite von Krinsen saß Bilha, Balders Tochter, und war voller Schadenfreude, weil sie und Esaia trotz allem mit dem Methadon zurechtkamen. Wäre da nicht das Judentum gewesen, das sie beide und ihr Zuhause zusammenhielt, hätte sie sicher mit den anderen dort auf der Bank gesessen, die um Geld bettelten oder sich für einen Fix verkauften.

Bilha weilte nur zu einem kurzen Besuch in Kopenhagen. Sie hatte hier gerade ihr letztes totgeborenes Kind auf dem Mosaischen Friedhof beerdigt. Sie war sich sicher, daß das Kind bei der Geburt ansonsten voll entwickelt und bis zuletzt am Leben gewesen war. Ihr Kind war nicht von der Nabelschnur erdrosselt worden, wie man behauptete. Doch Bilha und Esaia wußten sehr genau, daß man bei Drogensüchtigen längst nicht so viel Aufhebens macht wie bei anderen Menschen. Ihnen bot man weder Kaiserschnitt noch schmerzstillende Mittel an. Drogensüchtige sollten leiden. »Wir stehen ganz unten auf der menschlichen Rangliste«, sagte sich Bilha, »weit unter Kommunisten, Huren und Mördern.« Doch weder im Talmud noch im Alten Testament stand geschrieben, daß man keinen Flash erleben dürfe.

Ihr Bruder Michael war mit den dänischen Hilfstruppen nach Ex-Jugoslawien entsandt worden, und man hatte seit drei Monaten nichts von ihm gehört. Tante Li hatte früher oft zitiert: »Wo man singt, da laß dich ruhig nieder, böse Menschen haben keine Lieder.« Doch gerade auf dem musikalischen Balkan, wo man den lebendigen Wohlklang der vielen Stimmen hatte vernehmen können, war der Gesang falschen Tönen gewichen. Massengräber – und es war kaum möglich, die Opfer zu zählen, denn noch nicht einmal über die Toten des Zweiten Weltkriegs gab es Klarheit.

Bilha hatte keinen Kontakt mehr zu den Løvins, weil sie jetzt zu einer jüdischen Familie gehörte. Auch wenn sie und Zeste einander dort auf Krinsen bemerkt hätten, wo sie beide saßen, während der Platz unter ihnen ausgegraben wurde und das uralte Kopenhagen vor Bischof Absalon zutage kam, bliebe doch zweifelhaft, ob sie ein Zeichen des Wiedererkennens gezeigt hätten. Fünfzehn Jahre waren vergangen, seit Katze gestorben war.

Zeste stellte sich auf die Bank, den Rücken dem Königlichen Theater zugewandt, der Todesfabrik. Zeste, mit einem Affen auf dem Kopf, hatte das *richtige* lebendige Theater gefunden, genau dort auf der Bank. Und aus vollen Lungen und ganzem Herzen intonierte sie das Gedicht: »Alle Atome fordern: Setzt uns in Freiheit!«

Der Zöllner näherte sich auf seinen Krücken, um ihr ein Bonbon anzubieten, vermutlich Schmuggelware. Er nannte sich selbst »das einbeinige Horrorkarnickel«, weil ihm sehr wohl klar war, daß er den Leuten mit seinem fehlenden Bein Angst einjagte. Eine Prothese lehnte er ab, denn wie er sagte: »Mit der Krücke kann ich um mich schlagen.« Ein Gentleman war er nicht. Er berichtete von sechzigjährigen Frauen, deren Hintern so breit war wie ein Lastwagen und die zehn Flaschen Larsen in den Schlüpfern versteckten. Eine ältere Dame mit Brüsten, die bis auf die Knie hingen, hatte versucht über die Grenze zu türmen, doch war sie mit den Titten im Zaun hängengeblieben, so daß man gezwungen war, die Dame mit einer Drahtschere herauszuschneiden. Sie hatte ein Pflaster über dem Schritt und dreieinhalb Kilo reines Heroin in der Scheide. Unentwegt erzählte der einbeinige Zöllner von seinen Sternstunden.

Um Krinsen, den Zöllner und Zeste herum fuhr Myren mit ihrem stets vollbeladenen Hänger. Sie war gerade aus Gammel Mønt gekommen und hatte den Schock noch immer nicht verwunden. Die Schrammen in ihrem Gesicht und an den Händen brannten, und die tieferen Wunden bluteten. Sie war ansonsten seit längerem an Hinterlassenschaften Verstorbener gewöhnt. Sie hatte nämlich die Bekanntschaft verschiedener älterer wohlhabender Männer gemacht und sorgte, zur Verbitterung der Erben, stets dafür, daß die Wertsachen in die richtigen Hände fielen. Nicht umsonst hatte sie von ihrer Mutter einen Sinn für schöne Dinge geerbt. Anfangs verkaufte sie die Sachen in ihrem »Orientalischen Bazar«, der sich in der Zwischenzeit zum Secondhand-Laden gemausert hatte. Doch war dort kein Platz mehr, so daß sie gezwungen war, den Hof daheim mitzubenutzen. Sie war eine leidenschaftliche Expertin für Flohmärkte und Schrotthandlungen geworden.

Doch Gammel Mønt hätte sie nicht aufsuchen sollen. Sie hatte tatsächlich nichts Schlimmes geahnt. Es war nur so schwer, sich den großen Leuchter aus dem Kopf zu schlagen. Die Schlüssel besaß sie noch immer, aus der Schulzeit. Wenn nur Zeste das Schloß nicht ausgewechselt hatte. Wie immer fuhr sie in dem alten klapprigen Mahagonifahrstuhl zum dritten Stock hoch. Im Mezzanin lag jetzt ein Büro für HIV-Positive und AIDS-Kranke.

Es war ja nicht eben verwunderlich, daß sie mit Zeste hatten brechen müssen, es ging einfach nicht anders. Aus Rücksicht auf die Kinder. Sie hatten die ganze Zeit vorgehabt, eine völlig neue Familie zu gründen, *from scratch*. Die Geschichte von vorn zu schreiben. Denn Pierre und sie waren nicht gewillt, das destruktive Erbe weiterzuschleppen. Und der Mensch hatte ja wohl das Recht zu sagen: Nein danke, an *dieser* Geschichte nehmen wir nicht teil!

Deshalb war es natürlich so etwas wie Ironie, daß ausgerechnet Myren jetzt nach Gammel Mønt 14 sollte, um hinter Zeste aufzuräumen, die offenbar nicht mehr allein zurechtkam. In all dem Dreck herumzukramen, ist nicht eben der größte Wunsch, den man hegt. Doch wenn ein Brief von der Stadt mahnt, entgegen dem Vertrag sei die Wohnung völlig heruntergekommen, inklusive Ungeziefer und Ratten, und all das dank der lieben Schwester, dann mußte Mutter sich selbstverständlich einschalten.

Myren dachte insbesondere an den silbernen Altarleuchter.

Es war ein merkwürdiges Gefühl, die Tür zum eigenen »Elternhaus« aufzuschließen, wenn man seine Füße seit Katzes Tod nicht mehr dort hingesetzt hatte. Zuerst den unteren Schlüssel und dann den oberen, wie in alten Tagen. Merkwürdig, daß Zeste die Schlösser nicht hatte auswechseln lassen, ihr waren Einbrüche offenbar egal! Ein unangenehmer Geruch schlug einem schon im Entree entgegen, wo der Kristallspiegel noch immer an der Wand hing, umgeben von den lettischen Winterlandschaften mit Schnee und Zobel. Alles, was nach »Glamour« schmeckte, hatte Zeste behalten.

Mitten im Salon war unter einem Satinhimmel ein großer offener Kampferholzsarg aufgestellt, ausgeschlagen mit weißer Seide. Der war auch in den Illustrierten zu sehen gewesen. Selbst wenn man sich Augen und Ohren noch so sehr zuhielt, hatte man als Bürger dieses Landes keine Chance, dem Wissen zu entgehen, daß die bekannte Schauspielerin mindestens eine Stunde am Tag in ihrem Sarg verbrachte. Wie ihr französisches Vorbild. Man wurde gefüttert mit schlüpfrigen Informationen, um die man wahrhaftig nicht gebeten hatte, und deshalb war es auch keine Überraschung, als einen plötzlich ein Totenkopf anstarrte. Auch davon hatten die Illustrierten berichtet.

Zeste hatte Wände, Decke und Türen mit schwerem, schwarzem China-Satin behängt, bestickt mit Fledermäusen und mystischen Monstern. Im alten Eßzimmer stand ihr Vier-Säulen-Himmelbett aus Ebenholz mit schwarzen Tüllvorhängen, die Bettdecke zierte ein großer roter chinesischer Drachen mit goldenen Flügeln und Klauen. In einer Ecke befand sich ein hoher Standspiegel mit schwarzem Samtrahmen. In einer anderen hing eine ausgestopfte Fledermaus mit ausgestreckten haarigen Flügeln. Auf dem Toilettentisch stapelten sich Schädeldecken aus Tibet, und vor dem Spiegel war das Skelett eines »jungen hübschen Mannes« aufgestellt, dessen Knochen weiß wie Elfenbein schimmerten.

Über Sofas, Stühlen und Chaiselongues hatte sie ihre Roben verstreut. Lange grasgrüne Samtkreationen mit weiten Ärmeln und bernsteinfarbene Gewänder mit Pelzbesatz. Mottenzerfressene Leoparden und Wölfe lagen unter blitzenden Perlenketten, Amethysten und Topasen. Auf dem Fußboden waren Zeitungen ausgebreitet, die nach Urin rochen. Zuweilen hatten sich die Katzen neben den Zeitungen, direkt auf dem sternengemusterten Parkett, erleichtert, doch es stank nicht mehr, weil der Kot völlig eingetrocknet war.

Der Sarg war nicht leer! Bei näherem Hinsehen bemerkte man, daß er voller Briefe und Papiere war. Briefe von Bewunderern und Verehrern, wütenden und gekränkten Liebhabern. Nicht sehr verwunderlich, wenn man bedenkt, daß sie nur Orm geliebt hat, wenn überhaupt jemanden. Familienbriefe aus allen Teilen der Welt lagen ebenfalls dort. Hauptsächlich wegen letztgenannter Kategorie war es wohl das beste, die Briefe aufzubewahren, so daß sie nicht in die verkehrten Hände gerieten oder der Öffentlichkeit zur Kenntnis gelangten.

Aber wie war denn das möglich? Mitten im Sarg entdeckte sie Pierres Samurai-Schal! Wie war denn der hier gelandet! Gehörte er wirklich Pierre, oder war es einfach nur ein Pendant zu jenem, den Pierre in ihrer Jungend in Japan gekauft hatte? Oder sollte sie ihn selbst in die Tasche gesteckt haben, bevor sie von zu Hause weggefahren war und jetzt eben über dem Sarg verloren haben? Plötzlich durchzuckte sie blitzartig ein Gedanke: Das Silbertablett des Zaren! Hatte Zeste es tatsächlich verkauft? An jemanden außerhalb der Familie?

Schrecklich, wenn jemand, den man als Kind gekannt hat, eine alte Frau geworden ist. Wo auch immer sie sein mochte, sie war nirgendwo gemeldet. Dennoch verließ einen das widerwärtige Gefühl nicht, sie sei überall und könne jeden Augenblick auftauchen. Wo war der Silberleuchter? Was für ein Glück, da stand er noch! Großmutter wußte so viele Geschichten über den meterhohen Kerzenständer. Wie sie ihn bei einem jüdischen Antiquitätenhändler in Riga aufgestöbert hatte, Diebesgut aus einer abgebrannten orthodoxen Kirche, dessen Gegenstück als Stehlampe bei einer ungarischen Familie ein Ende gefunden hatte.

Und hier stand er also noch immer, wenn auch ungeputzt und unansehnlich. Er brauchte ganz sicher eine liebevolle Hand.

Aber dann geschah das Mysteriöse. Die schwarze Plastiktüte in der einen Hand und den Altarleuchter in der anderen, soviel war sicher. Der Fahrstuhl, der klapprige, rumpelte nach unten, so war es immer gewesen. Die Tüte und den Leuchter bei Pierre und den Kindern abgegeben, die in ihrem Kombiwagen vor der Tür warteten. Danach rasch wieder nach oben, um mehr zu holen. Es galt schließlich, die Expedition hinter sich zu bringen, da es nicht eben angenehm ist, im Dreck anderer Leute zu waten. Einiges mehr konnte auch gerettet werden, so eine Sammlung chinesischen Porzellans, das Zeste von Li eingetauscht hatte. Leider ließ sich das Porzellan nicht in die Plastiktüte stopfen, also war man gezwungen, nach einem Pappkarton zu suchen. Außerdem war Myren die Jadekatze eingefallen. Es wäre wirklich schön, sie mitnehmen zu können. Myren öffnete die Tür zu Katzes altem Schlafzimmer.

Nichts hatte sie auf den Anblick vorbereitet, der sie dort erwartete. Falls es ein Anblick war und nicht eher ein Geräusch. Oder der entsetzliche Gestank nach Salmiakgeist, der in den Augen brannte. Wohin sie auch blickte, überall sah sie wütende, zischende, wilde Katzen. Zwanzig in jedem Lehnstuhl, Hunderte von Katzen im Bett, sie saßen reglos da und starrten sie an, bereit zum Angriff. Katzen, die in der Matratze wühlten und den Inhalt herauszerrten. Katzen, die an den Gardinen hingen und sie zerfetzten. Katzen, die sich unter Tischen und Stühlen versteckten. Tausende von Katzenaugen, die sie einfach nur fixierten. Wo war die Jadekatze? Beim Anblick des entsetzlich zugerichteten Fußbodens hätte sich Myren beinahe übergeben. Die Tiere hatten versucht, Lebensmittel aus der Küche zu öffnen, Mehl, Zucker und Grieß. Teebeutel und Kaffeepäckchen lagen verstreut, ihr Inhalt in Urin aufgelöst, mitten zwischen Kot, Leichen, Blut und Würmern. Seit Monaten hatten die Katzen nichts zu fressen bekommen. Die kleinen Skelette, die massenweise auf dem Boden lagen, in ganzen Seen und Sümpfen von Exkrementen, bewiesen, daß die Katzen, um zu überleben, sich gegenseitig aufgefressen hatten. Zuerst fraßen sie die Jungen. Dann fiel ein Tier über das andere her. Rasende Kämpfe hatten getobt, davon zeugte die gesamte Einrichtung. Zwischen den blutbefleckten Büchern in Katzes Bibliothek ragten amputierte pelzige Pfoten hervor wie versteckte, vergessene Leckerbissen. Zeste hatte Katzes alte Kleider überall liegengelassen. Das schwarze Chanel und das pompeji-rote Crêpe de Chine; zerfleddert, zerfranst und verdreckt. Myren suchte noch immer nach der Jadekatze. Sie war ständig auf der Flucht vor dem Grauen, doch eine merkwürdige Wollust hielt sie zurück. Denn hier sah sie deutlich, was aus der Königin Zeste und ihrer berühmten Botschaft von der Befreiung aus der Unterwelt geworden war. Myren formulierte den Gedanken nicht wirklich, doch fühlte sie eine tiefe Befriedigung über die Vernichtung der ewigen großen Schwester. Und sie betrachtete die Katzen mit neuen Augen, Augen, vom Weinen noch immer brennend, doch voller Verständnis. Allesamt kämpften sie ums eigene Überleben. Myren sah etwas Hellgrünes im Dreck aufblitzen, war es vielleicht die Jadekatze? Sie griff nach der Jade, doch als sie die Hand ausstreckte, überfielen sie die Mörderkatzen. Sie stürzte aus dem Zimmer und warf die Tür hinter sich ins Schloß.

Myren suchte Zuflucht bei ihrem Hänger. Und ein Päckchen Kleenex, um Blut und Tränen abzuwischen. Sie wollte sich mit dem großen Kerzenständer trösten.

»Ja, den habe ich dir gegeben!«

»Nein, hast du nicht!«

»Den Altarleuchter!«

»Nee, vielleicht hast du ihn einem der Kinder gegeben?«

Doch die Kinder, die auf dem Rücksitz des Autos mit einem Computerspiel beschäftigt waren, hatten überhaupt keinen Altarleuchter gesehen. Myren aber erinnerte sich ganz deutlich, ihn im Fahrstuhl, der am Mezzanin vorbeigefahren war, bei sich gehabt zu haben. Mitten auf der Straße mußte sich der Leuchter in Luft aufgelöst haben. Vermutlich von einem Süchtigen gestohlen. Das seien die letzten krampfhaften Zuckungen des Spätkapitalismus, sagte Pierre.

Kurz nachdem das Auto mit dem Hänger an Kongens Nytorv vorbeigefahren war, erschienen die Marathonläufer. Sie kamen aus dem ganzen Land, und Tor, »der kleine Segen«, war unter ihnen. Er lief um sein Leben. Und löste damit die tägliche Dosis an antidepressivem Endorphin aus. Das Oberhaupt der christlichen Gemeinde, dessen Nachbarn Emma und Tor gewesen waren, hatte sich im Garten hinter dem Haus erhängt. Tor und

Emma waren seinerzeit vom Gemeindeleben und dem Traum von der sicheren, christlichen Gemeinschaft auf die Insel gelockt worden. Doch, was sollte jetzt werden? Das Gefühl der Machtlosigkeit hatte ihnen beinahe allen Mut genommen. Dann verstanden sie allmählich, daß die Frau des Leiters in Wirklichkeit eine Hexe war und daß sie ihn drangsaliert hatte. Was aber war nun zu tun? Tor und Emma wußten nicht länger, wie sie sich im Leben orientieren sollten, und sprachen davon, nach Afrika zu gehen, um dort mitzuhelfen, Tor als Landwirt und Emma als Krankenschwester. Doch mit der Zeit hatten sie selbst so viele Kinder zu versorgen, und Tor begann mit dem Laufen.

Zeste bemerkte Tor in der Menge nicht, das Ganze ging zu schnell. Sie hatte ihn als Kind gekannt. Doch als Marathonläufer kannte sie ihn nicht. Statt dessen kam ein älterer Mann von nonchalanter Eleganz an Kongens Nytorv vorbei. Er erkannte Zeste nicht wieder, die dort mit dem Kinderwagen und dem Affen auf der Bank saß. Sie war jetzt über fünfzig. Doch sie erkannte ihn. Er war auf dem Weg zu seinem Domizil, der Botschaft in Kopenhagen. Dem letzten Posten seiner Karriere. Hinter ihm ging, in gebührendem Abstand, seine zweite, dritte oder vierte Frau. Sie glich Zeste in jungen Jahren. All die Frauen, die er heiratete, machte er zu Müttern, um seine praktischen und emotionalen Bedürfnisse zu befriedigen. Waren sie erst Mütter, sah er sich gezwungen, Abstand zu halten, um seine Männlichkeit zu wahren. Vor sich hatte er deshalb ein junges Mädchen von fünfzehn Jahren. Doch nur Zeste wußte, daß Serge de Clerval ihre Schamlippen in der Hand hielt, mit Hilfe zweier langer Zügel aus Nähseide, befestigt an ihrer dünnen, empfindlichen Haut.

Dieser Anblick brachte Zeste dazu, ganz automatisch ihre Rede von der Bank aus zu starten: »Daß ich hier sitze, ist ausschließlich einer Intrige zu verdanken, denn hier im Land werden Unschuldige verurteilt. Ich hatte eine Wohnung, und alles lief bestens, doch eines Tages stand plötzlich die Polizei in der Tür. Ohne Gerichtsentscheid, ohne Durchsuchungserlaubnis. Ich, Idiotin, bin so gutgläubig und erwarte von Polizisten Schutz. Aber die schleppen mich einfach mit aufs Revier. Sie verhören mich vier Stunden lang. Doch sie haben nichts gegen mich in der Hand. Tief in der Nacht sagt ein Beamter: Wir wissen sehr wohl, daß du nichts getan hast. Dennoch sperren sie mich in den

Frauentrakt ein und reißen mir alle Kleider herunter. Es ist jene Abteilung, wohin man die Mädchen direkt von der Straße bringt. Ich aber bin trotz allem eine Løvin und komme aus Gammel Mønt 14 mit seinem Altarleuchter, dem Silbertablett des Zaren und dem Brief des Kronprinzen, und plötzlich stehe ich nackt inmitten dieser Mädchen, von denen ich nur in der Zeitung gelesen habe. Ich kann Ihnen nicht sagen, wie schrecklich das ist. Es reicht schon der Gedanke daran. Deshalb sitze ich hier. Jeden Tag muß ich daran denken. Wie es ist, mit Gummihandschuhen inwendig untersucht zu werden. Von ein paar kleinen widerlichen Machtidioten. Mit Mittelschulexamen. Schließlich habe ich nichts getan. Das ist der Grund, weshalb ich hier sitze. Ich will gern jedem einzelnen von ihnen erzählen, daß man diese Gesellschaft nicht respektieren kann. Hallo, Sie dort, haben Sie gehört? Nein, ihm ist es scheißegal. Er ist bestimmt bei der Polizei. Ich will allen, die an der Wahrheit interessiert sind, sagen, die Gerechtigkeit, die können Sie in den Wind schreiben. Wenn man, wie ich, erlebt hat, wie einem der Boden unter den Füßen für alle Zeit weggezogen wird, und wenn man weiß, daß die Gerechtigkeit auch hinter dem Mond nicht zu finden ist, dann sitzt man hier … Ich habe mit meinem Anwalt darüber gesprochen. Jedem, der es wirklich hören will, kann ich erzählen, wie sich die Sache verhält: Wenn die Polizei nur den geringsten Verdacht hat, jubelt sie unschuldigen Menschen Drogen unter. Haben Sie Gustav Wied gelesen? He, Sie dort, ja, mit Ihnen spreche ich. Haben Sie Gustav Wied gelesen? Nein, kein Schwein hat das natürlich. Ein unkultivierter Haufen, die ganze Bande. Die breite Masse. Da läuft sie fein ordentlich und pflichteifrig herum und glaubt, die reinste Prachtmasse zu sein, nur weil sie ›einer Arbeit‹ nachgeht! Doch Gustav Wied haben sie verdammt noch mal nicht gelesen. Und was ist das Ganze dann wert? Aber was wollte ich jetzt sagen, ich verliere den Faden schon nicht: Die Isolationszelle. Also das, was sie heute ›Isolationszelle‹ nennen, hat sich nicht verändert seit damals, als Gustav Wied achtzehnhundertdunnemals über das Kittchen schrieb. Sind Sie schon mal in einer Isolationszelle gewesen? Ach, nicht? Ich aber weiß, wovon ich spreche. Es ist, als wäre man in einem öffentlichen Klo eingesperrt. Oder als sei man berühmt! ›Zelle‹ läßt Sie vielleicht an ein Zimmer denken, von der Art, wie man es auf dem Bildschirm sieht, mit Bett, Tisch,

Stuhl und Fernseher. Wie gemüüütlich! Doch in der Isolationszelle sitzt man in altem Urin, zwischen mit Dreck beschmierten Wänden. In Paris hat man wegen der Bombendrohungen Papierkörbe und Mülltonnen entfernt. Statt dessen liegt die ganze Stadt voller Abfall und Dreck. Man kann wählen, ob man in einer zerbombten Stadt oder einer Kloake wohnen will. Dreck, Dreck, Dreck. Ich kann sehen, wie alle Menschen voll davon sind. Sie eilen die Straßen hinunter, voll von ihrem eigenen Abfall. Denn sie wissen nicht, wo sie ihn loswerden sollen. Sie laufen herum mit verdrehten Armen, zusammengekniffenen Lippen und großen Pupillen. Aber nicht wegen der Drogen. Die Leute glauben immer, Drogen seien schuld. Es ist jedoch der Abfall. Sie können ihn nicht loswerden. Deshalb sind alle Menschen neidisch auf mich. Denn ich sitze hier mit dem Affen auf dem Kopf und scheiße auf Kongens Nytorv. Der Traum von Freiheit und Glück. Und ich scheiße darauf, ob mir die Abgase direkt in den Arsch fahren, denn den wische ich mir ab mit dem Brief des Königs. Dänemark ist ja nur ein kleines furchtsames Land voller Phantasten, die der Wirklichkeit nicht ins Auge zu sehen wagen. Das kleine klägliche Dänemark, ein Haufen jämmerlicher Emanuel Hansteds, die mit dem Kopf hoch oben in den Wolken dahinspazieren, während sie ihre eigenen Kinder totschlagen.

Orms Buch

Gewidmet jeder Menschenseele,

Hornbækgade, den 5. 7. 1990

Ja, so ist es zu guter Letzt geglückt, Frieden und Freude zu finden, (wahrhaftig) in meiner ersten Wohnung. Es ist wundervoll zu wissen, daß dieses hier mein (hoffentlich) ständiges Zuhause sein wird.

Die Frage ist nur: Kann ich mich aufraffen, ein Erinnerungsbuch zu schreiben?

Zunächst will ich gern all meine Galle zurücknehmen, all das Böse, das ich gedacht und gesagt habe, denn mein Leben hat einen glücklichen Ausgang genommen. So bin ich unzählige Male vor dem Selbstmord gerettet worden, vor Feuer im Bett usw. Daher gilt all meine Dankbarkeit Christus.

Habe soeben eine kleine Haschpfeife geraucht, etwas, das Ydde nicht mag. Toleranz ist das Schlüsselwort, wenn wir zurechtkommen wollen. Möge die Liebe uns durch alle Schwierigkeiten führen und geleiten. Und obendrein haben wir noch die Musik als Hilfe und Trost!

O, wo soll ich meinen Bericht nur beginnen? Ja, das LSD gab den Ausschlag. Es war hart, das durchzustehen und wieder davon loszukommen, und es geht mir nicht gut, wenn ich Hasch rauche. Lieber Wein in Maßen. Ach ja, meine Zeit im Westgefängnis. Ich träume noch immer davon.

In jungen Jahren denkt man: Ein Film ist nur ein Film; doch dann eines Tages wird die Sache Wirklichkeit in deinem eigenen Schicksal!

Das ganze Leben handelte nur von einem: nach Hause zu kommen.

»Don't want to be a fool starving for affection; don't want to drink someone else's wine.« (Dylan)

Home at last. No sleep blues still comes to me quite often.

Der Krieg im Nahen Osten tobt seit einigen Tagen. Nach außen geht das Leben immer weiter, als sei »alles normal«.

Möge der Erdball nur noch einmal überleben. Gebet.

Beim Nikolai-Akutdienst sagt man, träumen heißt aufräumen!

Mein Geburtstag heute! Neununddreißig Jahre! Bez. des Trinkens bin ich wieder drauf. Bereue es, doch kann ich mich nicht länger beherrschen. Herr Jesus, sei mir gnädig! Danke, daß ich am Leben bin.

Jetzt auf Antabus gesetzt, also ist das Fest endgültig zu Ende. Nur gut, nur gut.

Doch was ist mit Ydde? Was will SIE?

Ich gebe auf. Liebe dich noch immer, Schatz; aber das Ganze ist zu kompliziert.

Anne Dorte: »Vertrauen ist das Erste, was verlorengeht.«

Wenn es nun ganz verschwindet, kann es dann wiederhergestellt werden?

23.00 Uhr spielen sie »Changing of the guards«, und jetzt ist es 21.53.

Heard in the radio: Yes, lover of mine, it surely feels like I am losing my mind. Not funny. Sonny.

HELLwach nach stundenlangem Schlaf; Träume voller Auseinandersetzungen mit den Feinden der Vergangenheit. Ach ja; je schneller so was rauskommt, um so besser; sonst könnten Dinge daraus werden, ich wage sie nicht einmal zu Ende zu denken.

Ich entsage hiermit ALLEM Spotten, trotz der Geister; sie sind für ewig besiegt; ohne Diskussion. AMEN.

Bekenne: JESUS CHRISTUS ist der HERR.

Weiß wohl, warum ich zu diesem Zeitpunkt »ins Stocken gerate«. Was hätte es für einen Sinn, die Vergangenheit aufzuschreiben?

Wie dem auch sei, ich stehe fest zu obengenanntem Bekenntnis.

Geld ist wie »Goldregen«. Verlockend anzusehen, doch letzten Endes tödlich.

Meine Notizen dienen in erster Linie folgender Absicht: zu bekennen, daß die sechsundsechzig kanonischen Bücher der Bibel die endgültige Wahrheit Gottes waren, sind und bleiben. In meinem Herzen nenne ich die Bibel: »Buch der Wahrheit«. Ganz ehrlich gemeint. Amen.

Heute nacht angemessener Schlaf; neutrale Träume. Nozinan kann sehr leicht Alpträume bringen. Eine Ärztin aus der Psychiatrie hat zugegeben, daß es so ist.

Selbstbeweihräucherung, brrr.

Jedoch: Seine Selbstachtung darf man nicht verlieren.

04.21, 18. Juni 91

Bin wieder kurz davor zu fallen; der Kampf zwischen Gutem und Bösem in meinem Inneren ist zuweilen fast unerträglich. Sei mir gnädig, lieber Jesus, und find du einen Ausweg auch für mich!

21.17, 19. Juni 91

Komme gerade vom Nicolai-Akutdienst. Es ist gut möglich, daß ich dort etwas mißverstanden habe. Aber irgendwie hinterließ die Sache einen schlechten Geschmack im Mund: Überall kommen Neofaschismus und Zynismus voran.

Die Schrecken der Fortschrittspartei. Nein, solche, wie ich, sind verurteilt, auf offener Straße zu sterben – nach ihrer Ideologie. Horrortrip des Tages!

Doch o. k. noch einmal: Bestimmt bin ich es, der die Sache mißversteht, weiß nur, daß mein Selbstvertrauen fast auf Null ist; nach einem solchen Gespräch. Summa summarum: Lieber Vater im Himmel, dein Wille geschehe, in Jesu Christi Namen, durch den Heiligen Geist. AMEN.

22.07, 20. Juni 91

Dylan: »I saw thousands who could have overcome the darkness; for the love of a lousy buck, I saw them die.«

05.28, 23. Juni 91

Der Schlaf selbst tat gut; der Traum dagegen war schlimm. Noch einmal von der Polizei geschnappt und ins Gefängnis geworfen. Uff, beim Aufwachen. Doch sonst guten Mutes, denn ich habe *nichts* »verdrängt«.

Freue mich darauf, in die Kirche zu gehen!!

21.25, 23. Juni 91
Johannisabend.

Nachdem ich mich den ganzen Tag auf Sparflamme gehalten habe, ist es nun, als käme die Explosion. Ja, laß sie endlich kommen.

Ich kann spüren, daß einer oder mehrere jetzt eben Fürbitte für mich einlegen. Die Depression läßt nach.

03.54, 25. Juni 91

Guter Schlaf; mit einem Ruck wach; völlig ausgeschlafen; übermorgen ist ja auch Vollmond!!

05.17, 26. Juni 91

Guten Morgen! Was nützt es, ein »Genie« zu sein, wenn man als Mitmensch kalt und gefühllos ist? Nicht daß ich ein Genie wäre: Nein!!

04.52, 27. Juni 91

Guten Morgen Universum!

In genau sechs Minuten haben wir also Vollmond!

Betreffend »Ambitionen«: Neuhebräisch lernen! Der Gedanke traf mich wie ein Blitz aus heiterem Himmel! Aber wirklich, allen Ernstes, wenn überhaupt etwas, dann das!

10.17, 10. Juli 91

Erkenntnis: Ich bin verurteilt, in meinem eigenen See zu segeln/sinken; no doubt about it. Ja, was die Menschen angeht. Jedoch: Dank allmächtiger Jesus, daß deine Gnade mir genügt!!

Gary More: »I found out the hard way, love is no friend of mine.«

Obengenanntes ist Lüge. Ich empfinde es nur als wahr, wenn es zwischen der Geliebten und mir schiefläuft.

Der Tag endete gut, leider nur aufgrund eines Fixes. Selbstverständlich ist mir klar, wie gefährlich es ist, mit dergleichem zu »spielen«; meine Rettung ist, daß meine Finanzen ein Zuviel nicht erlauben. Glücklicherweise; plus daß meine »Connection« persönlich auch nicht interessiert ist, die Sache überborden zu lassen, denn er hat einen Suchtalptraum durchgemacht und ist wieder davon losgekommen. Also »ermahnen« wir uns gegenseitig, jedesmal wenn wir merken, daß die innere Alarmglocke anschlägt.

Karen Carpenter: »All I know of love is how to live without it.«

Ich bin enttäuscht von der menschlichen Liebe; im großen und ganzen auf allen Gebieten.

Christus: »Was vom Fleisch geboren wird, das ist Fleisch.«

Damit meine ich, es gibt keinen Grund, so sehr wegen dem Sexuellen auszuflippen!!

Ich *bin* am »Ende des Weges« angekommen, dennoch scheint es weiter weg als je zuvor.

Guten Morgen allesamt!

Guten Morgen!

Nein, ich darf über meine Isolierung nicht klagen; ich habe sie schließlich selbst gewählt.

Morgen!

Ja, diese Sache, daß die Vergangenheit einen todsicher einholt, früher oder später, mal auf diese, mal auf jene Weise. Ja und nochmals ja; meine Erfahrung im Leben besagt, es trifft zu, auch wenn es seine Zeit dauern kann.

Die biochemischen Prozesse sind Wirklichkeit.

Ichbezogenheit führt zur Geisteskrankheit.

In der Geschlossenen gehört: Sklave oder nicht Sklave der Leidenschaft, das ist die Frage.

Worauf ich mit Tränen in den Augen und der Seele antworten muß: Leider scheint es, als ob ich im Laufe der Jahre Sklave dieses Dreckzeugs *geworden* bin. Während langer Perioden frei, ja; doch dann kommt es einfach *ohne* Vorwarnung. Nun, alter Orm, du hast wohl schon geglaubt, du könntest davonkommen??

07.37, 24. Okt. 91

Nein, jetzt ist alles für mich zu spät. Wenn ich diese Wohnung doch nur vor zehn Jahren erhalten hätte; ja, dann hätte ich vielleicht eine Chance gehabt, mit dem Leben klarzukommen, doch jetzt ist es zu spät. Laß uns der nackten Wahrheit direkt ins Auge sehen, nämlich daß ich unheilbar süchtig bin.

Und hört auf, von Liebe zu mir zu reden; das nämlich ist die widerlichste, verabscheuungswürdigste Lüge, die es überhaupt gibt.

08.23, 28. Okt. 91

Einer der Gründe, warum das Schreiben so schwerfällt, ist der, daß ich vorziehe, mich positiv zu äußern. Was aber tun, wenn ich inwendig – die meiste Zeit – voller Bitterkeit bin?

Ich *habe* wirklich Lust, über das Ganze zu schreiben. Nicht mit dem Ziel, Schriftsteller zu werden, sondern um Luft zu bekommen, Luft, Luft.

11. Nov. 91

Play it again, Sam:

Just remember this: A kiss is just a kiss, a sigh is just a sigh, and so a fuck is just a fuck. When it's over, it's over.

21. Dez. 91

Ja; ich spiele Hermann Hesses »Glasperlenspiel« und bezahle auch den Preis: Einsamkeit und nochmals Einsamkeit, auch wenn ich von Menschen umgeben bin.

O ja; leider gibt es hier im Leben etwas, das immer wieder NIMM DICH ZUSAMMEN heißt. Bedauerlicherweise.

Wieder eingewiesen in St. Hans; freiwillig, ja, doch zugleich aus bitterer Notwendigkeit. Habe beschlossen, in der Hornbækgade wohnen zu bleiben, auch wenn ich möglicherweise früher oder später liquidiert werde.

Mit Depressionen kann man leben, doch Angst, das ist einfach »zuviel«.

Habe während dieses Aufenthalts mehrere neue Dinge gelernt. Die Ärzte benutzen jetzt ein neues Diagnose-Wort: Schizo-affektiv. D.h. mehrere verschiedene Krankheitszustände auf einmal.

04.39, 2. Jan. 92

Guten Morgen, alle miteinander.

Betr. die Déjà-vu-Angriffe: Egal, womit sie auch zusammenhängen. Es *sind* korrupte Angriffsversuche. Ich weiß, es ist Lüge, weil wir obengenannten Zeitpunkt, das heutige Datum, das erste Mal in der Geschichte des Universums schreiben. Also knock it off; or whoever it is, who is trying to confuse me.

Ja; es scheint, als sei es jetzt Punkt zwölf in meinem persönlichen Universum; doch ich bin nicht mehr besinnungslos vor Angst, Respekt, ja absolut.

05.01

Die Zeit, die evtl. noch übrig ist, wird genutzt für Gebet, Gebet und nochmals Gebet.

23.00, 9. Febr. 92

Zehn Tage, ohne daß ich ein Sterbenswörtchen geschrieben habe! Wirklich übel, Mann.

Habe soeben gekifft, höre Jimi und bin guter Laune. Doch noch immer völlig gedankenleer bez. des Schreibens. Hmmm. Es ist ja auch schon alles geschrieben, die großen geistigen Wahrheiten!!!

05.02, 10. Febr. 92

Noch eine Nacht, die nie zu Ende geht! »What am I supposed to do?« Das ist es gerade, was einen so verzweifelt macht: Es *ist* nichts mehr zu tun. Mag mir nicht länger Sand in die Augen

streuen: Orm, nimm dich zusammen, es gibt jede Menge Lichtpunkte.

Lerne, an den Tod als Befreiung zu denken, statt ihn zu fürchten.

Und die Uhr, die Sau, wird NIE, was man wünscht.

O Mann, wie kann ein einziger Tag nur so lang sein, um nicht
von der Nacht zu sprechen. Ja; jetzt ist es 17.15. Aber das Wissen, daß genau so eine Nacht vor einem liegt!! Brrr.

Von diesem Moment an ist mir alles total egal. Das Leben ist
keinen Pfifferling wert.

Die Menschen lassen einen im Stich, doch die Flasche tut es
nicht!!

Menschen sind Schädlinge, aber man kann immer noch nichts
dagegen tun.

Ein ausgebrannter Schizo-Kokser, das ist es, was ich bin!!

Mein Vertrauen in die entsprechenden weltlichen Behörden
ist gleich NULL!

Ja; die Chance ist fifty fifty, ob mein inneres Licht erloschen ist.

Geduld lerne ich nie. Habe seit langem aufgegeben.

12. Febr. 92

Keep on having the feeling: »The worst is yet to come!«

13. Febr. 92

Es kommt immer noch stärker und stärker: Lektion 1: Halt die
Klappe, soweit überhaupt möglich; und mußt du schließlich reden, dann überdenke gründlich jedes einzelne Wort!!

20. Febr. 92

Ist es wahr? Lebe ich mit einem großen Selbstbetrug? In dem
Fall: Was tue ich? Wo, wann und vor allem: Wie? Versteht mich
recht, please.

P. Simon: »Answer me, honestly please, can a man and a woman live together in peace?«

Hören denn Dunkelheit

   Winter

      Kälte

         niemals auf?

Can't eat, can't sleep. Really want/wish/hope/pray to get all the problems straightened out. For it feels like I'm going more and more crazy, for every minute passing by.

Nein, drinnen in der Psychiatrie habe ich das Phänomen »Stimmen zu hören« nicht im Griff. Jedenfalls nicht genug, um es anderen Menschen zu erklären. Für mich ist es obendrein zu schrecklich, als daß ich es laut aussprechen könnte. Verschwinde Schwarzseherei/Mißmut.

Jetzt keine Lügen mehr; die Zeit ist wirklich knapp.

BERÜHRUNGSANGST. Ja, da haben wir einen großen Teil des Problems. Weshalb Angst davor? Weiß es kaum selbst mehr. Größenwahn (Megalomanie) und Selbstauslöschung. Beides genauso wahnwitzig … und ich habe keinen Grund, weder für das eine noch für das andere.

Nein; die Angst stehe ich nicht freiwillig durch.

Aphasie – Sprechbeschwerden; oder vielleicht überhaupt keine Sprache?

Diesen Kampf hier geb ich auf, geb ich auf, geb ich auf; es ist wohl nur eine Frage der Zeit, bevor sie kommen …

Was? Ist es lediglich Kastrationsangst, unter der ich leide? Warum hat mir das nie jemand erklärt?

Beeilt euch also damit, ehe ich Harakiri begehe oder dergleichen.

Nun; endlich 08.35 nach einer tückisch langen Nacht.

02.31, 22. Febr. 92

Uuh; kein Grass!

23. Febr. 92

Today it finally dawned on me: The party is over forever; and now I can only take the pangs as they come; one by one; or ten by ten if it is so to be!!

25. Febr. 92

Noch ein Lügensprichwort: »Wenn die Not am größten, ist die Hilfe am nächsten.« NEIN; wenn die Not am größten ist, wenden dir alle den Rücken zu.

Hallo world: You have to understand, this is the midnight hour of the evil man.

Auf meine eigene Verantwortung: Die Pfingstbewegung nutzt die Furcht als Triebkraft, damit die Leute spuren.

Ich hatte immer Angst vor dem Jüngsten Tag; doch jetzt freue ich mich!! Ja; und ich kann es gern wiederholen.

Es hat bestimmt auch etwas für sich, wenn Engelhardt sagt, daß Christus ein zweites Mal hier gewesen ist; und was Poul Henrik sagt, daß Satan zurückgekommen ist, um den Planeten zu übernehmen.

Ich hoffe nicht, daß es wahr ist; aber ich lasse die Möglichkeit offen.

Betr. Psychopharmaka: Künstliche Stoffe bringen künstliche Resultate.

Die Prophezeiung von vor ca. 300 Jahren stimmt: Die Liebe ist vom Erdball verschwunden; und die Menschen wollen lieber zärtlich zu Katzen sein!

Jeanne d'Arc wird noch immer auf dem Scheiterhaufen verbrannt, glaubt es oder glaubt es nicht.

Hatte gerade ein absolut negatives Gespräch beim Nikolai-Akutdienst. Ich verzeihe, auch wenn es eine richtig kalte Dusche war. Aber ein solcher Mitarbeiter sollte fristlos gefeuert werden. Es ist gelogen, wenn ihr behauptet, ich will nicht. Wo ich doch weiß, daß ich nicht kann.

Nein, Ydde; ich will nicht ständig von dir gemolken werden. Das hat jetzt viel zu lange gedauert!!

Wie aus dem Datum ersichtlich, bin ich lange Zeit »tot« gewesen. Den größten Teil der Zeit: Wer würde das lesen wollen?

Lieber Gott; lieber Leser; liebes Papier: Verzeihung für all die Blasphemie und dergleichen, weil das *nicht* mein wahres Ich ist. Was ich zu sagen versuche, ist: Darf ich denn keine Luft, Luft, Luft bekommen, um das Innere zu reinigen? Bitte darum, daß es o. k. sein möge, weil ich dem Druck nicht länger standhalte.

Tell me, could it be that I'm finally breaking free?

No; good old Charlie Brown: The bad – the rest of your life.

Excuse me for being so vicious, sometimes the hurt just feels too much; that's why.

28. Mai 92

Endlich wieder zu Hause. Wundervoll! Bloß nie wieder einen Fix!! Puh!

31. Mai 92

Das war's, liebes Universum!

Ich bin tot!! Hope you're satisfied. Undank ist der Welten Lohn!!

06.40, 31. Mai 92

Allmächtiger Gott Israels; ich bekenne: Ich habe schwer gesündigt; und ich kann nur um deine Verzeihung bitten, was ich hiermit tue: Ich bereue mein ganzes Leben. Amen.

Dieser Sonntag wird einer der schlimmen; was mich betrifft; bei Mangel an Medikamenten und daraus folgenden Abstinenzbeschwerden. Very, very funny …

O. k.; da habe ich also versucht, das »Glasperlenspiel« zu spielen, und begreife jetzt, alles, alles, alles auf ewig verloren zu haben. (Wegen einer Frau!!)

31. Mai 92

This is going to be the longest Sunday I ever experienced on planet Earth.

Meine Wirklichkeit: Von allen verlassen, bei allen verhaßt, verhöhnt, verworfen, allein. Dann merkt man erst, deines Glückes Drang, das ist, ganz allein zu sein.

Authentisches Gedicht eines Langzeitsträflings.

Am liebsten hier zu Hause sterben.

Ich hasse Leute, die nachts ihr Geld unterm Kopfkissen haben.
Ja; ja: vielleicht mache ich es ja genauso!!

4. Aug. 92

Nein; was ist das Leben ohne Liebe wert? Einen Dreck.

7. Aug. 92

Die Stimme von oben sagt immer wieder:
Schweig!!
Gedulde dich!!
Gehorche!!

9. Aug. 92

Das ist die vorläufige Strafe: Stille Stille.
Der bitterste Tag, seit ich in diese verrottete Wohnung gezogen bin.

12. Aug. 92

Ja; ich werde vor Kummer sterben. Ohne Gott; ohne Liebe ist alles, alles gleichgültig, ohne Bedeutung.
50%/50% maybe suicide.
And to you woman: I accuse you of murdering my soul; yes, that's what I said.

17.27, 17. Aug. 92

Wieder Kontakt mit der Geliebten! Hurra!! Wirklich ehrlich: Hurra!
Gebet: Herr Jesus Christus: Lehr mich Selbstbeherrschung. Amen.
Gebet: Hilf mir aus dem Mißbrauch heraus. Amen.

06.28, 18. Aug. 92

Allmächtiger Gott Israels! Dank für diesen neuen Tag. Herr: Ich liebe dich!!
Ydde: Dieses Mal kannst du alles, was wir gehabt haben, ins Feuer werfen, zum allerallerallerletzten Mal. Lebwohl. Punktum.

Liebe Ydde. I just don't want to be your under-dog, that's all.

World: I HATE HATE HATE you!!

02.58, 13. Sept. 92

Ydde: Nach meinen Erfahrungen mit dir werde ich nie imstande sein, einen anderen Menschen zu lieben. Das habe ich dir zu danken.

»Liebe«, das trügerischste Wort, das es gibt.

05.57, 14. Sept. 92

Nein, dieses Mal will ich lieber hier zu Hause sterben, ein für allemal, Schluß Ende Punktum.

02.10, 26. Sept. 92

Something else inside of me died.

Ja; Ydde mein Schatz; unsere Liebe ertrank; wurde erstickt; in Problemen, Problemen.

02.54, 5. Okt. 92

Das Leben ist ein grausamer Spaß; und obendrein ist es nicht mal erlaubt, Selbstmord zu begehen. NEIN, sage ich einfach laut und deutlich: NEIN.

04.48, 7. Okt. 92

Ja; mein Killer ist eine Frau!!

04.48, 17. Okt. 92

Summa summarum betreffs des Sisyphosmythos:

Nein; den letzten 1/1 000 000 000 Millimeter schafft man nie! Denk daran; und verwende deine Energie für andere Dinge!!

NEIN; das Erdenleben ist in Wahrheit korrupt und total verkommen von der Wiege bis zur Bahre. Dann werft doch sämtliche A- und H- und Neutronenbomben, und tut es, bitte schön, so schnell wie möglich. Ja; jetzt im Augenblick könnt ihr Gift drauf nehmen, daß ich es auch so meine.

03.52, 3. Nov. 92

Niemand von Ärzten und Personal kann verstehen, daß Medikamente nur ein sekundäres Problem sind.

04.50, 4. Nov. 92

Ja; mein Leben endete in Geist und Wahrheit, in einer wahren Tragödie.

06.49, 8. Nov. 92

Du selbst hast mich immer wieder im Stich gelassen, wenn ich dich am allermeisten brauchte. (Ganz abgesehen von der Affäre mit deinem Kurt.) Deshalb ist die Situation, wie sie nun mal ist.

20.34, 26. Dez. 92

Ich trage Christi Wundmale auf meiner Seele.

03.07, 8. Febr. 93

Ich glaube genau wie Zeste, daß geschieht, was geschehen soll!! Amen.

04.22, 17. Febr. 93

Ydde: Disappear out of my life, the faster the better.

01.45, 14. Okt. 93

In die Gesellschaft integriert werden?

Nein, mein Typ soll am ehesten interniert werden, an diesem oder jenem »amüsanten« Ort, der voll ist von Regeln, Regeln, Regeln, Geboten und Verboten. Und dann erwarten sie, ich soll dankbar sein!!

19.17, 11. Nov. 93

Es ist ihre eigene verdammte Schuld, daß ich meine Tür ab-
schließe.

13.13; 6. Jan. 94

Saw her today; her signal seemed clear:
  I got another guy.
  May he make you happy!!
  Good night!!

6. Jan. 94

Sebastian singt: »… sie hätten mein Herz bekommen können,
doch sie hatten keinen Platz dafür.«

15.38

You know, I was actually doing fine 8 years ago, until she crossed
my path.

18.26

Nein, Fräulein Ydde; DU hast deinen Teil der Absprache nicht
gehalten, nämlich mich nie zu verlassen, wie krank ich auch werden würde. Der Herr der Heerscharen soll urteilen zwischen dir
und mir. Amen.

01.22, 8. Jan. 94

Ydde, Schatz, ich liebe dich, trotz allem!!

22.19, 9. Jan. 94

I hereby swear by all living Gods and devils: This time I'm gonna
take revenge.
  Ydde, I HATE you, you false poison snake. Just leave me alone,
and I will surely do the same to you, you bitch.

02.00, 11. Jan. 94

Nie mehr eine Frau (oder einen Mann), *nie mehr.*
  Herr der Heerscharen, wann hat mein Leben ein Ende?

489

»Arzt« Dalbjørn haßt mich und ist nur interessiert daran, mich zu zerstören. Das *ist* wahr.

Doch der Herr der Heerscharen lacht über ihn, denn seine Zeit wird kommen. Verfolgung und Haß von meinen Mitpatienten werden stärker von Tag zu Tag.

11.48, 14. Jan. 94

Station P 1, St. Hans ist in Wahrheit der Vorhof der Hölle.

St. Hans auf Lebenszeit; falls »sie« es mir überhaupt gönnen wollen.

16.44

Prayer: Almighty Lord Jesus Christ: Please bring me back to innocense.

15.33, 17. Jan. 94

A wicked evening nurse, this evening, down, down.

11.15; 18. Jan. 94

Lieber Gott: Wie die Sache mit Ydde mich doch schmerzt; akzeptiere es aber, so wie DEIN eingeborener Sohn bat: Dein Wille geschehe!! Amen.

05.44

Herr Jesus: Hilf mir, daß ich Liebe nicht mit Haß verwechsle und vice versa.

04.11, 20. Jan. 94

Man stelle sich vor: Jeden Morgen beginne ich optimistisch; doch so sicher wie das AMEN in der Kirche endet der Tag schlecht. So gehe ich jedem Tag mit schwerem Herzen entgegen.

Oft ist die Situation so: Bittet man das Personal um etwas, wird geantwortet: »Gleich« oder »Morgen« usw.

Ich *hasse* die Menschen, die geisteskrank *spielen*, um primäre/sekundäre Vorteile zu erreichen.

Kann nicht zwischen Spaß und Ernst unterscheiden; das können meine Mitmenschen nicht verstehen, und viele reagieren wütend auf mich.

Ja; ich muß lernen, mein Temperament zu zügeln.

Ein großer Teil des Personals ist ungeeignet für die Arbeit mit Menschen; sie sind boshaft und bringen mehr Schaden als Nutzen. Ich spüre ihren Neid, Haß, ihr Mißtrauen und ihre Skepsis. Pfui Teufel – man könnte glauben, sie genießen es, Sadisten zu sein!! Reinste Pseudo-Faschisten und Neonazis.

Meine »Krankheit« ist kein Rollenspiel. Oder meint ihr, daß ich in einem einzigen Selbstbetrug lebe? So is it finally the last day of planet earth?
   Ja; irgendwie bin ich zum low-down woman hater geworden. I play the game once in a while, but … NO!!

Heute nacht war ich in den Teufel verwandelt. Es gibt ja keine Vergebung, weder in dieser noch in der kommenden Welt. Und ich bin um mein Erbe gebracht worden, also das Buch der Wahrheit spricht noch einmal wahr. Dort steht nämlich: »Das Erbe, darnach man zuerst sehr eilet, wird zuletzt nicht gesegnet sein.«
   Meine Gedanken werden einen dritten Weltkrieg auslösen.

Dem Geist zu spotten, ist die schlimmste aller Stimmen.

16.58

Die Liebste hat gelogen betr. der Medikamente. Also war heute ein schlechter Tag, auch weil die Frau von der anderen Station, die ich »Großmutter« nenne, auf halbem Wege kneift.

00.23, 4. Febr. 95

Tiefliegendes Trauma, schon so lange, wie ich mich überhaupt erinnern kann: Verlassen zu werden. Allein zu sein, im Stich gelassen zu werden!!! Ich meine es so!!

07.05, 5. Febr. 95

Von diesem Augenblick an will ich nie mehr etwas mit irgendeinem Menschen zu tun haben, nur mit Tieren, denn sie sind viel liebevoller als Menschen. Das ist die traurige Wahrheit.

08.07, 6. Febr. 95

»Alles« normal/ruhig an diesem Morgen. Gut geschlafen.

14.52

Ich bin taubstumm und blind vor panischer Angst.

16.36

Beschließe jetzt, in Hungerstreik zu treten, wegen der Bosheit auf diesem Planet!! Weiß, daß es sich machen läßt. Die Situation ist jetzt unerträglich. Ich muß weg, ehe es eine Katastrophe gibt. Meinen Tod! Ich bin handlungsunfähig. Nein; lieber Gott. Ich gebe ein für allemal auf!!

21.05

Jetzt bekomme ich die Rechnung für meine frühere Lebensweise; und es tut nur (beinahe) weh!!

11.10, 7. Febr. 95

Ich bin hier (P 1), weil ich geisteskrank bin; krank im Geiste; u. a. vom LSD, irrsinniger Kindheit, der Bosheit der Welt überhaupt.

Ostracized. Niedergeschlagen, weil ich gerade mit einem eiskalten Scheißkerl von Sozialarbeiter der allerschlimmsten Sorte gesprochen habe. Es war ihm deutlich anzusehen: »I don't like you.«

15.56

Bin krank, voller Angst und todmüde davon, hier zu sein, weil alles nur immer schlimmer wird. Die bösen Stimmen gehören wirklich lebenden, jetzt existierenden Personen. Sie können mich mit ihren falschen Anklagen mal, das können sie wahrhaftig.

16.49, 7. Febr. 95

Man nennt es »Mobbing«, was auf dieser Station stattfindet. Hier wird man verleumdet, was das Zeug hält. Nichts anderes als Haß an diesem Ort.

20.52

Ja; o. k.: dann sagen wir es so. Daß ich Opfer meiner eigenen Bosheit bin! Doch mit der Angst werde ich noch immer nicht fertig!!

10.19

Ich habe es satt, auf dieser Station der »Blitzableiter« zu sein. Ja; überhaupt.

21.42

Ich bin ein Opfer des korrupten Neides, falscher Anklagen, lügnerischer Behauptungen und von Drohungen gegen mein Leben.

21.59

Zuweilen amüsiere ich mich damit, Sado-Masochist zu sein!!

04.53

Ich hasse auch species vulgares. Vulgäre Betrüger und aufgeblasene Schmarotzer. Den Schweinen soll man's mit gleicher Münze heimzahlen.

An Ydde Krage Møller: Du hast mich mit Lügen, Betrügerei und Untreue überschüttet, du falsche Hure.

05.41, 9. Febr. 95

Meine Mission auf diesem Planeten ist überstanden, und jetzt möchte ich nur meinen Lebensabend genießen und in Frieden sterben. Deshalb ersuche ich um baldmöglichste Entlassung.

Nie mehr Sex, weder mit Frauen/Männern/Hermaphroditen ... was für eine Befreiung!! Die Wahrheit jetzt!

Ich bin restituiert/rehabilitiert/gesund genug, um nach Hause zu fahren und mich um mich selbst zu kümmern.

Hier bin ich umgeben von boshaften Sadisten, Psychopathen, Mördern etc.

14.41

Die Lektion des Tages: Paps ist genial!!!

05.07, 11. Febr. 95

Frauen und Hühner – nein, du!! Am besten einfach geschlechtslos zu sein; oder das Ganze allein zu erledigen. Yes, Sir!! Eremit, Einsiedler, Hermit.

20.20

Ich will nicht wegen »Mittäterschaft« bei irgend was Kriminellem geschnappt werden.

21.21

Nein; die Vergangenheit läßt sich nicht ändern. Keine Drogen mehr für mich, denn ich verkrafte sie nicht.

03.12, 13. Febr. 95

Hellwach. Die »Zeit« wird länger und länger. Shit. Ich darf der Versuchung nach Stoff nicht erliegen. Schwer. Langweile mich.

08.34

Warte nur auf die Liquidierung. Die kommt natürlich unangemeldet, irgendwann, irgendwo, irgendwie.

Ich werde gezwungenermaßen so ungefähr den fünfunddreißig-sten Tag zurückgehalten, da ich Selbstmordkandidat bin; und sie verfolgen mich, weil ich Christ bin. Dank, lieber Herr Jesus Christus, daß du über sie gesiegt hast; und daß ich jetzt im Glauben ruhen/fest stehen darf, trotz ihrer Anklagen und der Bedrohung meines Lebens.

O Herr, hilf mir. Amen.

15.23, 16. Febr. 95

Falls diese Notizen herausgegeben werden sollten, muß das Buch/der Rapport den Titel »Die Demütigung« erhalten.

04.41, 17. Febr. 95

Doktor: Es hat keinen Sinn mehr, mich noch länger mit Zwang zurückzuhalten. Entlassen Sie mich jetzt, damit wir alle Ruhe finden. Ich bin weder eine Gefahr für mich selbst noch für andere. Ich will nicht länger bei ihrem Spiel mitmachen. Ich bin 100%ig seriös.

Ja, lassen Sie mich in meine eigene Wohnung abziehen (legal Hornbækgade 13. Erdg. r.).

23.57

Lieber Gott: Hättest du doch nie die Frau erschaffen. Sie ist die Ursache für den traurigen Zustand der Welt.

21.45, 19. Febr. 95

Guter Tag bis eben, wo ich einen frontalen Zusammenstoß mit dem Star-Psychopathen der Station hatte. Keinen Namen, doch habe ich Rückenstärkung beim Personal: Er ist geisteskrank.

01.39, 20. Febr. 95

Die Nachtschwester heute ist so eine studentische Neinsager-Type. Sie weiß nicht, wovon sie redet. Faul, inkompetent.

»The eye would sleep, but the mind will rise.« Incredible Stringband.

Ich hasse es, physisch, sexuell bedürftig zu sein!!

09.21, 22. Febr. 95

Keine Depot-Spritzen-Injektion für mich; weil ich es nicht ertrage, wenn die Nadel von hinten kommt!! Aber als Pillen; o. k. Hebr. 13,8. Beste Grüße Johannes.

10.41, 21. Febr. 95

Mein Leben ebbt nun langsam ab – freiwilliger Selbstmord ist jetzt die einzige Lösung. 150 Kodimagnyl und ein Liter destilliertes Wasser; und auf der Erde ist ein Schädling weniger.

18.50

Wahrlich, wahrlich ich sage dir Universum: Es wäre wirklich besser gewesen, ich wäre nie geboren; und ich sage jetzt: Nein danke, mir kein neues Leben!!
    Johannes

08.52, 28. Febr. 95

Sometimes feelings (all kinds) are so overwhelmingly powerfull that I feel like I will disappear.

20.24, 5. März 95

Merkwürdiger Tag; im Guten wie im Schlechten. Bin gefallen; hoffe, die Strafe wird nicht allzu hart.

08.11, 8. März 95

Schwedischer Rundfunk: Love is just a loser's game.
    Was für ein Morgengruß!

08.33, 12. März 95

Wenn wir einst den Styx passiert haben, wird uns das Ganze erhellt.

18.57, 14. März 95

Nein, ich habe keine Angst mehr vor der Gedankenpolizei von
»1984«.

19.21

Sexuelle Masturbation ist mir eine Qual!!

11.24, 22. März 95

Halbwegs gutes Gespräch mit G. Insgesamt Status quo. Entner-
vend. Doch verhielt er sich positiv in bezug auf Pilgården; nur
muß ich lange Zeit völlig clean sein.

02.10, 14. April 95

Wieder zu Hause. Hurra!! Ja, ich leide an Schlaf-Trotz!! Weil ich
Angst vor meinen Träumen habe.

16.20, 21. April 95

Rundfunk und Fernsehen tun wirklich alles, um den Glauben zu
untergraben, soweit sie es können.

07.05, 95

Oh; gut geschlafen, bin nur gerädert von der Matratze auf dem
Boden; wünsche mir ein Bett!! Johnny lud gestern ins Kino ein;
wir haben im Grand »Søren Kirkegaard« gesehen; war ein guter
Film/gutes Erlebnis. Setze mich für unsere Freundschaft ein;
möge sie bestehen.

19.33, 8. Mai 95

Ein guter Tag, war zweimal oben bei Johnny. Er hat nichts dagegen, da wir abgesprochen haben, ehrlich zueinander zu sein,
und es einfach zu sagen, falls es zuviel wird. Wir sprechen über
ALLES, von Sex, über Familienverhältnisse, richtige Arbeit, Ge-
fängnisaufenthalt (er hat es auch durch) bis zur Religion, und
dann eine ganze Menge über unsere Einweisungen ins S. H.
　Er schreibt selbst Beiträge, Gedichte usw. für die Zeitung der
Irrenbewegung *Amalie*, benannt nach Amalie Skram. Der ersten
Frau, die sich offen gegen die etablierte Psychiatrie aufgelehnt
hat, vor ca. achtzig oder hundert Jahren. Die Erste, die mit der
Faust auf den Tisch schlug: Jetzt reicht es aber!!

Langweile mich. War ja auch ein absoluter Schwachsinn, meinen Schachcomputer zu verkaufen.

04.50, 24. Mai 95

Werde mich anmelden beim »Verein für unterdrückte und frustrierte Künstler«.

17.56, 24. Juli 95

Habe eben erfahren, daß Ydde (Ex-Ehefrau) wieder eingewiesen worden ist. Was nun, lieber Gott?? Ich will sie gern zurückhaben, wenn sie selbst es möchte! Wahrhaftig, die Liebe ist kompliziert!

07.02, 25. Juli 95

Wenn sie mich aufsucht, werde ich meine Tür wohl öffnen, aber ich melde mich nicht bei ihr, auch wenn ich sie noch immer liebe.

10.56, 30. Juli 95

Gehe selten in die Kirche, u. a. wegen meiner Menschenfurcht. Doch nehme ich am Gottesdienst per Radio teil. Die Leute, einschließlich meiner Person, müssen im heutigen Dänemark lernen, sich selbst zu helfen. Ja genau.

??, 31. Juli 95

Hurra, ich bin auf ewig verloren.

Todestag ist besser als Geburtstag; der Ausgang einer Sache besser als ihr Eingang.

31. Juli 95

Ich glaube, daß die Moslems den dritten Weltkrieg gewinnen; und daß alle, die einen anderen Glauben haben, hintereinanderweg abgeschlachtet werden.

1. Aug. 95

Ich habe keine Freunde, nur Feinde. Ich will mit keiner Religion mehr etwas zu tun haben. Nein; von jetzt an will ich ein ausgesprochener Atheist sein.

Ich bin jetzt in der Hölle; es ist nur eine Zeitfrage, bis die Flammen sichtbar werden.

Ydde liebt mich nicht, doch sie hält mich noch immer zum Narren.

Lieber Jesus, willst du die Vergangenheit nicht am besten aus meinem Bewußtsein ausradieren? Please???

Wie Dylan, Harrison und Paul Simon habe auch ich all die anderen überlebt!! Es ist toll, zäh zu sein. Wir Ärmsten, die meisten von uns.

07.48, 2. Aug. 95

Ich wiederhole: Es hilft kein Bitten und kein Flehen in the house of the rising sun.

Es ist psychologische Kriegsführung, hier zu wohnen, einer ist ausgekochter als der andere. Und regt man sich auf, wird man im Morgengrauen gelyncht.

Hier läuft ein Schwachsinniger mit Sabberlatz herum, zwischen den nikotingelben Fingern ewig eine Zigarette. Das wenigste, was sie tun könnten, wäre, ihn in die Badewanne zu stecken.

Ich höre ständig haßerfüllte Verleumdungen: Sie sagen, ich sei schwul und ein Sittenstrolch. Jedesmal, wenn ein Sexualverbrecher zugange ist, schwirren überall Gerüchte durch die Gegend.

20.17, 3. Aug. 95

Was ich in meinem nächsten Leben werden will?? Drogenbulle, Manno!

04.04

Es war eine lange, harte Reise, um bis hierher zu kommen, aber o. k., jetzt bin ich da!!

Sollte ich noch einmal Carson McCuller lesen: »Das Herz ist ein einsamer Jäger«?? Nein; Bücher kann ich nicht mehr lesen; ich habe durch die Medikamente jegliches Konzentrationsvermögen verloren.

19.14

Ich hasse die neue »pietistische Welle«, die im Begriff ist, die westliche Welt zu überfluten.

Bin in eine endogene Depression von bisher unbekannten Ausmaßen geraten.

20.35

Heute habe ich herausgefunden, daß es keinen Gott gibt, auch keinen Satan, keinen Himmel, keine Hölle. Alles ist ein einziger großer schlechter Witz.

04.04, 29. Aug. 95

Dreiundvierzig Jahre alt und im Pflegeheim für chronisch Geisteskranke; gut gemacht. Eine der spitzfindigsten Lügen von Johannes V. Jensen (aus »Des Königs Fall«): Gott und Satan sind ein und dieselbe Person.

Ich wiederhole: Eine spitzfindige Lüge. Doch daß im Universum Krieg herrscht, ist leider wahr.

Das hier ist ein offenes Gefängnis für mich. Hoffe, ich darf bleiben … es geht um mein Leben …

08.00, 8. Sept. 95

Ich gestehe meine Niederlage … es ist etwas aus der Vergangenheit, vor dem ich fliehe …

07.04, 10. Sept. 95

Das einzige Problem mit meinen Zähnen ist das Gebiß. Jedesmal, wenn ich lache, fällt es herunter. Doch ist das vielleicht kein Problem, da es nichts zu lachen gibt.

06.16, 28. Sept. 95

Diesen Tag durchzustehen, wird die Hölle auf Erden, weil:
No money   how sad
No funny   too bad
Sonny   Dad

Pilgården, den 18. Nov. 95

Tobias' Buch

Nun sollte man fast glauben, daß das Geschlecht der Løvins, welches seinen Ursprung in Alkohol und Arzneimitteln hatte, ausgestorben und daß nicht mehr viel Leben übrig wäre, was sich weitergeben ließe. Es sei denn, die Geschichte ist im Begriff, eine matrilineare Tradition einzuschlagen, bei der in diesem Fall alle Töchter Ibs ihren »gestohlenen« Mädchennamen festhalten und sich für alle Zukunft weigern müßten, den Namen irgendeines Mannes anzunehmen. Damit sind die Kinder zu den Müttern zurückgekehrt, wo sie ursprünglich herkamen, und der letzte symbolische Rest von väterlichem Gesetz und Einfluß ist endlich abgeschafft.

Doch völlig überraschend taucht Tobias auf. Ein Tobias Løvin, der an der Kunstakademie Architektur studiert. Ehrlich gesagt, begreifen wir nicht, wer das ist, aber niemand kann seine Existenz bestreiten, auch wenn die Erklärung seiner Herkunft mehr als weither geholt ist. Tobias nämlich ist der Sohn der alleinstehenden Sozialarbeiterin Else Løvin aus Vesterbro, auf die Tante Schnippe damals zufällig im Telefonbuch gestoßen war. Es ist dieselbe Else, die eines Tages Besuch von Herrn und Frau Løvin, Balder und Schnippe, erhalten hatte. Sie standen unangemeldet vor der Tür und verlangten eine Erklärung. Natürlich führte Schnippe das Wort, fest entschlossen, wie sie war, den Namen Løvin von Elses Tür und aus deren Kopf zu entfernen. Auf diesen Namen hatte jene Dame schließlich kein Recht. Schnippe hatte ihn durch Heirat erworben, denn so kam man ordentlich zu einem Namen. Was in aller Welt erlaubte sich diese billige Else?

Doch hatten die alten Løvins schließlich keine Bedenken gegen einen Sprung ins Heu oder richtiger ein Chassé im »Adlon« gehabt, »lebendig« wie sie nun einmal waren, also ist es auch nicht unvorstellbar, daß zwischen Jahr und Tag so manche Frau »aufs Land« geschickt wurde, um ihr Kind zu gebären. So wie man es auch für Katze vorgesehen hatte.

Elses Urgroßmutter wurde schließlich heimlich geboren und

später, als Achtzehnjährige auf Bildungsreise nach Bremen geschickt. Dort verliebte sie sich in einen Architekten, den man ihr nicht geben wollte, und das Paar floh nach Südamerika. Doch wie man die Geschichte auch drehen und wenden mag, die nach Elses detailliertem Bericht sowohl Wochenbettod, Buenos Aires, Gelbfieber, Orgelspiel als auch zwölf arme seeländische Kleinbauernsöhne umfaßte, so ist der Name Løvin weitergegeben worden, lief wie ein unsichtbarer Faden von Frau zu Frau, von Generation zu Generation, trotz der Männer. Sozialer Abstieg, kann schon sein, doch mit frischem Blut in den Adern, meine Herren.

Und hier steht dann eines Tages Tobias Løvin, frisch und frei, bereit, von vorn zu beginnen, völlig ahnungslos, was die Geschichte der Familie im übrigen angeht. Er denkt allein an die Zukunft …

Tiere hat er immer geliebt. Und eines Abends will er nach der Schließzeit in den Zirkus Benneweis, um mit den Elefanten zu plaudern. Es sind vier. Der erste Elefant begrüßt ihn mit dem Rüssel, und Tobias reicht ihm eine Flasche Bier, die der Koloß im Handumdrehen austrinkt. Doch der Elefant will mehr. Also spendiert ihm Tobias einen Teil von dem mitgebrachten Brot. Daraufhin kommt der zweite Elefant. Auch er will ein Bier. Doch Tobias hat keins mehr und gibt ihm statt dessen ein Stück Brot. Dann erscheint der dritte Elefant. Er erhält auch etwas Brot, und nun ist nichts mehr übrig. Jetzt aber nähert sich der vierte und letzte Elefant, und er wird eifersüchtig, weil weder Bier noch Brot für ihn da sind. Also schlingt er blitzschnell seinen Rüssel um Tobias' Taille und wirft ihn zu Boden. Dann stellt der Elefant seinen Fuß auf Tobias' Bein und tritt zu. Das Bein wird zu Brei. Der Elefant setzt nun seinen anderen Fuß auf Tobias' Brustkorb. Tobias hält den Atem an und denkt, daß er vielleicht der einzige Mensch der Welt ist, der einen Elefanten von unten gesehen hat und weiß, wie groß er ist. Gerade als der Elefant zutreten will, kommen die anderen Tiere Tobias zu Hilfe und stoßen den Angreifer weg.

Im Krankenhaus schlägt man Tobias einen langen Nagel in das zerquetschte Bein. Und das Wunder geschieht. All die kleinen Knöchelchen und Knochenstückchen, die darin herumwandern, wollen wieder »heim«. Sie wollen an den Platz, wo sie früher einmal »Bein« gewesen sind.

Als Tobias wieder gesund war, heiratete er eine gelehrte Frau, die aus Ghaza eingewandert war. Sie studierte Astrophysik an der Universität und hieß, ob du es glaubst oder nicht, Scheherazade. Sie erinnerte sich, wie ihre Großmutter die Beweise auf dem Brautlaken sichergestellt hatte, so daß alle Frauen im Dorf erfahren konnten, was geschehen war. Und für ihre Nachkommen erzählte Scheherazade viele Geschichten aus alter Zeit, auch schreckliche Geschichten, denn, so sagte sie: Man ist dazu gezwungen, wenn man das Leben liebt.

So wird ungesäte Saat keimen
Bitterkeit lindern

Anmerkungen

8 *kemur* – nichtjüdischer Priester.
12 *Georg Brandes* – (1842–1927) bedeutender Ästhetiker, Literaturhisto-
riker und Kritiker. Lebte von 1877 bis 1883 in Berlin. War ein Vertreter
des assimilierten Judentums.
Henri Nathansen – (1868–1944) Schriftsteller und Dramatiker, be-
schäftigte sich mit Problemen des orthodoxen Judentums. Schrieb
eine Porträtstudie über Georg Brandes.
182 *Tupilak* – Eskimo-Figur aus Knochen, Fell u. ä., der übernatürliche
Unglück bringende Kraft zugeschrieben wird.
409 *Kraka* – Gestalt aus der nordischen Mythologie.
415 *Babettes Gastmahl* – Erzählung von Karen Blixen.
472 *Emanuel Hansted* – Gestalt aus Henrik Pontoppidans Roman »Das gelobte Land« (dt. 1908).

Inhalt

509

Originalausgabe

Suzanne Brøgger
Jadekatten
En slægtssaga
Gyldendal, Kopenhagen 1997

ISBN 3-378-00616-1

1. Auflage 1999
© Suzanne Brøgger, 1997
© Gustav Kiepenheuer Verlag GmbH, Leipzig 1999
(für die deutsche Ausgabe)
Einbandgestaltung Torsten Lemme
Druck und Binden Graphischer Großbetrieb Pößneck
Ein Mohndruckbetrieb
Printed in Germany

Die Familie Løvin

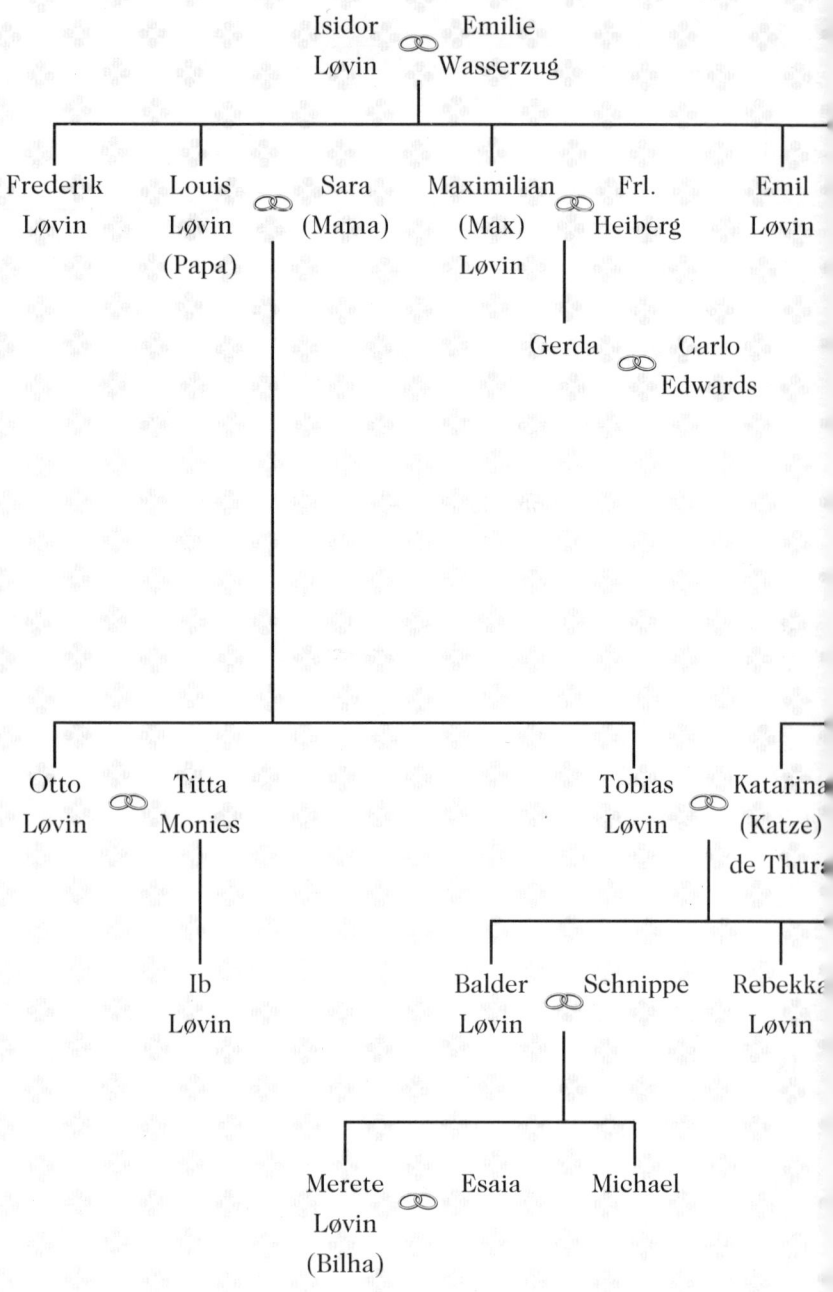